OMNIBUS

Scott Turow

PRESUNTO COLPEVOLE

Traduzione di Sara Crimi e Laura Tasso

MONDADORI

Questo libro è un'opera di fantasia. Personaggi e luoghi citati sono invenzioni dell'autore e hanno lo scopo di conferire veridicità alla narrazione. Qualsiasi analogia con fatti, luoghi e persone, vive o scomparse, è assolutamente casuale.

mondadori.it

ISBN 978-88-04-79729-6

Published by arrangement with the Author in conjunction with
The Italian Literary Agency and Brandt & Hochman Literary Agents, Inc.

Titolo dell'opera originale
Presumed Guilty
I edizione aprile 2025

PRESUNTO COLPEVOLE

Per sei genitori meravigliosi
Ben e Rachel
Liz e Gabe
Jason e Eve
con amore e gratitudine

I

SCOMPARSO

1
Scomparso

13 settembre 2023

Aaron è scomparso. È già successo e, nonostante le mie recenti speranze, è probabile che capiti ancora. Tutti se ne rendono conto. Tutti tranne sua madre.

«Pensi che stia bene?» chiede Bea. Tredici mesi fa, come regalo per il mio settantacinquesimo compleanno, ha accettato di sposarmi, anche se da allora si è dimostrata riluttante a scegliere una data.

L'altra notte, mentre stavamo dormendo, una tempesta terribile è arrivata da nord. La violenza dei tuoni è raddoppiata rimbalzando su Mirror Lake, sulle cui sponde viviamo. Quando un boato simile a un colpo d'artiglieria ha fatto vibrare le finestre, ho sentito Bea alzarsi, poi tornare pochi minuti dopo lasciandosi cadere sul letto a peso morto per farmi capire che Aaron non era a casa. Quando si è svegliata al mattino ha ricontrollato, continuando a sperare, ma con lo stesso risultato.

«Ma certo» rispondo a proposito di Aaron facendo del mio meglio per suonare convincente. «Sai com'è fatto, probabilmente è nei boschi da solo.»

«E come ci è arrivato?» A questo non avevo pensato, ed è una domanda spinosa. Con la condanna di un anno e mezzo fa, dopo che Aaron era stato arrestato con una quantità di cocaina e metanfetamina sufficiente a metterlo in guai grossi, gli hanno sospeso la patente. Ma la cosa più importante è che le severe regole della libertà vigilata, che ha accettato pur di uscire dal carcere della Skageon County dopo quattro mesi, lo obbligano a vivere a casa nostra e restare a stretto contatto con noi. Aaron, lo sappiamo entrambi, potrebbe tenere corsi di specializzazione su come mettersi nei pasticci da soli; eppure, da quando si è trasferito qui, è la prima volta che "si disattiva", come dice lui, spegnendo il telefono, staccando la segreteria e liberandosi di quella che spesso definisce la responsabilità più onerosa di un cittadino, ovvero l'obbligo di comunicare.

Chiedo a Bea se Lloyd ha avuto notizie del figlio, ma lei risponde di non aver ancora sentito il suo ex. Ha parlato invece con suo padre Joe, che è molto legato a Aaron, ma lui ha detto di non avere idea di dove si trovi il nipote.

«Gli credi?» le domando e, per un istante, il viso di Bea assume la tipica espressione scettica di Joe.

«Direi di sì» risponde. Per un istante restiamo in silenzio, poi lei chiede: «Non dobbiamo ancora telefonare al giudice, vero?».

Sa benissimo che quel "dobbiamo" è un eufemismo. Morton Sams, il magistrato che ha pronunciato la sentenza, ha pensato che io – in quanto ex giudice che tuttora pratica l'avvocatura e quindi ha bisogno di una licenza per poterlo fare – avrei ben compreso i miei doveri verso il tribunale se Aaron non avesse rigato dritto.

«Non ancora» le rispondo. «Per il momento si tratta solo di una notte, potrebbero esserci diverse spiegazioni. Magari la macchina su cui si trovava si è guastata. Arriverà presto.»

Fino a questo momento avrei potuto dire che Aaron si era comportato bene. Partecipava puntualmente alle riunioni, evitava quelle specie di zombie con cui viveva prima dell'arresto e aveva persino trovato un lavoro che gli piaceva. Da Galore – un organizzatore di eventi con sede nella vicina ed elegante enclave estiva di Como Stop – creava ogni tipo di grafica commerciale, tutto, dagli striscioni agli inviti. Con l'annuale esodo dei residenti stagionali, però, la settimana scorsa lo hanno inaspettatamente licenziato. I gruppi di supporto che Bea frequenta sottolineano sempre quanto, per una persona come Aaron, sia precaria la sobrietà appena conquistata. Adesso la mai espressa probabilità che ci sia ricascato e le cupe complicazioni che comporterebbe – compreso il rischio di una pesante condanna al carcere – hanno trasformato gli splendidi occhi ambrati di sua madre in pozze di infelicità.

In quei momenti rimango colpito dalla crudeltà reiterata dell'essere madre, con le angosce che tormentano e sembrano non avere fine. Bea ammette spesso di essersi considerata una persona tranquilla fino a quando lei e Lloyd non avevano adottato Aaron alla nascita. A quel punto, le sue ansie si erano moltiplicate all'improvviso quando persone insospettabili si erano ritratte alla vista di un neonato fra le sue braccia che, in proporzione imprecisata, era nero.

Fino a oggi il nuovo anno, che negli Stati Uniti comincia a tutti gli effetti dopo il Labor Day, si era avviato con un ritmo soddisfacente dopo un'estate languida. Io ero tornato a concentrarmi sul lavoro legale che faccio da un decennio come mediatore e arbitro – in sostanza un giudice pagato dai privati –, e Bea era sopravvissuta alla valanga di crisi burocratiche che la preside di una scuola elementare deve arginare all'inizio di ogni anno scolastico. L'Ecclesiaste aveva torto nel dire che non c'è niente di nuovo sotto il sole, ma una delle consolazioni dell'età è che il nuovo accade meno di frequente.

Sono ormai quattordici anni che abito qui, in quella che chiamano Skageon County. Siamo circa centosessanta chilometri a nordovest della Kindle County, dove avevo sempre vissuto. Figlio. Studente. Padre. Procuratore. Giudice. Un'esistenza di dovere e, in generale, di successo. Ma quella vita era crollata sotto il peso di una serie di calamità paralizzanti cominciate con la morte di mia moglie e culminate nella mia carcerazione, finita in maniera inattesa quando la pubblica accusa aveva riconosciuto all'improvviso la mia innocenza.

Dopo il rilascio, avevo pensato di nascondermi qui per circa un anno. Non desideravo dare spiegazioni a nessuno ed ero intenzionato ad aspettare un tempo sufficiente perché la gente smettesse di fare domande. Invece mi ero reso conto che, a parte mio figlio e le nipotine – che vedo una o due volte al mese –, niente della Kindle County mi invitava a tornare. E mi attirava molto la prospettiva di un nuovo inizio in un posto completamente diverso, dove starmene per conto mio sembrava più naturale che antisociale. Qui avrei potuto riprendermi con i miei ritmi.

La Skageon County racchiude un campionario della vita americana. All'estremità occidentale c'è lo splendido Como Lake, lungo undici chilometri, largo circa cinque e profondo oltre sessanta metri. Dal tardo Ottocento, ogni estate vi si radunano i ricchi in vacanza, famiglie baronali che arrivavano in treno anche da New York per trascorrere qualche mese idilliaco nelle enormi ville che dominano le rive del lago. La vicina località dove si fermava il treno si chiamava Como Stop, un nome che è rimasto quando si è sviluppata la città. Oggi Como Stop ha circa diecimila abitanti stabili e conserva un'atmosfera decisamente esclusiva, con caffetterie e pub, negozi eleganti che vendono abiti da donna a colori vivaci e oggetti per la casa tipici dei quartieri ricchi. Cento chilometri a est, nella Carroll County, c'è la città di Kweagon, un tempo sede di uno stabilimento della US Motors e adesso in grande declino, con un isolato dopo l'altro di negozi vuoti e palazzi fatiscenti dove vivono le comunità nere in difficoltà economiche.

Fra gli estremi di queste due città viviamo io, Bea e altre cinquantamila persone. Alla periferia di Como Stop sono sorti centri commerciali e complessi residenziali a beneficio di coloro che lavorano nei molti, grandi depositi e centri di distribuzione lungo l'interstatale. Spostandosi verso est, il fertile terreno della Skageon River Valley è appannaggio di fattorie a conduzione familiare dove le mucche da latte agitano la coda, e grano, soia, erba medica, oltre a diversi tipi di frutta e verdura, compiono il loro ciclo vitale a ogni stagione. Qui e là i campi sconfinati sono interrotti dalle poche foreste primarie rimaste. Nella nostra parte della contea, le impronte dei ghiacciai hanno lasciato sul terreno formazioni rocciose e, nelle zone basse, hanno formato stagni e laghetti.

Quasi quarant'anni fa, era stato il sogno di una seconda casa in questa zona, un luogo dove poter nuotare e andare in barca con nostro figlio, a spingere fino a qui me e Barbara, la mia defunta moglie. Oggigiorno il ruscellamento dei fertilizzanti lascia molti specchi d'acqua eutrofici e bordati di alghe verdi, ma avevamo scoperto Mirror Lake, alimentato da torrenti sotterranei che salgono in superficie attraversando strati purificanti di calcare. Essere un procuratore, e io lo ero allora, ti fa vedere l'umanità con l'atteggiamento del proctologo. Io volevo un rifugio per la mia famiglia, lontano dal tumulto della città e dalle ansie del mio lavoro. Una volta tanto, Barbara e io fummo d'accordo e acquistammo un piccolo cottage sul retro della proprietà in cui vivo oggi. (Anche qui c'è una storia, ma ne racconterò una per volta.) Da maggio a fine settembre, ogni volta che avevo una pausa fra un processo e l'altro, ci venivamo nel weekend, vivendo in costume da bagno e facendo amicizia con i vicini.

Apprezzavo la sensazione di tregua e, con il passare del tempo, non vedevo soprattutto l'ora che fosse domenica mattina, quando Nat e Barbara dormivano più a lungo e io potevo percorrere in bicicletta i cinque chilometri fino a Mirror, la cittadina vicina, dove trovavo dal benzinaio una copia del "Tribune" della Kindle County. Il nuovo proprietario – un tizio che era diventato miliardario come mediatore finanziario nel commercio di materie prime – aveva deciso di trasformarlo in un quotidiano a diffusione nazionale. L'edizione della domenica aveva le dimensioni di un elenco telefonico e potevi leggere per tutto il giorno i molti articoli di cronaca e cultura.

Quando venni qui in esilio, portai avanti l'abitudine di acquistarlo, però scoprii che periodicamente il benzinaio lo finiva. Alla fine Ravi, il proprietario, mi disse che nonostante le sue proteste il distributore gli consegnava una sola copia del "Tribune" della domenica. Cominciai a svegliarmi sempre prima pur di averla.

Una domenica, entrando poco dopo le sette del mattino, vidi davanti alla cassa una donna di bassa statura, con i capelli neri e folti raccolti in una coda di cavallo. Mi dava le spalle, però notai che aveva in mano la "mia" copia del giornale mentre aspettava il resto. Quando si voltò, rimasi profondamente colpito: era molto attraente, almeno per me, con occhi color ambra che spiccavano come fari sulla carnagione più scura. Ma la cosa che più mi attrasse fu l'espressione che passò sul suo viso, un lampo di intelligenza, sicurezza di sé e umorismo. Ovviamente aveva capito subito dalla mia aria delusa il motivo per cui ero lì.

Esitò un solo istante, poi mi chiese: "Qual è la sua sezione preferita?". Rimasi stupito, ma le risposi che, dovendo scegliere, avrei preso le prime pagine con le notizie dall'interno e dal mondo.

Più tardi, al rientro da una battuta di pesca, trovai quelle pagine nella cassetta delle lettere. Il fatto che mi avesse riconosciuto non mi aveva sorpreso. Un tempo, la mia vita era finita in prima pagina ed ero tristemente noto in zona; poi indirizzo e numero di telefono erano sull'elenco.

Il fine settimana seguente lasciai dal benzinaio un biglietto per lei, ringraziandola per la sua generosità e informandola che, da quel momento, le avrei concesso il giornale domenicale: avevo imparato ad accedere all'edizione digitale (a quanto pare era la nuova strategia del miliardario per aumentare i profitti). Quando ero uscito di prigione, avevo cominciato una relazione praticamente clandestina con Lorna Murphy, la vedova che abitava nella grande casa sulla riva del lago davanti al mio cottage, ma ormai avevamo chiuso. Uscivo di tanto in tanto con qualche donna, quindi avevo valutato se inserire una o due righe galanti chiedendo, per esempio, alla mia "rivale" quale fosse la *sua* sezione preferita, però avevo deciso di evitare. Una donna con quel tipo di vitalità naturale era quasi sicuramente sposata o impegnata e, anche se non fosse stato così, a occhio e croce dovevo avere una trentina d'anni più di lei. E, inoltre, il fatto che mi avesse consegnato le pagine nella cassetta della posta senza una lettera o un messaggio era un chiaro segnale che non era disposta a ulteriori contatti.

Di tanto in tanto pensavo a lei quando facevo il pieno da Ravi o la spesa in un negozio di Mirror, ma non l'avevo più vista. Accettai il verdetto del fato, rendendomi conto che, come spesso avviene, probabilmente non sarebbe stata interessante quanto mi era sembrata a prima vista.

2
Mansy Potter

Mansy Potter – Mansfield Potter IV – è il migliore amico che ho da queste parti. Ci siamo conosciuti quando entrambi eravamo giudici di Corte d'appello e, nel momento in cui ero finito in grossi guai, lui era stato una roccia e aveva pubblicamente condannato le accuse a mio carico basandosi solo sulla sua fiducia in me. Ogni mercoledì pranziamo insieme, di solito da Trixie's, un'elegante caffetteria dove si mangia benissimo alla periferia orientale di Como Stop.

Il tragitto dura circa mezz'ora e io taglio lungo una serie di strade a due corsie. Qui in campagna il tempo ha un ritmo diverso. Per decenni, nella Kindle County, ho fatto il pendolare con il treno o il traghetto e cominciavo subito la giornata di lavoro, concentrandomi su comparse e mozioni che portavo con me nella valigetta. Adesso, anche se guido di frequente su lunghe distanze, sono più rilassato. A volte parlo al telefono con mio figlio Nat, altre ascolto un podcast o un audiolibro, oppure sono in teleconferenza per un arbitrato. Ma più spesso sfrutto quei momenti per riflettere lungo la strada diritta e senza traffico, dove posso godere la libertà degli spazi aperti e assimilare la semplice poesia di un paesaggio di campagna. Il terreno è ondulato e i campi all'orizzonte sembrano una scacchiera. La soia passa dal verde al color oro, il mais da foraggio è ancora in piedi, con le foglie che vanno appassendo e sembrano braccia abbassate per la delusione, e il primo raccolto delle altre colture ha lasciato spuntoni gialli o, dove la terra è già stata rivoltata, si vede il nero intenso dell'argilla che sembra quasi buona da mangiare. In qualche punto più elevato un'enorme fattoria domina il paesaggio, a volte una grande villa che contrasta con i bungalow di assi di legno a cinque vani acquistati dalla gente del posto un secolo fa dal catalogo Sears.

A parte la frequentazione con Lorna, quando mi sono trasferito qui me ne stavo per conto mio. Inizialmente avevo accettato l'invito a pranzo di Mansy per pura lealtà. Immaginavo – e avevo ragione – che, rimasto vedovo di Kathleen dopo cinquantatré anni di matrimonio, avesse bisogno di compagnia. Con il passare del tempo, però, Mansy si era dato una missione: farmi riprendere la pratica del diritto.

Quando ero arrivato nella Skageon County, consideravo il diritto allo stesso modo in cui i non praticanti osservano la fede che hanno abbandonato. Spronato da Mansy, avevo cominciato a riflettere sull'idea di accettare incarichi dal tribunale per gli imputati troppo poveri per pagarsi un avvocato. Pensavo di poter portare una prospettiva unica, in quanto anch'io ero stato un imputato, e una parte di me apprezzava l'idea di ottenere una sorta di ruolo di repertorio nel sistema della giustizia penale. Procuratore. Giudice. Imputato. E adesso avvocato difensore. A parte il cancelliere quando dice "Silenzio in aula" all'inizio di ogni sessione, avrei finito per interpretare tutti i possibili ruoli in aula.

Mansy, che tuttora esercita un notevole potere politico nella Skageon County, era stato molto sollecito nell'aiutarmi, ma il lavoro mi piaceva molto meno di quanto avessi creduto. I miei clienti erano tutti colpevoli – questo me l'aspettavo –, ma le loro situazioni non mi risollevavano certo il morale. Avevano vissuto incespicando di continuo, senza eccezioni. I loro crimini erano solo l'ennesima cosa in cui avevano fallito nel corso di un'esistenza in cui ostacoli e fatiche erano un tema costante.

"Ho un'altra idea per te" aveva detto Mansy molti mesi più tardi quando, con imbarazzo, gli avevo confessato la mia delusione. Dopo aver lasciato la Corte suprema dello Stato, aveva lavorato come arbitro e mediatore collaborando con una grossa organizzazione nella Kindle County. Aveva più incarichi di quanti volesse e aveva pensato di passare a me quelli in eccesso. Grazie a questa spinta di Mansy, adesso posso scegliere i casi che voglio trattare.

Quando arrivo da Trixie's, mi sorprendo nel vedere Mansy in piedi accanto a un tavolo per due nel pieno di quella che si direbbe un'accesa conversazione con il secondo figlio, Harrison, che è Hardy per tutti, tranne che sulla carta intestata. Come il padre una generazione prima di lui, Hardy è il procuratore della Skageon County. A prima vista, considerando le espressioni gravi dei due, penso che Hardy si sia imbattuto in un grosso ostacolo nella sua campagna per la rielezione l'anno prossimo, un problema che richiede il parere esperto di suo padre. Più alto di Mansy di quasi tutta la testa, scuro di capelli e di occhi in una famiglia di biondi, Hardy ha in mano il conto, quindi immagino si sia imbattuto nel padre dopo aver pranzato con altri.

In piedi accanto alla cassa, mi guardo in giro con indifferenza perché non voglio dare l'impressione di origliare. Trixie's sembra quasi appartenere a una catena: è di nuova costruzione, con travi a vista e lucernari, ma il cibo è rigorosamente cucinato sul posto. Ogni settimana che passa ci sono meno clienti. Le temperature restano miti, però molti di quelli che trascorrono l'estate a Como Stop hanno figli e nipoti e, con l'inizio dell'anno scolastico, è ricominciata anche la loro routine nella Kindle County o a Milwaukee.

Mansy, infine, si accorge del mio arrivo e mi fa cenno di avvicinarmi mentre Hardy si dirige verso l'uscita, superandomi con un mezzo sorriso che indica una profonda preoccupazione o il fatto che è meno felice del solito di vedermi.

«Scusami» dice Mansy sedendosi e invitandomi con un cenno a fare altrettanto. «Problemi di famiglia.»

Come il figlio, nonostante i suoi ottantatré anni Mansy rimane un bell'uomo. Da sempre cerco di capire come mai l'élite WASP di questo paese sia tanto bella. Penso che, in un certo senso, sia frutto del fatto che detengono il potere da sempre, ovvero sono stati loro a stabilire gli standard estetici a loro immagine, oppure sono stati presi a modello: alti, biondi, occhi azzurri, atletici. E, come è ovvio, per intere generazioni si sono sposati con persone come loro, e i figli biondissimi sembrano fatti con lo stampino. Quale che sia il motivo, Mansy sembra uscito da una tavola di Norman Rockwell, con la sua folta criniera di capelli bianchi appena ingialliti all'attaccatura e la riga di lato. Sotto le folte sopracciglia canute, un naso abbastanza importante domina i lineamenti proporzionati. Gli occhi azzurro ghiaccio conservano la scintilla di una spiccata intelligenza.

«Non per farmi gli affari vostri» dico «ma Charmaine sta bene?» La moglie di Hardy ha la sclerosi multipla e di tanto in tanto ormai usa una sedia a rotelle.

«Bene» risponde lui. «La malattia è stabile, ma Charmaine non ha bisogno di stress e, come sempre, quella svitata di mia nipote gliene procura a iosa.»

Decido che sarebbe poco cortese un: "Cos'è successo stavolta?". Mansy è impeccabile nei modi, e io cerco sempre di emulare la sua raffinatezza. Quando parla, modula la voce come un annunciatore e dimostra un tatto davvero magistrale, una sorta di orecchio assoluto per sapere cosa si può esprimere e cosa no, e cosa le persone ascolteranno e prenderanno a cuore anziché ignorarlo.

«Mae è sparita» dice. «Ha parlato di andare in campeggio, poi è uscita di casa ed è in silenzio radio. Non risponde al telefono e nemmeno ai messaggi.»

La mia espressione, ne sono certo, mi tradisce, mentre quella di Mansy si fa cupa.

«Anche Aaron?» chiede. Quando gli rispondo di sì, riflette per un istante, poi esprime quello che pensiamo entrambi: «Non è una coincidenza».

Nessuna delle due famiglie la riterrà una buona notizia. Bea considera Mae la prima causa dei problemi di Aaron. Certo, è vero che in occasione dell'ultimo arresto – quello che lo ha portato in carcere per quattro mesi – lui era in possesso di droga acquistata da Mae. Bea si era molto arrabbiata perché nessuno aveva interrogato lei, ma i vice dello sceriffo di qui, come i poliziotti di molti altri posti, concedono qualche cortesia professionale al procuratore eletto e alla sua famiglia. Inoltre, come Aaron ha fatto notare a sua madre, era lui quello che guidava sotto l'effetto di stupefacenti.

Aaron e Mae stanno insieme dall'inizio delle superiori, tra esplosive rotture e rapide riconciliazioni diventate più frequenti verso la fine della scuola. Quando Aaron era uscito dal carcere, mi sembrava avesse giurato di non rivederla più.

«Non sapevamo nemmeno che si fossero rimessi insieme» dico a Mansy. Aaron, in particolare da quando è pulito, in linea di massima è sincero: preferisce non rispondere piuttosto che mentire. Ma per lui Mae è un argomento delicato.

Mae è brillante e straordinariamente bella, anche considerando gli standard della sua famiglia. Biondissima, alta e snella, ha i lineamenti angelici delle giovani donne che figuravano sulle etichette dello shampoo di quando ero giovane. In effetti, per un po' di tempo ha provato a fare la modella a Manhattan dopo aver abbandonato il college. Molto prima dell'evento cinematografico dell'estate, i suoi capelli e la sua figura già ispiravano il paragone con quella bambola iconica.

«Credi che siano scappati per sposarsi?» chiede Mansy all'improvviso.

«Oddio, sposarsi?» Io li immaginavo in una tenda a godersi un'orgia di sesso e droga. «Mae ha mai accennato a qualcosa di simile?»

«No, è venuto in mente a me» risponde Mansy, anche se sospetto che voglia essere discreto. «È il genere di gesto impulsivo che potrebbero fare entrambi. Mae di sicuro.»

«Il matrimonio durerebbe meno di un mese» dichiaro. «E certo non regalerei loro un servizio di piatti: finirebbero lanciati contro un muro.»

Non sono del tutto certo che Mansy reagirebbe bene all'idea di un nipote acquisito nero. Immagino che gli servirebbe un po' di tempo per assestarsi e accettare la cosa. Quanto a Charmaine e Hardy, sarebbe tutt'altra faccenda. Non attribuirebbero mai le loro riserve al colore della pelle, ma la famiglia Potter è sempre stata impeccabile nella scelta dei partner e immagino abbiano inculcato a Mae fin dalla giovane età l'idea di "sposarsi bene". Nella Skageon County, la famiglia Potter è una delle poche a essere considerata una vera e propria dinastia, e loro interpretano da tempo il ruolo degli aristocratici benevoli. Le fortune di famiglia hanno avuto origine nel Diciannovesimo secolo, quando i Potter si dedicavano alla raccolta di muschio di sfagno, e si sono ampliate a silvicoltura, proprietà immobiliari e banche. I figli sono andati lontano per ricevere un'istruzione d'élite, poi sono tornati qui dove frequentano la chiesa con tutti e si occupano onorevolmente degli affari.

«Sarebbe una pretesa eccessiva, Mansy, se ti chiedessi di non parlare a Hardy di Aaron per il momento?» L'atteggiamento di Hardy verso Aaron è simile a quello di Bea verso Mae, ma il potere che gli viene dalla sua posizione lo rende molto più minaccioso. Ogni volta che Aaron ha avuto le sue scaramucce con la legge, Hardy si è chiamato fuori dalle decisioni sul destino del ragazzo di sua figlia. Sotto molti aspetti, tuttavia, Hardy è l'esatto opposto di suo padre, e sembra voler compensare la propria minore abilità facendosi meno scrupoli. Non mi stupirei se desse qualche indicazione allusiva alla sua vice, quella che adesso dovrebbe decidere se revocare o meno la libertà vigilata a Aaron in caso di violazione dei severi limiti imposti. «Vorrei concedergli un giorno o due e vedere come sta al suo ritorno.»

Mansy abbassa un sopracciglio e chiede: «Pensi che si droghi ancora?».

«Spero di no» rispondo. Il fatto è che, fin dall'inizio, l'abuso di sostanze ha avuto un ruolo di primo piano nella relazione tra Mae e Aaron. Già a tredici anni bevevano la vodka di Hardy aggiungendo poi acqua alle bottiglie, e occasionalmente rubavano qualche pastiglia di Charmaine.

«È pulito, vero?» Mansy, che spesso commenta i propri vani sforzi per darsi una regolata con l'alcol, considera la sobrietà un notevole successo, e anch'io la penso così.

«Credevo che andasse alla grande» rispondo. «Ha uno sponsor a Kweagon, il reverendo Spruce, che lui ammira davvero.»

«Ah, sì. Donall Spruce. Non ha mai detto niente di positivo su di me, però è un uomo onesto.» Mansy scuote la testa al pensiero del reverendo. «Per caso Joe ha sentito Aaron?» chiede, riferendosi al padre di Bea.

«Con Bea ha negato, ma lei non gli crede mai. È meglio che vada io da Joe» dico a Mansy. «Se si dovesse arrivare al dunque, mi mentirebbe, però gli sarebbe più difficile farlo faccia a faccia.»

Esaurito il preoccupante argomento di Mae e Aaron, dopo un paio di minuti ci ritroviamo immersi nell'abituale flusso delle nostre conversazioni a pranzo. Dato che entrambi abbiamo avuto per anni una carica pubblica – Mansy era senatore dello Stato, poi per tre mandati è stato il procuratore della Skageon County prima di candidarsi a giudice –, la politica è un inevitabile tema di conversazione, soprattutto perché abbiamo la possibilità di sfidarci. Non concordiamo su alcuni problemi nazionali, come il modo in cui affrontare il cambiamento climatico o la politica fiscale, ma le nostre discussioni sono mitigate dalla consapevolezza che si tratta di questioni molto al di là del nostro controllo.

I nostri punti di vista hanno lo stesso impatto di uno spettatore che urla istruzioni al battitore durante una partita di baseball.

Ci aggiorniamo inoltre sulle notizie locali che, a dire il vero, sono poco più che pettegolezzi. Le nostre sono cittadine nelle quali le vite delle persone tendono a intersecarsi in vari modi. Spesso parliamo di chi se ne è andato, in particolare i giovani che partono per il college e si ritrovano con un livello di istruzione che va oltre le offerte di lavoro in loco. Anche Bea torna a casa dalla sala professori con racconti di tresche sessuali, però Mansy è troppo gentiluomo per lanciarsi in conversazioni di questo genere. Da quando abbiamo adottato le stesse tre regole che Mansy, a quanto dice, segue con i suoi amici del golf, sono banditi anche altri argomenti. Primo: non parlare di malattie e acciacchi. Lui ha qualche anno più di me, e un elenco di lamentele un po' più lungo del mio, ma in verità abbiamo entrambi abbastanza amici che sono passati a miglior vita, quindi ci riteniamo fortunati. Secondo: non brontolare a proposito delle donne. Adesso Mansy ha due amiche che vede regolarmente. Come è ovvio, provo una certa curiosità di sapere come ci riesca in pratica, ma lui non è il tipo che apprezza richieste di dettagli in proposito. Terzo: non più di cinque minuti per parlare dei nipoti, vanterie comprese, una regola che oggi abbiamo violato con la lunga chiacchierata su Mae.

Non riesco a togliermi dalla testa quella notizia, quindi ci torno sopra senza tanti giri di parole.

«Per un giorno o due terrai la faccenda di Aaron per te?» chiedo di nuovo.

«Ma certo» risponde Mansy. «E comunque parlarne con Hardy non sarebbe produttivo. Ti sarai accorto che si infiamma ogni volta che Mae sfugge al suo controllo. E, francamente, ha bisogno di concentrarsi su questa campagna. Per come la vedo io, è partito tardi.»

Per la prima volta, Hardy ha un avversario pericoloso alle primarie, una senatrice dello Stato di nome Madison van Ohne, che sta tentando il sorpasso da destra.

Nel parcheggio, Mansy e io ci salutiamo sorridendo e ripromettendoci di aggiornarci se uno di noi dovesse avere notizie dei due scomparsi. Ma non ho dubbi che entrambi ce ne andiamo più preoccupati di quando siamo arrivati.

3
Un messaggio a Aaron

13-14 settembre

Come mi aspettavo, la notizia che comunico a Bea quando torna da scuola – che probabilmente Aaron è con Mae – le fa fisicamente male. Si china in avanti sorreggendosi la fronte con la mano sottile e proteggendosi gli occhi.

«Quella ragazza ha un solo scopo nella vita, tirarlo giù con sé, proprio così» dice. Chiaro che sta esagerando. Il comportamento bizzarro di Mae mi sembra più inteso a far male a se stessa che agli altri. Ed è stato Aaron a sviluppare una dipendenza da sostanze. Questo, tuttavia, non impedisce a Bea di dichiarare: «Sono sincera, a volte vorrei solo che la terra si aprisse per inghiottirla».

Dopo cena, sento che Bea sta telefonando a un paio degli amici più cari di Aaron. Pressoché tutti i ragazzi cresciuti nel Mirror District sono stati suoi alunni alle elementari e, anche se sono diventati insolenti – a molti di loro farebbe bene una bella sberla –, le rispondono ancora con rispetto. Nessuno sa molto, con l'eccezione di Cassity Benisch, la migliore amica di Aaron, che non si sbottona, ma risponde di sì quando Bea le chiede se Aaron sia con Mae.

Bea passa un'altra notte inquieta. Al mattino, noto sul suo volto la sofferenza di essere la madre di un tossico: un dolore straziante che non provava da quasi un anno e mezzo. Le statistiche sugli adolescenti tossicodipendenti dicono che, nella gran parte dei casi, i soggetti diventano adulti produttivi. Il problema è tenerli vivi abbastanza a lungo, e l'anno successivo alla riabilitazione è il più delicato. Aaron ci è già ricascato una volta, dopo il primo arresto quando aveva appena cominciato il college, ma visto che adesso ha fatto molti passi avanti probabilmente ha delle buone possibilità. È quindi un'angoscia tutta particolare scoprire che tante speranze alimentate da mesi di comportamento disciplinato potrebbero essere infrante riportandoci sull'orlo del disastro.

Mentre sta uscendo per andare a scuola, Bea si ferma accanto alla porta del garage.

«Per favore, manderesti un messaggio a Aaron per avvisarlo?» chiede. «Digli che, se non si fa sentire, dovrai chiamare il giudice.»

Lo scopo della richiesta mi sfugge, dato che nessuno dei suoi messaggi è stato consegnato e tutti sembrano sospesi da qualche parte nel cloud.

«Ci penserò» rispondo per evitare un secco no. «Mansy, però, ha consigliato di parlare con Joe. Se c'è una persona che sa qualcosa, quello è tuo padre. E se entro stasera non abbiamo sentito Aaron, dovremmo andare alla VFW per fare due parole con lui.» La VFW è l'associazione dei veterani di guerra.

«Anch'io?» In genere, Bea preferisce vedere suo padre quando c'è Aaron con lei: se sono soli, a volte non riesce a contenere la rabbia. Per tutta la sua infanzia, lui è stato un ubriacone violento che picchiava la madre e terrorizzava i figli.

«Se lui sa dov'è Aaron, credo che faccia più fatica a mentire guardando entrambi negli occhi.»

Bea sembra accettare la mia logica, ma rabbrividisce prima di andarsene.

Io lavoro fino all'ora di pranzo, poi mi gusto un mezzo panino con salmone che noi stessi abbiamo marinato dopo che io l'ho catturato durante la risalita del fiume. Ho appena finito di mangiare, quando suona il telefono. È la linea fissa che ci hanno assegnato gratuitamente con quella internet.

«Sono Gert» dice la donna, con la voce catarrosa di chi fuma da anni. «Dov'è Aaron? Lo sto chiamando da un'ora sul cellulare.»

Adesso ho un problema. Spesso i tossici trascinano con sé le famiglie, quindi so che è meglio non mentire per Aaron. Dirle che è sparito, però, potrebbe solo creare una crisi: per lui, perché comprometterebbe la libertà vigilata, ma anche per me, visto che dovrei essere io a controllarlo per conto del tribunale.

«È via con la tenda. Gloria lo ha licenziato la scorsa settimana e immagino abbia bisogno di un po' di tempo per riflettere.»

«A campeggiare? E come ci è andato?»

«Credo che sia con Mae Potter.» Come chiunque altro, Gert sa bene cosa significa, ma ci mette parecchio a reagire.

«Sì, mi è stato riferito» dice infine. «Ma ho bisogno di vederlo. Voglio che venga qui adesso.»

Questo può solo significare che vuole sottoporlo a un test antidroga a sorpresa.

«Sa di doverti incontrare lunedì» rispondo.

«Prima» ribatte lei.

«Al momento non sembra avere copertura con il cellulare.»

«Non è uscito dalla contea, vero?»

«Conosce le regole, Gert. Sono certo che sia andato su a nord. È un buco nero quando ti avvicini alla Marenago County.»

Di solito Gert è una persona molto rilassata – fin troppo, se chiedete a un ex procuratore –, quindi trovo strana la sua insistenza. Le prometto che manderò un messaggio a Aaron.

Al termine della telefonata, mi siedo in salotto di fronte al camino di pietra, blocchi di granito locale che si alzano verso un soffitto di cinque metri e mezzo, e cerco di decifrare la telefonata. Nei sedici mesi trascorsi dalla scarcerazione di Aaron, questo è il primo test a sorpresa richiesto da Gert, almeno per quanto ne so. Il fatto assume ulteriore rilevanza con la sua ammissione di aver saputo che Aaron è con Mae.

Dopo un momento di riflessione, mi rendo conto che Mansy mi ha concesso il minimo del tempo che gli avevo chiesto ieri: ventiquattro ore, ma non un momento di più. Poi ne ha parlato con Hardy e Charmaine. E Hardy, anche se all'apparenza non ha nulla a che fare con il caso di Aaron, ha fatto in modo che Gert chiamasse subito Aaron a rapporto. Non saprei dire se, facendo fare il test antidroga a Aaron, Hardy voglia imporlo anche a sua figlia oppure se, ed è più probabile, stia cercando di far tornare Aaron in prigione per tenerlo lontano da Mae.

Io rispetto comunque la promessa fatta a Gert, e a Bea. Prendo il telefono.

Aaron, scrivo, *per favore. Se non ti sentirò oggi, non avrò altra scelta che contattare il giudice Sams.*

Purtroppo non è una minaccia a vuoto. A breve, Gert dirà al giudice cosa sta succedendo, quindi non posso tardare troppo a rispettare la mia promessa di sedici mesi fa.

A meno che Aaron non riappaia a breve, domani sarà una giornata molto triste.

4
La dottoressa Housley

Era stato Mansy a decidere che io dovessi avere una carica in un ente pubblico, in sostanza una sua creazione che si chiamava School Policy Legal Review Council. Anche allora, nel 2016, c'erano pesanti polemiche, sostanzialmente politiche, su cosa i ragazzi dovessero o non dovessero imparare. A Glenville, che è sull'altra sponda del fiume rispetto alla Wisconsin State e come idee non è per nulla diversa da Berkeley, c'era stata una campagna per riformare l'insegnamento della storia americana eliminando qualsiasi elogio a schiavisti come George Washington e Thomas Jefferson, oltre che a razzisti irriducibili come Woodrow Wilson. I critici chiedevano di togliere dagli scaffali nelle aule o dalla biblioteca qualsiasi testo, per quanto vecchio, che non menzionasse questi fatti deprecabili sugli ex presidenti.

Nel nostro angolo di mondo, un tipo insidioso di nome Aloysius, alias Ralph Proctor, pastore di una grande congregazione evangelica subito fuori Mirror frequentata da Lloyd – il padre di Aaron – e dalla sua nuova famiglia, aveva dato il via a un'altra delle sue campagne di pettegolezzi. Proctor aveva il modo di fare di Fred Rogers, il pastore e personaggio televisivo, e rifiutava di essere pubblicamente associato a qualsiasi iniziativa che potesse suscitare polemiche. Ma un piccolo gruppo dei suoi accoliti più devoti chiedeva l'eliminazione delle "oscenità" dalle biblioteche scolastiche locali, ovvero di qualsiasi libro contenesse anche solo vaghi riferimenti a qualcuno che fa sesso fuori dal matrimonio o alle persone queer.

Da convinto moderato, Mansy aveva fatto approvare da alcuni vecchi amici nel Consiglio della contea per poter approvare un'ordinanza che richiedesse ai comitati di revisione di esaminare tutti i cambiamenti proposti prima che fossero messi in atto. I comitati sarebbero stati formati da tre giudici in pensione che si sarebbero limitati a esprimere un'opinione sul fatto che qualsiasi cambiamento proposto "rispettasse le leggi in vigore", in sostanza il Primo emendamento. Per garantire la neutralità dottrinale dei comitati, almeno uno dei tre membri doveva appartenere a un partito politico opposto rispetto agli altri due. E poiché non ci sono molti democratici nella Skageon County, Mansy era ansioso di farmi entrare in servizio.

"Le persone non vogliono un condannato nel consiglio scolastico" gli avevo detto.

"Condannato un corno" aveva risposto lui. "Trova una scusa migliore. La sola cosa che la gente di qui ricorda è che Sandy Stern ha fatto scucire al Kindle County Board quattro milioni di dollari per comporre la causa civile dopo la tua assoluzione, ovvero circa due milioni di dollari per ogni mese che hai passato dentro. Quasi tutti dicono che lo avrebbero fatto per la metà di quella cifra."

"Ma se ne ricordano ancora."

"Senti, tutti in quel comitato avranno lo stesso nome: giudice. Nessuno andrà oltre. Dammi solo un anno per sistemare tutte queste fesserie. Poi tutti quelli che lasciano la toga saranno felici di avere un bel titolo senza dover lavorare."

Dovevo troppo a Mansy per rifiutare, quindi, alla prima riunione del consiglio dei distretti 64 e 65, ovvero la parte orientale della Skageon County, ero rimasto sconcertato e divertito quando la preside della Mirror Elementary School si era alzata per presentarsi. La dottoressa Beatrix Mena Housley, la cui scuola era spesso nell'occhio del ciclone, era la mia avversaria vincente nella gara per il giornale della domenica da Ravi. La prima volta che mi ha guardato, ho avuto l'impressione di vedere un sorriso malizioso. Conoscendo da sempre il mio nome, era un passo avanti a me.

Il consiglio si riuniva quattro volte all'anno e la dottoressa Housley era spesso chiamata a rispondere. Paradossalmente ero rimasto deluso nello scoprire che sembrava proprio la persona che avevo immaginato durante il nostro incontro alla stazione di servizio. Posata e brillante, aveva una pazienza infinita con il gruppetto di obiettori – sempre gli stessi tre soggetti – che a ogni riunione avevano tanti libri nuovi da denunciare. La regola di Bea era molto semplice, ovvero se un cambiamento avrebbe stimolato o limitato la curiosità dei bambini. Faceva le sue ricerche e poteva dimostrare che ciascuno dei libri contestati si trovava in un gran numero di biblioteche dello Stato, per non parlare delle migliaia in tutto il paese. E aveva avviato nella sua scuola un sistema in base al quale qualsiasi genitore poteva presentare alla bibliotecaria un elenco di libri che non voleva venissero sfogliati o presi a prestito dai propri figli.

Era innegabile che la dottoressa Housley fosse attraente con la A maiuscola. Ma oltre a tutto quello che mi aveva scoraggiato qualche anno prima da Ravi, adesso avevo di fronte una barriera insormontabile: in quanto membro del comitato avevo una palese autorità di supervisione su di lei, il che mi costringeva a comportarmi come se non fosse più affascinante di un fermaporta.

Ascoltavo però attentamente quando le persone parlavano di lei. Nella sua veste di preside aveva molto seguito, ed era considerata energica, fantasiosa e corretta. Dalle occasionali osservazioni sulla sua vita privata, avevo capito che era divorziata e non avevo sentito parlare di un attuale compagno, per quel poco che poteva valere. Qualche volta, dato che siamo in America, la gente diceva anche che era una donna single con un figlio nero, una notizia data come interessante e rivelatrice.

In genere mi tenevo a distanza da lei nel timore di tradirmi, però un paio di volte, prima delle riunioni, avevamo scambiato due parole e l'avevo trovata rilassata e spiritosa. Una volta le avevo chiesto se si chiamasse Beatrix in onore dell'autrice di *Peter coniglio*, un nome stranamente adatto alla preside di una scuola elementare. Per tutta risposta era scoppiata a ridere, poi aveva detto che sua madre, immigrata dalla Germania e morta da più di quindici anni, le aveva dato il nome della nonna.

Il comitato prestava servizio per un anno solare. Durante la riunione del 2017 c'era stata la presentazione dei tre nuovi giudici scovati da Mansy per prendere il nostro posto. Al momento di aggiornare la seduta, avevo scoperto che la dottoressa Housley aveva lasciato borsetta e cappotto accanto al mio parka. Oggi non credo più che sia stata una coincidenza.

"Quindi ha finito" mi aveva detto indossando il cappotto, un gesto che, Dio mi perdoni, le aveva messo in evidenza il seno per un attimo. "Immagino si senta sollevato."

"Lei ha reso facile il lavoro" le avevo risposto.

"E le sono davvero grata per il sostegno. Avevo la sensazione che centrasse sempre il punto." Poi aveva sorriso. "Restiamo in contatto" aveva detto e, dopo un istante di riflessione, aveva aggiunto: "Mi telefoni qualche volta".

Il tono era pratico, ma mi aveva fissato con quei suoi occhi color citrino che sembravano gemme. Ero rimasto colpito dalla sua finezza, di gran lunga superiore alla mia. Alle superiori doveva essere stata una di quelle ragazze attraenti e provocanti che ti fanno girare la testa, ma ben conoscono la loro posizione nella gerarchia del desiderio. Mi ero bloccato di colpo rendendomi conto che quella che era stata solo una futile fantasia si era materializzata davvero, e mi aveva colto impreparato. La sola risposta che mi era uscita era stata un "Davvero?" quasi balbettato, seguito da una vampata di vergogna.

Lei aveva fatto una gran risata, però almeno avevo avuto la sensazione che prendesse la mia incredulità come un complimento. "Sì, davvero" aveva risposto.

Da sempre sono attratto dalle donne sicure di sé, forse perché mi rendono le cose più facili, e mi ero ripreso a sufficienza per chiederle se avesse tempo per un drink. Ci eravamo avviati insieme verso il centro per un paio di isolati, fino al Cummin Inn, dove ci eravamo seduti sugli sgabelli ordinando una birra chiara.

Pensavo fosse andata molto bene durante quell'anno, le avevo detto, sbaragliando gli avversari con la gentilezza, e lei aveva riso al pensiero.

"È perché ho quarantasette anni" aveva risposto "e sto ancora cercando di capire come tener testa alla gente."

Alla menzione della sua età, avevo strizzato un po' gli occhi. "Sa, io fra non molto ne compirò settanta."

Lei, come per prendermi in giro, mi aveva imitato.

"Mi sembra ancora in ottima forma."

Lo ero, avevo pensato. Uscivo in canoa ogni mattina, anche quando la temperatura richiedeva una muta. Quando il lago ghiacciava, andavo con gli sci nelle foreste vicine. Abbattevo alberi e spaccavo legna, ed ero in grado di eseguire i movimenti che avere una barca richiedeva. Non mi ero tagliato la mezza barba che avevo fatto crescere in prigione, ormai era quasi tutta grigia come i miei capelli, molto più lunghi rispetto a quando ero un giudice. Fisicamente stavo bene, ma era la mia anima ad aver bisogno di cure.

"Impossibile dire per quanto resterò così" avevo detto. "Probabilmente ho superato la data di scadenza."

Aveva riso di cuore. Rideva molto, a quanto potevo vedere, un suono generoso e libero che trovavo davvero affascinante.

"Be', Rusty, non sto cercando di acquistare. Come cliente a lungo termine non ho avuto grossi risultati. Ma vivo in questo posto da tutta la vita, non che lo abbia sempre desiderato, e conosco più o meno tutti, almeno quelli che voglio conoscere. E non sono molti qui intorno che si fanno dieci chilometri avanti e indietro per poter leggere il giornale della domenica. E potrebbe essere interessante, tanto per cambiare."

Le avevo chiesto cosa intendesse dicendo che non sempre aveva desiderato vivere qui.

"Credo di essere una donna da città che non si è mai decisa a lasciare la campagna."

"E come mai?"

"Be', a ventun anni non sai cosa sia giusto. Dopo la laurea, tutte le amiche della mia organizzazione studentesca volevano trovare lavoro a Tri-Cities per poter andare nei locali quattro volte alla settimana e incontrare i ragazzi. Sapevo che non sarebbe durata. Ho sempre adorato mia madre, e avevo paura a lasciarla sola con mio padre che, francamente, mi aveva quasi impedito di andare al college. Poi amavo Lloyd di quel tipo di amore da ragazzi. Era bello e gentile. Era il ragazzo più carino che conoscessi, in forte contrasto con quello con cui ero uscita per quasi tutto il periodo delle superiori, che era splendido, ma lunatico e a volte davvero meschino. Lloyd era pronto a sposarsi. I suoi sono molto religiosi, quindi andare a vivere insieme era fuori discussione."

In realtà conoscevo Lloyd Housley. Ex vicesceriffo della contea, aveva lasciato la polizia per lavorare nel settore degli impianti di riscaldamento e condizionamento. Ero un suo cliente ma, nonostante lo stesso cognome, non avevo mai pensato che lui e Bea fossero stati insieme. Dal mio punto di vista, non erano una coppia ideale. Con il passare del tempo avrei saputo che il ragazzo delle superiori era Hardy.

"Si può fare di peggio che essere gentili" avevo commentato.

"Sì, è vero. Può bastare se il resto va bene. Ma dieci anni dopo, sono sincera, non avevamo più niente in comune. Però non la voglio annoiare parlando del mio divorzio. Il fatto è che ero più felice da sola. Amavo le ore della giornata quando, dopo aver messo a letto Aaron, potevo sentirmi me stessa per un po', navigare su internet o leggere. Quando io e Lloyd ci siamo separati, ero convinta che mi sarei trasferita nella Kindle County, ma lui ha iniziato quasi subito la relazione con Camille, la sua nuova moglie, ed era chiaro che non aveva bisogno di altri ostacoli nel suo rapporto con Aaron. Mio padre Joe, con mio enorme stupore, è stato un nonno fantastico. E non volevo allontanare mio figlio da loro due."

Quindi era rimasta bloccata qui, insoddisfatta. Ormai erano passati quasi vent'anni. Avevo scelto il breve silenzio che era seguito per aggiungere un altro dettaglio scoraggiante.

"Sono stato in prigione. Lo sapeva?" Mi ero chiesto se credesse che un ex carcerato avrebbe potuto darle un assaggio di quella vita metropolitana che sentiva esserle mancata.

Lei aveva drizzato la schiena, strizzando di nuovo gli occhi. "Intende sminuirsi?"

"Non esattamente" avevo risposto. "Cerco solo di evitare sorprese sgradevoli."

"Rusty, questa è una cittadina. Crede che ci sia una sola persona a Mirror che non sia al corrente del suo passato? Mansy dice che è stato incastrato, che hanno fabbricato le prove perché il procuratore nutriva da sempre rancore per lei."

Il cospicuo risarcimento che avevo ottenuto dalla Kindle County non aveva fatto che confermare questa impressione, e proprio per questo Sandy Stern, il mio avvocato, mi aveva incoraggiato a fare causa prima di tutto. Le avevo detto, come facevo con chiunque lo chiedesse, che nel senso più ampio del termine la storia di Mansy era vera. A parte quello, non ho niente da aggiungere. Una domanda porta sempre a un'altra, e ad alcune non risponderò mai.

Con questa nuova atmosfera e le luci basse, avevo cominciato a studiarla. Era decisamente bella, il che è sempre un buon inizio. Aveva gli zigomi alti della nonna nativa americana, ma si presentava in maniera non studiata, con poco trucco e i capelli neri e ricci sciolti intorno al viso. Avevo già notato che le sue curve si erano un po' ammorbidite con l'età, ma il fisico restava attraente. Poi c'erano quegli occhi splendidi che mi piaceva studiare da vicino: un cerchio esterno quasi giallo con un anello arancio che circondava le iridi.

Quando ci eravamo salutati nel parcheggio della scuola mi era sembrata molto soddisfatta di sé. Conoscendola quanto la conosco adesso, mi sono reso conto che, all'epoca, per avvicinarmi le ci era voluto più coraggio di quanto avessi creduto. Sono certo che si fosse preparata a un rifiuto, ma che avesse anche capito che io avrei potuto esitare all'infinito.

Di ritorno a casa, mi ero messo a leggere a letto, però non ero riuscito a dormire. Non ero agitato, ma era come se fossi su una mongolfiera che mi impediva di sprofondare nel sonno. Avevo sonnecchiato un po' e mi ero alzato per vedere il sole sorgere sul lago. Sapendo che Bea doveva alzarsi presto per andare a scuola, le avevo mandato un messaggio alle 6.30 per chiederle se volesse cenare con me il sabato sera.

A differenza della chiacchierata al Cummin Inn, dove avevamo chiarito le faccende serie, avevamo trascorso la serata ridendo. Mi aveva detto qualcosa di più di Aaron. Ovviamente conoscevo Mae attraverso Mansy, e l'avevo vista con il suo ragazzo. Aaron in quel periodo aveva i capelli viola e il piercing a entrambe le narici, ed era bello quasi quanto Mae. Era stato però solo più avanti nella conversazione che avevo trovato la quadratura del cerchio.

All'epoca, Aaron aveva quasi sedici anni e Bea parlava di lui con la pungente ironia che distingue i genitori degli adolescenti. Sì, per gran parte del tempo era una spina nel fianco, ma prima o poi si sarebbe accesa la proverbiale lampadina e avrebbe capito che quella che stava passando era una fase comune a ogni essere umano. Le avevo detto che Nat si era messo in grossi guai crescendo – depressione e droghe –, non il tipo di precedenti che ci si aspetta da un uomo che adesso è un professore di diritto molto stimato e un marito e padre attento. Quella sera, Bea mi aveva parlato di tutte le persone della sua vita – Aaron,

Joe e Lloyd – con un sano umorismo che, come tante altre cose di lei, trovavo assolutamente affascinante. Non eravamo neppure a metà degli antipasti quando l'avevo guardata dicendo all'improvviso: "Sto davvero bene qui con te".

Lei si era fermata con il bicchiere di Chardonnay a mezz'aria prima di rispondermi a bassa voce: "Anch'io".

Era molto più attraente di qualsiasi donna avessi conosciuto qui, tanto che non riuscivo a capire per quale ragione nessuno si fosse mai presentato alla sua porta come un trovatello pregandola di accoglierlo. Avevo all'attivo un numero sufficiente di uscite con donne che sembravano fantastiche e, dopo qualche altro incontro, si erano rivelate gravemente problematiche. Una vocina dentro di me mi diceva di stare attento, di tenere a bada il cuore, ma la verità era che ormai ero perso per lei.

Avevamo parlato finché i camerieri non avevano iniziato a mettere le sedie sui tavoli, segnalandoci che era ora di chiusura. Poi l'avevo accompagnata alla macchina nel parcheggio dietro il ristorante. Lì mi ero chinato per baciarla. Non mi interessa quanto mi possa far sembrare antiquato, ma nella mia sporadica vita di relazione avevo scoperto che il primo bacio comporta una scioccante intimità e cancella le barriere fisiche che di solito esistono tra due persone. Lei aveva ricevuto quell'effusione con un gran sorriso, poi mi aveva afferrato per il cappotto e mi aveva baciato di nuovo prima di sparire nella sua macchina.

I momenti immediatamente successivi a una serata come quella, l'entusiasmo per quella connessione profonda, mi avevano lasciato come una bistecca appena tolta dalla griglia, con l'energia e il calore che aleggiavano anche nel freddo. Quel bacio, tuttavia, si era trasformato in una reazione più decisa. Avevo quasi settant'anni ed ero eccitato come un ragazzino. Il freddo non mi infastidiva per niente, e l'effetto su di me era esagerato al punto che avevo avuto bisogno di un istante prima di mettermi al volante della mia Tundra.

Tornando a casa, avevo riesaminato la serata e cercato di calcolare la mossa successiva con l'intento di essere cauto perché il desiderio fisico non mi facesse poco saggiamente affrettare le cose. In seguito avevo scoperto che quei timori erano infondati.

La mattina dopo avevo ricevuto un messaggio: *Vuoi leggere il giornale?*

Dieci minuti dopo si era presentata a casa mia con il "Tribune" sottobraccio, ma senza niente sotto il lungo piumino. Quando se n'era andata – doveva preparare la cena a Aaron che aveva passato la domenica con il padre –, già mi dispiaceva doverla salutare.

5
Joe

14 settembre

All'ora di cena, ancora nessuna notizia di Aaron. Bea mi aveva mandato un messaggio verso le due del pomeriggio dicendomi di essere stata costretta a partecipare a una riunione con cena della tavola rotonda dei presidi della contea che, ancora una volta, doveva discutere se la soluzione giusta per le persone transgender fosse costruire dei bagni separati. Quindi mi devo preparare la cena da solo. In questo periodo, Bea preferisce seguire una dieta ricca di verdure, quindi sfrutto la sua assenza per grigliare una braciola di maiale nella veranda sul retro sul Kamado, un barbecue di lusso con uno spesso guscio di ceramica con il quale mi ritengo un maestro.

Alle otto non ho ancora sentito Bea, ma la cosa non mi sorprende del tutto. Il problema dei bagni è sempre molto dibattuto dato che persino i pochi alunni di dieci o undici anni che si interrogano sul proprio genere non concordano tra loro. Accetto la necessità di rintracciare Aaron entro domani e vado da solo a parlare con il padre di Bea.

In genere un paio di volte al mese mi bevo una birra con il mio futuro suocero: è raro che Bea e Joe riescano a parlarsi per qualche minuto al telefono senza esplodere, quindi accetto l'obbligo di controllare come sta un uomo di ottantaquattro anni che insiste a vivere per conto suo nonostante una malattia terminale. Come solo Bea ha la facoltà di dire, sono ormai quattro anni che Joe promette di morire di cancro nel giro di tre mesi.

Dopo una vita di abusi, Joe ha smesso di bere. Gli piace affermare di averlo fatto per dare il buon esempio a Aaron, ma Bea si affretta a precisare che l'astinenza era stata praticamente una scelta obbligata dopo diversi svenimenti provocati dall'interazione dell'alcol con la lomustina, che gli somministravano di tanto in tanto per il tumore al polmone. Qualche mese fa avevamo acceso una candela per festeggiare il primo anno di sobrietà di Aaron, e Bea aveva preparato un'ottima cena, invitando anche Joe. A tavola, Aaron aveva chiesto in maniera innocente come venivano celebrati gli eventi importanti a casa di sua madre. Lei aveva subito rammentato che Joe non era stato presente alla sua cerimonia di diploma perché era troppo ubriaco.

Joe aveva fatto da autista a Aaron quando andava agli incontri della Narcotics Anonymous a Kweagon, e sembrava averne assorbito parte del lessico.

"Questo perché ero un alcolizzato" aveva detto rispondendo a Bea "quindi ero proprio uno stronzo." Già in precedenza Joe aveva snocciolato questa frase un paio di volte per rispondere alle accuse di altre crudeltà commesse decenni prima – picchiare Willi, la madre di Bea, la guida in stato di ebbrezza, il salario che scialacquava –, pronunciandola con la stessa disinvoltura di uno slogan pubblicitario. Ma in quel momento Bea non era più riuscita a trattenersi.

"Papà, hai sbagliato tempo verbale. Dovresti dire: 'Sono alcolizzato'." Poi, dopo una pausa, aveva aggiunto: "E: 'Sono proprio uno stronzo'".

La rabbia non donava a Bea ed era in contraddizione con la costante gentilezza che riservava a chiunque. Aaron aveva mormorato: "Ma dai, mamma", palesemente deluso, mentre lei era rimasta annichilita alla vista di un debole vecchio che si alzava da tavola prossimo alle lacrime. Era rimasta seduta con il viso tra le mani, rendendosi conto ancora una volta dei gravi pericoli emotivi del suo rapporto con il padre. Era come una di quelle orribili torture medievali nelle quali le braccia vengono legate a due cavalli che poi galoppano in direzioni opposte: sfogare la rabbia o sentirsi soffocare da questa.

Sono sicuro che uno psicologo considererebbe il mio legame con Bea intriso dello stesso brodo di rabbia, desiderio e rimpianto nel quale siamo entrambi cresciuti in quanto figli di alcolizzati violenti. Da quando avevo sei o sette anni, passavo almeno una notte alla settimana chiuso con mia madre nella stanza da letto che non divideva più con mio padre, mentre lui si aggirava per tutta la casa urlando maledizioni da ubriaco ai nemici che aveva lasciato in Serbia. Tutto questo portava inevitabilmente, seguendo una logica chiara solo a lui, alla distruzione di qualche ricordo caro a mia madre: una statuetta di porcellana, uno scialle di sua nonna. Eppure, a differenza di mio padre – che non vedevo da anni quando era morto in una casa mobile in Arizona –, Joe alla fine aveva sviluppato una dote per redimersi: si era rivelato un nonno molto attento per Aaron. E questo, a sua volta, aveva costretto Bea a mantenere con lui un rapporto più costante di quanto avrebbe desiderato, a monitorare le sue cure mediche e a sopportare una cena con lui una volta alla settimana.

Nessuna persona ragionevole che conosca Joe contesterebbe l'opinione di sua figlia, che lo considera un essere umano assolutamente impossibile. Litigioso e molto cocciuto, non è esattamente fedele alla verità. Trova svilente ringraziare anche per una grande gentilezza, e dimostra scarso interesse per qualsiasi conversazione che non verta su di lui. Diversamente da sua figlia, però, che ha passato la vita a patire i suoi infiniti difetti, mi è impossibile non provare una certa riluttante ammirazione per l'uomo.

Joe ha avuto un'infanzia difficile. Suo padre era un emigrato messicano che veniva ogni anno nella Skageon River Valley per il raccolto: prima le fragole poi, in successione, cetrioli, pomodori, lamponi, mele e infine zucche. In uno di quei campi aveva conosciuto la madre di Joe che apparteneva a pieno diritto alla Winnebago Nation. (Nei decenni recenti gli Ho-Chunk, il nuovo nome che hanno scelto, sono diventati proprietari di una catena di resort con casinò di enorme successo. E chiunque abbia almeno un nonno Ho-Chunk ha il diritto di ricevere una somma annuale proveniente dai profitti del gioco: lo scorso anno era più di quattordicimila dollari. Joe, che nessuno aveva mai sentito parlare degli antenati, aveva firmato con entusiasmo, poi, nel suo solito modo losco, aveva affermato di averlo fatto solo perché anche Bea, una madre single in difficoltà, avrebbe potuto richiedere una quota.)

Joe, il maggiore di sei figli, si era spostato per le campagne con il resto della famiglia seguendo i raccolti fino agli otto o nove anni. Poi la Skageon County aveva insistito perché i figli dei migranti presenti nella contea dopo il Labor Day – l'epoca del raccolto dei lamponi – dovessero essere iscritti a scuola. Joe era stato dato in affido quando, nel tardo autunno, i suoi genitori si erano spostati in Louisiana per il raccolto delle noci. Dopo essersi riunito a loro per qualche estate, Joe afferma di averne perso del tutto le tracce. La madre di Bea credeva che, come suo solito, Joe avesse fatto infuriare la propria famiglia d'origine.

Di costituzione robusta, alto un metro e sessantadue, Joe era stato un lottatore a livello nazionale della categoria 52 chilogrammi per la Skageon Consolidated High, ma a quei tempi non si parlava nemmeno di borse di studio o del college per i ragazzi come lui. Alla fine si era arruolato nell'esercito anziché farsi richiamare alle armi ed era stato mandato in Germania, dove aveva conosciuto Wilhelmina, la madre di Bea. Willi, una bionda riccia e slavata, era più alta del marito di una testa. Lui aveva rinnovato con l'esercito, convinto di restare a Magonza con la moglie e il figlio neonato, ma era stato spedito in Vietnam, dove era diventato uno dei primi *tunnel rats*, i topi delle gallerie, gli uomini più bassi di statura che facevano piazza pulita nelle reti sotterranee scavate nel corso degli anni dai Vietcong. Spesso imbattersi nel nemico sottoterra comportava una lotta corpo a corpo fino alla morte. Joe era tornato con una Bronze Star, che ha nascosto ormai da molto tempo. Ma racconta a chiunque sia disposto ad ascoltarlo quanto odi le forze armate americane. "L'esercito mi ha avvelenato. Costringere un ragazzo a uccidere o essere ucciso mentre sente in faccia il respiro di un altro essere umano? Cosa ti succede dopo un'esperienza così?" Proprio per disprezzo del padre, Fritz – il fratello maggiore di Bea – aveva fatto carriera nell'esercito.

Tornando negli Stati Uniti nel 1967, Joe aveva trovato lavoro alla catena di montaggio della US Motors a Kweagon. Era diventato un leader sindacale nel 1987, quando la US era stata acquisita da Chrysler, che aveva deciso di chiudere lo stabilimento di Kweagon. Joe aveva organizzato una serie di azioni rischiose. A seconda della persona con cui parli, Joe è considerato un eroe – per aver costretto Chrysler a concedere grossi benefit a tutti i dipendenti – o un farabutto perché i più anziani, lui compreso, avevano ottenuto la pensione piena anticipata. In seguito Joe, che coltivava da sempre un piccolo appezzamento, aveva acquistato la fattoria di quaranta ettari presso la quale lavorava dal 2005, lo stesso luogo dove Bea e Aaron avevano vissuto dopo il divorzio di lei.

Il bar preferito di Joe si trova alla VFW appena fuori Mirror. Pure io faccio parte dell'associazione dei veterani grazie al periodo che ho trascorso nelle riserve dell'esercito, anche se in sostanza sono un impostore, dato che ho preso quella strada per evitare gli stessi traumi che Joe aveva vissuto in Vietnam. Considerando che lui non beve più e disprezza i militari, potrebbe sembrare strano che si presenti quasi ogni sera alla VFW, ma ci va per litigare con chiunque lodi le nostre forze armate, anche se deve affrontare da solo tutta la sala. Joe è così.

Quando chiedo di lui a Sallie, la barista, la robusta vedova di un soldato ucciso in Iraq che questa sera lavora con una camicetta a fiori e dei pantaloncini da ciclista, mi risponde di non averlo ancora visto. Io l'ho chiamato diverse volte, sono persino andato alla fattoria, ma è tipico di Joe considerare il telefono uno strumento a senso unico. Risponde solo quando ne ha voglia, ma ti sgrida se non rispondi alle sue chiamate.

Mi sistemo al bancone e scambio un cenno di saluto con un paio di uomini che conosco solo di vista. Gli abitanti della contea sono in gran parte contadini e persone che offrono beni e servizi legati all'agricoltura: riparazioni dei macchinari o vendita di foraggio. Tutti tendono a starsene per conto proprio dato che il lavoro in fattoria è per sua natura autonomo, e qualsiasi socializzazione avviene nei bar di campagna.

La VFW – a parte l'asta della bandiera di fronte al locale e la targa che lo identifica come Sezione 4549 – somiglia agli altri locali di queste parti: è una vecchia fattoria a due piani convertita decenni fa, con un parcheggio pieno di buche e una tremolante insegna al neon della birra Schlitz sulla facciata. Il bar ha una luce fioca, un rivestimento di nodoso legno di pino e diversi apparecchi lungo le pareti, tra i quali un jukebox digitale, macchine per il videopoker e un bowling da tavolo che deve avere almeno sessant'anni, dove i giocatori lanciano un dischetto di acciaio lungo una pista di legno laccato verso i birilli di plastica.

Mi piace incontrare Joe qui, perché mi dà la possibilità di

origliare un mondo che ancora non conosco bene. Si parla molto di prezzi dei raccolti e di quanto pagano la cooperativa locale o i distributori, dei pregi di alcune vendite dirette che alcuni coltivatori hanno provato a fare via internet. La voce di Luke Combs esce dalle casse, mentre i televisori sopra il banco sono silenziati: uno è sintonizzato su ESPN, l'altro su Fox News. Questo è il paese dei bianchi arrabbiati di cui si parla spesso, quelli che si sentono ignorati e insultati da chi è al potere.

In questo momento un tizio di nome Muller Wirzer piange il cane che ha dovuto far abbattere ieri. Il suo ventre enorme mette a dura prova i bottoni di qualsiasi camicia e, siccome rifiuta di usare creme con protezione solare, il suo viso e la testa calva sono sempre rossi fino a novembre inoltrato. Circa due anni fa ho avuto uno scontro con lui. Io cerco di non rispondere quando il discorso vira sulla politica dato che quasi tutti qui ignorano gli sproloqui, non tanto perché dissentono, quanto perché violano la privacy che tanto amano. Quella sera, però, avevo bevuto una birra più del solito, non ero riuscito a trattenermi e avevo risposto a Muller che non smetteva di commentare ad alta voce come l'inflazione schizzasse alle stelle a causa di tutto il denaro che Biden spendeva per i buoni spesa e il Medicaid, il sostegno sanitario alle persone a basso reddito. "Ma non per gli aiuti che hai ricevuto per i raccolti persi a causa del Covid, vero, Muller?" Era furioso con me, però un paio di mesi più tardi, quando avevo avuto bisogno di aiuto per tirare in secco la mia barca per via di un guasto al sollevatore, lui faceva parte del gruppo che si era presentato a casa mia.

Ascolto attentamente le storie di Muller su Rufus, il cane che aveva adottato da un rifugio del Kentucky rurale dove era finito dopo essere stato usato per addestrare i cani da combattimento. Gli avevano limato i denti per impedirgli di difendersi e aveva profonde cicatrici sulla pelle e sul muso. Muller dice che non è passato giorno senza che vedesse negli occhi del cane la profonda gratitudine per la sua nuova casa.

Mi rendo conto solo adesso che Joe si è seduto sullo sgabello accanto al mio. «Birra?» mi chiede e fa cenno a Sallie di portare una Lite per me e la sua Heineken Zero.

«Dove sei stato?» gli chiedo. «Ero passato dalla fattoria venendo qui.»

«Probabilmente stavo chiudendo l'Harvestore» risponde, riferendosi al grosso silo di metallo blu che usa per stoccare l'erba medica che raccoglie in balle in giugno e vende in autunno. Munchie, il suo vicino, aveva bisogno di foraggio insilato a causa della recente siccità, troppo pesante per essere superata anche dalle forti piogge di due sere prima. Il diluvio aveva anche lasciato in pessime condizioni il campo più basso di Munchie.

«Camminare nel fango era come stare nelle sabbie mobili e poco è mancato che perdessi le scarpe.» Joe è in shorts e indica le gambe nude. Ho sempre trovato i polpacci di Joe degni di nota, più larghi delle ginocchia, con la forma tubolare dei sostegni delle balaustre di pietra che si vedono negli edifici pubblici. Stasera le sue sneaker bianche sono macchiate di marrone pure sui lacci e, dato che arriva direttamente dalla fattoria, vedo anche strisce di terra arancio scuro sulla sua vecchia T-shirt del sindacato dei lavoratori dell'automobile con la scritta "Local 646". Ha le unghie nere di terra.

«Stanotte sono venuti giù più di 50 millimetri d'acqua» aggiunge «quasi un record, maledizione.» Il meteo è uno dei pochi argomenti, a parte se stesso, di cui lui è sempre pronto a parlare. Certo, dalle nostre parti è ben più di una curiosità: pioggia, sole e vento sono le variabili che controllano il sostentamento di quasi tutti, e in questo periodo sono oggetto di frequenti lamentele. Troppo caldo, troppo umido, troppo secco, è tutto da matti, anche se si parla raramente delle cause. È la sfortuna dei contadini, dice l'uomo di qui.

«Be', ti volevo chiedere di Aaron» dico.

Parlare del nipote è un modo sicuro per attirare l'attenzione di Joe, che infatti si gira verso di me. Anche da giovane, non era certo bello: naso largo, pelle butterata e strabico. Il suo vecchio viso è profondamente segnato dalle intemperie, ma dopo un'estate trascorsa sotto il sole mostra uno splendido color rame scuro.

«Cosa vuoi sapere?» chiede.

«È sparito ormai da tre giorni. Non risponde alle telefonate né ai messaggi di sua madre. Sembra che abbia spento il telefono.»

«Buon per lui. Ormai è un adulto, vero? Quell'accidenti di mia figlia vorrebbe avere un drone per tenerlo d'occhio. Usa il telefono come un guinzaglio.»

«Joe, Aaron è in libertà vigilata. È nostra responsabilità sapere dove si trova.»

«Col cavolo» risponde lui. «Lasciatelo respirare.»

«Non hai idea di dove sia diretto?»

Mi fissa deciso con i suoi occhietti neri.

«Non ne ho idea» risponde. E mi convince, ma poi aggiunge: «E non te lo direi se lo sapessi. E se solo avesse due capelli fuori posto, tu lo spiffereresti a quello stronzo del giudice, vero?».

«Tutti lo abbiamo accettato, Joe, perché potesse uscire di prigione.»

«Io non ho accettato proprio niente, e non sono nemmeno preoccupato per lui.»

«Be', noi siamo praticamente sicuri che sia con Mae Potter.»

Sento Joe irrigidirsi accanto a me.

«Questo è un problema» commenta.

«Adesso sei almeno un po' preoccupato?» chiedo. Joe non ha paura di contraddirsi, nemmeno all'interno di una stessa frase.

«Credevo avesse finalmente deciso di chiudere» risponde. «È quello che deve fare una volta per tutte. Sembra che quella ragazza riesca a fischiettare *Yankee Doodle* con la passera, o qualcosa di simile. Qualcosa di straordinario che lo fa andare in trance.»

«Dubito gli interessi *Yankee Doodle*.» Vern, il tizio accanto a me che fingeva indifferenza, non riesce a soffocare una risata.

È facile dire che il legame di Aaron con Mae sia solo sesso, anche perché è a quello che pensa gran parte dei maschi che le ronzano intorno. Lei è una vera bellezza, ama flirtare e gradisce questo tipo di reazioni. Ma tra Aaron e Mae c'è sempre stato qualcosa di molto forte che va al di là della sola attrazione fisica.

«Joe, se sai dov'è, devi fargli avere un messaggio...»

«No, no» risponde lui «non ne ho idea. Un paio di giorni fa mi ha detto che probabilmente sarebbe andato verso nord, come gli piace fare, dato che quell'idiota lo ha licenziato. Senza una parola di preavviso, perché temeva che, se l'avesse saputo, non avrebbe lavorato quattordici ore al giorno. Il tipico modo di fare di Como Stop.» Joe ha sempre provato un disprezzo da sindacalista per gli abbienti.

«Ma se lo sentissi...»

«Sì, lo so, ET telefono casa. Capito.»

Gli chiedo come si sente e lascio che si lamenti per un attimo dei medici, che tratta come un'altra forza nemica decisa a sottrargli le ultime gioie della vita. Prima di uscire, vado verso Muller per dirgli che mi dispiace per il cane.

Quando arrivo nel parcheggio, sento il telefono che vibra in tasca. Immagino che Bea sia arrivata a casa e voglia sapere se rientrerò in tempo per guardare insieme a letto un episodio di *A French Village* in streaming. Bea ama molto quella serie, anche perché le offre la possibilità di praticare il francese che ha imparato alle superiori e al college. Le piace commentare ogni volta che i sottotitoli hanno omesso una sfumatura che lei ritiene essenziale. Continuo a prometterle che, se mai smetterà di rimandare il nostro matrimonio, andremo a Parigi in luna di miele. Bea non è più stata oltreoceano dopo un paio di visite in Germania, ancora bambina, per andare a trovare la famiglia di sua madre e, nonostante la padronanza del francese, non ha mai messo piede in Francia. Entrambi sappiamo che sto cercando di corromperla.

Il messaggio, però, è di Aaron ed è diretto a sua madre, a suo padre e a me.

Sono appena riuscito a ricaricare il telefono. Scusate. Sto tornando. A casa domani.

6
Aaron non torna

15-16 settembre

Il giorno dopo Aaron non torna. Bea rientra da scuola prima del solito e irrompe più allegra di quanto non fosse da giorni.

«Dov'è?» chiede.

Quando scuoto la testa, resta immobile.

«Ha telefonato?»

«Niente telefonate» rispondo. «Niente messaggi.» E, come è ovvio, niente e-mail, una forma di comunicazione che Aaron e quelli della sua età considerano lingua morta. Bea si accascia su una sedia.

«Ti prego» sussurra. Ti prego, non l'incubo in cui vivevamo un paio d'anni fa, quando Aaron non perdeva occasione per deluderci. Resta seduta per qualche minuto, silenziosa e immobile, poi si versa un bicchiere di vino e si avvia verso il lago. Dalle grandi finestre della sala la vedo seduta su una vecchia panchina vicino al bordo dell'acqua mentre fissa la superficie placida. Non ho cuore di ricordarle che questa sera abbiamo un obbligo sociale, una cena a lungo rimandata per festeggiare il cinquantesimo compleanno della vicepreside di Bea, Daria Lucci Zabatakis. Decido invece di concederle mezz'ora di solitudine.

Ho vissuto a lungo per conto mio in questa casa – quattro stanze da letto e tutto il resto – dopo averla acquistata dalla mia amante di un tempo, Lorna Murphy. Quando mi aveva detto che avrebbe traslocato in California per sposare un altro, il senso di colpa l'aveva spinta a offrirmela a un prezzo che sarei stato sciocco a rifiutare.

Avevo scelto con cura come rispondere a quegli annunci di Lorna: il fidanzamento e la proposta di vendita nello stesso tormentato soliloquio. Non volevo dire esplicitamente che in realtà mi sentivo sollevato, ma avevo insistito nell'affermare che quel prezzo trasformava la casa in uno splendido regalo. I figli di Lorna se n'erano andati dopo la morte del padre, e lei non riusciva a immaginare di tornarci con un altro marito mentre il suo ex amante viveva lì accanto. Matt le aveva lasciato un mucchio di soldi, e anche il nuovo compagno era ricco sfondato. Da parte mia, invece, non potevo rinunciare all'occasione di vivere per decenni con quel panorama che tanto amavo guardare. Dal nostro cottage, Barbara e io riuscivamo a vedere solo un frammento del lago posizionando le sdraio in un certo punto della veranda, e solo quando gli alberi erano spogli.

Abitavo qui già da qualche anno, godendo della vista del lago – sereno in tutte le stagioni, ma ogni giorno di un colore diverso –, quando mi sono reso conto che l'architettura della casa non era poi di mio gusto. Era solida, ma stava già invecchiando quando Matt e Lorna l'avevano acquistata oltre vent'anni prima, intenzionati ad abbatterla e ricostruire. Non erano arrivati a tanto perché l'azienda di Matt, come quelle di molti imprenditori, era sempre a corto di contanti. La villa è stata costruita negli anni Sessanta, una specie di zona morta per l'architettura americana: lo stile non è moderno e neppure rustico. Il soffitto della sala si alza con una grossa inclinazione per lasciare spazio a un notevole camino di pietra, e Matt aveva fatto una scelta brillante abbattendo la parete che separava quello spazio dalla zona pranzo e dalla cucina. Ma non mi piacciono i pesanti montanti che trasformano la parte finestrata in una scacchiera di pannelli da 60x90 centimetri, né le soluzioni economiche anni Sessanta adottate altrove, come porte in legno cavo, soffitti bassi e sottili pareti di cartongesso. Bea e io parliamo di ristrutturare dopo il matrimonio, ma, come la data elusiva delle nostre nozze, per ora sono solo discorsi.

Alle sei e mezza Bea si è vestita e ha assunto un'espressione impassibile, e adesso siamo diretti a Como Stop. Raramente facciamo programmi per il venerdì sera, quando Bea è sfinita dalla settimana di scuola, ma il nostro appuntamento con Daria è stato ormai rinviato così tante volte – a cominciare dalla pandemia – da spingere tutti a fare un giuramento di sangue di presentarci nel lussuoso ristorante dell'Hotel Morevant sulle rive del Como Lake. Probabilmente Daria è l'amica più stretta che Bea abbia da queste parti, anche se la loro intimità non è nemmeno paragonabile a quella che lei ha con Neba Malone, la sua migliore amica dal primo anno di college.

Anche Bea e Daria si sono conosciute al college, nel secondo semestre dell'ultimo anno di Bea alla Wisconsin State. Neba si era laureata in anticipo e Bea aveva traslocato nella casa della loro organizzazione studentesca dove Daria era diventata la sua compagna di stanza dato che entrambe si sarebbero laureate in pedagogia. Decenni dopo, quando Bea era diventata preside a Mirror, aveva assunto Daria. Cresciuta in una severa famiglia italiana fuori dalla Kindle County, Daria riesce meglio di Bea a dare la sensazione di dura disciplina che a volte è necessaria con i bambini, ed è anche molto brava nella pianificazione delle spese.

Inoltre è una perfetta compagnia per questa sera, dato che è sempre divertente e in genere solleva gli altri dalla necessità di fare conversazione. Parla a macchinetta, inframmezzando così spesso il dialogo con battute da lasciarti solo poco tempo per ridere. Nick, suo marito, è un commercialista tranquillo che annuisce e sorride, ma interrompe di rado.

Alle dieci e mezza siamo a casa. Bea, come è ovvio, si precipita dentro per scoprire, ventiquattr'ore dopo il messaggio di ieri sera, che non c'è ancora traccia di Aaron. Mi dà un bacio svogliato e dichiara che andrà a letto. Questa mattina io non avevo chiamato il giudice perché mi aspettavo che Aaron si presentasse. Domani, non importa se è sabato, dovrò rintracciare Morton Sams.

Sonnecchio in poltrona mentre leggo e guardo al contempo una partita di football dei West Coast. Alla fine mi sveglio a sufficienza per trascinarmi a letto, solo per sentire, qualche ora più tardi, Bea che si alza all'improvviso. Lotto per scuotermi dal sonno, ce la faccio e la trovo ancora con la mano sull'interruttore della cucina. Aaron è seduto al tavolino della colazione e mangiucchia un petto di pollo che avevo grigliato due giorni fa. Si copre gli occhi con la mano, abbagliato dalla luce improvvisa.

È un gran bel ragazzo e ho sempre pensato che somigliasse

molto a Julian Bond, l'attivista e poeta che, decenni prima, aveva ricevuto grandi attenzioni dalla stampa. In genere è curato nell'aspetto, ma adesso ha l'aria stazzonata. Ha la T-shirt sporca e non so come mai si è sfilato i jeans e li ha gettati vicino alla porta, mentre lui è seduto in mutande su uno sgabello. Dopo essere stato rasato in prigione, ha cominciato ad apprezzare i capelli curati, che porta cortissimi ai lati e un po' più lunghi al centro, un *low afro* che di recente ha tinto di verde chartreuse, ma non si è accorto di un legnetto che si è incastrato tra i riccioli poco sopra gli occhi. Sul collo ha una striscia di fango vicino al tatuaggio. Suo padre Lloyd considera i tatuaggi un insulto alle divinità, ma qualche anno fa Aaron ha avuto la meglio facendosi fare una croce gotica da quindici centimetri, bordata di blu, dall'angolo della mascella fin quasi alla spalla. Lloyd non ha potuto protestare, sapendo che per il figlio si trattava di un gesto sincero. Fin dall'infanzia, mi ha detto Bea, Aaron ha sempre avuto una fede molto salda. Bea, invece, sospetta di tutte le religioni organizzate, con l'eccezione della chiesa di George Lucas, ovvero sente la presenza di una qualche Forza, più grande e imperscrutabile di quanto la semplice intelligenza umana possa comprendere appieno. Io, purtroppo, non ho mai percepito la presenza di un essere superiore.

«Aaron, dove diavolo sei stato?» chiede Bea.

Lui sospira, poi dice che è una lunga storia.

«Ci piacerebbe sentirla» risponde lei. «A parte un messaggio di una riga, non ti abbiamo né visto né sentito da lunedì. E adesso è sabato.»

«Solo da poche ore» ribatte lui. Si lecca le dita e chiude il coperchio di plastica del contenitore, poi scende dallo sgabello. È alto e snello. Vestito sembra esile, però quando è in maglietta e mutande si nota che ha un fisico scolpito. «Ve lo dirò domani. Adesso sono sfinito, ho bisogno di dormire.»

Fa un passo verso la porta, ma sua madre lo blocca.

«No» ribatte decisa. «No. Ci dobbiamo trattare tutti con rispetto, ed è quello che abbiamo detto quando sei tornato a vivere qui. Abbiamo promesso al giudice che saresti stato reperibile, oppure saresti tornato in carcere. *Dov'eri?*»

Non ho mai sentito Bea essere così dura con Aaron, almeno non da quando vive qui. In genere si affida al fatto che, come tutti i ragazzi, lui sa quando è arrabbiata e, in quei casi, tende a farlo sentire colpevole con una pazienza praticata a lungo. Adesso gli occhi grigi di Aaron si soffermano su sua madre, e capisco che sta ancora pensando di alzare un muro di silenzio.

«Sono andato a nord a campeggiare.»

«E come ci sei arrivato?» chiede lei. «Non certo in bicicletta.»

«Ero con Mae.»

Bea studia suo figlio stringendo inconsciamente la mascella: per lo meno Aaron sta dicendo la verità.

«Credevo che tu e Mae aveste chiuso.»

«Adesso sì.»

«Cosa è successo? E come mai eri con lei, tanto per cominciare?»

Aaron fa un grosso sospiro e si appoggia allo sgabello.

«Parlavamo di sposarci» risponde. Quindi l'osservazione di Mansy sul fatto che fossero scappati per sposarsi non veniva dal nulla, forse la madre di Mae gliel'aveva confidato in segreto. Io non l'avevo riferito a Bea perché immaginavo che il solo pensiero la potesse mandare in panico. Adesso resta in silenzio a bocca spalancata per un istante.

«*Sposarvi*? Stai pensando di sposare Mae Potter? Che gran casino. Non ti capisco, Aaron. Credevo che ti fossi reso conto che quella ragazza è tossica.»

«Non ho mai detto che fosse tossica, lo hai detto tu, e io non ti ho contraddetta. Ma davvero, mamma, non succederà, quindi datti una calmata. Ho chiuso con Mae. E se proprio vuoi capire perché non ti ho detto dove andavo, guardati allo specchio.»

Ridotta al silenzio da questo commento, Bea ha bisogno di un momento per pensare.

«Vi eravate fatti?» chiede.

«Negativo, comandante.»

«Mae si è fatta?»

«Senti, Mae se n'è andata. Per sempre. Quindi non dovrebbe interessarti quello che faceva. Abbiamo litigato. Litighiamo sempre, però questa volta è stata brutta, uno scontro di titani. E abbiamo chiuso. Chiuso-chiuso. Adesso posso andare a dormire?» dice avviandosi verso la porta.

Finora sono rimasto in silenzio, ma ora menziono Gert e lui annuisce.

«Ho visto il suo messaggio. Le ho risposto che stavo tornando, ma stavo facendo l'autostop, quindi non sapevo quando sarei arrivato.» Senza poter guidare, Aaron fa spesso l'autostop quando deve andare in posti troppo lontani per la bicicletta e Joe non lo può accompagnare.

Bea, però, va in confusione. «Mae non aveva la sua macchina?» chiede.

«Mamma, ascolta quando parlo. Abbiamo avuto questa lite galattica. E non avevo la minima intenzione di stare per due ore in macchina con Mae che mi inveiva contro. Probabilmente avrebbe fatto qualche giochino di potere e si sarebbe rifiutata di accompagnarmi. Quindi ho usato il pollice. Il problema è che non era come farlo fra Mirror e Como Stop, dove tanti mi riconoscono. Su al nord non molti sono disposti a fermarsi per un ragazzo nero a bordo strada.»

Stranamente Aaron non nomina mai il colore della pelle quando parla con sua madre. Non so se questo derivi dal fatto che Lloyd ha la granitica convinzione che essere neri non è mai una scusante, o dal fatto che secondo Aaron sua madre – pur con tutta la sua empatia – non potrà mai capire appieno. Ma si tratta di uno di quegli argomenti pesanti di cui non parlano mai, insieme a pochi altri.

«Alla fine ho trovato qualche passaggio, però ci è voluta una vita. Ieri notte ho dormito dentro una conduttura. Mi ero già introdotto in un campeggio della KOA per avere un po' d'acqua corrente, ma subito fuori dai cancelli c'era una stazione di servizio con negozio. Il mio bancomat era praticamente a secco, però avevo molta fame e, verso le dieci, sono entrato per prendere una salsiccia essiccata e mi sono imbattuto in Arden Mark, che era alle superiori con me. Fa l'autista a contratto e consegna generi alimentari con la sua macchina. È stata una vera tortura starmene seduto vicino a tutte quelle pizze che andava a prendere e consegnava, ma siamo arrivati a Mirror verso l'una e da lì sono venuto a piedi perché lui doveva andare a Como Stop. Quindi ho passato momenti da schifo, per tutto il tempo. Ma la mia vita fa schifo, vero?»

Un'occasionale nota di vittimismo è una delle caratteristiche meno gradevoli di Aaron. Quando è profondamente depresso, ti dice che fin dall'inizio, da quando i suoi genitori naturali non lo hanno voluto con loro, tutto gli è stato contro. Ma era un argomento che aveva quasi smesso di tirare fuori da quando era entrato nel programma del reverendo Spruce. Adesso vede la reazione mia e di Bea a questo commento e alza una mano.

«Sono solo sfinito» dice. «E mi devo svegliare fra quattro ore. Ho promesso a Brice che lo avrei aiutato.» Nei mesi estivi il suo amico Brice tinteggia case e, adesso che i giorni di bel tempo si sono ridotti, ha bisogno del supporto di Aaron per gli arretrati ormai urgenti. «E a un certo punto ci dovremo fermare dai Potter perché devo restituire il telefono a Mae.» Lo prende e ce lo mostra.

Bea chiede: «Che ci fai con il telefono di Mae?».

«È una lunga storia.»

«Me ne occupo io» dice Bea. «Domani mattina ho una riunione a Como Stop. Lo porterò io, così voi ragazzi risparmierete tempo.»

Non è affatto vero. Domani è sabato, e abbiamo già in programma di andare nella direzione opposta, nella cittadina di Grander dove c'è un ottimo mercato contadino. Come me, Aaron intuisce subito che la madre sta semplicemente cercando di tenerlo lontano da Mae e fa un sorrisetto, che è spesso la sua risposta quando ritiene molto buffa un'affermazione.

«Ho capito, mamma» commenta. «E ti prometto, lo *prometto*, che non mi vedrai mai più con Mae.» La sua espressione si fa cupa mentre si rende conto della pesantezza di quanto ha appena detto. Poi dà un colpetto alla parete e se ne va verso la sua stanza.

Bea si avvicina e mi sussurra: «Che ne pensi?».

«Accidenti, Bea» rispondo. «Di quale parte? Non credo che si sia drogato, se è questo che temi.»

«No» ribatte lei. «*Sposato*? E ha chiuso con lei? Ci crederò solo quando lo vedo.»

«Sembra piuttosto sicuro» le dico.

«E il telefono di lei? Perché mai ha il suo telefono?» mi chiede.

«Andiamo a dormire, Bea. Domani gli potrai fare tutte queste domande.» La prendo per mano e le dico una cosa che penso davvero: «Per ora ne ho avuto abbastanza».

7
Fuoco

16 settembre

La stanza da letto che condivido da tre anni con Bea affaccia sul Mirror Lake. Ha le stesse finestre a tutta altezza del salotto, compresi i grandi montanti che non mi piacciono. Pur di godere quella vista, Lorna non ha mai installato oscuranti o tende, e io ho seguito il suo esempio. La luna che si frammenta sull'acqua del lago e i colori del tramonto sono uno spettacolo consueto che, a volte, mi fa balzare il cuore in petto.

Alzarmi all'alba non è un problema quando, durante la settimana, Bea si sveglia presto per andare a scuola. Da quando però Aaron è venuto a vivere qui, il fatto di non avere tende in camera da letto a volte ha limitato la nostra privacy. In genere lui non dorme bene e spesso, svegliandomi in piena notte, ho visto la sua figura snella sul molo dove va a fumare una sigaretta di nascosto.

Ed è proprio il fumo a svegliarmi, insieme al fuoco. Mi siedo sul letto e mi rendo conto che Aaron è in piedi accanto al braciere di pietra nel giardino sul retro e osserva le fiamme che danzano. Ci sono parecchie cose sbagliate in quella scena, a cominciare dall'accendere un fuoco alle quattro del mattino: infilo un paio di jeans e una T-shirt ed esco. Uno dei segnali che l'estate sta finendo è la sensazione di freddo la notte. Sono a piedi nudi, e ho le dita gelate per la rugiada.

Aaron è troppo concentrato per notarmi finché non arrivo a pochi passi da lui.

«Cazzo» commenta. «Ti ho svegliato. Avrei dovuto pensarci. Accidenti, ti assicuro che non cercavo di fare l'idiota. Sono solo...» Non riesce a trovare la parola giusta e io borbotto qualcosa di più gentile dei miei pensieri.

«Credevo fossi sfinito» gli dico.

«Assolutamente» risponde. «Nella conduttura devo aver dormito forse due ore. Mi aspettavo che i poliziotti mi svegliassero a pedate... sai, vagabondo nero, o qualcosa del genere. Ho talmente bisogno di dormire che sto male. Ma hai presente quando hai un pavimento sotto i piedi e non puoi sprofondare?»

Sembra uno che sta smaltendo una dose, però tengo quel pensiero per me. Il test che Gert gli farà lunedì rileverà qualsiasi sostanza.

Quindi restiamo uno accanto all'altro davanti al fuoco godendo del calore e dell'attrazione mistica delle fiamme, ma anche in quella luce incerta riesco a vedere su di lui il peso dello sfinimento, il che è preoccupante.

«Il fatto è che ho Mae in testa» dice «ed è un po' come girare in cerchio. Sono incazzatissimo e deluso. Immagino di non essermi mai reso conto prima che eravamo davvero arrivati al capolinea. Quindi volevo solo venire qui e chiudere questa cosa. Girare pagina.»

Alla fine guardo nel braciere e riconosco il suo zaino e il sacco a pelo.

«Aaron, quelli sono oggetti costosi.»

«Non dirlo a me.» La sua risata è quasi un sussurro. «Però vuoi sapere una cosa? Non crederai a quanto è tutto incasinato.»

Annuisco per dimostrargli che ha tutta la mia attenzione.

«Diciamo che siamo andati là con questo tipo di intesa: allontanarci e staccare la spina. Sai, spegnere anche i telefoni. Solo per esserci l'una per l'altro e decidere la faccenda del matrimonio. Non per sposarci adesso, ma per capire come arrivarci. Che cosa doveva succedere e che cosa dovevamo cambiare.

«Invece martedì non avevamo ancora montato la tenda e Mae non faceva altro che scattarsi selfie e farsi video. Ha una nuova idea: diventare una specie di influencer su Insta e TikTok. Così, all'improvviso. A me, francamente, la cosa sembrava patetica e infantile. Dopo un po' mi aspettavo che smettesse, però non lo ha fatto. Alla fine ho detto: "Ma che cazzo, non siamo qui per questo". Lei ha promesso di darci un taglio, eppure un'ora dopo era ancora lì a posare con la bocca a culo di gallina. Alla fine il terzo giorno ho sbottato: le ho preso il telefono di mano e ho continuato a camminare. Non mi sono nemmeno voltato indietro per recuperare lo zaino. Avevo chiuso, alla fine, proprio chiuso. Lei mi è corsa dietro urlando, rivoleva il suo telefono e cercava di strapparmelo. Io ho proseguito.»

«Dove eravate?» gli chiedo con tono indifferente, sperando con tutto il cuore che non fosse uscito dalla contea.

«A Harold's Woods» risponde. La parte più a nord della Skageon County. Buone notizie. «Camminavo da un'ora e, probabilmente, ero a un paio di chilometri dalla 47, dove pensavo di fare l'autostop, quando ho sentito una macchina arrivare sulla strada sterrata alle mie spalle. Senza nemmeno vedere la Subaru sapevo che era lei. A quel punto mi sono lanciato nel bosco. Non c'erano sentieri e mi sono graffiato tutto correndo attraverso i rovi.» Indica la parte interna del braccio. «Ma lei mi ha visto, immagino. Ha inchiodato e ha cominciato a urlare. Quella mattina l'avevo svegliata per salire fino al Point per vedere l'alba, e lei si era messa una microgonna di jeans e una canottiera: era ancora vestita così, quindi non mi poteva seguire nel sottobosco. Allora ha cominciato a insultarmi e a sfidarmi a venire fuori. Alla fine è tornata alla macchina, ha preso il mio zaino urlando che l'avrebbe scambiato con il suo telefono. Io la guardavo accucciato da dietro una roccia a una cinquantina di metri di distanza. Mi sono reso conto di essere stato un vero stupido a lasciare lo zaino, e soprattutto il sacco a pelo, perché non sarei certo arrivato la sera stessa a casa facendo l'autostop. Non avevo soldi, quindi avevo bisogno delle mie cose che erano nello zaino, però poi ho pensato: "No, non posso, ho chiuso. So che se mi faccio vedere e le parlo, ricominciamo daccapo e in tempo zero diventa una cosa da pazzi". Quindi sono rimasto nascosto.

«Alla fine lei urla "Vaffanculo" circa mille volte, poi lancia lo zaino fuori dalla macchina e si mette sopra a cavalcioni. Non capivo cosa volesse fare, ma poco dopo la vedo con il perizoma in mano che si sposta a destra e a sinistra, sempre accucciata, e piscia su tutto. Urla come una matta ancora per un minuto, poi finalmente risale in macchina.

«Avevo paura che tornasse indietro, quindi sono rimasto dov'ero. Mi sono fatto divorare dalle zanzare ma alla fine, dopo una ventina di minuti, ero sicuro che se ne fosse davvero andata. Il mio zaino era una cosa disgustosa. E puzzava, come se Mae avesse pisciato ammoniaca pura. Ma ne avevo bisogno, e non osavo immaginare cosa avrei detto quando finalmente avrei trovato un passaggio. Il sacco a pelo era fradicio, e in parte per questo ho dormito così male ieri notte.»

Alla luce del fuoco non riesco a vedere bene il lago anche se è a una trentina di metri da noi, ma dall'acqua arriva un vento freddo. Adesso due gufi, una coppia che non vedo mai, si stanno chiamando: i loro bubolii si fanno spesso strada nel mio sonno.

«Bella storia» commento. «A proposito di Mae...» Trattengo il respiro, poi gli chiedo: «Era pulita o fatta quando è successo?».

«In quel momento era strafatta da un giorno e mezzo» risponde a occhi bassi. Poi solleva lo sguardo per vedere la mia espressione e aggiunge: «Io no. Le avevo detto chiaro prima di partire: "Niente droghe". Però l'ha portata ugualmente. Mi sono sentito ingannato». La libertà vigilata di Aaron richiede, tra l'altro, che per mantenersi pulito non frequenti consumatori di stupefacenti. «E non solo perché non gliene fregava niente delle promesse, ma perché speravo nella Mae buona. Quella versione di lei è come nessun'altra, nemmeno lontanamente. Penso sia quella che mi prende così tanto.»

Mi limito ad annuire.

«A te non è mai capitato con nessuna?» chiede. «Sai... non riuscire a staccarti.»

«A me?» ribatto e penso: "Al punto che mi ha quasi distrutto. Due volte, a dire il vero". Mi limito a rispondergli di sì.

«E cos'è successo?»

Non ho mai raccontato molto di me a Aaron. Non è mio figlio e, all'epoca in cui è arrivato in casa nostra, aveva dei problemi. Inoltre ho qualche timore ad affrontare un argomento di cui non ho parlato a fondo con sua madre. Però devo dire che Aaron non mi aveva mai chiesto in precedenza questo genere di aiuto, e sono disposto a fargli qualche rivelazione non solo perché lui è il centro del mondo per una certa persona che amo, ma perché sono da sempre convinto che in quel ragazzo ci sia del buono. Quindi mi lancio, con la luce delle fiamme che ci illumina il viso come una maschera in continuo mutamento.

«La verità? Ero talmente preso che in sostanza ho acceso una miccia che ha mandato a fuoco tutta la mia vita e dopo l'esplosione sono riuscito a trovare solo qualche pezzo sparso qua e là. Per non parlare dei cosiddetti danni collaterali ad altre persone che sono finite stritolate in tutto questo. Niente di buono» gli dico. «Non ho niente di buono da dire per quanto mi riguarda.»

Rivedo quell'uomo, il Rožat K. Sabich giovane, come un pazzo. E non è un eufemismo: ero fuori di testa, disperato. Chiunque io fossi in quei momenti, e con quelle donne, era la persona che altrimenti non avevo nessuna possibilità di essere, qualcuno che cercava il brivido che l'avrebbe sottratto al cupo peso della sua vita. Qualsiasi cosa Aaron provasse per Mae – primo amore, puro amore, grande amore – è infinitamente più nobile delle mie ossessioni, che venivano alimentate in segreto.

«Ma te lo dico di cuore: se non torni da lei, se chiudi definitivamente quel capitolo, la tua vita non farà che migliorare. Lentamente. È come qualsiasi altra ferita, e guarirà se non continui a riaprirla. Sì, Mae non è una persona comune, te lo concedo. Non giriamoci attorno: forse qualcosa di ciò che hai avuto con lei non lo avrai mai più, ma pensa al prezzo da pagare, davvero. Una persona che piscia letteralmente sulle tue cose, e su di te, già che c'è? Una persona così feroce e distruttiva? Molto meglio dirle addio.»

Per tutta risposta mi lancia una lunga occhiata, poi corruga il mento.

«Sì, ma anche in questo momento vorrei aiutare Mae. Aiutarla a essere, diciamo, non così eccessiva. Credo di poterlo fare, e anche lei lo pensa. È sempre stato parte del nostro rapporto. Se volesse lasciarmelo fare.»

«Aaron, quando ero giovane ho sempre creduto che gli adulti mi raccontassero balle, soprattutto quando mi dicevano: "So che cosa provi". Però io so davvero cosa provi tu. Barbara, la madre di Nat? Sotto alcuni aspetti era come Mae. Molto brillante. E bellissima. Ma completamente matta. Le ho fatto cose molto brutte, lei ne ha fatte anche di peggio a me e ci siamo separati. Poi lei ha tentato il suicidio. E io ho pensato: "È la madre di mio figlio, mi devo prendere cura di lei". È stato come legarmi un'ancora di piombo a una gamba e credere di poter nuotare. Invece poco è mancato che annegassi. Quindi ti invidio, perché sei molto più avanti di me. E lo sei se ti accorgi di quello che è sfuggito a me, ovvero che l'amore non basta a guarire una persona, né a salvarla quando non vuole essere salvata... Se lo accetti e non ti guardi indietro.»

«Non succederà» risponde. «Isolamento garantito.» Annuisce guardando le fiamme con aria trasognata e, come a volte accade, fa un sorrisetto furtivo. «Ma una persona che, quando si tratta di Mae, non ci penserebbe due volte? Mia madre. Odia Mae, punto e basta.»

«Ti posso assicurare, Aaron, che non è vero. Solo, non le piace quello che succede quando voi due siete insieme. Non tirate fuori il meglio uno dall'altra.»

«Non saprei. Tra Mae e me ci sono cose meravigliose e ci sono sempre state. Mia madre, però, non le vede e per questo non capirà mai cosa ho passato.»

Per quanto ironico possa sembrare, alcune delle cose più gradevoli che ho mai sentito dire di Mae sono venute da Bea, che è stata la sua insegnante in quarta elementare. La descriveva come una bambina insolitamente precoce, affascinante, adorata da tutti, compagni e professori. Amava essere al centro dell'attenzione, come molti bambini, ma sapeva persuadere le persone invece di pretendere semplicemente che la ascoltassero. Aveva scritto una commedia e la relativa colonna sonora – in gran parte presa, per sua ammissione, da canzoni che sentiva alla radio – e l'aveva fatta interpretare a tutta la classe, mentre lei cantava al piano, stonata ma esuberante. "Sai" mi aveva detto Bea qualche tempo prima "nel momento in cui un bambino che ha molto successo arriva all'adolescenza, è come uno pneumatico che si sgonfia. Immagino che in parte questo sia dovuto alla malattia di Charmaine. Non si può mai sapere, la vita è molto incerta."

Mae mi ha sempre ricordato una foglia che volteggia nel vento e si muove senza una direzione precisa, ma in modo aggraziato. Spesso si veste di bianco, e la cosa mi ha colpito come fosse una dichiarazione velata, però forse cerca solo di abbinare gli abiti ai capelli vaporosi biondo chiaro che le svolazzano intorno al viso. Osservando Mae mi sono sempre chiesto quanto tempo ci avrei messo a capire che era profondamente disturbata se avessi avuto l'età di Aaron. Le viene facile esercitare su tutti un fascino particolare, ma, di tanto in tanto, i suoi gesti forzati, la risata enfatica, il modo in cui muove le mani mi sono sembrati rispondere all'idea di qualcun altro su come si dovrebbe comportare.

Ciononostante, come tutti gli altri, sono rimasto colpito dall'intelligenza di Mae. La conosco soprattutto attraverso i racconti che me ne fanno Mansy e Aaron, ma spesso ha fatto colpo su di me nei nostri sporadici contatti faccia a faccia. Quando la storia fra me e Bea era appena cominciata, ero andato da lei un venerdì sera e Aaron e un gruppo di suoi amici delle superiori erano nella veranda sul retro. Stavano ridendo e schiamazzando a proposito di un ragazzo, un marinaio che avevano incontrato durante un viaggio a Kweagon. Una delle ragazze insisteva sul fatto che non era in uniforme, quindi non sapeva spiegare come mai credeva fosse in Marina. In quel momento, Mae era arrivata in cucina a prendere un po' d'acqua.

"Non pensa" mi aveva chiesto mentre era davanti al rubinetto "che si possano capire molte cose delle persone dai dettagli che notano, da quello che credono importante e che poi resta loro impresso? Questo dice *tutto* su di loro."

Non avevo risposto perché ero rimasto molto colpito, non era un pensiero che sarei riuscito ad articolare.

«Vuoi la verità?» mi chiede Aaron. «Era reciproco. Anche Mae diceva un sacco di cose cattive su mia madre.»

«Di che genere?»

«Oh, del tipo: "Credevo fosse in gamba, avesse senso morale, ma non è così".»

«Niente di più specifico?»

«Stava sul vago. Ho sempre pensato che raccontasse palle.» Distoglie lo sguardo.

Per essere un ragazzo che ha avuto i suoi guai, Aaron è un pessimo bugiardo. Però non insisterò. Come molte persone manipolatrici, Mae sapeva come diffondere il malcontento e godeva del senso di potere che ne derivava.

Qualsiasi cosa Aaron sospetti o non voglia dire lo induce al silenzio. Mi volto verso casa, poi mi fermo e indico il fuoco.

«Prima di rientrare, assicurati che sia spento.»

«Certo, certo» risponde.

Guardo il mio futuro figliastro e torno indietro per mettergli un braccio intorno alle spalle. Sono passati decenni da quando Nat aveva la sua età e avevo abbracciato così un ragazzo. La solidità di Aaron ricorda quella di una casa ben costruita e comunica una forza che percepisco raramente in altro modo. È fatto per la sopravvivenza e ha già superato parecchi ostacoli. Con un po' di fortuna, questo sarà un altro passaggio dal quale uscirà meglio preparato per il futuro.

«Andrà tutto bene» gli dico.

«Non lo so» risponde. «A volte ho questa sensazione in fondo allo stomaco e mi chiedo come posso andare avanti. E, comunque, perché l'ho fatto. Poi mi ricordo che non avevo scelta e che non sarò mai chi potrei essere se non mi allontano da Mae.»

Sua madre e suo nonno sarebbero entusiasti. "Finalmente ha capito" direbbero. "Inciampa, ma prima o poi troverà il suo equilibrio." Gli ripeto che andrà tutto bene e rientro in casa.

8
Jazz

Per via della chiacchierata con Aaron alle ore piccole, dormo più a lungo. È un lusso che mi concedo raramente e il mio corpo sembra sempre esultare ogni volta che mi sveglio con l'inconsueta sensazione di essere del tutto riposato. Indosso un paio di pantaloni della tuta e vado in cucina a piedi nudi, dove trovo Bea ai fornelli. Nei fine settimana è lei lo chef. È molto più brava di me, e spesso le piace affrontare qualche nuova ricetta che ha letto e che richiede una notevole preparazione. Per stasera è un pollo alla giamaicana, cotto con delle spezie che ha trovato in un negozio di Como Stop. In questo momento si sta preparando a marinare la carne e, mentre mescola qualcosa in una ciotola, mi dice che Aaron, che è uscito stamattina presto, ha promesso di essere a casa a cena sul tardi.

Adesso che sono sveglio, Bea alza il volume della musica. Prendo una tazza di caffè mentre dalle casse escono come coriandoli le note di un piano jazz, il tipico accompagnamento musicale della nostra vita insieme. Willi, la madre di Bea, suonava il piano in un trio jazz quando Joe l'aveva conosciuta in un club. Willi aveva insegnato musica a Bea per anni, anche se lei afferma che non sarà mai all'altezza di sua madre. I brani preferiti di Bea sono interpretati da musicisti che adora, come Keith Jarrett o Kurt Elling, o da quelli meno noti che Bea mi ha fatto conoscere, come Art Hodes, il cui blues fluido ci circonda questa mattina. Non capisco quello che sto ascoltando, o almeno non nel modo di Bea. A un certo punto mi perdo cercando di afferrare le improvvisazioni, però questo non mi scoraggia. Quando mi ero trasferito qui dopo le catastrofiche delusioni della mia vita nella Kindle County, volevo condurre un'esistenza molto diversa da quella dei sessant'anni precedenti e, in ciascuna nota precisa del pianoforte, sento il suono di un desiderio appagato, del mio rifiuto di lasciarmi cadere sconfitto nella vecchiaia.

Ascoltando mentre lavora, Bea solleva inconsciamente il cucchiaio e, quando Hodes affronta un passaggio che le piace particolarmente, colpisce l'aria con gesti enfatici a ogni attacco. Matt e Lorna avevano aggiunto in cucina due lucernari e, a metà mattina, un raggio di sole illumina Bea. Vederla lì in piena luce, e di nuovo allegra grazie al ritorno di Aaron, mi fa battere forte il cuore come succede almeno un paio di volte al mese. Sono pieno di allegria e gratitudine perché, dopo tutti gli errori commessi, mi ritrovo qui, con questa donna eccezionale, gentile, intelligente e bellissima, che considera la gioia una componente essenziale della vita, e la porta tanto nella sua quanto nella mia.

Prima che Lorna Murphy, la mia ex amante, se ne andasse per sempre da Mirror Lake, aveva insistito per portarmi fuori a cena, un ennesimo e superfluo modo per scusarsi di essersi innamorata di un altro. Qualche ora prima, avvocati e banche si erano scambiati i documenti sulla vendita della casa e un enorme camion dei traslochi era arrivato e poi ripartito dal viale di ghiaia alla volta di Palm Springs con tutti i beni terreni di Lorna. Era tardo autunno, e l'elegante sala da pranzo del Morevant – dove abbiamo cenato ieri sera con Daria e Nick –, uno dei due lussuosi alberghi affiancati sulle rive del Como Lake, era fastidiosamente tranquillo prima della chiusura stagionale. Eravamo seduti accanto alle grandi finestre che affacciano sull'enorme prato in discesa costellato di sedie da giardino di legno bianco.

La mia cena al ristorante con Lorna era un evento insolito. Nei circa diciotto mesi della nostra relazione, non aveva mai apprezzato l'idea che ci vedessero insieme in pubblico. Non avevo indagato su questa esitazione, ma immaginavo che temesse le imprevedibili reazioni dei suoi figli se avessero scoperto che aveva portato un altro uomo nel letto del padre. In realtà c'erano altre cose che non avevo mai capito appieno di Lorna: perché avesse cominciato a scrivermi dopo la mia incriminazione, né come mai fosse iniziata una corrispondenza di tre o quattro lettere alla settimana mentre ero in prigione. La prima, spedita non appena le accuse erano state rese pubbliche, esprimeva una fiducia assoluta nella mia innocenza e le condoglianze per la perdita di mia moglie, un dolore che conosceva personalmente, aggravato da quella sorta di orrore kafkiano. In seguito era sembrato logico che solo lei potesse capire e la sua empatia aveva fatto germogliare l'idea che fossi la persona giusta con cui riprovarci dato che Matt era morto da tre anni. Ovviamente la mia situazione dell'epoca rendeva altamente improbabile che sarei stato io la persona che trasformava quel pensiero in azione, e mi sono sempre chiesto se all'inizio avesse cullato l'ipotesi proprio per via delle elevate probabilità che non accadesse niente.

Nel momento in cui ero stato rilasciato, però, lei aveva accantonato qualsiasi esitazione. Come ripartenza, la relazione è andata bene a entrambi, sempre portata avanti con gentilezza, apprezzamento e confini emotivi. Per esempio, non restavo mai da lei per tutta la notte. Ma aveva funzionato abbastanza bene fino a quando, a Palm Springs, lei si era imbattuta in uno degli ex soci in affari di Matt. Credo che il secondo matrimonio sia più felice del primo e, nelle occasionali e-mail che ci scambiamo, lei mi ringrazia sempre per averla avviata sulla strada giusta.

Lorna è una donna alta – qualche centimetro più di me – con mani eleganti e affusolate e una pettinatura vaporosa che le allarga abilmente il viso magro. La sera in cui ci stavamo dicendo addio, dopo aver finito il secondo Old Fashioned e averne ordinato un terzo – il fatto che bevesse era una delle tante cose che sentivo come un limite in vista di una relazione a lungo termine –, si era girata a guardarmi. Stava blaterando di Lorne, il suo promesso sposo. Sì, erano Lorne e Lorna, una coincidenza così strana che avrebbe potuto raggelare altre coppie, ma che loro ritenevano un segno del destino. Tenendo appoggiato alla guancia il bicchiere coperto di condensa mi aveva chiesto: "Ma tu cosa vuoi, Rusty?".

In sostanza mi stava domandando cosa cercassi in una futura compagna, dando per scontato che ci sarebbe stata, cosa di cui dubitavo.

Avevo mosso lentamente la testa, come se il solo pensiero mi desse le vertigini, e avevo risposto: "Voglio solo essere felice, Lorna".

"Allora dovresti cercare una persona felice, non credi?"

A me era sembrata un'affermazione semplicistica, e in questo – Dio mi perdoni – tipica di Lorna, ma con il passare del tempo l'evidente buon senso del suo consiglio mi era diventato sempre più chiaro. Perché mai una persona cupa come me avrebbe dovuto raddoppiare i propri problemi mettendosi con un'altra infelice? Con lo sbocciare del mio rapporto con Bea, avevo spesso pensato che, più o meno consciamente, avevo seguito il consiglio di Lorna.

Bea è una persona che vuole essere felice e ha imparato da sola, forse sin dall'infanzia, a concentrarsi sugli aspetti della vita che meritano di essere celebrati. Il suo calore, il modo in cui abbraccia il mondo e le persone che lo abitano, è per me fonte di un'ammirazione infinita, anche se è raro che io abbassi la guardia a sufficienza per gustare tutto come fa lei. Non voglio dire che sia ingenua o insensibile. Troppo spesso Aaron l'ha trasformata in una persona spaventata e irritabile, e a scuola mettono alla prova la sua pazienza in mille modi diversi, dai burocrati impiccioni agli insegnanti che, in gran parte, sono tenacemente problematici, hanno un rendimento scarso e si lamentano di tutto. Ma accade molto di rado che perda la gioia che le danno i bambini affidati alla sua responsabilità o non riesca a trovare un momento di ilarità nelle loro esternazioni casuali, tanto sincere quanto sbagliate, mentre stanno costruendo la loro comprensione del mondo ("Signora Housley, sta molto bene con la nuova tinta che ha un po' di grigio").

Nel corso del tempo ho scoperto che il suo saper godere delle cose semplici ha moderato parecchio la mia inclinazione alla cupezza: la meraviglia per le tre ranocchie che salgono sulla zanzariera della veranda, o per i tacchini selvatici che barcollano mentre passeggiano vicino al molo nel tardo pomeriggio, o per le piante esotiche, come i fiori fantasma che prende dalla riserva della contea adiacente alla nostra proprietà. I momenti che preferisco sono forse quelli in cui sente un'ispirazione estemporanea e passa una buona mezz'ora a improvvisare melodie sul vecchio Steinway verticale di Willi, che abbiamo messo in salotto quando è venuta a vivere qui. All'improvviso, la lieve risata di Bea mi raggiunge a una o due camere di distanza quando si complimenta con se stessa per una delle sue innovazioni.

Eppure anche oggi non sono sicuro che saremmo finiti sotto lo stesso tetto se il Covid non ci avesse forzato la mano. All'epoca eravamo già molto coinvolti, passavamo insieme gran parte del tempo libero e avevamo ormai superato il punto in cui avevamo ammesso di essere innamorati (senza pensare a quanti problemi quella stessa ammissione mi aveva creato in passato). Per circa un anno eravamo rimasti sull'orlo del precipizio perché entrambi avevamo imparato da tristi esperienze che le relazioni possono finire, e nessuno di noi due era sicuro di voler sacrificare la propria preziosa indipendenza per scommettere a lungo termine sull'altro. Poi la pandemia aveva chiuso il mondo, e anche la scuola di Bea. Aaron, a quanto sembrava, era per conto suo. Gli imperativi del virus erano chiari: o mettere la nostra relazione in pausa, oppure rinchiuderci insieme nel bozzolo mentre tenevamo a distanza gli altri esseri umani.

Per quanto mi riguarda era stata una grossa scommessa. Bea, però, è ancora riluttante a mettere sul piatto l'ultima fiche e a concordare una data per il matrimonio. Insiste che la sua esitazione non è per la differenza di età o per la possibilità di dovermi fare da infermiera mentre mi avvio verso il declino finale. Considerando la soddisfazione che trae dai ruoli di accudimento sono incline a crederle. La sua logica sembra invece quella del "se non è rotto, non aggiustarlo". Il mio desiderio di fare questo passo, che fino a qualche tempo fa era inimmaginabile, è nato da considerazioni legali. Probabilmente me ne andrò molto prima di lei e, in quanto mia moglie, Bea potrà ereditare la reversibilità della mia pensione di giudice e godere per il resto della vita, esentasse, di tutti i miei beni, compresa questa casa. (Quello che ne dovesse restare al momento della sua morte passerebbe alle mie nipoti, dato che Nat e Anna non riusciranno mai a spendere tutto quello che Barbara, grazie a suo padre, ha messo in un fondo per nostro figlio.)

Di fronte a tutti questi vantaggi, mi aspetto che prima o poi Bea ceda, anche se a volte penso che ci vorrà un mio grave problema di salute per spingerla a questo passo. Per il momento mi rifiuto di litigare con lei per questo, dato che non farebbe che sconvolgere la vita che sto assaporando.

Dopo un pomeriggio di acquisti – due mercati contadini e un passaggio all'outlet di una fabbrica a Como Lake – ci ritroviamo, come spesso accade, a guardare il tramonto sulla vecchia panchina in riva al Mirror Lake. Cerchiamo di farlo ogni volta che il bel tempo e gli impegni ce lo permettono. Beviamo un bicchiere di birra o di vino e parliamo di qualsiasi cosa ci sembri meritevole. Spesso, però, sprofondiamo nel silenzio e ci godiamo la stabilità del nostro rapporto e il modo in cui sembra che respiriamo all'unisono. Un paio di settimane fa, alla fine di agosto, una superluna blu, un'enorme moneta di rame, è arrivata all'orizzonte qualche grado a nord del sole al tramonto e si è alzata con la sua luce perfetta nel cielo che via via si scuriva. Avevamo letto di questo fenomeno, che non sembra si ripeterà fino al 2037. In genere non ho pensieri morbosi, ma mi è venuto in mente che mi ci vorrà un po' di fortuna per vedere quella prevista tra quattordici anni. In quel momento non mi importava. Ero seduto accanto a Bea, una donna che avrei dovuto sognare da sempre, con le mani intrecciate e noi due in silenzio, e sapevo di essere arrivato in un porto sicuro della mia vita. Lo avevo sempre desiderato.

Mentre Bea torna in casa a occuparsi della cena, io resto lì per tirare la mia canoa più vicina a riva. Ho l'incarico di grigliare sul mio Kamado la carne marinata da Bea. Sto arrancando sul pendio per accendere il fuoco quando sento squillare il telefono fisso. In genere è qualche amico che conosco da prima dell'avvento dei cellulari, oppure qualche idiota che ignora il registro pubblico delle opposizioni. Bea sta ancora parlando quando arrivo in cucina.

«Glielo chiederò, glielo chiederò, promesso» dice, poi riappende il ricevitore con un'espressione irritata. «Era Charmaine» dice, riferendosi alla madre di Mae. Come aveva promesso, stamattina presto Aaron ha riportato il telefono di Mae a casa Potter, un'enorme villa su una collina boscosa a circa tre chilometri da Mirror. «Ma dice anche che è scappato prima che potesse fargli domande.»

«Quali domande?»

«Tanto per cominciare» risponde Bea «Charmaine mi dice che Mae non è ancora tornata a casa.»

I begli occhi di Bea mi fissano esprimendo profonda incertezza come se, leggendo la mia reazione, riuscisse a capire la propria. E ha ragione: sono sorpreso. La notizia, mentre la assimilo, sembra strana, quindi lievemente sinistra. «Charmaine mi ha detto di aver chiamato per tutto il giorno il cellulare di Aaron, però lui non ha mai risposto. Ecco perché ha telefonato qui nella speranza di trovarlo. Le ho spiegato che ha passato la giornata su una scala e che, probabilmente, non ha avuto la possibilità di richiamarla.»

Annuisco. Potrebbe persino essere vero.

«Non sapevo davvero cosa dirle» continua Bea «se non ripetere che Aaron ci ha riferito della loro lite. Parlandone, Charmaine e io abbiamo pensato che forse Mae era in giro a cercarlo.» Ci sono moltissime strade tra qui e Harold's Woods, circa due ore a nord e a est. «Ma comunque non smetteva di chiedermi perché mai Aaron avesse il telefono di Mae, e io non sapevo cosa risponderle.»

«Qualche idea ce l'ho.» In poche parole le dico che Aaron non riusciva a dormire e che siamo finiti a parlare intorno al braciere. Bea vuole sapere tutti i particolari ed è difficile dissuaderla, anche quando le dico che preferirei li chiedesse direttamente a Aaron.

Per fortuna, in quel momento lui entra dalla porta del garage. Ancora una volta è in mutande e calzini perché ha lasciato fuori gli abiti sporchi di vernice. Si limita a fissare sua madre quando lei lo informa che Mae non è tornata a casa.

«Che cazzo di casino» commenta. Aveva dato per scontato che lei fosse rientrata il giovedì sera.

«Credi sia possibile che sia in giro a cercarti?» chiede Bea.

«Forse» risponde lui. «Sono sicuro che mi voglia convincere a non chiudere. Tre giorni, però? Ormai dovrebbe aver rinunciato.»

Restiamo tutti in un silenzio perplesso.

«Aaron» gli dico. «Mae aveva molta roba con sé? Droga?»

«*Droga*?» chiede Bea. Poi agita le mani esasperata. «Ma certo.»

«Io no, mamma» si intromette subito Aaron puntandole addosso un dito.

«Ne aveva tanta?» ripeto.

«Ci puoi scommettere. Non l'ho nemmeno voluta vedere, ma lei non è mai a corto.»

Considerando la rabbia di Mae come me l'aveva descritta, posso pensare che sia tornata alla tenda e sia rimasta sballata per parecchio. Gli chiedo se sia possibile.

«Sì» risponde. Ci pensa per un istante, poi annuisce e ripete: «Sì, è davvero possibile».

Bea prosegue sul suo filo di pensieri.

«Charmaine è molto preoccupata, Aaron, perché non riesce a parlare con sua figlia. Perché tu le hai preso il telefono. Non capisco come mai l'hai fatto.»

«Perché ero molto incazzato» risponde. «Perché avevo creduto per la milionesima volta a quello che mi aveva detto, e per la milionesima volta non è stata sincera. Oppure non se n'è ricordata. Le interessava solo fare i balletti davanti al telefono, o guardare i video e editarli. Quindi, okay, glielo dovevo prendere? Non proprio, ma se l'è cercata. Perciò mi dispiace fino a un certo punto che Charmaine sia preoccupata. Se Mae avesse il telefono, non risponderebbe comunque a sua madre. O a suo padre. Insomma, non parlava quasi mai con loro.»

Non posso fare a meno di notare che lui parla di Mae al passato. Probabilmente non saprò mai tutto quello che si sono detti là, però è qualcosa che sembra aver prodotto un vero cambiamento.

«Aaron, devi proprio chiamare i Potter prima di andare a dormire» gli dice Bea.

«Non esiste.»

«Perché?»

«Perché vorranno che spieghi come mai lei non è a casa, e io non so un cazzo per certo. E, poco ma sicuro, non gli direi che è probabile che sia strafatta in una tenda. Non ne verrebbe fuori niente di buono.»

Ci sediamo per cenare, ma siamo a tavola da meno di venti minuti quando Aaron si scusa. Ha promesso alla sua migliore amica, Cassity Benisch, che vive in città, di uscire con lei stasera. Cassity ha un bambino piccolo, che a quest'ora ormai dorme, quindi non può venire lei da Aaron come fa spesso. Lo aspetta un lungo percorso in bicicletta e vuole partire adesso.

È abbastanza furbo da fare i complimenti per la cena mentre porta via il suo piatto, però se ne va comunque ignorando l'occhiata delusa di sua madre.

9
Hardy

17 settembre

È il tardo pomeriggio di domenica e io sono nel giardino davanti a casa per la potatura autunnale dei lillà quando un enorme SUV nero, simile a un veicolo che potrebbe guidare Darth Vader, avanza sul viale di ghiaia. La sua velocità attira la mia attenzione. Mi allarmo, poi mi rendo conto che so di chi si tratta: il potente procuratore della Skageon County Harrison Potter.

Il mio affetto per Mansy mi ha spinto a cercare per molto tempo di farmi piacere il suo unico figlio in vita, ma Hardy e io abbiamo cominciato male. Lui era il viceprocuratore dell'unico caso che ho accettato nel breve periodo in cui ho fatto il difensore. La mia cliente era un'impiegata amministrativa della locale concessionaria della Chevrolet e aveva falsificato i libri contabili per sottrarre quasi sessantamila dollari. Come accade spesso nei casi degli indigenti, Della Kmiec era una persona patetica, ma non cattiva. Poco oltre i cinquant'anni, oltre cento chili di peso, moglie e madre di tre figli, si era convinta che un ex carcerato di quindici anni più giovane fosse disperatamente innamorato di lei. Aveva rubato quei soldi per lui, a quanto pare per permettergli di curare l'anziana madre. Come è ovvio, lui li aveva spesi tutti in droga.

Hardy aveva sposato la linea dura e offerto a Della tre anni se avesse patteggiato. Io ero convinto che la sentenza non sarebbe stata molto peggio dopo un processo. Hardy si era infuriato, ma io gli avevo dato del filo da torcere davanti alla giuria dimostrando che lei aveva tenuto un'accurata contabilità e aveva in progetto di rimborsare la cifra che si era messa in tasca usando le sue partecipazioni differite agli utili. Dopo due giorni di dibattimento, l'avevano condannata comunque. Il giudice Sams – padre dell'attuale giudice Sams – aveva rispettato le mie previsioni condannandola a diciotto mesi anziché ai cinque anni che Hardy aveva chiesto durante il processo.

La rabbia di quella disputa tra me e Hardy è abbastanza comune quando si pratica il penale e in genere, dieci anni dopo, diventa oggetto di qualche risata. Ma Hardy non ha mai provato simpatia per me. A un primo incontro può anche manifestare modi da confraternita, come se entrambi foste complici di marachelle, ma almeno con me quella bonomia non dura a lungo. Lo vedevo in città di tanto in tanto, oppure quando Mansy mi coinvolgeva in qualche evento, e in genere mi trattava con indifferenza. Da quando vivo con Bea è diventato più scontroso. Secondo Bea, non l'ha mai perdonata di averlo lasciato per Lloyd verso la fine delle superiori.

Forse la cosa peggiore che posso dire di Hardy è che non sembra aver imparato niente da suo padre. Il fatto che non sia intelligente come Mansy non è certo colpa sua. Devo ammettere che non conosco molte persone all'altezza del mio amico. Hardy, però, sembra evitare volutamente la finezza di suo padre. Se Mansy è riservato, usa toni pacati e pondera ogni parola, Hardy è arrogante e parla troppo. Poi non ha lo stile equilibrato di suo padre come pubblico ufficiale: sceglie sempre la linea dura ed è implacabile quando si tratta di mantenere il tasso di condanne del suo ufficio, un atteggiamento che spesso spinge i vicesceriffi e gli agenti che indagano su un caso a tralasciare qualcosa.

Ciononostante, Hardy sta affrontando la sua prima, vera campagna elettorale. Una parlamentare dello Stato, Madison van Ohne, lo attacca da destra definendo l'ufficio del procuratore un club di vecchi amici, il che è decisamente vero, e in pratica un rifugio per migranti senza documenti, il che è decisamente falso. I migranti con cui tratta Hardy sono in gran parte braccianti che si sbronzano all'inverosimile nei fine settimana e distruggono auto prese a prestito contro pali del telefono e cassette della posta che costellano le strade di campagna. Molti coltivatori locali dipendono da queste persone per tenere in vita le loro attività e di tanto in tanto, nei casi meno gravi, l'ufficio di Hardy propone un patteggiamento senza informare l'ufficio immigrazione.

Mansy mi ha chiesto di sostenere pubblicamente Hardy per la rielezione, e lo farò dato che Hardy è il meno peggio dei due. A nessuno qui interesserà la mia opinione, e si direbbe nemmeno a Hardy che, quando mi vede, non sorride. Mette un piede sulla ghiaia e si alza per parlarmi da dietro la portiera della sua macchina enorme. Senza nemmeno salutare chiede: «C'è Aaron?».

Rispondo che Aaron è al lavoro dalle otto di questa mattina.

«Dove?»

«Non saprei proprio, Hardy.» Mi irrita già il tono del suo interrogatorio. «Immagino che Mae non sia tornata.»

«No» risponde, poi scende dalla macchina e sbatte con forza la portiera. Indossa una camicia bianca con il colletto aperto e un blazer blu. Probabilmente arriva da un evento elettorale o dalla chiesa, dove ha ascoltato Proctor, il che è la stessa cosa, considerando che il pastore controlla migliaia di voti. Hardy è diacono della congregazione.

Per quanto Bea possa trovare sgradevole Hardy, riconosce che la sua vita, come quella di suo padre, è segnata dalle tragedie. Mansfield V, detto Mark, il fratello maggiore di Hardy, era tornato nella Skageon County dopo la laurea in legge a Yale, aveva fatto un mucchio di soldi e sembrava destinato a superare il padre in politica. Aveva trentotto anni quando era stato richiamato come riserva in Afghanistan ed era rimasto ucciso da uno IED, un ordigno esplosivo improvvisato, poco prima che finisse l'anno di ferma. Dopo la morte di Mark, Hardy aveva l'opportunità – o l'obbligo – di occupare il grande vuoto lasciato dal fratello.

È un uomo alto, ben messo e in forma. A quanto mi dicono, in questo è meglio di Mark. Harrison è fisicamente più bello, circa cinque centimetri più alto, un atleta migliore e ha l'avvenenza dell'uomo di potere dalle sopracciglia folte. Sui manifesti della campagna elettorale è bellissimo e, stando alle voci che corrono, ha fatto leva in maniera più diretta sui suoi vantaggi fisici dato che, come si dice, vola di fiore in fiore. Spesso sento pettegolezzi su di lui quando sono con Joe alla VFW. Pare che, per candidarsi a un impiego nell'ufficio del procuratore, le donne spediscano una foto e non un curriculum. Charmaine da tempo finge di non sapere nulla.

Non ho mai ben capito se la gente di qui sia davvero più vivace o se in una piccola comunità, dove è più difficile tenere un segreto, se ne parli di più, in particolare se di cognome ti chiami Potter. Bea propende per la prima versione. "Qui non ci sono molti ristoranti" mi ha detto una volta "e devi fare cinquanta chilometri per andare al cinema e centocinquanta per un concerto. La gente beve per divertirsi, e quando si beve..." ha agitato la mano.

"Sesso per alleviare la noia?" ho chiesto.

"A volte."

"Ma sono tutti molto religiosi."

"Proprio per questo: devono farsi perdonare."

Ora, riferendomi a Mae, chiedo a Hardy: «Possiamo aiutarvi?».

«Aiutarci?» risponde. «Ma certo. Puoi dirmi che genere di stronzo decide di lasciare una ragazza in mezzo al nulla senza telefono né carte di credito?» Ovviamente "in mezzo al nulla" è un'esagerazione. Il Governor Harold State Park è un grande tratto di foresta primaria – noci, querce e noci americani – che si estende per oltre quattrocento ettari, ma ha sentieri e campeggi. Rammento di aver notato la piccola tasca adesiva di silicone sul retro del telefono di Mae quando Aaron ce l'aveva mostrato la sera prima, però non mi ero reso conto che, assieme alla possibilità di comunicare, le avesse tolto anche i soldi. Capisco l'ansia di Hardy, ma lui ci ha messo del suo per irritarmi nell'esatto istante in cui ha posato il piede sul mio viale e ha definito "stronzo" il ragazzo che vive qui. Devo soffocare l'impulso di cacciarlo via e mi rendo conto di aver sollevato inconsciamente le grosse cesoie che stavo usando e che ho ancora in mano. Le abbasso un po' prima di rispondere.

«Tanto per cambiare hanno fatto una litigata furiosa.»

«Non è una scusante.»

«Non sto cercando scusanti, Hardy, ti sto dicendo quello che è successo. Sappiamo entrambi che hanno la straordinaria abilità di incazzarsi l'uno con l'altra.» Forse questa affermazione potrebbe attribuire troppe colpe a Aaron, che è molto più tranquillo e ha modi più gentili rispetto a Mae, però ammetto di aver sentito solo la sua versione della storia. «È stata una lite così pesante da fargli dire che hanno davvero chiuso.»

«Vorrei proprio.»

«Siamo d'accordo» rispondo. «Probabilmente è la cosa migliore per entrambi.»

«Concordo. Ripensandoci, vorrei averle imposto di stare alla larga da lui la prima volta che li ho visti flirtare allo Young Life, quando ancora avevo un minimo di controllo su di lei.»

Mi acciglio. Cosa avrebbe potuto cogliere Hardy a prima vista, a parte che Aaron è nero? Lui intuisce il mio pensiero e lo corregge senza che lo esprima.

«Tale madre, tale figlio.»

Mi stupisce questo commento, così come l'idea che un adulto rimugini ancora trent'anni dopo sulla propria delusione amorosa delle superiori. Eppure so per esperienza personale che Hardy è tipo da portare rancore.

«E comunque dov'erano?» mi chiede.

«Al nord, credo.»

«In questa contea?»

Esito un momento. «Da quel che mi dicono.»

«E dove? Non dovresti sapere sempre dove si trova?»

Valuto come rispondere.

«Credo fossero in qualche punto nelle vicinanze di Harold's Woods, Hardy.»

«Sono andati là per farsi?»

«Hardy, sei venuto qui per incastrare qualcuno o perché sei preoccupato per tua figlia? Campeggiavano, e non credo che Aaron abbia usato droga. Comunque domani ha un controllo, quindi lo sapremo per certo.» "Lo sapremo per certo" è per fargli sapere che sono convinto che Gert non avrebbe tirato il guinzaglio a Aaron senza il suo incoraggiamento.

«Ti ho spiegato perché sono qui» ribatte. «Voglio sapere che cazzo avesse in testa.»

«Da quanto mi ha detto, Hardy, Mae aveva il pieno di benzina e lui credeva sarebbe tornata direttamente a casa.»

«Solo che non lo ha fatto» risponde. «Ha avuto un incidente da qualche parte, oppure è in un fosso. O Dio sa che altro.»

«Ha il soccorso stradale?»

«Certo che lo ha. Però non ha un maledetto telefono con sé, Rusty.»

Su questo ha ragione. Provo a usare un tono meno duro.

«Hardy, possiamo capire perché siete preoccupati e anche noi lo saremmo. Saremo tutti sollevati quando Mae tornerà.»

Fa una smorfia e apre la portiera puntandomi un dito contro. «Di' a Aaron di chiamarmi» ripete, poi mette in marcia e si gira per uscire. Ancora una volta decido che non c'è molto di gradevole in quell'uomo.

Aaron entra dal garage mentre stiamo finendo di cenare, ma dopo un solo passo sua madre lo ferma: ha jeans e T-shirt chiazzati di vernice bianca. Dice di aver declinato l'offerta di Brice di una tuta perché pensava che avrebbe avuto troppo caldo mettendola sopra i vestiti, ma ha in mano quella che userà domani. Bea lo manda a fare la doccia fuori, accanto alla scala che sale dalla spiaggia. Quando rientra, gli racconto della visita di Hardy, di cui non avevo parlato con Bea dopo il suo ritorno da un caffè con una giovane insegnante. Avevo preferito non turbare la tranquillità del nostro bicchiere di vino accanto al molo.

«Aaron» chiede sua madre «ma davvero l'hai lasciata lassù senza soldi?».

Lui riflette per un attimo.

«No, no» risponde. «Ha usato le sue carte per la benzina e la spesa, e io ho prelevato con il bancomat e le ho dato la mia parte in contanti.»

«Ma i soldi non erano con il telefono?» chiedo. I suoi occhi grigi si soffermano un istante su di me, forse è un po' spiazzato perché gli sto facendo domande.

«Suo padre le dava troppe carte di credito. E lei tiene i contanti nella tasca posteriore.»

«Bene, comunque Hardy ti vuole parlare» gli dico. «Ma fammi un favore, prima telefona a Cap.»

«Cap?» chiede Bea un istante prima del figlio. Casper Sabonjian è l'avvocato che, diciotto mesi fa, ha seguito il patteggiamento di Aaron.

«Hardy è turbato» dico «e furioso con Aaron. Meglio che Cap esamini tutta la situazione prima che Hardy gli faccia il terzo grado. Sospetto che Gert ti abbia chiamato perché gliel'ha chiesto lui.»

«Credevo che, a livello legale, Hardy non potesse avere niente a che fare con il caso di Aaron» interviene Bea.

«Amore mio» rispondo «una persona dolce e fiduciosa come te dovrebbe fare l'insegnante elementare.»

Aaron, che apprezza l'ironia, scoppia a ridere, mentre Bea mi pianta un dito nel fianco. Più tardi, quando siamo soli, mi chiede: «Credi davvero che debba arrivare al punto di chiamare Cap?».

«Bea, non so tutto quello che è successo lassù, e non voglio saperlo, perché preferirei non essere a conoscenza di cose che dovrei poi riferire.»

«Di cosa hai paura?»

«Non lo so, Bea» rispondo. Non voglio dirle quello che considero ancora probabile, ovvero che Aaron abbia assunto droghe con Mae, perché Bea salterebbe in aria. «Immagina che non siano andati davvero a Harold's Woods, ma siano usciti dalla contea. E potrei farti altri mille esempi. Lasciamo che parli con qualcuno che può sentire tutto e valutare qualsiasi rischio.»

«Se coinvolge un avvocato, non potrebbe sembrare colpevole di qualcosa?»

«Potrebbe sembrare una persona in libertà vigilata che non vuole tornare in carcere.»

«Non mi piace la piega che sta prendendo questa faccenda» dichiara. «Mi pare strana.»

«Andrà tutto bene» le dico. «Mae tornerà domani e tutto si calmerà.»

A dire il vero condivido le apprensioni di Bea. La strana magia che si è creata tra Mae e Aaron comporta anche che il loro rapporto spesso innervosisca le persone legate a loro. E concordo con lei: c'è proprio qualcosa di strano.

10
Mae, però...

18-20 settembre

Mae, però, il lunedì non torna. Quella sera, Charmaine telefona di nuovo a Bea. Abbiamo appena finito di cenare, io sto sciacquando i piatti e caricando la lavastoviglie quando Bea risponde, quindi sento solo una parte di questo lato della conversazione.

A un certo punto Bea dice: «Speravo avessi buone notizie». Dopo aver chiuso la telefonata qualche minuto dopo, Bea viene a riferirmi.

«Charmaine è fuori di sé. Sono in ansia perché non hanno sentito Aaron. Vuole sapere se Mae gli ha detto qualcosa di utile a sapere dove si trovi.»

Stasera Aaron è fuori: fa il baby-sitter di Brock, il figlio di due anni dei suoi amici Cassity e Brice che – con grande delusione di quest'ultimo – non vivono insieme. Cassity frequenta i corsi serali dello Skageon Community College, un biennio universitario per prendere il diploma di assistente infermiera, il primo passo per accedere alla professione. Brice usa le sere per occuparsi della sua attività, per esempio per acquistare vernici e forniture per il lavoro del giorno dopo. Quindi Aaron, che ama i bambini – probabilmente un'eredità di sua madre –, si è offerto volontario per sostituirli il lunedì.

Bea, che in genere va a letto presto, insiste per aspettarlo alzata. Guardiamo in salotto la serie francese, ma lei non traduce come fa di solito, quindi so che non le dedica tutta la sua attenzione.

«Aaron, insomma» gli dice non appena entra «se hai anche

una vaga idea di dove possa essere Mae, i Potter apprezzerebbero sentirla.»

Lui indossa l'equipaggiamento notturno per la bicicletta che lo fa sembrare l'interprete di una recita scolastica sugli invasori dallo spazio. Ha un giubbotto riflettente come quelli di chi lavora in autostrada, il caschetto con diverse luci lampeggianti e, legato a una barra d'acciaio, un faro da 2000 lumen che gli ho regalato a Natale. A dire il vero, quel regalo era anche per sua madre, preoccupata per i rischi stradali rappresentati dagli ubriachi che rientrano la sera.

Lui resta immobile, valuta la richiesta di Bea, poi annuisce per dire che ha capito e si dirige verso camera sua. Mi rendo conto che si sente un po' vessato da una situazione che è totalmente al di fuori del suo controllo. Sono sorpreso quando, pochi minuti dopo, lo vedo tornare verso il salotto per rivolgersi a noi dalla soglia.

«Volete sapere cosa penso davvero?» chiede. «L'ho più o meno capito oggi pomeriggio mentre ero in cima a una scala. È Mae che fa Mae. Sa che ormai sono tutti preoccupati per lei, e vuole farmi sembrare una cattiva persona.»

Sul divano chiaro, Bea si è voltata per guardarlo da sopra la spalla, e adesso si gira meglio.

«In che modo ti farebbe sembrare una cattiva persona?» gli chiede.

«Non mi hai detto che i Potter sono incazzati con me? E davvero preoccupati? Lei vuole che tutti mi chiedano: "Dov'è Mae, dov'è, che ne hai fatto?". Sta pareggiando i conti.»

«Charmaine non mi ha chiesto: "Che ne ha fatto Aaron?". Perché lo pensi?»

«Ma dai, mamma. È proprio questo il punto di quello che sta facendo Mae.»

Gira sui tacchi e se ne va.

Bea si volta verso di me. «Secondo te ha senso?» chiede a bassa voce.

«In parte» rispondo. «Forse è un po' paranoico, ma ha ragione nel dire che più a lungo si trascina questa situazione, più Charmaine e Hardy lo accuseranno. E Mae è capace di essere piuttosto inventiva e drammatica.»

«Spero che Aaron non lo dica a nessun altro» riflette Bea. «Lo fa sembrare insensibile. E paranoico, come hai detto. Hardy e Charmaine sono terrorizzati, e a giusta ragione. È stato un idiota a lasciarla lassù senza carte di credito e telefono.»

Al mattino, quando Bea è già uscita per una riunione, la macchina di Brice risale il viale. Come sempre, avverte Aaron della sua presenza con un colpetto di clacson, però ci vuole qualche minuto perché Aaron esca da camera sua. Io sono in cucina e sto tracannando una bevanda da sportivo dopo aver fatto il giro del lago in canoa all'alba.

Aaron si sofferma sulla soglia ed è evidente che sta soppesando qualcosa.

Infine dice: «Ha appena telefonato mio padre. Vuole che mi fermi all'ufficio dello sceriffo a Granger per parlare di Mae con la polizia».

«Hai chiamato Cap?»

Lui si acciglia. «No.»

«Senti, non mi piace mettermi tra te e Lloyd, però ti consiglio di parlare con il tuo avvocato prima di andare alla polizia.»

Aaron fa una faccia strana. «Ma mi farà pagare, vero?»

Ha un grosso debito con i suoi genitori per le parcelle legali accumulate e pagate a Cap per averlo rappresentato in entrambi gli arresti. Rimborsa Lloyd e Bea con parte dei suoi guadagni, però sta anche cercando di risparmiare per la scuola d'arte.

«Aaron, devi discutere di tutta la situazione con un avvocato che ascolti tutta la storia, ogni singolo particolare. E, per diversi motivi, quella persona non posso essere io. Non credo che Cap ti farà pagare molto per un consulto, però qualsiasi sia la cifra la pagherò io. È davvero importante.» Non ho mai dato soldi a Aaron: i suoi genitori non gradirebbero. E ho imparato molto tempo fa che con un drogato la risposta più sicura a una richiesta di denaro è il no. Il mio gesto, e la sua spontaneità, è un segno di quanta strada abbia fatto Aaron, ma aggiungo che, probabilmente, è meglio tenere la cosa tra noi.

Per tutta risposta, lui assume un'espressione vagamente addolorata. Mi fa piacere, però, quando più tardi chiama Bea per informarla che ha un appuntamento con Cap. Lo accompagnerà Joe. Lei gli dice che terrà la cena in caldo per tutti e due.

Quando tornano, Aaron annuncia di non aver fame e va diretto in camera sua. Joe si siede a tavola e, come sempre, aspetta di essere servito. Bea gli porta una bottiglia di birra analcolica – che anche Aaron beve di tanto in tanto – fredda di frigo, mentre io gli servo una porzione di chili vegetariano che ho preparato per cena.

«Hai idea di cosa gli abbia consigliato Cap?» chiede Bea a bassa voce.

«Sì: di non parlare con nessuno di questa faccenda» risponde Joe.

Io spiego a entrambi che è esattamente la risposta che darebbe qualsiasi penalista.

Bea si rivolge a suo padre: «Aaron ti ha detto di avere una sua teoria? Ovvero che Mae se ne sta nascosta in modo che le persone comincino a chiedergli che cosa le ha fatto?».

«Non le ha fatto niente, Beatrix» ribatte Joe. Una delle molte cose di Joe che fanno arrabbiare sua figlia è pronunciare il suo nome di battesimo con un accento decisamente americano, anziché alla tedesca come avrebbe voluto Willi.

«Lo so, papà, ma Aaron crede che Mae voglia starsene lontana abbastanza a lungo perché si cominci a sospettare di lui. Poi arriverà all'ultimo momento, così lui le sarà grato per averlo salvato.»

«Sarebbe da lei» commenta Joe. Dato che i Potter sono più ricchi di chiunque altro, Joe prova per loro un particolare disprezzo. E per quanto lo riguarda Mae, con tutto il male che ha fatto a Aaron nel tempo, meriterebbe di figurare su un manifesto dei ricercati.

«Non saprei» risponde Bea. «È un'idea che per me continua a non avere senso. È sparita da una settimana: com'è riuscita a cavarsela tanto a lungo con i settantacinque dollari che le ha dato Aaron?»

«Tanto per cominciare» intervengo «ha la tenda, il sacco a pelo e il cibo che avevano comprato.» Negli ultimi giorni il tempo è stato mite e asciutto, quindi dormire all'aria aperta non deve aver rappresentato un problema. «E chi ti dice che ha solo settantacinque dollari, cioè quelli che le ha dato Aaron? Non si sa quanto avesse già in tasca.»

«I ragazzi della loro età girano senza contanti» ribatte Bea.

«Ma lei è una Potter. Alcune famiglie credono sia utile avere sempre dei contanti per le emergenze.» Quando io e Mansy dividiamo il conto dei nostri pranzi, mi capita spesso di vedere che nel portafoglio tiene diverse centinaia di dollari.

L'espressione di Bea si fa sempre più dubbiosa. Ricorrere a un avvocato è contrario al suo modo aperto di trattare con gli altri, e inoltre dimostra scarsa empatia per i Potter. Per non parlare del fatto che fa aumentare i sospetti su Aaron.

Mercoledì mattina mi sono appena messo al lavoro quando suona il cellulare e vedo che Cap Sabonjian mi sta chiamando.

«Ho telefonato all'ufficio dello sceriffo e a quello del procuratore» mi spiega «e ho informato tutti che Aaron è disposto a rispondere a tutte le loro domande non appena riceverà una lettera di non utilizzo.» La lettera di non utilizzo serve a far sì che, anziché invocare il proprio diritto costituzionale al silenzio, Aaron collabori a patto che niente di quello che dirà possa essere usato contro di lui a livello penale che, nel suo caso, comprenderebbe anche un procedimento per la revoca della libertà vigilata.

Rifletto per un momento, cercando di capire la manovra di Cap. Probabilmente è solo cauto, come dovrebbe essere qualsiasi difensore. I risultati del controllo di Aaron saranno pronti solo domani, però Aaron insiste nel dire che non costituiranno un problema e che una lettera di non utilizzo non lo proteggerebbe comunque se il controllo dovesse risultare positivo, dato che comporta azioni e non dichiarazioni. Cap, tuttavia, come gran parte degli avvocati difensori locali non si fida di Hardy e del suo ufficio. Accompagnarsi con chi usa droga, che sia o meno la figlia del procuratore distrettuale, essere rimasto irreperibile per settantadue ore: sono molte le violazioni che Aaron dovrebbe ammettere, e un procuratore determinato potrebbe avvalersene per revocare la libertà vigilata se Aaron non ottenesse la lettera prima di essere interrogato. Dunque penso di capire come mai Cap abbia posto queste condizioni. C'è inoltre la possibilità che Aaron abbia ammesso con il suo avvocato qualcosa che noi non sappiamo e che potrebbe coinvolgerlo in una situazione più grave.

Cap passa poi al proprio anticipo, come immaginavo quando ho visto che mi chiamava. Vuole tremila dollari, e questo significa che si aspetta di non dedicare più di dieci ore a questa situazione, compreso il consulto appena fatto. Cap mi piace: stava per concludere la sua esperienza come avvocato d'ufficio nella Skageon County nel momento in cui mi ero offerto volontario per assumere la difesa di casi assegnati dal tribunale. Era un mentore in gamba ogni volta che avevo bisogno del suo aiuto, e accadeva spesso. L'anno successivo, maturata la pensione, si era dedicato alla libera professione cercando di guadagnare qualcosa prima di ritirarsi. Considerata la sua lunga esperienza, è diventato l'avvocato difensore di riferimento nella contea per il limitato lavoro da penalista a pagamento che c'è qui. Rappresenta in gran parte i ricchi residenti di Como Stop che in estate vengono fermati con una certa regolarità per guida in stato di ebbrezza, oltre ai pochi membri delle gang della Kindle County accusati di spaccio.

Aaron era stato arrestato per la prima volta non molto tempo dopo che Bea era venuta a vivere con me. Il Covid aveva fatto chiudere gli studentati della Wisconsin State, ma lui era rimasto a Glenville. Dormiva sul pavimento a casa di un amico e apparentemente stava finendo un lavoro per il corso d'arte, quando aveva cercato di acquistare una notevole quantità di ecstasy e psilocibina da un agente sotto copertura. Fin da subito avevo consigliato a Bea e Lloyd di rivolgersi a Cap per la difesa di Aaron. Hardy si era astenuto dal caso e aveva lasciato che fosse la sua vice a trattare con Cap: lui l'aveva convinta a derubricare le accuse a un reato minore, con la condizione che l'ammissione di colpevolezza di Aaron venisse cancellata se lui avesse completato un programma di riabilitazione e avesse evitato per cinque anni un'altra condanna. Considerando le quantità di droga in discussione, era stato un accordo eccezionale, un'opportunità d'oro che, alla fine, Aaron aveva buttato via.

La sola conseguenza collaterale del patto di Aaron era stata che Cap non era riuscito a convincere l'università a deviare dalla propria politica, ovvero la sospensione per un anno ai condannati per reati legati alla droga. Sentendosi inutile, Aaron aveva sceso rapidamente la china ed è probabile che abbia cominciato allora a usare metanfetamine e oppioidi. Non trovava lavoro, però aveva rifiutato di venire a vivere con noi e lo sentivamo solo di tanto in tanto. Ci arrivavano di continuo voci di frequenti avvistamenti con Mae Potter, rientrata dal piccolo college di scienze umanistiche dello Iowa che aveva frequentato come generazioni di Potter prima di lei. Inizialmente, la teoria di Bea era che Aaron usciva con Mae solo perché lei si poteva permettere di acquistare le sostanze illegali che entrambi consumavano, ma se Mae prestava soldi a Aaron, certo non bastavano a placare la sua dipendenza. Una sera di dicembre del 2020 eravamo rientrati a casa per scoprire che il nostro televisore LCD da 50 pollici era stato staccato dalla parete del salotto, che adesso sembrava un bambino di sei anni senza i denti davanti. Solo in quel momento Bea aveva capito che fine avesse fatto l'anello di fidanzamento di Lloyd, che cercava da settimane e pensava di aver messo nel posto sbagliato. Avevamo installato una cassaforte e cambiato le serrature. Lloyd aveva saputo dai suoi contatti nelle forze dell'ordine che Aaron spacciava, però i suoi avvertimenti e i miei erano rimasti inascoltati. Aaron aveva smesso di rispondere alle nostre telefonate ed erano passati parecchi mesi senza alcun contatto con gli adulti della sua vita. Persino le vecchie amicizie come Cassity affermavano di non sentirlo.

Una volta che avevamo avuto bisogno di trovarlo, Lloyd si era appoggiato di nuovo alle conoscenze di quando era vicesceriffo per capire dove fosse suo figlio, ma ero stato io a dover dare a Aaron la notizia che sua nonna paterna era in un hospice dove Lloyd la vegliava. Scoprimmo che Aaron viveva in una palazzina prefabbricata alla periferia di Como Stop con alcuni tossici anoressici. L'edificio era stato eretto qualche decennio prima per fornire alloggio a poco prezzo ai lavoratori stagionali che venivano in città. Avevo bussato alla porta che mi era stata indicata, mi aveva aperto una ragazza che sembrava uno zombie tremante e che poi era sparita quando avevo detto il nome di Aaron. Appena entrato mi aveva assalito l'odore di una lettiera troppo a lungo trascurata. Nella parete del salotto c'era un grosso buco, probabilmente dovuto a un pugno o a una testa sbattuta. La moquette verde era costellata di rifiuti: bottiglie di birra, incarti di plastica, cracker e dolci e altri avanzi di cibo calpestati. Quando finalmente era apparso Aaron, l'avevo visto giallastro e con lo sguardo da folle. Non aveva reagito alla notizia della nonna che, a dire il vero, non aveva mai avuto in simpatia il nipote adottato, ma si era limitato a dire "Okay" prima di chiudermi la porta in faccia.

La situazione era arrivata a un prevedibile epilogo intorno al giorno del Ringraziamento del 2021, quando la vecchia Saturn di Aaron – regalo di maturità di Joe – era stata vista avanzare incerta a venti all'ora zigzagando tra le due corsie di Center Street a Como Stop. I poliziotti che l'avevano fermato avevano trovato Mae sul sedile del passeggero e le tasche di Aaron piene di droga – che in realtà era di Mae –, comprese quattro fiale di cocaina.

Aaron era stato rinchiuso nella prigione della Skageon County con una cauzione di diverse centinaia di migliaia di dollari. Cap mi aveva consigliato di "lasciarlo lì". Aveva visto troppe volte quello stesso film e mi aveva detto che erano quelli il momento e il luogo in cui i ragazzi come Aaron decidevano se dare o meno una svolta alla loro vita. Lloyd era d'accordo con questo approccio duro, ma Bea era straziata. Io non potevo decidere e, pur senza dirlo, ero dubbioso. La prigione della Skageon County non era come quella della Kindle County, che al suo peggio era paragonabile per orrori ad Abu Ghraib, ma non si doveva nemmeno confonderla con un campo estivo, dato che lì dentro c'erano parecchi membri delle gang arrivati dalla Kindle County o da Kweagon. Il livello di violenza reale era basso, e Aaron era abbastanza grosso da scoraggiare i classici bulletti da galera, ma temevo che quell'esperienza lo avrebbe segnato, perché vivere sotto costante minaccia che possa succederti qualcosa è un'esperienza che non si dimentica.

Dopo quattro mesi di carcere, e un serio impegno nel programma di disintossicazione guidato dal reverendo Spruce, Cap ritenne fosse giunto il momento di presentare un'istanza per ridurre la cauzione. Quando lui aveva proposto di accogliere Aaron da noi, la cosa aveva provocato a dir poco lunghe discussioni tra Bea e me, però Cap era sicuro che il giudice Sams avrebbe ritenuto la casa di una preside e di un ex giudice un ambiente adeguato e stabile.

Non appena Cap ci aveva comunicato la sua idea, io avevo realizzato due cose. Primo, non volevo gestire un programma di riabilitazione in casa mia. Secondo, non avevo scelta. Non mi sembrava il caso di dire a una madre di scegliere tra me e suo figlio, però avevo già cresciuto un ragazzo problematico. Ero solito menzionare con Bea l'esempio di Nat per dirle che una combinazione di pazienza e disciplina, abbinate a psicoterapia e antidepressivi, potevano recuperare un adolescente risucchiato in un vortice di droga, depressione e – la parte più spaventosa – pensieri suicidi. Ma rivedevo anche quel mio inferno privato, un periodo in cui combattevo di continuo con l'angoscia che Nat sarebbe morto in un incidente stradale o di overdose, o che lo avrei trovato morto nella vasca da bagno dove si era volutamente folgorato, dato che una volta aveva visto Barbara sul punto di farlo. Inoltre ero sicuro che Aaron avrebbe creato una frattura perenne tra Bea e me quando fossi stato costretto a denunciarlo al giudice Sams per aver incasinato tutto ancora una volta, cosa che peraltro ero certo sarebbe successa.

Fino a ora, però, le mie paure si sono rivelate infondate. Mi aspettavo di vivere con un uomo astioso e poco collaborativo, risentito per essere costretto ad abitare di nuovo con sua madre come fosse un bambino. Se Aaron non ha mai finto di apprezzare questo accordo, sia Cap sia il giudice Sams gli avevano fatto capire che doveva esserci grato, e devo dire che sembra ricordarlo quasi sempre. Accetta di sedersi a cena con noi un paio di volte alla settimana, anche se partecipa poco alla conversazione. Occorre però ammettere che questo è sempre stato il suo modo di fare. Rispetta il coprifuoco imposto dal giudice e risponde alle domande di sua madre su dove stia andando e con chi, in modo succinto, ma diretto. A parte la recente sparizione, ha seguito le regole e in generale sembra essere una persona del tutto diversa, riemerso dalla prigione come un vero adulto. Secondo me e Bea, non è una coincidenza che, nel primo anno dopo il rilascio, mentre Aaron trovava basi solide, Mae era andata a New York per tentare la carriera di modella.

Adesso prometto a Cap che oggi gli metterò un assegno nella cassetta della posta. Ma c'è qualcos'altro che mi rode, e cerco di trovare un modo scaltro per chiederlo.

«Cap, so che non è il caso che ti domandi che cosa ti ha detto Aaron, ma di recente ha fatto un'affermazione che mi turba. Ha una teoria in base alla quale Mae si sta nascondendo perché la gente sospetti che lui le ha fatto qualcosa.»

«Bene» risponde Cap, senza lasciarmi capire se l'abbia sentita anche da Aaron. «E quindi?»

«Be', quel poco del vecchio procuratore che è rimasto in me teme che stia preparando una sorta di difesa anticipata.»

«Va' avanti.»

Resto zitto per un attimo, imbarazzato a confessare le mie peggiori paure.

«Non credo che sia questo il caso, però se si scoprisse che è successo qualcosa di brutto a Mae, qualcun altro – non Aaron, ma qualcuno che ha fatto del male alla ragazza –, insomma quella persona non avrebbe bisogno di trovare una scusa per il suo mancato ritorno, magari per rallentare l'inizio di un'indagine, e sicuramente per spiegare come mai non era preoccupata per lei?»

«Capisco» commenta Cap. «E tu vuoi sapere se ho sentito o so qualcosa che mi preoccupa a questo proposito?»

«Diciamo di sì.»

«Be', su una cosa avevi ragione: non ti riferirò quello che mi ha detto il mio cliente.»

«Giusto.»

«Ma, Rusty» prosegue «pensaci. Fai questo mestiere da molto tempo, e sono certo che ne sai abbastanza per renderti conto che qualsiasi avvocato difensore avesse motivo di sospettare o temere qualcosa di simile... e intendo dire non solo io, ma un qualsiasi difensore...»

«Sì?»

«Quel difensore chiederebbe un anticipo molto, molto più alto.»

11
Pranzo

20 settembre

Mercoledì mattina, prima che mi chiamasse Cap, avevo avuto uno scambio sconcertante con Bea mentre stava uscendo per andare a scuola. Indossava uno chemisier che le donava particolarmente e si era truccata un po' più del solito perché aveva una riunione con altri presidi e il sovrintendente all'istruzione dello Stato, un uomo con cui era uscita diversi anni prima. Avevo colto l'occasione per prenderla un po' in giro, provocando il solito broncio di frustrazione all'idea che potessi essere geloso. A dire il vero, avevo incontrato quell'uomo una sola volta per qualche istante e, a mio parere, dimostrava nuovamente che le donne single di mezza età non hanno molto tra cui scegliere.

"Sembrerebbe strano se annullassi il pranzo con Mansy?" le avevo chiesto mentre se ne stava lì, con in spalla la grande borsa di cuoio che usa per portare carte e libri avanti e indietro da scuola.

"Perché mai dovresti annullarlo?"

"Deve essere sconvolto per Mae. I suoi non la vedono da più di una settimana."

"Ma siete uomini, non siete soliti parlare delle vostre emozioni. Digli che anche tu sei preoccupato e chiedigli se pensa che sabato la Wisconsin State abbia qualche possibilità contro l'Iowa." Anche se lo Stato del Wisconsin è al di là della linea di confine sull'altra riva dello Skageon River, ottanta chilometri a nord, la Wisconsin State University, e in particolare la sua fortissima squadra di football, in questo periodo dell'anno sono un'ossessione locale. E si tratta di qualcosa di più di una questione di vicinanza geografica. Alcuni decenni fa, per risolvere una grave controversia legale sulla quantità di acqua che l'università attingeva dal fiume – grazie a una stazione di pompaggio che si trova sulle scogliere della Skageon County –, lo Stato del Wisconsin aveva accettato di trattare tutti i residenti della Skageon County come quelli del Wisconsin ai fini dell'ammissione all'università e delle tasse scolastiche. Ecco perché Aaron si era iscritto lì, e perché Bea aveva studiato lì per la laurea e il dottorato che aveva concluso nelle estati successive mentre, per dirlo con parole sue, "aspettava di restare incinta".

Avevo scrollato dubbioso la testa ai suggerimenti di Bea, ma lei aveva insistito. "Non credi che annullare l'appuntamento suonerebbe sospetto? Darebbe la sensazione che tu abbia paura di affrontarlo, come se fosse davvero colpa di Aaron se Mae non è ancora tornata."

Non mi aveva convinto, però una cosa giusta l'aveva detta: l'amicizia che mi lega a Mansy mi impone di non nascondermi. Se non altro, decido, dovrei esprimergli di persona le nostre preoccupazioni e la nostra vicinanza.

Arrivo da Trixie's con qualche minuto di ritardo. Oggi il percorso era stato più lento, e avrei dovuto pensarci prima. Nella stagione del raccolto grosse macchine agricole percorrono spesso le strade secondarie quando si spostano da un campo all'altro: enormi mietitrebbie verdi o giganteschi trattori che eruttano fumo nero mentre avanzano a trenta chilometri orari presentano la sfida esistenziale della vita di campagna, ovvero se superarli nella corsia opposta.

Anche a prima vista si intuisce che Mansy è preoccupato. Non ha il solito portamento eretto e gli occhi hanno l'aria pesta di chi non ha dormito. Ancor più eloquente è la tensione che emana. In genere Mansy è rilassato e ha un modo di fare dolcemente ironico, come a dire "Sono vecchio, ho visto di tutto e, quasi sempre, le cose sono andate bene".

«Ti chiederei come stai» gli dico non appena ci siamo seduti «ma posso immaginarlo. Ci svegliamo tutti ogni mattina sperando di sentire che Mae è tornata.»

«Sono preoccupato, Russ, davvero preoccupato. Cerco di

evitare che l'immaginazione mi porti in luoghi oscuri, ma non è facile.»

Come pensavo, la situazione è delicata. Per quanto sfrenata, Mae è molto vicina al nonno. Ha preso il nome da lui, infatti, e, nonostante tutte le loro differenze, a volte si ritengono spiriti affini poiché condividono la stessa, speciale intelligenza.

«Mansy, credimi, capisco che tu sia preoccupato e sconvolto. Lo siamo anche noi e immagino sia incredibilmente peggio per la famiglia di Mae. Io però non faccio parte della famiglia, quindi potrei avere maggiore distacco. Nella Skageon County conosco una sola persona che ritengo possa essere intelligente quanto te, e quella è Mae Potter. Ricordo quando Aaron e lei si sono messi insieme alle superiori: forse era il secondo anno e già Mae seguiva qualche lezione alla Wisconsin State University, oppure spiegava a tavola un saggio che stava scrivendo per Storia della scienza in cui raffrontava la teoria del flogisto con l'attuale fiducia nella funzione d'onda quantistica. Sto ancora cercando di capire l'ultima.

«Ma sappiamo entrambi che spesso le persone intelligenti sono di mentalità piuttosto indipendente. E lei non teme certo i drammi. Quindi mi conforta pensare che si tràtta di Mae e potrebbe avere in mente qualcosa di inatteso. Dopotutto, è stata lei a capire come portare una mucca sul tetto delle superiori per fare uno scherzo.»

Fa una smorfia. Io speravo in un sorrisetto alla menzione della mucca. Una cosa che non dirò a Mansy, e che mi preoccupa sempre più, è che le persone scompaiono volontariamente di continuo. Ho fatto una ricerca in rete e ho scoperto che ogni anno circa 600.000 americani abbandonano la loro vita con la subitaneità e l'irrevocabilità di un operaio alla catena di montaggio che urla una frase oscena, toglie gli occhiali protettivi, sfila i guanti e lascia il lavoro per sempre. Migliaia di uomini e donne partono per un viaggio di affari e non tornano più. Le casalinghe se ne vanno lasciando acceso il ferro da stiro come se un'ennesima camicia stirata potesse strappar loro l'anima. Difficilmente queste persone fanno una brutta fine, ma spesso ci vogliono anni per saperlo. Dopo che Aaron ha chiuso con lei, dopo i fallimenti – prima al college poi come modella a New York –, Mae potrebbe pensare: "Al diavolo tutto, è il momento di qualcosa di nuovo", un tipo di ragionamento che praticamente non richiede di avere contatti con il mondo che si è lasciata alle spalle.

«A essere sincero» mi dice Mansy «sarei più tranquillo se Aaron non avesse un avvocato.»

«È in libertà vigilata, Mansy.»

«Questo non significa che non debba rispondere alle domande, anzi deve farlo, non credi?»

«No, a meno che di recente non abbiano revocato il Quinto emendamento. Gert può porgli domande del tipo "Dov'eri?" e "Con chi eri?", però l'ha già fatto. Sa che stava campeggiando con Mae.»

«Dove?» chiede Mansy.

«L'ho detto a Hardy l'altro giorno: credo fossero dalle parti di Harold's Woods.»

«Cristo, Rusty, parliamo di oltre il cinque per cento di massa terrestre della contea, non direi che è un aiuto. Aaron dovrebbe sedersi e rispondere a qualche domanda basilare su dov'erano e cos'è successo.»

«Non sono il suo avvocato, non ho deciso io. Però, stando a Cap, Aaron sarà felice di farlo se ricevesse la lettera di non utilizzo.»

«E perché mai gli servirebbe quella lettera?»

«Perché ha un bravo avvocato che non desidera vedere il suo cliente coinvolto in un procedimento di revoca della libertà vigilata.»

«Perché mai dovrebbero revocargliela?»

La risposta corretta sarebbe: "Perché tuo figlio è uno stronzo", ma taccio per un istante. Mansy e io discutiamo tutto il tempo, giocando come due cani che si rotolano per allenare le capacità di combattimento fingendo di mordersi. In quelle occasioni, però, sogghigniamo sempre. Oggi, invece, non vedo sorrisi, quindi decido di seguire il consiglio di Bea.

«Per il bene della nostra amicizia credo che dovremmo parlare di cose stupide come le possibilità che ha la Wisconsin State contro l'Iowa. Sappi semplicemente che ti siamo tutti vicini.»

Il viso segnato dal tempo di Mansy resta impassibile mentre considera il mio commento. Accanto a noi due eleganti donne di mezza età lanciano occhiate troppo frequenti verso il nostro tavolo per pensare che si stiano solo guardando intorno. Ormai la voce corre, e noi stiamo aggiungendo pepe alla loro giornata. Mansy, purtroppo per me, non è disposto a lasciar cadere il discorso.

«Ti spiego perché io non gli darei una lettera di non utilizzo» mi dice. «E se lui dichiarasse di averla strozzata e lasciata in un fosso?»

Rifletto se restare in silenzio o tentare un approccio passivo limitandomi a dire: "Capisco" come se mi sentissi stretto alle corde fino a quando si metterà da solo al tappeto, metaforicamente parlando. Però penso che nessuno dei due funzionerebbe. Lui è un avvocato a tutto tondo, quindi rispondergli come avvocato, facendo appello alla ragionevolezza, mi pare la scelta migliore.

«Mansy, sai bene quanto me che ci possono essere diverse risposte. Primo: qual è il tuo scopo in questo caso? Vuoi trovare Mae o punire Aaron? Secondo: se fosse davvero successa una cosa orribile come quella, gli investigatori individuerebbero molte prove contro di lui nonostante la lettera. E terzo e più importante: Aaron non dirà niente di simile perché non è andata così. Hanno litigato. Era andato là per stare con lei per la prima volta da molto tempo, e con grandi speranze, pensando che avrebbero parlato seriamente delle loro prospettive a lungo termine, mentre lei non ha fatto altro che scattarsi selfie da postare. Quindi lui le ha preso il telefono ed è tornato a casa in autostop. È stato un gesto stupido, ma sai bene che Mae riesce a far infuriare chiunque. È una specie di superpotere, il suo.»

«Mi stai dicendo che Aaron non ti ha riferito nulla che ti facesse preoccupare anche un minimo a proposito di quello che è successo tra loro?»

Siamo a un bivio, la sua famiglia contro la mia. E dico una piccola bugia.

«È proprio quello che ti sto dicendo.»

«Allora non ha bisogno di una lettera di non utilizzo» sbotta Mansy. Si è chinato in avanti e gesticola con il coltello da burro mentre mastica un pezzo di pane e parla nello stesso tempo. È completamente diverso dal raffinato gentiluomo che conosco, al quale hanno insegnato fin dall'infanzia a non parlare con la bocca piena. Non ho mai visto Mansy così sconvolto, ma è inevitabile che anch'io cominci a sentirmi un po' provocato.

«La pensi così?» chiedo. «E se ti dicessi che Mae è stata sballata per metà del tempo, e una delle condizioni della libertà vigilata è di tenersi lontano da chi si droga? Parlo ipoteticamente.»

«Ma se lui si è drogato, dovrebbero revocargli la libertà vigilata.»

«Non ho detto questo. Ho detto che forse lei si era fatta. Oggi dovremmo avere i risultati del controllo, però lui è del tutto sereno in proposito.»

«E come dovrebbe comportarsi se vuole poter dire che è sbagliato l'esito del test?»

Chiudo gli occhi per un istante. Mansy non cederà terreno. Mi accorgo troppo tardi che avrei dovuto fare ciò che pensavo io, e non seguire il consiglio di Bea, che non è affatto obiettiva e ha come priorità la protezione di Aaron.

«Mansy, lasciamo perdere. Ti ripeto che capisco perché sei sconvolto.»

«No, non capisci. Perché non sai quello che so io. Hardy ha già coinvolto la State Patrol, la polizia statale, e hanno controllato tutti gli ospedali nella zona settentrionale della Skageon County, ma non ci sono pazienti che corrispondano alla descrizione di Mae. Hanno parlato con tutti i servizi di soccorso stradale e con le due concessionarie Subaru, ma nessuno ha visto la sua macchina. Aveva a bordo un sistema di sicurezza satellitare, ma ovviamente si era dimenticata di rinnovarlo e non è attivo. I poliziotti stanno setacciando i campeggi nella zona nord della Skageon County anche in questo momento, ma non hanno ancora trovato tracce. Il prossimo passo di Hardy sarà quello di coinvolgere l'FBI. E si rivolgerà alla stampa sperando che qualcuno l'abbia vista e parli. Russ, è una situazione decisamente grave.»

Adesso che sto provando a vederla con i suoi occhi, mi rendo conto che un ricovero in ospedale o un guasto alla macchina non coprono nemmeno una parte degli scenari allarmanti. Furiosa con Aaron, Mae avrebbe potuto entrare in un bar per trovare un leggero surrogato di attenzioni maschili e finire nel mirino dall'onnipresente nemesi dei tutori della legge, il Pericoloso Sconosciuto. Ci sono molte cose da temere, e avrei dovuto capire quali paure avrebbero scatenato in Mansy. È un uomo che ha già perso le due persone al mondo alle quali era più legato, la moglie e il figlio maggiore. Si dice che con l'avanzare dell'età le forze declinano, e questo comprende anche il bagaglio emotivo. I vecchi piangono mentre i giovani restano impassibili. Mae porta ancora il vessillo della famiglia Potter nel futuro. Harriet, la sorella maggiore, una donna timida, adesso vive con i due figli piccoli in un sobborgo di Denver. Mark ha avuto due figli, ma entrambi sono bambini con bisogni speciali. Tra i nipoti, quindi, quella maggiormente in grado di avere un impatto sul mondo come lo ha avuto Mansy, e quindi di raccogliere la sua eredità, è proprio Mae. Quindi Mansy si è imposto di credere, come farebbe qualsiasi genitore, che Mae crescerà, si metterà in riga, prenderà il controllo della propria vita e sarà favolosa. E potrei scommettere che ci riuscirebbe. Ecco perché il pensiero di perdere anche lei gli è quasi intollerabile.

Cerco di offrirgli ciò che posso.

«So che non aveva le carte di credito, ma hanno esaminato i prelievi al bancomat prima della sua partenza? Aaron le ha rimborsato la spesa e la benzina, però crede che avesse molti più contanti.»

È quello che mi ha ripetuto Aaron quando gliel'ho chiesto stamattina incrociandolo in cucina verso le 6.45. Mi ha spiegato che avevano insegnato a Mae a non uscire mai di casa senza cento dollari in biglietti da venti piegati dentro una tasca posteriore.

A questo Mansy non aveva pensato, lo intuisco. Avrei sperato che l'idea che sua nipote non fosse senza risorse come temevano l'avrebbe un minimo confortato, ma è troppo agitato per calmarsi.

«Vedi» risponde «mi stai dando ragione. Lo avremmo saputo qualche giorno fa se Aaron avesse risposto alle domande anziché ascoltare Cap e te e alzare un muro di silenzio.»

«Mansy, se a essere in libertà vigilata fosse stata Mae, e sappiamo entrambi che avrebbe potuto esserlo» ribatto, riferendomi a quando Aaron era stato arrestato mentre era con lei «non avresti definito "alzare un muro di silenzio" la scelta di rivolgersi a un avvocato.»

«Mae non era drogata, e non guidava fatta. Non comportarti come se Aaron avesse ricevuto un trattamento immeritato.»

Ovviamente io non mi stavo lamentando per come era stato trattato Aaron, gli stavo solo chiedendo di pensare quanto sarebbe stato facile ribaltare le carte in tavola se avessero trattato Mae con minor favore. Però mi fermo: quest'uomo è un mio amico e sta soffrendo.

«Mansy» gli dico. «La colpa è mia. Avrei dovuto pensarci, sapere quanto eri preoccupato e annullare il pranzo. Mi scuso. Non sono venuto qui per turbarti ulteriormente.»

Spero che con questa offerta di pace si appoggi allo schienale della sedia, si passi sul viso una mano macchiata dagli anni e dica qualcosa tipo: "Okay, okay, secondo te quante possibilità ha la State?". Invece i suoi occhi color ghiaccio sono gelidi. Alla fine mi alzo in piedi perché non ho altra scelta.

«Mansy, ti prego di ribadire a Charmaine e Hardy che pensiamo a loro in ogni istante. In casa mia, chiunque sappia pregare lo fa perché arrivino presto buone notizie. Spero che la prossima settimana ci saremo messi tutto questo alle spalle.»

Noto qualcosa nella sua espressione, dubbio oppure rimpianto, mentre si accorge di quanto la sua vita normale, i piaceri mondani ai quali è abituato, siano andati persi, travolti dall'ondata di angoscia sollevata da questa situazione. Lo osservo e lo vedo vecchio come mi appare di rado, il mento che gli trema leggermente. Alza la mano in un gesto di saluto e, senza dire altro, me ne vado.

12
Guai

23-28 settembre

Sabato, mentre torno da un lungo giro in bicicletta, sto scendendo lungo Lake Road verso casa nostra quando la scena che mi si para davanti mi fa sollevare sui pedali per andare più veloce. Una Charger verde è posteggiata all'ingresso del viale di casa, e Aaron sta parlando con due persone che riconosco subito come agenti della State Patrol. Una ha l'uniforme da Smokey, l'altra è in abiti civili con un blazer blu. Quelli della State Patrol vengono chiamati – e si definiscono loro stessi – Smokey per via dei cappelli di feltro grigio a tesa larga, molto simili a quelli dei Ranger dei parchi, compreso il celebre orso Smokey dei cartoni animati che adoravo da bambino. Avvicinandomi, vedo che la Smokey ha un taccuino in mano, e questo significa che è l'agente in abiti civili a guidare le danze.

«Uh, uh, uh» dico mentre freno in derapata.

È chiaro che Aaron e Brice oggi hanno terminato presto, ovvero hanno finito di imbiancare una casa e passeranno domani altrove. La sua mountain bike è sul cavalletto e lui è in shorts e T-shirt che immagino indossasse sotto la tuta. Le mani sono macchiate di vernice bianca e azzurro pallido e sotto braccio ha quella che si direbbe una scatola da scarpe.

«Che succede?»

«Lei chi è?» mi chiede subito l'agente in borghese. L'altra indossa pantaloni grigio scuro e camicia grigia con sulla tasca destra una targhetta con scritto "A. Martinez". L'"agente speciale", come vengono chiamati i detective della State Patrol, però non ha nulla che la possa identificare. È vestita come Hardy domenica: blazer blu su una camicetta bianca inamidata con il collo aperto e pantaloni grigi ben stirati. Un paio d'anni fa, nel tentativo di rinnovare la sua immagine – come fosse una catena di fast food che cerca di convincere tutti a mangiare lo stesso hamburger di sempre –, la polizia statale era stata ribattezzata State Patrol. A seguito dell'omicidio di George Floyd, la mossa era chiaramente intesa a mandare il messaggio che loro erano più professionali di – diciamo – i peggiori dipartimenti di polizia delle grandi città. E glielo concedo. Nella mia esperienza, i poliziotti statali, comunque si chiamino, dimostrano cortesia, disciplina e un buon addestramento.

In linea con tutto questo, anche l'aspetto dell'agente in borghese è molto rigoroso. Nonostante l'espressione cupa e determinata, è davvero carina, con un naso piccolo e dritto, lineamenti regolari e occhi grandi, ma non emette feromoni, solo aggressività e un atteggiamento esclusivamente professionale. Ha un caschetto corto tenuto in ordine dalla lacca e un paio di scarpe lucidissime con tacchi leggermente curvi.

«Stavo per chiederle la stessa cosa» rispondo. «Ma comincio io. Mi chiamo Rusty Sabich e fra pochi mesi diventerò il patrigno di Aaron. Lui e sua madre vivono qui con me. Questa è casa mia e lei sta bloccando il mio viale. Adesso posso vedere le sue credenziali?»

Lei mi valuta con freddezza, poi infila la mano nella tasca interna. È la tenente Vanda Glowoski, e in genere i tenenti non fanno domande in strada.

«Bene, tenente Glowoski e agente Martinez, l'avvocato di Aaron ha informato l'ufficio del procuratore che il ragazzo non desidera essere interrogato su Mae Potter se non avete una lettera di non utilizzo per lui. Dunque se cercate di parlargli in assenza di questa, temo di doverle dire che questa conversazione finisce qui.»

«Lei è il suo avvocato?» mi chiede la tenente.

«Sono un avvocato» rispondo.

«Bene, allora il nostro Aaron può decidere da solo, non è vero?»

Potrei discutere, ma per tagliare la testa al toro mi volto verso di lui: «Aaron, vuoi parlare con queste agenti senza una lettera di non utilizzo o in assenza del tuo avvocato?».

«No» risponde lui.

«In questo modo sembri colpevole» dice Glowoski.

Potrei chiederle "Di cosa?", però la questione è più ampia.

«Tenente, credo si renda conto che non è il caso di proseguire con le domande quando il soggetto dichiara di seguire il consiglio del suo avvocato e si rifiuta di parlare. Sospetto che lei fosse già a conoscenza di questo parere legale mentre se ne stava nascosta chissà dove ad aspettare Aaron.»

«Nessuno avvocato ha chiamato il nostro ufficio» risponde.

«Tenente, è in questo modo che i poliziotti si mettono in grossi guai: cercando di fare i furbi eludendo le regole. Se da questa situazione dovesse venir fuori qualcosa, i tabulati e i messaggi del suo telefono verrebbero portati in giudizio e scopriremmo cosa sapeva e cosa no. Per anni sono stato un procuratore, e sarei molto sorpreso se lei fosse venuta qui senza parlare prima con l'ufficio del procuratore. Lo ha fatto?»

Glowoski mi fulmina con lo sguardo ma non risponde.

«Bene, tenente» proseguo «sta bloccando il mio ingresso. Se le dovessi chiedere una seconda volta di spostare la macchina, lo farò riprendendo tutto con il cellulare.»

L'altra agente, Martinez la Smokey, sbuffa incredula perché sono un rompiscatole, ma segue Glowoski quando torna lentamente verso il Charger. Ormai dietro il volante, abbassa il finestrino per parlarci di nuovo.

«Non capisco cosa Aaron stia nascondendo» dice.

«E io non capisco come mai sia tanto difficile accettare una lettera di non utilizzo, però lei e io non ci capiremmo comunque. Sono sicuro che Sabonjian parlerà lunedì mattina con l'ufficio del procuratore.»

Glowoski parte a razzo in una nuvola di polvere e ghiaia. Aaron e io portiamo a mano le biciclette lungo il viale camminando affiancati. Intendevo proprio ciò che le ho detto: non capisco la loro riluttanza a dare a Aaron la lettera di non utilizzo, in modo che possa rispondere a tutte le loro domande. Un motivo di esitazione potrebbe essere quello che ha detto Mansy, ovvero il timore che Aaron confessi qualcosa di orribile, con la lettera che potrebbe complicare il processo penale. Questo scenario mi provoca apprensione al pensiero che le autorità abbiano davvero valide ragioni per essere preoccupate.

«Hai saputo se per caso hanno parlato con altre persone?» chiedo.

«Cavolo, sì» risponde Aaron. «Sono praticamente saltati addosso a Cassity a casa sua qualche giorno fa.»

«Davvero? E tu come l'hai scoperto?»

«Mi ha telefonato quando ha visto la macchina della polizia fermarsi fuori. Le ho detto di parlarci, e vorrei che Cap lo lasciasse fare anche a me.»

In linea di massima, la State Patrol e l'ufficio del procuratore si erano mossi con intelligenza, aumentando sempre più la pressione su Aaron nella speranza che capitolasse e si facesse interrogare senza restrizioni. Come aveva previsto Mansy, Hardy ha mosso abilmente le acque con i media. Giovedì e venerdì, la foto di Mae era ovunque: notiziari televisivi, siti web, persino sulla prima pagina dello squallido giornale pubblicitario che regalano all'emporio. I procuratori si erano accertati che tutti gli articoli fossero coerenti tra loro e dichiarassero che Mae era stata vista per l'ultima volta in compagnia del suo amico Aaron Housley. Ieri sera Aaron avrebbe dovuto partecipare a una festa con Brice, ma aveva preferito restare a casa. So che le persone gli fanno domande ovunque vada, perché la stessa cosa succede a Bea, sia a scuola, sia in città. Bea ha una risposta standard: tutti preghiamo e speriamo che Mae ricompaia presto. Invece quella che hanno consigliato a Aaron – "Non dovrei parlarne" – suona per forza sospetta, in particolare se è in compagnia di amici che conosce da sempre.

Giovedì sera il telefono di Bea ha cominciato a squillare e, prima di rispondere, lei ha guardato l'identificativo del chiamante: era Lloyd. Il padre di Aaron è una persona pacata, che di rado perde le staffe, ma questa volta lo avevo sentito urlare al telefono dall'altro lato della stanza. Bea aveva lasciato che si sfogasse per qualche minuto, poi aveva chiuso la comunicazione senza neppure rispondere. In seguito mi aveva detto che Lloyd aveva usato di nuovo l'espressione "alzare un muro" riferita a Aaron e che lui cominciava a sentirsi evitato dai clienti e in chiesa. Già prima dell'inizio di questa faccenda, i rapporti tra Aaron e suo padre si erano leggermente raffreddati perché, dopo il suo rilascio, Aaron si era rifiutato di ricominciare a frequentare la chiesa con Lloyd e Camille, come faceva ogni domenica sin dall'infanzia quando era a Mirror. Andavano alla funzione delle dieci del pastore Proctor, poi facevano un grande pranzo della domenica a casa, come si usa spesso da queste parti, e dopo Aaron giocava con le tre sorellastre più piccole. Adesso la frequentazione della chiesa da parte di Aaron si limita alle occasioni in cui Joe è disposto ad accompagnarlo a Kweagon per sentire il sermone del reverendo Spruce.

Per reagire al crescente trambusto a proposito di Mae, Aaron passa più tempo da solo a disegnare con i pastelli a olio seduto sul pontile, oppure in camera sua con penna e inchiostro. Avevo visto un ritratto di Mae, apparentemente realizzato a memoria, quando aveva lasciato aperto l'album da disegno a spirale 46x61 che si portava in giro.

Con la sospensione degli impegni sociali, stasera Aaron accetta di unirsi a noi per cena. Dopo il tramonto l'aria si è fatta molto più fredda, le foglie hanno cominciato a colorarsi, la temperatura dell'acqua del Mirror Lake è calata, il che significa che la pesca al walleye è migliorata. Nel tardo pomeriggio Bea, che è molto abile con la canna da lancio, ne ha catturato uno da quasi due chili dalla canoa con una glidebait: una bellezza, con quegli occhi sporgenti che sembravano incollati di fianco alla testa. Come in gran parte delle specie di pesci, i walleye più grandi sono femmine e, secondo Bea, più buoni da mangiare. Tutti lodiamo il pesce che ha dato la vita per la nostra cena.

L'atmosfera è allegra e leggera, quando Aaron ci interrompe: «E se uscissi a cercare Mae?». Ormai persino lui guarda spesso il telefono nella speranza che Mae sia ricomparsa o che almeno abbia fatto sapere dove si trova.

Bea invoca il mio aiuto con lo sguardo, quindi rispondo io per primo.

«Aaron, la State Patrol e l'FBI la stanno cercando in tutti i tre Stati. Cosa potresti fare di più?»

«Lo so, però mi chiedono sempre: "Non sei preoccupato per lei?". Sento di dover fare qualcosa.»

«Perché gli altri se lo aspettano?» gli chiede Bea.

«Più o meno. Ma soprattutto perché potrebbe venire a sapere che mi sono unito ai volontari e decidersi a saltar fuori.»

«Aaron» gli dico. «Stai cominciando a preoccuparti per Mae?»

Per tutta risposta, si stringe nelle spalle alzando persino le mani.

«Più o meno» risponde. «Voglio dire, ormai è passato parecchio tempo, giusto? E potrebbe essere successo di tutto, cazzo.» Lancia una rapida occhiata a sua madre che si acciglia: Bea preferisce che a tavola non si dicano parolacce. «A volte penso che sia andata, che ne so, in un ashram: ce n'è uno a nord del Michigan e me ne aveva parlato. Ma in sostanza Mae ha manie di protagonismo, quindi probabilmente sta godendo di tutte le attenzioni e dà la colpa a me.» Negli ultimi tempi Aaron sembra convinto che Mae abbia comprato un telefono prepagato e una ricarica, e si goda da lontano i particolari delle ricerche.

«Però, sì, okay... ogni tanto penso che le sia successo qualcosa. Quando me ne sono andato era parecchio fuori di testa, ma Hardy vuole farla sembrare Cappuccetto Rosso sperduta nel bosco, e queste sono stronzate. Se a qualcuno venisse in mente di saltare addosso a Mae, finirebbe per andarsene con la coda tra le gambe. Davvero, meglio non aver a che fare con lei.» Nel periodo trascorso a New York, Mae aveva imparato le arti marziali, inizialmente per tenersi allenata, ma al suo ritorno, aveva aperto una palestra a Como Stop pubblicizzandola come il luogo dove le donne potevano imparare l'autodifesa. Hardy, però, aveva chiuso i rubinetti a causa del calo degli introiti nei mesi invernali. «In ogni caso mi sento di dover fare qualcosa per rintracciarla, anche solo perché non sia lei a guidare i giochi.»

«Aaron, la polizia ti direbbe subito che, se vuoi aiutare, la prima cosa è accettare di rispondere alle loro domande, e senza lettera. Sono sempre più convinto che sia una pessima idea, non foss'altro perché non credo che nell'ufficio del procuratore ti vedano di buon occhio.»

Lunedì la prima cosa che faccio è chiamare Cap Sabonjian e riferirgli della visita di Glowoski di sabato.

«Che diavolo sta succedendo all'ufficio del procuratore?» domando.

«Strano che tu me lo chieda» risponde lui. «Venerdì ho parlato a lungo, e a cuore aperto, con Gert.» Gert ha lavorato con Cap quando lui era l'avvocato d'ufficio dello Stato ed è sposata con un altro armeno, un cugino di Cap. «Non mi ha detto niente che fosse fuori luogo, ma sono riuscito a leggere tra le righe. Credo che nell'ufficio del procuratore ci sia un grosso tira e molla e che si stiano pestando i piedi a vicenda. Da quanto ho capito da Gert, hai ragione a pensare che Hardy non tenga le distanze dalla situazione. Non ha apprezzato l'accordo che abbiamo concluso per Aaron diciotto mesi fa, era convinto che dovesse restare in carcere ancora un po' e sta tenendo d'occhio Helen.» Helen Langerschutz è la viceprocuratrice capo che dovrebbe occuparsi del caso di Aaron. «In poche parole la incolpa di tutto questo. L'esito del test antidroga di Aaron, che è risultato pulito, li ha mandati su tutte le furie al punto che hanno richiesto una seconda analisi.»

«È stata Gert a dirti tutto questo?»

«Non lo dovrei riferire. In sostanza Hardy pensa che Aaron sia un mezzo criminale e, in un modo o nell'altro, lo vuole togliere di mezzo, cosa che teme di non poter fare con una lettera di non utilizzo.» Più o meno lo avevo immaginato. Il rasoio di Occam. La spiegazione più semplice del motivo per cui non vogliono concedergliela.

«Ieri sera pensavo a tutta la situazione» mi dice Cap. «Rusty, ho la sensazione che Mae si ripresenterà questa settimana, ma non chiedermi perché. Se vuole dimostrare qualcosa, è scomparsa da abbastanza tempo. Se così non fosse, significherebbe che ha deciso di sparire e potrebbe essere introvabile per parecchio.»

La seconda possibilità sembra sempre più realistica, dato che la State Patrol non ha rinvenuto alcuna traccia di lei, però sarebbe pessima per tutti: per i Potter, tanto per cominciare, ma anche per Aaron e Bea, sui quali potrebbe aleggiare la nuvola scura del sospetto fino a quando Mae non venisse ritrovata. Aaron, probabilmente, deciderebbe di andarsene dalla Skageon County fra sei mesi, non appena concluso il periodo di libertà vigilata.

Martedì e mercoledì sono a Minneapolis per fare da arbitro in una disputa tra fratelli. Il maggiore, che era presidente della società lasciata in amministrazione fiduciaria a tutta la famiglia, in sostanza ha derubato l'azienda per anni. È un avido idiota e non mostra il minimo segno di pentimento. Mi dà talmente sui nervi che, all'ultimo giorno del procedimento, avrei una gran voglia di alzarmi dalla sedia e strangolarlo. Com'era prevedibile, mentre pronuncio la mia decisione – che è interamente contro di lui su ogni punto significativo – scuote la testa con disprezzo.

Rientro il giovedì e arrivo a casa nel tardo pomeriggio. Ho appena preso dal freezer una porzione di verdure stufate per la cena quando vedo il nome di Cap sul mio cellulare.

«Non voglio scaricarti addosso la parte difficile che spetta a me» dice «ma penso sia meglio parlarne prima con te. Kerwin Silko mi ha appena telefonato. Conosci Kerwin?»

«Il giornalista? A quanto so lavorava per l'Associated Press.»

«Ci lavora ancora. Stava cercando conferme a un'informazione su Mae Potter.»

«L'hanno trovata?» Il sospiro di Cap spegne il mio entusiasmo.

«Be', se la fonte di Ker ha ragione, hanno appena scoperto i suoi resti nella Marenago County, a Ginawaban.»

«Oddio» è tutto ciò che riesco ad articolare. Crollo sotto il peso della paura e della tristezza.

«La sua Subaru era nella boscaglia in fondo a una strada di servizio. Aveva addosso parecchia droga. I poliziotti pensano che fosse fatta e abbia sbagliato a impostare la curva. La prima impressione è che sia morta da un paio di settimane. Kerwin si stava dando da fare per avere conferme, però è molto probabile che ne parleranno i notiziari della sera.»

«Mi dispiace moltissimo» dico prima di chiudere la telefonata.

Bea non è ancora tornata e io mi siedo in salotto cercando le parole con cui lo dirò prima a lei, poi – molto peggio – a Aaron. Ma, oltre a loro, penso a Mansy: questo lo ucciderà. Sarà il terzo fulmine che spegnerà le luci di una vita lunga e ben spesa. Non so se mi perdonerà mai per avergli detto che quella di Mae era una messinscena. Penso a Charmaine, che deve già affrontare tanti problemi. E mi dispiace persino per Hardy.

Dico una preghiera per Mae, quella che può offrire un agnostico, poi vado a prepararmi un drink in attesa di chiunque arrivi a casa per primo. Mentre me ne sto seduto qui, comincio ad analizzare i sentimenti contrastanti che ho provato inizialmente, concentrandomi infine sul brivido di paura che mi ha attraversato quando ho capito dov'è stato trovato il corpo di Mae. Ginawaban è la più estesa zona selvaggia dello Stato. Quando

Aaron era più piccolo, Joe lo portava spesso lì ed era diventato il suo rifugio preferito negli ultimi anni delle superiori ogni volta che voleva stare per conto suo, come succedeva spesso. Un paio di volte l'ho sentito dire che ha intenzione di andarci il giorno stesso in cui avrà termine la sua libertà vigilata.

13
Sparito di nuovo

28-29 settembre

Alla fine chiamo Bea. Di solito, nel tardo pomeriggio, è in ufficio per sbrigare telefonate ed e-mail. Non risponde, quindi le mando un messaggio dicendole di venire subito a casa. Voglio che sia lei a dirlo a Aaron, e credo che lo preferiremmo entrambi. Ogni quarto d'ora circa controllo "The Patch", la miglior fonte online per le notizie locali della Skageon County, ma la storia non è ancora uscita quando Bea entra passando dal garage. È ancora sulla soglia con il suo piumino beige e mi guarda chiedendo: «Che c'è?».

Accoglie in silenzio la notizia al tavolo della colazione, poi si volta e fissa fuori dalla finestra sopra il lavandino. Vedo che si tasta l'interno della bocca con la lingua, come se le labbra fossero diventate insensibili, il che è possibile.

«Cosa possiamo mai dire a Charmaine e Hardy?» chiede infine. Sensata o meno che sia l'ipotesi, sappiamo entrambi come andranno le cose: Aaron sarà biasimato almeno in parte per la morte di Mae, perché l'aveva lasciata lontana da casa, sconvolta e intontita dalla droga, per di più senza mezzi di comunicazione.

Stamattina Aaron ci aveva detto che, con oggi, Brice si sarebbe rimesso in pari con il lavoro di tinteggiatura e sarebbe stato l'ultimo giorno per lui. Prevedeva di imbiancare fino al tramonto, verso le sei e un quarto, per essere certo di finire una casa a Eastlake. Proprio nel momento in cui la macchina di Brice avanza lenta sul nostro viale nel crepuscolo, arriva la notizia dell'ultima ora sul "Patch", ma aspetto a leggerla. Prima voglio raccontare a Aaron quello che è successo.

Le sue apparizioni dal garage hanno sempre un che di buffo. Su richiesta della madre, prima di entrare in casa Aaron si cambia, indossando diversi vecchi abiti che Bea lascia lì fuori per lui. Stasera ha un paio di pantaloni della tuta di Bea che non gli arrivano nemmeno alle caviglie. Viso, mani e petto sembrano un'opera di Jackson Pollock. Quando però vede le nostre espressioni, il suo viso si affloscia e fa la stessa domanda di Bea: «Che c'è?».

Nei suoi ventidue anni di vita, non credo che Aaron abbia perso una persona importante dalla morte di Willi, quando ne aveva tre. Mentre Bea gli parla e non smette di ripetere: «Mi dispiace tanto, Aaron», lui si guarda intorno e balbetta, ma sul suo volto leggo soprattutto la tenerezza confusa al pensiero di ciò che a volte traspariva tra Mae e lui, tutto perduto nelle ultime due settimane.

Quando alla fine parla, è un vero e proprio *non sequitur*.

«Come hanno fatto a trovarla?» chiede.

Non capisco cosa intenda dire. Come sono riusciti a trovarla così all'improvviso dopo settimane di ricerche? Ma sospetto che Aaron non possa fare a meno di discutere i fatti, di insistere che non abbia senso, che debba essere un errore e, in fondo, una bufala.

Siamo seduti al tavolo da pranzo, io ripeto ciò che mi hanno riferito, poi esamino l'articolo del "Patch" che ha ripreso quello di Kerwin Silko per Associated Press. Ci stringiamo e io allungo il braccio perché tutti possano leggere dal telefono. Un autostoppista ha visto la luce posteriore di una macchina accesa e ha informato un vicesceriffo della contea che era di pattuglia e stava scendendo lungo quella strada ripida. L'articolo non parla della droga trovata addosso a Mae, però dice che all'apparenza era sotto effetto di stupefacenti e ha sbagliato una curva mentre guidava verso il parcheggio di Ginawaban. Il corpo verrà rimosso dai soccorritori e verrà inviato alla patologa della polizia della Kindle County, che ha maggiore esperienza nell'esaminare resti in avanzato stato di decomposizione.

L'articolo riassume poi le ricerche di Mae e dice che è scomparsa da due settimane, da quando si era allontanata dal suo ex ragazzo dopo una lite. Per la prima volta non viene citato il nome di Aaron.

Lui mi prende il telefono e rilegge il pezzo da solo, poi si alza in piedi. Sposta più volte lo sguardo da Bea a me.

«Che faccio?» chiede. Non so se si riferisca alle condoglianze o alla possibilità di parlare senza problemi alla polizia, domanda alla quale la risposta è no. Hardy sarebbe solo più vendicativo.

«Aspetta» dice Bea. «Abbiamo tutti bisogno di riprenderci un minimo.»

Lui però non sta ascoltando. Gli occhi si sono fatti vacui all'improvviso, com'era successo a sua madre, e il respiro sembra accelerato. La realtà dei fatti si sta facendo strada.

«È morta» dice. Porta una mano alla fronte e scatta diretto in camera sua. Ben presto lo sentiamo singhiozzare dietro la porta.

Bea e io beviamo più del normale, vino per lei e whisky per me. Verso le otto mi ricordo della verdura scongelata, però nessuno ha voglia di mangiare. Bea ne scalda un po' per Aaron, ma quando bussa alla sua porta con un piatto lui non risponde. Rassettiamo in fretta, poi ci sediamo di nuovo in silenzio sul divano. Di tanto in tanto penso a Mansy, però credo di essere l'ultima persona che vuole vedere in questo momento.

Il nostro sonno è agitato. Dopo un'ora di inutili tentativi di prendere sonno, Bea si alza per prendere una pillola e si è ormai addormentata quando sento Aaron rovistare alle quattro del mattino. Mi siedo sul letto e mi aspetto di vederlo, attraverso i riquadri della finestra, mentre fuma sul molo come fa spesso, ma non è lì. Poi sento la porta del garage e un motore che parte.

Quando arrivo fuori, faccio in tempo a vedere i fanalini di coda del 4x4 di Bea quasi in fondo al viale. Torno dentro, prendo il cellulare dal comodino, però Aaron non risponde, e nemmeno la segreteria. Cerco di soffocare un grugnito. Lo ha rifatto, è sparito di nuovo. Quel ragazzo non ha bisogno di Hardy né di altri che gli creano guai: in questo se la cava benissimo da solo.

Di certo non riuscirei a dormire, ma decido di non svegliare Bea sperando che Aaron abbia solo bisogno di isolarsi un po' per veder sorgere il sole e che torni quando si sarà schiarito la mente. Ma non succede.

Verso le sei meno un quarto Bea arriva in cucina e va diretta alla caffettiera. Nel momento in cui le emozioni sono confuse, le mie non percorrono sentieri prevedibili e il desiderio che provo quando la vedo, seducente in shorts e T-shirt, mi coglie in contropiede. Si accorge di me solo dopo un istante: ogni mattina lei si alza alle cinque e mezza e scivola giù dal letto cercando di non svegliarmi fino a quando è il momento di uscire.

«Che c'è?» mi chiede ancora una volta.

Dopo che le ho riferito della fuga di Aaron, non riesce a trattenersi e va in garage per controllare di persona.

«Cos'ha in quella testa? Cosa?» chiede quando torna in cucina. «Perché mai fa cose come questa? Mae è morta, lui si sente in colpa e si mette volutamente in pericolo. Sono sicura che guiderà a 160 all'ora fino a quando lo fermerà la polizia.»

È di nuovo al colmo della frustrazione, incapace di soffocare il suo amore e incapace di salvare Aaron da se stesso. In un momento come questo, quasi tutti i genitori gettano la spugna, ma Bea non lo farà mai. Mi riesce difficile non vedere che la sua vita sarà sempre tormentata da un amore disperato e continui rimpianti. All'improvviso mi chiedo cosa comporti questo per me.

«Forse ha solo bisogno di un po' di tempo per pensare, Bea. Ricordati che ha passato le ultime due settimane odiandola: magari gli serve qualche ora con se stesso per ricordare che l'amava.»

«Potrebbe farlo sul nostro molo.»

Lascio che Bea prenda la mia macchina per andare a scuola. Alle sette e mezza il mio cellulare sul tavolo della cucina sembra una creatura vivente: vibra e si sposta all'arrivo di messaggi e telefonate. Posso solo immaginare cosa stia succedendo a Bea. Decido di non rispondere a nessuno. L'articolo del "Patch" è stato aggiornato, e dice che la State Patrol è a capo delle indagini e che la famiglia terrà un funerale privato non appena il corpo verrà restituito alla famiglia. Adesso il pezzo è accompagnato dalla foto di Mae nel giorno della maturità che ho visto moltissime volte negli ultimi dieci giorni: una splendida ragazza che sorride con la sicurezza di una regina.

Alle nove telefono a Mansy. Non risponde, ma gli lascio un messaggio in segreteria, uno delle decine che probabilmente ha già ricevuto. "Non so dirti quanto mi dispiaccia. Sono affranto." Il resto, i *mea culpa*, arriverà di persona non appena sarà più disposto di oggi ad ascoltarmi. Non mi sono ancora del tutto ripreso dal lato brutale che mi ha mostrato nel nostro ultimo incontro, anche se da tempo il buon senso me ne suggeriva l'esistenza: non hai successo in politica, nemmeno in una contea rurale, se non sai essere aggressivo quando è necessario.

Lascio lo stesso messaggio a Charmaine e, dopo un momento di esitazione, anche a Hardy. Conoscendolo, temo che risponda per potermi dire: "Te l'avevo detto, ti avevo detto che era nei guai, ti avevo detto che era in pericolo", aggiungendo, naturalmente: "Ti avevo detto che non avrebbe dovuto lasciarla sola".

Ma non lo fa, e lascio in segreteria lo stesso messaggio di condoglianze che ho usato per suo padre e sua moglie, e che ormai suona un po' troppo preparato.

Verso mezzogiorno ricevo una telefonata di Joe. È la terza o la quarta volta che ci prova e decido di essere ormai pronto ad affrontare qualsiasi reazione inattesa e inappropriata che probabilmente avrà.

«C'è Bea?» chiede. Vuol dire che lei non ha risposto a scuola, il che è normale quando la chiama lì. Gli spiego che è al lavoro e mi risponde: «Quando torna a casa, voi due potreste venire qui a prendere la sua macchina».

Alle quattro del pomeriggio, poco dopo la fine delle lezioni, Bea torna, il che significa che sta fuggendo. «La metà delle persone a scuola mi lancia occhiatacce, come se avessi ucciso io Mae. E invece nessuno lo ha fatto, nessuno tranne lei. Potrebbe essersi schiantata di proposito, però la gente cerca qualcuno da incolpare. Un paio di genitori sono venuti per parlare dei figli, ma mi fissavano inebetiti, come chi corre a vedere un incendio che sta distruggendo la casa del vicino.»

Quando ha finito di sfogarsi le dico di Joe.

«Oddio» commenta. Dover affrontare anche suo padre è decisamente troppo. «Quindi Aaron è andato là ed è partito con il pick-up di Joe?»

Non ha ancora fatto l'ovvio collegamento, ovvero che se Aaron ha preso il pick-up di suo nonno, significa che non tornerà presto. Sapeva che sua madre e io abbiamo bisogno della macchina più di Joe, e che lui ha comunque una vecchia carretta nel fienile che usa quando il pick-up è coperto di polvere e fango dei campi o è in officina per i frequenti problemi all'alternatore.

Ci vogliono circa venti minuti per arrivare all'appezzamento da quaranta ettari di Joe sulla County Y. Ha cinque o sei edifici dislocati sulla proprietà, tutti prefabbricati d'acciaio, e un gruppo di pini che lui non ha mai piantato, ma sono arrivati lì con il vento circa cinquant'anni fa quando tutti credevano di fare affari coltivando alberi di Natale. Il suo trattore è posteggiato sul retro della casa, dove l'inquilino di un tempo avrebbe legato il cavallo.

All'estremità nord del terreno, a circa due chilometri e mezzo di distanza, c'è la Little House. Inizialmente era una specie di tettoia dove il fattore o il bestiame si potevano rifugiare durante un temporale. Per rimediare all'ennesimo scoppio di rabbia, Joe aveva deciso di aggiungere pareti, un impianto idraulico e una stufa Franklin in modo che Willi potesse suonare lì il piano a qualsiasi ora. A parere di Bea, tuttavia, quello che era inteso come un gesto di pace non era durato a lungo, e la Little House era diventata il posto in cui Joe dormiva dopo le epiche liti con Willi. Lei aveva sempre la peggio, ma non prima di sferrare qualche colpo con una soddisfazione sufficiente a tollerare i lividi che sarebbero spuntati in seguito. Bea e Aaron si erano rifugiati temporaneamente nella Little House quando lei aveva lasciato Lloyd, e Joe aveva messo una parete di cartongesso per dividere in due l'unica stanza da letto.

Bea bussa alla porta di casa dei suoi, ma non entra quando Joe risponde. Dalla morte di sua madre ci va di rado, rifiuta l'ospitalità un po' come Persefone nell'Ade. Il rancore che Bea nutre verso il padre è simile a una fonte con una sorgente nascosta: non si esaurisce mai. Avrei creduto che, superati i cinquant'anni, la sola intensità di quelle emozioni l'avrebbe sfinita, ma mi sbagliavo: non dimenticherà e non perdonerà mai. Nemmeno io avevo mai perdonato mio padre, che, in termini di crudeltà, avrebbe avuto da insegnare a Joe.

Bea è accanto alla sua Jeep e sta parlando con Joe.

«Ma davvero gli hai dato il tuo pick-up?» chiede.

«Ha detto che doveva andare via.»

Bea attacca Joe con una furia tutta particolare. In momenti come questo, capisco come mai apprezzi tanto il flusso costante di emozioni positive che c'è tra noi due, qualcosa che probabilmente si è resa conto di desiderare solo quando l'ha trovato.

Lloyd è una brava persona, ma non è capace di esprimere le proprie emozioni e, a dirla tutta, nemmeno di capirle. E nonostante questo lui era migliore di quelli che lo avevano seguito. Dalle vaghe descrizioni che mi ha fatto Bea, molti dei suoi partner successivi al divorzio erano come Hardy: idioti inaffidabili che non perdevano occasione per ferirla. Bea considera la nostra relazione un trionfo, la prova che se vivi abbastanza a lungo puoi capire come fare meglio, e io concordo con lei.

«Cristo» dice. «Cristo, cos'hai nella testa? Hardy sta facendo di tutto per creare problemi a Aaron e tu gli dai il pick-up perché possa sfrecciare in giro con la patente sospesa?»

«Sembrava che il ragazzo avesse bisogno di un po' di tempo. Ha chiesto in prestito un sacco a pelo e un po' di attrezzatura.»

«Sacco a pelo?» chiede Bea. «Ma se ha il suo.» Non le ho ancora raccontato tutti i dettagli della nostra conversazione accanto al fuoco perché, a mio parere, doveva essere Aaron a farlo.

Joe si stringe nelle spalle. Rattrappito dall'età nella sua salopette, adesso non supera il metro e cinquantotto e si appoggia a un bastone di metallo. I capelli che ha perso durante la chemioterapia – ancora folti e nerissimi anche quando si avvicinava agli ottant'anni ed erano probabilmente il suo punto forte – adesso sono grigi e radi. Di tanto in tanto si lamenta ad alta voce per la perdita di quella chioma.

«Be', adesso dobbiamo cercare di trovarlo prima della polizia.»

«Oh, cazzate, Beatrix. Dimmi perché la polizia si dovrebbe occupare di un ragazzo seduto su una roccia a Tornado Ridge che pensa e si fa i fatti suoi.»

Per Joe, che negli anni in cui beveva si era visto ritirare spesso la patente, quel tipo di sospensione comporta solo di stare lontano dai luoghi dove è probabile ci siano dei poliziotti.

«È lì che stava andando? A Tornado Ridge?» chiedo.

«Non gliel'ho chiesto e non mi interessava. Non sono fatti miei. Poi dubito che avesse le idee chiare quando è andato via da qui, voleva starsene da solo e basta, senza sua madre e i Potter ad alitargli sul collo.»

«Maledizione, papà» sbotta Bea. «Non ce l'hai proprio il senso della realtà. Questa è una tragedia, una tragedia. E dobbiamo evitare che inghiotta anche Aaron.»

«Perché sarebbe una tragedia?» domanda Joe. «Non riusciva a

rompere con quella ragazza, che era solo pessima per lui. E non dirmi che non eri della stessa idea, perché so che non è vero.»

«Non significa che debba gioire per la sua morte. Se avessi insegnato a lungo quanto me, sapresti che non c'è modo di prevedere come crescerà un ragazzo.»

«Di sei o di dieci anni? Forse. Ma quando ne ha ventidue? A quel punto non si raddrizza più.»

«Fritz non valeva niente fino a quando è entrato nell'esercito, lo sai. E guardalo adesso.» Si riferisce al proprio fratello. Fritz era entrato nell'esercito all'epoca in cui i giudici lasciavano ai ragazzi l'alternativa fra quello e la condanna per un reato minore. Fritz aveva vandalizzato la casa del suo capo, che odiava. Ma amava le forze armate, un sentimento alimentato anche dal fatto che il padre le detestava. Al termine della ferma, aveva scelto la riserva, e aveva usato il GI Bill per pagarsi il college, poi era tornato in servizio attivo per la Officer Candidate School. Fritz ormai è un colonnello, è al comando delle forze americane in diverse basi del Sudamerica e si aspetta di ricevere una stella prima della pensione.

Quando si tratta di suo padre, tuttavia, Fritz non ha rimorsi. Non si parlano da quarant'anni, ma lui telefona o manda un'e-mail a Bea almeno una volta alla settimana. Fritz ha giurato di tornare nella Skageon County solo per vedere suo padre in una bara.

«Fritz? È questa la tua idea di una buona riuscita?» chiede Joe.

«Sto solo dimostrando, papà, come i giovani possono crescere.»

«Anch'io. Non fingerò di essere disperato perché quella ragazza si è uccisa in un modo o nell'altro. Avrebbe creato problemi per il resto della sua vita: qualcuno sarebbe stato così sfortunato da sposarla e bere il suo veleno. Magari avrebbe fatto uno o due figli e consegnato al mondo un paio di altri umani rovinati a vita. Mi dispiace e tutto il resto per i Potter, o almeno tanto quanto mi riesce quando ci sono di mezzo loro. Non mi interessa di sembrare cinico, ma questa potrebbe essere la cosa migliore che è capitata a Aaron.»

«Spero che tu non l'abbia detto a lui.»

«No, però non ha apprezzato molto le mie parole, ovvero: "So che preferiresti non sentirlo proprio adesso, ma questa è la dura verità: dimenticherai quella ragazza, le cose vanno così. I vivi si interessano solo ai vivi, è nella natura delle cose. E chi è morto è morto. Non c'è molta differenza tra chi è morto ieri e chi se n'è andato centinaia di milioni di anni fa. Lo scoprirai, e smetterai di pensarci".»

«Cristo, papà, che discorso di merda da fargli.»

«Ma è vero. Quando è morta Wilhelmina faticavo a respirare, e adesso passano giorni interi senza che lei mi venga in mente.»

Considerando quanto Bea si infiamma sempre con suo padre, l'aggiunta di questo commento sulla madre e la notizia di Aaron la rendono furiosa al punto che per un istante non riesce nemmeno a muoversi. È come paralizzata e tiene gli occhi chiusi. Per Bea, Willi è sempre presente, la fonte di tutto quello che considera rispettabile di sé. Infine sbuffa esasperata e si scuote come un cane quando rientra in casa bagnato. Sale in macchina senza dire una parola al padre o a me e parte a tutta velocità. Noi due restiamo a guardarla.

«Non vi siete detti altro, Joe?»

«Più o meno. Mi ha rimesso al mio posto, sai come fa, gli bastano poche parole. Dopo il mio discorso sui morti che se ne sono andati, mi ha detto: "Be', io non smetterò di pensare a lei, Joe. E non smetterò nemmeno di pensare a te quando non ci sarai più". Mi sono quasi messo a piangere.»

Ci salutiamo e, un paio di minuti dopo Bea, prendo la strada di casa a bordo della mia auto. Il fatto che qualcuno riesca a portare Joe sull'orlo delle lacrime non cessa di sbalordire Bea. Quando lei e Lloyd avevano preso con loro Aaron, Bea e suo padre non si parlavano perché Joe le aveva detto, in parole poco gentili, che stava andando in cerca di guai con l'adozione di un bambino nero. Ma, dopo averlo preso in braccio per la prima volta, lui non voleva più ridarglielo.

Willi era rimasta uccisa in un incidente che aveva dell'assurdo: un enorme ramo si era staccato da un albero e aveva schiacciato la sua macchina. Era di una quercia bianca solitaria, maestosa e probabilmente pluricentenaria, che sovrasta il viale d'ingresso e conferisce a quel posto un aspetto da cartolina. Quel giorno si stava avvicinando un temporale violentissimo e Willi stava percorrendo la strada interna per radunare le mucche e riportarle nella stalla, quando il vento aveva stroncato il ramo.

Uno dei motivi per cui Bea aveva traslocato nella Little House era che Willi già si occupava di Aaron mentre lei era a scuola, quindi l'orribile trauma della morte della madre era stato peggiorato dal fardello pratico di trovare rapidamente una persona che si prendesse cura del bambino, cosa non facile nella Skageon Valley. Joe si era offerto di badare al nipote e, per i successivi due anni di giorno Aaron era stato con il nonno qualsiasi cosa stesse facendo: seduto accanto a lui sul trattore, in officina a passargli gli attrezzi quando Joe aggiustava un macchinario, a cavallo per controllare i quattro campi, imparando quali mucche erano irascibili e a quali poteva accarezzare il naso mentre erano attaccate al mungilatte. Aaron era inconsolabile quando, alla vigilia del primo giorno di scuola, gli avevano detto che non avrebbe più potuto passare le giornate con il nonno, il quale aveva assunto un nuovo ruolo: lo accompagnava a scuola e lo riportava a casa anche dopo che Bea e Aaron avevano traslocato in un appartamento. Spesso lei rientrava e trovava il figlio su uno sgabello della cucina mentre faceva merenda e ascoltava attento una delle interminabili paternali di Joe, in gran parte stupidaggini.

Quell'uomo decenni prima aveva trasformato il proprio matrimonio in un continuo incontro di wrestling e aveva costretto i propri figli a vivere nel terrore costante della violenza che poteva esplodere non appena varcava la soglia, ma a sessant'anni suonati si era trasformato in un nonno premuroso e amorevole, legandosi profondamente al nipotino. Come sia potuto accadere resta un mistero, ma anche una delle meraviglie della vita. Una spiegazione è che, nello stesso periodo in cui nasceva Aaron, Joe aveva un po' rallentato con l'alcol. Nel corso del tempo, lo si era spesso sentito borbottare, rivolto a Aaron, qualcosa su "noi uomini con la pelle scura", un'osservazione che mandava in bestia Bea. In realtà Joe apparteneva alla generazione del melting pot, non sapeva una parola di spagnolo e non aveva riconosciuto il proprio retaggio di nativo, fino a quando gli Ho-Chunk avevano cominciato a distribuire denaro.

Nell'unica occasione in cui Bea mi aveva chiesto come mi spiegassi la trasformazione di Joe con Aaron, avevo condiviso con lei un'idea che per me era diventata ovvia: da sempre Joe era tormentato da sentimenti di amore che non si concedeva nemmeno di far nascere e la paura gli impediva di esprimere le proprie emozioni. Un bambino innocente non lo rimproverava come avevano fatto tutti, rendendolo insensibile nei confronti degli altri.

Questo mio suggerimento aveva agitato molto Bea e ci avevo messo parecchio a capirne il motivo. Il giorno in cui Aaron aveva fatto la maturità, lei aveva osservato suo padre e Aaron insieme e, all'improvviso, si era sciolta in lacrime. Joe aveva appena regalato al nipote la vecchia automobile, la "macchina del fienile", che teneva lì prima dell'attuale Escort: era una Saturn del 2002, la stessa che Aaron guidava quando l'avevano arrestato e che adesso si trova appoggiata sui mattoni in uno degli annessi di Joe in attesa che restituiscano la patente a Aaron. Quando Joe gli aveva consegnato le chiavi, Aaron era come impazzito di gioia: figlio di suo padre, è raro che Aaron sia espansivo, e infatti aveva colto tutti di sorpresa quando non solo aveva abbracciato il nonno, ma lo aveva letteralmente sollevato da terra. Joe aveva risposto con una risata liberatoria e sincera.

E Bea aveva pianto. Mentre tornavamo alla sua macchina, stava ancora cercando di riprendersi e teneva sul naso una manciata di Kleenex.

"Non riesco a capire" aveva detto infine, confessando quello che a poco a poco ero giunto a sospettare. "Non riesco a capire come mai non ne abbia mai avuto almeno un po' anche per me."

14
Ricerca

29-30 settembre

Quando Bea aveva detto a Joe che dovevamo trovare Aaron prima della polizia, credevo stesse solo esagerando, come le capita spesso con suo padre, ma non appena arriviamo a casa si sta già preparando a uscire. Le rammento con calma che il nostro Stato, che si estende dai dintorni della Kindle County a sud ai boschi a nord, ha una superficie di oltre duecentomila chilometri quadrati, per non parlare delle vicine parti del Wisconsin, ma lei ribatte che non riesce a restare a casa in attesa di brutte notizie.

E aggiunge: «Non mi aspetto che tu venga con me».

«Verrò» le rispondo dopo un attimo. Il presagio della morte di Mae, del pericolo che potrebbe colpire inatteso negli stessi territori che Bea vuole esplorare, è troppo lampante per lasciarla andare da sola. Ci penso un istante poi, per giunta, mi rendo conto che è un ottimo momento per andarsene dalla Skageon County. In questo fine settimana di inizio ottobre a Como Stop ci sarà il tradizionale mercato d'autunno, l'ultima occasione in cui i residenti estivi torneranno. Tutti passeggiano con una tazza di sidro caldo, acquistando grandi quantità di mele e prodotti artigianali del luogo. Ci imbatteremmo in parecchi amici, e le conversazioni riguarderebbero inevitabilmente Mae e i Potter e, alla fine, Aaron. Inoltre, poiché domenica è il 1° ottobre, Bea solitamente farebbe la sua visita trimestrale all'enorme chiesa del reverendo Proctor, un compito che considera più o meno un obbligo del suo lavoro. Lui piangerebbe Mae dal pulpito e, al termine della funzione, molti chiederebbero a Bea di suo figlio, che conoscono da sempre. E se lui non fosse tornato, le riuscirebbe difficile rispondere.

D'altra parte, non è affatto chiaro dove dovremmo cercarlo. Se Aaron vuole stare solo con i propri pensieri, lo fa inevitabilmente all'aperto. A parte questo, chi lo sa? Ginawaban è la destinazione preferita di Aaron, ma dato che il corpo di Mae è stato trovato lì è probabile che la polizia stia ancora esaminando il sito dello schianto, quindi sarebbe il posto più sbagliato dove presentarsi per un ragazzo che sta violando la libertà vigilata, il tutto ammettendo che Aaron sia in grado di pensare lucidamente. In mancanza di qualsiasi altra informazione, decidiamo di tentare nel posto di cui ha parlato Joe, Tornado Ridge, all'estremità nordest dello Stato, sperando che Joe non abbia citato a caso il primo nome che gli è venuto in mente. Tornado Ridge, il punto più alto dello Stato, è il posto dove una volta Aaron ha passato un mese e mezzo in un campo estivo che ha molto amato. Con il suo splendido panorama sarebbe perfetto per meditare in solitudine. Prepariamo rapidamente un borsone e partiamo verso nord con la mia Tundra.

Considerando l'ora, voglio coprire quanti più chilometri possibile prima che il buio renda più pericolose quelle strade secondarie a me sconosciute, in cui si incontra un tornante di tanto in tanto. Ma, come succede sempre sulla County JJ, restiamo bloccati dietro una macchina che in città verrebbe considerata antica, una Cutlass Supreme del 1996. A quest'ora non è facile superarla per via del traffico in senso contrario che il venerdì sera corre veloce verso casa sul terreno collinare. La Cutlass ha buchi di ruggine sui paraurti, che sembra smangiucchiato da qualche insetto amante del metallo, e i fanali posteriori su entrambi i lati sono tenuti insieme con il nastro adesivo. Peggio ancora, il motore non sembra essere stato rifatto, il che le assicura una velocità massima di sessantacinque chilometri orari dove gli altri superano i cento. Quaggiù, tuttavia, non è insolito vedere circolare ancora macchine che, nella Kindle County, sarebbero stata demolite da tempo. Per natura i contadini sono frugali e tanti nella valle faticano ad arrivare alla fine del mese. Quando sono alla VFW con Joe, molti dei tizi sugli sgabelli accanto a noi seguono la stessa routine che lui aveva tanti anni fa: hanno un lavoro a tempo pieno nei magazzini e si occupano delle loro piccole fattorie nelle ore rubate subito dopo l'alba o appena prima del tramonto.

Quando finalmente supero la Cutlass, guidata da un anziano signore che quasi tocca il volante con il naso, viaggiamo spediti per un'ora prima che faccia buio pesto. Lo shock delle ultime ventiquattro ore ha lasciato entrambi esausti, e Bea comincia a cercare sul telefono un posto dove fermarci. L'alternativa più gradevole è un B&B a venticinque chilometri da noi, dove dicono che i due gestori siano anche cuochi fantastici. Per nostra fortuna, Bea scopre che hanno una stanza libera: per il prossimo fine settimana, quando i colori autunnali cominceranno a esplodere nel loro splendore, hanno già una lista d'attesa.

Al nostro arrivo i proprietari, Dack e Gary, ci hanno messo da parte qualcosa per cena, dato che il servizio è terminato già da un po'. Mangiamo da soli nella cucina vittoriana con il pavimento di legno di pino e i mobili riportati al colore originale, tendente all'arancio. Insieme a un eccellente stufato di cacciagione, i nostri ospiti ci hanno omaggiato di una bottiglia di Pinot nero, che Bea e io beviamo liberamente.

Tornati nella nostra cameretta dal fascino antico, con un letto a baldacchino di ottone e una gran quantità di ninnoli, Bea si avvicina subito a me carica di desiderio. Non so se sia per il troppo vino o per la gratitudine di averla accompagnata in questa ricerca, oppure se semplicemente voglia ritrarsi in quel rifugio in se stessa che spesso si accompagna al piacere fisico, però scopro che il desiderio che avevo provato all'alba si riaccende rapidamente. Facciamo l'amore in modo più prolungato e appassionato rispetto agli ultimi tempi, un gradito memento del nostro legame in questo scompiglio.

All'inizio della nostra relazione mi aveva fatto molto piacere scoprire che Bea apprezza tanto il sesso, una caratteristica che trovavo abbastanza difficile da prevedere nelle donne con cui uscivo. L'eccitazione fisica, che ero stato più che felice di rivivere vicino ai settant'anni, si è naturalmente attenuata, ma non è mai scomparsa. Non molto dopo l'inizio della nostra relazione mi ero reso conto che una persona che apprezza senza riserve l'atto sessuale, come succede a Bea, non aveva certo vissuto una vita monacale nei due decenni precedenti il nostro incontro. In genere, però, concordiamo sul fatto che il passato è proprio questo: passato, finito e in gran parte dimenticato, e che non vale la pena di discuterne se non per i segni che ha lasciato nel presente. Lei mi ha parlato di due uomini, compreso il sovrintendente all'istruzione, che hanno ancora un ruolo defilato nella sua vita professionale. E, forse come una specie di test, mi aveva confidato di essere stata con una donna un paio d'anni prima. Aveva detto che era valsa la pena di fare quell'esperienza perché le aveva dimostrato che un rapporto davvero appagante non poteva essere una questione di sola volontà. Da parte mia, prima che ci legassimo troppo a fondo, mi ero sentito obbligato a confessare che nei miei anni di matrimonio avevo avuto due relazioni assolutamente distruttive. Mi aspettavo che questa notizia le suscitasse qualche preoccupazione, ma lei si era limitata a stringersi nelle spalle dicendo: "Sì, anch'io sono stata l'altra donna". Ormai abbiamo vissuto entrambi una buona fetta di vita, il che per noi significa che quello che è successo prima ci ha portati l'uno verso l'altra.

Ci alziamo presto. I nostri ospiti hanno acceso alle sei la macchina del caffè e lasciato lì accanto un piatto di scones fatti in casa. Per le sette siamo in strada. Bea ascolta il suo jazz e procediamo senza parlare, incoraggiati dal senso di unione lasciato dalla notte.

Dopo esserci spinti per altri centosessanta chilometri verso nord, scopriamo che a tre ore da casa i fitti boschi ai lati della strada si sono vestiti di splendidi colori. È una giornata autunnale limpidissima, con gli alberi che spiccano come personaggi di un film davanti a uno schermo verde. Bea spegne la musica e procediamo parlando poco, dandoci di gomito di tanto in tanto quando vediamo un gruppo di alberi che sembrano opera di un designer. La mia vita nella Skageon County è semplice: non sono più in balia del lavoro e, forse per questo, assaporo i piaceri più profondamente. Lontano dalla città, percepisci in maniera più diretta la natura e, di conseguenza, la rispetti maggiormente.

Mentre passiamo nella parte settentrionale della Marenago County, il paesaggio si fa più ondulato. Il cambiamento di clima e altitudine comporta una vegetazione diversa e le caducifoglie, con i loro splendidi colori, lasciano il posto a gruppi di conifere. Un secolo fa, il taglio e il trasporto del legname erano le attività principali qui e nelle regioni verso nord in questa parte dello Stato. Gli edifici che si intravedono attraverso i ceppi sono spesso di tronchi e sembra di essere ancora ai tempi dei pionieri.

Più avanti raggiungiamo la parte più meridionale di quello che i geologi definiscono il Canadian Shield, lo scudo canadese. Le colline sono abbastanza alte da essere definite montagne dagli abitanti delle pianure come me, e il terreno è decisamente arancione per via dei depositi di ferro. Mentre cominciamo a salire verso Tornado Ridge lungo una strada tutta curve, il traffico rallenta e raggiungiamo una fila di macchine. Il nome Tornado Ridge è improprio, perché è raro che i tornado colpiscano qui, ma è dovuto al fatto che, di tanto in tanto, le persone che ammirano lo splendido panorama hanno osservato tempeste letali avanzare nella valle sottostante. L'accesso alla cima avviene unicamente a piedi quindi, se Aaron è qui, dovremmo trovare il pick-up di Joe in uno dei due parcheggi ai lati della salita. Non c'è. Controlliamo il vicino campo estivo, ma troviamo i cancelli chiusi: la stagione è finita. Torniamo ai parcheggi e controlliamo di nuovo. Per mezz'ora, Bea si mette all'inizio dei sentieri chiedendo a chi scende se ha visto qualcuno che somigli a suo figlio. Riceve un paio di occhiate sprezzanti quando dice che è nero. All'una, decide che dovremmo tornare a casa.

«Grazie» mi dice quando siamo partiti. «So che lo trovavi ridicolo, però ci dovevo provare.» Poi resta in silenzio, cercando di capire cosa succederà. «Potrebbe anche andare in giro per un giorno o due senza mai essere fermato, vero?»

«A meno che non faccia qualcosa per attirare l'attenzione, Bea, probabilmente sarà così. Potremmo persino trovarlo a casa quando arriviamo.» Cerco di mostrarmi ottimista a suo beneficio, ma so che un giovane nero ha sempre più probabilità di essere fermato per un controllo.

Alla partenza, avevamo concordato di ignorare i nostri telefoni, pieni di messaggi su Mae, e abbiamo rispettato la promessa, a parte i periodici tentativi di Bea di raggiungere Aaron. In questo momento non voglio parlare con nessuno della Skageon County. Ma stiamo rivivendo il film di due settimane fa: se lunedì mattina Aaron non sarà ricomparso, alle otto la mia prima telefonata dovrà essere a Gert e al giudice Sams.

Anche Bea lo sa. Suo figlio è così: ci sono periodi in cui tutto fila liscio, poi all'improvviso si cade in un pozzo di disperazione. Io mi sono stancato. Certo, la morte di Mae, in particolare dato che Aaron ha una vaga responsabilità, è una circostanza speciale, ma gli dirò seriamente che, la prossima volta che dovesse sparire, non mi metterò con Bea alla sua ricerca: lascerò che se ne occupi la polizia.

«Mi chiedo cosa ci sia di sbagliato in lui» dice lei all'improvviso rompendo un lungo silenzio durante il quale, è chiaro, ha pensato proprio a questo. «Però so che è tutta colpa mia.»

«Colpa tua?» chiedo, anche se l'ho già sentita biasimarsi quando Aaron era in prigione.

«Per essere stata tanto arrogante o stupida da pensare di poter crescere un bambino nero in un posto come la Skageon County e che questo non gli avrebbe reso la vita più difficile. Assieme al fatto che sono una madre single.»

«Ma quando è arrivato Aaron tu eri sposata.»

«Sapevo che c'erano buone possibilità che Lloyd e io non saremmo durati. Insomma, avevamo fatto molti tentativi di cure per la fertilità e avevo cercato di convincermi che alla fine, quando fosse arrivato un bambino, saremmo stati bene. Però sapevo quanto eravamo diventati diversi. Lui e i suoi genitori pendevano letteralmente dalle labbra di Ralph Proctor, e io non credevo che il lavoro in polizia fosse adatto a lui: stava sviluppando una pellaccia troppo dura. Ricordo di essermi guardata allo specchio quando Neba mi aveva parlato di questo bambino, e di essermi chiesta se fossi davvero disposta a gestire il fardello quotidiano di allevare un figlio da sola. Ero consapevole che poteva succedere.»

«Okay» rispondo. È una versione più esplicita di quella che avevo sentito in passato su come lei fosse finita a vivere da sola con Aaron. Ma aveva sempre fatto di tutto per sottolineare che, qualsiasi cosa pensasse la gente, la sua separazione da Lloyd non era dovuta alla riluttanza del marito a fare il genitore. Dopo il divorzio era rimasto un buon padre. Quando ero entrato in scena io, e Aaron era ormai un adolescente difficile, Lloyd parlava ancora con il figlio ogni sera. E fin dall'infanzia, padre e figlio passavano insieme la domenica, andando come prima cosa in chiesa. Il problema di Lloyd non è tanto il suo legame con

Aaron quanto quello di sua moglie con il figliastro. Camille è una donna piccola, carina e del tutto priva di umorismo, rigida come un manico di scopa. Nipote del reverendo Proctor, aveva affascinato Lloyd appena uscita dal college, quando lui era separato da pochi mesi. Si erano sposati meno di un anno dopo. Camille accetta Aaron come un fatto della vita, nella quale però non occupa nemmeno lontanamente lo stesso posto delle sue figlie. Dopo il primo arresto per droga, Camille gli impediva persino di entrare in casa, e l'inevitabile difficoltà nei rapporti tra il ragazzo e il padre, che aveva preso le parti della moglie, quasi sicuramente aveva avuto un ruolo nella spirale discendente in cui Aaron era piombato ben presto.

«Ma sull'etnia sono stata un'idiota» dice Bea. «Se avessimo amato questo bambino, e sapevo quanto lo avremmo fatto, di che altro avrebbe avuto bisogno? Non c'è da meravigliarsi che preferisca stare solo. Perché è così che l'ho fatto crescere: solo, senza neppure una persona davvero come lui intorno.»

«Cosa pensava Neba di un ragazzo nero in un posto come Mirror?» Neba era cresciuta a Madison, a duecentocinquanta chilometri da qui, dove sua madre era ostetrica e ginecologa e il padre professore di storia, quindi conosceva la zona.

«Sono sicura di averne parlato con Neba. Ma cosa potevamo saperne? Lei non è mai stata bianca, io non sono mai stata nera.»

Neba Malone e Bea erano state assegnate per caso alla stessa stanza nel dormitorio della Wisconsin State e avevano legato come accade solo nella tarda adolescenza tra due persone appena uscite dalla casa dei genitori e che stanno scoprendo se stesse. La loro amicizia resta ancora molto forte. Neba, che adesso vive sulla West Coast, tende a telefonare la sera tardi e parla con Bea per ore, più o meno facendole perdere una notte di sonno.

Quando Bea e Lloyd avevano concluso che non sarebbero riusciti ad avere un figlio in modo naturale, avevano deciso per l'adozione senza sottoporsi allo strazio della fecondazione in vitro, per la quale tra l'altro non avevano la disponibilità economica. Consapevole di quella decisione, Neba aveva telefonato a Bea per annunciarle che ci sarebbe stato un neonato disponibile nella sua famiglia. Bea era entusiasta, ma in quell'offerta aveva anche percepito una sfida. Ecco la tua adorata amica nera che ti chiede se riuscirai a provare lo stesso amore per un bambino nero tutto tuo. Bea era certa di riuscirci – così come Lloyd, convinto che tutti i figli di Dio siano uguali –, però non aveva preso in esame la probabile reazione della società.

«Ero entusiasta al punto che non mi ero neppure documentata sull'adozione interetnica. Poi è arrivato Aaron e mi sono scontrata con la realtà. Quello che sentivo da parte di chi lo vedeva non era propriamente odio, bensì la radicata convinzione che questo non fosse il posto giusto per quel bambino.»

Per acconsentire all'adozione da parte di Bea e Lloyd, la madre biologica di Aaron aveva preteso che loro due fossero messi a conoscenza solo delle poche cose che aveva permesso a Neba di condividere. Lei e il marito si erano separati e avevano chiesto il divorzio, ma mesi dopo si erano ritrovati insieme quando lui era finito in ospedale per una malattia che, inizialmente, era sembrata fatale. Dopo una serie di lunghi incontri sul letto di morte innaffiati di lacrime, il loro amore si era riacceso e, con la sorprendente ripresa di lui, avevano deciso di recuperare il rapporto. Però c'era un problema: lei aveva avuto un rapporto occasionale ed era rimasta incinta e il marito considerava di cattivo auspicio ricominciare allevando il figlio di un altro. Dopo molte angosce, avevano quindi concordato che lei avrebbe rinunciato al bambino appena fosse nato e non avrebbe avuto con lui alcun ulteriore contatto.

Guardando Aaron, ho sempre pensato che non avesse solo antenati neri, ma ormai in America è difficile determinarlo. Qualche anno fa, lui aveva vinto le resistenze di Bea e Lloyd e aveva fatto un test genetico a pagamento, scoprendo di avere potenziali cugini da entrambe le parti, che si potevano identificare come bianchi e neri.

«Quando avevo cominciato a documentarmi» dice Bea «tutti i libri e gli articoli dicevano la stessa cosa: accertati di crescere tuo figlio con intorno altri bambini della sua etnia. Ma come potevo farlo a Mirror, per non parlare della fattoria di Joe, dopo la separazione da Lloyd?»

Da quel momento, Bea aveva preso l'abitudine di passare uno o due fine settimana al mese a Milwaukee, dove Neba aveva ottenuto una nomina che le avrebbe portato un incarico di ruolo al dipartimento di storia della Marquette University. Aaron e le figlie di Neba si trovavano bene insieme, ma la differenza di età era troppa perché nascesse un'amicizia. Poi Neba aveva ottenuto un posto irrinunciabile in uno dei Claremont Colleges in California. Quando Aaron aveva otto anni, Bea lo aveva mandato in quello che lui definisce un "campo per neri", dove aveva sofferto una profonda nostalgia di casa e scoperto di avere ben poco in comune con i bambini delle grandi città, che tra l'altro lo prendevano in giro perché aveva la pelle troppo chiara. Nel bene e nel male, era cresciuto nella Skageon County, spesso tra i pochi coetanei neri. Lasciando da parte Clement Morse, figlio del proprietario di un ristorante di Como Stop trasferitosi a Minneapolis a quattordici anni, Aaron non si è fatto amicizie strette tra gli afroamericani. Ironico a dirsi, ma la prigione della Skageon County gli aveva offerto la prima esperienza con un gran numero di ragazzi neri che, bene o male, lo avevano accolto.

«Da piccolo sembrava indifferente alle etnie. Io volevo che riconoscesse di avere qualcosa in comune con le figlie di Neba, ma non sembrava farlo, almeno non a tre anni. Anche Joe ha la pelle molto scura, quindi non sono certa che avesse capito di cosa stessi parlando. Non credo di avergli mai sentito pronunciare la parola "nero" fino ai cinque anni. Ho provato a rinforzare il concetto, ma è stata una lotta. Dire a un bambino: "Tu non sei come me per un aspetto importante" suona tremendamente sbagliato. Da sempre desidero appropriarmi del mio retaggio Ho-Chunk, per esempio, però ho esitato perché sarebbe stato un altro elemento di esclusione per Aaron. C'è da impazzire, perché sapevo bene che, se invece avessimo adottato un bambino bianco, gli avremmo comunicato senza esitazioni il messaggio che il colore della pelle non deve incidere sul modo in cui ti rapporti con gli altri esseri umani.»

Lloyd, per contro, non si era mai sentito a suo agio parlando di etnia, eppure persino lui, acceso sostenitore della polizia, aveva insegnato a Aaron fin dalla prima adolescenza quali precauzioni adottare in qualsiasi interazione con i tutori della legge: "Sì, signore" e mani sempre in vista.

Non sono nella posizione di poter dire a Bea che si sbaglia a proposito del figlio e dell'impatto che ha avuto su di lui essere un ragazzo nero in un ambiente a prevalenza bianca. Ma la fonte di qualsiasi problema umano di rado è una sola. Già di per sé l'adozione rappresenta una crisi per molti bambini. Poi il divorzio dei genitori è stato sicuramente un trauma. Sì, come chiunque abbia la pelle nera, anche Aaron ha subito frequenti episodi di razzismo, che potevano concretizzarsi in qualcosa di palese, come essere l'unico ragazzo seguito dalle guardie di sicurezza quando andava con gli amici al centro commerciale, o in maniera più sottile, come quando i compagni di scuola non riuscivano a nascondere lo stupore quando scoprivano che non sapeva cantare o che non gli interessava il basket. Ma quelle medesime forze che avevano fatto ritirare Aaron in se stesso potrebbero aver alimentato la sua passione per l'arte. E apprezzo che Aaron mandi un messaggio importante ai suoi genitori – e a se stesso – preferendo parlare con Dio in una chiesa nera a quasi sessanta chilometri di distanza. Non è forse quello che Bea ha sempre creduto gli servisse?

«Hai fatto del tuo meglio» le dico mentre ci avviciniamo a casa. Ed è quello che regolarmente ripetevo a me stesso negli anni difficili di Nat. «Che altro potrebbe fare un genitore, in particolare una persona come te che ha sempre dedicato a Aaron tutte le sue attenzioni? È stato amato e lo sa. In questo paese, però, è davvero possibile essere completamente inseriti quando si tratta di etnia?»

Arriviamo a Mirror poco prima delle 19. Sta calando il buio, ormai più presto ogni sera, e anche a pochi isolati da casa distinguo le luci nei boschi, comprese quelle di diversi lampeggianti multicolori sui tetti delle macchine. Inizialmente mi dico che Danil Jerlow, il nostro anziano vicino, ha avuto un altro problema di salute che ha richiesto l'assistenza dei paramedici, invece, non appena imbocco il nostro viale, vedo diverse macchine della polizia davanti a casa. E infine mi accorgo che ce n'è un'altra di traverso che ci blocca l'accesso. Accosto e abbasso il finestrino per parlare con il giovane agente che ha già alzato la mano per fermarci. Indossa giubbotto antiproiettile ed elmetto, equipaggiamento da SWAT e fucile automatico. È puntato verso terra, però è comunque una vista sconvolgente al cancello di casa nostra.

«Non potete entrare» dice.

«Come mai?»

«Affari dello sceriffo. Non sono ammessi spettatori.»

«Quella è casa mia.»

Si umetta le labbra. «Non può entrare comunque.»

Decido di fare l'odioso. «Agente, uno di noi due ha fatto il giudice per quasi vent'anni, e se non mi sbaglio non è lei. Che paese crede sarebbe il nostro se non avessi il diritto di essere presente quando la polizia vaga per la mia proprietà? Può far venire qui il suo superiore?»

Si volta, fa qualche passo e parla alla radio che porta su una spalla.

«Che c'è?» sussurra Bea. «Cosa succede?»

Credo di saperlo, ma non voglio dirglielo fino a quando non ne sarò sicuro. In verità sono sconvolto. Percepisco i segnali fisici del panico – formicolio alle dita, difficoltà a respirare – e un certo stupore su quanto sia stato assolutamente ottuso sul potenziale significato della fuga di Aaron non appena aveva saputo del ritrovamento del corpo di Mae. Adesso temo che la polizia stia eseguendo un mandato di perquisizione a casa nostra.

15
Con il mandato

30 settembre

Un vicesceriffo della Skageon County in uniforme, un certo sergente Dom Filipini, che di tanto in tanto viene alla VFW, avanza lentamente lungo il viale, attento a non scivolare sulla ghiaia. Ha una pancetta da mezza età, ma è abbastanza in forma e ha un aspetto gradevole. È senza cappello, quindi si notano i folti capelli neri che gli scendono fino alle sopracciglia cespugliose, e il badge sull'uniforme grigia che riflette la luce quando supera la macchina della polizia di traverso sul viale. Il pesante cinturone, con l'arma di servizio, le manette e una torcia, gli conferisce un'andatura un po' dondolante.

Accanto a me, Bea sussurra il suo nome e dice che lui e Lloyd erano entrati in polizia nello stesso periodo.

«Bea» dice quando ci raggiunge. «Giudice» con un cenno della testa. Prima mi ha sempre chiamato solo Rusty. «Ho qui il mandato. Abbiamo bussato, ma non c'è nessuno.»

CORTE SUPERIORE
SKAGEON COUNTY

MANDATO DI PERQUISIZIONE

N. 23CR866______________________________

A sceriffi, agenti, ufficiali giudiziari, funzionari di polizia o qualsiasi altro agente delle forze dell'ordine della Skageon County: avendo ricevuto prova, di fronte a me, tramite dichiarazione giurata della tenente Vanda Glowoski, detective in forza alla State Patrol, che esiste un fondato motivo per l'emissione del mandato di perquisizione ai sensi della sezione 1524 del codice penale, si ordina di perquisire in qualsiasi ora del giorno, dimostrata la valida causa, le proprietà, comprese tutte le stanze, casseforti, aree di deposito, contenitori, terreni circostanti, zone di raccolta dei rifiuti, garage e annessi che fanno parte o sono assegnati alla residenza sita al numero 2474 di Lake Road, nella città di Mirror, per i seguenti beni ovvero: tutti gli effetti personali che potrebbero appartenere a Aaron Russell Housley, compresi abiti, scarpe, abbigliamento da esterno, attrezzature da campeggio, carte, documenti, scritti, dispositivi elettronici compresi telefono, cellulare, tablet, computer e ogni altro effetto che potrebbe recare le impronte digitali o il DNA di Aaron Russell Housley e, nel caso di rinvenimento di detto materiale, o di parte di questo, di portarlo immediatamente davanti a me, presso la Corte superiore della Skageon County, o di trattenerlo sotto la vostra custodia, soggetto all'ordine di questa Corte ai sensi dell'articolo 1536 del Codice Penale.

Consegnato di mia mano nel trentesimo giorno del mese di settembre 2023.

MORTON SAMS, Junior
Giudice della Corte superiore della Skageon County

Quando ho finito, Bea prende il documento e lo legge, ma non va molto avanti.

«Un mandato di perquisizione!» esclama quasi urlando. «Come fanno a ottenere un mandato di perquisizione?»

Alzo una mano. In questo momento, meno diciamo, meglio è, perché non sappiamo di preciso cosa stia succedendo. Di una cosa però sono sicuro: preferirei non dire alla polizia che abbiamo passato le ultime ventiquattro ore alla ricerca di Aaron.

Bea, tuttavia, fatica a contenersi.

«Dom, questo significa che credete che Aaron abbia commesso un crimine?»

«Al momento non posso dirlo» risponde lui.

«Nel senso, sergente» intervengo «che non conoscete la risposta o che preferireste non rispondere?»

Lui si limita a scuotere la testa. Quarantott'ore dopo aver scoperto il corpo di Mae, è probabile che abbiano ricevuto i risultati iniziali dell'autopsia. Ma la polizia avrebbe anche un mandato di arresto se avesse elementi concreti su Aaron: stanno cercando prove.

«Vorrei assistere» gli dico. «Penso sia nostro diritto.»

«Va bene, basta che non intralci. Non abbiamo molto altro da fare, e quando arriveremo in casa ho un paio di domande.»

Non appena Dom si volta per dire al giovane agente di spostare la macchina, sussurro: «Non dire niente. Niente».

Avanziamo a passo d'uomo lungo il viale sulla mia Tundra, lasciando che Filipini arranchi davanti a noi. La lentezza mi permette di chiamare Cap con la mano libera, ma risponde la segreteria telefonica. Di sabato sera non mi sorprende.

Davanti a casa scopriamo che la porta d'ingresso è stata aperta con la forza. Lo stipite si è staccato ed è fessurato dall'alto al basso mentre, con una dimostrazione della robustezza del nostro catenaccio, un frammento frastagliato di legno circonda ancora la serratura. La porta è stata sfilata dai cardini ed è appoggiata all'armadio dei cappotti in ingresso.

«Dom, qualcuno ha provato ad aprire girando la maniglia? Noi non chiudiamo la porta.» Afferro il pomolo d'ottone e lo ruoto per dimostrare la mia affermazione. Filipini resta un istante senza parole. Sappiamo entrambi cosa è successo: gli agenti non vedevano l'ora di usare l'ariete – un'opportunità rara nella Skageon County – e lo hanno fatto pochi secondi dopo aver bussato. Lo strumento, che somiglia a un missile aria-terra anche nel colore spento, giace accanto alla porta. Quell'aggeggio pesa più di novanta chili e per maneggiarlo servono almeno tre agenti.

«Colpa mia» dice Filipini.

Almeno la metà dei poliziotti che conosco, messi in un simile imbarazzo, si limiterebbero a mandarmi al diavolo, quindi tanto di cappello a Dom.

All'interno circa otto agenti vagano per la casa con un senso di urgenza. Tutti, come quello all'imbocco del viale, indossano giubbotti antiproiettile ed elmetto, ma vedo parecchi fucili d'assalto lasciati accanto alla porta come fossero ombrelli. Anche il distretto più piccolo ha tutto questo equipaggiamento da difesa grazie al Law Enforcement Support Office del ministero della Difesa e, come nel caso dell'ariete, gli agenti non vedono l'ora di usarlo. Si aspettavano una sparatoria a Mirror Lake?

Il tavolo da pranzo è coperto dagli oggetti che hanno raccolto. Vedo ammucchiati tutti i vestiti di Aaron, le sue scarpe e il computer portatile. Fanno parte della collezione anche il computer di Bea e quello del mio ufficio. Noto che c'è anche il grosso album da disegno Strathmore, quello su cui Aaron ha fatto i recenti schizzi di Mae.

Bea è accanto a me. Nei miei primi tempi da viceprocuratore avevo scritto molti mandati di perquisizione, e spesso andavo di persona a eseguirli, quando si prospettavano questioni legali riguardo all'ambito dell'ordine del giudice. E in un'occasione, decenni fa, quando la mia vita era completamente allo sbando, avevo osservato un gruppo di agenti – con molti dei quali avevo lavorato a parecchi casi – ribaltare la casa di Barbara e mia. Quindi sto assistendo a qualcosa che fa parte del mio campo, eppure mi sembra comunque appartenere a un altro mondo. Per Bea, invece, è un incubo a occhi aperti: persone con equipaggiamento militare e armi che girano nei suoi spazi personali e si impadroniscono delle sue cose come fossero loro. Ha il volto contratto e gli occhi sbarrati per il terrore.

Filipini esce dalla cucina in compagnia della tenente Glowoski e i due ci avvicinano. Noi siamo ancora in piedi non lontano dalla porta d'ingresso. Vestita per l'azione, oggi Glowoski è in uniforme. Ha il giubbotto antiproiettile slacciato e non porta l'elmetto: sospetto che la sua pettinatura sia troppo perfetta per sopportare spesso quel genere di copricapo. Mi fa un cenno con la testa appena mi vede.

«Dov'è Aaron?» chiede. «Il mandato prevede di perquisire anche lui.»

Accorgendomi che Bea sta per rispondere, le afferro la mano. «Tenente, non penso che sia indicato nel mandato. Però ho una domanda più importante: può assicurarci che né Bea né io siamo sospettati di un crimine?»

«E come?» risponde. «Non so ancora cosa potreste nascondere.»

Mentalità da poliziotta: colpevole fino a prova contraria.

«Tenente, fino a quando non ci potrà rassicurare in proposito, mi dispiace ma noi non risponderemo ad alcuna domanda. Non adesso.»

In qualche misura diverte vedere quanto in fretta io sia passato alla modalità avvocato difensore, un ruolo nel quale ho una pratica molto scarsa.

«Non avete idea di dove sia andato?» chiede Glowoski.

«Tenente, le ho appena detto che non risponderemo alle sue domande. Se ben ricordo, lei e io abbiamo parlato una settimana fa della prosecuzione di un interrogatorio dopo che una persona ha fatto appello ai propri diritti.»

«Ed è questo che sta facendo, giudice? Invoca i suoi diritti? Ormai abbiamo telefonato a Aaron molte volte, ma non risponde. Come mai?»

Appare la sua spalla, Martinez, parecchio più bassa, e sussurra qualcosa alla tenente, ma io prendo Bea per mano, la porto verso l'altro lato del salotto in modo da non essere d'impiccio e la faccio sedere su una poltroncina.

«Rusty, non capisco» sussurra. «Che cosa significa per Aaron?»

«Dopo» le dico con il solo labiale, poi mi porto l'indice teso sulla bocca.

Nel frattempo vedo una vicesceriffa mettere in un sacco alcuni degli oggetti raccolti che erano sul tavolo. Mi faccio avanti e le chiedo se può chiamare la tenente Glowoski.

«Sì?» chiede Glowoski quando arriva, mani sui fianchi.

«Tenente» le dico «non posso accettare di farvi portare via il portatile di Bea o il mio computer.» Do un colpetto su entrambi. «So per certo che Aaron non ha mai usato nessuno dei due.» Non aggiungo ulteriori spiegazioni, ma Aaron non ha le nostre password, che avevamo cambiato un paio d'anni fa quando lui aveva toccato il fondo, in modo da rendergli meno attraente la possibilità di rubarli. Sui due device, dico a Glowoski, c'è parecchio materiale che sia io sia Bea siamo obbligati a proteggere per legge, documenti del mio lavoro che sono coperti da ordini di riservatezza del tribunale e, nel caso di Bea, curriculum scolastici la cui divulgazione è proibita al di fuori della scuola.

Glowoski stringe gli occhi, ascolta, poi ribatte: «Credevo che il gatto le avesse mangiato la lingua». Si rivolge alla sua spalla, Martinez, che sembra seguirla ovunque, e le dice: «Impacchetta tutto».

Sollevo la mano.

«Prima che lei lo faccia, discutiamone con il giudice Sams. Sono certo che abbia modo di raggiungerlo.»

Immagino che, il sabato sera, Morton Sams ceni al country club e che sia ormai al terzo Martini. Non sono sicuro possa essere molto utile ai poliziotti o a me.

«Ammettendo che lei ottenga un ordine specifico del giudice Sams per prendere quella roba, e non me lo aspetto» le dico «dovrò parlare con l'ufficio del procuratore per accordarci sulla riduzione al minimo della procedura.»

Scommetterei una bella somma che Glowoski non ha mai trattato la riduzione al minimo, che limita le intrusioni nel materiale privilegiato. Richiede che un cosiddetto *taint team* – un gruppo separato di procuratori non connessi al caso – esamini tutto per primo ed elimini qualsiasi cosa potenzialmente protetta prima di consegnare il resto agli investigatori. Sospetto che l'ufficio del procuratore della Skageon County non abbia un numero sufficiente di avvocati e neppure l'esperienza per farlo.

Glowoski mi lancia un'occhiataccia, scuote la testa disgustata, ma se ne va. Attraverso subito il salotto perché Filipini si è appena avvicinato a Bea. Quando arrivo le sta chiedendo: «Bea, qui in casa hai da qualche parte una corda di plastica? Bianca? Magari in garage?».

Lei è ancora lenta a reagire ed è agitata, ma scuote la testa con decisione.

«Non in garage» risponde. «La scorsa settimana stavo cercando i miei attrezzi da giardinaggio e ho guardato dappertutto. L'unica corda di plastica di cui so è giù al molo.»

Spiego che la nostra piccola imbarcazione e la canoa sono ormeggiate lì con corde di plastica. E potrebbe essercene una riserva sempre là in un contenitore.

«Potrei aver bisogno delle corde delle barche» dice Filipini.

«Se le prendete tutte, non avremmo modo di ormeggiarle, Dom. Domani rischierei di andare a nuoto fino in mezzo al lago per recuperarle. Che ne diresti di tagliarne adesso un campione di ciascuna, poi io domani mattina andrò a prenderne di nuove e a quel punto potrai portare via quello che vuoi?»

Filipini fa una smorfia, quindi abbassa la voce: «Non credo

che accetterà». Non si volta nemmeno per guardare Glowoski. «Però provo a chiederglielo.» Va verso di lei.

Tre vicesceriffi emergono dalla nostra camera da letto e lasciano cadere all'estremità del tavolo due bracciate di abiti. Sono tutti miei, cose che Aaron non ha mai toccato. Provo l'impulso di dirglielo, poi decido di non tentare la sorte con un'altra obiezione. Cap può presentare un'istanza per la restituzione dei beni e, nel frattempo, posso comprare di che vestirmi da Target quando andrò a prendere un'altra corda.

Filipini ha raggiunto la tenente e le sta parlando in cucina, a breve distanza da me. Non colgo ogni parola, però riesco a origliare gran parte della loro conversazione. Guardo nell'altra direzione in modo da non farmi notare. Glowoski sta chiedendo a Dom se i suoi hanno esaminato il garage, e il sergente risponde che hanno cercato lì le attrezzature da campeggio, poi Filipini aggiunge: «Conosco quella donna da trent'anni. Dicono che la corda lì non c'è».

«Ci servono tutte le corde che hanno» risponde Glowoski, ma con mia grande sorpresa accetta che Dom prenda solo dei campioni delle cime che legano le imbarcazioni. Gli chiede però di contrassegnarle in modo che ci sia impossibile sostituirle nottetempo.

Gli altri agenti si radunano intorno al tavolo da pranzo e cominciano a mettere gli oggetti raccolti in grandi sacchi di plastica trasparente. Usano un sacco per ogni camera che hanno perquisito, scrivendoci poi sopra stanza della casa e data con un pennarello indelebile.

Pochi minuti dopo sembrano pronti ad andarsene e cominciano a portare i sacchi verso le macchine. A quel punto sento aprirsi scricchiolando la porta del garage. Vado in quella direzione e vedo Glowoski nell'ingresso venire verso di me con una grossa matassa di corda bianca in mano. Mi fissa con espressione torva, ma non è questo che mi preoccupa: come Bea, non ricordo di aver messo quella corda in garage.

Filipini è l'ultimo ad andarsene e, prima di farlo, mi aiuta a rimettere la porta sui cardini. Non chiude bene dove c'è il frammento del catenaccio, però almeno terrà fuori il freddo.

Prima di congedarsi, Dom mi guarda e chiede: «Che diavolo è successo con quella corda, Rusty?». So che lo abbiamo messo in difficoltà, ma sospiro e faccio un gesto con la mano aperta, come a dire che ne ho abbastanza, ed è così.

Quando se ne va, torno da Bea, che è sulla poltroncina azzurra che ha portato dal suo appartamento, dove di solito si sente a suo agio. Indossa ancora il piumino e sta fissando il lago.

«Se ne sono andati» le dico.

«Dimmi che finirà tutto bene» replica.

Faccio un debole sorriso e scrollo le spalle. «Vorrei farlo.»

Mi alzo per esaminare la casa: ci vorrà molto tempo per rimettere a posto. Quando ero procuratore, ho assistito a un paio di perquisizioni dove gli ambienti sembravano saccheggiati da ladri professionisti: tutto era stato buttato giù dagli scaffali, tirato fuori dai cassetti e lanciato a terra. Qui è andata meglio, e probabilmente dobbiamo ringraziare ancora una volta Filipini. Ma i nostri libri sono stati spostati, tolti dagli scaffali e ammucchiati a terra, e ogni dispositivo elettronico presente in casa è stato staccato e messo da parte. Nel nostro armadio, la zona di Bea è rimasta indisturbata, così come la sua cassettiera, mentre i miei abiti che non hanno portato via sono ammucchiati sul letto.

Cap mi richiama mentre sono in camera da letto. Torno in cucina, dov'è andata Bea, e appoggio il telefono sul banco della colazione in modo che anche lei possa sentire in vivavoce.

«Oh, merda» commenta quando gli dico della perquisizione. «Hai tenuto Aaron lontano da loro?»

«Non era qui» rispondo, poi gli spiego in che modo abbiamo passato le ultime ventiquattr'ore.

«Ma come fa a essere così stupido?» chiede subito Cap, poi tace per controllare la rabbia: capisco che sta realizzando – proprio come ho fatto io – che la scomparsa di Aaron potrebbe essere interpretata in modo più inquietante. Però non lo esplicitera con Bea in ascolto e, come me, penso sia riluttante a crederci. «Teniamo le dita incrociate e speriamo che riappaia prima che la polizia chieda di vederlo per prendergli le impronte e prelevare il DNA.»

Scatto una foto del mandato e la invio a Cap mentre siamo ancora al telefono.

«Significa ciò che penso?» chiedo a Cap. «A proposito di Mae? L'autopsia ha rilevato qualcosa?»

«Forse. Ma potrebbero anche essersi mossi per qualche strana teoria su un omicidio colposo, ovvero che Mae si è schiantata perché era drogata, e pensano che abbia avuto quella roba da Aaron. Non è il caso di pensare al peggio. Aaron ha una recente condanna per droga e alla polizia non serve molto altro per stabilire un fondato motivo.»

Il fatto che al controllo immediatamente successivo al viaggio con Mae Aaron fosse pulito contrasta parecchio con questa teoria, ma i procuratori potrebbero aver detto al giudice Sams solo quello che volevano. Cap, come me, si consola al pensiero che gli agenti siano arrivati senza un mandato d'arresto. Quali che siano i loro sospetti su Aaron, quando ci hanno sfondato la porta erano ancora alla ricerca di prove che li confermassero. Cap non capisce, proprio come me, il senso della ricerca di una corda. Che collegamento ci potrebbe essere con Mae che si schianta giù da una strada di servizio?

«Cercherò di parlare con Helena domani mattina» mi dice riferendosi alla viceprocuratrice capo, che dovrebbe occuparsi del caso «però potrei non riuscire a trovarla di domenica. Lunedì ne saprò molto di più e avrò un po' di lavoro. Ma telefonami non appena dovessi sentire Aaron.»

Quando Cap termina la chiamata, Bea prende il suo telefono che è sul tavolo lì accanto. Capisco dalla sua espressione che non ha ancora notizie di suo figlio.

16
Un altro mandato

1-2 ottobre

Passiamo la domenica mattina riordinando la casa. Bea è sfinita. Le chiedo se ha voglia di un po' di musica – non mi dispiacerebbe il sottofondo rilassante di un pianoforte suonato magistralmente –, ma lei replica con un no deciso. Vuole essere sicura di sentire il cellulare sul tavolino della colazione, verso il quale corre ogni volta che arrivano una chiamata o un messaggio. Non è mai Aaron. Risponde solo alla telefonata di un'insegnante che domani non sarà al lavoro, e lascia scattare la segreteria per tutte le altre.

Cap telefona verso le undici.

«Bene, ho parlato con Helena. Non aveva niente da dire. "Mi dispiace che l'abbiamo mancato ieri sera." Come se fossero venuti con un vassoio di biscotti.»

«Nessun accenno al motivo della perquisizione?»

«Zero. Naturalmente vuole che lo porti da lei per interrogarlo.»

«Tu cosa le hai detto?»

«Non le ho risposto, ma non lo faremo mai. Aaron deve tenere la bocca chiusa, questo l'ho detto fin da subito.» Non perde l'occasione per autoincensarsi. «Immagina a che punto sarebbe questo casino se avessero una sua dichiarazione da poter distorcere. E questo mi rammenta di chiederti se quell'idiota si è fatto vedere.»

Gli dico di no.

«Rusty» risponde «sai cosa penseranno la polizia e i procuratori se dovessero scoprire che si è dato alla fuga. Lo immagineranno colpevole di qualcosa anche se adesso non hanno prove. Che diavolo aveva per la testa?»

«Lo conosci, Cap. Vuole stare per conto suo. La prima volta che è finito in carcere nella Skageon County, i detenuti erano segregati per gran parte del tempo a causa del Covid, e tu mi hai detto che era il tuo unico cliente a non lamentarsi di passare tante ore da solo. Credo stia elaborando la morte di Mae.» Formulo la stessa ipotesi che avevo condiviso con Bea il sabato mattina, ovvero che dopo aver inveito contro Mae per due settimane quando non era riapparsa, adesso sta lottando contro il senso di colpa e l'amore perduto al quale stava provando a rinunciare.

«Be', meglio che si presenti presto» risponde Cap.

«Ce ne rendiamo conto.»

Poco dopo mezzogiorno, quando ho più o meno riportato l'ordine nella nostra camera da letto e fra i miei vestiti, sto attraversando il salotto quando noto all'improvviso due Smokey in uniforme sul prato dietro casa, quello che scende verso il lago. Li fisso per un attimo e uno di loro ricambia il mio sguardo, eppure rimane stranamente impassibile. Vado verso la porta scorrevole per chiedere che diavolo ci fanno lì, ma qualcos'altro mi colpisce e torno nell'ingresso. Attraverso i vetri sui due lati, incrinati ma intatti, osservo tre macchine della polizia sulla rotonda di ghiaia accanto al garage, due color sabbia con il nuovo logo della State Patrol e un'altra grigia dell'ufficio dello sceriffo della Skageon County. Glowoski, che indossa di nuovo il blazer blu, è appoggiata a un paraurti con in mano una radio, mentre Dom Filipini avanza lento verso la porta. La apro.

Per un secondo ci limitiamo a guardarci. Capisco che siamo in grossi guai.

Dom si toglie il cappello prima di entrare in casa. Mi ero già accorto ieri che è un vero gentleman.

«Ho un mandato per l'arresto di Aaron» mi dice.

Passa un istante prima che riesca a parlare, poi chiedo di vederlo.

Il mandato di arresto è stato emesso dalla Corte superiore della Marenago County, quella dove hanno trovato il corpo di Mae: vi leggo tutte le parole peggiori, i vecchi termini ancora intrappolati nelle leggi dello Stato come fossero nell'ambra: "... ha violato, con premeditazione, con la forza e le armi, la persona di Mae Cheryl Potter e in tal modo ha commesso il reato di omicidio di primo grado".

Non è una sorpresa, almeno per me, quando dal subbuglio emotivo emergono rapidamente i ragionamenti da avvocato che portano un minimo di ordine nei miei pensieri. Questa non è una teoria stiracchiata su Aaron che fornisce droga a Mae commettendo un omicidio colposo. Qui si tratta di omicidio di primo grado. Affermano che Aaron ha deciso di ucciderla e lo ha fatto.

Forse più di molti altri ho vissuto momenti come questo, quando sai che la tua vita viene irrimediabilmente alterata all'improvviso: non tornerai mai alla normalità che conoscevi prima di svegliarti quella mattina. Adesso è vero per Aaron, e per Bea. Questo momento, quelle accuse, scaveranno un solco permanente nelle loro esistenze come se la terra gli si fosse aperta sotto i piedi.

Io, però, sono sopravvissuto. Sono cambiato, e non in meglio, ma sono qui. E ci sarà anche Bea. In questo momento è più una preghiera che una certezza, ma è quello che desidero credere con tutto me stesso.

«È qui?» chiede Filipini.

«No, Dom, però so che non puoi prendermi in parola, soprattutto dopo ieri.» Mi sto riferendo alla corda, e lui capisce.

«No» risponde. «Avendo avuto la possibilità di rifletterci, tutti abbiamo creduto a quello che tu e Bea avete detto a proposito del garage, persino la tenente. Ma, con un mandato d'arresto, dobbiamo controllare.»

«Capisco» gli dico e mi sposto per farlo entrare.

Lui si guarda alle spalle. Due giovani agenti, un uomo e una donna, che attendevano fuori dalla vista, appaiono all'improvviso e ci superano dirigendosi all'interno. Filipini li segue e, subito prima che non possa più sentirmi, gli dico: «Dom, abbiamo appena risistemato la casa».

Lui annuisce, poi prosegue per fare supervisione.

Mi accorgo solo adesso che Bea ha osservato tutto in silenzio da pochi metri di distanza, appena fuori dalla cucina. Adesso mi raggiunge e prende il documento che ho in mano.

Dopo un istante, grida come se l'avessero pugnalata. Scuote la testa come a voler dire no, e alla fine si accascia sulla poltrona più vicina del salotto. Singhiozza. Io le sono accanto e le massaggio la schiena. La droga, il tormento, ho passato tutto con Nat. Ma non questo. Una cosa così che riguarda tuo figlio è il peggio che si possa immaginare.

Dal punto in cui mi trovo riesco a vedere tutto il corridoio fino alla nostra camera: i due agenti hanno letteralmente sollevato in aria il letto sulle zampe posteriori. Sotto i letti, nei ripostigli, dentro i grossi armadi: ecco i posti dove si nascondono i ricercati.

Filipini torna qualche istante più tardi.

«Bea» le chiede «quando hai visto per l'ultima volta Aaron?»

«Dom, per favore» rispondo io. «So che stai facendo il tuo lavoro. Ma ci sono otto miliardi di persone sulla faccia della terra che puoi interrogare per le tue indagini sul caso. Non potresti lasciar stare sua madre, se non altro per decenza?»

«Otterremo un mandato di comparizione, Rusty.»

«Questo lo so, Dom. E quando arriverà il momento lo affronteremo. Però adesso...» Scuoto la testa avanti e indietro come fosse caricata a molla.

«Va bene» risponde. «Ma ieri sera, durante la perquisizione, Aaron non era qui. E abbiamo lasciato due agenti sul posto nel caso fosse tornato, però non lo ha fatto. Sai anche tu che non fa una buona impressione: troviamo il corpo di Mae e lui sparisce. Cosa ci dice questo? La situazione non farà che peggiorare se dovessimo condurre una specie di caccia all'uomo.»

«Dom, sfondi una porta aperta.»

«Dominic» dice Bea all'improvviso «mio figlio non ha ucciso Mae. Questo è ridicolo.»

Le stringo una spalla. Ha ripreso per un momento il controllo di sé, ma crolla di nuovo dopo questa dichiarazione e si copre il viso con entrambe le mani.

«Mi dispiace per voi» commenta Dom. «Davvero, per voi e per i Potter. È un incubo per tutti.»

Pochi istanti dopo gli agenti hanno finito e ci superano senza guardarsi indietro. Dom, che ha ancora il cappello in mano, fa per seguirli, poi si volta verso di me: «Chiamerò Lloyd per dirglielo, in modo che non lo debba fare Bea. Ormai dovrebbe essere rientrato dalla chiesa».

Non appena se ne vanno, telefono a Cap. Mi ascolta in un silenzio inquietante, poi dice: «Marenago County?». Il significato della cosa mi era sfuggito: i capi d'accusa sono stati formulati in un'altra contea. Quindi non parliamo di Hardy che ha fatto lo stronzo o è stato impulsivo, ma di un altro procuratore che, senza alcun interesse personale, ha valutato le prove e lo ha dichiarato un "omicidio di primo grado".

Ormai ho capito che si tratta della corda: ecco perché ieri non avevano un mandato di arresto, ma sono tornati oggi. Ecco perché Filipini aveva detto che, ripensandoci, si erano resi conto che Bea e io avevamo detto la verità dichiarando che non c'erano corde in garage. Perché nessuno di noi ce l'ha messa, lo ha fatto Aaron. Potrei prendermela con me stesso per aver infranto la regola aurea di non dire una parola alla polizia in circostanze come questa. Una risposta sincera, per quanto breve e innocua, ha finito per peggiorare drasticamente la situazione di Aaron.

Condivido questi pensieri con Cap e lui, che di solito è ciarliero, all'improvviso sembra riluttante a parlare. Sta valutando. Come avvocato difensore, la lezione da tenere a mente è che i clienti ti deluderanno sempre. In questo caso, è probabile che Cap stia cercando di spiegare a se stesso come tutto questo sia possibile. Un ragazzo tranquillo come Aaron, una persona che mostra raramente le proprie emozioni, quanta rabbia ha accumulato, una rabbia che Mae, manipolatrice eccelsa, avrebbe potuto scatenare?

Come ultima riflessione, Cap ripete ciò che ha detto Filipini, cioè che sarebbe infinitamente meglio per Aaron se si presentasse e si consegnasse, ma non può fare altro che esprimere questo pensiero ad alta voce. Aaron è fuori dal nostro controllo, il che spiega perché sia successo tutto questo, almeno credo.

Ci salutiamo e per un momento mi chiedo, come sembra aver fatto Cap, quale potrebbe essere stata la dinamica dei fatti. Non sono per niente convinto. Aaron ha i suoi difetti, e sono molti, però in lui non ho mai visto la violenza. Forse se Mae e lui avessero assunto qualche sostanza chimica che altera il comportamento, per esempio la fenciclidina, la polvere d'angelo. Ma al controllo lui era pulito. D'altronde, quanti genitori e amici increduli, sinceramente scioccati e che speravano contro ogni logica, ho incontrato quando ero procuratore? La loro fiducia nell'imputato era quasi sempre mal riposta.

La giornata si trascina lenta e mi sento dolorosamente isolato. È probabile che la notizia si sia diffusa, ma nessuno chiamerà: cosa potrebbero dire, quale consolazione potrebbero offrire che non sembri giustificare ciò che pare aver fatto Aaron? Bea si è messa al tavolo della colazione ed è rimasta lì, immobile a lungo. Ogni venti minuti circa ha un accesso di pianto. È come dover affrontare una morte improvvisa, il lento e insidioso processo di assimilazione della realtà.

Di tanto in tanto, quando le passo vicino, mi comunica i suoi pensieri più cupi.

«La sua vita è finita» dice. «Potranno dichiararlo innocente per cento volte, ma sarà sempre un imputato per omicidio.»

Dopo un istante le rispondo: «Ma ti rendi conto con chi stai parlando?».

«È diverso. Tu eri rispettato e rispettabile. E ti hanno incastrato. Lui sarà sempre colpevole agli occhi di chiunque da queste parti.»

«Bea, c'è una vita dopo. Sì, forse avrà bisogno di andarsene, proprio come me. Adesso, però, il nostro compito è restare al fianco di Aaron. Tutti gli altri possono essergli contro. Se non sarà lui a dirci di rinunciare, ci aggrapperemo alle nostre speranze.»

«Io non rinuncio» dice con un tono decisamente bellicoso.

Quando si decide a parlare di nuovo, chiede: «Riuscirà a ottenere il rilascio su cauzione quando l'avranno arrestato?».

La domanda dà per scontato che lo troveranno presto, ma io non ne sono così sicuro. Se la situazione fosse brutta quanto potrebbe essere, se lui avesse effettivamente fatto del male a Mae, allora avrebbe anche saputo fin da subito che l'ipotesi della morte di Mae in un incidente era sbagliata. E che quell'errore gli aveva dato un notevole vantaggio per fuggire. Lui è in grado più di molti altri di sopravvivere nella natura selvaggia, e potrebbe restare a lungo un fuggiasco.

Se però non è questo il caso, Cap ha ragione quando dice di volerlo trovare e consegnare alla polizia. Potrebbe persino avere la possibilità di trattare una cauzione prima che Aaron si arrenda. Se invece immaginiamo che sia la polizia a rintracciare Aaron, so che persino il giudice Sabich della Corte superiore, un uomo che esisteva trent'anni fa e si trovava sempre di fronte a tali richieste, persino lui, il giudice Rusty, non avrebbe mai concesso la libertà su cauzione a un tipo come Aaron. Un pregiudicato accusato di un crimine violento durante la libertà vigilata difficilmente viene considerato un buon candidato per il rilascio, specie se si è dato alla fuga. Rispondo però alla domanda di Bea dicendo che non lo so.

«Quindi forse no?» mi chiede. «Potrei anche non riabbracciare più mio figlio?» Sta immaginando il peggio: condanna, sentenza, incarcerazione. Le dico che siamo ancora molto lontani da tutto questo e adesso dobbiamo affrontare una giornata per volta.

Verso le tre suona il suo telefono e lei risponde dopo aver fissato lo schermo. Non può essere che Lloyd.

«Lo so» dice. «Lo so.»

Dopo aver ascoltato commenta: «Non può essere andata così, Lloyd, me ne rendo conto, me ne rendo conto. Dobbiamo credere in lui, più che mai». Continua ad ascoltare per un altro minuto senza smettere di scrollare la testa.

Mi accorgo solo adesso che dovrei chiamare Joe. E Nat. Joe non risponde, cosa che mi aspetto la domenica pomeriggio quando è alla VFW a guardare il football. Non voglio che sia qualcun altro a dargli la notizia, ma non ho intenzione di andare là a dirglielo perché significherebbe lasciare sola Bea.

Esco per telefonare a Nat.

«Idiozie» commenta subito mio figlio. Lui, Anna e le ragazze sono tra i principali sostenitori di Aaron. Il consumo di droga e persino la dipendenza sono cose che Nat conosce bene. A suo parere rappresentano una fase della crescita, e l'omicidio non è una possibilità contemplabile. Riflettiamo su cosa riferire alle mie nipoti, che potrebbero vedere qualcosa in televisione o sui social. Più tardi, Anna e lui manderanno un messaggio a Bea per dirle che sono dalla sua parte, e da quella di Aaron. Lo ringrazio, dato che so che lei non ne riceverà mai abbastanza di questo tenore.

Quando rientro attraverso la porta scorrevole, Bea mi lancia un'occhiata dura e condivide con me il suo ultimo pensiero cupo: «Si ucciderà».

Taccio per un istante. È vero che, nei suoi momenti peggiori, Aaron lamenta spesso di essere lo zimbello della fortuna, come il Romeo di Shakespeare. Tutto è contro di lui. E, se venisse accusato ingiustamente, sarebbe la conferma definitiva che non può vincere. Ma il suicidio?

Di nuovo, però, c'è l'altra visione delle cose: è stato proprio lui a uccidere Mae in un impeto di rabbia, poi è tornato a casa fingendo che non fosse così perché, come è ovvio, voleva che fosse vero. La facciata è caduta e lui è distrutto dalla vergogna. Succede: un tizio uccide la moglie e poi si spara. Ma non voglio assecondare questo pensiero. Adesso come due ore fa non sono disposto a condividere l'assunto di base di questo ragionamento, ovvero che sia stato Aaron a ucciderla.

«Non credo che succederà» le rispondo.

«Avresti mai pensato che sarebbe successo qualcosa di simile?» mi chiede. Ancora una volta, sembra che mi voglia incolpare anziché accettare il mio sostegno.

«Non succederà» ripeto.

Più o meno un'ora dopo, Bea viene a dirmi che ha mandato un messaggio a Daria, la sua vice, per comunicarle che prenderà un giorno di permesso. Anch'io ho degli impegni domani, qualche telefonata. In mattinata li rimanderò.

Appena tramonta il sole, Bea va a dormire dopo aver preso una pillola. Io scaldo un po' di zuppa in scatola, poi bevo whisky fino a quando sono abbastanza stanco da crollare sul letto accanto a lei, ma mi alzo alle cinque del mattino e decido di uscire in canoa. Sono in acqua prima delle sette, quando sorge il sole. Le temperature si stanno abbassando, siamo a poco meno di dieci gradi, però il freddo, lo spazio e l'isolamento mi fanno bene. Mi concentro su diversi mantra molto semplici che mi indicheranno come andare avanti: respiri profondi, vivi l'attimo, passa a quello successivo.

Sono entrato senza far rumore in camera e mi sto sfilando la muta quando il mio telefono vibra sul comodino come la coda di un serpente a sonagli. Immagino sia Joe, che non sono riuscito a trovare, ma sul display vedo che si tratta di Cap.

«Hanno arrestato Aaron a Ginawaban, dove è stato trovato il corpo di Mae. Non riesco a figurarmi che diavolo ci facesse là, ma tu e io sappiamo cosa ipotizzerà un procuratore.» Diranno che voleva nascondere delle prove, e a ragione. In base alle mie conclusioni di venerdì, mentre ci preparavamo a cercare Aaron, un ragazzo che stava violando le condizioni della libertà vigilata mettendosi in macchina senza patente non sarebbe mai andato vicino a Ginawaban, dove quasi di certo avrebbe trovato ancora la polizia, come a quanto pare è successo. Questo significa che qualcosa sulla scena dell'incidente, forse un oggetto dimenticato, ha spinto Aaron a correre un rischio notevole. Ammesso che pensasse ai rischi. Nell'apprendere questa notizia, scopro che la mia fiducia nella sua innocenza – che sembrava salda – all'improvviso si è indebolita.

«Oh, merda» gemo.

«Vogliono la prima comparizione oggi, non appena riuscirò ad arrivare là. Immagino verso l'una a Portage.»

«Ci saremo» rispondo.

Sono in piedi accanto al letto e fisso Bea, la sua sagoma che mi è tanto cara, i capelli castani sparsi sul cuscino, la caviglia fuori dalle coperte. Si è addormentata vestita a metà: indossa una T-shirt color albicocca di una tournée di Springsteen che mette spesso per dormire, ma sotto ha ancora i vecchi bermuda cargo che si era messa per riordinare la casa. Nella sua angoscia, forse non ha avuto la voglia o l'energia di cambiarsi e si è buttata sul letto, dove il sonnifero l'ha fatta addormentare prima del previsto. Osservandola adesso, mi sento profondamente colpito dalla pena che provo per lei.

Temevo che la mia conversazione con Cap la potesse svegliare, però non si è mossa. Posso aspettare ancora un'ora prima che dobbiamo partire per Portage.

Sto uscendo dalla stanza quando sento la sua voce.

«Non sto dormendo» dice. «Sono sveglia da quando sei uscito. Mi illudevo che, se non avessi aperto gli occhi, non avrei dovuto affrontare tutto questo.» Apre quegli occhi castani segnati da venature rosse per il troppo piangere, e mi fissa. Oggi hanno una luce diversa, la brillantezza dura di una gemma. È come temevo e speravo: supererà anche questo. Ma la sua anima ha perduto qualcosa, forse per oggi, forse per sempre.

«Dove dobbiamo andare?» chiede.

17
La prima comparizione

2 ottobre

«Che cazzo sta succedendo lì?» È Joe, che finalmente ha richiamato mentre ci stavamo preparando in fretta e furia a partire per Portage. «Se n'è appena andata la State Patrol, mi hanno detto che Aaron è stato arrestato per omicidio.»

«La State Patrol?» chiedo. «Come mai sono venuti da te?»

«Be', il ragazzo era sul mio pick-up quando l'hanno arrestato e si sono presentati qui pensando che avrei detto che l'aveva rubato. C'è qualcosa in tribunale all'una. Posso scroccarvi un passaggio?»

Per fortuna sono in vivavoce, quindi mi limito a guardare Bea che stringe gli occhi, ma alla fine annuisce.

Quando arriviamo da Joe, scendo dalla macchina per aiutarlo a salire sul sedile posteriore della Tundra, un'operazione complessa data la sua statura e la debolezza di una gamba. Lo devo sorreggere per i gomiti. Non appena si è sistemato, comincia a imprecare a proposito della situazione di Aaron.

Lo interrompo per farmi raccontare del suo incontro con la polizia. Finora, Joe non ha mostrato veri segnali di demenza, ma in genere i suoi resoconti sono distorti dalla necessità di trasformare ogni evento in un mito, con se stesso nel ruolo dell'eroe.

«Dei tizi della State Patrol si sono presentati alla mia porta con i cappelli da Smokey e mi hanno chiesto dove fosse il mio pick-up. Io mi sono messo a fissare il garage come a dire: "Maledizione, era lì l'ultima volta che l'ho visto". Proprio per questo non abbiamo cominciato con il piede giusto.

«"Sappiamo che sta mentendo" mi dicono "perché abbiamo trovato il suo veicolo a Ginawaban, e chi guidava aveva le chiavi. L'ha fatto usare a qualcuno?"

«Ho capito subito che mi avevano messo all'angolo, ma ho risposto: "Forse Abel, il fattore, l'ha preso".

«"Senta" mi dicono "glielo chiederemo per la terza volta e, se non ci dice la verità, la sbattiamo in galera. Ha fatto usare il suo pick-up a qualcuno?" Dopo un minuto, il più giovane, che stava prendendo appunti, aggiunge: "Le do un'indicazione: conosce un certo Aaron Housley?".

«"Oh, Aaron" rispondo e proseguo per un po' come se me ne fossi appena ricordato. "Sì, gli ho prestato il pick-up. È venuto venerdì mattina presto e mi ha chiesto di poterlo prendere per qualche giorno. Aveva appena saputo della morte della sua ragazza, se così la volete chiamare, la Potter, e voleva starsene da solo per un po' per assorbire il colpo. Ha preso da me. Se succede qualcosa di brutto, lasciatemi in pace, perché ho bisogno di pensare. Quando è morta mia moglie, sono rimasto seduto nel fienile per due giorni prima ancora di dirlo ai miei figli."»

Bea, che si è voltata sul sedile per ascoltare suo padre, interviene brusca: «Non gli hai detto che quasi non pensi alla mamma ormai?».

«Che diavolo stai dicendo, Beatrix? Penso sempre a tua madre.»

Tendo la mano per prenderle il polso e le chiedo se possiamo proseguire con il racconto di Joe. Lei accetta, però si agita sul sedile e guarda dritto davanti a sé per non vedere suo padre. Tutto quello che aveva detto venerdì sul fatto che permettere a Aaron di prendere il pick-up fosse stata una pazzia era risultato vero, ma certo Joe non lo avrebbe mai ammesso.

«In ogni modo» prosegue lui «mi hanno chiesto un sacco di volte se Aaron avesse rubato il pick-up.

«"No, gli ho dato io le chiavi."

«"Sapeva che gli avevano sospeso la patente?"

«"Adesso che me lo dite, me ne ricordo, però al momento non ci avevo pensato. Il ragazzo era sconvolto. È mio nipote, che altro avrei dovuto fare?"

«L'idiota che mi interrogava, il più vecchio, ha sogghignato quando ho detto "nipote" perché Aaron è nero. Allora gli ho detto: "Senti, amo quel ragazzo come la mia stessa vita, non potrei volergli più bene nemmeno se lo avessi messo al mondo io stesso, quindi evita i sorrisetti e tutte le altre stronzate perché, poliziotto o no, un pugno non te lo leva nessuno."

«Il tizio si è seccato, ma il suo partner, quello più giovane, è intervenuto: "Non intendeva insultarla. Solo non ci eravamo resi conto che lei era il nonno".

«"Sì. Come sta Aaron?" chiedo. "Lo avete visto?"

«"Prima risponda alle nostre domande. Sapeva che suo nipote non avrebbe dovuto uscire dalla Skageon County?"

«"Non ne sono certo."

«"Di solito guidava il suo pick-up?" Una domanda trabocchetto per avere altro contro di lui.

«"No" gli rispondo. "Sono vecchio e inutile, quindi ero io a portarlo in giro."

«"E sapeva che gli avevano sospeso la patente?"

«"Vi ho detto che lo sapevo, ma che non ci ho pensato."

«Erano così intenzionati a mettermi in difficoltà con quel mucchio di idiozie che non mi hanno nemmeno chiesto come avesse fatto ad arrivare alla mia porta alle cinque del mattino. Probabilmente hanno creduto che avesse fatto l'autostop o fosse stato accompagnato da un amico.

«Alla fine mi hanno detto che era stato arrestato per l'omicidio della ragazza. Io ho risposto subito: "È la stronzata più enorme che abbia mai sentito. Quel ragazzo non è affatto violento. Ha smesso di andare a caccia di cervi perché non sopporta di vederli morire. È fatto così. Non ha ucciso nessuno, nessuno".

«Mi guardano come a dire: dato che parli così, abbiamo la conferma che sei suo nonno.

«Mi hanno informato che ci sarebbe stata un'udienza oggi, poi hanno accennato al fatto che il mio pick-up non partiva. Immagino abbiano arrestato Aaron per questo, perché quel maledetto alternatore si è guastato di nuovo e lui era seduto in macchina.»

Torno qualche altra volta con il padre di Bea sulla storia. Per Aaron, è ovvio, sarebbe stato molto meglio se i poliziotti non avessero saputo che se n'era andato poco dopo la scoperta del corpo di Mae. Joe non avrebbe avuto problemi a mentire, ne sono sicuro – soprattutto per suo nipote –, ma dato che si tratta di Joe e che non si è sprecato a richiamarmi ieri, non ha capito la situazione.

Poi proseguiamo il viaggio, quasi sempre in silenzio, a parte gli occasionali monologhi di Joe su eventi meteorologici nelle città che attraversiamo. Alla fine, Bea ne ha abbastanza e fa partire un CD di Harold Arlen, registrato quando era già anziano, dove canta in maniera dolce e appassionata i suoi brani, in genere allegri. Siamo sulla stessa strada che Bea e io abbiamo percorso sabato, ma, dato l'umore cupo, nessuno di noi sembra godere dello spettacolo delle foreste che attraversiamo dopo un paio d'ore.

Casper Sabonjian è un uomo piccolo e grassoccio con una folta capigliatura grigia. Il suo ventre è abbastanza prominente da farlo somigliare, di profilo, al suonatore di grancassa di una banda. Cap è sempre molto curato, in tribunale indossa abiti sartoriali realizzati con una quantità di stoffa sufficiente a permettergli di allacciare il bottone centrale della giacca e mimetizzare meglio la sua figura, ma va detto che quegli abiti costosi gli conferiscono un'aria cittadina e untuosa. Per compensare, fa l'amicone con tutti. Sono certo che questo trucchetto ha fatto ormai il suo tempo con i procuratori della Skageon County, ma nella Marenago County, dove non credo eserciti spesso, è come fosse una première. Quando arriviamo, è appoggiato alla balaustra e sta parlando con un'impiegata della cancelleria, che una targhetta identifica come Moriah Moses.

Non appena Cap ci vede in fondo all'aula, si precipita verso di noi e stringe la mano a tutti. Poi ci porta in un angolo per parlare. Il procuratore – il capo in persona, non un vice, il che è indice della gravità del caso – gli ha consegnato una copia della dichiarazione giurata di Glowoski a sostegno della denuncia e del mandato di arresto. È di sole due pagine. Cap si è procurato delle fotocopie per Bea e me, ma non c'è molto tempo per studiarla perché, mi dice, il giudice stava solo aspettando l'arrivo della famiglia dell'accusato, la cui presenza potrebbe essere necessaria quando il procedimento arriverà al problema della cauzione. Anche a una rapida lettura, il documento si rivela devastante.

Il pezzo forte delle accuse è l'autopsia sui resti di Mae eseguita dalla patologa forense della Kindle County. Sulla base dell'avanzato stato di decomposizione al momento dell'esame del corpo, ha stabilito il momento della morte a circa due settimane prima, il 14 settembre o intorno a quella data. Quanto alla causa del decesso, tuttavia, la patologa è più precisa. Mae è morta per strangolamento. Inoltre il segno di legatura intorno al collo di Mae è tipico di una corda di nylon come quella rinvenuta nel nostro garage. L'esame microscopico ha indicato tutte le fibre recuperate in diversi luoghi – compresi Harold's Woods, la Subaru di Mae e il fondo dell'armadio di Aaron – come compatibili con quella corda.

Sto cercando di leggere per la seconda volta la dichiarazione giurata, perché la trovo difficile da capire, quando mi sento addosso gli occhi di Bea. È totalmente inespressiva, ma sussurra: «Niente di buono, vero?».

«Ho letto di peggio» rispondo, e sono sincero. Come elementi di prova, le fibre sono meno certe del DNA o delle impronte digitali. E so per esperienza che l'autopsia su un corpo che è rimasto per due settimane a decomporsi dentro un'automobile al caldo presenta diverse criticità in virtù delle quali la patologa non potrà testimoniare che le sue conclusioni sono inoppugnabili. D'altra parte, a questo stadio, lo scopo di una dichiarazione giurata è mettere in luce elementi sufficienti a dimostrare che esista un fondato motivo per giustificare l'arresto di Aaron. Molto spesso la prova più schiacciante in mano al procuratore non verrà citata per evitare che venga contestata in tribunale prima del processo.

Cap si interrompe per invitarci a sedere in modo che l'udienza possa cominciare. Informa Moriah, la cancelliera, che siamo qui, e quasi subito un'addetta alla sicurezza del tribunale accompagna Aaron in aula dalla cella lì accanto stringendolo per un braccio. Nel bene e nel male, Bea ha già visto suo figlio entrare in un'aula in manette e tuta carceraria, in questo caso blu scuro. So che aveva pregato di non rivedere mai questa scena, ma spero sia meno scioccante della prima volta. Aaron sembra magro in quella tuta larga e, con mani e caviglie incatenate, avanza strascicando i piedi verso il podio dove lo attende Cap. Non appena lo raggiunge – ed è più alto del suo avvocato di quasi trenta centimetri –, Aaron si volta e guarda tra il pubblico, simile a un liceale alla recita di classe. Ci individua quasi subito in seconda file e fa un lieve sorriso.

Adesso la cancelliera batte il martelletto per annunciare l'ingresso della giudice Wendy Carrington, una donna di bassa statura che sale al seggio da una porta subito dietro l'alta sedia di cuoio nero, un ingresso che probabilmente porta al suo ufficio in fondo al corridoio. La cosiddetta aula principale in cui ci troviamo è un gioiello, un retaggio dell'ormai tramontata epoca d'oro della Marenago County. Nel 1880, quando era stato costruito il tribunale, trovandosi subito a sud della zona del taglio e trasporto del legname, ogni essenza di legno era facilmente accessibile. Le pareti sono rivestite di boiserie e le due balaustre che separano il banco dei testimoni, il seggio e la zona del cancelliere e poi dividono la parte centrale dell'aula dalla zona riservata agli spettatori sono delicati archi chiaramente lavorati a mano. Le venature carnose e il pallido color ocra mi fanno pensare al sicomoro, che oggi penso costi una bella somma. Dalle finestre a ghigliottina sulla sinistra entra molta luce, mentre a otto metri buoni sopra di noi il soffitto è a cassettoni, con disegni geometrici sulle travi e grandi lampadari a globo rifiniti in ottone e sospesi ogni mezzo metro circa.

Da una porta laterale esce il procuratore accompagnato dalla tenente Glowoski. Va verso il seggio del giudice con indosso un abito di tweed troppo pesante per la stagione. È un uomo di corporatura media più o meno della mia età. Sembra che faccia questo lavoro da tutta la vita, e appare logorato dalla giusta ira che gli viene chiesto di utilizzare nel nome della giustizia. Quando si volta verso il pubblico per vedere chi è presente – probabilmente sta cercando i Potter –, si nota che un problema dermatologico gli sfigura la pelle e gli arrossa tutto il viso segnato da gonfiori simili a foruncoli, uno dei quali è ancor più acceso degli altri ed è sormontato da un grumo di sangue. Il suo contegno ha un che di sgradevole. L'espressione cupa non si addolcisce nemmeno quando china la testa per salutare la giudice. Pronuncia il suo nome per la trascrizione degli atti effettuata dalla stenotipista: Hiram Jackdorp, rappresentante del popolo della Marenago County.

«Casper Sabonjian» dice Cap «in rappresentanza speciale dell'accusato, Aaron Housley.»

La giudice è seduta al seggio, rialzato di un buon metro e mezzo, e ha alle spalle la bandiera americana e quella dello Stato:

stranamente è lei a catturare la mia attenzione. Ha superato da un po' i cinquant'anni, ha un viso tondo e gradevole, il naso a punta e i capelli di media lunghezza con la riga di lato. Il mio primo pensiero è che la conosco. Ma dove l'ho incontrata? Ormai la mia unità di elaborazione centrale gira più a rilento, anche se a volte mi piace credere che sia solo per via del numero maggiore di persone da ricordare. Tra le nebbie del tempo, però, emerge un'impressione molto positiva sulla giudice, quella di una brava avvocata e di una brava persona.

«Che significa "rappresentanza speciale"?» sussurra Bea.

«In sostanza che Cap è qui solo per questa udienza. Non è ancora stato assunto.» Per un caso di omicidio, Cap chiederà una somma sostanziosa per rappresentare Aaron. Bea non mi ha ancora chiesto quali costi ci aspettano, e nemmeno io ci ho riflettuto, ma per lei e Lloyd saranno enormi, più che sufficienti a mandarli sul lastrico. Mi offrirò di contribuire, come ho fatto l'ultima volta che Aaron si è messo nei guai, e stavolta per loro sarà più difficile dire di no.

Cap è un avvocato in gamba e assume il controllo del procedimento. Una prima comparizione serve a informare l'imputato delle accuse contro di lui e a decidere sulla cauzione. Cap, però, dice che la dichiarazione giurata è ridicolmente conclusiva, con molti, presunti risultati dell'autopsia che lasciano aperte diverse domande. Inoltre il documento non cita l'assunzione di droghe da parte di Mae – fatto risaputo – e il ruolo che hanno avuto nella sua morte. Di conseguenza, Cap chiede che l'udienza per accertare la sussistenza di un fondato motivo per procedere, cui Aaron ha diritto per legge, abbia subito inizio. Il procuratore scuote stancamente la testa grigia e rammenta alla giudice che quella stessa legge concede all'accusa dieci giorni di preparazione. La giudice acconsente.

Anche Cap lo sapeva e senza dubbio si rende conto come me che l'udienza, che darebbe a Aaron la prima possibilità di valutare le prove contro di lui, non avrà mai luogo. Il procuratore chiederà al gran giurì di emettere nei prossimi giorni un'accusa formale che, agli occhi della legge, è sufficiente come determinazione di un fondato motivo per procedere contro Aaron.

Cap, tuttavia, sfrutta l'attacco alla dichiarazione giurata per supportare la sua richiesta al giudice di fissare una cauzione ragionevole. Il ragazzo, suggerisce, viene trattenuto basandosi su prove poco solide, e se non è possibile ottenere un'udienza probatoria immediata, la giudice dovrebbe almeno concedergli la libertà provvisoria. Indica noi tra il pubblico e dice che la famiglia farà tutto il possibile per assistere l'imputato a raccogliere il denaro necessario.

Jackdorp, il procuratore, risponde: «Giudice, non conosco il qui presente signor Sabonjian, ma penso abbia un secondo lavoro come comico. L'imputato è in libertà vigilata nella Skageon County dopo la condanna di diciotto mesi fa per il reato di possesso di quantità di sostanze stupefacenti superiori a quelle per uso personale. Una delle condizioni per la libertà vigilata è che non dovrebbe uscire dalla contea, ma è stato arrestato qui. All'epoca dell'arresto precedente era in uno stato di pericolosa alterazione e quindi in quel caso, con la condanna, gli è stata sospesa la patente. È chiaro però che ha guidato lui da casa del nonno fino a Ginawaban. Quindi l'idea che questa corte possa imporre condizioni cui l'imputato dovrebbe obbedire... giudice, direi che la storia la dice lunga. E questo solo per cominciare. È sparito da casa sua non appena ha saputo del rinvenimento del corpo della defunta. Ed è stato arrestato proprio sul luogo dove sono stati recuperati i resti. Non ci vuole molto, giudice, per concludere che è arrivato qui per ripulire la scena del delitto prima che qualcuno si rendesse conto che di questo si trattava, della scena di un crimine e non del luogo di un incidente come ipotizzato inizialmente dagli investigatori. Quindi l'imputato sembra anche essere a rischio di fuga e con buone probabilità intenzionato a ostacolare la giustizia.

«E, affinché nessuno lo dimentichi, è accusato di omicidio di primo grado, reato che comporta una forte presunzione che potrebbe mettere in pericolo altre persone della comunità.»

Il procuratore ha efficacemente dimostrato perché la richiesta di cauzione debba essere respinta, ma Cap non molla, e sono colpito dalla pazienza della giudice che lo lascia parlare fino in fondo. Adesso mi è venuto in mente dove l'ho conosciuta. Eravamo insieme in una commissione creata dalla Corte suprema dello Stato circa vent'anni fa per discutere le implicazioni legali di una proposta per eliminare la pena di morte, che all'epoca stava raccogliendo consensi nel corpo legislativo statale prima dell'approvazione finale. Io ero presidente della Corte d'appello nella Kindle County e lei, se ben ricordo, difensora d'ufficio qui, anche se in precedenza era stata viceprocuratrice. Anche considerando il pomeriggio che avevo trascorso accanto a lei e un paio di telefonate preparatorie, la nostra conoscenza era durata solo per poche ore, quindi è quasi inesistente, però mi aveva dato l'impressione di essere un'eccellente avvocata e una persona di buon carattere: acuta, spiritosa, molto intelligente e davvero sensibile. Negando la cauzione, si riferisce alla questione come al "mio processo" e concede a Cap di risollevare la questione in futuro, se giustificata. Capisco che qui nella Marenago County la Corte superiore segue l'approccio "Preso, tocca a te" per assegnare i casi penali, ovvero il giudice scelto a caso per la prima comparizione presiede il processo fino alla fine. Se ho ben interpretato, è la prima cosa buona successa a Aaron negli ultimi giorni. È improbabile che Wendy Carrington possa cambiarne sostanzialmente l'esito, ma fino ad allora Aaron verrà trattato con correttezza.

La giudice decide poi di fissare l'udienza per verificare la sussistenza di un fondato motivo per procedere una settimana più tardi, anche se tutti sanno che quasi di certo non ci sarà, e con questo batte il martelletto e si ritira. Aaron viene portato via dall'aula da un addetto alla sicurezza, con Bea che resta in piedi, la mano alzata futilmente verso suo figlio.

Nel frattempo Cap ci ha raggiunti. Dice che Aaron potrà ricevere visite in prigione fino alle cinque, un grosso sollievo per Bea. Ma prima di tutto ci vuole parlare e suggerisce una tavola calda sull'altro lato della strada. Immagino voglia discutere del suo acconto. Joe, invece, deve andare all'ufficio dello sceriffo, accanto alla prigione, per capire che fine ha fatto il suo pick-up.

Il The Lamp è il classico locale americano, con séparé di finta pelle rossa e lampadari ricavati da ruote di carro che emanano una luce fortissima. Non si deve mangiare male perché è affollato da quelli che sembrano uomini d'affari locali – negozianti, agenti d'assicurazione e immobiliari – che stanno terminando di pranzare. Il forte brusio delle conversazioni ci permette una certa privacy, e Cap si china sul tavolo per farsi sentire.

Rispondendo alle domande di Bea, dice che – come vedremo – Aaron non se la cava male. È sconcertato, ci spiega Cap, e afferma recisamente la propria innocenza. Questa parte dà un notevole sollievo a Bea, mentre Cap e io sappiamo che, a questo stadio, molti degli accusati non dicono altro.

Poi Cap cambia argomento.

«Sentite, non so come dirlo, quindi la sparo così e basta. Non posso andare oltre con questo caso, vi serve un altro avvocato. Se non fosse stato per i precedenti rapporti con Aaron e con voi, non sarei neppure venuto qui oggi.»

È un fulmine a ciel sereno: Cap non aveva accennato a niente di simile quando gli avevo parlato stamattina. Bea chiede piano: «Perché?».

«Per diversi motivi. Ho cercato di concentrare la mia pratica nella zona di Como Stop in modo da non dovermi spostare in tutto lo Stato: la mia schiena non lo sopporta. Ma la cosa più importante è che non ho mai affrontato un processo per omicidio in tutta la mia carriera. Anni fa avevo rappresentato quel ragazzo, Slutsky, che aveva ucciso entrambi i genitori, però in quel caso, e nei pochi altri di omicidio di primo grado che mi sono capitati, si è trattato soprattutto di lunghe trattative per l'ammissione di colpevolezza. Se Aaron resta irremovibile e va a processo, avrete bisogno di qualcuno che abbia già affrontato qualcosa di simile, abbia controinterrogato patologi e tutto il resto. E non vorreste che il vostro ragazzo mi facesse da nave scuola.»

Dall'atteggiamento di Cap, dalla velocità con cui sta parlando e dal fatto che sta facendo del suo meglio per non guardarci, è chiaro che si sente in colpa. Le motivazioni che ha addotto, soprattutto la cruciale mancanza di esperienza processuale, a prima vista sembrano valide giustificazioni alla sua decisione, il che mi porta a concludere che esiste un altro fattore che lui ritiene alquanto imbarazzante.

«Si tratta di Hardy, vero?»

Cap ha un lieve sussulto, come se l'avessi punto con uno spillo, ma dopo un istante annuisce.

«Come ho detto, voglio lavorare soprattutto nella Skageon County, e devo avere un rapporto ragionevolmente buono con il procuratore. Conosciamo tutti Hardy. Se io difendessi la persona che secondo lui ha ucciso sua figlia, ce l'avrà con me per sempre. Qualcuno di qui non avrebbe lo stesso problema.»

Chiedo a Cap se ha dei nomi da suggerirci, e lui promette di mettersi subito all'opera domani mattina.

Capisco che Bea è sotto shock – negli ultimi tre giorni ha avuto solo pessime notizie – e restiamo con Cap ancora qualche minuto, poi usiamo come scusa gli orari della prigione per andarcene. Usciamo dal Lamp e ci fermiamo sull'angolo lì fuori. Si è alzato un vento freddo, precursore della pioggia che secondo Joe arriverà a concludere le ultime due settimane di tempo secco e caldo, e i capelli di Bea si alzano sul collo come una tenda nella brezza. Chiude fino alla gola la cerniera del piumino smanicato.

«Credevo che i difensori accettassero tutti i casi, anche quelli che potrebbero renderli impopolari» dice.

«Non illuderti, Bea. Devono guadagnarsi da vivere come tutti gli altri. Ma non è quello il punto: se Cap non ha mai affrontato un caso di omicidio, non sarebbe comunque l'avvocato giusto.»

«Bene, e come troviamo un altro avvocato? Non certo aprendo la guida del telefono per cercare alla voce "omicidio".»

Mi metto a ridere, anche se non so se intendesse fare una battuta.

«Conosco ancora metà degli avvocati di questo Stato» le dico. «Nella Kindle County ce ne sono più di una decina che mi vengono in mente così, su due piedi, e che sono fantastici.» Tengo per me il fatto che chiunque abbia una certa patina urbana quassù non se la giocherebbe bene: il disprezzo che i residenti delle zone rurali provano nei confronti della città si è inasprito nei decenni in cui ho vissuto nella Skageon County. Persino Sandy Stern, che mi ha assistito ed è probabilmente il miglior difensore che abbia mai visto in azione, non verrebbe accolto bene qui con il suo accento spagnolo. E comunque è in pensione da tempo.

Per ora appoggio la mano di Bea sul mio braccio e ci dirigiamo verso la prigione a un paio di isolati da qui.

«Ti prometto che troveremo un grande avvocato.»

18
Carcere

L'atteggiamento dell'opinione pubblica verso il crimine e i criminali è quello che è, dunque le prigioni non sono pensate per essere confortevoli o accoglienti. Proprio per questo, nella sua severità il Correctional Center della Marenago County si potrebbe considerare un successo architettonico. Su una scala al cui gradino più basso ci sono gli inferni urbani come la prigione della Kindle County per come l'ho vissuta io durante le mie visite iniziate alla fine degli anni Settanta, Marenago sembra superiore alla media. Occupa la metà posteriore di una struttura a blocchi di calcestruzzo condivisa con l'ufficio di Portage dello sceriffo della contea e, in maniera per certi versi assurda, si trova nel bel mezzo di un isolato residenziale di graziose case di legno bianco.

Aspettiamo Aaron nell'atrio imbiancato a calce su una panca di legno senza schienale che probabilmente è qui da decenni. Accanto a noi ci sono gli armadietti di metallo marrone dove io ho messo telefono e portafoglio e Bea la borsetta.

La guardia carceraria che funge anche da receptionist, una ragazza con i capelli raccolti in un'acconciatura severa, è seduta dietro un vetro antiproiettile e lì accanto c'è un metal detector ad arco. Lei sta esaminando dei documenti e, di tanto in tanto, risponde al telefono. Un paio di chiamate suscitano un sorriso gioioso che sembra quasi incongruo nel suo atteggiamento rigido. Quando siamo arrivati, ci ha chiesto di che natura fossero i nostri rapporti con il detenuto per decidere il luogo della nostra visita a Aaron. Quando Bea ha risposto, le ha lanciato un'occhiata penetrante. Ho sospettato subito che cercasse di capire cosa avesse sbagliato Bea per crescere un assassino.

Dopo circa dieci minuti, chiama ad alta voce «Aaron Housley», anche se in sala d'attesa ci siamo solo noi, e si alza in piedi facendo cenno di andare verso il metal detector. La targhetta sulla camicia dell'uniforme dice che si chiama Crawford.

Attraverso per primo il metal detector, lei mi palpa rapidamente per controllare che non abbia niente addosso e fa lo stesso con Bea. Poi parla in una radio che ha alla cintura, e la doppia porta d'acciaio davanti a noi si apre con un ronzio. Entriamo in uno squallido corridoio tipico di questi istituti, una specie di galleria bianca del tutto priva di decorazioni alle pareti: niente foto, cornici o grafiche. Fuori sento gridare, e ci metto un istante a rendermi conto che alcuni detenuti stanno giocando a basket in un cortile interno che funge da spazio per fare movimento.

Crawford usa una delle innumerevoli chiavi che tintinnano alla sua cintura e apre un'altra porta d'acciaio facendoci cenno di entrare. È la mensa dei detenuti. Aaron è seduto sul lato opposto di un lungo tavolo d'acciaio e fa un gran sorriso quando ci vede. In questo senso lo aiuta essere già stato in carcere: non vedo segni del terrore paralizzante che aveva colto me nei primi giorni di prigionia.

«Lo posso abbracciare?» chiede Bea a Crawford.

«No, signora» risponde. «Nessun contatto. Quando si siede gli può toccare la mano per un istante, ma non di più.»

Aaron non si può alzare per salutare sua madre perché la catena che collega le manette e i ceppi alle gambe è stata fissata a un robusto anello di ferro cementato a terra. Bea e io ci sediamo sulla panca d'acciaio di fronte a quella di Aaron.

«Mamma» sussurra lui quando Bea gli prende la mano.

La guardia carceraria dice subito «Basta» e Bea la ritira con un cenno della testa che mi suscita un sentimento di compassione per lei. Adesso anche l'amore di una madre è sotto il controllo dello Stato.

«Non sono stato io, mamma» dice allora Aaron ancor prima che Bea si sia slacciata il piumino. «È semplicemente assurdo.»

In questo momento vorrei tanto avere più esperienza come avvocato difensore. Nei casi che ho trattato, solo la donna che aveva sottratto denaro al suo capo affermava di essere innocente, per via del suo lavoro di contabile, ma non ci credeva nemmeno lei. Ogni volta che negava la propria responsabilità, sviluppava una sorta di rigor mortis da viva, a parte lo sguardo che guizzava tutto intorno. Non ho mai rappresentato uno dei truffatori di alto profilo che avevo perseguito e che, pensando prima o poi di essere scoperti, si erano preparati. Voglio disperatamente credere a Aaron, e so che la pensa così anche Bea. Ma ricordo anche i mesi dopo il suo primo arresto, quando negava con costanza e decisione di assumere stupefacenti, dichiarazioni che ben presto si erano rivelate del tutto fasulle.

Che la sua affermazione di adesso sia vera o meno, alzo una mano per avvisare Aaron di non fare altri commenti sul suo caso. Crawford è uscita, ma un'altra guardia carceraria, un tizio alto e biondo con i capelli corti da militare, è in piedi accanto a una porta metallica sul retro con le mani dietro la schiena e fissa il vuoto. Spiego che qualsiasi cosa le guardie gli sentono dire potrebbe essere usata contro di lui: solo gli incontri con il suo avvocato sono realmente riservati.

Questo significa che Bea non può porre al figlio le mille domande che le ribollono dentro e minacciano di sopraffarla. Ma cosa credevi di fare scappando così? Che ci facevi a Ginawaban? Come mai ti hanno arrestato qui? Cos'è la faccenda della corda? Sono io, invece, che chiedo a Aaron com'è questo carcere, e mi risponde che non è male. Dice di avere una cella tutta sua ed è sicuro che non arriverà nessun altro perché c'è una sola branda di acciaio fissata al muro, quella dove ha steso le coperte. C'è una sala comune con il televisore, dove i detenuti dicono che nei fine settimana hanno il permesso di guardare il football per un paio d'ore. In tutto le celle sono ventidue, ma attualmente solo sedici sono occupate. Stando a Aaron, sette o otto detenuti sono qui per non aver pagato gli alimenti ai figli, o per ripetuti episodi di guida in stato di ebbrezza che hanno impedito loro di uscire su cauzione. Un tizio, un ladro di professione che è dentro per effrazione in un magazzino di alimentari, ammette di essere stato in varie prigioni e sostiene che Marenago è probabilmente la migliore. Il cibo è decente, senza vermi come avveniva di tanto in tanto quando era in carcere in Michigan: molte patate, ma c'è di peggio. L'unica sua lamentela, condivisa da un paio di altri uomini, è che i locali sono piuttosto freddi in inverno: a quanto pare, nella Marenago County l'impegno a risparmiare combustibili fossili comincia dalla prigione.

Dobbiamo dire a Aaron di Cap, e lui accoglie la notizia scrollando le spalle con un'aria da vittima rassegnata, un atteggiamento che istintivamente mi innervosisce, come se pensasse: "Ovvio che il mio avvocato mi abbandona. Povero me, non me ne va mai una dritta".

«Be', e chi sarà il mio avvocato?» chiede.

Ripeto esattamente ciò che ho detto a Bea, ovvero che conosco ancora moltissimi avvocati nello Stato e che ne troveremo uno straordinario.

«Non nero» commenta lui, una dichiarazione scioccante per Bea e per me. Per un istante, nessuno di noi due riesce a rispondere. «Rusty, so che ci sono un sacco di penalisti neri di gran livello» aggiunge Aaron.

«Molti» ribadisco. Sono sempre stato orgoglioso della natura sostanzialmente meritocratica degli avvocati processuali, dove i clienti scelgono in base ai risultati ottenuti e dove gli afroamericani hanno avuto successo, anche se altri settori dell'avvocatura o della società erano loro preclusi. Tornando indietro di decenni, i capi delle organizzazioni criminali, che in quanto a procedimenti penali ne sapevano una più del diavolo, sceglievano invariabilmente per rappresentarli Sherm Crowthers, un avvocato nero. Sherm era senza dubbio il miglior penalista della Kindle County quando io ero agli inizi della carriera, in particolare per il genere di crimini violenti che venivano trattati dalla Corte superiore, anche se ben presto Sandy Stern aveva oscurato la sua stella nei casi dei colletti bianchi. Alla fine Sherm era diventato giudice e, col tempo, era finito in un penitenziario federale per aver preso mazzette ed era morto di cancro senza mai tornare in libertà.

«Io qui sono l'unico nero» dice Aaron. «Nella mia cella ho una piccola finestra e, giuro su Dio, non ho mai visto passare in strada un solo nero. Insomma, questo è un posto di *bianchi*. Se due afroamericani dovessero guardare in aula verso la giuria, credo che non avrei nemmeno una possibilità.»

Non considero Aaron una persona particolarmente saggia o abile nella strategia, anzi la sua ingenuità spesso mi fa tenerezza, però ha vissuto a sufficienza per capire di essere nero, e devo ammettere che su questo punto ha ragione. Certo, non tutti i membri di una giuria di qui odierebbero Aaron a prima vista, ma ne basterebbero uno o due su dodici e il processo comincerebbe già senza possibilità di assoluzione.

«E comunque quanto costerà l'avvocato?» chiede Aaron.

Stranamente è il primo membro della sua famiglia a sollevare il problema. Da quando abbiamo salutato Cap, mi sono reso conto che esiste un'altra alternativa. Nella Kindle County i difensori più esperti nei casi di omicidio sono quelli d'ufficio, in attività o meno. Avendo ventidue anni, Aaron è un'entità indipendente ed è abbastanza squattrinato da potersi definire indigente, quindi ha i requisiti per ottenere il patrocinio gratuito. Non so niente dei difensori d'ufficio di qui, ma scommetterei qualche dollaro che gli omicidi sono rari, ovvero che quegli avvocati non hanno maggiore esperienza di Cap nel trattare un caso come quello di Aaron.

Alla fine abbandoniamo l'argomento e passiamo ad altre domande di Aaron, alle quali non è più facile rispondere e che, alla fine, dovranno essere rivolte al suo avvocato. Può scrivere una lettera di condoglianze ai Potter? Qualcuno ha detto a Gert dove si trova al momento e, nel caso, che cosa succede adesso? Col passare dei minuti capisco che Aaron si illude che le sue condizioni attuali siano simili al periodo in cui era rinchiuso nella Skageon County: ci potrebbe volere un certo tempo per risolvere la situazione, però uscirà. Non sembra rendersi conto che rischia di restare in carcere per tutta la vita. Adesso che Bea è con suo figlio, anche lei è fiduciosa. Credo stia recitando soprattutto per Aaron, ma ho anche il sospetto che vederlo incolume, come quando se n'era andato da casa quattro giorni fa, la faccia sentire più ottimista. Resta solare per tutto il tempo che passiamo con Aaron, e negli ultimi minuti gli racconta storielle divertenti sui bambini della sua scuola.

Quando usciamo, troviamo Joe in sala d'attesa. Bea e io decidiamo di fare due passi per dargli il tempo di vedere suo nipote, quindi usciamo dal carcere e ci avviamo verso il centro. Portage è stata costruita sulla lingua di terra fra il Marenago River e Sly Creek, una delle sorgenti dello Skageon River che serpeggia per chilometri, non più largo di un fossato, ma abbastanza profondo per un'ottima pesca, comprese le trote in primavera.

Prendo mentalmente nota che potrebbe essere un buon posto dove portare le mie nipoti nella prossima stagione per pescare da riva, dato che Briony, la più piccola, è ancora un pericolo con lenza e amo negli spazi ridotti della mia barca.

Oltre un secolo fa, queste città fluviali prosperavano grazie alle industrie legate al taglio e al trasporto del legname, che avveniva centosessanta chilometri a nord. Quell'epoca di prosperità è ancora evidente nei vecchi edifici di mattoni. Allora l'azienda più grande di Portage era una fonderia lungo il Marenago, dove costruivano macchinari per la produzione della carta. Oggi la fabbrica, con i mattoni a vista e i tetti triangolari che somigliano a una fila di incisivi, è stata convertita in appartamenti e piccole gallerie d'arte lungo il fiume. Purtroppo il rinnovamento di Portage si è fermato qui. Lungo la strada principale – una serie di strutture a due o tre piani con la facciata piatta di mattoni rossi e marroni, che un tempo ospitavano negozi al pianterreno e uffici a quelli superiori – adesso sono esposti molti cartelli "Affittasi". Portage resta tuttora il capoluogo della contea, di conseguenza attira alcune attività, soprattutto studi di avvocati, e un commercio limitato che oggi serve per lo più le fattorie circostanti. La principale fonte di impiego è una rappresentanza di trattori e pezzi di ricambio, la XYZ Supply, che si trova sull'altro lato della città in un orribile prefabbricato di metallo con il tetto di lamiera corrugata e lucida.

A un isolato dalla prigione c'è un piccolo e grazioso parco, e in attesa di Joe ci sediamo su una panchina. Dopo la visita a Aaron, Bea è nuovamente crollata e sta cercando di assimilare il colpo di aver visto il figlio seduto in catene. Per qualche minuto restiamo in silenzio: questa giornata ci ha lasciato molte cose da rielaborare.

All'improvviso Bea mi dice: «Sai chi dovrebbe essere l'avvocato di Aaron?».

«Chi?»

«Tu» risponde.

Mi faccio una grossa risata.

«Una pessima idea.»

«Perché?»

«Per mille motivi: nessuno avvocato degno di tale nome rappresenta un membro della famiglia. Non avrei mai il distacco professionale che serve per dare un parere oggettivo. E questo è un problema. Poi non ho la formazione giusta: mi sono occupato di un solo processo come difensore, ed era per appropriazione indebita, non per omicidio. E stiamo parlando di più di dieci anni fa.»

«Ma di quanti casi di omicidio ti sei occupato da procuratore? O quanti ne hai presieduti come giudice?»

«Non è la stessa cosa, Bea, i ruoli sono diversi. Credi che un arbitro della NBA sia in grado di fare un tiro da tre punti solo perché sul parquet ne ha visti a migliaia? Il controinterrogatorio, che è il momento in cui un difensore deve brillare, è un'abilità che devi praticare per rimanere incisivo. Fare il difensore in un caso di omicidio è come eseguire un'operazione al cervello. Ti piacerebbe che qualcuno si gingillasse con il cervello di Aaron senza averlo mai fatto prima e senza essere entrato per anni in una sala operatoria? Io non sono qualificato.»

«Sai quali sono le tue qualifiche? Capisci cosa significa essere accusato di un omicidio che non hai commesso.»

Quando un avvocato si identifica troppo con il suo cliente è un problema, non una virtù. Sorvolo comunque su questo punto, visto che il suo suggerimento presenta molte falle.

«Inoltre, Bea, la giudice o il procuratore, o entrambi, probabilmente si opporrebbero. Sono troppo vicino alla situazione e potrei persino essere un testimone.»

«Che genere di testimone?»

La prima cosa che mi viene in mente sono i particolari che non ho mai raccontato di quello che Aaron stava bruciando la notte in cui era tornato.

Ci sto pensando quando Bea aggiunge: «E giudice e procuratore scelgono l'avvocato difensore?».

No, in questo ha ragione. La scelta dell'avvocato da parte dell'imputato è un diritto costituzionale, ammesso che vengano rispettate certe regole. Ma in linea di massima è chiaro che Bea ha torto. Chiudo gli occhi e respiro fino a quando riesco a dare un nome ai timori che mi hanno sopraffatto appena ho capito quale fosse la sua idea: si tratta di una specie di pensiero magico. In me ha trovato una persona che risponde a tante delle sue esigenze emotive, quindi qualche corto circuito nel suo cuore l'ha illusa che io possa anche prevenire quella che si sta delineando come la peggiore esperienza della sua vita. E, ovviamente, io non posso. Fallirei e non ci riprenderemmo mai dalla sua delusione. Cerco di spiegarglielo.

«Bea, c'è un altro motivo per non prendere nemmeno in considerazione la cosa: finirebbe per separarci. Io smetterei di essere l'uomo che ti ama e diventerei quello che ha mandato tuo figlio in prigione.»

«Pensa a quanto ti amerei di più se vincessi» risponde, ma non riesce a restare imperturbabile a lungo. Il suo sorriso, benché fuggevole, è un sollievo per me, un segno che, dopo una breve discussione, si rende conto di aver fatto una proposta ridicola. Eppure subito dopo torna alla carica.

«Rusty, pensaci» mi dice mentre ci avviamo per tornare alla prigione, abbracciati come due liceali. «Promettimi che ci penserai.»

Scuoto di nuovo la testa, ma non le rispondo sapendo che sarebbe inutile.

Quando arriviamo, Joe è appena uscito dalla porta di ferro che porta al blocco delle celle e ha il viso bagnato di lacrime. Non l'ho mai visto piangere, nemmeno dopo la diagnosi di cancro, e la cosa mi strazia il cuore.

«Davanti al ragazzo non potevo» dice Joe «ma per tutto il tempo non ho fatto che pensare: "Dio, perché mi hai lasciato vivere per vedere questo?".»

Quando Aaron era finito in prigione dopo l'arresto a Como Stop che si era concluso con la condanna, Joe si era comportato in modo più composto, ma considera le droghe una vera piaga, soprattutto dopo aver visto come avevano ridotto alcuni commilitoni in Vietnam. E soprattutto sapeva benissimo che Aaron era colpevole, e probabilmente pensava – come molti altri – che un soggiorno in carcere gli avrebbe inculcato un po' di buon senso: a dire il vero, è proprio quello che sembrava essere successo fino a qualche tempo fa. Qui però l'accusa è di omicidio, e si tratta di ergastolo, si tratta della vita di Aaron per un reato che, d'istinto, Joe è certo che il nipote non abbia commesso.

«Dobbiamo tirarlo fuori» dice.

Bea e io non sappiamo rispondergli.

«Sentite un po'» prosegue. «Che ne direste se dichiarassi di averla uccisa io e mi facessi processare?»

Bea apre la bocca e lo sguardo duro che di solito riserva a suo padre si trasforma all'istante in qualcosa di simile all'adorazione.

«A dire il vero stavo pensando di fare altrettanto» dichiara.

"È semplicemente assurdo": a quanto pare, le parole con cui Aaron ha descritto le accuse sono diventate una specie di mantra ed è chiaro che la situazione disperata sta facendo venire a entrambi idee assurde: prima io come difensore di Aaron, e adesso questa.

«Con queste storie» dico loro «tutto quello che otterreste è una cella ciascuno accanto a quella di Aaron. La madre dell'imputato? Quale genitore non direbbe: "Processate me?". E il nonno con un cancro terminale? Già immagino il procuratore: "Cos'ha da perdere addossandosi la colpa?".»

«È questo il punto» risponde Joe. «Non potrebbero farmi niente che Dio non farà abbastanza presto.»

A differenza di altri membri della sua famiglia, la fede di Joe è puramente utilitaristica: pensa a Dio solo quando gli serve.

«No, il punto è questo, Joe. Jackdorp morirebbe dal ridere.»

«Lo farei comunque» ripete lui.

«E nessuno ti crederebbe. Un uomo di ottantaquattro anni che cammina con un bastone strangola una ragazza in perfetta forma, venti centimetri più alta di lui e addestrata nelle arti marziali? La stessa osservazione vale per entrambi. Con la vostra altezza» Bea non supera il metro e sessanta, e ormai deve essere un paio di centimetri più alta di suo padre «vi sarebbe servita una scala solo per metterle una corda al collo.»

«Credimi» replica Bea «se dicessi quello che stava facendo passare a mio figlio, potrei essere più convincente di quel che pensi.»

«E in che modo l'avreste trovata per ucciderla a Ginawaban o altrove? Nessuno di loro, né lei né Aaron, rispondeva al telefono.»

Bea non ribatte, e vedo che sta piangendo lacrime di frustrazione. Per un istante, un istante di pazzia, ha creduto che esistesse una via d'uscita da quella cella.

«Be', mi ha chiamato lei» dice Joe.

«È andata così?» chiedo. «Aaron aveva il telefono di Mae, che dimostrerà come lei non ti abbia contattato. Sono commosso. Da entrambi. E al momento giusto, Aaron dovrebbe sapere che tutti e due lo amate al punto da essere disposti persino a questo. Per lui sarà molto importante. Ma sono certo che migliaia di genitori in questa situazione abbiano avuto lo stesso istinto. E c'è un motivo per cui non capita mai.»

Lloyd entra nell'atrio e ci salva dalla discussione. Alto un metro e novantacinque, negli ultimi tempi è diventato un omone di oltre centotrenta chili. Da giovane era un eccellente giocatore di linea nel football, massiccio e insolitamente robusto. Ricordo che, la prima volta che l'ho incontrato, ero rimasto colpito dalle sue mani: quando si era presentato a sistemare la mia caldaia che si era guastata in piena notte, avevo notato che le sue dita erano letteralmente il doppio delle mie, ma maneggiava le minuscole viti con straordinaria destrezza. Lloyd mi piace. Ha la tranquilla sicurezza degli uomini grandi e grossi che approcciano quasi tutte le interazioni umane senza alcuna paura. Parla in maniera pacata e gentile, proprio come lo ricorda Bea alle superiori.

Lei si fa avanti e lo abbraccia. Non ho mai visto alcun gesto di tenerezza tra loro. Provano un reciproco rispetto, da bravi ex, ma Bea ha ragione nel dire che nessun altro provi la stessa angoscia di loro due.

Come tanti titolari di azienda di oggi, Lloyd ha poco personale qualificato e non è riuscito a liberare la sua agenda con un preavviso così breve per partecipare all'udienza di comparizione, ma è venuto il più rapidamente possibile quando Bea gli ha detto che le visite erano consentite. Lo aggiorniamo su tutto e, quando sente di Cap, chiede: «Ma Aaron non ha diritto a un avvocato d'ufficio?». A mio parere ciò significa che ha già discusso il potenziale costo di una difesa e Camille ha protestato: non avrebbe sacrificato la possibilità delle sue figlie di andare al college per un drogato e un assassino.

È un brutto presagio. L'enormità dell'accusa ribalterà tutte le nostre vite, scombussolerà tutti i rapporti. Le simpatie del sistema giudiziario vanno sempre alle famiglie delle vittime di omicidio, però si tratta di un'esperienza altrettanto pesante, se non peggiore, per chi vuole bene all'accusato. Come la guardia carceraria che oggi ha lanciato a Bea una lunga occhiata, tutti tendono a presumere che partner, figli e genitori dell'imputato meritino quelle sofferenze. E in effetti finiscono distrutti dal peso combinato del disprezzo e della perdita. Io conosco bene tutto questo, vi ho assistito centinaia di volte – due delle quali da vicino –, ma è come la locomotiva che corre inesorabile verso di te in un incubo. Per la prima volta, provo una sensazione di vuoto che riconosco come il primo segnale della disperazione.

19
L'avvocato di Aaron

3-6 ottobre

Passo tutto il martedì alla ricerca di un bravo avvocato per Aaron.

Comincio da Cap che, a quanto afferma, sta tastando il terreno. Quando gli dico chi vorrebbe Bea, ha la mia stessa reazione: scoppia a ridere.

«Be', il prezzo sarebbe equo» commenta non appena finito di ridacchiare. «E non è un'idea del tutto campata per aria. Nessuno dimentica come sostenere una causa in tribunale.»

Sotto un certo aspetto Cap ha ragione. Le esperienze processuali sono incise dentro di me come un marchio a fuoco. Di tanto in tanto, in sogno, mi ritrovo ad alzarmi in piedi per fare un'obiezione. Penso di essere stato un bravo procuratore: solido, competente e sempre ben preparato. Eppure non mi illudo che il mio successo in quel ruolo si rifletterebbe sull'altro lato dell'aula, soprattutto alla luce del mio unico tentativo di dieci anni fa. Agli occhi di quasi ogni giuria, i procuratori – dipendenti pubblici che non hanno nulla da guadagnare con false accuse – cominciano dicendo la verità. A me, però, mancava il carisma innato di un Sandy Stern, quella dote che aiuta i migliori difensori a superare il naturale vantaggio dell'accusa.

«Sappiamo entrambi che Aaron potrebbe avere molto di meglio» dico a Cap. Lui non dissente, però non è affatto ovvio chi potrebbe incarnare quel ruolo.

Come me, anche Cap ritiene che un avvocato di città partirebbe con il piede sbagliato davanti a una giuria nella Marenago County: tutti si sentirebbero guardati dall'alto in basso a prescindere.

Sarà difficile però trovare un avvocato di provincia con la giusta esperienza. Già nella Skageon County gli omicidi sono relativamente rari, e decisamente insoliti nella Marenago County. L'ultimo processo per omicidio a Portage risale a otto o nove anni fa. Il difensore era l'avvocata d'ufficio, che era riuscita a strappare alla giuria una condanna per omicidio colposo al posto di quella per omicidio di primo grado a cui mirava Jackdorp. E questa è la parte positiva. Quella negativa è che si trattava di Wendy Carrington, la giudice del caso di Aaron che, ovviamente, non è disponibile per lui.

Quanto a Rita Nova, l'attuale difensora d'ufficio, Cap le ha parlato, e lei lo ha pregato in tutti i modi di assumere un avvocato privatamente. Nessuno nell'ufficio di Rita ha mai gestito un processo per omicidio. Inoltre, la contea le ha tagliato il budget per tre anni di seguito, vale a dire che il suo staff è ridotto all'osso. Se lei e i suoi due assistenti dovessero dare al caso di Aaron la priorità necessaria, il suo ufficio si paralizzerebbe.

Dalla rosa dei probabili candidati occorre escludere gli ex viceprocuratori dell'ufficio di Jackdorp: quest'ultimo, infatti, ha promulgato una norma che impedisce a chi ha lavorato come pubblica accusa di accettare incarichi come difensori nei cinque anni successivi alle dimissioni. La ratio etica – e ha senso – è assicurarsi che quegli avvocati non finiscano a trattare casi con i quali hanno avuto qualche contatto da procuratori. Il tempo evita inoltre che i nuovi difensori abbiano a che fare con vice e poliziotti con cui hanno lavorato fianco a fianco. Dopo cinque anni, comunque, quasi tutti i viceprocuratori sono passati al civile o hanno fondato studi in altre contee. Trascorso quel periodo, a Jackdorp non interessa trovarsi in aula i suoi ex vice in casi importanti.

«Perché quando ci sono di mezzo loro diventa sentimentale?» chiedo a un ex viceprocuratore della Marenago County, Tim Blanc, che è disposto a dedicarmi qualche minuto per informarmi. Blanc trova ridicola la mia domanda.

«Perché vuole vincere» risponde.

Dopo trent'anni in carica, Jackdorp è la maggiore potenza politica locale ed è noto per serbare rancore. Per esempio, un ex viceprocuratore – come prima o poi fanno tutti – accarezza l'idea di diventare giudice, ma vanificherebbe questa speranza se si opponesse a lui in un caso come questo.

È chiaro che dovrò gettare una rete più ampia. In settimana Cap ha un'udienza probatoria e ha bisogno di concentrarsi, quindi le ricerche toccheranno solo a me. Mercoledì mattina telefono a una decina di avvocati che conosco in cerca di possibili nomi e alla fine parlo con Sandy Stern. Ritiratosi da più di cinque anni, Stern sta abbastanza bene in una residenza per anziani, anche se è molto addolorato per la morte della compagna che aveva trovato lì. Mi dà il nome di Darren Forester, un avvocato dell'Indiana che mi sembra perfetto quando gli parlo. Forester è un uomo di campagna a tutti gli effetti, ha un timbro decisamente nasale ed è uno di quegli avvocati che dedicano la vita ai loro casi che siano civili, penali o arbitrati, dal morso di un cane all'omicidio. Ma è molto richiesto e il suo compenso orario sarebbe adeguato a New York. Inoltre, la prossima settimana comincerà una causa civile di antitrust che, parole sue, «potrebbe durare per il resto della mia vita». Quando finirà, dovrà occuparsi di tutte le questioni che sarà costretto a ignorare nel frattempo e di conseguenza prevede di non essere disponibile per il processo di Aaron prima di un anno e mezzo. Se Aaron ottenesse la libertà su cauzione, potrebbe anche funzionare, ma se rimanesse dietro le sbarre né lui né la giudice accetterebbero una dilazione così lunga: in posti come Marenago, che non hanno grossi arretrati nel penale, gli imputati in carcere senza cauzione vengono processati rapidamente. Il motivo – che mi vede d'accordo da sempre – è che una persona presunta innocente non dovrebbe subire una lunga detenzione senza un giudizio sulla sua eventuale colpevolezza.

Venerdì comincio a sentirmi sotto pressione. L'udienza preliminare di Aaron è prevista per lunedì, e Cap è riluttante all'idea di presentarsi. Io mi aspetto comunque che lo Stato chieda un'imputazione formale rendendo superfluo il procedimento, ma questo non farà altro che acuire la necessità di trovare un altro avvocato. Dato che l'imputato è in custodia, la giudice Carrington potrebbe fissare la data del processo non appena Aaron comparirà in tribunale per formalizzare la sua dichiarazione di non colpevolezza.

La morte di Mae ha già attirato molta pubblicità, ed è probabile che lo stesso avvenga per il processo. Da qualche parte nel Midwest c'è un bravo avvocato giovane che vorrebbe crearsi una reputazione come difensore accettando questo caso, ma, dopo aver fatto girare la voce a chiunque mi sia venuto in mente, quell'ambizioso avvocato non è ancora apparso.

Accetto con riluttanza l'idea che dovremo prendere qualcuno della Kindle County, quindi telefono a Nat per chiedergli se ha qualche idea su giovani avvocati di lì che io non conosco. Gli spiego la situazione, compreso il fatto che Bea continua a implorarmi di accettare personalmente la difesa.

«E ci stai pensando?» chiede mio figlio.

«Certo che no, Nat!» Gli elenco una per una le varie ragioni per cui la considero una pessima idea per Aaron e per me, compreso il danno incalcolabile che, probabilmente, arrecherebbe al mio rapporto con Bea.

«Lo hai chiesto a Aaron? Se fossi in lui, ti riterrei l'opzione migliore. La vedo come te: lassù per un avvocato di città sarebbe piuttosto difficile, e tu hai più esperienza di omicidi di chiunque altro potrai trovare nelle contee di Skageon o Marenago.»

«Io *sono* un avvocato di città» gli dico.

«No, non più, ormai sei dei boschi. Adesso hai la barba e i capelli.»

«Cosa c'è che non va nei miei capelli?» chiedo. Sto scherzando: so bene che adesso mi arrivano al colletto.

«Hai capito cosa intendo. Tu sai come parlare alla gente di lì, sai cosa non dire e come farti capire. Non credo che sia una pessima idea.»

«Non mi stai aiutando, Nat.» Nel tentativo di formulare un'altra obiezione, e senza esserne convinto, gli faccio notare che assumere questa difesa avrebbe ripercussioni anche in casa sua. Anna, la moglie di Nat, che ha conosciuto quando era la mia assistente legale – altra lunga storia –, ha avuto enorme successo come avvocato civilista di una grossa azienda. È un'ottima madre, però il lavoro aleggia sulla sua vita come un avvoltoio. Le sue trasferte, riprese dopo la pandemia, creano di tanto in tanto la necessità che io vada nella Kindle County per occuparmi delle bambine.

«Ci potremmo organizzare» risponde.

«Non voglio che tu lo debba fare. Ti ho chiamato per avere i nomi di giovani difensori bravi di lì che potrei non conoscere.»

Nat ha parecchie idee, ma io sono troppo in imbarazzo per

dirgli che, per ottime ragioni, Aaron non vuole un avvocato nero (Nat e Anna sono attivamente antirazzisti), e una rapida ricerca online mentre parliamo rivela che almeno la metà di quelli che mi indica lo sono.

Prima di salutarci Nat mi dice: «Papà, il punto più importante è cosa sia meglio per Aaron. Se ti tiri indietro per non danneggiare il tuo rapporto con Bea, forse stai considerando la questione nel modo sbagliato. Se tu dicessi di no e Aaron fosse condannato, avresti comunque un problema, non credi? Intendo dire, ogni volta che Bea andrà in visita a Rudyard» – il carcere di massima sicurezza dello Stato – «non si chiederà forse come sarebbero andate le cose se il tizio più in gamba che conosce avesse accettato il caso?».

«Non sono esattamente il tizio più in gamba che conosce: potrei farti i nomi di una decina di altre persone, te compreso.»

«Hai capito benissimo cosa intendo. Lei ha totale fiducia in te. Quanto al vostro rapporto, non ti ho mai visto così contento. E nemmeno Anna. Penso al fattore Bea, che dice di accettare. Ti sarà sempre grata per aver messo in pausa il resto della tua vita per cercare di salvare Aaron.»

Quando chiudo la telefonata, mi soffermo per un istante sul vortice di emozioni che mi prende: arrabbiato e frustrato, e intimorito dall'enorme responsabilità che mio figlio vuole che accetti. Ma l'ansia merita una valutazione a parte: quanta della mia riluttanza deriva dalla paura di fallire e non dai dubbi sulla mia competenza?

Come ha suggerito Nat, c'è una persona che ha il voto decisivo e, se sono fortunato, può mettere fine a questa discussione. Mi aspettano quindi due ore di viaggio fino a Portage. A Aaron sono consentite le visite ogni pomeriggio, di un'ora ciascuna. Bea, Joe e Lloyd si sono coordinati, quindi mi accerto di non sovrappormi a uno di loro.

Al mio arrivo dico alla guardia Crawford che sono qui in veste di avvocato e le mostro il mio tesserino. Mi fa accomodare in un cubicolo bianco dove, so che sembra improbabile, ci sono dei segnacci neri che salgono per mezza parete e sembrano lasciati da tacchi di scarpe. Il mio primo pensiero è che un difensore abbia lottato mentre il cliente gli bloccava la testa, fino a quando è stato salvato dalle guardie.

Il vantaggio di essermi presentato come avvocato è palese: non solo ci possiamo vedere in privato, ma Aaron arriva senza manette. Considerando il luogo dell'incontro, è sorpreso di vedere me: probabilmente si aspettava Cap.

Una guardia carceraria è fuori dalla porta e, di tanto in tanto, ci osserva da una finestrella.

«Sei venuto per la faccenda dell'avvocato?» mi chiede.

«Sì.»

Gli spiego la proposta di sua madre e alcuni dei motivi per cui sono contrario ad accettare.

«Non posso essere obiettivo, Aaron, come dovrebbe essere il tuo avvocato, non se considero il mio rapporto con te e, naturalmente, con tua madre.»

«Intendi perché le riferirai quello che dico?»

«No!» esclamo convinto. «Né a lei né a nessun altro, Aaron, a meno che tu non me lo chieda esplicitamente.»

«Nemmeno se ti dicessi di essere colpevole?»

Il cuore si ferma un istante, però rispondo: «Soprattutto in questo caso».

«Be' non lo sono» dichiara «quindi non sarebbe un problema.»

Alzo una mano: non voglio discutere i particolari di ciò che è successo, non ancora.

«Non mi interesserebbe, Aaron, questo te lo posso garantire. Lotterei con tutte le mie forze comunque.»

«Ma io sono innocente e non patteggerò mai. Se dovessi diventare il mio avvocato, è meglio che tu lo sappia: voglio un processo.»

È la stessa cosa che Aaron ha detto a Cap, ma si sa che il periodo di reclusione e l'ansia di non conoscere il proprio futuro spesso ammorbidiscono questo genere di determinazione. E la mia esperienza in questo campo attenua ulteriormente la mia disponibilità a credere fino in fondo ai suoi dinieghi. Secondo la logica interiore di gran parte degli imputati, convincere gli altri di essere innocenti è la cosa più simile a esserlo davvero.

«E ci faresti pagare?» chiede.

«Certo che no.»

«Quindi nessuno finirebbe sul lastrico, giusto? Né mia madre né mio padre?»

«Aaron, non dev'essere il denaro a farti decidere. Se troviamo l'avvocato giusto, tra tua madre, tuo padre e me ce la caveremo.»

«Okay» risponde. Picchietta le dita sul tavolino. «Okay, fammici pensare.»

«Prenditi il tuo tempo.» Immagino che intenda rifletterci nel fine settimana, ma non appena mi alzo dice: «Mi piace, va bene».

Stupito, mi ritrovo a chiedergli: «Posso chiederti perché?».

«Per rispetto. Tu sei fantastico con il diritto, lo sanno tutti. È quello che avevano detto a Mae suo padre e suo nonno. Poi mi fido di te, Rusty. La metà dei tizi che sono dentro, quando ero nella Skageon County e adesso qui, odia i propri avvocati anche più delle guardie carcerarie o dei procuratori. Gli avvocati li obbligano a racimolare soldi che non hanno – sai, diecimila dollari – e, non appena glieli danno, dicono: "Dichiarati colpevole". Per quelli che si trovano qui è una vera truffa.»

Nat si conferma più in gamba di me: ha intuito correttamente il probabile punto di vista di Aaron.

«Be', c'è anche altro» gli dico. «E mi devo ancora convincere.»

Aaron indietreggia appena. «Non togliermi il tappeto da sotto i piedi. Vieni fino a qui per chiedermelo e poi dici che non lo farai comunque?»

Gli sorrido: un punto per lui.

«Anche la giudice e il procuratore devono accettare, Aaron, la giudice in particolare. Se sono d'accordo, la giudice ti dovrà ascoltare in aula, quindi non potrai fare retromarcia e dire che non avevi capito in cosa ti stessi impegnando scegliendo me.»

«Devo dirle che sei stonato quando canticchi in casa?»

L'umorismo di Aaron è come un sicario in agguato che attacca senza preavviso. E non accompagna la domanda con un sorriso. Lancio una rapida occhiata alla porta e, dopo aver verificato che la guardia non sia nelle vicinanze, mi avvicino e stringo Aaron in un abbraccio, il che peraltro dimostra chiaramente perché non dovrei accettare questo incarico.

Quando esco, torno al parco dove mi ero seduto con Bea. È una bella giornata e si iniziano a sentire i primi freddi. Anche in tempi di riscaldamento globale, è probabile che quassù la prima neve arrivi fra non più di un mese. Indosso un cappotto di lana, ma cerco in tasca lo scaldacollo. I venti stagionali stanno cominciando a spogliare gli alberi delle foglie e le nuvole hanno già quella tonalità di grigio che durerà per mesi.

Ogni volta che ci rifletto, ho le vertigini al pensiero di tutto quello che può andare storto, ma c'è una verità alla quale torno sempre: amo Beatrix Mena. Bea ha creato una zona di pace al centro della mia vita. La amo e sono troppo vecchio per ricominciare o sperare di creare un'altra storia come questa. Sono disperato all'idea di perderla, cosa che probabilmente succederà per i molti motivi che già ho immaginato. Ma Nat ha ragione: se accetto sarò nei guai, però se non accetto anche di più.

Allora lo farò? Forse. Non voglio ancora rispondere con certezza, ma ammetto di aver appena considerato di poter dire di sì.

Il tribunale della Marenago County è uno splendido relitto di un ricco passato. Le due torri sono alte cinque piani e quella a nord ospita un grande orologio vecchio di un secolo e mezzo che batte ancora le ore. I mattoni sono messi in risalto da blocchi alternati di pietra grigia sugli angoli, e il piccolo portico presenta sopra l'ingresso, e ai lati dei due pilastri scolpiti, decorazioni di legno rosso. I telai esterni di tutte le finestre sono dipinti dello stesso colore.

Salgo a passi lenti fino al primo piano dove si trova l'ufficio del procuratore. Dall'atrio riesco a vedere dentro il grande ufficio di Jackdorp, che è seduto alla scrivania, girato di profilo, e parla al telefono tenendo il mento alto, tanto che mi fa pensare che stia emanando un editto di qualche tipo. Chiedo alla segretaria se è possibile che il procuratore mi dedichi un minuto e, poco dopo, mi fa accomodare. L'ufficio riflette tre decenni di potere. Le pareti sono cariche di foto di Jackdorp in compagnia di vari personaggi, governatori e legislatori. Ce n'è una in cui stringe la mano a Reagan. In alto a destra c'è una foto di gruppo in cui sono praticamente sicuro di riconoscere Mansy Potter. Gli angoli ai lati della grande scrivania in stile Impero sono occupati da due busti su piedistalli: si tratta di personaggi greci o romani, ma non ne so abbastanza per capire chi siano.

Quando Jackdorp si alza, gli tendo la mano. Da vicino la sua pelle non sembra certo migliore, e appare più vecchio di quanto faccia supporre il modo in cui si muove in aula. Ha il viso pieno di rughe, in alcuni punti corrugato come un cartoncino. Porta i capelli grigi che gli restano con un'ordinata riga di lato.

«Sono Rusty Sabich, signor Jackdorp, Sono avvocato a Mirror e...»

«So chi è, giudice» mi interrompe, ma questa sua ammissione non ha nulla di gradevole. Non ha importanza quante persone abbiano abbandonato ogni sospetto sotto la pioggia di denaro concessomi dalla Kindle County: ci sarà sempre qualcuno, in particolare fra i tutori della legge, incapace di accettare l'idea che io sia stato ingiustamente accusato. Per gente come Jackdorp è un dogma: lo Stato non sbaglia mai del tutto. Per lui sono uno che, con ogni probabilità, ha ucciso e se l'è cavata.

Informo Jackdorp che potrei diventare l'avvocato di Aaron. Come prevedevo, lui gioca a carte coperte. Mi ascolta con una studiata inespressività e dice soltanto: «Non sono fatti miei, vero, chi rappresenta quel maledetto imputato?».

«Volevo essere certo che non avesse obiezioni.»

«Non le darò certo la mia benedizione, se è questo che desidera.» Teme che stia cercando di fregarlo in modo che, dopo il processo, Aaron possa biasimarlo per quello che si sarebbe rivelato un accordo impraticabile. Capisco di che pasta è fatto. Gli avvocati difensori sono degli stronzi infidi, con i quali condurre trattative brevi e formali. Gli ripeto che sto solo cercando di dargli l'opportunità di dirmi se lo ritiene un problema.

«Faccia il diavolo che vuole» mi risponde con acredine. «Ma se sarà lei l'avvocato, probabilmente vorrà questo.»

Mi consegna l'atto di incriminazione. Anche se me lo aspettavo, l'intestazione "Il popolo contro Aaron Arthur Housley" mi fa fermare il cuore in petto.

«È di stamattina» dice.

Prendo un attimo per scorrerlo. Due capi d'accusa: omicidio e intralcio alla giustizia. Poi torno indietro. Il primo capo d'accusa, per omicidio, dice che Mae è stata uccisa nella Skageon County a Harold's Woods. È il secondo – l'intralcio alla giustizia, ovvero nascondere il corpo e manomettere la scena del crimine – a essere avvenuto qui, nella parte settentrionale della Marenago County, vicino a Ginawaban. La Costituzione americana afferma che il processo si svolgerà nel luogo dove è avvenuto il reato, ma se nello stesso atto di incriminazione sono presenti reati correlati avvenuti in contee diverse, la sede processuale può essere uno dei due. Eppure, considerando il dettato della Costituzione, è consuetudine che il processo si tenga nel luogo dove si è consumato il reato più grave.

«Non è strana la scelta di questo tribunale se la ragazza è stata uccisa nella Skageon County?»

«Dove suo padre è il procuratore? Credevo che la difesa di Aaron ne sarebbe stata felice.»

«E se non lo fossi?»

«Sfortuna» risponde senza un briciolo di umorismo. «La scelta è mia. Guardi il codice.»

I suoi modi bruschi mi infastidiscono.

«Conosco la legge, signor Jackdorp» rispondo. «Se diventassi l'avvocato di Aaron, lei avrà modo di scoprire molte mie lacune in quel ruolo, però la conoscenza della legge non sarà una di quelle. È stata il mio lavoro per molto tempo.»

Ci fissiamo senza battere ciglio dai due lati della scrivania. Non lo definirei un inizio a gonfie vele.

Alla fine parlo io, dicendogli che vorrei sentire anche la giudice Carrington. Chiede ad alta voce alla sua segretaria di vedere se "Wendy" è in ufficio. È presente, quindi andiamo al pianterreno dove, subito dietro l'aula, ci sono le sue stanze. Il suo spazio, la parte privata e l'anticamera, equivale a quello di Jackdorp, ma è molto meno decorato. Sul mobile dietro la scrivania vedo molte foto delle figlie e del marito.

Avevo ragione, anche lei mi aveva riconosciuto. Quando entriamo, la giudice si alza in piedi e mi porge la mano con un caloroso sorriso. Indossa una camicetta color crema e una gonna blu scuro, un abbigliamento casual ma adeguato, come credo sia sempre il suo modo di fare. Porta gli occhiali da lettura appesi a una catenella. Non sembra essere invecchiata molto rispetto a come la ricordo: ormai deve essere vicina ai sessant'anni, se ha capelli grigi li ha nascosti con la tinta, ed è più magra. Durante quella commissione, se ben ricordo, la secondogenita doveva avere un anno, e immagino sia quella che indossa la maglietta della Cornell in molte foto.

«È un piacere vederla, giudice» dice, e non mi stupisce che sia così: lei era avvocata d'ufficio quando io ero uscito di prigione con il procuratore che mi aveva detto: "Ho commesso un grave errore". La comunità dei difensori di tutto lo Stato aveva esultato pensando a me come a una specie di eroe.

Il contrasto tra l'atteggiamento di Jackdorp e quello della giudice avalla il mio sospetto che abbiano ben poco in comune, e la scarsa cordialità tra loro è palese. Quando si volta verso Jackdorp, si limita infatti a un cenno della testa dicendo «Jack», poi indica a entrambi le sedie davanti alla scrivania.

Le spiego cosa mi ha condotto lì, e porto l'attenzione sul fatto che Aaron vive in casa mia e io sono fidanzato con sua madre. Aggiungo che non ho del tutto accantonato i miei dubbi, ma che Aaron, almeno di primo acchito, mi vuole come suo difensore.

«Bene» risponde. «Mi ci lasci pensare. In ogni caso, adesso la vedo come il procuratore: è diritto costituzionale dell'imputato avere il difensore che desidera, a meno che non sussista un ovvio conflitto professionale. E al momento non ne vedo. Il signor Sabich non è un testimone, vero?» chiede a Jackdorp.

«Non che io sappia» risponde lui. Mi è già venuto in mente che accettare la difesa di Aaron impedirebbe alla polizia di farmi le domande di routine. E non mi dispiace affatto che non vengano a sapere del falò.

Dopo aver rimuginato un momento, la giudice Carrington aggiunge che qualsiasi testimone fosse al corrente del mio rapporto personale con Aaron dovrebbe essere avvertito di non farne cenno, per evitare che la giuria abbia l'impressione che io mi faccia garante del mio futuro figliastro.

«E purtroppo» aggiunge «non mi rivolgerò a lei con l'appellativo di "giudice" davanti alla giuria: non sarebbe corretto nemmeno per lo Stato.»

«Ma certo» rispondo.

Guarda Jackdorp e me: per il momento nessuno di noi ha altro da dire.

«Bene, giudice, mi faccia sapere quando arriverà a una decisione. Se vorrà procedere, guarderò un paio di precedenti per essere certa di non lasciarmi sfuggire qualcosa. E avviserò il suo cliente, mettendolo agli atti, in modo che non possa affermare in seguito di essere stato svantaggiato da questa situazione.»

«Ho capito» rispondo.

«Bene» dice alzandosi in piedi. Mi augura un felice ritorno a casa, poi aggiunge un'osservazione che, noto, suscita una smorfia di disappunto in Jackdorp.

«Sarebbe un piacere» mi dice «averla nella mia aula.»

20
La mia decisione

7 ottobre

Sabato, verso le undici ricevo un messaggio di Mansy che mi rincuora: chiede se ho tempo di vederci per un caffè oggi pomeriggio. Mi sembra un buon inizio per riprendere i rapporti. Immagino che voglia indicare una strada per superare il doppio orrore della morte di Mae e dell'incriminazione di Aaron, decidendo quali contatti avremo e di cosa non discuteremo.

Ci incontriamo a un tavolino d'angolo in un posticino che si chiama Coffee &, una bakery con caffetteria a Como Stop, eccellente in tutto. È un concorrente di Starbucks, ma a livello più alto. I dolci, straordinari, sono preparati sul posto e i chicchi di caffè vengono tostati in un enorme calderone d'acciaio che domina l'interno ed emana un meraviglioso profumo. I tavolini sono di granito marrone.

Aspetto per pochi minuti l'arrivo di Mansy e mi alzo quando lo vedo. Lo guardo negli occhi, gli stringo la mano e gli dico di nuovo quanto ci abbia sconvolto la notizia della morte di Mae e quanto siamo affranti per tutti loro. Evito così di citare gli sviluppi successivi.

Per tutta risposta, Mansy distoglie lo sguardo e scuote la testa canuta.

«È stato un colpo durissimo. Insomma, Mark. E Kathleen. Ma questo è il peggio. Le circostanze...» dice. E non conclude la frase. Adesso che lo osservo, noto un'insolita assenza di concentrazione nei suoi occhi azzurro ghiaccio, un po' come se ci fosse un testo che scorre nella parte bassa dello schermo di qualsiasi cosa stia guardando. Mansy ritiene che sia inutile lamentarsi, quindi so che il poco che si è permesso di dire nasconde in realtà un oceano di dolore.

Bea e io avevamo discusso se partecipare o meno al funerale di Mae – e avevamo deciso per il sì –, ma la famiglia Potter aveva scelto di tenere una funzione privata davanti alla tomba. Prima o poi organizzeranno una commemorazione, probabilmente quando verrà risolto il caso di Aaron, sospetto, e gli ospiti avranno compreso appieno in quali circostanze è morta Mae.

Entrambi ordiniamo solo un caffè e, quando arriva, Mansy affronta l'argomento che, a quanto pare, ha motivato la sua richiesta di vedermi.

«Grazie per essere venuto» inizia. È un'osservazione scoraggiante: mi rattrista pensare che i rapporti tra noi si siano guastati al punto che lui si senta in dovere di esprimere gratitudine per qualcosa che – lo ha sempre saputo – avrei fatto senza remore. «Devo farti una domanda.»

«Qualsiasi cosa, certo.»

«Mi è giunta una voce che mi sembra improbabile, ma volevo chiedertelo di persona. È vero che stai pensando di presentare una comparizione per il caso di Aaron?» In legalese, "presentare una comparizione" significa diventare l'avvocato che rappresenta Aaron. Come è ovvio, sono sorpreso dalla rapidità con cui la notizia si è diffusa.

«Ti avrei usato la cortesia di informarti non appena avessi deciso» rispondo improvvisando sul momento. È una bugia bella e buona. Tra le tante preoccupazioni, quella di informare Mansy non mi era nemmeno passata per la testa. Lui però mi prende in parola.

«Mi solleva sapere che ne avresti discusso con me. Se mi permetti, Rusty, non riesco a capire come potresti anche solo prendere in considerazione l'idea.»

Sorrido. «L'amore fa compiere pazzie.»

L'umorismo sottile che da sempre fa parte dei nostri rapporti non sembra cogliere nel segno.

«Perdonami, ma è una follia. È forse un'idea di Bea?»

«Direi che "ossessione" rende meglio.»

«Le hai spiegato che non sei l'unico bravo avvocato di questo Stato?»

«Molte volte, ma trovare un sostituto adeguato non è facile come sembra. E c'è un altro aspetto: costo poco» rispondo.

«Ti puoi permettere di pagare la parcella di un legale.»

«Io sì, ma Aaron, Bea e Lloyd no, e usare i miei soldi sarebbe una pillola amara in una situazione già brutta.»

«Eppure» mi dice «non è il caso di affidare la difesa al tuo promesso sposo. Mi sembra che tu stia partendo male e non sono sicuro che tu capisca appieno in cosa ti stai cacciando. Non passerai certo bei momenti.»

«Con la vita del mio quasi figliastro nelle mie mani? Ci ho già pensato.» Poco lontano si sente il sibilo del vapore mentre preparano un cappuccino. Il gradevole profumo della cannella aleggia nell'aria grazie ai clienti che hanno ordinato sidro caldo o latte speziato alla zucca. Come era già successo durante l'ultimo pranzo, noto che di tanto in tanto attiriamo occhiate degli altri avventori. «Mansy, è un problema se ti chiedo come hai saputo tutto questo? Non ho ancora messo niente per iscritto.»

Prima di rispondere si prende una pausa. Noto una minima contrazione delle labbra tipica degli anziani. A ogni istante che passa, percepisco come Mansy sia stato travolto dalla morte di Mae.

«Jackdorp ha telefonato a Hardy ieri nel tardo pomeriggio.»

Annuisco. Non mi sorprende che Jackdorp e Hardy, procuratori di contee vicine, siano in contatto. Inoltre Hardy è il padre della vittima. Eppure trovo un po' fuori luogo che Jackdorp sia stato così rapido a discutere una questione nella quale Hardy non dovrebbe avere voce in capitolo.

Mansy continua: «Qualcuno potrebbe averti fatto credere che Aaron avrà un grosso vantaggio con Wendy Carrington come giudice. È vero che corre cattivo sangue tra lei e Jack: Wendy odiava lavorare con lui al punto che si era offerta di fare il difensore d'ufficio, che non è una mossa normale per gran parte dei procuratori. Poi era diventata pignola e rompiscatole al punto che Jackdorp le aveva detto che l'avrebbe sostenuta nella candidatura a giudice. Wendy se l'era presa con Jack quando un altro ex procuratore era entrato in lizza, e forse aveva ragione nel pensare che lui avesse organizzato la cosa senza apparire.

«A quanto sembra, però, si è accanito parecchio contro di lei, tanto che Wendy ci pensa due volte prima di dargli un pretesto per farlo di nuovo. In quella contea lui è presente da molto più tempo. Gran parte dei tuoi giurati avrà votato diverse volte in suo favore. E mi dicono che fa smorfie alla giuria ogni volta che trova problematiche le decisioni di Wendy. Poi gode di grande supporto nella Corte d'appello: per ben due volte ha presentato contro di lei un'ordinanza di *mandamus*, e ha vinto.» *Mandamus* significa che la Corte d'appello ha preso la decisione straordinaria di correggere la giudice Carrington anche mentre era ancora in corso il processo.

«Sembra che tu conosca abbastanza bene Hiram Jackdorp, Mansy.»

«Ma certo. È il presidente dei repubblicani di lassù da più di vent'anni, e ho fatto parte del comitato centrale dello Stato con lui. Non fingerò di essergli particolarmente affezionato, quell'uomo non ha molti amici. Stare con lui è come accarezzare un cactus, e sono ancora convinto che non sappia sorridere. Ma non per questo devi illuderti che Wendy renderà le cose facili a Aaron. Sarà Jack a guidare le danze, come fa sempre. E non è un liberale. Conosci la massima secondo la quale un procuratore dovrebbe sferrare colpi duri, ma corretti? Jackdorp prende a cuore la prima parte. Quanto alla correttezza... è il lavoro del difensore.»

Non riesco a trattenere del tutto una risata, perché la massima di Mansy vale per molti procuratori, in particolare quelli scadenti.

«Non fraintendermi, perché rispetterà le regole» precisa. «Si è scottato su una violazione della regola Brady evidenziata dalla Corte suprema quando ero lassù.» Significa che Jackdorp non ha divulgato prove favorevoli alla difesa, che la Corte suprema da tempo dichiara un elemento essenziale per lo svolgimento corretto di un processo. «Ma di certo non si comporterà con cortesia.»

«Apprezzo l'avvertimento» rispondo, anche se non è vero. Nessun avvocato degno di tale nome dovrebbe scoraggiarsi perché il suo avversario è un idiota.

«Credo che uno degli ex procuratori di Jack sarebbe una scelta migliore per Aaron. Una persona con cui lui sarebbe almeno cordiale e che i giurati potrebbero persino riconoscere» continua Mansy.

Gli spiego allora come Jackdorp impedisca agli avvocati che hanno lavorato per lui di presentarsi sull'altro lato dell'aula.

«Capisco» commenta Mansy aggrottando le sopracciglia mentre riflette su questo fatto inatteso.

«Senti, Mansy, non mi stai dicendo qualcosa che non sappia già quando mi suggerisci che potrei trovare altrove un avvocato migliore per Aaron, però non ho avuto fortuna.» Gli descrivo brevemente gli ostacoli in cui mi sono imbattuto. «Probabilmente tu conosci tutti gli avvocati patrocinanti in questa parte dello Stato. Sono certo che non vorrai dare l'impressione di aiutare Aaron...»

«Certo che no.»

«Ma se conoscessi la persona giusta, scrivimi il nome su un pezzo di carta senza mittente e lascialo nella mia cassetta della posta. Parleremo subito con lui o lei.»

Mansy muove la mano sul tavolo. Non ha intenzione di accollarsi questo problema.

«Mansy, non ti offenderò dicendoti che Aaron è innocente.»

«Non farlo.»

«So che è presto, ma al momento ho la sensazione che esista una possibilità che lo sia. Quindi è fondamentale che sia ben rappresentato. Non è un caso in cui gli possa bastare qualcuno che lo prenda per mano e lo scorti fino ai cancelli del penitenziario.»

Mansy si acciglia senza nasconderlo.

«A quel che sento è un caso solido. Ma, Rusty, facciamo le cose semplici. Come privilegio personale, da amico, da amico di lunga data e da persona che ti ha fatto uno o due favori, trova qualcun altro.»

La sua schiettezza mi sorprende e non rispondo.

«Non vorrei essere melodrammatico, Rusty, ma se vai avanti, sarà la fine della nostra amicizia.»

«Per sempre?» chiedo, e mi sento come un adolescente ferito.

«Senza dubbio.»

«Mi potresti spiegare?»

«Senti, in un caso come questo, metterai sotto processo la vittima. E dirai non solo che Aaron non l'ha uccisa, ma che c'erano molte altre persone che avrebbero voluto farlo.»

«Non ho ancora nemmeno pensato a come impostare la difesa.»

«Io sì. E non sarò contento di essere seduto in quell'aula a osservare una persona che consideravo un amico intimo mentre getta fango addosso a una ragazza che sono disperato di aver perso.»

Ho la stessa sensazione che ho provato quando ha manifestato con me il sospetto che Mae e Aaron fossero scappati per sposarsi. Allora doveva essere a conoscenza di qualcosa che non era disposto a condividere, e ne sa abbastanza di Mae per rendersi conto che la difesa che ha delineato è inevitabile.

«Promettimi che ci penserai» mi dice.

«È tutta la settimana che lo faccio. Ma per rispetto, e amicizia, aggiungerò al calderone quello che mi hai detto prima di decidere.»

Si china verso di me e parla a bassa voce, con il primo sorriso di oggi.

«Prendi la decisione giusta, Rusty, ti prego.»

Detto questo si alza e, nonostante le mie proteste, mette sul tavolino una banconota da venti dollari per il conto. Poi se ne va zoppicando: l'anca artritica, quella che non è stata operata, lo disturba più che mai.

Mi risiedo per far sedimentare questo incontro. Non so quanto resto lì, quasi immobile, ma dentro di me sento accentuarsi la tristezza e una crescente agitazione.

La prima conclusione che traggo riguarda Mansy. Torno con la memoria ai cattivi presagi di qualche giorno fa, quando Dom Filipini mi aveva mostrato il mandato di arresto per Aaron e mi ero reso conto che la vita non sarebbe più stata la stessa. Mansy, un amico prezioso e uno dei pilastri della mia rinascita nella Skageon County, probabilmente è perso per sempre.

Mansy mi fa molta pena. Non vorrei essere nei suoi panni – né in quelli di Charmaine o Hardy – nemmeno per un istante. Ma sta succedendo qualcosa di brutto. Il fatto che Jackdorp abbia chiamato Hardy non appena me ne sono andato dal tribunale la dice lunga, perché dimostra che non è un caso che il processo si svolga nella Marenago County e non qui. È stata una decisione che i due procuratori hanno preso di concerto. Forse hanno pensato al conflitto della duplice posizione di Hardy come procuratore e padre della vittima, però in circostanze simili non sarebbe insolito se Jackdorp avesse chiesto di essere nominato dalla Corte suprema dello Stato per trattare il caso qui. Hardy e Jackdorp si sono messi d'accordo per Marenago perché è più facile che una giuria di lassù condanni Aaron.

Nelle ultime ventiquattro ore ho pensato più di una volta all'osservazione di Aaron che, a centocinquanta chilometri a nord della Skageon County, un numero molto minore di automobilisti avrebbe dato un passaggio a un giovane autostoppista nero. Ed è quello che sospetto Hardy abbia detto a Jackdorp: se il processo si celebrasse qui, probabilmente ci sarebbero tre o quattro giurati con figli o nipoti che hanno frequentato la scuola di Bea e che, in gran parte, hanno un'ottima opinione di lei. E ce ne potrebbero essere facilmente uno o due che hanno conosciuto Aaron e sanno che, nonostante i suoi problemi, è sempre stato un ragazzo timido ma a modo. Alcuni potrebbero anche aver sentito pettegolezzi su Mae e i suoi comportamenti scorretti e a volte bizzarri. La legge dello Stato, a prima vista imparziale, dà ai procuratori la scelta di dove trattare questo caso, e loro devieranno dalla consuetudine per privare Aaron del naturale vantaggio di essere processato nel posto in cui vive.

I Potter, quindi, hanno un programma molto chiaro che nemmeno il garbo e il fascino di Mansy riescono a nascondere. I sospetti della famiglia su Aaron erano aumentati nelle settimane precedenti la scoperta del corpo di Mae, quando Aaron era tornato e lei no, e aveva seguito il consiglio del suo avvocato rifiutandosi di rispondere alle domande. Adesso quei sospetti sono diventati la certezza granitica che lui sia colpevole. L'ho visto succedere spesso nelle famiglie delle vittime di omicidio. Nel loro dolore, hanno bisogno di una spiegazione rapida per dare un senso alla perdita. Quindi, per i Potter, l'emotività chiede che Aaron sia processato e incarcerato velocemente. Adesso è questa la loro missione.

Mansy è venuto al nostro incontro con un lungo elenco di punti che mi ha indicato con il suo garbo abituale: "Il procuratore ti sacrificherà sul suo altare. La giudice non ti aiuterà. Professionalmente non sei all'altezza. Se vai avanti, non saremo più amici". I Potter preferirebbero una vittoria facile a un giusto processo. Secondo loro, ieri Jackdorp ha fatto un grosso errore dicendo che non si opporrà alla mia nomina. Questo perché Mansy, nel rispetto che prova per me, teme che possa davvero eccellere.

Poi ha usato un termine che mi ha infastidito e che colloca nella giusta luce le sue recenti manovre: "Privilegio". Da centocinquant'anni i Potter gestiscono le cose nella Skageon County da potentati benevoli. E nel giudizio di gran parte delle persone, me compreso, hanno fatto un buon lavoro. Sono un degno contraltare ai politici maldestri che ho osservato crescendo nella Kindle County, con i loro sorrisi furbi e il loro invariabile motto – "Dov'è la mia fetta di torta?" – che hanno trasformato il servizio pubblico in un personale forziere del tesoro.

Proprio perché in un certo senso i Potter si sono sacrificati, quando arriva il momento, quando le loro necessità personali prevalgono, ritengono una questione di diritto – di privilegio – far sì che quelle necessità vengano soddisfatte. Hardy, che non è realmente all'altezza degli standard di famiglia, è stato comunque nominato procuratore locale perché Mark era morto e far diventare procuratore l'altro figlio mitigava la terribile perdita di Mansy. Adesso i Potter chiedono che la porta della cella si chiuda alle spalle di Aaron per decenni, persino per il resto della sua vita, e che accada in fretta. Con le loro manipolazioni stanno sostanzialmente lanciando un messaggio inquietante: la giustizia per Mae è più importante della giustizia per Aaron.

Quindi lo difenderò, sarò il suo avvocato. Lo farò perché, benché riluttante, credo di essere la miglior scelta disponibile, una valutazione involontariamente confermata da Mansy. Lo farò perché è la migliore chance per conservare l'amore di Bea. Vincerò la mia personale paura di fallire. E lotterò con passione per Aaron. Ma lo farò anche perché la missione di avvocato americano, che è stata mia per tutta l'età adulta, si basa su un principio primo che non sempre è stato applicato agli esseri umani che hanno lo stesso colore della pelle di Aaron. Che io vinca o perda, lo farò per me stesso. Dirò ai Potter e a Bea, a Joe e Lloyd, a Dio, se mai guardasse giù, e a me stesso che la vita che è stata data a Aaron – e il futuro che gli appartiene di diritto – è ora in pericolo, dirò che quella vita vale in tutto e per tutto quanto quella tormentata che Mae Potter ha tristemente perduto.

II

L'ACCUSA

21
Dichiarazione iniziale dell'accusa

6 febbraio 2024

«Signore e signori» dice «mi chiamo Hiram Jackdorp e sono il procuratore eletto della Marenago County.» Mansy si sbagliava: Jackdorp sa sorridere. Lo fa come di sfuggita, mentre prende posizione a rispettosa distanza dal banco della giuria. Per un attimo resta in silenzio, con il suo abito di lana grigia probabilmente vecchio di decenni, un uomo di taglia media con un viso da vecchio, la pelle rovinata e i baffi sale e pepe che arrivano appena sopra il labbro. Come aveva previsto Mansy, tutti i componenti della giuria lo guardano con evidente rispetto. Da decenni qui interpreta il ruolo di un dio vendicatore dell'Antico Testamento, spietato e incurante delle scuse di coloro che passano il segno. Devo però incontrare ancora delle persone che parlino di Jackdorp con simpatia: a loro parere, fa ciò che va fatto. Senza Hiram Jackdorp, la vita che conoscono virerebbe verso il caos.

L'unico ruolo di Jackdorp come uomo di legge è stato quello di procuratore, e sospetto che sia bravo. Dopo aver pronunciato il proprio nome, perde l'espressione gradevole e torna nell'abituale modalità, immancabilmente severa, quando presenta la tenente agente speciale Vanda Glowoski, che occupa l'altra sedia al tavolo dell'accusa. Come prevedibile ha una pettinatura perfetta, la postura rigida e la manicure di un colore vivace appena fatta, ma il suo atteggiamento severo priva di ogni fascino la sua ordinata bellezza.

«Con la tenente» prosegue «il mio triste dovere sarà quello di presentarvi le prove che dimostreranno oltre ogni ragionevole dubbio che il 14 settembre dello scorso anno questo giovane, Aaron Housley...» Jackdorp si volta e indica Aaron con il dorso della mano. Il mio futuro figliastro, il mio cliente, è seduto accanto a me e indossa un abito blu reale il cui acquisto era diventato un'ossessione per Bea nella speranza che facesse un'ottima impressione alla giuria. Volevamo un abbigliamento che dimostrasse che Aaron rispetta il procedimento – quindi i giurati – senza fingere di essere chi non è, per esempio imitandomi. In carcere gli hanno fatto togliere l'anello al naso e gli orecchini. Hanno permesso che si facesse crescere i capelli fino a una lunghezza media per nascondere il taglio da prigione che mostrerebbe che si trova in custodia, ma il verde chartreuse è scomparso da tempo. Il mio modo di vestire è molto più classico ed è quello che uso sempre per i processi – abito blu scuro, camicia bianca e cravatta di un rosso discreto – nella speranza di mandare un messaggio subliminale di profondo patriottismo.

Prima che Jackdorp cominciasse, avevo detto a Aaron: "Non apprezzerai affatto la sua dichiarazione iniziale, ti additerà, e in quel momento fa' in modo di guardarlo negli occhi senza ostilità, ma anche senza vergogna né paura". Aaron segue alla lettera il mio consiglio.

«... ha ucciso per strangolamento la vittima di questo caso, una bellissima, brillante e vivace giovane donna, Mae Cheryl Potter, lei.» Vicino al banco dei testimoni c'è un monitor da 50 pollici ruotato verso il banco della giuria, e si accende per la prima volta mostrando una foto a colori di Mae. È un primo piano che risale al breve periodo da modella. La bocca è aperta in una risata, gli occhi azzurri brillano luminosi, la testa è rivolta verso l'alto e una mano gioca dietro l'orecchio con un ricciolo ribelle. La scelta dell'immagine da parte di Jackdorp è ben ponderata. Non una foto scattata in chiesa, ma un ritratto che ammette quanto Mae amasse divertirsi. «Le prove dimostreranno oltre ogni ragionevole dubbio che Aaron Housley ha compiuto questo omicidio, e per questo deve essere giudicato colpevole e pagarne il prezzo. Voi avete giurato di rispettare la legge. E, mi dispiace dirvelo, è questo che la legge richiede.»

Siamo di nuovo nell'aula principale, quel gioiello di sicomoro intagliato. Durante le udienze preliminari ho scoperto che l'acustica di qui non ha niente da invidiare a quella di una sala da concerto, ovvero non c'è bisogno di parlare nel tono squillante e stentoreo che avevo inizialmente adottato decenni fa nelle aule ausiliarie della Kindle County, dove l'architettura da regime sembrava appiattire i suoni. Qui la voce decisa di Jackdorp mi arriva come se la sentissi in cuffia.

Aaron è seduto alla mia sinistra al tavolo della difesa che, per tradizione, è quello più lontano dalla giuria. Subito alla mia destra c'è l'investigatrice Susan DeLeo. L'ho assunta lo stesso giorno in cui le strade mie e di Mansy si sono infelicemente divise a Como Stop. Susan lavorava nello staff dei difensori d'ufficio della Skageon County e mi aveva favorevolmente colpito nei casi che avevo trattato dieci anni fa. L'ho convinta a interrompere la pensione con la prospettiva di un'esperienza importantissima in un processo per omicidio di grande scalpore mediatico. Indossa quella che definisco la sua uniforme personale: una giacca di pelle a frange con gonna abbinata e una serie di gioielli con turchesi tra i quali molti anelli. La pettinatura è anche più vistosa, una cresta nei colori dell'arcobaleno al centro della testa altrimenti rasata. Non mi sono mai preso la libertà di chiederle quale significato lei dia a tutto questo: se, per esempio, sia un modo per onorare la sua origine nativa o se invece non voglia vestire come la maggioranza delle persone.

Almeno oggi, con la tensione emotiva delle dichiarazioni iniziali, le panche del pubblico sono tutte occupate. Oltre la balaustra, nella prima fila condivisa con almeno una dozzina di giornalisti siedono le famiglie, ciascuna sul suo "lato" dell'aula, una macabra eco del matrimonio che Aaron e Mae avevano momentaneamente contemplato. I Potter – Hardy, Harriet, la sorella maggiore di Mae arrivata dal Colorado, e Mansy – sono subito dietro il tavolo di Jackdorp. Sul nostro lato Bea, sfinita dalle preoccupazioni, è alle spalle di suo figlio e Lloyd, il padre di Aaron, è accanto a lei. Nei miei ultimi, occasionali contatti con Lloyd, mi è sembrato spesso disorientato, incapace di accettare il fatto che, dopo il periodo di servizio fra i tutori della legge, stia accadendo qualcosa di simile a una persona della sua famiglia. Charmaine e Joe erano presenti per la scelta dei giurati ma, in quanto futuri testimoni, non potranno ascoltare le prove fino al termine della loro testimonianza. Stamattina, prima dell'ingresso della giuria, Bea si è chinata oltre la balaustra per toccarmi la spalla, un momento di comunione brevissimo e gradito in circostanze in cui questi gesti sono diventati molto meno comuni.

«Per riassumere, le prove dimostreranno che l'imputato Housley e Mae avevano una relazione personale altalenante che risaliva ai tempi delle superiori. Lo scorso anno, all'inizio di settembre, Housley aveva chiesto a Mae Potter di sposarlo ed erano partiti per trascorrere qualche giorno insieme in un luogo isolato, senza rivelare a nessuno i loro progetti, in modo da poter parlare seriamente di questa proposta. Almeno così si crede. Ma una volta arrivati a Harold's Woods, nella parte settentrionale della Skageon County, uno dei luoghi preferiti dall'imputato per campeggiare, Mae ha rifiutato di prestargli attenzione. E questo perché era invece interessata soprattutto a scattarsi selfie e a fare video perché sperava di diventare quella che si chiama un'influencer su TikTok.» Scuote appena la testa e aggiunge: «Non sono in grado di spiegarvi cosa sia». Molti giurati, che ascoltano con attenzione, sorridono, indice sgradevole che sono già dalla sua parte. «Le prove dimostreranno che la mattina del 14 settembre il signor Housley ne ha avuto abbastanza. Le ha strappato il telefono nel parcheggio di Harold's Woods, dove è scoppiata tra loro una lite poi degenerata in scontro fisico. La cosa si è inasprita al punto che, in un momento delle due ore successive, Aaron Housley ha strangolato Mae Potter con una corda di nylon bianco – questa – da una posizione alle sue spalle nella Subaru del 2022 della ragazza.» Il lungo spezzone di corda bianca rinvenuto nel nostro garage era rimasto senza spiegazioni sul tavolo dell'accusa fino al momento in cui Jackdorp lo prende in mano. È dentro una busta trasparente di plastica spessa, sigillato con uno scotch arancione con la scritta "Prova". Adesso il procuratore lo soppesa come se percepisse un'energia sinistra. «L'incriminazione afferma inoltre che il signor Housley ha ucciso Mae, ha guidato la macchina con i suoi resti per circa centocinquanta chilometri verso nord, fino a Ginawaban, e si è liberato dell'auto e del corpo facendoli schiantare in fondo a una vecchia strada di servizio e nascondendoli dietro alcuni cespugli. Questa condotta ha portato alla seconda accusa, quella di intralcio alla giustizia.» Sullo schermo, Jackdorp fa apparire una foto della Subaru color argento di Mae come è stata scoperta, nascosta da una fitta vegetazione.

«Adesso, guardando qui in aula Aaron Housley, potreste pensare che abbia l'aspetto di un ragazzo a modo. Ma saprete che era sotto ordine del tribunale...»

«Obiezione!» grido istintivamente e balzo in piedi.

Lo scontro legale più lungo tra Jackdorp e me prima del processo era stato in merito alla possibilità di far riferimento alla condanna per droga di Aaron. Se l'imputato non testimonia, in genere la sua fedina penale non entra fra le prove: secondo la legge, infatti, se la giuria è a conoscenza di reati pregressi, risulta più incline a condannare l'imputato solo perché lo considera una cattiva persona, anziché sulla base delle evidenze del reato in discussione.

Jackdorp sosteneva la correttezza di questo riferimento perché una parte importante del suo impianto accusatorio contro Aaron è la sua sparizione quando ha saputo del ritrovamento del corpo di Mae. E la conclusione che stesse scappando da un processo imminente è più solida se supportata dal fatto che Aaron era soggetto a un'ordinanza del tribunale di non lasciare la Skageon County e di non guidare.

Alla fine la giudice ha preso una decisione salomonica: ha imposto di non menzionare la precedente condanna per droga di Aaron, ma al contempo ha ammesso la possibilità di informare la giuria del fatto che era soggetto a un'ordinanza del tribunale che, per motivi non specificati, poneva diverse restrizioni ai suoi movimenti. Inizialmente non avevo apprezzato la decisione: pensavo che i giurati potessero immaginare che quelle limitazioni fossero esito di una condanna di qualche tipo. Susan si era fatta una risata. "Crederanno che si tratti di guida in stato di ebbrezza. Da queste parti almeno metà della giuria è stata fermata per quello." Comunque sia, l'intento della giudice era di evitare proprio l'implicazione che Jackdorp aveva appena dato all'ordinanza precedente del giudice Sams, ovvero che Aaron è un cattivo ragazzo.

Adesso la giudice accoglie la mia obiezione fulminando Jackdorp con lo sguardo, però io chiedo comunque di conferire senza che i giurati possano ascoltare. Ci spostiamo tutti verso il lato del seggio più lontano dal banco della giuria, dove la giudice può chinarsi e discutere con gli avvocati. L'imputato ha il diritto di ascoltare e io ho incoraggiato Aaron a unirsi a noi evitando di mostrarsi annoiato. Con l'aula piena di spettatori, Wendy Carrington ha fatto qualche concessione alla vanità: ha un nuovo taglio di capelli ed è molto più truccata di quanto l'abbia mai vista. Nelle occasioni in cui l'avevo incrociata in toga nel corridoio dietro l'aula avevo notato che, essendo alta poco più di un metro e cinquanta, il tessuto nero le arriva quasi alle caviglie.

«Vostro onore» esordisco a voce bassa non appena siamo tutti presenti «devo presentare una mozione di annullamento.» In sostanza chiedo che il processo si fermi subito. Spiego quello che la giudice già sa, ovvero che ha vietato a Jackdorp di cercare di trarre implicazioni sul carattere di Aaron dall'ordinanza del tribunale che ha violato.

«Al contrario» risponde Jackdorp «lei, giudice, ha detto che io non potevo fare riferimenti alla condanna dell'imputato, e non ne ho fatti.» Non dice di più, perché stenta a trattenere un sogghigno.

Sotto la frangetta scura, Wendy Carrington esamina Jackdorp con uno sguardo che trasuda odio. Lui ha violato la sua decisione in modo così palese da sembrare calcolato: forse vuole che perda il controllo e, di conseguenza, credibilità davanti alla giuria.

«Signor Jackdorp, lei ha ben compreso lo scopo molto limitato per il quale ho accettato di ammettere quella prova. Signor Sabich, la sua mozione di annullamento verrà presa in considerazione» ovvero ci penserà, ma non dice per quanto tempo. «Signor Jackdorp, se continuerà a sfidarmi, non solo accoglierò la mozione di annullamento, ma ammettendo che decida che il processo possa essere ripetuto, una parte della mia ordinanza richiederà la nomina di un procuratore speciale per evitare che l'episodio si verifichi di nuovo.»

Poi fa un brusco cenno con la testa. Jackdorp ribadisce con dubbia sincerità che credeva di attenersi alla lettera alla decisione di lei. Ormai è chiaro che il suo vero fine era far sapere a me e alla giudice chi comanda in realtà. Se non altro, l'avversione tra il procuratore e la giudice – che avevo notato in diverse fasi preliminari del processo – è ancor più accesa di quanto avessi creduto.

Appena tutti sono tornati ai loro posti, la giudice si rivolge alla giuria.

«Signore e signori, vi dico sin d'ora che sentirete alcune testimonianze del fatto che, all'epoca dei presunti reati, il signor Housley era soggetto a un'ordinanza del tribunale che gli vietava di impegnarsi in determinate attività. Non dovrete fare ipotesi sui motivi che hanno dato origine a quell'ordinanza, e di sicuro non potrete concludere alcunché sulla reputazione del signor Housley. In altri termini, quello che il signor Jackdorp ha appena cercato di dirvi, ovvero che l'ordinanza dimostra che il signor Housley non è una persona a modo, non è vero. Prestando giuramento avete dato la vostra parola di seguire le mie istruzioni. E adesso le istruzioni sono che non potete tener conto di quel fatto a questo scopo. Toglietevi quell'idea dalla testa: non è ciò che significa o vorrebbe significare. Il signor Jackdorp sa che le cose non stanno così.

«Di tanto in tanto è probabile che gli avvocati di entrambe le parti facciano un errore o dicano cose che non avrebbero dovuto dire. L'altra parte farà obiezione e la decisione sarà mia. Questo è un aspetto normale di un processo. A volte potrà succedere che la legge o le mie decisioni precedenti siano molto chiare, e in quel caso potreste vedermi molto irritata con l'avvocato che ha fatto un'osservazione suscettibile di obiezione, come sono certa vi è stato chiaro in occasione del commento del signor Jackdorp. Anche questo accade di tanto in tanto durante un processo. Bene, signor Jackdorp, proceda.»

Mi chiedo come verrà accolto tutto questo al banco della giuria. In genere, per un avvocato, far infuriare il giudice non è il modo per migliorare l'opinione che la giuria ha di lui. Ma Jackdorp ha il vantaggio di una lunga reputazione in questa comunità. Durante la selezione della giuria, la giudice ha accettato di esonerare molti potenziali giurati che conoscevano personalmente Jackdorp, compreso il suo parroco. Inoltre, come Mansy mi ha rammentato mesi fa, in base alla legge delle probabilità gran parte dei giurati probabilmente ha votato diverse volte per Jackdorp e approva il suo operato. È al settimo mandato come procuratore.

In linea di massima, nella guerra di impressioni che è ogni processo, credo che Jackdorp possa aver vinto il primo round.

Considerando il subbuglio, probabilmente i giurati concluderanno che quell'ordinanza del tribunale è qualcosa di significativo.

Jackdorp torna al suo posto a un paio di metri dal banco della giuria.

«Bene, mi scuso con la corte per questo fraintendimento. Ma le testimonianze dimostreranno che l'imputato era soggetto a un'ordinanza del tribunale e non l'ha rispettata. Non avrebbe dovuto guidare, ma lo ha fatto. Ve lo diranno numerosi testimoni, tra i quali suo nonno. Non avrebbe dovuto lasciare la Skageon County ma, quando ha saputo del rinvenimento del corpo di Mae Potter, lo ha fatto. Era qui, a Ginawaban, lontano da casa, quando infine la polizia lo ha arrestato. Parleremo in seguito del motivo per cui è tornato a quella che, in un certo senso, era una delle scene del crimine.»

Di fronte a questo discorso sul suo comportamento inappropriato, ho sentito il mio cliente irrigidirsi a tratti. In genere, per carattere, Aaron è in grado di rispettare i consigli che si danno all'accusato di un crimine: non mostrare alcuna reazione di fronte alle prove e restare tranquillo davanti alla giuria se non, quando possibile, sicuro di sé. Mi preoccupa l'idea che li possa applicare troppo alla lettera finendo per sembrare totalmente distaccato e, nei momenti peggiori, pericolosamente assente.

Negli ultimi mesi ho cercato di prestare particolare attenzione a Aaron e all'impatto che tutto questo ha su di lui: la lunga prigionia, il fardello di essere accusato di un crimine terribile, o la paradossale realtà che dodici estranei scelti a caso decideranno del suo futuro. Sebbene adesso io sia concentrato su di lui senza farmi condizionare dalle apprensioni per sua madre, per qualche motivo lo trovo più incomprensibile che mai. Di sicuro, i mesi di isolamento dagli amici e dalla famiglia sembrano aver indurito la sua affettività, già tenuta a freno, facendolo chiudere ulteriormente in se stesso. Ha ascoltato paziente quando Susan e io lo abbiamo incontrato per parlare delle prove ma, a giudicare dalla sua apatia, dubito che assimili molto ed è chiaro che preferisce non soffermarsi sui fatti del caso. Risponde alle domande, sorride quando serve, e in genere appare impermeabile alla rabbia in maniera persino inquietante.

Eppure questa mattina l'ho trovato quasi allegro. Fuori dalla piccola cella del tribunale, dove Aaron verrà rinchiuso durante i brevi intervalli nei quali le udienze sono sospese, gli ho dato le ultime istruzioni per il processo, ripetendo concetti che già aveva sentito molte volte. Alla fine, ho messo la mano sulla sua che stringeva una delle sbarre della cella.

"Senti, non so come andrà, ma so di essere preparato. Susan e io abbiamo lavorato sodo. Avrai una buona difesa."

Ha annuito diverse volte, poi mi ha fatto uno dei suoi lievi sorrisi inaspettati.

"Vuoi sapere cosa penso?" mi ha chiesto. "Ti sembrerà strano, ma sono abbastanza sicuro che sarà come per te. Uscirò da qui."

Il fatto che io mi sia ripreso eroicamente da circostanze molto simili ha indubbiamente rafforzato il mio legame con Aaron: non mi deve mai chiedere se capisco cosa sta passando. A quelle parole, però, ho provato un fremito di disperazione. Nonostante le molte pecche, infatti, le argomentazioni che Jackdorp presenterà contro di lui sono coerenti e del tutto plausibili.

Adesso Jackdorp è tornato alla tribuna, che ha girato perché sia di fronte al banco della giuria, per dare un'occhiata ai suoi appunti.

«Adesso vorrei entrare con voi nei particolari delle testimonianze che sentirete. Sono sicuro che, quando sarà il suo turno, il signor Sabich, dall'altra parte dell'aula, vi dirà che le nostre prove, le prove del popolo, sono puramente circostanziali.» Agita due dita in aria a formare un punto interrogativo e accompagna il gesto con un sorrisetto. «Al termine del caso, la giudice vi dirà che potrete considerare le prove circostanziali come fossero prove dirette» solleva le dita nel gesto delle virgolette «intendendo quello che qualcuno ha visto o sentito. Perché? Be', se quando andate a dormire il vialetto di casa vostra è pulito, e quando vi svegliate è coperto di neve, sapete che quella notte ha nevicato. La neve sul sentiero è una prova circostanziale del meteo. E se la neve è fresca quando vi svegliate, e molte ore dopo ci sono impronte, la prova circostanziale vi dice senza dubbio che qualcuno ha percorso quel vialetto. Voi non avete visto la persona, ma sapete che ci è passato qualcuno, e lo sapete al di là di ogni ragionevole dubbio.

«Ora, si dà il caso che ci saranno diverse testimonianze in quest'aula a proposito di vere impronte di scarpe. E saranno proprio come quelle che potreste vedere fuori dalla finestra sul vialetto innevato. Non ci saranno testimoni a dichiarare di aver visto Aaron Housley uccidere Mae Potter, ma quelle impronte, le testimonianze della patologa e di altri periti forensi, e la prova della corda che vi ho mostrato, anche questa molto importante, tutte le cosiddette prove circostanziali dimostreranno con la stessa chiarezza di un testimone oculare quello che è successo a Mae Potter.»

Jackdorp, che adesso sta passeggiando avanti e indietro, annuisce con aria saggia, come a dire che la giuria riterrà a sua volta quelle prove molto chiare.

«Ora, questa triste storia ha inizio il 12 settembre dello scorso autunno, quando l'imputato Housley è partito con la vittima, Mae Cheryl Potter, sulla Subaru Outback argento del 2022 di quest'ultima: per quelli di voi che non lo sanno, quell'auto è un SUV. Verrete a sapere dalla madre di Mae, Charmaine Potter, che poco tempo prima Aaron Housley aveva chiesto a Mae di sposarlo. Prima di partire, il 12 settembre, aveva detto a un'amica, Cassity Benisch, che vedrete in quest'aula... il signor Housley aveva detto alla signorina Benisch che lui e Mae intendevano fare campeggio per qualche giorno e che avevano concordato di dedicare tutta la loro attenzione al possibile matrimonio, motivo per cui avrebbero spento i telefoni.

«La signorina Benisch aveva poi sentito il signor Housley la sera del 14 settembre. Gli aveva chiesto come fosse andata con Mae, e lui, usando un termine volgare, aveva risposto che il viaggio era andato male. Aveva detto che, nonostante l'accordo di spegnere i telefoni, Mae non smetteva di scattarsi selfie e non era interessata a parlare di matrimonio. Infine, la mattina del 14 settembre, al colmo della frustrazione, lui le aveva preso il telefono e se n'era andato. Si era subito diretto a casa in autostop, aveva detto a Benisch, ma ammetteva che, nel momento in cui stavano parlando, aveva ancora un pezzo di strada da fare perché era stato più difficile del previsto trovare un passaggio. Sentirete la prova che dimostra che quanto detto da Aaron Housley alla signorina Benisch, ovvero che il 14 settembre aveva fatto l'autostop per tornare a Mirror, non era vero.

«Dunque qual è la vera storia di quello che è successo a Mae Potter? Verrete a sapere che il 14 settembre, di prima mattina, un uomo di nome George Lowndes ha parcheggiato in uno dei lotti di Harold's Woods. Era lì per accompagnare la moglie in una passeggiata mattutina nel giorno del suo compleanno, e sono arrivati sul posto un po' prima delle otto. Hanno raggiunto l'imbocco del sentiero est, non lontano dal parcheggio, quando la signora Lowndes si è accorta di aver dimenticato la borraccia in macchina, e suo marito è tornato a prenderla. In quel momento ha visto due persone sul lato opposto del parcheggio. Una era un ragazzo alto che, a giudicare dai capelli e dalla carnagione, ha pensato potesse essere afroamericano, la seconda una giovane alta e bionda. Il ragazzo stava tenendo qualcosa sollevato sopra la testa, lei urlava e saltava per sottrargli l'oggetto che lui continuava ad allontanare. Alla fine, stando al signor Lowndes, lui l'ha spinta a terra. Lei si è rialzata e ha ripreso a gridare. Il signor Lowndes vi dirà di essersi un po' preoccupato per quella scena, ma sua moglie lo stava aspettando, quindi è andato da lei.

«Circa due ore più tardi, alla fine della passeggiata, i signori Lowndes sono tornati al piccolo parcheggio di ghiaia. Il signor Lowndes è andato in bagno e, dirigendosi verso la sua macchina, ha visto un SUV color argento – ricordate la mia descrizione dell'auto di Mae – dirigersi verso l'uscita a tutta velocità. Ha dovuto gettarsi di lato per evitarlo e il SUV gli è passato accanto. All'interno ha visto un solo passeggero, un uomo afroamericano, che somigliava molto al ragazzo che aveva visto litigare con la bionda.

«Che ne è stato della giovane donna che il signor Lowndes aveva visto durante la lite trasformatasi in lotta fisica? Cosa è successo durante le due ore di passeggiata dei Lowndes? Le prove lo dimostreranno, vi dimostreranno che Mae Potter è stata strangolata a morte dal giovane afroamericano in quella macchina.

«Quando Mae non è tornata dal viaggio con il signor Housley, gli investigatori dello Stato hanno cominciato a cercarla. Hanno parlato con Cassity Benisch, che ha dichiarato che il signor Housley le aveva riferito come lui e Mae avessero campeggiato a Harold's Woods dal 12 al 14 settembre. Il 24 settembre, gli agenti si sono recati sul posto per cercare tracce di Mae. Forse ricorderete che la notte del 12 settembre c'era stata una serie di grossi temporali che aveva colpito la nostra parte dello Stato con circa 60 millimetri di pioggia. Erano seguite un paio di settimane di tempo insolitamente caldo e asciutto. Quindi gli investigatori che si sono recati a Harold's Woods hanno trovato molto fango secco vicino al luogo dove, a loro parere, avevano campeggiato Mae e l'imputato. E dentro quel fango hanno scoperto diverse fibre di nylon bianco compatibili con quelle di una corda di questo materiale.

«Verrete a sapere che Aaron Housley aveva acquistato una corda di nylon bianco mentre era con Mae.» Jackdorp torna al tavolo dell'accusa e solleva ancora una volta la matassa rinvenuta nel nostro garage. «L'aveva presa il 13 settembre in un Home Warehouse a circa sedici chilometri da Harold's Woods. Vedrete la prova dell'acquisto sull'estratto conto del bancomat del signor Housley, e lo scontrino, questo scontrino.» Jackdorp solleva una busta di plastica, si mette davanti alla giuria indicando con un dito le scritte, poi legge: «13/09/2023, 14.12, quindici metri di corda di nylon bianco. Presenteremo inoltre gli spezzoni dei video della telecamera a circuito chiuso alle spalle della cassa che mostrano il signor Housley con questa corda bianca in mano.

«Verrete a sapere che il corpo di Mae è stato trovato due settimane più tardi qui, nella Marenago County, nell'area selvaggia di Ginawaban, sulla sua macchina che si era schiantata nei boschi in fondo a un canale in secca a volte utilizzato come strada di servizio. Il corpo era adagiato sul sedile anteriore, con la testa sotto il cruscotto del lato passeggero. E su tutto il sedile del passeggero gli investigatori hanno rinvenuto fibre di nylon bianco corrispondenti a questa corda.

«La dottoressa Rogers, un'esperta patologa che lavora con il Dipartimento di polizia della Kindle County, ha eseguito l'autopsia sul corpo di Mae che, detto esplicitamente, a quel punto era in avanzato stato di decomposizione. Ciononostante, la dottoressa Rogers vi dirà di aver scoperto diversi elementi significativi di prova. Primo: intorno al collo di Mae c'era un segno nero tipico di uno strangolamento, quando i vasi sanguigni del collo vengono occlusi. Vi dirà che i patologi che studiano queste cose sono spesso in grado di giudicare, basandosi su quei segni neri, che cosa è stato stretto intorno al collo della vittima – un lenzuolo, una cintura –, ma in questo caso affermerà che quelli rilevati sul corpo di Mae Potter sono tipici di una corda di plastica. Vi dirà che Mae aveva le mani strette accanto al collo nel modo tipico di chi muore di morte violenta. Sotto le unghie rimaste c'erano fibre di plastica bianca corrispondenti a quella corda, e ne aveva molte anche sul collo. Sul cruscotto della macchina di Mae c'erano impronte di scarpe che un esperto identificherà chiaramente come quelle degli scarponcini che indossava Mae. La dottoressa Rogers vi spiegherà che, se chi ha strangolato Mae era alle sue spalle, lei avrebbe potuto opporre resistenza spingendo con i piedi sul cruscotto. Altri esperti vi diranno che sul sedile posteriore della macchina – dove doveva trovarsi l'assassino – c'erano diverse tracce del DNA di Aaron Housley.

«Ricorderete che, prima del ritrovamento dei resti di Mae, gli investigatori erano andati a Harold's Woods per esaminare il luogo dove avevano campeggiato Mae e il signor Housley. Oltre alle fibre di nylon corrispondenti alla corda che vi ho mostrato, hanno trovato diversi oggetti che, a quanto pare, Mae aveva lasciato lì: trucchi, una canottiera e delle mutandine stese ad asciugare su un cespuglio. Sua madre confermerà che erano cose sue. La tenente Glowoski testimonierà – in quanto esperta della polizia – che abbandonare gli oggetti a quel modo è tipico di quando qualcun altro sta raccogliendo effetti personali non suoi. In quel luogo sono state inoltre trovate nel fango chiare impronte degli scarponcini di Mae, oltre a quelle di sneaker compatibili con il modello indossato da Aaron Housley.

«Come vi ho anticipato, sentirete molto parlare di impronte di scarpe, e lo farà l'esperta della State Patrol. Prima della sua testimonianza, verrete a sapere dal nonno dell'imputato, un anziano signore di nome Joe Mena, che lui stesso aveva comprato al nipote un nuovo paio di Nike molti mesi prima. E l'esperta di scarpe vi spiegherà nei particolari la somiglianza tra quelle sneaker e le impronte che ha esaminato nel fango a Harold's Woods. Quello, come vi verrà detto, non è l'unico posto in cui sono state trovate impronte compatibili con le sneaker del signor Housley. Durante l'esame microscopico, sulla camicetta che Mae indossava quando è stata uccisa è stata trovata un'impronta di quel tipo di Nike. La dottoressa Rogers vi dirà che probabilmente appartiene all'assassino che, strangolandola da dietro, ha messo un piede sulla spalla di lei per far leva. In un'altra chiazza di fango essiccato, questa volta in fondo alla strada di servizio di Ginawaban – dove è stato trovato il corpo di Mae –, accanto alla Subaru con i suoi resti sono state identificate impronte del tipo di Nike posseduto dall'imputato.»

Dopo aver detto ai giurati che le impronte delle scarpe di questo caso sarebbero come quelle nella neve del suo esempio sulle prove circostanziali, Jackdorp adesso resta immobile e lascia vagare lo sguardo su di loro in modo che possano assimilare il significato delle sue parole.

«Ora, in che modo la Subaru è finita giù da quella stradina della Marenago County se vi ho detto che Mae è stata uccisa a Harold's Woods, più o meno centocinquanta chilometri più a sud? Ecco cosa avranno da dire le prove in proposito. Ricorderete che George Lowndes ha visto un giovane afroamericano guidare la macchina uscendo dal parcheggio di Harold's Woods. Un altro genere di prova che verrà presentata in questo processo sono i tabulati delle connessioni ai ripetitori telefonici. Quando usate un cellulare, anche se è soltanto acceso, l'apparecchio si connette ai ripetitori vicini e questa informazione viene trasmessa al vostro operatore. Noi presenteremo i tabulati dei telefoni di Mae e dell'imputato, prove importanti in entrambi i casi.

«Adesso sappiamo, proprio come il signor Housley aveva detto alla signorina Benisch, che Mae non aveva spento il telefono quando si trovava a Harold's Woods. Un motivo della nostra certezza è che lei stessa ha postato foto e video sui social il 12, 13 e 14 settembre, indicando che si trovava lì. Vi mostreremo le immagini, dove vedrete una giovane donna molto carina, piena di vita. Ma più o meno dopo le otto del 14 settembre, quando George Lowndes ha visto un ragazzo e una ragazza lottare per qualcosa che lui teneva sopra la testa, i post cessano. E i tabulati mostrano che il telefono di Mae è stato spento alle 9.06. Probabilmente non vi sorprenderà sapere che le impronte di Aaron Housley erano su quel telefono, comprese alcune molto chiare sul tasto di accensione e spegnimento. Da spento, il telefono non si connette ai ripetitori e non ci sono più indicazioni di dove si trovasse Mae.

«E il telefono del signor Housley? Era rimasto spento per giorni, con la segreteria telefonica disattivata, ed è tornato in rete per pochi minuti il 14 settembre. La prima volta ha agganciato due ripetitori circa cinquanta chilometri a nord di Harold's Woods. Perché? Non per fare una telefonata. Per pura coincidenza, in quel momento ne arriva una che dura solo pochi secondi, ma la donna che l'ha fatta ha dichiarato alla polizia di aver sbagliato numero. Il telefono del signor Housley, invece, mostra che ha usato per pochi minuti un'app di navigazione, come spesso fa chi sta guidando. E vedrete inoltre, circa due ore dopo che George Lowndes ha visto il giovane afroamericano guidare il SUV argento, la foto di un casello autostradale non lontano da Ginawaban che mostra chiaramente quella macchina. Quindi, anche se la signorina Benisch vi dirà che l'imputato ha affermato di essersi diretto subito a Mirror, dunque verso sud, in autostop, i tabulati dei ripetitori indicano che in realtà era andato verso nord. E la foto del casello mostra che la Subaru era diretta a nord. A nord c'è anche il luogo dove sono stati trovati il corpo di Mae e la Subaru, qui a Ginawaban, oltre all'impronta compatibile con le sneaker che Aaron Housley possedeva.

«Considerando tutto questo, potete capire perché gli investigatori fossero ansiosi di trovare le scarpe di Aaron Housley, che avrebbero permesso all'esperta di impronte di affermare non solo che tutte quelle rinvenute – nel fango a Harold's Woods, sulla camicetta di Mae e accanto alla Subaru – erano state lasciate da scarpe come quelle dell'imputato, ma di dichiarare con certezza scientifica che erano state lasciate dalle sue. Quindi il 30 settembre, una volta noti i risultati dell'autopsia condotta dalla dottoressa Rogers, è stato eseguito un mandato di perquisizione nella casa dove l'imputato viveva con la madre e il fidanzato di lei. Ma quelle Nike non c'erano. E non le indossava quando è stato arrestato. Le Nike non sono mai state trovate.

«E c'erano altri oggetti che ci si sarebbe aspettati di trovare e che non c'erano al momento della perquisizione. Lo zaino che Aaron aveva usato per andare a campeggiare con Mae? Mai rinvenuto. Il suo sacco a pelo? Nemmeno.

«Quella perquisizione, però, ha fruttato altre prove. Fibre di nylon bianco corrispondenti alla nostra corda sono state recuperate dal rivestimento sul fondo dell'armadio della sua stanza, anche se non ce n'erano su nessuno dei vestiti appesi lì.»

Jackdorp tace, lancia uno sguardo furtivo e gira la testa con un'angolazione curiosa, un ottimo modo per indicare che c'è qualcosa di losco in quello che ha appena descritto, anche se non può dirlo in una dichiarazione iniziale.

«Ma quello che *è* stato trovato, signore e signori...» Si avvicina al banco della giuria, in modo che capiscano che sta per dire qualcosa di rilevante. «... Nel garage è stata trovata una corda di nylon bianco». Torna al tavolo dell'accusa e solleva ancora una volta la busta di plastica. «Questa corda. E ci sono prove interessanti in proposito. Uno dei vice dello sceriffo, che guidava la perquisizione e conosce la madre dell'imputato da molti anni, le ha chiesto, presente il fidanzato che è il proprietario della casa, se ci fosse da qualche parte una corda di nylon bianco, magari in garage. "Non in garage" aveva risposto lei, aggiungendo di aver guardato lì la settimana precedente, in cerca di alcuni attrezzi da giardinaggio.

«Ora, le prove non vi daranno alcun motivo per pensare che la madre dell'imputato, che è seduta qui in prima fila, o il suo fidanzato abbiano mentito agli agenti, bensì dimostreranno che è quello che lei sinceramente credeva. Ma cosa ha trovato la tenente Glowoski infilato in uno scatolone sul fondo di un armadietto del garage, dietro parecchie altre scatole? Questa corda di nylon bianco, dello stesso tipo che ha lasciato una certa quantità di fibre sulla macchina di Mae, lo stesso tipo di corda le cui fibre erano sugli abiti e sotto le unghie di Mae. Aaron Housley è la sola altra persona che vive in quella casa e ha accesso al garage.

«L'altra accusa contro Aaron Housley, oltre a quella di omicidio, è di intralcio alla giustizia. E significa esattamente quello che dice: che ha compiuto diverse azioni con il chiaro intento di sfuggire alla giustizia, di impedire al sistema giudiziario di catturarlo, che ha nascosto o distrutto prove importanti ed è fuggito quando si è reso conto che rischiava di essere arrestato.

«Naturalmente potete considerare l'accusa di intralcio alla giustizia collegata a quella di omicidio, e anche questa è una prova molto importante di quel crimine. Non sono le azioni di una persona innocente.»

Mi alzo in piedi. «Giudice, mi sono morso la lingua e ho lasciato che il signor Jackdorp facesse il suo discorso alla giuria, ma sta traendo delle conclusioni, vostro onore. Sta sconfinando nell'arringa finale.»

«Accolta. Signor Jackdorp, il signor Sabich e io le abbiamo concesso notevole libertà nella dichiarazione iniziale. Il suo lavoro consiste nel comunicare alla giuria che cosa dimostreranno le prove e le testimonianze che intende presentare. Non voglio sentire nulla che somigli a un'arringa finale, e le sue ultime osservazioni, insieme a molte altre in precedenza, di certo lo sembrano.»

Jackdorp si stringe nelle spalle. In quei momenti, a dispetto del suo atteggiamento molto rigido, ha una certa abilità e il suo gesto dice tutto: "Cosa volete farci? Certe persone sono sciocche e pedanti".

«Bene, lasciate che vi dica un'ultima cosa riguardo alle prove di questa accusa di intralcio alla giustizia. Nella tarda serata del 28 settembre 2023, Aaron Housley ha saputo che il corpo di Mae era stato trovato in fondo alla strada di servizio. L'impressione iniziale del primo agente giunto sulla scena, che ha trovato droga nelle tasche di Mae...» Jackdorp raddrizza la schiena e solleva un dito. «Oh» dice, come se non avesse strategicamente aspettato a rivelare questo fatto se non dopo aver creato nei giurati un senso di simpatia nei confronti di Mae «è una cosa che avrei dovuto dirvi prima. Le prove dimostreranno che Mae Potter usava droghe, e che ne aveva usate molte, cocaina e fentanyl, mentre era in campeggio con Aaron Housley. Quando l'agente ha trovato il corpo, troppo gonfio e decomposto per essere sicuro che si trattasse di Mae, ha cercato nella tasca dei jeans un documento d'identità e ha trovato compresse di fentanyl. Quindi la conclusione iniziale, riferita dai giornali che avevano molto pubblicizzato le ricerche di Mae Potter, era stata che la ragazza, sballata dalla droga, avesse preso male la curva e fosse precipitata in basso morendo.

«In quel momento nessuno parlava di omicidio. Nessuno sapeva che lo fosse, a parte, naturalmente, l'assassino. Ma poche ore dopo aver saputo che era stato trovato il corpo di Mae, Aaron Housley è fuggito. È andato da suo nonno e ha preso in prestito il pick-up anche se era ancora soggetto all'ordinanza del tribunale di non guidare. Ha detto al nonno, cito: "Devo andarmene da qui". E lo ha fatto. Ha spento di nuovo il telefono e disattivato la segreteria telefonica, il che significa che i ripetitori non potevano tracciare dove fosse. E non era ancora tornato due giorni dopo, quando è stata resa pubblica la conclusione della dottoressa Rogers, ovvero che Mae era stata uccisa, ed era stato emesso un mandato d'arresto per lui. Ne è seguita una caccia all'uomo. E dov'è stato arrestato Aaron Housley? A Ginawaban, dove erano stati lasciati il corpo di Mae e la sua macchina. E cosa c'era nel cassone del pick-up sul quale è stato arrestato? Un badile e un carrello a mano per spostare cose. Oggetti degni di nota da portare in un luogo che solo l'assassino poteva essere certo che sarebbe stato esaminato in cerca di tracce.»

Mi alzo di nuovo in piedi per obiettare che Jackdorp sta cercando di trarre conclusioni dalle prove invece di limitarsi a dichiarare quali saranno. La giudice Carrington accoglie.

«L'ultima frase su quello di cui poteva essere certo l'assassino va espunta. Credo sia meglio che lei concluda, signor Jackdorp.»

Lui fissa il pavimento come se cercasse di contenersi.

«Bene, la giudice afferma che ho parlato a sufficienza delle prove che l'accusa vi presenterà. Con l'avanzare del processo, potrebbe risultare che ho travisato uno o due cose: in quel caso, perdonatemi. Però vi assicuro che non abbiamo fatto errori sul punto fondamentale: le prove vi dimostreranno oltre ogni ragionevole dubbio che Aaron Housley ha ucciso Mae Potter e che ha commesso il reato di intralcio alla giustizia nella speranza di evitare l'arresto.»

Per la prima volta, Jackdorp si è diretto lentamente dal tavolo dell'accusa verso il nostro. Con la corda ancora in mano, torreggia su Aaron e scuote solenne la testa. Ancora una volta Aaron risponde come speravo. Fissa senza timore Jackdorp e regge il suo sguardo. Qualcosa di quel modo di fare sorprende il procuratore. Immaginavo si fosse preparato per concludere con un paio di frasi velenose rivolte a Aaron, ma adesso, anziché prolungare il confronto, si volta. La conclusione di quella che so essere stata un'eccellente dichiarazione iniziale viene troncata. Si rivolge alla giuria, la ringrazia per l'attenzione e va a sedersi.

22
La madre dell'imputato

6 febbraio

A causa dell'enorme pubblicità sull'omicidio di Mae, la giudice Carrington ha convocato centoventicinque potenziali giurati per essere certa di trovarne dodici che, almeno all'apparenza, fossero capaci di ignorare sul serio quello che avevano saputo dai notiziari o dai pettegolezzi. Quindi la selezione è stata lunga ed è finita solo oggi pomeriggio, dopo un giorno e mezzo.

Speravo che la dichiarazione iniziale di Jackdorp fosse breve e mi permettesse di fare la mia prima che la corte aggiornasse a domani. Secondo gli avvocati – una teoria non necessariamente avallata da ricerche di cui sia al corrente – è meglio essere gli ultimi a parlare prima di una sospensione, durante la quale le impressioni possono cristallizzarsi. E la teoria è valida in particolare per le dichiarazioni iniziali, fondamentali per plasmare il punto di vista dei giurati. Quando finisce Jackdorp, però, la giudice Carrington batte il martelletto e sospende l'udienza, non prima di aver detto ai giurati di non parlare del caso tra loro né con altri, e di non seguire i media che ne parlano.

L'addetto alla sicurezza del tribunale assegnato oggi a Aaron, un anziano ex vicesceriffo che si chiama Rolly, viene a prenderlo per riportarlo in carcere. Prometto a Aaron di fargli visita domani dopo l'udienza, ma stasera ho fretta. Dopo la dichiarazione iniziale di Jackdorp, ho bisogno di rivedere in parte la mia.

Voltandosi per mettere le mani dietro la schiena e farsi ammanettare, lui mi guarda: «Avevi ragione, non mi è piaciuto».

Un sorriso gli si insinua agli angoli della bocca come un ladro, a conferma del suo inalterato senso dell'ironia. Immagino mi voglia mostrare che resiste bene, ma Jackdorp ha fatto un ottimo lavoro e quell'espressione mi preoccupa: temo che Aaron non abbia ancora assimilato appieno quello che sta succedendo.

Dopo aver preso i nostri faldoni, Susan e io ci sediamo nella mia Tundra, che a volte uso come ufficio mobile. Susan era andata in pensione, lasciando il suo posto presso i difensori d'ufficio della Skageon County, e lei e suo marito avevano comprato una casa di campagna nella parte settentrionale della contea. La vicinanza a Portage – circa cinquanta chilometri – è stato un altro motivo per cui speravo accettasse la mia proposta. Anche così, durante un processo ogni istante è prezioso, quindi mi aspetto che lei passi molte notti con Bea e me nella casetta che abbiamo affittato non lontano. Ieri sera è rimasta per poter lavorare fino a tardi e continuare a studiare i dati che ha raccolto per la selezione della giuria, quindi ho accettato che oggi andasse a casa per vedere suo marito e controllare il piccolo allevamento biologico di maiali e polli.

Mi comunica le sue idee su come rispondere a Jackdorp, tutte astute come sempre, poi la accompagno alla sua Sportster 1200 Custom. Ha indossato l'abbigliamento da moto nel bagno delle signore, affidandomi il completo di pelle che appenderò nella mia macchina e le restituirò domani mattina. È pronta per temperature come quelle di stasera, parecchio sotto lo zero, perché casco, giacca e pantaloni sono riscaldati: li attacca a una presa da 12 volt della sua Harley.

Se posso avere dubbi sulla scelta dell'avvocato da parte di Aaron, non ne ho affatto sull'investigatrice. Susan è brillante e piena di risorse quanto i migliori detective con cui ho lavorato. Poi è più che decisa ad assicurare che Aaron abbia un processo equo e, come me, lavora incessantemente. Eppure, nonostante la sua dedizione, la principale identità di Susan è quella di chi si autodefinisce motociclista. Ormai è vicina ai sessant'anni, ma non ha intenzione di rinunciare alle due ruote e, nei fine settimana liberi, lei e Al vanno in giro con altri harleysti in gruppi che contano anche settanta persone, per lo più uomini con i lunghi capelli al vento dietro la bandana e inquietanti da vedere tutti assieme.

Prima del processo, Susan mi ha chiesto di riflettere se davvero la volessi accanto a me al tavolo della difesa, ben sapendo la reazione che il suo aspetto suscita in molti. Stavo ancora valutando la sua offerta quando ero andato nell'ufficio di Jackdorp. Ero lì per ritirare dei documenti e la segretaria, una signora anziana con le guance cascanti e i capelli ricci e grigi, mi aveva detto: "Li ha già presi la sua ragazza".

"Susan? La nostra investigatrice?"

"Investigatrice? È un'investigatrice? La vedo in giro da anni, ed è difficile non ricordarla con quella cresta."

Ho preso spunto da quella conversazione. Poiché vive nella parte più settentrionale della Skageon County, Susan viene spesso a Portage, la città più vicina, in genere per andare da Tractor Supply. Come mi ha dimostrato la segretaria di Jackdorp, il suo look la fa ricordare, quindi molti giurati la riconosceranno. Penseranno che forse sia un po' matta ad andare in giro così, ma è la loro matta. E qualsiasi cosa possa dare una patina di familiarità al team della difesa di Aaron ci sarà utile per le ragioni di cui sono ben consapevole fin dall'inizio.

Sono passate da poco le sette quando raggiungo Bea nella modesta casetta in cui abitiamo per il processo. Lei è seduta su una poltrona del salotto che ha avvicinato alla finestra, anche se nell'oscurità non c'è quasi niente da vedere. Dopo aver valutato i costi, abbiamo deciso per un affitto di sei mesi alla periferia di Portage anziché pagare tre volte tanto per lunghi soggiorni nel motel di una catena a trenta chilometri da qui sull'interstatale. Collocata di fronte a una grande fattoria, la nostra più che una casa sembra un garage. C'è un angusto salotto, dove Susan e io piazziamo i nostri portatili, e due minuscole stanze – Susan dorme nella singola quando decide di restare –, oltre a una cucina lunga e stretta e a un solo bagno.

La casa ha un aspetto irrimediabilmente cupo. Non esiste una lampada a sospensione, e il sole non entra mai dalle piccole finestre. Il soffitto, rivestito di pannelli acustici, è talmente basso che, ogni volta che entro, devo soffocare l'istinto di chinare la testa. Di notte si sente il rumore del traffico perché i camion rombano lungo la nostra strada, a quanto pare una nota scorciatoia per l'interstatale. Lo strato di sporco sulle pareti dà la sensazione che un precedente inquilino abbia acceso un falò, e probabilmente è proprio quello che è successo. Circa un mese fa abbiamo avuto un periodo di freddo da catastrofe climatica, con la massima a -24°C e, persino con una stufetta e un sacco a pelo pesante, ho scoperto che può fare troppo freddo per dormire.

È stato Joe, esaminando per la prima volta la casa, a capire per cosa fosse stata costruita, ovvero ospitare i braccianti per la stagione. Qui, probabilmente, in piena estate ci vivono tre o quattro famiglie.

L'iniziale fiducia di Bea che potessimo rallegrare un po' quel posto si è rivelata mal riposta: tanto per cominciare, qualsiasi sia la natura dello sporco sulle pareti, rende impossibile imbiancarle. Abbiamo comprato da Goodwill, a Como Stop, una camionata di mobili: l'assortimento comprendeva diversi bei pezzi, dato che molti residenti estivi rinnovano spesso l'arredamento e a fine stagione si liberano dei mobili che li hanno stancati. Non abbiamo saputo resistere a un salotto che è molto comodo, ma restringe ulteriormente uno spazio già piccolo. Bea ha appeso qualche foto di famiglia, però sembrano sprecate senza che ci sia qui Aaron a vederle.

Quando entro non si muove e continua a fissare fuori. Aveva promesso di cucinare e sento un aroma invitante provenire dalla cucina, ma vedo sul tavolino che ha davanti un bicchiere di vino e una bottiglia di bianco mezza vuota. Quando infine si volta verso di me, ha un'espressione sofferente.

«Non mi ero resa conto di che effetto avrebbe fatto» osserva «nel momento in cui Jackdorp avesse unito i puntini. Avevo tutto davanti agli occhi, ma non ho mai fatto il collegamento.»

Appoggio la valigetta e mi avvicino a lei.

«Quella corda» dice «e tutto quello che la riguarda: averla, nasconderla. È questo che lo farà condannare, vero?»

Capisco. Aaron aveva buone ragioni per acquistarla, ma non sarà facile dimostrarle. E, anche se ci riuscissimo, non significa che non l'abbia usata per uccidere Mae il giorno successivo. Per quanti scenari alternativi io possa costruire, tutti si concludono con Mae che muore con quella corda intorno al collo. E, dopo che è uscita dal negozio dove è stata comprata, le prove la collocheranno nelle mani di una sola persona.

«Non è positivo per Aaron» ammetto. «Ma nemmeno brutto come afferma Jackdorp.» Le rammento, come le avevo già spiegato, i limiti che presentano le fibre come prova. «E non so su che basi Jackdorp potrà affermare che Aaron abbia nascosto o distrutto oggetti come le scarpe, gli abiti o lo zaino e poi messo l'arma del delitto in garage. Continua a non avere senso.»

Bea mi guarda a lungo, con lo sguardo fisso e gli occhi più cupi del solito.

«Dimmi che pensi che non sia stato lui.»

Uno dei vantaggi del ruolo che ho assunto è non dovermi preoccupare troppo della domanda che mi ha fatto. Il mio lavoro è quello di creare falle nelle prove dello Stato, ed è lì che ho concentrato tutta la mia attenzione. Penso anche che abbiamo qualcosa su cui lavorare.

«Sono il suo avvocato, Bea. Voglio presumere che non sia stato lui.»

«Susan lo ritiene colpevole?»

«Ha il mio stesso approccio, però nel profondo credo che entrambi abbiamo ancora la sensazione che potrebbe essere innocente.»

«Come mai?»

«Per vari motivi, le prove non stanno in piedi del tutto. Ma in gran parte è la sensazione che emana Aaron: non pare il colpevole.»

«A volte, però, non hai quella stessa sensazione e lo credi colpevole, non è vero?»

«A volte» rispondo.

Mi chino per stringere Bea fra le braccia, però mi sembra un po' rigida, non indifferente, ma incapace di rispondere. Di tanto in tanto condividiamo momenti di tenerezza, quando ci aggrappiamo l'uno all'altra come naufraghi su una zattera. Lunedì, prima che uscissi per andare in tribunale a scegliere i giurati, lei mi ha abbracciato. Mi ha detto che avevo un bell'aspetto. Ho accettato di regolare un minimo barba e capelli, ma non voglio perdere del tutto l'aspetto campagnolo.

«Succeda quel che succeda» ha osservato «grazie. Non avevo idea di quello che ti stavo chiedendo. Un impegno simile? Probabilmente ti ho sottratto degli anni di vita.» Eppure il bacio che è seguito mi è parso quasi un obbligo.

Come avevo cercato di dirle più volte, preparare la difesa di Aaron non ha fatto bene alla nostra coppia e per mille motivi che, se prima potevo solo intuire, adesso riconosco appieno. A Mirror, lei rientrava la sera in cerca di una tregua dalla costante atmosfera accusatoria che doveva affrontare a scuola, ma adesso tornare a casa da me non è un rifugio. Non posso proteggerla dall'ansia di quello che potrebbe succedere a suo figlio, perché io stesso potrei contribuire alla sua rovina, un difensore inetto che spiana la strada a Jackdorp per una condanna a vita. E vedermi le rammenta il meteorite da due tonnellate che sta precipitando verso il suo mondo. Io non riesco più a distrarla nei momenti cupi, non ho aneddoti da raccontarle sulla mia vita quotidiana, dedicata ormai da mesi al caso di Aaron. Peggio ancora, l'intensità di quegli sforzi ha ridotto la mia attenzione per lei quando ha più bisogno di me.

Adesso tra noi si sono anche creati dei confini. Per quanto Bea a volte scalpiti per sapere qualcosa delle prove, non le parlo mai troppo delle mie impressioni, perché si tratta di questioni confidenziali che, in genere, Aaron preferisce non condividere con lei. Non vuole parlarne durante le visite, in occasione delle quali preferisce avere la compagnia di sua madre e non di un altro membro del team dei difensori.

Da parte mia, il danno al nostro rapporto non è meno pesante. Bea non può più essere una partner a tutto tondo, non posso proprio farle sentire l'immenso fardello che porto – la responsabilità della vita di un ragazzo – perché, a suo parere, senza dubbio corretto, lei paga un prezzo emotivo maggiore. Di conseguenza, godo molto poco di quella che spesso è stata la sua dote più magica, ovvero la capacità di intuire a ogni istante le mie necessità.

Ne ha sofferto anche la nostra intimità, è naturale, ed entrambi siamo malridotti per quello che stiamo sopportando da soli. Lei ha perso peso perché è troppo tesa per mangiare. Nonostante la guerra che non smetteva mai di dichiarare a quei cinque chili di troppo che solo lei vedeva allo specchio, non ha un aspetto migliore: le visite a Aaron hanno assorbito tutto il tempo che dedicava alla forma fisica. È smunta per la preoccupazione e adesso vedo più rughe, la pelle più flaccida, fili grigi nei capelli, il colorito più spento, e la sua aura di allegria è quasi scomparsa.

Io, invece, comincio a somigliare all'omino Michelin. Sono ingrassato più di cinque chili perché il frigorifero è il mio rifugio quando lavoro e anche perché bevo di più, soprattutto a tarda sera, perché l'alcol mi concilia il sonno.

Gli inevitabili screzi vengono gestiti con minore pazienza, quindi finiamo per ferirci. Quando Susan e io avevamo cominciato a cercare case in affitto, avevamo chiesto a Bea se volesse un posto abbastanza grande per ospitare anche Joe. Dall'arresto di Aaron, ha guidato avanti e indietro praticamente ogni giorno per poter trascorrere con lui l'ora che la prigione concedeva, e so che non vorrà perdere neppure un istante del processo non appena avrà testimoniato. Ma Bea mi aveva risposto con rabbia e un'occhiata fulminante.

"Che cosa?" aveva chiesto. "Stai cercando il modo di peggiorare un'esperienza già insopportabile?" Non aveva mai usato con me un tono così duro e, per un istante, mi era sembrato di sentire Barbara.

Consapevole di questo, adesso cerco di rispondere con tenerezza e calma alle domande che mi fa sulla colpevolezza di Aaron. Le ricordo che è sua madre, e il suo primo compito è credergli. Lei annuisce. So che si riprenderà. Bea non sarebbe fedele a se stessa se non accettasse appieno Aaron. Anche se dovesse venire il giorno in cui cambiasse versione e ammettesse la sua colpa, prima o poi Bea tornerebbe da lui. E in questo invidio Aaron.

Dal mio punto di vista, però, questa conversazione è foriera di una notte difficile. Avrei voluto cenare, modificare leggermente la mia dichiarazione iniziale poi bere un paio di drink e dormire per tutta la notte. Adesso capisco che devo rivalutare tutto quello che dirò e confutare la ricostruzione di Jackdorp. Per molti motivi, tutti validi, nelle dichiarazioni iniziali i difensori non promettono, se possibile, di produrre prove specifiche.

Ma non riesco a immaginare quale impatto possa aver avuto sui giurati il discorso di Jackdorp che, seppur brevemente, ha fatto vacillare anche la madre dell'imputato.

«Rusty.» La voce di Bea. «Rusty, ti prego, svegliati, svegliati.»

Il mio primo pensiero, mentre apro gli occhi, è che ci sia un intruso o che abbia sentito il rumore di qualcuno in agguato fuori. È seduta sul letto in T-shirt e ha acceso la lampada da lettura del suo comodino, il cui improvviso bagliore mi acceca. L'orologio segna le 4.06.

«Che c'è? Che succede?» chiedo mettendomi seduto anch'io.

«Mi sono appena ricordata una cosa» risponde. L'urgenza la fa irrigidire, ma, non so per quale motivo, non riesce a guardarmi. «Devi saperlo: sono stata io a mettere quella corda in garage.»

«Tu?» le chiedo sorpreso. I miei pensieri vanno al rallentatore. Fuori un camion passa rombando, un rumore amplificato dal silenzio della campagna. Molto lontano si sente anche lo sferragliare dei treni merci che sfrecciano attraversando la città a quest'ora della notte.

«L'ho portata a casa da scuola. L'avevamo usata per montare lo sfondo della recita di primavera dei bambini. L'ho portata a casa e l'ho messa in uno scatolone di cose di scorta.»

Ho visto lo scatolone che conteneva oggetti necessari in una certa stagione. È di Bea, quindi non avevo mai fatto molto caso al contenuto, ma di certo non rammento la corda.

Un istante dopo mi rendo conto che mente per salvare suo figlio.

«Bea, non puoi dire che ti sei appena ricordata di una cosa come questa.»

«Ma è così» risponde. «È così. Sapevo che durante la perquisizione era stata trovata una corda, me lo hai sempre detto, però non ho mai visto cosa avessero preso. Credevo tu intendessi uno spezzone molto più corto perché immaginavo quanta ce ne sarebbe voluta per strangolarla. Non mi ero mai resa conto che fosse una matassa grande e lunga come quella che Jackdorp ha mostrato in aula. Ogni volta che lo faceva avevo una brutta sensazione perché capivo che qualcosa non andava. Però mi è tornato in mente mentre dormivo: sono stata io a mettere lì la corda.»

«Bea, è troppo tardi per questo.»

«Perché?» chiede guardandomi negli occhi per la prima volta.

«Te l'ho detto molto tempo fa. Sei la madre, e non puoi cercare di assumerti la colpa, nessuno ti crederebbe.»

«Non mi sto addossando la colpa. È vero, è la verità. Me ne sono appena ricordata.»

Capisco il suo ragionamento. Forse le è venuta l'idea sentendomi dire che non aveva senso che Aaron portasse a casa la corda, soprattutto considerando che, secondo Jackdorp, Aaron ha nascosto le altre prove. Bea è una donna intelligente, direi brillante, quindi ha soppesato quello che ha sentito oggi in tribunale e ha valutato con cura l'impatto di quanto vorrebbe dichiarare. Se quello che mi dice adesso fosse vero, i discorsi di Jackdorp sulle fibre "compatibili" con la nostra corda lo farebbero sembrare un idiota perché le presunte corrispondenze sarebbero con un oggetto di scarto messo via molto prima che Mae morisse. E, cosa ancora più importante, se fosse stata Bea a riporre lì la corda, significherebbe che non lo ha fatto Aaron e quella che il procuratore aveva definito "arma del delitto" era in realtà l'avanzo di una recita scolastica.

Ma allora che ne è stato della corda che Aaron ha comprato da Home Warehouse, come vedranno i giurati? Ecco un altro motivo per cui il ricordo di Bea, per quanto lei accarezzi l'idea, non reggerà mai.

«Bea, hai detto a Dom Filipini che non c'erano corde in garage.» Fin dall'inizio, per evitare situazioni nelle quali io sarei potuto diventare un potenziale testimone, avevo informato Jackdorp che non avremmo contestato quello che Dom avrebbe riferito della sua conversazione con Bea, né la mia apparente conferma delle sue parole. Se Bea però si fosse contraddetta sul banco dei testimoni, Jackdorp avrebbe avuto tutto il diritto di obbligarmi a testimoniare e descrivere quanto Bea fosse sicura della sua affermazione parlando con Filipini. È questo il peggior incubo di un difensore: dover testimoniare contro il proprio cliente, e dubito che la giudice Carrington mi salverebbe dopo che le avevo promesso che non sarebbe mai accaduto.

«Rusty, chi sa cosa si trova in ogni angolo buio del garage? Io non ero lucida. La polizia stava mettendo a soqquadro la casa, ero nel panico e chiunque lo sarebbe stato. I giurati capiranno.»

Capiranno per certo una cosa: che qualsiasi madre lo farebbe per suo figlio. Però questo implica che lei è convinta della sua colpevolezza. I giurati la vedranno così: Bea è sicura che la giuria non lo scagionerà mai. In maniera paradossale, ma anche molto concreta, Bea si sarà trasformata in una testimone d'accusa.

È chiaro che devo convincerla a non farlo, spiegandole quanto danneggerebbe le possibilità di Aaron, a prescindere da ciò che lei pensa. Ma non passerò ore a discutere con lei quando alle nove devo fare la mia dichiarazione iniziale.

«Bea, non è questo il momento di discuterne. Se tu dovessi testimoniare, sarebbe come minimo fra una settimana, dopo che l'accusa avrà concluso e noi decideremo se e come presentare una difesa. Quindi pensiamoci bene per un po'.»

«Credevo la volessi usare per la dichiarazione iniziale. Per questo ti ho svegliato.»

Le spiego quanto sia delicato per la difesa promettere prove alla giuria in questa fase, ma lei è profondamente delusa dalla mia riluttanza e, peggio ancora, ha capito che non le credo.

«Rusty, è andata così.» Mi guarda a lungo e aggiunge: «Non ti sto mentendo, Rusty, sai che non è così».

Continua ad alzare la posta e adesso ha giocato tutte le sue carte. È la pietra tombale della nostra coppia: quando mi rifiuterò di lasciarla testimoniare, infatti, nella sua mente questo sarà sempre il motivo per cui Aaron è stato condannato.

«Bea, ho bisogno di riposare. Mi aspetta un'intera giornata in tribunale.»

Non c'è possibilità che io riesca a dormire nemmeno per un secondo in più, ma ho bisogno di mettere fine a questo discorso e conservare quel che posso della mia presenza di spirito per la dichiarazione iniziale di domani.

«Non ti dico bugie» ripete lei.

Decido di non rispondere. Le chiedo di spegnere la luce e mi sdraio di nuovo in un letto che adesso è occupato da due persone diverse.

23

Dichiarazione iniziale della difesa

7 febbraio

«Bene» dico mentre mi dirigo a passo tranquillo verso lo stesso punto da dove ha cominciato Jackdorp e resto in silenzio ancora un momento. È un'entrata a effetto, per essere sicuro di avere tutta l'attenzione dei giurati. È la prima volta che li vedo faccia a faccia e cerco di proiettare le sensazioni positive che mi comunica il loro gruppo. Susan e io siamo convinti di essere stati molto bravi nella selezione, durante la quale il giudice, e poi gli avvocati, intervistano i potenziali candidati uno per uno prima di decidere se esercitare una delle poche "ricusazioni perentorie" concesse a entrambe le parti dalla legge per escludere qualcuno senza dover indicare una motivazione. Compresi due sostituti che dovrebbero essere congedati all'inizio delle deliberazioni, quattordici persone siedono nel banco di sicomoro su comode sedie imbottite sotto alle grandi finestre. In gran parte sono quelle che Damon, il nostro consulente per la giuria – un compagno di università di Nat così gentile da offrirci gratuitamente i suoi consigli – ci aveva detto di aspettarci nella Marenago County, ovvero bianchi di una certa età. È probabile che molti abbiano una mentalità all'antica, perché i contadini vivono una vita governata dalle cose fondamentali che non sono mai cambiate da quando, millenni fa, l'uomo si è dedicato all'agricoltura.

«Il signor Jackdorp, il procuratore eletto, ha dipinto una situazione molto fosca per l'imputato, non è vero? E sono sicuro che vi chiederete cosa possiamo dire in proposito io e il mio assistito. Più di una volta il giudice vi ha fatto notare che Aaron Housley non deve dimostrare niente. L'onere della prova, di presentare prove, e prove così sostanziali da convincervi oltre ogni ragionevole dubbio, quel pesante fardello resta sulle spalle del signor Jackdorp dall'inizio alla fine, non è nostro. Ai sensi della Costituzione, dichiarandosi non colpevole, l'imputato ha la facoltà di rispondere alle accuse del signor Jackdorp, al governo di cui il procuratore fa parte.» Abbasso la voce e cerco di usare un tono da gangster in tivù. «"Davvero? Sono sciocchezze. Dimostratelo."»

Come speravo, ottengo un sorrisetto da un paio di giurati, compreso il signor Alvin Smith, un anziano agricoltore, un tranquillo gentiluomo, completamente calvo a parte una frangia curata di capelli bianchi. È l'unico tra loro che si è presentato in tribunale in giacca e cravatta. Ed era anche l'unico nero tra i potenziali giurati. Stando a Damon, che si è immerso nei dati demografici della Marenago County, un residente su cinquanta è afroamericano. Sebbene il signor Smith sia registrato come elettore repubblicano, Jackdorp ha provato a usare con lui la ricusazione perentoria, ma ha fatto confusione con i requisiti legali stabiliti dalla Corte Suprema per impedire la pratica molto diffusa fra i procuratori – me compreso, lo confesso – che ai tempi la utilizzavano per ricusare tutti i giurati neri quando un afroamericano era sul banco degli imputati.

Per la selezione della giuria, Damon ha creato un enorme database interattivo attingendo ai registri pubblici come quello degli aventi diritto al voto, delle imposte sugli immobili e delle sezioni censuarie. Tuttavia ci ha avvertiti con franchezza di una cosa: per quante famiglie multietniche e felici abbiamo visto nelle pubblicità televisive, nella Marenago County il colore della pelle di Aaron potrebbe pesare molto nella mente di alcuni giurati. Per dimostrarcelo, Damon ha portato i risultati elettorali che indicavano come i candidati neri di qui sono sempre tre punti indietro rispetto ad altri dello stesso partito.

Per individuare i giurati di mentalità più aperta, Damon ci ha indicato alcuni parametri, se devo essere sincero stereotipi grossolani. Abbiamo accettato quattro persone registrate come elettori democratici e otto giurati che hanno frequentato per un certo tempo il college, percentuali parecchio più alte in entrambe le categorie rispetto alla media della contea. Abbiamo anche scelto cinque veterani, perché inevitabilmente hanno servito accanto ad afroamericani. Oltre al signor Smith abbiamo approvato una donna asiatica che gestisce con il marito il locale ristorante cinese e un uomo di nome Gomes, che consideriamo latino.

«Per cominciare lasciatemi fare un commento importante a proposito di quello che vi ha detto il signor Jackdorp: si sbaglia. Si sbaglia in senso generale, perché le prove *non* vi convinceranno al di là di ogni ragionevole dubbio che Aaron Housley ha tolto la vita a Mae Potter. E si sbaglia perché scoprirete in diverse occasioni che le prove non si riveleranno ciò che lui vi ha fatto credere. Non sotto ogni aspetto, naturalmente. In questo caso ci sono molti fatti sui quali noi – il mio assistito, l'investigatrice Susan DeLeo e io – non abbiamo argomentazioni. Ma vedrete anche come, in un buon numero di punti critici, le prove del governo presentano carenze o contraddizioni. E verrete anche a sapere che, volente o nolente, il signor Jackdorp vi ha fuorviato su alcuni elementi. Vi faccio un rapido esempio.»

Nel gergo comune delle aule di tribunale, ci si riferisce all'accusa come "lo Stato", o – come preferisce dire Jackdorp – "il popolo", ma i giurati non sanno qual è la prassi, quindi Damon mi ha suggerito di usare il termine "governo" che, nella Marenago County, ha una connotazione negativa.

«Non so quante volte ho sentito ripetere al signor Jackdorp che le fibre rinvenute in vari luoghi, dove i due ragazzi hanno campeggiato, nella macchina e sugli abiti di lei, sono "compatibili" con quella corda.» Detto questo vado al tavolo dell'accusa e prendo la corda bianca trovata nel nostro garage. Jackdorp ha già legato al sacchetto un cartellino con la scritta "reperto dell'accusa 1". «Scoprirete che questa corda e le sue fibre sono realizzate in un materiale che si chiama "nylon 6". Ma apprenderete anche che il nylon 6 si trova ovunque, in un numero di oggetti infinito: abiti, mobili da esterni, spazzolini da denti e scope, parti della vostra macchina e, forse più rilevanti, attrezzature da campeggio, compresi alcuni sacchi a pelo e zaini. È praticamente impossibile sfuggire al nylon 6.

«Ne risulta che nessun perito al mondo – persino quelli che lavorano per il governo come parecchi che il signor Jackdorp intende far testimoniare – potrà affermare in modo scientificamente inoppugnabile che la fonte delle fibre qui presentate sia questa corda. Lo ripeto: a prescindere da quanto vi ha detto il procuratore, nessun minuscolo filamento proveniente dal luogo del campeggio, o dagli abiti, o dalla macchina verrà identificato con certezza come proveniente da *questa* corda.» La lascio cadere da un'altezza di circa sessanta centimetri sul tavolo dell'accusa, dove atterra con un tonfo. Poi annuisco verso il banco della giuria, e vedo molti appoggiarsi all'indietro sulla sedia corrugando la fronte. Abbiamo fatto centro.

«Ed è soltanto un primo esempio. Aspettate che arrivi alle impronte delle scarpe, che il signor Jackdorp ha paragonato a quelle che si possono vedere fuori dalla finestra in una mattina innevata. Ma, prima di proseguire, lasciate che mi presenti di nuovo.»

Dieci anni fa, l'istinto mi diceva che diventare un penalista mi avrebbe insegnato molte cose sul sistema giudiziario che non avrei potuto imparare altrimenti, e quel sospetto è stato confermato a più riprese durante la preparazione a questo processo. Quando stavo dall'altra parte, non avevo mai ammesso quanto fosse ripida la strada per i difensori. Le ricerche sulle giurie hanno mostrato che l'ottanta per cento dei giurati prende una decisione dopo le dichiarazioni iniziali e non la modifica più. Eppure, in questa fase del processo, la difesa è sempre un po' azzoppata. Se l'impianto accusatorio dovesse scoppiare in mano a Jackdorp – e abbiamo già individuato un paio di punti deboli –, la difesa concluderà senza produrre elementi. Quindi la cosa peggiore che posso fare è promettere prove che potrei non esibire: in quel caso, infatti, l'incapacità di Jackdorp di dimostrare ciò che ha detto non sembrerebbe peggiore della mia.

Posso comunque imbrogliare un po' le carte e parlare della vita di Aaron, fatti sui quali lui potrebbe testimoniare, senza promettere esplicitamente ai giurati che li sentiranno da lui. Se le cose andranno a modo mio, non avverrà. Far salire Aaron sul banco dei testimoni è una pessima idea per svariati motivi, a cominciare dal fatto che la sua condanna per reati di droga verrebbe ammessa durante il controinterrogatorio, perché agli occhi della legge un reato penale mette in dubbio la sua credibilità.

Non dirò dunque alla giuria che la difesa chiamerà dei periti a testimoniare contro lo Stato. Non lo faremo, sia perché sono troppo costosi, sia perché quelli con cui ho parlato concordavano con gran parte delle conclusioni generali dei periti dell'accusa.

La reazione di Bea, però, la sensazione che ha avuto dopo la dichiarazione iniziale di Jackdorp che suo figlio sarebbe stato condannato, ha dimostrato anche prima che mi svegliasse in piena notte l'estrema necessità di rispondere efficacemente alle accuse. E non basterà calcare la mano su ragionevole dubbio e onere della prova, un classico delle dichiarazioni iniziali. Ho quindi deciso di impostare una difesa aggressiva nella speranza di sfruttare gli errori di Jackdorp quando ha sopravvalutato le prove della fibra e delle impronte in modo da sminuire le sue verità agli occhi della giuria.

«Vi ricordo che mi chiamo Rusty Sabich e sono orgoglioso di rappresentare davanti a voi questo giovane, Aaron Housley.» Sono tornato al tavolo della difesa dietro ad Aaron e gli ho appoggiato le mani sulle spalle. «E dico "orgoglioso" perché in verità non esiste vocazione più alta per un avvocato che poter parlare per conto di chi è ingiustamente accusato.» La giudice si schiarisce la gola in maniera eloquente. Sono andato molto vicino a dichiarare l'innocenza del mio cliente – gli avvocati non póssono farlo –, ma ritengo la mia una risposta corretta all'autocompiacimento di Jackdorp per la nobiltà dei suoi doveri di procuratore.

«Lasciate che vi parli per un momento di ciò che le prove dimostreranno a proposito del mio assistito e che non avete sentito dal signor Jackdorp. È cresciuto nella città di Mirror, in una contea a sud di qui. Sua madre, preside della locale scuola elementare, come sapete è seduta in prima fila. Suo padre, ex agente di polizia, è accanto a lei. Il nonno, Joe Mena, verrà chiamato come testimone dal governo, ma in seguito lo vedrete tra il pubblico. E saprete che Aaron Housley ha una bella famiglia che lo sostiene da quando è stato adottato alla nascita.»

Solo per oggi, al posto dove poi si siederà Joe, all'altro lato di Bea, ci sono le mie due nipoti, Minerva e Briony, dodici e dieci anni, entrambe snelle con i capelli scuri. Nell'ultimo mese e mezzo, da quando la preparazione al processo ha accelerato il ritmo, i miei contatti con loro si sono limitati a una videochiamata Zoom la domenica anziché alle normali due o tre visite, come baby-sitter di scorta, tifoso alle loro partite di hockey o ammiratore ai recital musicali. Mio figlio Nat, il loro padre, è seduto accanto a Briony. Adesso ha quarantasette anni, ma ha ancora l'aspetto da ragazzo avvenente e somiglia a sua madre al punto che, a volte, ho l'impressione di vedere un fantasma.

Tutta la famiglia di Nat adora Aaron, in particolare le bambine alle quali fa da consigliere per il campeggio ogni volta che vengono a Mirror: le porta in canoa, a pesca e, quando c'è neve, in slitta giù per la collina e sul lago ghiacciato, tutti e tre urlando a pieni polmoni. Due anni fa, le mie nipoti hanno saputo che Aaron era in prigione, ma a casa loro la notizia si è trasformata in un'occasione per parlare dei pericoli della droga. Genitori e figlie sono uniti nel ritenere ridicola l'accusa di omicidio contro il ragazzo che conoscono, e le due sorelle desideravano essere presenti per sostenerlo.

Ma sono venute anche per me. Mio figlio sa bene, come me, che questa è quasi certamente l'ultima opportunità di vedermi in azione in un'aula di tribunale. Nat, quindi, ha spostato le lezioni di oggi ed è andato a prendere prima le figlie a scuola anche se Anna – che oggi doveva andare a St Louis – ha saggiamente insistito che sentissero solo la mia dichiarazione iniziale e non quella di Jackdorp. Minnie, la più grande, ha preso la mano di Bea e si confortano a vicenda.

«Aaron Housley ha finito le superiori e ha cominciato il college» proseguo «ma ha abbandonato per seguire il proprio talento artistico, che gli ha permesso di trovare lavoro come grafico fino a poco prima degli eventi di questo caso. È probabile che, di tanto in tanto, lo vedrete disegnare mentre segue il procedimento. Questo, più o meno, è il suo modo di riflettere, però non significa che sia annoiato o non sia profondamente preoccupato da quanto sta accadendo.

«Le prove vi mostreranno che il mio assistito è sempre stato un tipo abbastanza solitario, ma è molto legato agli amici che si è fatto, e tra questi c'era di sicuro Mae Potter. Sono stati il primo amore l'uno dell'altra. Si sono conosciuti alle medie, una specie di Romeo e Giulietta, un amore a prima vista, e si sono frequentati durante tutto il percorso scolastico. Come ogni primo amore, il loro è stato un po' turbolento, appassionato e pazzo. Litigavano ferocemente e si lasciavano, poi inevitabilmente tornavano insieme. Avevano un legame molto speciale. In questo processo sentirete molto parlare di Mae Potter, temo non sempre in termini lusinghieri, e per questo mi scuso con voi e con la famiglia di Mae. A volte, però, la ricerca della verità richiede di far luce in qualche brutto angolo buio. Vi chiederei tuttavia di tenere a mente, durante la trattazione di questo caso, che qualsiasi cosa verrete a sapere su Mae Potter, Aaron Housley conosceva la sua parte migliore, la ragazza brillante, divertente e affettuosa che sapeva essere, in particolare quando era con lui. Aaron Housley l'amava e l'amerà sempre. La sua morte ha spezzato il suo cuore come quello di tutti i presenti.

«Mae Potter, però, aveva anche altre facce. Il suo umore poteva variare in un istante. Sapeva diventare sconsiderata e scortese, persino crudele. Era spesso soggetta a tumulti emotivi e aveva un grave problema con la droga, come il signor Jackdorp si è ricordato di dirvi alla fine. Nel periodo che Mae Potter e Aaron Housley hanno trascorso a Harold's Woods, la ragazza ha fatto un pesante uso di cocaina e fentanyl, il che – a proposito – è il motivo per cui il mio assistito ha dovuto guidare la sua macchina nonostante l'ordinanza del tribunale. Quello che le prove stabiliranno, comunque, è che sebbene Mae Potter fosse sotto l'effetto di sostanze stupefacenti per gran parte del tempo trascorso in campeggio, Aaron Housley non lo era. Verrete a sapere che i test effettuati quando la ragazza non era rientrata a casa non hanno rilevato tracce di droghe di alcun tipo nel sangue dell'imputato.

«Come avviene quasi sempre, la droga aveva peggiorato il comportamento di lei. Era diventata più imprevedibile, meschina e inaffidabile, e spesso trattava chi le era vicino come il suo peggior nemico, e inevitabilmente alcuni lo sono diventati. Per essere esplicito, il risultato è che nella Skageon County un buon numero di persone detestava Mae Potter.»

Mi sono imposto in anticipo di soffocare l'impulso di guardare i Potter nel corso del processo. Le loro reazioni – lacrime oppure occhiate di puro odio dirette a me – non farebbero che distrarmi, e non voglio che la direzione del mio sguardo incoraggi ulteriormente i giurati, che sicuramente provano empatia per la famiglia. Solo per fugare la mia paura peggiore, lancio un'occhiata a Mansy. Ha la testa grigia chinata e si è preso il viso tra le mani. Vedendo la sua palese sofferenza, mi volto rapidamente.

«Come vi ho già ricordato, le prove *non* vi dimostreranno che Aaron Housley ha ucciso Mae Potter. Non lo ha fatto, è stato qualcun altro. Non spetta a noi individuare chi abbia strangolato quella ragazza, se davvero è stata strangolata, non è un lavoro per la difesa. Non dobbiamo risolvere un crimine che l'accusa e i tutori della legge non sono riusciti a chiarire. Perché? Le prove vi daranno qualche idea in proposito.

«Apprenderete inoltre che il padre della vittima è Harrison Potter il quale, come il signor Jackdorp, è un procuratore eletto della Skageon County, da dove vengo anch'io. La comunità della legge, come già saprete, è relativamente unita. Così nel settembre scorso l'inspiegata sparizione di Mae Potter – figlia di un procuratore del posto – ha suscitato una reazione piuttosto drammatica fin dall'inizio e si sono messi alla sua ricerca gli agenti dello sceriffo, la State Patrol e persino l'FBI. Questa urgenza di trovarla ha accentuato il panico per individuare l'assassino non appena si è saputa la causa della morte, pochi giorni dopo il rinvenimento del corpo.

«Ora, il signor Jackdorp ha citato la tenente agente speciale Glowoski, che è seduta qui.» Mi volto verso di lei. Proprio come Susan, che è al mio fianco, anche alla responsabile delle indagini è consentito restare in aula, che debba o meno testimoniare, perché viene considerata parte del team dell'accusa. Come sempre, Glowoski si acciglia non appena pronuncio il suo nome. «Il signor Jackdorp ha detto che la chiamerà come testimone e voi verrete a sapere che, fin dall'inizio, questa indagine ha preso in considerazione un solo colpevole, Aaron Housley. Il lavoro della tenente Glowoski mirava quasi esclusivamente a raccogliere prove della sua colpevolezza, senza pensare a possibili altri, comprese le molte persone di cui ho parlato che, per essere schietti, detestavano Mae Potter. Ne sono risultati errori, errori gravi, uno dopo l'altro. Quindi vi prego di ascoltarmi attentamente, e non solo per prendere nota di quegli errori, ma anche perché sospetto che esistano indizi su chi ha davvero commesso il crimine, indizi che la State Patrol e altri non avevano interesse a seguire.

«Adesso vorrei riprendere a parlare in maniera più dettagliata delle prove. Come ha ammesso il signor Jackdorp, quello che ha delineato è un quadro probatorio circostanziale. Sono sicuro che ricorderete la sua storiella in proposito: se sul vostro vialetto ha nevicato di fresco e poche ore più tardi compaiono delle impronte nella neve, sapete che qualcuno ha camminato lì. Sì, è vero, perché da quella prova potete trarre una sola conclusione.

«Vorrei però presentarvi un altro esempio di prove circostanziali, o meglio di prove circostanziali di questo procedimento. Uno degli aspetti piacevoli della vita nella Marenago County, o persino più a sud, nella Skageon County, è guardare il cielo in una notte limpida. Chi di noi è tanto fortunato da passare le giornate qui, a molti chilometri di distanza da sporco e smog di qualsiasi città, può vedere un gran numero di stelle. Da ragazzo mi avevano insegnato che, se guardi quella più luminosa – la stella polare – e da lì tracci una riga che attraversa quelle vicine, avrai i contorni della costellazione che chiamiamo il Grande Carro. Migliaia di anni fa, i greci osservavano quelle stesse stelle e credevano di vederci una figura che avevano chiamato Orsa Maggiore. Ora, quando sai cercare quelle forme, le puoi tracciare nella mente e ci puoi vedere un carro o ci puoi vedere un orso. E, in un altro stato d'animo, soprattutto qui dove il cielo è pieno di stelle, riesci a vedere solo una splendida moltitudine che Dio ha messo lì perché fosse apprezzata in sé e per sé senza altre forme nella mente.

«Vedrete che le prove circostanziali di questo caso sono come il cielo stellato della Marenago County. E se alla fine dite a voi stessi: "Forse è un carro, forse un orso o forse sono solo stelle", questa, signore e signori, non è certo una prova al di là di ogni ragionevole dubbio ed è ben lontana dalle impronte nella neve sul vostro vialetto.

«Il signor Jackdorp, però, ha scelto di mettere in luce le vere impronte di cui sentirete parlare, e vi ha detto subito il motivo. Perché, quando si tratta di prove dirette, non ne ha. Nessuno salirà qui sul banco dei testimoni per dichiarare: "Ho visto Aaron Housley mettere intorno al collo di Mae Potter la corda che lui stesso ha acquistato". Perché non è successo. Nessun testimone dirà: "Ho assistito all'omicidio", se di omicidio si tratta.

«Il signor Jackdorp vi ha parlato di persone molto vicine a Aaron Housley che il governo ha citato come testimoni. La sua migliore amica, Cassity Benisch, o suo nonno, Joe Mena. Né l'una né l'altro dichiareranno che Aaron Housley abbia mai neppure accennato di aver avuto un ruolo nella fine di Mae Potter, ma entrambi vi diranno che il mio assistito era distrutto quando ha saputo della morte di lei, l'unica donna che abbia mai amato nella sua giovane vita.

«Quindi il signor Jackdorp non ha prove dirette degli eventi fondamentali di questo caso, però vi ha assicurato: "Abbiamo queste impronte di scarpe e, nel lungo periodo, equivarranno a testimonianze".»

«Obiezione» annuncia Jackdorp. Ha notato l'impatto sulla giuria dei miei commenti sulle fibre e sulle sue esagerazioni, e adesso non vuole che acuisca quei dubbi parlando delle impronte, ma scommetto che non si rende conto appieno dell'entità dei suoi problemi. «Non è questo il senso delle mie parole.»

«La giuria si affiderà al ricordo di ciò che è stato detto» afferma la giudice. «Respinta.»

«È giusto» dichiaro. «È giusto. Quando verrà il momento di decidere, potrete comunicare tra voi e scoprire come ricostruire quasi alla perfezione, collaborando tutti e dodici, quanto è stato detto qui. In ogni caso l'importante è il vostro ricordo, non il mio o quello del signor Jackdorp. E mi scuso se ho mal rappresentato le parole del signor Jackdorp. Sospetto però che, quando cercherete nella vostra memoria collettiva, concorderete che il signor Jackdorp ha fatto il paragone con le impronte nella neve e ha suggerito che quelle delle scarpe nel nostro caso equivalgono alla deposizione di un testimone oculare.

«Può essere che, di fronte a queste affermazioni, alcuni di voi abbiano avuto qualche perplessità. Quello scetticismo era una dimostrazione di saggezza perché, signore e signori, le prove dimostreranno che, qui, le impronte di scarpe non hanno nulla a che vedere con quelle nella neve, ma riveleranno invece i pericoli di un'accusa circostanziale.

«Ora, come ho detto, siamo davanti ad alcuni fatti inconfutabili. A un certo punto, il signor Jackdorp si alzerà e vi leggerà quella che si chiama una stipulazione. Vale a dire che Aaron Housley e io accettiamo di non far perdere tempo a voi o alla corte costringendo il governo a dimostrare fatti che sappiamo essere veri. Sì, sentirete che ci sono le impronte digitali del mio assistito sulle chiavi e sul telefono di Mae Potter, oltre che sul volante della sua auto, e che ha guidato anche se gli era proibito. A proposito, vi prego di non confondervi: Aaron Housley non è sotto processo per aver violato un'ordinanza del tribunale. Non è sotto processo per violazioni del codice stradale. È sotto processo per omicidio. Se lo volete condannare per aver guidato anche se non avrebbe dovuto farlo, siete nell'aula sbagliata.

«Ma non siamo in disaccordo con certi fatti basilari. Aaron Housley e Mae Potter sono andati via da soli per un paio di giorni per discutere la possibilità di sposarsi. Era stata Mae Potter a proporlo, e al termine dell'esposizione vi spiegherò perché potrebbe avere importanza. Comunque avevano concordato di dedicare piena attenzione uno all'altra mentre valutavano quella prospettiva. Niente telefonate da casa o dagli amici, niente messaggi. Solo loro due con i telefoni spenti.

«Come avete sentito, il signor Jackdorp ammette che Mae Potter non ha rispettato quella promessa. Ho già detto che le capitava spesso. E, sì, Aaron Housley si è arrabbiato: era intenzionato a parlare del resto della loro vita, ma lei si metteva in posa e faceva smorfie davanti all'obiettivo. Sì, si è arrabbiato al punto di portarle via il telefono, lasciarla a Harold's Woods e tornare a casa in autostop. Ma non ha ucciso Mae Potter. Non ha scaricato la sua macchina e il suo corpo a Ginawaban, circa centocinquanta chilometri più a nord. Le prove non vi convinceranno di questo.

«Aaron Housley, però, non contesta di certo che suo nonno Joe gli abbia regalato un paio di sneaker, le Nike Air Force 1 per essere precisi, circa dieci mesi prima dei fatti. L'esperta di impronte di scarpe che, come il signor Jackdorp, lavora per il governo dello Stato, vi parlerà delle impronte delle calzature, come vengono formalmente chiamate, trovate dove il mio assistito e la vittima hanno campeggiato a Harold's Woods a partire dal 12 settembre. E vi dirà che, a suo parere, alcune delle impronte complete rilevate nel fango somigliano alle suole delle Nike Air Force 1 che Joe ha preso per il nipote. Ammetto fin d'ora che quelle impronte di Nike a Harold's Woods erano davvero delle scarpe di Aaron Housley. Non fate caso alla preoccupazione del signor Jackdorp che non si riescano a trovare le scarpe: con ogni probabilità, quando avremo finito qui, non ci saranno più misteri su cosa ne sia stato di quelle sneaker.

«Poi il governo, il signor Jackdorp, passa da Harold's Woods a Ginawaban, a circa centocinquanta chilometri di distanza. Descrivendo le prove, forse vi ha fatto pensare che secondo l'esperta le impronte di Ginawaban – quella macabra sulla spalla di Mae e quella vicino a dove si è schiantata la sua macchina – siano delle scarpe di Aaron Housley. Ma non vi ha detto che a Ginawaban sono state rinvenute solo impronte parziali, piccole parti di un'impronta completa. In questo caso l'esperta può dichiarare soltanto che condividono alcune caratteristiche delle suole tipiche delle Nike Air Force 1. Ne deriva che né lei né qualsiasi altro perito affermeranno che le impronte frammentarie trovate a Ginawaban sono delle sneaker di Aaron Housley. Se vi sembra che questa affermazione somigli molto a quello che vi ho spiegato in merito alle fibre, bene, vi lascerò trarre le conclusioni sull'affidabilità di ciò che avete sentito dal signor Jackdorp.

«Vi anticipo invece come le prove dimostreranno che è altamente probabile che Aaron Housley *non* abbia lasciato nessuna delle impronte di Ginawaban. Perché il procuratore non ha menzionato un fatto molto importante. Il signor Jackdorp potrebbe anche non saperlo, glielo concedo, ma la sneaker Nike Air Force 1 è la scarpa più venduta negli Stati Uniti, e anche nel mondo. Nei tre anni precedenti la morte di Mae Potter – più o meno la durata media di quelle scarpe – ne sono state vendute trenta milioni di paia, e migliaia di migliaia sono state acquistate in questo piccolo angolo di mondo. In base ad alcune stime, un maschio americano su otto ne ha avuto prima o poi un paio. Dunque l'esperta di impronte potrà stabilire il fatto che Aaron Housley indossasse le Nike Air Force 1 quando ha lasciato Mae Potter a Harold's Woods, e il fatto che chiunque abbia nascosto la macchina a Ginawaban potesse indossare lo stesso tipo di scarpe, solo una coincidenza, e non particolarmente significativa. E mi aspetto ammetta che, in quanto coincidenza, avrebbe lo stesso significato se ci fosse una prova in base alla quale Aaron indossava i jeans a Harold's Woods proprio come la persona di Ginawaban. Molti usano i jeans, come parecchi di voi nel banco della giuria in questo momento. E molti indossano Nike Air Force 1, ma questo non significa che uno di loro abbia ucciso Mae Potter.» Avanzo piano verso il banco della giuria e sbircio brevemente oltre la balaustra, più un gesto teatrale che una vera occhiata. «Non vedo bene» continuo «però non mi sorprenderebbe se uno di voi le portasse oggi.»

Questa mia affermazione è qualcosa di più di un tirare a indovinare. Nell'ora precedente l'inizio dell'udienza, Susan si è piazzata accanto alla porta d'ingresso per osservare le scarpe di tutti quelli che riconosceva come giurati, e ha visto il logo di Nike per due volte, ovvero nel peggiore dei casi non sono andato molto lontano dal vero.

E infatti, non appena ho finito di parlare, un uomo in ultima fila – mi pare si chiami Ritzenberger, un tizio grosso e paffuto, fra i quaranta e i cinquanta, con ciuffi di capelli rossastri – comincia a ridacchiare, e molti colleghi si uniscono a lui mentre indica i suoi piedi. Avrei voglia di esultare e mi porto una mano alla bocca per nascondere il mio maligno piacere.

«In ogni caso, adesso avete capito il mio ragionamento sul pericolo delle prove circostanziali, di cercare di vedere un carro o un orso quando in realtà si tratta solo di un gruppo di stelle.»

Profondamente irritato, Jackdorp si alza in piedi e dice: «Credo che adesso stia argomentando, giudice».

«Lo penso anch'io» risponde la giudice Carrington.

Me la sono cavata su parecchie cose che non mi sarebbero state permesse in un'altra aula, ma è stato Jackdorp a spianare la strada con i suoi esempi della neve. Non ha comunque senso discutere con la giudice, quindi annuisco e dico di aver chiuso con questo argomento. Le impronte delle scarpe e le fibre erano la migliore opportunità per sminuire la tesi accusatoria di Jackdorp che ieri sembrava molto convincente. Tutto sommato, è andata bene, anche se ho corso qualche rischio: gli esperti di Jackdorp potrebbero finire per contraddirmi. In questa fase, ovvero quella in cui le impressioni contano moltissimo, sono riuscito a scalfire la corazza di veridicità di Jackdorp. La giudice Carrington, come molti altri oggi, consente ai giurati che lo desiderano di prendere appunti su taccuini forniti dal tribunale che, di notte, resteranno affidati all'addetto alla sicurezza. Tutti tranne due hanno accettato carta e penna, e molti hanno preso appunti, in particolare a proposito delle impronte di scarpe.

«Di fatto, signore e signori» riprendo «non ci saranno prove dirette, nessun testimone oculare, nessuna prova documentale o elettronica, nessun elemento di alcun tipo che collochi Aaron Housley a Ginawaban in qualsiasi momento vicino a quello in cui il signor Jackdorp dice che è stato lasciato lì il corpo di Mae Potter. Verrete solo a sapere che, due settimane più tardi, *dopo* il rinvenimento del corpo, e solo dopo, Aaron Housley è andato a Ginawaban. Vi prego di ricordare che cosa vi dimostreranno chiaramente le prove. Quando il mio assistito se n'è andato da casa per il viaggio che lo ha portato a Ginawaban era venerdì 29 settembre. Le notizie riferivano ovunque – sui social, in televisione – quello che le forze dell'ordine credevano allora, ovvero che Mae Potter, drogata o ubriaca, avesse perso il controllo della macchina in una curva e fosse morta quando il suo SUV si era schiantato uscendo di strada e precipitando in basso. Solo domenica sera sono stati resi noti al pubblico i risultati dell'autopsia, secondo i quali Mae Potter era stata uccisa. Il vicesceriffo che ha arrestato Aaron Housley vi dirà che a quel punto il ragazzo era bloccato su un pick-up guasto senza una radio che funzionasse, e con un telefono a cui si era scaricata la batteria, ovvero non aveva modo di sapere le novità emerse sul decesso.

«Ciononostante, il signor Jackdorp vi ha detto che Aaron Housley è andato a Ginawaban per intralciare la giustizia. Avete notato che il signor Jackdorp non ha citato una singola prova che il mio assistito potrebbe aver modificato, alterato o nascosto a Ginawaban? Perché non ce ne sono. Le prove vi diranno soltanto che, come fanno spesso gli innamorati, è andato a rendere omaggio a Mae Potter nel punto in cui credeva che lei avesse vissuto i suoi ultimi momenti.»

Mi sto avvicinando al termine della mia dichiarazione iniziale e mi fermo un istante per guardare la giuria. Sarà la mia ultima possibilità di rivolgermi a loro faccia a faccia fino all'arringa finale quando, come direbbero i ricercatori, potrebbe essere troppo tardi. D'ora in poi lancerò solo brevi occhiate al banco dei giurati. Un'altra massima delle aule di tribunale è che i giurati non apprezzano gli avvocati che studiano le loro reazioni alle prove, perché li farebbero sentire come bestie in uno zoo.

Mentre osservo il gruppo, mi colpiscono le sottili differenze rispetto alle giurie a cui mi rivolgevo decenni fa nella Kindle County. Non solo sono più anziani e più bianchi. A quanto si dice, la popolazione aumenta in media di un chilo ogni centosessanta chilometri andando a nord della Kindle County: guardando i giurati di oggi, direi che un chilo è troppo poco. Poi, quando qualcuno sorride, capisco che l'ortodonzia è meno comune qui.

Nel banco ci sono otto donne su quattordici persone, perché volevamo delle madri. Due di loro, entrambe sulla settantina e sedute vicine, sono un po' démodé e sembrano tipi che mettono ancora i bigodini di notte. Nessuna di loro, comunque, sfoggia le pettinature eleganti delle donne di posti come Como Stop. Il signor Smith ha la cravatta e uno, un ex contabile, è venuto con un cappotto sportivo di velluto a coste, ma gli altri quattro indossano versioni diverse di quella che chiamo l'"uniforme rurale". Sono tipi tarchiati con barbe fluenti, e portano T-shirt consunte, jeans e cappelli da baseball con il logo di qualche azienda che Moriah, la cancelliera, ha chiesto loro di togliere. Eppure, nel complesso, sono stati abbastanza attenti da darmi speranza.

Concludo con un rapido ripasso dei punti fondamentali della dichiarazione iniziale della difesa. Rammento loro che ogni storia ha due facce, e chiedo di sospendere il giudizio fino a quando avranno vagliato tutte le prove. Riecheggio le parole della giudice quando ha detto che, anche adesso, si presume che Aaron sia innocente. Poi li ringrazio per il servizio e per aver sopportato tutte le domande della giudice, di Jackdorp e mie.

«Siete le quattordici persone scelte fra tutti i vostri vicini che erano stati convocati qui, e che la giudice, il signor Jackdorp, Aaron Housley, Susan DeLeo e io abbiamo deciso essere quelle meglio in grado di emettere una sentenza equa in questo processo, le quattordici persone nelle cui mani Aaron Housley, Susan DeLeo e io abbiamo deciso di affidare il futuro del mio assistito. Siamo di fronte a voi con la fiducia, il rispetto e la certezza che, quando avrete sentito tutto, troverete insufficienti le prove del governo, che riconoscerete errori e lacune e che direte: "Non lo vedo, sono solo stelle" e dichiarerete Aaron Housley non colpevole.»

Quando ho finito, la giudice Carrington sospende l'udienza per un pranzo anticipato nella speranza di sentire nel pomeriggio i due primi testimoni dell'accusa. L'addetta alla sicurezza di oggi, una donna di nome Judy che mastica chewing gum, prende per il gomito Aaron e lo riporta in cella dove rimarrà per il tempo del pranzo. Quando mi volto verso il pubblico, Bea sta aspettando che la guardi per mettersi due mani sul cuore. Stamattina, quando si era svegliata, io stavo già uscendo per discutere con Susan di qualche preliminare, e non ha parlato della corda: per il mio bene, mi sentirei molto sollevato se non se ne discutesse più.

Dopo un breve scambio di opinioni con Susan, busso alla porta e chiedo a Judy di ammettermi alle celle. Voglio informare Aaron sui primi testimoni. Parliamo un momento di quello che mi aspetto mentre lui mangia il panino con mortadella che gli hanno portato per pranzo. Me ne vado promettendo una visita più lunga stasera in carcere.

Uscendo dalla pesante porta, mi ritrovo tutto solo nell'aula dove, solo pochi minuti prima non c'era un posto libero. Adesso, senza altre persone intorno, sento gli effetti dell'adrenalina dopo la mia performance. Per un istante, mentre osservo la bellezza di quest'aula – ancor più palese senza occupanti –, resto colpito dal percorso della mia vita. Come è strano, anzi notevole, ritrovarmi di nuovo nell'arena alla quale ho dedicato molte delle mie energie di adulto, ma anche il luogo di alcune delle mie più intense delusioni. Anni fa, quando avevo detto a Nat di aver chiesto l'appoggio di Mansy per avere qualche incarico come avvocato difensore, era rimasto allibito all'idea che fossi disposto a tornare nelle aule. Nella mia vita, però, non esiste un altro posto come questo, che richiede la massima concentrazione e prontezza mentale. Immagino che quello che ho vissuto qui sia simile al brivido che provano gli atleti in pista, ma per loro è impossibile riprovarlo alla mia età. Nel corso della mia carriera ho conosciuto uomini e donne che fioriscono in aula, che amano essere al centro dell'attenzione e apprezzano il duello quotidiano con gli avversari: li ho sempre considerati i veri avvocati processualisti. Io non sono meglio di un bravo impiegato che non ha mai avuto il coraggio di dire che gli piace stare in aula. Per me è sempre stata dolorosa l'ansia che si prova prima di un processo, e non sono mai rientrato a casa dopo una giornata in tribunale senza rimuginare su qualche questione o commento che temevo si rivelassero errori madornali. Ma qui mi sento *vivo*, e utilizzo appieno i miei talenti e questo, dopo gli anni in cui ho vissuto a ritmo ridotto, è qualcosa che adesso posso assaporare.

24
Charmaine

Che mi piaccia o no, in aula Jackdorp la fa da padrone. Riveste questo ruolo da anni e ha un approccio tranquillo e determinato. Si alza nel suo abito di tweed pesante, il viso segnato dagli anni, e guarda direttamente la giuria senza paura. Anche se mi dispiace ammetterlo, la sua pelle è sgradevole da vedere, ma lavora a suo vantaggio. È come se dicesse: la verità è questa. Non è bella, ma è la verità. Ha elencato alla giuria quali sono le sue prove e adesso le presenterà con ferrea disciplina.

Come ho imparato decenni fa, in aula una delle maggiori sfide per un procuratore è non lasciarsi distrarre. Se fronteggi una persona con i modi diretti di Jackdorp, quindi, il primo principio della difesa è creare distrazioni per la giuria, o specchietti per le allodole, come si suol dire. Stando al suo ex vice Tim Blanc, Hiram Jackdorp appartiene alla scuola di chi fa finta che l'avvocato difensore non esista. Dopo le mie domande ai suoi testimoni, le sue repliche saranno limitate, ammesso che non vi rinunci del tutto. Con le sue reazioni vuole dire alla giuria: "A chi interessano queste sciocchezze della difesa? Io tengo d'occhio la palla, e così dovreste fare voi".

Quindi comincia a presentare le prove chiamando la madre di Mae, Charmaine Potter, come primo testimone. È abile, per non dire sottile. Le tesi dell'accusa sono come esercizi di narrativa e vanno esposte con la schiettezza di un programma televisivo di successo, proponendo temi notoriamente efficaci che hanno buone probabilità di attirare tutti i giurati. Charmaine è la prima perché rende tangibile parte dell'incalcolabile danno provocato da questo crimine. Una donna in sedia a rotelle che piange incarna il motivo per cui Aaron dovrà pagare un caro prezzo.

Quando Jackdorp chiama il suo nome, Hardy va verso la porta dell'aula e la tiene aperta. Charmaine avanza. La giudice Carrington le chiede se è in grado di testimoniare dal banco e lei risponde di sì, ma sono Hardy e Mansy, che l'hanno accompagnata come una guardia d'onore, ad aiutarla a salire lentamente i gradini. Una volta sistemata, Charmaine fa un cenno deciso con la testa e i due uomini si ritirano senza nemmeno lanciare un'occhiata di sguincio a Aaron o a me.

Dopo aver chiesto a Charmaine nome e indirizzo, Jackdorp procede.

«Qual è il suo rapporto con la vittima di questo caso, Mae Cheryl Potter?»

«Sono sua madre» risponde Charmaine con notevole dignità, quindi, a poco a poco, cede. Il labbro inferiore le trema, china la testa e si stringe il naso piangendo. Ma non è per far scena, fossi al suo posto piangerei anch'io.

La giudice interviene dicendole di prendersi il suo tempo. Lei, come faceva un tempo mia madre, si è messa un fazzoletto nella manica e lo estrae per asciugarsi gli occhi e il naso mentre si ricompone. Charmaine, che appartiene a un'altra importante famiglia della Skageon County, non è mai stata bella come suo marito e ha il viso un po' emaciato, però si è sempre curata molto. Indossa un completo di seta lucida color malva e ha una pettinatura corta e morbida sui toni del biondo medio. Il trucco è applicato con cura, ma il tributo pagato alla malattia e alla morte della figlia la fa sembrare più vecchia dei suoi cinquant'anni.

Quando ho cominciato a inserirmi nella comunità della Skageon County, ho trovato Charmaine molto più intelligente di Hardy e spesso dotata di un umorismo amaro. Mae definiva tosta sua madre. Bea, naturalmente, la conosce da sempre e prova molta simpatia per lei, non solo per via della sua infermità o per il comportamento da donnaiolo impenitente di Hardy: la considera anche la donna che è stata colpita dal proiettile un tempo destinato a lei. Vive una vita che Bea sa bene non sarebbe riuscita ad accettare, non solo perché è costretta a essere una vera mediocrità, ma perché essere una Potter, sempre notata e giudicata, richiede di simulare con stoicismo in pubblico. Charmaine non sempre ce la faceva, anche molto prima della malattia. Dopo un paio di bicchieri, la sua lingua si faceva mordace.

È comunque molto più adatta di quanto sarebbe mai stata Bea al ruolo della moglie del politico, dato che ricorda tutti i nomi e sembra davvero felice di scambiare allegramente quattro chiacchiere. Quando vivevo da poco con Bea, mi salutava prendendomi entrambe le mani e dicendo ogni volta qualche idiozia come: "Vediamo molto spesso Aaron a casa nostra e lo trovo un ragazzo meraviglioso", mentre io sapevo benissimo che aveva chiamato lo sceriffo una decina di volte per via delle droghe. Questa era un'altra cosa che Mae diceva di sua madre: Charmaine è una vera calcolatrice.

Rispondendo alle domande di Jackdorp, ripercorre l'educazione e i successi di Mae, in particolare alle superiori. Ogni semestre era tra i migliori studenti. Onorificenze per tre anni nella pallavolo. Membro del coro dell'ultimo anno e di Young Life. Leader del ballo, la definizione che viene data adesso al posto di reginetta del ballo, il titolo di Bea ai suoi tempi, quando lei e Hardy erano la coppia celebre al terzo anno.

«Ha una foto di Mae del settembre 2023?»

È un altro scatto del book dei tempi da modella, un po' più spontanea di quella che Jackdorp ha già mostrato, più simile a come la potrebbe vedere una mamma, con Mae che ride allegra, di una bellezza straordinaria con una cascata di capelli biondi.

«E lei conosce l'imputato, Aaron Housley?»

«Sì.»

Prima che la giudice ordini a Aaron di alzarsi, accetto l'identificazione.

Charmaine dice poi che Aaron e Mae stavano insieme a intermittenza dalle medie.

«Adesso le chiedo di ripensare al settembre 2023: allora ha parlato con sua figlia dell'imputato?» chiede Jackdorp.

«Mi ha detto che Aaron le aveva chiesto di sposarlo.»

Mi alzo in piedi. «Vostro onore, il procuratore ha scelto di ottenere una testimonianza indiretta.»

«Si tratta di un'obiezione, signor Sabich?»

«Sto sottolineando il punto per gli atti.»

Jackdorp mi guarda con l'irritazione che ho già notato qualche volta quando non capisce a cosa io stia mirando. Senza la testimonianza di Charmaine su questo aspetto, probabilmente non potrà stabilire in altro modo che Aaron si era proposto a Mae – il che è uno dei pilastri del suo impianto accusatorio – e che era impazzito per come erano andate le cose a Harold's Woods. Nell'entusiasmo di rendere noto questo fatto attraverso una madre angosciata, è evidente che non ha pensato all'opportunità che stava offrendo alla difesa.

Charmaine dice poi di aver visto la figlia per l'ultima volta il 12 settembre. È scomparsa in qualche momento della giornata e in seguito non ha risposto al telefono, anche se Charmaine e Hardy le avevano lasciato diversi messaggi in segreteria.

«Ha visto sua figlia a colazione?» chiede Jackdorp.

«Sì, anche se era più un brunch» risponde Charmaine. «Non si svegliava presto, perché spesso leggeva o usava il telefono per tutta la notte.»

«Dopo quel brunch del 12 settembre, quando ha rivisto sua figlia?»

«Mai» risponde lei e, comprensibilmente, scoppia di nuovo in lacrime, come Jackdorp dava per scontato. Si ferma per permettere a Charmaine di riprendersi.

«Dopo il 12 settembre, aveva idea di dove si potesse trovare?»

«Avevo sentito girare voce che potesse essere con Aaron, l'imputato. Succedeva tutte le volte che andava via con lui, intendo non farsi sentire. Quindi per me aveva senso che fosse davvero con lui.»

Jackdorp provoca un altro momento di commozione quando Charmaine identifica un semplice ciondolo a cuore che era stato trovato sul corpo di Mae, subito sotto il segno nero dello strangolamento. Vorrei fare obiezione ma, a dire il vero, i resti di Mae erano decomposti al punto da lasciare in dubbio che fosse davvero lei. Charmaine aggiunge che il tanga trovato ad asciugare su un cespuglio vicino alla tenda e i tubetti di rossetto e l'eyeliner rotolati lungo un'inclinazione del terreno appartenevano alla ragazza.

«In genere sua figlia ci teneva a questo genere di cosmetici?»

«Avrebbe preferito uscire di casa senza testa. Metteva sempre in tasca quelle cose.»

Lancio un'occhiata alla giuria. Molte donne sono avvinte, del tutto in sintonia con Charmaine, ma non è una sorpresa.

«Richiamo la sua attenzione sull'imputato Housley. Lo ha visto dopo la scomparsa di Mae?»
«Sì.»
«Quando?»
«Guardando il calendario, lei e io abbiamo dedotto che fosse il 16 settembre. Ho sentito suonare il campanello verso le 18 e ho trovato Aaron alla mia porta.»
«E cosa è successo?»
«Aveva il telefono di Mae e me lo ha consegnato dicendomi: "Per favore, lo dia a Mae". Poi se ne è andato prima che gli potessi fare domande.»
«Richiamo la sua attenzione sul reperto 4 dell'accusa: è questo il telefono che l'imputato Housley le ha dato?»
È in una busta di plastica per le prove. Lei identifica la piccola stella glitterata che Mae aveva applicato alla tasca di silicone sul retro. Questo già dice qualcosa in sé.
«Prima di questa occasione, l'imputato era già venuto a casa sua?»
«Certo, un'infinità di volte.»
«E in genere cosa faceva?»
«Be', in genere salutava, chiedeva come stavo e diceva di voler vedere Mae.»
«Nell'ultima occasione ha chiesto di Mae?»
«No, si è limitato a darmi il telefono e se ne è andato.»
«Qual è stata la sua reazione?»
«A dire il vero era tutto proprio strano. Ho creduto che mia figlia fosse con lui, ma non mi ha dato nemmeno la possibilità di domandarglielo. L'ho chiamato, ma ha percorso il viale ed è salito su una macchina che lo aspettava.»
«E non le ha chiesto niente di Mae?» ripete Jackdorp.
Lo aveva già stabilito. Potrei oppormi per la ripetizione, ma non ha senso. La giuria ha sentito ed è l'ultimo punto di Jackdorp. Si siede.

Quando mi alzo in piedi, Susan mi lancia un'occhiata d'avvertimento. Di sicuro prendersela con una madre in lutto e in sedia a rotelle non mi farebbe entrare nelle grazie dei giurati. Spesso un controinterrogatorio gentile richiede maggiore abilità di quanta ne serva per flagellare un palese bugiardo. E non c'è dubbio che Charmaine abbia detto la verità. Quando mi avvicino al banco al centro dell'aula, chiedo a Charmaine come preferisce essere chiamata, e lei risponde «Signora».

«Signora Potter» esordisco dopo essermi sistemato vicino al banco con il mio taccuino giallo «date le circostanze, immagino non ci siano state molte comunicazioni tra la sua famiglia e gli Housley. Quindi vorrei cominciare presentandole le più sentite condoglianze da parte di tutti loro, Bea, Lloyd e il più importante di tutti, Aaron. Hanno il cuore spezzato per lei e per gli altri membri della sua famiglia.»

È abbastanza esibizionistico, e Jackdorp potrebbe opporsi, però non lo fa. Se ci penserà in seguito, potrà sempre ridicolizzare questo momento nell'arringa finale parlando di "lacrime di coccodrillo". Vedo Charmaine soppesare una risposta mordace – era questo il rischio di cominciare così –, ma alla fine si limita ad annuire tenendo gli occhi bassi.

«Adesso vorrei passare all'ultimo punto del signor Jackdorp, ovvero che il mio assistito non ha chiesto di parlare con sua figlia quando ha restituito il telefono. In genere dove posteggiava Mae quando era a casa? C'era spazio in garage?»

«No, mio marito ama le macchine, quindi lì non c'era spazio. Di solito teneva il SUV in un piccolo parcheggio appena fuori dal nostro vialetto.»

«Quindi chiunque conoscesse Mae avrebbe capito che non era in casa se la sua macchina non era in quel parcheggio, vero?»

«Sì.»

«E purtroppo il 16 settembre la sua macchina non era lì. È corretto?»

«Purtroppo sì.»

Voglio che i giurati sappiano che la fretta con cui Aaron se n'era andato aveva una motivazione diversa da quella che indicherà Jackdorp, ovvero la riluttanza ad affrontare la madre della ragazza che aveva ucciso.

«Ora, lei afferma che sua figlia e Aaron Housley si frequentavano a fasi alterne fin dalle medie. E che avevano litigato e si erano lasciati molte volte, è giusto?»

«Glielo può confermare chiunque conosca almeno uno dei due.»

«Eppure, nonostante tutta la rabbia, non è forse vero che non ha mai sentito, basandosi su quello che le diceva sua figlia o poteva osservare personalmente, che Aaron Housley sia mai stato aggressivo o violento con Mae?»

«Non lo so» risponde. «Ci dovrei pensare.»

«D'accordo, signora Potter. Quando suo marito... Prendiamoci un secondo per questo. Suo marito, il più giovane dei due uomini che l'hanno accompagnata al banco dei testimoni, è Harrison Potter, collega del signor Jackdorp in quanto procuratore eletto della Skageon County, a sud di qui.»

«Lo sa» risponde Charmaine.

«Io sì, ma la giuria no, signora Potter. Quello che ho detto – che suo marito Hardy, come lo chiamano, è collega del signor Jackdorp – è vero? Lo conferma?»

«Certo che è vero, però cosa ha a che vedere con il resto?»

A quel punto interviene la giudice. «Questa è una strada a senso unico, signora Potter. Risponda alle domande degli avvocati. Loro non possono rispondere alle sue.»

Jackdorp si alza. «Bene, faccio io la stessa domanda della signora Potter. Che cosa ha a che vedere con il resto il lavoro del signor Potter?»

«È un'obiezione sulla rilevanza, signor Jackdorp?»

«Sì.»

La giudice Carrington china la testa di lato e mi guarda.

«Si tratta dei problemi riguardanti le indagini che ha sollevato nella sua dichiarazione iniziale, signor Sabich?»

Confermo, lei respinge l'obiezione di Jackdorp e io continuo.

«Nelle ricerche di Mae suo marito ha coinvolto la polizia dello sceriffo, la State Patrol e persino l'FBI. È corretto?»

«Eravamo preoccupati per nostra figlia.»

«Tutti lo saremmo stati, signora Potter. Ma, a indagini iniziate, il 22 settembre 2023 un certo agente Rossiter è venuto a parlare con lei. Si ricorda?»

«È difficile adesso, ho parlato con molti di loro.»

Contrassegno il rapporto di Rossiter come reperto della difesa e chiedo alla giudice il permesso di mettermi vicino a Charmaine.

«E vede qui nel primo rapporto dell'agente Rossiter: "A mia richiesta, la signora Potter afferma di non essere a conoscenza di alcuna violenza fisica tra Aaron Housley e sua figlia. Litigavano molto, ma non si è mai preoccupata che Aaron potesse far del male a Mae". Lo vede?»

«Sì.»

«E ricorda di averlo detto all'agente Rossiter?»

«Immagino di sì, ma è stato prima di sapere cosa le era successo.»

«Bene, è questo il punto, signora Potter. Prima che sapesse che sua figlia era morta o che il mio assistito era sospettato, prima che sapesse tutto questo, ha detto a questo agente di non aver mai saputo che Aaron Housley fosse stato violento con Mae.»

«È quello che pensavo.»

«Grazie. Un'ultima cosa: vorrei domandarle di quando ha dichiarato di aver saputo da Mae che Aaron Housley le aveva chiesto di sposarla. Posso sapere come ha reagito quando sua figlia gliel'ha confidato?»

«Le ho risposto: "Devi passare sul mio cadavere".»

Si sentono risate in aula.

«E qual è stata la replica di Mae quando glielo ha detto?»

«Oh, sa, la stessa di quando lei e Aaron erano in un periodo buono: "Mamma, Aaron è l'unica persona al mondo che mi capisce davvero". Qualcosa di simile, qualcosa di cui si era convinta.»

«Ma si era arrabbiata per questa idea di Mae di sposare Aaron Housley?»

«Certo. Avrebbe buttato via la sua vita.»

Lascio aleggiare la risposta per qualche secondo. Per quanto ne sanno i giurati, c'è solo un ovvio motivo per cui Charmaine avrebbe considerato quel matrimonio la rovina di Mae.

«E se Mae le avesse detto che l'idea era stata sua, si sarebbe arrabbiata di più?»

«Non è andata così.»

«Capisco. Lei era presente, signora Potter, quando i due ragazzi avevano parlato di matrimonio?»

«Certo che no.»

«Quindi non sa per conoscenza diretta da chi dei due fosse arrivata la proposta?»

«So quello che mi ha detto Mae.»

«Ma si sarebbe ulteriormente irritata con sua figlia se avesse ammesso che era stata lei a proporre a Aaron Housley di sposarsi?»

«Se fosse andata così.»

«Mae le ha mai mentito per non farla arrabbiare o per apparire migliore ai suoi occhi?»

«Cosa intende?»

«Mae, per esempio, non le aveva forse detto che frequentava ancora il college anche se aveva lasciato gli studi sei mesi prima?»

«Se vuole sapere la verità, lo ha fatto perché continuassimo a mantenerla.»

«Bene, e si è arrabbiata quando ha saputo che aveva lasciato gli studi?»

«Ovvio. Non ho mai visto una ragazza crearsi tanti guai come lei.»

«Ma il punto, signora Potter, senza analizzare ogni singolo episodio, è che Mae le mentiva regolarmente. Non è forse vero?»

Riflette per un attimo nella speranza di trovare una scappatoia.

«Immagino che lo sia.»

«Ed era spesso di cattivo umore con lei e suo marito, vero? Si gridava molto in casa vostra quando Mae era presente?»

Charmaine ricomincia a piangere.

«Era mia figlia, le volevo bene, le volevamo bene, io e anche Hardy. Era una ragazza difficile e sembrava godere nel far arrabbiare le persone, soprattutto i suoi genitori. Ma io l'amavo.»

«Signora Potter, su questo non c'è dubbio, davvero. Nessuno mette in discussione il profondo amore che provava per sua figlia. Però il comportamento di Mae era diventato sempre più imprevedibile e provocatorio, non è vero anche questo?»

«Immagino di sì.»

«Anzi, Mae aveva trascorso circa un anno a New York per cercare di sfondare come modella, e quell'esperienza aveva avuto una conclusione difficile, vero?»

«Sì» risponde Charmaine improvvisamente gelida. Ha paura che io conosca la storia, ed è così. A corto di soldi perché non trovava lavoro come modella, dato che il suo aspetto da pubblicità di uno shampoo era considerato "troppo Ventesimo secolo", Mae aveva fatto un provino, ripreso in video, per un produttore di porno. Non si sa come, Hardy lo aveva scoperto ed era volato a New York per pagare al tizio una cifra intorno ai centomila dollari affinché distruggesse tutte le copie.

«Quando però avete riportato Mae a casa da New York, l'avete mandata da uno psichiatra.»

«Giudice» interviene Jackdorp «è irrilevante.»

«Vostro onore» rispondo «proprio per questo avevo sottolineato che il signor Jackdorp aveva scelto di introdurre una testimonianza indiretta. Le regole relative alle prove mi danno il diritto di sollevare dubbi su chi ha presentato una testimonianza indiretta, ovvero Mae Potter, con una nostra testimonianza indiretta.»

La giudice non aveva capito il mio gioco durante l'esame di Jackdorp e adesso non riesce a trattenere un sorriso.

«Autorizzerò solo qualche altra domanda» dichiara.

«Non sono durate a lungo le sue visite dallo strizzacervelli» dice Charmaine.

«Ma le avevano diagnosticato un disturbo borderline della personalità, non è vero?»

«È quello che ha detto lui, però io non ne ero così sicura.»

Jackdorp sta battendo la matita sul banco. Sono sicuro che fosse convinto di riuscire a non comunicare questa informazione alla giuria.

«Per stringere, come ha chiesto la giudice, le persone borderline hanno difficoltà a regolare le proprie emozioni, e sovente hanno incertezze su chi sono e difficoltà nelle relazioni interpersonali. E in queste persone sono comuni anche l'abuso di stupefacenti e comportamenti suicidari. Lo psichiatra le ha spiegato qualcosa di simile?»

«Sì.»

«E ha consigliato un programma di psicoterapia e farmaci?»

«Sì.»

«Mae è andata in terapia?»

«È andata dallo psichiatra un altro paio di volte, poi ha detto che era una perdita di tempo. Hardy e io eravamo più o meno d'accordo con lei.»

«Ha preso i farmaci che le avevano prescritto?»

«Non che io sappia.»

«A volte Mae aveva minacciato il suicidio?»

Jackdorp si alza furioso.

«Questo dev'essere irrilevante.»

Il viso della giudice Carrington ha un'espressione pensierosa, poi ci fa cenno di avvicinarci per conferire.

«Sta ancora cercando di screditare la testimonianza?» sussurra la giudice Carrington appena siamo tutti presenti. La sua sembra curiosità autentica.

«La teoria base della difesa è che il signor Housley non ha avuto nulla a che fare con la morte di Mae Potter e che esiste un'altra spiegazione.»

«Ma la difesa continua a sostenere che la morte è avvenuta per suicidio?»

«È una delle possibilità.»

«Deve fare meglio di così» interviene Jackdorp.

«Concordo» risponde lei. «Intende perseguire questa possibilità anche con altri testimoni?»

«Certamente» rispondo.

Mi lancia una lunga occhiata mentre valuta se avvertirmi, come farebbe gran parte dei giudici, che si accerterà che io mantenga questa promessa.

«Bene, acconsento.» Una volta tornati tutti a sedere, la giudice si volta verso Charmaine e le ordina di rispondere alla domanda.

«Diceva di tutto» afferma Charmaine arrossendo di nuovo. Poi si rimette a piangere, questa volta non tanto per dolore quanto per rabbia. Punta verso di me un dito che sembra ritorto dalla malattia. «Sappiamo quali sono le sue intenzioni, Rusty. Sta cercando di coprire Mae di fango. Vuole che queste persone pensino che era una ragazza terribile, che tutti in città la odiavano, persino i suoi genitori, e che era matta, quindi a chi interessa che sia morta?»

Potrei far espungere questa risposta, ma so di essermi spinto al limite con Charmaine e sto ancora valutando come risponderle quando Aaron mi porge un bigliettino, il primo suggerimento che mi dà. Non è una domanda che avrei pensato di fare, però Aaron conosce Charmaine molto meglio di me.

«Charmaine» le dico, ammettendo una conoscenza ormai ovvia da quando lei mi ha chiamato per nome. «A suo parere, basandosi su quanto ha visto... Aaron Housley amava Mae?»

«Mae diceva di sì.»

«Il mio assistito amava Mae nonostante i suoi difetti. Questo lo riconosce? Molte persone in città sono arrivate a detestarla perché era imprevedibile. Nei periodi in cui non stava con Aaron Housley, altri ragazzi erano entrati nella sua vita, ma se n'erano andati all'improvviso perché non riuscivano ad affrontare il suo comportamento. L'unica persona che è sempre tornata, la persona che sembrava non rinunciare mai a lei e che l'amava, a parte la sua famiglia, era Aaron Housley. È corretto?»

«L'amava fino a quando l'ha uccisa, immagino.»

«L'amava» ripeto.

Lei non risponde e io mi siedo.

25
Cassity

La prossima testimone di Jackdorp è Cassity Benisch, la migliore amica di Aaron. Entra in aula con un aspetto più da adulta di quanto mi aspettassi. Indossa un tailleur nero sartoriale, ha pettinato indietro i lunghi capelli biondo cenere e si è truccata, come non ricordo abbia mai fatto prima. Il suo look, così diverso dal solito, mi provoca un brivido di paura, il timore che, al banco dei testimoni, non sarà la persona che mi aspetto anche se spero sorprenderà Jackdorp.

Si usa dire che il potere corrompe. Nella mia esperienza, però, i suoi effetti corrosivi sono molto più ampi. Inevitabilmente il potere amplifica i punti deboli della personalità. Per esempio, un tizio per natura incline alla cautela diventa amministratore delegato della società in cui lavora e finisce per inimicarsi il consiglio di amministrazione perché non riesce a decidersi su questioni importanti. Nel caso di Jackdorp questo si esprime in una serie di peculiarità che sarebbero innocue se si limitasse a fare l'avvocato di provincia e si occupasse di testamenti o transazioni immobiliari, ma che si sono combinate per renderlo meno efficace come procuratore. Una fissazione alla quale non avrei dato molto peso è che Jackdorp preferisce muoversi entro confini ristretti. È di una piccola città e non gradisce andare altrove. Ha svolto i colloqui con Cassity via Zoom, stando a quanto mi ha detto lei, perché non voleva andare fino a Mirror per parlarle di persona. Io, per contro, ho passato ore faccia a faccia con la ragazza, e mi aspetto che questo sia un vantaggio.

E non si tratta del solo ostacolo che Jackdorp si è creato da sé:

le manovre per evitare che i suoi ex vice appaiano in tribunale gli si sono ritorte contro perché, non avendo mai dovuto affrontare avversari migliori, adotta modi diretti che dimostrano una scarsa propensione per le sfumature e non gioca la classica partita a scacchi che si disputa in aula. Nei molti duelli che hanno preceduto il processo – come quello in cui ha cercato di esonerare il giurato nero, il signor Smith –, non mi è parso aggiornato sulle leggi. Infine, sospetto che non sia abituato a mettersi alla prova nella fase preparatoria del processo. Nel sentirmi menzionare il fatto che le Nike di Aaron sono scarpe estremamente diffuse, poi, era apparso sorpreso. Un procuratore impreparato può perdere molti più casi di quanti ne possa vincere un bravo difensore. Tutto questo ha risollevato un po' le mie speranze.

Pone a Cassity le domande preliminari, nome e dove vive, e stabilisce che Aaron e lei sono buoni amici dalle medie, quando si era trasferita a Mirror da Milwaukee con la famiglia.

«Nel settembre 2023, quanto spesso ha parlato con l'imputato Housley?» chiede Jackdorp.

«Quasi tutti i giorni.»

«E avete parlato anche l'11 settembre?»

«Sì.»

«E le ha detto di avere in programma di andare via?»

Mi alzo in piedi. «Obiezione, vostro onore, domanda tendenziosa» dico, riferendomi al fatto che sta facendo domande che richiedono come risposta un sì o un no. Gli avvocati che chiamano un testimone dovrebbero invece porre domande aperte. Lui sa già che cosa dirà il testimone e non dovrebbe orientare le risposte per ottenere ciò che vuole.

«Giudice, queste persone hanno una vita alla quale tornare» esclama Jackdorp indicando i giurati. «Non hanno bisogno di ascoltare una sfilza di chiacchiere irrilevanti.»

«Vostro onore» rispondo «nessuno vuole tenere qui i giurati se non per il tempo necessario. Se il signor Jackdorp è davvero tanto preoccupato di sprecare il loro tempo, può lasciar cadere le accuse e mandare tutti a casa.»

«Bene, signori» dichiara la giudice. «Basta con le obiezioni discorsive. Se avete un problema con quanto succede, dichiarate le motivazioni in maniera succinta. Non è una gara di retorica. Signor Jackdorp, indichi un fondamento appropriato.»

Jackdorp, come sempre, scuote piano la testa, come se io e la giudice fossimo duri di comprendonio.

«La sera dell'11 settembre 2023 ha avuto contatti con l'imputato?»

«Sì, signore.»

«Dov'eravate?»

«A casa mia.»

«A Mirror?»

«A Mirror.»

«E chi c'era?»

«Aaron e io, e mio figlio Brock che dormiva.»

«E avete parlato dei suoi programmi di andare fuori città?»

Mi alzo di nuovo. «Vostro onore...»

Non ho bisogno di concludere la frase. «Signor Jackdorp» dice la giudice «lei conosce la procedura. La signorina Benisch spiegherà quello che è stato detto e da chi.»

«Bene, Aaron mi ha spiegato che non lo avrei sentito per un paio di giorni. Gli ho chiesto come mai e, inizialmente, sembrava non volermelo dire, poi ha confessato che sarebbe andato via con Mae. Io ho detto: "Wow, non sapevo nemmeno che voi due vi eravate rimessi insieme". Lui, un po' imbarazzato, mi ha risposto: "Sì, parleremo di sposarci".

«Il mio commento è stato: "Sposarvi! Ma quante volte mi hai detto che lei non va bene per te?". E lui: "Be', potrebbe anche essere vero, ma sto cominciando a pensare che non chiuderò mai con lei perché non voglio farlo davvero. Quindi, forse, tanto vale prendere il buono che c'è".»

«Ha detto davvero così? Che non riusciva ad allontanarsi emotivamente da lei?»

Mi oppongo. «La testimone ha già risposto alla domanda, e certo la giuria non ha bisogno di abbellimenti.»

«Accolta. Signor Jackdorp, non può esaminare la testimonianza con l'evidenziatore.»

Lui scrolla le spalle come se non avesse inteso fare niente di male. Come sempre, invece, ha ottenuto quello che si era prefissato, mettendo in luce uno degli aspetti più critici della testimonianza di Cassity: Aaron sentiva che non si sarebbe mai liberato di Mae, almeno finché lei era viva.

«Ha detto che voleva vedere se potevano impegnarsi sul serio e restare fedeli alla promessa. Poi mi ha raccontato di averla incontrata a una festa a Como Stop il fine settimana precedente e di averle chiesto un passaggio a casa perché lui non poteva guidare. Lei invece lo ha portato sull'altra sponda del lago e sa com'è, una cosa tira l'altra e, quando si sono ritrovati sdraiati sui sedili posteriori del SUV, Mae ha detto: "Sai, magari dovremmo semplicemente accettare la realtà e sposarci".»

Ecco perché Jackdorp stava cercando di guidare Cassity: voleva riuscire a farle saltare la parte in cui era stata Mae a suggerire il matrimonio, contraddicendo quindi Charmaine. Se l'idea era stata di Mae, ci sono meno motivi di pensare che Aaron sarebbe andato su tutte le furie vedendo che non funzionava. Jackdorp fa una pausa meditando su quella piccola sconfitta.

«E avete discusso ancora di questo viaggio con Mae?»

«Lui mi ha detto che si erano messi d'accordo per andare via, parlare seriamente e concentrarsi l'uno sull'altra, persino per spegnere i telefoni.»

«Ha detto dove sarebbero andati?»

«Non allora. Sapevo solo che sarebbero stati via con la tenda per un paio di giorni.»

«Quando ha sentito in seguito Housley?»

«Qualche giorno dopo. Avevo appena messo a letto Brock quando mi ha chiamata e mi ha detto che stava tornando e non era con Mae.»

Jackdorp le porge la copia di un tabulato del suo cellulare e stabilisce che la telefonata era avvenuta la sera del 14 settembre alle 20.20.

«Lei gli ha chiesto cos'era successo con Mae?»

«Sì, e mi ha risposto che era stato un vero schifo e di aver chiuso con lei per sempre. L'aveva lasciata nel posto dove avevano campeggiato a nord della Skageon County e stava tornando a casa in autostop.»

«Direttamente a casa?»

«Ha detto che stava tornando a casa.»

«Quando avete parlato di nuovo?»

«La sera dopo, più tardi di quanto mi aspettassi.»

«E cosa ha detto?»

«Di non essere arrivato molto lontano e che avrebbe potuto metterci un altro giorno.»

«E lo ha effettivamente visto il giorno successivo, il 16 settembre?»

«È passato per un attimo solo per raccontarmi tutta la storia. Ha detto che Mae era sempre fatta, che non aveva spento il telefono come erano d'accordo perché c'era questa nuova cosa, ovvero che lei sarebbe diventata un'influencer su TikTok, quindi praticamente ogni venti secondi girava un video. Ha detto che alla fine si era arrabbiato al punto di strapparle il telefono, andarsene e tornare qui in autostop.»

«Ha menzionato il luogo in cui erano andati?»

«Nella zona nord della Skageon County, in un parco che si chiama Harold's Woods.»

«Ha fatto caso al suo umore quando avete parlato il 16 settembre?»

«Era ancora turbato. Voglio dire, Aaron è un tipo riservato, non ama mostrare le proprie emozioni. Però era decisamente agitato. Ha detto che era stato uno stupido e che credeva davvero che avrebbero parlato di stare insieme e invece, insomma, Mae era Mae, sempre concentrata su se stessa. Si è rimproverato di non aver usato il buon senso e ha aggiunto di aver chiuso con lei, e che una parte di lui era felice che fosse finalmente finita. Ma, sa, credo che avesse comunque il cuore a pezzi. O almeno così mi è sembrato.»

«Signorina Benisch, nei giorni seguenti ha saputo che in realtà Mae Potter non era tornata a casa?»

«Certo, l'ho saputo da Aaron.»

«Ricorda quando?»

«Parlavamo quotidianamente, quindi è difficile collocare le conversazioni in un giorno specifico. Ha detto che Hardy, il signor Potter, gli aveva fatto il mazzo perché aveva lasciato Mae "in mezzo al nulla" – parole di Hardy – senza telefono. E lui ha risposto che aveva parecchi contanti e poteva comprarsi un telefono prepagato in un 7-Eleven se proprio le fosse servito. Pensava che si stesse comportando da Mae, sa, recitare per attirare l'attenzione. Lo faceva spesso. Ma poco dopo la polizia e tutti gli altri la stavano cercando.»

«E lei ha continuato a sentire ogni giorno l'imputato?»

«Sì.»

«Con il passare del tempo senza che Mae Potter ricomparisse, lui ha forse assunto un atteggiamento diverso rispetto a quando avevate parlato subito dopo il suo ritorno?»

«Non voleva discutere di lei. Era convinto che sarebbe riapparsa e stesse solo cercando di attirare l'attenzione.»

«Nemmeno dopo due settimane si è detto preoccupato?»

«Come le ho già spiegato, Mae poteva oltrepassare i limiti, ed è quello che lui ha detto.»

«L'imputato le ha mai detto di amare Mae Potter?»

«Oddio, un milione di volte.»

«E, nonostante dicesse di amarla, non ha espresso preoccupazioni sul suo benessere nemmeno quando erano passate oltre due settimane?»

Mi oppongo. Anche questa domanda è già stata posta e ha avuto risposta, e la giudice accoglie l'obiezione, ma ancora una volta Jackdorp ha ottenuto ciò che voleva. Ovviamente è abile e molto esperto dei classici trucchi da aula.

«Ora, richiamando la sua attenzione sul 28 settembre, ha rivisto l'imputato?»

«È quando hanno trovato il corpo di Mae?»

«È a questo che mi sto riferendo.»

«Be', sì, mi ha chiamato per dirmelo. Poi è venuto da me quella sera.»

«Avete parlato di Mae?»

«Solo di lei. Era distrutto, ha detto che forse Hardy aveva ragione, che non avrebbe dovuto lasciarla là. Non l'ho mai visto tanto sconvolto. Continuava a ripetere che non riusciva a crederci. A dire il vero, nemmeno io, quindi abbiamo passato quasi tutto il tempo tenendoci per mano e piangendo.»

«Il giorno dopo gli ha parlato?»

«No, l'ho chiamato, ma non rispondeva al telefono. E non gli ho più parlato perché è stato arrestato e Rusty – l'avvocato di Aaron – ha detto che non avrei dovuto avere contatti con lui perché sarei stata una testimone.»

«Ma tra la vostra ultima conversazione e l'arresto del 1° ottobre sono trascorsi tre giorni... quando era stata l'ultima volta che aveva lasciato passare tanto tempo senza parlare con il signor Housley, a parte durante il viaggio con Mae?»

«Non ricordo, però non succedeva spesso. A volte andava in vacanza con la famiglia o faceva trasferte sportive alle superiori, ma di solito, come quando è andato via con Mae, mi diceva prima che non si sarebbe fatto sentire.»

«E in questa occasione non lo ha fatto?»

«No, ma come ho detto era parecchio sconvolto.»

Jackdorp gira sui tacchi e mi dice: «La testimone è sua». È tutto compiaciuto e crede di avermi sconfitto.

Comincio a interrogarla da dietro il tavolo della difesa. Aaron ha osservato la sua testimonianza con la mano sulla bocca. Sa quanto sia difficile per Cassity esporsi in pubblico e, in queste circostanze, tende a essere piuttosto timida.

«Signorina Benisch» esordisco, poi mi fermo. «Va bene se la chiamo Cassity? Credo sia più facile per entrambi.»

«Ma certo» risponde.

«Ora, lei e io, signorina Benisch, Cassity, abbiamo passato un po' di tempo insieme a parlare della sua futura testimonianza, non è vero?»

«Sì, alcune ore.»

«E ne ha discusso anche con il signor Jackdorp?»

«Sì.»

«Ora, ha detto al signor Jackdorp di aver parlato anche con me?»

«No.»

«Perché?»

«Be', tanto per cominciare non credo siano affari suoi e, in secondo luogo, mi aveva detto di non parlare con lei.»

«Obiezione» esclama Jackdorp dalla sedia. «Non ho detto nulla di simile.»

Wendy Carrington si limita a fissare Jackdorp dall'alto al basso. Io non mi preoccupo nemmeno di fare obiezione. Senza smettere di guardare Jackdorp, la giudice dichiara: «L'ultima osservazione del signor Jackdorp va cancellata». Poi si gira verso la giuria. «Questa è un'altra delle cose che il signor Jackdorp non può dire. Agli avvocati non è consentito essere testimoni.»

Jackdorp fa un sospiro tormentato.

«Di nuovo obiezione: qualsiasi cosa io le abbia detto è irrilevante» sbotta Jackdorp. Di nuovo non si è preoccupato di alzarsi per parlare. Sta mostrando ai giurati che questa giudice non merita nemmeno un atto di rispetto superficiale.

«Signor Sabich?» chiede la giudice.

«Vostro onore, qualsiasi sforzo da parte del governo per aggirare il percorso di ricerca della verità è conforme a quanto ho detto alla giuria nella mia dichiarazione iniziale su come è stata condotta questa accusa.»

«Può continuare, ma non si dilunghi. Signore e signori, agli avvocati non è consentito cercare di impedire ai testimoni di parlare con l'altra parte. I testimoni non sono proprietà di nessuna delle due. Vada avanti, signor Sabich, però non passiamo tutta la giornata su questo.»

«Cosa le ha detto il signor Jackdorp riguardo al fatto di parlare con me?»

«Ha detto che sarebbe stato meglio che non le parlassi.»

«E lei cosa ha pensato quando glielo ha detto?»

«Sembrava una minaccia, come se mi volesse creare problemi qui o giù nella Skageon County. Io sapevo che era in ottimi rapporti con Hardy, che erano amici.»

Jackdorp continua a scuotere la testa a beneficio della giuria. Poco manca che si alzi e dichiari: "Non è vero, non è vero, non è vero!".

L'obiettivo della mia strategia non è solo smascherare i metodi di Jackdorp: voglio anche che la giuria capisca i prossimi sviluppi e come mai, in merito a quanto dirà Cassity, sembro saperne più del procuratore.

Per l'accusa, Cassity è una spina nel fianco. Il Quinto emendamento impedisce di chiamare Aaron come testimone, quindi uno dei modi più efficaci per dimostrare quello che Aaron sapeva degli eventi rilevanti è la testimonianza di persone a lui vicine e con le quali si confidava, il che peraltro significa che sono felici di aiutare la difesa se possibile.

E fra queste rientra in particolare Cassity, la cui vita è molto più sfaccettata di quanto credessi. Senza aver capito la profondità del suo rapporto con Aaron quando l'avevo conosciuta, l'avevo scambiata per un'altra delle sue amiche sballate, un giudizio che avevo basato in gran parte sul suo aspetto. Quando si presentava da noi, indossava in qualsiasi stagione una T-shirt, a volte macchiata, non portava il reggiseno e aveva i lunghi capelli biondi arruffati. Aveva ancora i brufoli ed era una di quelle persone che dichiarano di continuo che perderanno peso e non lo fanno mai. Aveva iniziato il college ma lo aveva abbandonato quando era rimasta incinta del suo ragazzo, Brice, che lavorava nell'enorme magazzino di Amazon vicino all'autostrada. Lei aveva impieghi stagionali: servire gelati in estate e lavorare come receptionist presso un'azienda edile del posto.

Di recente, però, ho finalmente capito come mai Aaron se l'è tenuta vicina fin da quando era arrivata a Mirror a undici anni. Per carattere è molto simile alla madre di Aaron, ovvero è una persona con un enorme e spontaneo calore umano. Cassity parla bene praticamente di tutti, con la palese eccezione di Mae che, un tempo, era stata la sua migliore amica. Per Brock è una mamma devota e paziente anche se, come tutte le madri single, spesso è sfinita. La maternità l'ha spinta a fare programmi veri per se stessa. Sta abbandonando la riluttanza a sposare Brice, anche se per sua stessa ammissione lui ha fatto una grossa sciocchezza la prima volta che avevano pensato di sposarsi quando Cassity era rimasta incinta: si era ubriacato a una festa ed era andato a letto con un'altra.

Cassity era arrivata a Mirror in un periodo difficile per qualsiasi preadolescente, quello in cui l'ordine sociale comincia a delinearsi e si formano i gruppetti. Aaron era stato uno dei pochi ad accoglierla con amicizia e, in un certo senso, loro due si sono sempre considerati degli outsider insieme. La lealtà di lei nei confronti di Aaron non ha vacillato nemmeno adesso che lui è nei guai e, in effetti, ha dimostrato un bel coraggio ignorando le velate minacce di Jackdorp se avesse parlato con me.

«Ora vorrei esaminare alcuni particolari delle sue conversazioni con Aaron Housley nel periodo precedente e successivo alla morte di Mae e conoscere altri elementi sui quali il signor Jackdorp non le ha fatto domande. Cominciamo dall'11 settembre, quando il mio assistito le ha detto che sarebbe andato via con Mae. È rimasta in casa tutta la sera?»

«No.»

«E dov'è andata?»

«Avevo lezione allo Skageon Community College: voglio diventare assistente infermiera e ho cominciato il secondo semestre. Il lunedì sera, però, mia madre non può venire perché ha la riunione delle ex compagne di scuola. D'estate, Brice, il padre di Brock, la sera deve preparare le cose per il lavoro del giorno dopo. Quindi Aaron aveva detto: "Allora faccio io il baby-sitter".»

«Quella sera Aaron Housley ha fatto da baby-sitter a suo figlio?»
«Esatto.»
«Che si chiama Brock, vero? Quanti anni aveva Brock a settembre?»
«Ne aveva appena compiuti due.»
«E lei considerava Aaron Housley degno di fiducia per badare a suo figlio di due anni?»
«Si vogliono un gran bene. Brock chiama Aaron "sio". Intende "zio", ma comunque dice "sio".»
«E com'era arrivato Aaron Housley a casa sua?»
«Quella sera in bicicletta.»
«Quanto distano le vostre case?»
«Giudice... insomma» interviene Jackdorp.
«È un'obiezione sulla rilevanza, signor Jackdorp? Se è così, l'accolgo. Dovremmo parlare della conversazione dell'11 settembre.»
«Bene, vostro onore. Nella conversazione dell'11 settembre, Aaron Housley le ha forse detto di aver programmato di partire con Mae il martedì perché aveva preso l'impegno di badare a Brock?»
Jackdorp si oppone di nuovo e la giudice mi dice di andare oltre.
«Adesso, Cassity, passiamo alle conversazioni che avete avuto il 14 e il 15 settembre a proposito di quello che era successo a Harold's Woods. Aaron Housley le ha forse descritto una lite fisica tra Mae e lui?»
«Be', ha detto che Mae era come impazzita quando le aveva preso il telefono, che avevano percorso l'East Trail per vedere l'alba e lei girava in continuazione video di se stessa nonostante avesse promesso di smettere e alla fine, lo sa, lui le aveva strappato il telefono di mano quando erano tornati al campeggio. Le ha detto che se ne andava e aveva cominciato a preparare lo zaino quando lei lo aveva letteralmente bloccato urlando. A quel punto Aaron si era girato, l'aveva scansata e se n'era andato. Ne aveva abbastanza di discutere con lei.»
«Ora, il signor Jackdorp le ha chiesto se, il 14 settembre, Aaron Housley le ha detto che sarebbe tornato direttamente a casa. E quando avete parlato il 15 settembre? Ha detto qualcosa su dove fosse diretto?»

«Obiezione, testimonianza indiretta» sbotta Jackdorp. Sta facendo un giochetto da procuratore: seleziona le cose che ha detto Aaron e presenta quelle che gli fanno comodo affermando che il resto è inammissibile. Comportandosi così se la potrebbe cavare con dei giudici favorevoli all'accusa, ma adesso è nell'aula sbagliata. La giudice Carrington sta sfogliando i suoi appunti e decide ancor prima che io possa rispondere.

«Signor Jackdorp, è stato lei a iniziare quella conversazione sul 15 settembre.» Un imputato che sale sul banco dei testimoni non può evitare che, durante il controinterrogatorio, vengano usate le dichiarazioni di un altro teste che riferisce le sue conversazioni extragiudiziali, ma se l'accusa sceglie di discutere una particolare conversazione le regole prevedono che la si possa introdurre nella sua interezza.

Jackdorp si siede irritato e Cassity risponde.

«Sì, ha detto di essere tornato a casa in autostop, ma quando aveva lasciato Mae a Harold's Woods ed era appena arrivato sulla 47, la strada, era sconvolto al punto che si era messo sulla carreggiata sbagliata e aveva accettato un passaggio che lo aveva portato per trenta chilometri nella direzione opposta prima che se ne accorgesse.»

A questo punto sono sicuro che i particolari non hanno un grande significato per i giurati, ma l'errore di Aaron – andare per un po' verso nord anziché verso sud – si rivelerà importante.

«Ora, il 16 settembre, quando ha incontrato Aaron Housley, ha notato tagli o lividi di quelli che ci si può procurare solo in una lotta fisica o in un incidente d'auto?»

«Nulla di tutto ciò. A un certo punto mi ha detto che, dopo che se n'era andato, Mae aveva cercato di trovarlo e lui si era nascosto nel bosco e si era lievemente graffiato correndo tra i cespugli. Però a quanto ho visto non aveva bende, lividi o tagli evidenti.»

Annuisco. Quando avevo provato la deposizione con Cassity, lei non mi aveva parlato dei graffi, che sarei stato ben felice di non menzionare. Qui, però, si tratta di un processo e ti puoi preparare, ma tutto avviene in diretta.

«Ora, sappiamo che il mio assistito le parlava spesso del suo rapporto con Mae. E che dice di Mae? Aveva parlato con lei di Aaron Housley?»

«Be', a un certo punto era diventata la mia migliore amica, intesa come amica donna. Quindi sì, parlavamo sempre di Aaron.»

«Nel corso degli anni, quando parlava con uno dei due del loro rapporto, ha mai sentito accennare a una rottura turbolenta?»

«Sempre, e da entrambi. Ero continuamente tirata in mezzo e dicevo: "Voglio bene a tutti e due, ma per favore, non parlatemi male l'uno dell'altra".»

«Descrivendo queste rotture cariche di rabbia, uno di loro le ha mai detto che Aaron Housley aveva messo le mani addosso a Mae, picchiandola oppure, Dio non voglia, cercando di soffocarla? Qualcosa di simile?»

«Mai, non è da Aaron comportarsi così.»

«Basandosi sulle sue osservazioni di Aaron Housley nel corso di tanti anni, si è fatta un'opinione circa il fatto che abbia un carattere pacifico?»

«Certo che ho un'opinione. Lui non è affatto una persona violenta.»

«Ci potrebbe fare qualche esempio?»

Se Jackdorp conoscesse meglio il diritto, a questo punto potrebbe fare obiezione e averla vinta. Ma è probabile che, per troppi anni, nelle aule della Marenago County la legge sia stata qualsiasi cosa affermasse lui.

«Per esempio, era bravissimo a football perché era veloce e sapeva prendere la palla, eppure dopo il secondo anno ha smesso perché non gli piaceva l'aspetto violento del gioco. Diceva che la violenza prevaleva su tutto il resto. Così ha cominciato a correre in pista. Poi alle superiori c'era un tizio che, ogni volta che era ubriaco, lo chiamava con la parola che inizia con la N pensando di essere divertente. Aaron gli aveva chiesto di smettere, ma lui non l'aveva fatto. Era un ragazzo che Aaron poteva mangiarsi in un boccone, eppure si limitava ad andarsene ogni volta che lo vedeva. Perché, diceva, con persone come quella non puoi fare niente, non le puoi cambiare.»

«Un'altra cosa, Cassity. Era insolito che Aaron Housley e Mae andassero da soli nei boschi?»

«No, lo facevano con una certa regolarità. Aaron diceva che stare in mezzo alla natura sembrava calmarla.»

«E che mi dice di Aaron Housley? Andare in mezzo alla natura, come lo ha definito lei, per lui era un'abitudine o una pratica consueta?»

«Gli piaceva moltissimo. Joe, suo nonno, gli aveva insegnato tutto in proposito. E Aaron è un tipo da aria aperta. Voglio dire, andava a campeggiare nella neve che, francamente, non mi è mai sembrato un gran divertimento.»

Risate in aula, un paio proveniente anche dal banco della giuria. Una delle signore dei bigodini, una certa Patricia qualcosa, mi ha sorpreso dimostrando già un notevole senso dell'umorismo.

«E cosa mi dice di quando era turbato? Aveva qualche abitudine?»

«Sicuramente. Quando accadeva qualcosa di brutto – come la faccenda della parola con la N a scuola – gli piaceva andarsene da solo nei boschi. Lui però voleva solo allontanarsi dalla gente e restare con i suoi pensieri e le sue emozioni in modo da non dover assecondare nessuno né scendere a compromessi. Mi diceva spesso che era questa la cosa peggiore del non poter guidare: non essere libero di andarsene da solo.»

«Bene, grazie. Cambiando argomento, Cassity, lei sa che Aaron Housley, in questo caso, è accusato di due reati e che il secondo è quello di intralcio alla giustizia seguito alla sparizione di Mae. Ne era a conoscenza?»

«Più o meno.»

«Bene, vorrei che portasse l'attenzione sul 20 settembre. È stata per caso interrogata dalla tenente Glowoski, che è seduta al tavolo dell'accusa, e da un'agente della State Patrol che era con lei?»

«Sì.»

«Cosa è successo?»

«Be' si sono presentate a casa mia e hanno chiesto di parlare con me.»

«E lei lo ha fatto?»

«Certo.»

«Prima di farlo, ha mai discusso con Aaron Housley l'opportunità di parlare con gli agenti?»

Jackdorp si alza. «Obiezione, giudice. Non ho mai fatto domande su quell'incontro con la tenente, quindi va oltre l'ambito del mio interrogatorio diretto. E qualsiasi cosa possa aver detto l'imputato è una testimonianza indiretta.»

«Vostro onore, anzitutto, alla fine della testimonianza della signorina Benisch, l'accusa ha presentato prove a sostegno della sua teoria secondo la quale l'imputato sarebbe fuggito per evitare l'arresto. Quindi con questo rispondo all'obiezione. E i commenti fatti dall'imputato con la signorina Benisch non rappresentano una testimonianza indiretta, perché sono presentati solo per dimostrare ciò che lui ha detto.»

Al contrario di quanto credono alcuni avvocati, la vecchissima regola contro le prove fornite mediante testimonianza indiretta non è poi così complicata: un testimone (in questo caso Cassity) non può affermare che fuori dall'aula di un tribunale qualcuno (nelle presenti circostanze Mae o Aaron) ha detto che il cielo è azzurro se il punto della testimonianza è appurare che il cielo, in effetti, è proprio azzurro. Ma se stai cercando di dimostrare che Mae, o Aaron, *pensavano* che il cielo fosse azzurro, a prescindere dal suo colore del momento, le loro dichiarazioni sono solo un fatto osservato dalla testimone.

Carrington ci riflette. Questa è una tra le centinaia di decisioni che un giudice deve prendere durante un processo. Potrebbe stabilire che ormai la testimonianza è fuori luogo, e io dovrei far tornare Cassity durante l'esposizione della difesa, ma lei ormai sa che sarebbe un viaggio di due ore tra andata e ritorno per una madre single. La giudice dice che ammette la mia domanda e io chiedo alla stenotipista di rileggerla.

«Sì» risponde Cassity subito dopo. «Ho visto la macchina della polizia fermarsi davanti a casa. E sapevo che sarebbero andati ovunque per fare domande su Aaron e Mae, quindi, mentre stavano salendo, ho chiamato Aaron chiedendogli cosa dovessi fare.»

«E lui cos'ha risposto?»

«Mi ha detto: "Parlaci e di' la verità. Non fare giochini perché io non ho niente da nascondere. Non metterti nei guai per me".»

«Grazie» rispondo. «Adesso l'ultimo argomento di cui vorrei parlare con lei, Cassity: Mae e, francamente, il suo carattere.»

Jackdorp balza in piedi. «Bene, ci siamo, giudice. Continua il tentativo di gettare fango sulla vittima e incolparla per essersi fatta ammazzare.»

Ecco un'altra occasione per Wendy Carrington di lanciare l'ennesima occhiata fulminante a Jackdorp.

«Signor Jackdorp, ho diffidato entrambi dal sollevare obiezioni discorsive, in particolare quelle come quella che ha appena fatto, che non è altro che un'arringa finale. Se dovesse ripetersi, e vale per entrambi, lo considererò oltraggio alla corte. L'ultima dichiarazione del signor Jackdorp va cancellata dagli atti. Giurati, per favore, non tenetene conto. Conferirò con gli avvocati.»

Jackdorp, Aaron e io avanziamo verso il lato del seggio più lontano dalla giuria. Inizialmente Aaron era rimasto indietro. Ho poi scoperto che stava lavorando a un ritratto di Cassity sul suo taccuino, un disegno a penna che mi colpisce per l'impressionante somiglianza dato che rispecchia gran parte della determinazione di Cassity. Aaron è così, si immerge nel disegno al punto da perdere il senso di quello che gli succede intorno e lo devo punzecchiare per riportarlo alla realtà. Sono felice di aver avvisato la giuria che sarebbe potuto accadere qualcosa di simile.

«Cosa sta succedendo, Rusty?» chiede la giudice non appena arriviamo al seggio. Questa informalità mi sorprende e mi dice che le continue intemperanze di Jackdorp la stanno turbando. Ho portato con me copie a stampa di alcune sentenze e spiego qualcosa che la giudice già sa, ovvero che sebbene la cosiddetta prova del carattere – la prova che qualcuno tende a comportarsi sempre allo stesso modo – in genere è inappropriata, la regola non si applica alla vittima di un caso penale. Nelle presenti circostanze si può dire, volendo usare un eufemismo, che Mae Potter aveva la propensione a far arrabbiare gli altri. Poiché la tesi difensiva si fonda sul fatto che Mae non è morta per mano di Aaron, è del tutto rilevante dimostrare che, tra le tante persone che aveva fatto infuriare, ce n'è stata una che è arrivata a uccidere.

«Giudice» commenta Jackdorp «non ho mai sentito nulla di simile. Lui non può fare insinuazioni e gettare fango. Se ha le prove che l'assassino è un altro, bene, vada pure avanti. Ma la madre di Mae ha ragione: lui sta solo cercando di sporcare la memoria della vittima.»

Ecco un altro frangente in cui la giudice ha ampia discrezione. Infatti mi potrebbe dire: "Una persona non ha, per carattere, la propensione a suscitare istinti omicidi nella gente". Oppure potrebbe ammettere solo le prove inerenti ai casi in cui qualcuno ha seriamente minacciato di far del male a Mae. Ecco perché la saggezza comune afferma che in un processo non si debba mai irritare il giudice, dato che questi può propendere a concedere al tuo avversario il beneficio del dubbio ogni volta che gli è possibile. E adesso lo fa.

«Bene, mi spieghi, signor Jackdorp, se la regola permette all'avvocato difensore di mostrare un aspetto pertinente del carattere di qualcuno, perché la propensione a far infuriare le persone non sarebbe da considerare un tratto della personalità in un processo in cui la principale teoria difensiva è che qualcun altro sia l'assassino?» Jackdorp distoglie lo sguardo nel maldestro tentativo di pensare a cosa rispondere, ma la giudice lo interrompe: «Può proseguire, signor Sabich».

Torniamo tutti ai nostri posti. Io stringo il braccio di Aaron prima che si sieda. Andrà bene.

«Ora, Cassity, stavo per chiederle se Mae Potter avesse la fama di provocare le persone fino a farle imbestialire.»

«Direi di sì» risponde Cassity. «Come sa, dicono di non parlare male dei morti. Mae sapeva essere dolce e gentile, davvero, ed era una delle persone più intelligenti e buffe che conoscessi. Stare con lei poteva essere entusiasmante. Poi succedeva che diventasse di pessimo umore, il peggiore. Faceva a pezzi gli altri in pubblico dicendogli cattiverie in faccia. Oppure prometteva di fare qualcosa per loro, qualcosa di importante, e poi li deludeva. Voglio dire, probabilmente è sciocco, ma io ho sempre pensato che volesse farsi odiare dagli altri tanto quanto lei odiava se stessa.»

«Lei era una di quelle persone?»

«Di sicuro.»

«Mae era sua amica?»

«Diciamo che era la mia migliore amica. O almeno credevo lo fosse, ma verso la fine delle superiori era andata fuori di testa. Non saprei come altro dirlo. A volte mi ghostava. Gli altri mi riferivano cose davvero terribili che aveva detto alle mie spalle e quando mi confrontavo con lei, ne rideva, ma non negava.»

«E siete mai arrivate a un punto in cui ha rotto i rapporti con Mae?»

«Sì.»

«Ci potrebbe dire cosa è successo?»

«Sa, Mae aveva molti soldi, ne aveva la sua famiglia, e in occasione del primo periodo natalizio durante la pandemia avevo fatto per me e mia madre degli ornamenti per l'albero che sembravano la molecola del Covid-19: una sfera di polistirolo verde con bastoncini rossi e sfere rosse più piccole infilate in cima ovunque. Mae le ha viste, ha detto che erano bellissime e mi ha chiesto di fargliene trecento dicendo che le avrebbe spedite alle persone a cui mandava gli auguri – l'elenco era lungo perché suo padre è un uomo politico – e promettendo che me le avrebbe pagate dieci dollari l'una. A me quei soldi servivano davvero. Ero rimasta incinta da poco, avevo le nausee mattutine e non riuscivo ad andare al lavoro, poi era il periodo in cui io e Brice, il mio ragazzo, ci eravamo appena lasciati. Insomma, sapeva che per me quei soldi erano un vero salvavita. Ci ho lavorato per notti intere e li ho finiti due settimane prima di Natale, poi ho portato le scatole a casa loro e Mae mi ha detto: "Oh, non li voglio. Mio padre dice che sono di pessimo gusto e non li posso spedire". Non mi ha nemmeno invitata a entrare, ma si è limitata a chiudere la porta. Non si è mai nemmeno offerta di ripagarmi il denaro che avevo speso per il materiale. Io sono rimasta con un estratto conto della carta che non ero in grado di saldare. È andata così. Lei aveva dei problemi, okay, però tutti abbiamo dei problemi e a che serve una migliore amica così?»

«Lei è al corrente di altre occasioni in cui ha fatto infuriare qualcuno?»

«Talmente tante che non le conto più. Più di una volta, nei periodi in cui si era lasciata con Aaron, ha tampinato i ragazzi delle altre solo perché poteva farlo: era bellissima e tutti avevano una cotta per lei. Tre amiche hanno smesso di parlarle per questo motivo.»

Ci saranno momenti sgradevoli durante questo processo, ce ne sono già stati, ma il peso complessivo di questi episodi ha già fatto cadere il silenzio in aula.

«Mi permetta di passare per un momento ad altre cose che avrei dovuto chiederle prima. Parlando di Brice, lui e Aaron Housley erano amici?»

«Certo, lo eravamo tutti. E uscivamo a coppie quando eravamo coppie.»

«Nel periodo di cui ha parlato il signor Jackdorp, dopo il ritorno di Aaron Housley a Mirror il 16 settembre, ha avuto occasione di vederlo con Brice?»

«Sì, una.» Mi spiega che una volta doveva parlare di Brock con Brice proprio in quel periodo e aveva trovato Aaron al lavoro con il suo ex mentre tinteggiavano una casa. «In estate Brice fa l'imbianchino per guadagnare qualcosa in più per Brock. È un bravo padre. Ma verso la fine dell'estate i lavori si sono accumulati e aveva bisogno di una mano, quindi Aaron ha cominciato ad aiutarlo perché l'azienda di Como Stop dove era impiegato come grafico lo ha licenziato. Un giorno avevo bisogno di chiedere a Brice quando sarebbe venuto a prendere Brock per il fine settimana. Quindi sì, ho visto Aaron: era su una scala e stava tinteggiando un lato della casa dei Kitnik.»

Mi aspettavo che Jackdorp si opponesse, e alla fine lo fa. Cosa c'entrano le tinteggiature con Mae che fa infuriare le persone? Rispondo che è un aspetto sul quale intendo tornare per la difesa e la giudice dice di aver sentito abbastanza in merito.

«Bene» commento. «Torniamo a Mae e alla sua propensione a far arrabbiare gli altri. Nella sua famiglia c'erano persone che faceva infuriare?»

«Non sono al corrente di tutte.»

«Che mi dice del padre?»

«Oddio» risponde Cassity.

Jackdorp si alza. «Giudice, che significa questa testimonianza? Parla di fatti accaduti? Perché non la sento trattare di qualcosa che sia successo.» È un'obiezione debole, ma è chiaro che Jackdorp considera Hardy un argomento sensibile, forse perché l'ho nominato io nella mia dichiarazione iniziale.

«Sto arrivando a quello che è successo, vostro onore» rispondo.

«Ho già deciso, signor Jackdorp, si sieda.»

Mi volto di nuovo verso Cassity e mi avvicino a lei quando arrivo alle domande su Mae perché voglio guardarla negli occhi e cercare di rassicurarla. Al di là delle remore personali di Cassity a presentarsi in pubblico, è stata decisamente titubante sui problemi di Mae con i suoi genitori perché non voleva peggiorare quello che è già un periodo orribile per i Potter. Io l'avevo confortata dicendole che, probabilmente, la giudice non mi avrebbe permesso di parlare di tutto, e adesso lei alza gli occhi scuri verso di me come a dire: "Ma davvero?". Io le rispondo abbassando di poco il mento nella speranza che capisca che tutto questo è necessario.

«Cassity, lei afferma che Mae aveva un pessimo rapporto con suo padre... Ha mai assistito a uno dei loro litigi nel periodo in cui eravate amiche?»

«Hardy, il signor Potter, è un uomo molto abbottonato, però Mae sapeva come spingere i bottoni giusti e mandarlo fuori dai gangheri in un modo incredibile.» Poi tace e fa un sorriso imbarazzato. «È un gioco di parole?» chiede. «In certi momenti urlava così forte che gli si gonfiavano le vene e faceva tremare i vetri.»

«Rammenta un'occasione specifica in cui avevano litigato così?»

«È stato durante una delle crisi tra lei e Aaron, era successo qualcosa e i Potter volevano portarla fuori città e farla tornare al college.»

«Quando è successo?»

«Sarà stato settembre del 2021. Avevo ripreso a parlare con lei per un po' perché si era prodigata per scusarsi, poi però se n'era andata dalla città senza salutarmi. Quindi avevo chiuso definitivamente. In ogni modo Mae, invece di andare al college, aveva proposto questa idea di New York e di fare la modella: là stavano riaprendo un po' di attività, poco dopo la pandemia. Hardy e Charmaine erano contrari. E lei aveva detto, Mae aveva detto: "Me ne vado comunque". Al che Hardy aveva risposto: "Giuro che ti disconoscerò, non vedrai più un centesimo e non metterai più piede in questa casa".»

«E cosa è successo? Come ci è andata poi?»

«Be', tre o quattro giorni dopo, quando ero da lei, Mae mi ha mostrato alcune immagini sul suo cellulare. Aveva preso il telefono del padre, conosceva la password – il giorno del suo compleanno – e aveva fatto gli screenshot di alcuni messaggi risalenti anche a qualche anno prima.»

«Buon Dio.» Jackdorp è di nuovo in piedi. «Giudice, i messaggi sono una testimonianza indiretta. E cosa hanno a che vedere con il mio interrogatorio?» Si tratta di un'altra obiezione campata per aria. Sarei sorpreso se Jackdorp sapesse cosa sta per arrivare, ma l'istinto gli segnala comunque un pericolo.

«Giudice» rispondo «sarò felice di produrre i messaggi del signor Potter, se è quello che chiede il signor Jackdorp. Ma questo riguarda la principale teoria difensiva su chi altri potesse avere un motivo per commettere quel crimine. Poche domande ancora e avrò chiuso con questo argomento.»

Wendy Carrington sembra davvero confusa. Anche a lei questa testimonianza sembra di cattivo auspicio e sa che creare guai ai Potter – che sono una potenza in tutto lo Stato – non è una buona mossa per un avanzamento di carriera. Quindi ci mette un attimo a riprendersi e a respingere l'obiezione di Jackdorp.

«Poche domande ancora» dice poi «ma, finché la difesa non avrà presentato i messaggi alla corte, non ne ammetto la lettura ad alta voce.»

«Bene, vostro onore. Cassity, lei ha visto gli screenshot dei messaggi del signor Potter.»

«Sì.»

«A suo parere, concernevano la vita privata del signor Potter?»

«Direi proprio di sì, decisamente sì.»

«Cose che non gradirebbe diventassero di dominio pubblico, a suo parere?»

«Direi di sì.»

«I messaggi che ha visto, secondo lei potrebbero danneggiare la vita familiare del signor Potter?»

«Certo.»

«E potrebbero danneggiarlo nella professione di procuratore?»

«Sicuramente.»

«E che direbbe della carriera politica? Quei messaggi, a suo parere, avrebbero macchiato la sua reputazione in loco?»

«Lei sa che era un diacono della chiesa, quindi sì, non credo che avrebbe... intendo dire, da uno dei messaggi che ho visto, non credo che si sarebbe più potuto far vedere in città.»

Cassity mi aveva rivelato che Hardy aveva una relazione con una loro compagna delle superiori, Gwen Higgins. Gwen voleva a tutti i costi studiare giurisprudenza e aveva praticamente pregato Mae di aiutarla a ottenere un lavoro part-time nell'ufficio del procuratore nell'anno sabbatico dopo la fine della scuola. Pochi mesi dopo aver cominciato, Gwen – che aveva trent'anni meno di Hardy – andava a letto con lui. Secondo Cassity, Mae era più furiosa con Gwen che con suo padre, del cui comportamento era da tempo al corrente.

«E Mae cosa le ha detto che avrebbe fatto?»

«Ha detto che avrebbe fatto sapere al padre di avere quei messaggi e, se non le avesse permesso di andare a New York, lo avrebbe minacciato di rovinargli la vita twittandoli.»

«E cosa è successo?»

«Be', è andata a New York.»

«A sua conoscenza, al momento della morte Mae Potter aveva ancora quei messaggi?»

«A quanto ne posso sapere, sì. Forse gli aveva promesso di non mostrarli a nessuno, ma come ci si poteva fidare di Mae? Più la conoscevi, meno fiducia avevi in lei.»

Adesso ho finito. Vado verso il tavolo della difesa per vedere se Susan o Aaron pensano che abbia dimenticato qualcosa.

Mi sono concentrato su Cassity, sulle risposte il più rapide possibile alle mie domande e, quando mi volto verso il pubblico, finalmente riesco a leggere le espressioni e lo shock. Per quanto inverosimile possa sembrare l'idea che un padre uccida sua figlia, c'è una logica: Hardy non poteva più sopportare che una ragazza imprevedibile minacciasse il suo matrimonio, il suo lavoro e il suo destino politico. Colgo lo sguardo di Bea, che sembra allarmata, forse perché conosce Hardy da molto tempo e ritiene scorrette le mie insinuazioni. O forse perché non mi ha mai visto così sgradevole. La pesante atmosfera che c'è in aula mi dice che ho sferrato all'impianto accusatorio di Jackdorp un colpo più duro di quanto prevedessi.

Percepisco tutto questo e, nonostante l'istinto mi inviti alla prudenza, non riesco a evitare un'occhiata verso Mansy, seduto in prima fila accanto al figlio dietro il tavolo di Jackdorp. Mi guarda con un'ira che non ho mai visto in lui, un'ira giustificata. Per un attimo, solo per un attimo, riesco a comprendere quanto la morte di Mae e questo processo lo abbiano distrutto. Se un medico mi dicesse che sto affrettando la sua fine, non ne dubiterei; però ero disposto a perdere la nostra amicizia, non a fargli del male. Stasera arriverà un momento in cui proverò sensi di colpa e vergogna, ma non adesso. Adesso sto difendendo Aaron e lo faccio con la pura verità.

Nel frattempo, lui mi ha scritto un messaggio su un bigliettino: "Il mio zaino". Ancora in piedi al tavolo della difesa mentre metabolizzo l'impatto inatteso dell'ultima parte della testimonianza di Cassity, comincio ad avere qualche dubbio, temo di essermi spinto troppo oltre e di essermi offerto allo sdegno sull'indecenza e sulla disperazione della difesa nell'arringa finale di Jackdorp. Distratto da quei pensieri e dalla vista di Mansy, inizialmente non afferro il significato del messaggio di Aaron. Non avevo idea che avesse raccontato a Cassity la storia di cosa ne è stato del suo zaino quando Mae gli era corsa dietro. Ma considerando il mio ferreo presupposto che Aaron non testimonierà, non avremo altre occasioni per dare una spiegazione innocente del motivo per cui lui aveva voluto liberarsi di zaino e sacco a pelo quindi, senza il tempo di pensare, decido di porre a Cassity la domanda.

«Cassity, un'ultima cosa» dico. «Vorrei tornare alle sue chiacchierate con il mio assistito su quanto era accaduto con Mae, quelle dopo il ritorno di Aaron Housley a Mirror il 16 settembre e in seguito. Avete parlato di quello che Mae aveva fatto allo zaino che lui aveva lasciato al campeggio?»

«Intende dire che Mae ci aveva urinato sopra?»

«Oddio!» strilla Jackdorp.

Dopo il silenzio seguito alle dichiarazioni su Hardy, in aula si sente un brusio sconcertato.

La giudice Carrington batte il martelletto.

«Ha finito, signor Sabich, adesso basta.» Capisco dalla sua espressione che è turbata da quanto appreso negli ultimi minuti, e che la faccenda dello zaino può averle fatto rimpiangere di avermi lasciato la briglia sciolta. Inoltre sto cominciando a intuire che seguire il suggerimento di Aaron è stata una mossa stupida e pericolosa: stupida perché la risposta di Cassity è una testimonianza indiretta, e pericolosa perché la prima regola dell'esame di un testimone è non porre mai domande delle quali non conosci la risposta completa. Aaron potrebbe anche aver detto a Cassity che ha bruciato lo zaino, e questo annullerebbe il vantaggio appena conquistato. Involontariamente, la furiosa obiezione di Jackdorp mi ha dato la possibilità di avere un ripensamento, e ritiro la domanda senza protestare quando la giudice fa cancellare la risposta dagli atti, considerandola qualcosa di mai detto. Nel tentativo di placare la giudice Carrington, faccio un mezzo inchino, dico «Grazie, vostro onore» e torno al mio posto.

Sebbene Jackdorp sia il genere di avvocato che non mostra

mai una reazione a conferma che la difesa ha segnato un punto, chiede un minuto alla giudice Carrington e parla accalorandosi con Glowoski. Mi basta osservarli conferire al tavolo della difesa con le teste vicine per intuire che la sta criticando per non aver interrogato Cassity in maniera più approfondita, oppure la sta sollecitando a ricordare qualcosa che potrebbe mitigare quanto già emerso.

I momenti di inattività in aula sono quelli in cui, probabilmente, i giurati prestano più attenzione agli avvocati e all'imputato. Cerco di mostrarmi fiducioso, anche se scrivo un messaggio a Susan: "Ho incasinato tutto con quelle informazioni su Hardy?". Lei risponde scrivendo immediatamente un "No" cui fa seguire tre punti esclamativi. Quando invece mi volto verso Aaron, lui mi sembra meno soddisfatto. A beneficio della giuria, gli appoggio un braccio paterno sulle sue spalle e sussurro: «Che c'è?».

Inizialmente scuote la testa, non ha voglia di rispondere, poi mormora: «La stai dipingendo come una pazza, come se lei fosse solo così. E questo mi fa sembrare un idiota perché l'amavo».

Non lo avevo avvisato in anticipo che la testimonianza di Cassity avrebbe potuto comprendere le minacce di Mae a suo padre, soprattutto perché dubitavo che la giudice Carrington me lo avrebbe permesso, ma sono stupito che persino in un momento come questo lui resti tanto concentrato su Mae. Sapendo che i giurati mi stanno guardando, rispondo con un sorriso paziente, come se Aaron avesse fatto un commento carino, e intanto gli sussurro che ne parleremo meglio fra non molto, quando gli farò visita in carcere.

Jackdorp si alza di nuovo per la replica e mi è subito chiaro che lui e Glowoski hanno deciso di andarci pesante con Cassity. Ho dedicato un po' di tempo a prepararla a questa possibilità, quindi lei è in guardia fin dall'inizio.

«Ora, signorina Benisch, lei ha detto di aver parlato spesso con il signor Sabich.»

«Gli ho parlato quando me lo ha chiesto, proprio come ho fatto con voi.»

«Be', molti fatti sui quali ha testimoniato non li ha raccontati a me o alla tenente Glowoski, non è vero?»

«Potrebbe essere più specifico?»

«Che Aaron Housley, l'imputato, le ha chiesto di dire la verità agli agenti della State Patrol.»
«È quello che ha detto.»
«Ma a me non l'ha riferito, vero?»
«Voi due non me lo avete chiesto.»
«O tutta la faccenda del signor Potter. Non me ne ha mai parlato, giusto?»
«In tutta sincerità, lei aveva una gran fretta di concludere la telefonata. Aveva la sua lista di cose da chiedere e ha spuntato ogni voce. Poi mi ha detto di non parlare con Rusty.»
«Ma l'unica volta in cui lei, a suo dire la migliore amica di Aaron Housley, l'unica volta in cui lei ha ricordato questi fatti è stata dopo le sue lunghe conversazioni con il signor Sabich, non è vero?»
«Li ho sempre ricordati. Nessuno potrebbe dimenticare quei messaggi. Io ho risposto alle domande che mi avete fatto entrambi. E non ho nascosto nulla. E non ho mentito né a lei né alla tenente, e nemmeno qui oggi: non dico bugie. Mia madre mi diceva sempre: "Non mentire, Cassity, non sei abbastanza in gamba per passarla liscia".» In modo inaspettato, questa frase suscita grandi risate in aula, e tutte sembrano di apprezzamento per la schiettezza di Cassity. Persino la giudice le sorride.
Jackdorp si rende conto della sconfitta, quindi dichiara di non avere altre domande e si va a sedere con un'espressione acida.
La giudice permette a Cassity di andarsene. Lei raccoglie la borsetta e io le tengo aperto il cancelletto della balaustra perché possa uscire dall'aula. Fa un cenno di saluto a Aaron e gli lancia un bacio con la punta delle dita.
«E mia madre scherzava» sussurra mentre mi passa accanto.
Questo lo avevo intuito.

26
Dentro

Non appena Cassity esce, la giudice chiede se è un momento buono per sospendere per la giornata e io rispondo di avere un paio di questioni da discutere con lei e Jackdorp in assenza dei giurati, che vengono quindi congedati con le stesse istruzioni di ieri. Una volta avuta conferma che non è necessaria nemmeno la presenza di Aaron, lo fa riaccompagnare in cella. Poi si prende una pausa di cinque minuti, ovvero deve andare alla toilette oppure ha qualcosa che richiede la sua immediata attenzione in ufficio. Quando cala il martelletto, vado anch'io verso il bagno.

Mi sorprende trovare Cassity che mi aspetta fuori dalla porta dell'aula. Per sopprimere l'impulso di abbracciarla, le indico la stanzetta sull'altro lato del corridoio riservata ad avvocati e testimoni, uno spazio ristretto che si apre sulla facciata del tribunale con un vecchio divano e una scrivania, utilizzata da chi aspetta di testimoniare o dagli avvocati che hanno bisogno di conferire con clienti o testimoni. Preparata al freddo, Cassity ha indossato un parka e un berretto di lana verde della Wisconsin State. Vestita così sembra una ragazzina.

«Non avresti potuto andare meglio» le dico non appena chiudo la porta.

«Ho detto solo la verità» risponde.

«Proprio per questo non avresti potuto andare meglio: tutti in aula si sono accorti della tua sincerità.»

Sorride timida. Sospetto che Cassity, in questa fase della vita, non riceva tutti i complimenti che merita.

Scopro che mi ha aspettato perché vuole sapere se, adesso che non è più una testimone, può far visita a Aaron. Finora glielo avevo vietato, e i fatti mi hanno dato ragione: è chiaro a entrambi che Jackdorp avrebbe insinuato che lei e Aaron avevano usato il tempo trascorso insieme per inventare le parti favorevoli della sua testimonianza. Adesso però non è più necessario che stia lontana dal suo amico e, considerando quanto è impegnata, le suggerisco di andare subito alla prigione, perché Aaron sta già rientrando.

Prima di congedarla, mi scuso con lei.

«Mi dispiace di averti dovuto fare quelle domande su Hardy. So che non volevi restare coinvolta in quella faccenda.»

Fa una smorfia e sospira, ancora scossa dall'argomento.

«Oh, Hardy non mi interessa» risponde. «È un idiota. Avevo solo paura che, tirando fuori il discorso dei messaggi, mi sarei dovuta addentrare in cose che potevano davvero mettere in difficoltà Aaron.»

Non capisco. «Che cosa poteva mettere in difficoltà Aaron?» le chiedo.

Dalla sua espressione si intuisce che sta pensando a qualcosa di complesso, poi sembra giungere a una rapida conclusione, qualcosa che le fa stringere gli occhi e potrebbe persino sconfinare nella paura. Ma Cassity mimetizza tutto con un sorriso fugace. Agita la mano e vedo che ha già indossato le muffole coordinate al berretto, poi commenta: «Lasciamo stare, è finita bene».

Ho l'impulso di insistere, perché qualcosa mi dice che mi sono perso un aspetto importante, ma ha ragione Cassity: è finita bene, più che bene, e per oggi ho strappato segreti a sufficienza a questa giovane donna. Metto la mano sulla maniglia della porta.

«Sei davvero una bella persona» dico. «Aaron mi ha detto centinaia di volte quanto si senta fortunato ad avere te.»

Arrossisce e sembra molto imbarazzata. Ed è lei che, dietro la porta chiusa, si fa avanti per abbracciarmi rapidamente prima di andarsene.

Arrivo in aula nel momento in cui la giudice Carrington si è appena accomodata al seggio.

Il processo passa alla fase in cui gran parte dei testimoni dell'accusa saranno persone non disposte a parlare in anticipo con Susan o con me. Joe sarà il prossimo, seguito da George Lowndes, la persona che afferma di aver visto Aaron e Mae litigare nel parcheggio di Harold's Woods. Quando Susan ha provato a parlare con lui, Lowndes ha riattaccato. Dopo Lowndes, Jackdorp chiamerà sul banco dei testimoni un buon numero di dipendenti statali: la tenente Glowoski per testimoniare sui particolari delle indagini, e periti forensi come quella delle impronte di scarpe o la patologa della polizia della Kindle County. Queste figure non parlano quasi mai con la difesa.

Dunque, io voglio sollevare con la giudice un punto che Susan mi ha fatto notare dopo la testimonianza di Charmaine, ovvero che non abbiamo ricevuto gli appunti dei colloqui degli investigatori. Abbiamo presentato una mozione – in realtà Cap ne ha presentata una di routine, accolta al momento della prima comparizione – perché agli agenti della State Patrol e ai vicesceriffi venisse ordinato di conservare e produrre gli appunti presi durante gli incontri con chiunque fosse chiamato a testimoniare, in modo da poterli confrontare con i rapporti finali di quegli incontri che invece abbiamo ricevuto.

«E ho detto che avremmo prodotto qualsiasi appunto fosse materiale Brady» interrompe Jackdorp, che non ha promesso niente di simile. Gli investigatori odiano dover consegnare i loro appunti perché sono solo semplici annotazioni, che non corrispondono quasi mai ai successivi rapporti scritti. Questo è un ottimo materiale per la difesa perché può mettere in evidenza dichiarazioni che, pur trovandosi nei rapporti, non sono mai state messe a verbale in precedenza o, al contrario, argomenti che alla fine sono stati omessi. Jackdorp afferma di aver detto che avrebbe consegnato gli appunti solo se avessero chiaramente favorito la difesa – il cosiddetto materiale Brady –, ma la regola impone che si debbano produrre le precedenti dichiarazioni alla lettera, ed è improbabile che gli agenti possano affermare che i loro appunti sono trascrizioni fedeli di quanto hanno sentito. Ancora una volta, l'affermazione di Jackdorp è solo un velo inconsistente dietro cui si cela il fatto che lui ha di nuovo sfidato la giudice.

«Produca quegli appunti, signor Jackdorp» sbotta la giudice Carrington. Sembra ancora nervosa, forse perché teme di perdere il controllo del processo. Qualche minuto fa era furiosa con me per essermi spinto troppo oltre con Cassity, ma adesso, cortesemente, Jackdorp si è messo nel mirino.

La giudice batte il martelletto e scende dal seggio. Alla fine della giornata ho una gran voglia di tirare le somme. Lo svantaggio dei processi con la giuria è che non sai mai fino all'ultimo l'effetto che le cose dette in aula hanno prodotto sui giurati. Un po' come i miei primi appuntamenti quando, più di dieci anni fa, con l'incoraggiamento di Nat, avevo deciso di postare un profilo online su un paio di siti per ultracinquantenni. Credi di aver fatto una buona impressione fino a quando ti accorgi che l'altra persona non risponde nemmeno ai tuoi messaggi. Posso solo cercare di indovinare, però mi sento soddisfatto nonostante gli scrupoli di poco fa. La mia dichiarazione iniziale è andata bene. La giuria potrebbe pensare che io abbia esagerato con Charmaine o che le mie insinuazioni su Hardy fossero dettate dalla disperazione. Un procuratore gioca in casa e non corre rischi. Se sei dalla parte della difesa, devi fare qualche scommessa, se vuoi eludere la metodica avanzata dell'accusa. Se non altro, ho mantenuto la promessa fatta ai giurati nella mia dichiarazione iniziale che avrei dimostrato loro che Jackdorp ha una presa meno sicura sulla verità di quanto abbia affermato. Nella sua replica con Cassity in sostanza lo ha ammesso.

Dopo l'udienza, Susan e io sediamo in un angolo dell'aula vuota e parliamo. Ho bisogno del suo aiuto, in particolare sui dettagli della prossima testimonianza del signor Lowndes, ma non posso accorciare la visita a Aaron. Concordiamo che Susan andrà a casa nostra a fare telefonate e a lavorare su altre questioni che può gestire da sola. Parleremo durante la cena che Bea ha promesso di preparare e Susan si fermerà per la notte.

Quando arrivo nella zona di ricevimento della prigione, Bea è appena uscita e sta aprendo l'armadietto dove ha riposto borsetta e telefono. Sono sorpreso di vederla. Mi aspettavo di incontrare Cassity, ma Bea mi dice che la ragazza aveva tempo solo per un rapido saluto, mentre lei ha avuto il permesso di entrare nella caffetteria per incontrare Aaron dopo l'uscita di Cassity.

«Volevo vederlo solo per qualche minuto per capire come stava» sembra giustificarsi. Ieri sera le avevo detto che ero in debito con Aaron di una visita più lunga e lei vuole chiarire che non intendeva intralciarmi.

È la prima volta che ci ritroviamo faccia a faccia dopo lo strano discorso sulla corda in piena notte. La mia speranza che, alla luce del giorno, avrebbe rinunciato all'argomento era chiaramente irrealistica.

«Ti devo parlare quando rientrerai» mi dice.

«A che proposito?»

«Il caso, un paio di cose.» Percepisco una certa freddezza nel suo atteggiamento. È di nuovo infastidita con me anche se la mia dichiarazione iniziale le è piaciuta. Questo vuol dire che punterà i piedi sulla faccenda della corda.

L'agente Crawford, con cui sono riuscito a creare un rapporto sempre più cordiale, mi dice che hanno portato Aaron nella stanza per i colloqui con gli avvocati, quindi saluto Bea dicendole che riprenderemo il discorso a casa.

Trovo il mio cliente nella stanzetta con indosso la tuta blu da carcerato. Una parte dell'immutabile protocollo della prigione richiede che ogni sera indossi proprio quella tuta nell'area di accettazione prima di poter tornare tra gli altri detenuti. Come avevano preannunciato a Aaron in autunno, la prigione è fredda: io non mi tolgo il cappotto mentre Aaron, nonostante sia in maniche corte, sembra più abituato a quelle temperature. Mi stupisce come il freddo disturbi poco i giovani. Darwin forse potrebbe spiegarlo. Mandare tutti i vecchi in Florida, dove possono sopravvivere.

«Volevo sapere le tue impressioni, tanto per cominciare» dico, e cerco di rassicurarlo sul nostro approccio alla figura di Mae. Lui mi interrompe.

«Ho capito» commenta. «È come uno spettacolo.»

«Esattamente, è uno spettacolo per la giuria. Ciascuna parte presenta le prove più favorevoli a se stessa, e la genialità del sistema è che in genere i dodici giurati riescono a trovare il punto centrale dove sta la verità, o almeno dove sono convinti che sia. Fino a ora, credo davvero che Mae sia stata presentata come vogliamo, una persona straordinaria, molto incostante ma di grande talento e magnetica.» Aaron scrolla le spalle: non è ancora la sua Mae, lo so.

Poi gustiamo i punti salienti della giornata: la lealtà e il coraggio di Cassity («È un gioco di parole?» ripete Aaron con raro e incontenibile entusiasmo) e l'abilità di Susan che porta al momento chiave in cui si è scoperto che i giurati indossavano Nike Air Force 1. Aaron poi commenta compiaciuto la mia dichiarazione iniziale, anche se non per le ragioni che mi aspettavo.

«Tu sembravi più gentile» dice. «Jackdorp mi pareva meschino.»

Sono colpito dall'acume del suo giudizio, perché probabilmente è simile al modo in cui alcuni giurati valutano i fatti. Non sarò pronto a dare lezioni di fascino, ma almeno risulto più gradevole di Jackdorp, che non sembra tenere granché a piacere agli altri. I suoi modi potranno ancora funzionare – glielo concedo, succede ormai da decenni –, però gli serve una padronanza dei fatti migliore di quanta ne abbia dimostrata oggi.

Aaron non è incline alla leggerezza, ma mi sento comunque obbligato a rammentargli gli aspetti fondamentali del caso come Damon, il nostro consulente per la giuria, li ha presentati a me: un crimine commesso da un nero su un bianco in una contea rurale in prevalenza bianca dove alcune persone senza dubbio si sentono ancora a disagio ad avere rapporti interetnici. Secondo Damon, le probabilità che dodici persone di questa zona accettassero un'assoluzione erano scarse. Non ho mai condiviso con Aaron questo commento. E infatti gli dico, come ho già fatto in precedenza, che abbiamo cominciato la partita giocando dalle retrovie, qualsiasi cosa avesse detto la giudice sulla presunzione di innocenza.

Volevo incontrare Aaron non solo per capire le sue reazioni agli sviluppi del caso, ma anche per osservare il suo umore dopo i primi giorni nell'aula della giudice Carrington. Il processo, un momento che aspettava con paura e speranza, è finalmente in corso, però lui sembra quello di sempre: gentile, fa qualche osservazione acuta, ma in sostanza è chiuso in se stesso. A volte mi preoccupa non vedere in Aaron alcun accenno della rabbia che secondo me dovrebbe travolgere, e con ragione, un innocente, ma forse è troppo depresso per provarla.

Di tanto in tanto ho chiesto a Joe un parere: è lui quello che gli fa visita più spesso per trascorrere quasi ogni giorno i sessanta minuti che gli vengono concessi con il nipote. Un paio di mesi fa, quando avevo chiesto a Joe come se la cavasse Aaron, lui mi aveva dato la solita risposta tagliente: "Be', tu come te la caveresti?". In realtà io lo so bene, visto che sono stato nei panni di Aaron, anche se per un tempo più breve, ma il fatto è che voglio dimenticare. È come essere stati in guerra. Non è possibile collegare l'ansia e l'umiliazione di essere in carcere, né le sue severe limitazioni, a ciò che provi quando riprendi la vita di prima.

In generale, il tempo trascorso in carcere non è piacevole per nessuno. Perdere la libertà, sapere che ogni istante della tua giornata è deciso dal volere di un'autorità brutale, abbatte lo spirito di qualsiasi essere umano. Come ci aspettavamo, per Aaron la reclusione nella Marenago County si sta rivelando un'esperienza migliore di quella nel Correctional Center della Skageon County, che era abbastanza vicino alle aree urbane per ospitare una serie di "tizi che mettono paura". Qui c'era uno skinhead minaccioso arrivato da pochi mesi. Era accusato di un'aggressione grave e di percosse in un bar, ed esprimeva spesso il desiderio di far del male a Aaron, ma aveva litigato con uno dei secondini ed era stato mandato in un penitenziario statale.

Con quell'eccezione, Aaron è stato ben accolto dagli altri detenuti e dalle guardie. L'amministrazione carceraria non gli permette di tenere le matite da disegno – che nella sua visione distorta considera una potenziale arma –, ma, grazie a Bea che ha convinto il direttore che è impossibile ferire qualcuno con i pastelli a olio, Aaron passa gran parte del tempo usando proprio quelli. Si è guadagnato un buon numero di favori dai compagni di prigionia usando foto per realizzare ritratti a colori delle persone di cui quegli uomini sentono la mancanza: figli, mogli, fidanzate, madri. Uno degli agenti ha informato Aaron che lo Stato stava organizzando una mostra d'arte realizzata in prigione, e lui ha proposto diversi lavori anche se con poche speranze.

La bizzarria della situazione sta nel fatto che Aaron è una celebrità. I reati di cui è accusato, e la relativa pena dell'ergastolo che incombe all'orizzonte, sono i più gravi che un detenuto di qui abbia mai affrontato e questo, nel nostro mondo perverso, richiede rispetto, in particolare perché sottintende la sua pericolosità. Inoltre, è l'unico di cui i media si siano mai interessati, e parecchio, il che comporta che non può essere trattato dalle guardie come una non-entità superflua. In gran parte, i secondini non sono stati rigidi con lui, anche perché la sua condotta è stata eccellente. Uno di loro, un giovane di nome Diesenberg (la guardia di sorveglianza durante la mia prima visita da avvocato, quando avevo chiesto a Aaron se volesse che lo rappresentassi) si riferisce a lui come a un "buon ospite".

D'altra parte, anche dopo quattro mesi di visite in questo luogo denso di emozioni, mi pare di aver colto ben poco di quello che Aaron ha dentro. Forse le uniche volte in cui mi è sembrato di esserci riuscito sono state quelle in cui, messo da parte il caso, mi ha parlato della sua arte. Si era presentato a uno dei nostri incontri con la foto di un autoritratto dell'artista inglese Lucian Freud, di cui avevo scoperto le opere in occasione di un congresso internazionale di giudici a Londra. Ne era entrato in possesso grazie a un altro carcerato che, dovendogli un favore, aveva strappato la pagina di uno dei pochi periodici che riuscivano a entrare in prigione. Probabilmente il possesso di quell'immagine – se consideriamo la fonte – violava parecchie regole, ma Aaron l'aveva appesa alla parete del suo cubicolo senza problemi: la considerava un tesoro. Era una delle tipiche opere malinconiche di Freud in cui l'artista, ormai sulla sessantina, ha uno sguardo sospettoso e i suoi lineamenti irregolari sono inghiottiti da ombre surrealistiche, realizzate con forti contrasti che potrebbero rispecchiare la sua visione priva di fronzoli della durezza della vita.

Aaron amava quel quadro perché ne percepiva la profondità e avrebbe voluto realizzare lui stesso qualcosa di simile, pur ammettendo candidamente di sentirsi bloccato.

"È come da bambini. Ricordi quante cose non capivi? Gli adulti parlano, tu sai parlare, ma non sai cosa stanno dicendo. Poi, all'improvviso, capisci, oppure capisci di più. Adesso per me è così: capisco di più, percepisco di più, ma non riesco a trasmettere tutto questo dal cervello alle mani. Mi resta incastrato dentro a metà strada."

Molto più spesso, però, sono rimasto colpito da quanto il carcere rafforzi l'isolamento che Aaron ama da sempre. Anni fa, il suo pessimo comportamento era dovuto più al voler essere lasciato in pace che non a un'espressione di rabbia. Nelle liti con la madre – ho assistito a molte di queste prima della sua condanna – era raro che rispondesse urlando. Aaron l'ascoltava, poi faceva quello che Bea gli aveva chiesto di non fare. "Perso" o "depresso" sono sempre sembrate definizioni giuste per lui, più azzeccate di "arrabbiato" o "aggressivo". Era un bambino instabile, secondo Bea, e si infuriava, refrattario a qualsiasi disciplina. Quando Lloyd se n'era andato, era diventato scontroso, e così è rimasto.

Quale che sia l'origine di tutto questo – l'essere uno dei pochi bambini neri della Skageon County, come crede Bea, oppure semplicemente un'inclinazione naturale –, nell'intimo di Aaron c'è una dolorosa solitudine, quella che da sempre sospetto abbia voluto anestetizzare con le droghe. Si intende solo con un piccolo gruppo di persone. L'amore per i bambini, un punto in comune con sua madre, nasce forse dal fatto che, in loro compagnia, si sente libero di essere se stesso, senza essere giudicato come tra i suoi pari.

Una sera tardi ho pensato a Aaron mentre lavoravo ancora, capendo quanto fosse sempre stato solo, ho compreso all'improvviso perché gli fosse praticamente impossibile rinunciare a Mae. Aveva amato solo quella ragazza. E l'amore di lei per lui, come sempre l'amore giovane, aveva portato con sé la lieta notizia che c'era qualcuno, un'anima gemella la cui stessa esistenza significava che non doveva più procedere da solo nel mondo. Erano diventati un universo a sé, dove avevano importanza solo i loro desideri e le loro regole. Sì, di tanto in tanto Mae si tirava indietro, però tornava sempre, il brivido vagamente appannato, ma comunque sollevava lo spirito di Aaron, il che per uno come lui era essenziale. In un mondo in cui ben pochi desiderano restare irrimediabilmente soli, Mae era l'unica persona con la quale aveva trovato un legame capace di modificare i termini fondamentali della vita.

Sapendo tutto questo, avevo potuto capire la profondità della crisi che aveva dovuto affrontare il 14 settembre dello scorso anno, quando si era infine reso conto che, a prescindere da quanto avesse bisogno di quel rapporto o lo desiderasse, lei non era più in grado di assicurarglielo in maniera affidabile. La cosa più bella e felice che avesse mai conosciuto era persa per sempre. E a tarda notte, seduto nel mio studio alla luce cruda della lampada a sorseggiare whisky con ghiaccio – ormai sciolto da tempo –, mi ero sentito paralizzato perché avevo riconosciuto la chiara logica emotiva che avrebbe potuto spingere Aaron a ucciderla. Sarebbe stata l'unica via d'uscita, l'unica possibilità per quella fuga diventata necessaria e che, diversamente, non avrebbe avuto la forza di intraprendere. Forse, a Harold's Woods, aveva ritenuto di dover scegliere tra una delusione perpetua o una vita carica di tristezza nella quale tuttavia era libero.

Eppure, come ho detto a Bea ieri, se questa è la verità, io non sono in grado di accettarla. Siamo tutti enigmi gli uni per gli altri, ma il ragazzo che ho sentito parlare delle proprie aspirazioni d'artista non sembra covare quella capacità distruttiva. Ancora una volta, forse, ricorro alla negazione per non accettare qualcosa che potrebbe fiaccare lo zelo necessario alla difesa di Aaron.

Dopo avergli spiegato cosa aspettarsi per domani, mi alzo per andarmene, ma vengo folgorato dallo scoramento al pensiero di quello che dovrò affrontare a casa con Bea. All'improvviso, capisco che Aaron può risolvere quel problema. Mi accomodo di nuovo sulla sedia di plastica sagomata fissata al pavimento in modo che un detenuto non la possa trasformare in un'arma.

Con le mie scarsissime esperienze come avvocato difensore, ho seguito l'esempio di Sandy Stern che mi aveva rappresentato. Come Stern, non ho mai chiesto a Aaron di farmi un resoconto completo di quanto era successo lo scorso autunno. Si tratta di un'abitudine utile a proteggere il difensore. L'etica professionale impedisce a un avvocato di portare sul banco dei testimoni un cliente quando sa che ha mentito, e un cliente che – dopo aver sentito il procuratore – fornisce al proprio avvocato una versione diversa rispetto alla precedente ricade implicitamente in quella categoria. Quindi permetterò a Aaron di raccontarci la sua versione completa degli eventi solo quando avrà sentito quello che l'accusa ha contro di lui e soltanto allora decideremo se farlo testimoniare o no. Io sarò comunque contrario, ma alla fine la decisione spetterà a lui.

Quando ho avuto bisogno di conoscere determinati fatti che potrebbero richiedere un'indagine – per esempio perché mai è andato ad acquistare una corda o dove sono finite le sue sneaker che non si trovano –, gli ho fatto qualche domanda, ma le nostre conversazioni sulle prove sono volutamente limitate. Ne deriva che non gli ho mai chiesto se sia stato lui a mettere nel nostro garage quel che restava della corda bianca che aveva comprato, perché conoscevo la risposta e non avevo niente da guadagnare. Non era stata Bea e non ero stato io. Poteva essere stato solo Aaron, o almeno così credevo fino a quattordici ore fa.

«Aaron, ti devo fare una di quelle domande che avrei riservato per un secondo momento.»

«Dimmi.»

«La corda che hai comprato, l'hai portata a casa e l'hai messa tu in garage?»

Scuote la testa. «No di certo.»

«Bene, allora che fine ha fatto?»

«È rimasta a Mae. Insomma, lo sai. Sono scappato senza lo zaino e il sacco a pelo, perché mai avrei dovuto prendere una grossa corda che in quel momento non mi serviva?»

Questa spiegazione suona vera. Come mi sono detto spesso, la capacità di mentire di Aaron è mediocre. Adesso è in modalità fatti concreti e mi guarda dritto negli occhi senza tic né indizi che mi stia ingannando.

«Insomma» dice «quella corda in garage sarà roba vecchia che mia madre ha portato a casa da scuola. È quello che mi ha detto subito prima che arrivassi tu.»

Entusiasta e speranzoso fino a un istante prima, ricado a terra con la stessa rapidità. Ecco perché Bea si è precipitata qui, per dare un fondamento alla sua storia in modo che Aaron la confermasse.

Per lui, come per molti altri esseri umani, nessuno è come sua madre. La naturale lealtà nei suoi confronti supera di gran lunga qualsiasi cosa lui senta di dovere a me, tanto più se consideriamo i tormenti che le ha provocato negli ultimi due anni. Se lei gli avesse detto che doveva fare quella dichiarazione, lui l'avrebbe fatta. Io, però, non sono sicuro che riesca a essere troppo convincente.

«È vero, Aaron?»

«Che me lo ha detto lei?»

«No, che la corda sul tavolo di Jackdorp non è quella che hai comprato tu.»

«È vero» risponde. Mi guarda un istante in più. «Ma perché picchi su questo, Rusty?»

È un ragazzo in gamba e ha sentito la dichiarazione iniziale di Jackdorp. È possibile che non si sia reso conto dell'importanza di quello che gli ha appena detto sua madre? Ancora una volta, come abbiamo spesso intuito Susan e io, la cosiddetta prova del procuratore potrebbe essere come una persona che ti urla addosso così forte che senti solo un rumore sgradevole, ma non comprendi il significato delle parole.

27
I messaggi di Hardy

Quando entro in casa, Bea è di nuovo sul divano di terza mano davanti a una bottiglia di vino bianco semivuota sul tavolino quadrato da caffè. Accoglie il mio arrivo con uno sguardo cupo e inerte, ricordandomi ancora una volta che ho perso la donna piena di vita e capace di alzare come per magia i miei livelli di serotonina. Mi preoccupa l'idea, come ormai succede sempre, che un esito negativo del processo farebbe svanire per sempre quella persona.

Entrando in salotto, mi accorgo che l'aria è viziata.

«Dov'è Susan?» chiedo.

«È andata a casa.»

«A casa? Doveva fermarsi qui a dormire. Abbiamo delle cose da discutere per domani.»

«Le ho detto che ti volevo parlare e ha deciso lei di andarsene. Terrà acceso l'aggeggio del telefono e la puoi chiamare adesso o dopo cena.» Susan ha un dispositivo tecnologico davvero notevole, un Bluetooth fissato al casco che le permette di fare e ricevere telefonate eliminando quasi del tutto il rumore ambientale. Per noi, tuttavia, è molto meglio parlare faccia a faccia per via della copertura incerta della rete telefonica nelle zone che sta attraversando e a casa sua. È una pura fortuna riuscire a parlarci per cinque minuti senza che cada la linea.

Invece, per come descrive le cose Bea, sembra che sia stata lei a chiedere a Susan di andarsene. Sento salire la rabbia, ma mi trattengo e vado in camera per togliermi il completo e mettere una tuta. Lì, però, la mia irritazione aumenta. Da tempo ormai

Bea si è resa conto di non poter dare un grosso contributo alla difesa, e la sola cosa che ha fatto è stata non intralciarmi. Non ha mai rappresentato un ostacolo tra Susan e me, e mi ha sempre dato l'impressione di seguire i miei consigli di non discutere con Aaron del caso e men che meno di una prova fondamentale.

Mentre ero in camera, lei è andata nella minuscola cucina a riscaldare la cena in una padella, dove vedo noodles, pollo e verdure.

«Ti devo parlare un attimo» le dico dalla soglia.

Anche Bea è in tuta ma, considerando quanto peso ha perso, addosso a lei i pantaloni le penzolano addosso e sembrano quelli di un clown. Per il tribunale ha un elegante completo blu che ha preso in un outlet. Anche senza pagare la parcella a me, i costi di Susan e delle brevi consulenze con gli esperti, oltre alle spese necessarie a vivere per settimane fuori di casa, stanno intaccando i risparmi suoi e di Lloyd. E lei non è disposta a spendere molto per il proprio guardaroba. Cerca di variare ogni giorno il suo look con camicette diverse e altri accessori. Oggi aveva un grande fiocco bianco che la faceva sembrare una professoressa del vecchio West.

Alza la mano per spegnere la ventola sopra i fornelli in modo da potermi sentire, poi va a finire il vino. Si offre di versarmene un bicchiere ma, nel mio umore attuale, la cosa non fa che irritarmi ulteriormente. Ormai sa che non bevo finché non ho finito di lavorare.

«Mi spiegheresti come mai sei andata in prigione e hai detto a Aaron di aver messo tu la corda nel nostro garage?»

«Te lo ha detto?» chiede subito, forse la peggiore risposta che potessi immaginare. Sembra essersi spaventata da sola e aggiunge. «Gli avevo chiesto di lasciare che fossi io a dirtelo, ma immagino non abbia sentito. Però, come ti ho detto in prigione, noi due dobbiamo parlare.»

«Ma se sono stato io a chiedergli stasera se avesse lasciato lui la corda in garage – una mossa del tutto logica, visto che mi hai svegliato per dirmelo –, non avrei dovuto sapere quello che gli avevi appena detto?»

Spalanca la bocca. L'ho ferita.

«Sei ingiusto, Rusty. Credevo te lo avesse detto da tempo che non era stato lui a mettere la corda in garage.» Bella risposta, ma comunque non le credo. Si volta per guardarmi bene in faccia, e come sempre mi legge dentro con straordinaria accuratezza: «Adesso sei convinto che tutti e due ti abbiamo mentito».

«Bea, ragiona, ti prego. Nessuno vi crederà. Esiste un video di Aaron che sta comprando la corda.»

«Allora era una corda diversa. Quanto è insolito comprare una corda?»

«Tutte le fibre che hanno raccolto sono dello stesso nylon di quella del nostro garage.»

«Ti ho sentito dire che quel tipo di nylon si trova ovunque.» Gira con scarsa convinzione il cibo in padella prima di ricominciare a fissarmi. «Non racconto bugie, Rusty, te l'ho detto l'altra notte.»

«Bea, c'è qualcosa che non faresti per Aaron?»

Fa una smorfia. «Che domanda è questa? Qualsiasi madre venderebbe l'anima per suo figlio.»

«Ovvero mentiresti per salvarlo.»

«Non a te» risponde. Poi strizza gli occhi come se faticasse anche a vedermi.

«Bea, ti prego. Non ti è passato per la testa di discuterne con me prima di parlare con il mio cliente di una prova fondamentale?»

«Il tuo "cliente"? Rusty, è mio figlio. Ho fatto un errore catastrofico quando ne ho parlato con Dom, poi l'ho aggravato perché avevo troppa paura di come mi sarei sentita guardando la cosa che, a quanto pare, era in mano a Aaron quando aveva ucciso Mae. Invece ho finito per creare questa brutta e ridicola situazione per lui. E per te. Quindi volevo che Aaron sapesse che ero stata io a incasinare tutto, e il perché. Ho pensato che dovesse venirlo a sapere da me.»

Non so come sia il viso di Bea quando dice bugie, perché su una cosa ha ragione: non ricordo nemmeno un minuto in cui abbia dubitato di lei nei sette anni della nostra relazione. Come Aaron in prigione, anche lei sembra convincente, a parte che la tempistica minerà comunque la sua credibilità, quindi anche quella di suo figlio.

Sono così furioso con lei che me ne vado dalla cucina e torno in salotto. Mi siedo su una poltrona alta di fronte al divano, con la mano sulla bocca, mentre cerco di gestire la rabbia. E continuano i cattivi presagi sul nostro rapporto. Alla fine la colpa è mia, perché sapevo fin dall'inizio che nessun avvocato sano di mente prenderebbe mai in considerazione l'idea di rappresentare il figlio della sua fidanzata.

Dopo un momento arriva lei. Mi aspetto che sia venuta per temporeggiare o scusarsi, per fare il poco che può nel tentativo di migliorare la situazione, invece mi dice: «Posso chiederti l'altra cosa di cui ti volevo parlare?».

La invito a proseguire con un cenno della mano, ma con un'aria disperata, che suggerisce che le cose non possono andare peggio di così. Bea si siede sul divano e si china verso di me.

«Sei serio sulla faccenda di Hardy?»

"Chi è mai questa donna?" mi ritrovo a chiedermi. È incredibile che, in tutto questo, per lei sia importante accorrere in difesa di Hardy.

«Quale faccenda?» le chiedo con cautela.

«Che è stato lui a uccidere Mae? E che tu otterrai un mandato per i suoi tabulati telefonici perché contribuiscano a dimostrarlo?»

Ho detto spesso a Bea che deve ostentare serenità e fiducia di fronte ai giurati, ma quando mi sono voltato a guardarla mentre Cassity stava testimoniando su Hardy, mi ha sorpreso vederla con un'espressione decisamente allarmata.

«Senti, Bea, so che qualcuno ha ucciso Mae – o probabilmente qualcuno l'ha fatto – e non voglio che la giuria creda che sia stato Aaron.»

Il problema dell'impianto accusatorio, se ci si pensa attentamente – e io di certo l'ho fatto –, è che ha senso. E l'ustione da corda intorno al collo di Mae dice tutto. È fantastico usare specchietti per le allodole e parlare di suicidio, ma sarà difficile crederci alla fine. La migliore difesa per Aaron è suggerire che qualcun altro abbia ucciso Mae. E chiunque sia stato, ha comunque usato quella corda. Non ci sono fori di proiettili o ferite da taglio, perché li avrebbero trovati sul corpo di Mae, putrefatto o meno. E per strangolare una donna alta e in forma come Mae, che ha continuato gli allenamenti di arti marziali pur non smettendo di drogarsi, ci voleva qualcuno di decisamente più forte di lei. Il che rende molto più probabile che sia stato un uomo in buona forma fisica. Aaron rientra in questa categoria, e anche Hardy. Dovrà essere il nostro cattivo, il nostro migliore sospettato alternativo.

Bea mi esamina con sguardo interrogativo.

«Non mi hai mai detto che sospettavi di Hardy.»

«Bea, onestamente, in questo momento non so cosa credere. Sto facendo il mio lavoro. Penso davvero che Hardy abbia ucciso sua figlia? Probabilmente no. Ma sono abbastanza sicuro che Hardy sia il punto debole nell'operato dell'accusa. Non avrebbe dovuto avere nulla a che fare con il procuratore, perché la vittima è sua figlia, però dubito che abbia seguito questa regola.» Da quando ho saputo da Mansy che Jackdorp, non appena ero uscito dal suo ufficio dove ero andato per comunicargli l'ipotesi di difendere Aaron, aveva telefonato a Hardy, ho capito che i due procuratori sono più o meno pappa e ciccia.

«Il procuratore non si dovrebbe consultare con la famiglia della vittima?»

«Dovrebbe tenerla informata, non consegnare loro le chiavi della macchina. Cercherò di volgere tutto questo a nostro vantaggio. Tante più irregolarità ci sono nelle indagini, tanto più credibile divento quando dirò alla giuria che si sono affrettati a processare Aaron. E, sì, forse qualunque genitore avrebbe fatto altrettanto, nella sua posizione, ma questo ci consente di suggerire che Hardy ha passato il segno perché aveva davvero qualcosa da nascondere. E oggi abbiamo dimostrato che cosa. Quindi siamo sulla strada giusta.»

«Dunque chiederai di esibire i suoi tabulati telefonici?»

Probabilmente non lo farò. Susan mi ha già detto che i gestori non conservano tanto a lungo i messaggi di testo, e Hardy, se ha un minimo di buon senso, ha cancellato tempo fa i suoi sulle parti intime di Gwen e quelli dello stesso genere con altre donne. Il cellulare di Mae, con il suo archivio di fotografie, era ovviamente bloccato e, come avviene spesso oggi, gli investigatori non sono riusciti a entrare. Né i procuratori né la famiglia di Mae sono arrivati a indovinare la sua password, anche se Glowoski – pur senza uno straccio di prova – ha insinuato con Susan che Aaron abbia cambiato il codice di blocco prima di restituire il telefono a Charmaine.

«Qual è il problema con il cellulare di Hardy?» chiedo.

Con mio grande stupore, a quella domanda Bea sembra bloccarsi e assume un atteggiamento angosciato che, nel silenzio, scatena nella mia testa una serie di collegamenti: Cassity che spiega la propria riluttanza a parlare dei messaggi di Hardy non per rispetto nei suoi confronti, ma per timore di mettere in imbarazzo Aaron; Cassity che assume l'espressione spaventata di chi ha involontariamente rivelato qualcosa a me. Lei aveva pensato al problema solo nei termini dell'impatto su Aaron, ma avrebbe potuto avere ripercussioni anche su di me.

«Bea» le chiedo «c'è qualcosa nei messaggi di Hardy che non vuoi che io sappia?»

C'è. La mia domanda la lascia senza fiato. Non riesce a distogliere lo sguardo da me perché non ha idea di cosa arriverà adesso. Alla fine si sposta sul divano, muovendosi sul cuscino accanto, e si guarda le mani per un po'.

Poi risponde: «Sì». Si siede più eretta e dice: «Se i tabulati tornano indietro a sufficienza, ci potrebbero essere alcuni messaggi che preferirei non vedessi».

Sono scioccato al punto di aver addirittura perso sensibilità alle labbra. Adesso sono io che ho bisogno di un attimo per riprendermi.

«Cosa mi stai dicendo, Bea?»

«Rusty, lo sai. Le persone hanno segreti, segreti di sesso che non hanno alcun senso per gli altri. Ecco perché sono segreti.»

Scopro di essere ricaduto sulla poltrona mentre la osservo tormentarsi le dita.

«Potresti saltare la filosofia e andare più sul concreto?» le chiedo. «Che tipo di messaggi potrei vedere?»

«Del tipo che Hardy e io non abbiamo mai smesso del tutto dopo le superiori.»

«Smesso cosa? Di vedervi?» taccio, poi chiedo chiaro e tondo: «Di scopare?».

Lei si muove un minimo, irrigidendosi per resistere alla voglia di indietreggiare.

«Entrambe le cose, immagino.» Non smette di guardarsi le mani, che sono allacciate in una posa simile alla preghiera. «Voglio dire, abbiamo chiuso, a volte per anni. Ed è finita del tutto ormai da un po'. Ma a volte, sai, in un altro trovi qualcosa a cui non vuoi rinunciare, se non sei costretta a farlo.»

«Quindi fammi ricapitolare. Al college, quando uscivi con Lloyd, continuavi a vedere Hardy di nascosto?»

«Qualche volta.»

«E quando ti sei sposata?»

«Be', no. Mi sono sposata e ho chiuso, tranne quando Lloyd e io eravamo vicini alla fine. A quel punto mi ero detta che avrei potuto restare incinta così, e avrei salvato il matrimonio. Bella spiegazione razionale, vero?» Ride di se stessa, ma senza convinzione. «Però te l'ho detto, te l'ho sempre detto. Mi ci è voluto un po' per capire che Lloyd, per quanto fosse carino, non mi bastava. E questa era una cosa. Lloyd era troppo bigotto per godere molto del sesso. Poi ho divorziato e a quel punto erano fatti miei. Ma anche allora non lo vedevo più di una volta al mese o ogni due.»

«Intendi Hardy?»

Annuisce.

«Credevo lo odiassi.»

«Sto cominciando a odiarlo adesso. Ma quello che ti ho detto è un po' diverso.»

«Ovvero?»

«Che non mi è mai davvero piaciuto. Non ha mai saputo distinguere il comportamento delle persone gentili. Ma soprattutto ho sempre provato pena per lui. Sai, è come una battuta che senti sussurrare in aula insegnanti: come fare con il bambino che ha un complesso d'inferiorità perché è davvero inferiore? La verità è che Hardy si è sempre sentito privo di potere. Non si è mai sentito abbastanza forte da sfidare i suoi genitori. Ed era costretto a fare quello che faceva Mark, sapendo che non sarebbe mai stato all'altezza. Il suo aspetto, andare a letto con le donne... è tutto quello che ha, è l'unica situazione in cui sente di avere il controllo.»

«Sigmund Freud gli potrebbe trovare delle scusanti, io no.»

«Non si tratta di una scusante per lui, o per me, Rusty. Questo lo so.»

«E a te stava bene partecipare a questa parata? Perché lui era fantastico? È questo? Il sesso migliore che tu abbia mai fatto?»

«Era sesso senza obblighi, Rusty.»

«Non mi hai risposto.»

«Lui lo rendeva interessante.»

«Cosa significa?»

«Vuoi davvero saperlo?»

Ci penso e vorrei che la risposta fosse un no. Ma se Bea tacesse, mi resterebbe l'ossessione.

«Sì» rispondo «ho bisogno di saperlo.»

«Di tanto in tanto c'erano altre persone, in gran parte altri uomini, a volte una coppia, altre volte droga.»

«Droga? Ne consumava un avvocato dell'ufficio del procuratore? Lo stesso procuratore?»

«Eravamo dei cattivi soggetti, Rusty. Insieme. Senza regole. Oppure solo le nostre.»

«Wow» commento. I pensieri mi rimbalzano nel cervello senza controllo. E mi rendo conto che lo shock non è dovuto solo al sesso: mi sconvolge la portata di ciò che non sapevo di Bea.

Con il distacco che ne consegue, mi accorgo di quanto la cosa mi abbia colpito, e in maniera perversa. Non avevo mai attribuito a Hardy immaginazione sufficiente a inserire altri uomini nella propria vita sessuale, e adesso posso solo concludere che Bea si sentirà sempre delusa da me.

«E ti piaceva?»

«Certo, mi piaceva. Mi piaceva superare quei limiti. Ero una madre single e vivevo in una piccola città: era una situazione soffocante. Avevo diritto a un po' di eccitazione, Rusty, tutti lo hanno. Non avevo tempo o denaro per andare a fare trekking in Nepal, o per visitare Machu Picchu. Questa era la mia avventura. Ci sono passata e l'ho fatto. Rusty, intendo dire che, fino a noi due, amore e sesso sono sempre state due cose distinte per me. Forse prima non mi ero mai innamorata e di certo non avevo provato com'è quando le due parti si adattano, si esaltano l'un l'altra. Mi avvicinavo ai cinquant'anni e, quando noi due ci siamo messi insieme, mi è sembrato di essere atterrata su un altro pianeta.»

Almeno questo gliel'ho sentito dire spesso. Noi, il nostro rapporto – il nostro amore –, siamo stati un punto di svolta nella sua vita. Non avevo idea che in precedenza Hardy fosse stato il suo scopamico.

«Prima di noi» mi sta dicendo «facevo sesso solo per le sensazioni. Non avevo molto tempo per le app di appuntamenti, per guardarmi in giro, per cancellare qualcuno con uno swipe a destra o sinistra, in alto o in basso. Uscivo con gli uomini. Ci ho provato, ma avevo questa rete di sicurezza. Hardy aveva sempre tempo per me.»

«E come funzionava la cosa? Lo incrociavi in chiesa e vi mettevate d'accordo per la scopata successiva?»

Mi lancia un'occhiataccia: sebbene lei abbia fatto lo sforzo di aprirsi, io la ripago col sarcasmo. Ha ragione, ma, se dovessi dire quello che penso davvero, direi: "Che peccato".

«Ero quasi sempre io a chiamarlo perché non volevo che mi tormentasse. Non succedeva spesso, Rusty. Poche volte all'anno, quasi sempre quando la scuola era chiusa. Ma, sì, io lo chiamavo, ed era una delle cose che mi piaceva: avevo io il controllo.»

«E come mai a lui andava bene? Voglio dire, sei una gran bella donna, ma immagino che a lui non mancassero. A parte la lustrata all'ego, che cosa ci guadagnava Hardy?»

«L'ego, ovvio. Io tornavo sempre. E immagino di avergli dato la possibilità di dire la sua.»

«Che significa?»

«Significa che sputava una serie di idiozie a cui non credeva davvero. E alle quali non credevo nemmeno io. Né ci volevo credere.»

«Del tipo?»

«Che Charmaine sarebbe morta presto e saremmo stati insieme. Oppure che mi amava e, non appena glielo avessi chiesto, l'avrebbe lasciata.»

«Ma tu non ci credevi, oppure non volevi? Quale delle due?»

«Entrambe, sicuramente. A volte sembrava convinto di quello che diceva. Si aggrappava a quello che era stato alle superiori, prima che morisse suo fratello. Era sempre convinto che la sua vita sarebbe stata migliore se fossi rimasta con lui. Il che è una sciocchezza: la sua vita sarebbe stata migliore se non avesse dovuto caricarsi del fardello di essere Mark, cosa che in sostanza non gli è riuscita. E che non aveva nulla a che vedere con me.»

«E tu lasciavi che ti declamasse il suo imperituro amore?»

«Lo schernivo, sempre. Gli dicevo che non avrebbe lasciato Charmaine e che a me non interessava sposarlo e nemmeno essere vista con lui alla luce del giorno. Cose che non sarebbero mai successe.»

Sto imparando molte cose nuove su Bea e gran parte di queste non mi piacciono. La sua strategia è ignorare il ruolo di Hardy nella fine del suo matrimonio. E, almeno a quanto dice, mi dispiace persino per Hardy perché so benissimo che ci sono stati momenti in cui lei ha alimentato le sue speranze.

Mi siedo e cerco di mettere insieme i pezzi. Ho in bocca un

sapore metallico, come se avessi appena finito una corsa andando oltre la mia capacità polmonare.

«Quindi vi vedevate di nascosto quando i vostri figli hanno cominciato a uscire insieme?»

«Entrambi li abbiamo scoraggiati, lo sai.»

«Ma non vi siete preoccupati di cosa sarebbe accaduto se mai vi avessero scoperti?»

«Nessuno lo ha scoperto, per decenni. Diciamo che era un segreto innocuo, come la masturbazione.» Non sono nella posizione di lanciare la prima pietra, ma non credo che Charmaine o Lloyd avrebbero ritenuto innocua la verità.

«E nessuno ha mai avuto sospetti?»

«Era Mae a preoccuparmi. Sapevo che spiava Hardy di tanto in tanto. Una volta aveva fatto un commento tipo: "Mio padre sarà sempre legato a te", con quel sorrisetto da saputella. Ma non ho mai sentito Hardy dire che Mae aveva avuto accesso al suo telefono.»

«E non ti preoccupava l'idea che potesse condividere quei sospetti con Aaron?»

«Certo che mi preoccupava, però sono sicura che non l'abbia mai fatto. Aaron non sarebbe stato capace di nascondermi una cosa come quella e il suo comportamento lo avrebbe tradito.» Anche Cassity è convinta che Aaron sia all'oscuro di tutto e questo, stranamente, chiarisce meglio la potenza distruttiva di Mae. Quando, dal banco dei testimoni, ha dato quel giudizio solo apparentemente sommario sul comportamento scorretto di Mae, mi ha colpito perché era davvero acuto. Come le persone che si suicidano per interposta persona, sfidando la polizia a ucciderle, Mae – come ha detto Cassity – voleva che la gente la odiasse tanto quanto lei odiava se stessa. Ma le azioni di Mae non avrebbero sortito i risultati che lei voleva se non si fosse sminuita agli occhi delle proprie vittime. Non le avrebbe dato soddisfazione raccontare a Aaron di sua madre, perché la delusione di lui si sarebbe concentrata su Bea. E lui non avrebbe davvero potuto incolpare Mae per avergli detto la verità.

Nelle nostre conversazioni sui rispettivi amori passati, Bea si è adeguata a una linea di comportamento come quella di oggi. Prima e dopo Rusty. Un'epifania all'età di quasi cinquant'anni. Ma quello che si è insinuato dentro di me è che quelle affermazioni, per quanto mi fosse piaciuto sentirle, sono fittizie sotto un aspetto fondamentale. Fin da quando abbiamo cominciato a parlare, una cosa è stata chiara anche se io non avrei voluto sentirla dire ad alta voce.

«Quando si è chiusa definitivamente questa faccenda con Hardy?»

Nell'ultimo minuto Bea sembrava più rilassata, ma adesso tace.

«Che cosa mi stai chiedendo?»

«Lo sai.»

Ancora una volta si guarda le mani.

«Se mi stai chiedendo se vi siete sovrapposti, la risposta è sì.»

Avevo già sentito la parola "sovrapposto" e l'ho sempre disprezzata perché fa passare un pessimo comportamento per una banale macchia su una cartella colori.

«Per quanto tempo? Una settimana? Un mese?» A questo punto mi aggrappo alla speranza.

«Di più.»

«Quanto di più?»

«Si è chiusa del tutto prima che andassimo a vivere insieme.»

«Ma non nel periodo precedente?»

«Non del tutto.»

«Quindi Hardy e io ti abbiamo condivisa per anni?»

«Non mi condividevi, erano due cose diverse.»

«Però mi hai mentito per così tanto tempo?»

«Non ti ho mai mentito. Non mi hai mai chiesto se ci fosse un altro, quindi io non l'ho mai detto.»

«Sei seria? Tu e io parlavamo quasi ogni giorno. Intendi che non mi hai mai mentito quando ti chiedevo cosa avessi fatto la sera prima?»

«Non lo so. Probabilmente ti avrò detto di avere avuto una riunione.» Tace per un istante, poi solleva gli occhi color ambra, che adesso sono più scuri per il dolore. Immagino che la mia rabbia sia palese. Lei sospira, gonfia il petto e raddrizza la schiena prima di affrontarmi di nuovo. «Mi sto comportando da stupida, sono sulla difensiva. E disonesta. So che ti devo chiedere di perdonarmi. Sì, per averti ingannato. E per non essermi fermata prima. Per non aver creduto di più in noi. Ma avevo paura di finire a mani vuote. Mi è venuto automatico. Mi faceva sentire sicura. Avevo un paio d'ore di piacere e mi sentivo desiderata.»

«Ma anch'io ti desideravo.»

«Lo so, lo so. Non sto dicendo che avevo ragione io. Mi sbagliavo, mi sbagliavo completamente. Però avevo paura a scommettere su di te. Smettere di chiamarlo mi spaventava, perché sapevo che c'era una cosa che lui non avrebbe mai tollerato, ovvero sentirmi dire: "Ho un altro e non ho bisogno di te". Non lo avrebbe tollerato perché è così che lo avevano fatto sentire i suoi genitori quando era piccolo. E avevo sempre paura di restare con un pugno di mosche se tu e io ci fossimo lasciati. Non che tu sia stato particolarmente rapido a impegnarti, Rusty, ti trattenevi.»

«Impazzivo per te, e tu lo sapevi.»

«Avevo paura, e faticavo a crederti. Tu non lo hai detto, ma sapevo che un'ulteriore delusione ti avrebbe ferito a morte. E se ti avessi raccontato questa storia, sarebbe stata la fine.»

«Smetti di accampare scuse. Stavi cercando di tenere il piede in due scarpe.»

«Vista da fuori, è così, però avevo serbato questo segreto per decenni, Rusty, faceva parte della mia vita. Era come se vivessi in due realtà separate che non si toccavano. Ma mi sbagliavo, davvero, mi sbagliavo. E hai tutti i diritti di essere furioso.»

«Li ho» rispondo. Le urlerei contro se fossi meno confuso. «E che altro dovrei sapere?»

«Niente, davvero. Sto cercando di essere il più onesta possibile. Perché voglio non doverne discutere più. Ammesso che tu sia ancora disposto a parlarmi.» Mi lancia uno sguardo furtivo. «Ma, Rusty, il punto è che è finita da anni. Da quattro anni.»

«Quasi quattro» rispondo, cavillando per il piacere di farlo. «È per questo che non ti convinceva l'idea di sposarci? Perché avevi paura a dirmelo? O perché volevi tenere la porta aperta per Hardy?»

Fa una smorfia e si affloscia.

«So che me lo merito, ma non ho mai avuto ripensamenti su Hardy. Non voglio quello e non ne ho bisogno in questo momento. Però mi sembrava sbagliato sposarti senza avertelo detto. Solo che non trovavo il modo di cominciare questo discorso. Non ho mai voluto farti stare come ti senti adesso.» Con la consapevolezza del dolore che mi ha causato, i suoi occhi si riempiono di lacrime e comincia a piangere in silenzio. «L'importante è avertelo confessato, e sarebbe dovuto succedere molto tempo fa, ma scommetto su di noi. Ho rinunciato a qualcosa che, in alcuni momenti, mi faceva sentire viva. E adesso non ci parliamo nemmeno. Se mi trovo in una stanza con lui, non guardo nella sua direzione.»

«Perché lui non smette di provarci?»

«È amareggiato e furioso, come mi aspettavo. Lo ha distrutto sentirmi dire che avevo donato a qualcuno l'amore totale che aveva sempre desiderato da me. Tutto quello che dice di me adesso è odioso. Come quando noi ci siamo fidanzati. Mi ha mandato un messaggio: *Congratulazioni. Non durerà.* Non mi sono nemmeno sprecata a rispondergli: "Vaffanculo".»

«Va bene così, me ne occuperò io.»

«Ti prego, non farlo.»

«Non vorrei mai dargli la soddisfazione» rispondo brusco. Mi viene in mente un altro pensiero, importante ma un po' fuori tema. «Credi che sia per questo che Hardy si comporta così da stronzo con Aaron, intendo dire per pareggiare il conto?»

«Probabilmente, però io non ho niente con cui affrontarlo. In teoria, non ha avuto nulla a che fare con quei casi anche se, come dici tu, ho sempre avuto la sensazione che lui manipoli da dietro le quinte.» Quando Aaron era stato arrestato con Mae, l'ufficio di Hardy aveva insistito che si dichiarasse colpevole anche se Cap sosteneva che c'erano casi paragonabili, recidive in cui i procuratori avevano accettato di posticipare il processo.

In cucina ho una bottiglia di whisky alla quale ricorro a tarda notte. La vado a prendere e me ne verso una buona dose. Ne bevo la metà in un sorso.

Bea ha continuato a piangere e si pulisce il naso con la manica della felpa prima di lanciarmi un'occhiata cupa.

«E tu mi parlerai?» chiede.

«Devo pensare, Bea.»

«Me ne devo andare?»

Finisco il bicchiere mentre rifletto.

«Senti, quando si tratta di compartimentare, sono tra i migliori al mondo» le dico. «Sono a un livello da Olimpiade. Ma non posso guardarti in faccia ogni mattina e ogni sera e concentrarmi sulla salvezza di tuo figlio. Quindi sì, è meglio che tu vada al motel con Joe per un po'. Digli che in questo momento è impossibile vivere con me.»

Lei annuisce, si alza e va in camera da letto. Mi verso un altro bicchiere di whisky mentre la sento sballottare oggetti. I suoi singhiozzi dall'altra stanza attraversano le pareti sottili e, dal modo in cui i suoni cessano periodicamente, mi rendo conto che sta cercando di riprendersi prima di tornare qui. Quando arriva, ha il viso rosso e bagnato di lacrime. Ha messo il cappotto e tiene in mano un borsone di cuoio.

«Posso dormire nell'altra stanza invece di andarmene?»

«Ti prego, Bea.»

«Mi dispiace di essere stata così stupida. Mi dispiace davvero. Ti prego, cerca di perdonarmi. Vuoi almeno provarci?»

Scuoto la testa senza sapere cosa significhi, tranne che è troppo presto per dirlo.

«Arriviamo alla chiusura del processo» replico. «Non andrà molto oltre la fine della prossima settimana. Affrontiamo una crisi alla volta.»

«Ma dimmi che ci proverai.»

«Ci proverò.» Mi comporto in modo dignitoso, ma persino io mi accorgo che la mia risposta è davvero poco convinta. Lei sta per scoppiare di nuovo a piangere, si mette una mano sul viso ed esce.

Non ho speranze di dormire, anche se non ho voglia di mettermi a sedere e rimuginare. Bea mi ha dato molte cose a cui pensare, da digerire, e non ho nemmeno voglia di cominciare ad affrontarle.

Dopo un'ora e altri due drink, trovo la mia piccola scorta di emergenza di sonniferi e non penso due volte ai pericoli di assumerli dopo aver bevuto alcol. Ho bisogno di dormire se domani mattina in aula non voglio essere confuso e stordito. E così, velocemente grazie alla quantità di sonniferi ingerita, crollo addormentato.

Più tardi – senza avere il senso del tempo che è passato – mi sveglio di soprassalto. Mi siedo sul letto nel panico. Ho il cuore che batte come un campanello d'allarme e T-shirt e lenzuola sono inzuppate di sudore. Mi rendo conto di non essere ancora lucido e che la combinazione di sonniferi e risveglio improvviso mi ha lasciato addosso l'incubo e le profonde paure che precedono la ragione. Certo, è il pensiero di Bea che mi ha strappato al sonno, il pensiero che, dietro alla sua affettività solare, ci sono più inganni, vanità, egoismo e persino crudeltà di quanto mi sia mai accorto.

Ma questo lo sapevo già quando ero andato a dormire. Quei pensieri, per quanto tristi, non sembrano la causa del panico.

Poi, come succede, le matasse si sbrogliano. Nel sonno ho avuto una visione di Bea la prima volta che abbiamo fatto visita a Aaron nella prigione della Marenago County dopo il suo arresto, quando lei, angosciata, si era offerta di confessare l'omicidio di Mae per prendere il posto del figlio. Lì per lì, quell'idea mi era sembrata ridicola, e lo avevo detto chiaro. L'incubo però mi aveva fatto rivedere una Bea commentare duramente quello che Mae aveva fatto passare a Aaron. Alla luce di quelle dichiarazioni, la sua affermazione di responsabilità sarebbe stata credibile. "Potrei essere più convincente di quel che pensi" aveva detto.

Adesso capisco come si possano unire i vari pezzi. Se Bea ha un lato più oscuro di quanto sapessi (e lo ha) e se era certa che Mae avesse trascinato Aaron nella dipendenza dalla droga e alla rovina (e lo aveva fatto) e se, oltre a questo, Mae conosceva un segreto che Bea non aveva mai voluto condividere con suo figlio, e tanto meno con me, un segreto che avrebbe potuto ribaltare la vita in cui lei si era finalmente assestata dopo decenni di privazioni, e che aveva paura di riconoscere anche con se stessa, un segreto al quale Mae, essendo Mae, avrebbe potuto occasionalmente accennare di voler svelare...

So che troverò un po' di conforto nella luce del giorno. Il buon senso scaccerà tutte le ansie. Come avrebbe potuto Bea trovare Mae? Inoltre, ci dovrebbero essere decine di persone a scuola per confermare dove si trovava in ogni istante del 14 settembre. Ma nell'oscurità della campagna, avvolta in un momento di quiete agghiacciante quando ogni forma di vita oltre la mia porta sembra finita, non riesco ancora a scacciare del tutto il ragionamento che mi dice che Bea avrebbe potuto uccidere Mae.

28
Joe sul banco dei testimoni

8 febbraio

Il successivo teste per l'accusa è Joe. Sale sul banco con passo pesante. Calza grosse scarpe stringate nere che sembrano un residuo del periodo trascorso nell'esercito, un vecchio completo che pare acquistato per il funerale di Willi, con i pantaloni allacciati sotto la pancia in modo da poterli ancora indossare e, sotto la giacca, una camicia cremisi e una cravatta nera – altro residuo dell'abito da lutto, immagino – con un nodo delle dimensioni di un paio di calzini arrotolati che gli arriva sotto la gola. Dietro le lenti degli occhiali, gli occhi dardeggiano tutto intorno. Inutile dire che preferirebbe non essere qui.

Mentre si accomoda, mi volto per un istante, anche se so che non dovrei, e scorgo Bea in prima fila. Sembra in attesa di attirare la mia attenzione, ha il naso rosa come quello di un coniglio e mi basta un'occhiata per capire che non ha chiuso occhio. Mi implora "Perdonami" muovendo le labbra senza emettere suono e io annuisco per dirle che ho capito, poi mi volto verso l'aula.

Jackdorp si avvicina al leggio. La giornata di ieri è stata più dura del previsto per il procuratore, che oggi appare molto teso.

A poco a poco ho raccolto informazioni su di lui, anche se quasi tutti gli avvocati di qui, e altre persone che lo conoscono, ne parlano con riluttanza. Ho scoperto per esempio che ha iniziato a soffrire di quella terribile dermatite, che gli ha lasciato grossi foruncoli e macchie di roseola, dopo i trent'anni. All'epoca era sposato con una donna gentile e allegra quanto lui era acido. Con grande disperazione di entrambi non avevano figli, ma stravedevano uno per l'altra. Poi, a quarantacinque anni, alla moglie era stato diagnosticato un cancro al seno, aveva combattuto una lunga battaglia ed era morta poco dopo il cinquantesimo compleanno. A quanto pare, Hiram Jackdorp non è diventato più gradevole da vedovo e secondo Tim Blanc, il suo ex vice non particolarmente affezionato al capo di un tempo, Jackdorp ritiene il proprio aspetto un ostacolo per corteggiare altre donne. Inoltre, in quello che è lo strascico più triste di un matrimonio felice, considera comunque insostituibile sua moglie. Vive ancora nella fattoria del padre, in una delle originali case Sears alla quale sono state fatte diverse aggiunte. I suoi compagni sono i gatti, oltre una decina, che lasciano in casa l'odore della lettiera e di cibo a base di pesce. Di sera legge ponderosi volumi di storia. Nella loro coppia, la moglie era quella predisposta alla socialità, mentre lui di rado vede qualcuno, a parte le persone che deve incontrare per impegni pubblici e per il suo lavoro di coordinatore del partito nella contea. Dopo la morte della moglie anche la sua presenza in chiesa si è diradata. Nonostante la solidarietà per la sua situazione, resta più temuto che apprezzato. Come molti procuratori che ho conosciuto, sembra trovare uno sfogo perverso alla sua amarezza nel fatto di essere il motore delle punizioni, un po' come incidere una vena per far uscire acido e non sangue.

Gran parte dei nostri incontri si sono svolti faccia a faccia. E va detto che, nell'affrontare i problemi, non ha la tendenza a negoziare: decide in anticipo ciò che ritiene corretto oppure obbligatorio ai sensi della legge e non si sposta di un millimetro dalla sua posizione. In sostanza, ho imparato a capire che le nostre divergenze non si possono risolvere in fretta. Nella lunga stipulazione, l'accettazione concordata delle prove in cui sono elencati i fatti che verranno letti a breve alla giuria, ho apportato diversi cambiamenti alla sua bozza e, davanti ai suoi no, ho risposto a pappagallo: "No". Mi ha restituito una bozza che accoglieva esattamente la metà delle osservazioni sulle quali avevo insistito. Ho chiesto altre due modifiche che consideravo fondamentali, entrambe sui tabulati telefonici, alle quali deve ancora acconsentire.

E non siamo mai arrivati all'informalità dei nomi di battesimo: lui mi chiama "giudice", e io "signor Jackdorp".

Dopo l'esperienza con Cassity, Jackdorp chiede alla giudice il permesso di considerare Joe un testimone avverso, ovvero vuole fargli domande poste in modo da suggerire la risposta. Potrei oppormi, come ho fatto per Cassity, però è nell'interesse di Aaron – sia emotivo, sia ai fini del processo – che Joe scenda il più rapidamente possibile dal banco dei testimoni, prima che passi per stupido come succede sempre. Anche così, si piega su se stesso quando Jackdorp si avvicina e mette le mani sulla balaustra del banco dei testimoni, tanto che sembra un *linebacker* pronto a rubare la palla. Nelle varie occasioni in cui ho cercato di preparare Joe alla sua testimonianza, gli ho chiesto di non essere combattivo con il procuratore, ma già sapevo che le mie parole sarebbero cadute nel vuoto.

Jackdorp accelera il più possibile, dopo aver stabilito che, per farlo testimoniare, ha dovuto emettere un mandato di comparizione. Joe ammette di aver comprato a Aaron, dieci mesi fa, le Nike Air Force 1, «scarpe proprio buone» aggiunge per lodare la propria generosità. Poi Jackdorp passa agli eventi alla fattoria di Joe la mattina seguita al rinvenimento del corpo di Mae. Aaron si era presentato quando era ancora buio, verso le cinque del mattino, e aveva chiesto di prendere in prestito il pick-up del nonno. Secondo Joe, la State Patrol non gli ha mai chiesto in che modo Aaron fosse arrivato da lui, ma sospetto abbia fatto credere loro che il nipote avesse fatto l'autostop.

«Lei sapeva» chiede Jackdorp «che suo nipote era soggetto a un'ordinanza del tribunale che gli impediva di guidare?»

«Lo sapevo, ma in quel momento non mi è venuto in mente. Avevo davanti un ragazzo ormai cresciuto, che piangeva disperato mentre mi informava che avevano trovato la ragazza dei Potter morta in un canale in secca, perché era drogata e aveva preso male una curva.»

«È quello che le ha detto lui?»

«È quello che ho sentito in un bar la sera prima, quindi per me non era una novità.»

«E ha detto che era sconvolto?»

«Distrutto, come minimo» risponde Joe.

«Le ha chiesto altro?»

«Gli ho dato un sacco a pelo.»

«Ma a quel che sapeva lei, suo nipote non ne aveva uno?»

«Bella domanda. Era stato un regalo che gli avevo fatto un paio d'anni fa.»

«E non gli ha chiesto che fine avesse fatto il suo bel sacco a pelo?»

«Non ne avevo motivo. Mi è sembrata una cosa che gli era appena venuta in mente, intendo restare fuori la notte.»

Jackdorp si limita a fissare il vecchio per un momento. All'apparenza, la spiegazione di Joe è improvvisata.

«È stato suo nipote a dire: "In caso debba restare fuori la notte"?»

«Forse, o almeno io ho capito così. L'ho avvertito che l'alternatore poteva fare i capricci, ma già lo sapeva.»

«Quindi voleva comunque il suo pick-up e lo ha preso, pur essendo al corrente che poteva avere dei problemi meccanici?»

Obietto che sta chiedendo a Joe di rendere una testimonianza sui pensieri di Aaron, e la giudice accoglie.

«Questa faccenda dell'imputato che se ne va per una notte non l'ha riferita alla State Patrol quando l'hanno interrogata la mattina del 2 ottobre, non è così? Non ha mai detto che suo nipote aveva parlato di stare via solo per una notte, vero?»

«Non lo so.»

«In effetti, lui le ha detto: "Devo andarmene da qui". È così?»

«Più o meno.»

«Più o meno?»

«Lo ha detto, ma non nel modo in cui lei sta cercando di travisarlo.»

«Giudice» esclama Jackdorp.

La giudice Carrington dice a Joe, in tono gentile, di rispondere sì o no quando gli è possibile. E aggiunge: «Il signor Sabich, laggiù, è un bravo avvocato e le chiederà di spiegare, se lo riterrà necessario». Mi fa un sorrisetto malizioso perché si è resa conto che Joe e io probabilmente ci conosciamo bene.

«Okay» le risponde Joe «ma credevo che qui dentro cercaste la verità.»

«È così» ribatte la giudice. «Ma c'è una procedura stabilita e le cose vengono fatte così da secoli.»

Joe scrolla le spalle.

Questa volta Jackdorp riesce a far rispondere di sì a Joe quando gli chiede se Aaron abbia affermato: "Devo andarmene da qui".

«E cosa mi dice dell'area selvaggia di Ginawaban? Ci è mai andato con suo nipote?»

«Sì, molte volte. Gli ho insegnato tutto in proposito. Gli piaceva stare lassù, sulla Northern Moraine» risponde Joe riferendosi a una formazione glaciale «con le gole e le grandi colline. Per Aaron, un posto così è come Disneyland.»

Jackdorp torna a sedersi dicendo di non avere altre domande.

«Signor Sabich» dice la giudice affidandomi il testimone.

«Ora, signor Mena» esordisco «noto che il signor Jackdorp non le ha fatto domande sulle sue origini, ma diciamo a questi signori qualcosa di più su di lei.» Lui risponde subito: cresciuto da migrante, raccoglitore di frutta qua e là in estate. C'è un giurato, un signore anziano e tranquillo, un contadino in pensione che adesso vive con la moglie a Portage, che Joe è certo di aver riconosciuto: erano insieme in quei campi. Oggi l'uomo è noto come Gomes, e non Gomez come ricorda Joe, ma il giurato sembra annuire leggermente quando Joe descrive quel periodo della sua vita.

Guido rapidamente Joe nel racconto della sua biografia: campione di wrestling dello Stato alla Skageon Consolidated Regional High School, stella di bronzo in Vietnam, poi il lavoro alla US Motors e la vicepresidenza del locale sindacato degli operai automobilistici. Anche così a nord, la chiusura della US Motors viene ancora considerata una catastrofe epica, come la rottura di una diga e, mentre torno al tavolo della difesa, lancio un'occhiata alla giuria e noto diversi uomini reagire visibilmente a quel dettaglio della biografia di Joe, in particolare il tizio con le Air Force 1. Anche se sulle prime non lo avevo capito, si direbbe che alcuni di loro ritengano Joe un eroe locale.

«Quando ha incontrato l'imputato?» chiedo.

«È arrivato da noi» risponde Joe «ovvero da mia figlia Bea, laggiù, e da suo marito, Lloyd, quando aveva più o meno una settimana.»

«E lei gli vuole bene?»

Io sono dietro a Aaron e gli ho appoggiato le mani sulle spalle.

«Lo amo più della mia stessa vita» risponde Joe. «Come nessun altro.»

Sento che Aaron è percorso da un fremito.

«E dove ha abitato suo nipote da quando aveva circa tre anni?»

«Be', dopo che Bea e Lloyd si sono separati, mia figlia non

aveva un posto dove andare, quindi lei e Aaron hanno traslocato in una casetta sul retro della mia fattoria.»

«E, in virtù di questo, lei passava del tempo con suo nipote?»

«Ogni giorno di più. Mia moglie Willi è morta all'improvviso, ed eravamo noi a tenere Aaron quando sua madre andava a insegnare, poi l'ho fatto io da solo. Mio nipote mi seguiva e mi aiutava a fare tutto alla fattoria. Da quando ha cominciato ad andare a scuola, lo andavo a prendere e lo riportavo a casa quasi tutti i giorni.»

«Ha avuto qualche occasione per insegnargli come vivere all'aperto?»

«Oh, certo. Quel ragazzo sembrava nato per andare in canoa. Ama pescare in ogni modo – d'estate, d'inverno –, gli piace stare all'aria aperta, soprattutto quando può farlo per conto suo. Quando aveva più o meno otto anni e andavamo a campeggiare, dovevo portare due tende perché potesse dormire da solo, anche se di solito strisciava dentro la mia quando i gufi cominciavano a bubolare.»

Molti giurati sorridono, e tra loro tutte le donne.

«Stare da solo all'aperto era un'abitudine per lui? Lo faceva con regolarità?»

«Sì, è sempre stato così. Quando era alle superiori, credo, e succedevano quelle cose stupide da ragazzi, come quando si lasciava con la ragazza dei Potter, ovvero più o meno ogni mese, se ne andava per conto suo. È sempre stato così.»

«E parlando del 29 settembre, la mattina dopo il ritrovamento del corpo di Mae, quando lui ha chiesto in prestito il suo pick-up come mai lei ha risposto di sì?»

«L'ho già detto, perché era sconvolto. E sapevo che lui faceva così, che aveva bisogno di andare via da solo.»

«Ora, lei conosce l'imputato da quando aveva una settimana di vita e lo ha visto ogni giorno per anni. Direbbe di avere familiarità con i suoi stati d'animo?»

«Come se fossero i miei.»

«E quando ha detto al signor Jackdorp che suo nipote era sconvolto la mattina in cui le ha chiesto il pick-up, secondo lei in che stato d'animo era? Sembrava spaventato?»

«Era in lutto, semplice. Era in lutto per quella ragazza, non che per me avesse senso, visto che mi piaceva poco.»

«Ma sembrava spaventato?»
«No, l'idea non mi ha nemmeno sfiorato. Aveva solo perso una grossa fetta del suo mondo, tutto qui.»
«E quando le ha detto: "Devo andarmene da qui", lei come l'ha interpretato?»
«Che avesse bisogno di andarsene per conto suo come faceva di solito.»
«E le ha detto che "prendeva in prestito" il suo pick-up, è corretto?»
«Certo.»
«Lei riesce a lavorare alla fattoria senza quel pick-up?»
«Non proprio.»
«E, a proposito, lei di solito tiene attrezzi nel cassone del suo pick-up?»
«Pala, guanti da lavoro, un carrello a mano per spostare le cose, soprattutto il fieno, visto che a volte sono da solo e non sono più forte come un tempo.»
«E, quando ha prestato il pick-up a suo nipote, quegli oggetti erano nel cassone?»
«Certo.»
«Non ho altre domande.»
Un riesame del teste da parte di Jackdorp è scontato.
«Lei ama suo nipote, ha detto.»
«Certo.»
«C'è qualcosa che non farebbe per lui?»
«Niente» risponde Joe.
Jackdorp esita, poi si lancia.
«Mentire per lui?»
«Non ha mai detto molte bugie. Si chiude, ma non è un gran bugiardo.»
«Ma lei mentirebbe per suo nipote?»
«Oh, io? Diavolo, sì. Se fosse la cosa giusta da fare, di sicuro.»
A quella risposta, molti giurati sorridono, anche il tizio delle Nike e la signora dei bigodini con il senso dell'umorismo. È straordinario come Joe abbia fatto colpo sulla giuria, il che dimostra ancora una volta che un processo non è esattamente una ricerca della verità.

La giudice Carrington chiede di conferire prima del prossimo testimone dell'accusa. Bea è in piedi accanto alla balaustra e aspetta di parlare con me. Si fa avanti, ma Joe mi afferra un braccio da dietro: «Adesso mi posso sedere qui e ascoltare queste fesserie, vero?».

Un'ordinanza della giudice prima del processo aveva segregato i testimoni, ovvero tutti – a parte Glowoski e Susan – erano esclusi dall'aula finché non avessero testimoniato. Ora che Joe ha finito, gli confermo che può unirsi agli spettatori, come ha fatto ieri Charmaine, che subito dopo la sua testimonianza si è messa in prima fila nel posto riservato alle persone in sedia a rotelle, accanto al marito. Mi sono sforzato di non guardare verso di lei quando Cassity stava parlando dei messaggi sul telefono di Hardy, anche se temo di non poter dire lo stesso di alcuni giurati che, vedendo la sua espressione, mi avranno odiato. Ma avevo scommesso che la loro irritazione nei miei confronti fosse poca cosa rispetto al disprezzo che provavano per Hardy. Con questi pensieri che mi affollano la mente mentre osservo gli spettatori uscire dall'aula, noto che Charmaine oggi non c'è, ma la sua assenza non richiede spiegazioni. Joe mi sottrae a quelle elucubrazioni.

«Ehi, come sono andato?» vuole sapere. Mi diverte abbastanza il fatto che persone come Joe, che esibiscono noncuranza verso gli altri e le loro opinioni, siano sempre avide di complimenti. «Ho fatto del mio meglio per non farla sembrare una brutta cosa per il ragazzo» dice a bassa voce. Lo interrompo subito, perché non voglio che Jackdorp e le sue numerose spie in aula lo possano sentire. Oltretutto, si tratta di un'osservazione inquietante di per sé: dà la sensazione che Joe abbia omesso particolari più incriminanti. Se Aaron avesse mai accennato con qualcuno di aver ucciso Mae, quel qualcuno sarebbe stato Joe, perché il nonno avrebbe lottato fino alla morte pur di non condividere quell'informazione.

Bea mi sta ancora aspettando, ma io mi limito a scuotere la testa senza fermarmi. Al risveglio mi sono reso conto che ha continuato a ossessionare il mio inconscio nel sonno, ma per me lei resta un mistero. Per gentilezza le tocco una spalla mentre passo, e mi accorgo all'improvviso che non solo ho perduto la certezza di chi lei sia, ma che questa incertezza si è riversata sulla mia comprensione di me stesso.

29

George Lowndes

Quando il processo riprende, dopo una breve consultazione, chiedo di potermi rivolgere alla giudice prima dell'ingresso della giuria. Non abbiamo ancora ricevuto gli appunti dei due colloqui delle forze dell'ordine con il prossimo testimone, George Lowndes.

«Bene, giudice» dice Jackdorp «abbiamo scoperto che gli appunti riguardanti il signor Lowndes si trovavano nella Skageon County. Un agente li sta portando qui adesso.»

«Vostro onore» ribatto. «Due punti. Il primo è che ho diritto a ricevere quegli appunti prima di controinterrogare il signor Lowndes.»

«Accolto» dice lei. «E qual è il secondo?»

«Il secondo è che lei aveva ordinato di esibire *tutti* gli appunti dei colloqui.»

Jackdorp interviene. «Ha appena detto di avere il diritto di ricevere gli appunti prima del controinterrogatorio. Adesso vuole una consegna speciale.»

Io ho la precedente ordinanza fra i documenti e la leggo perché venga messa agli atti.

«Okay, procediamo con la testimonianza del signor Lowndes. Ho i giurati che stanno aspettando nella stanza della giuria. Ci occuperemo dopo degli altri problemi.»

Come ieri sera, la giudice Carrington sembra un po' snervata. Non mi sorprenderebbe se qualcuno, magari un altro giudice, le avesse fatto osservare cosa ha permesso che succedesse al povero Hardy Potter.

Secondo Susan, la testimonianza di Cassity deve essere stata accolta come uno scoop nella Skageon County: titoloni sul giornale di Como Stop, un settimanale che è uscito proprio oggi, e su "The Patch", il sito online.

George Lowndes entra dalle porte a battente sul retro dell'aula. È un uomo robusto, vicino al metro e ottanta, e indossa una camicia fantasia a maniche lunghe e pantaloni sportivi sorretti da bretelle con la clip. Ha un paio di occhiali con la montatura di metallo e i capelli ricci grigi e arruffati in una massa confusa. Probabilmente è più giovane di me, ma a essere sinceri non si direbbe.

Lowndes sembra una persona affabile che ama parlare. Come molti testimoni, è in difficoltà a rispondere solo alla domanda che gli viene posta. Dice che lui e la moglie, che chiama «la mia signora», vivono fuori dalla città di Egan, nella zona nord della Skageon County. Ha una fattoria, e la moglie è aiuto contabile alla cooperativa agricola locale. Il 14 settembre si trovava a Harold's Woods perché era il compleanno di sua moglie Gina, che «è un'appassionata della natura e voleva fare un'escursione da quelle parti: visto che era la sua festa, andava bene così».

Volevano vedere il sole sorgere dall'East Trail, ma la figlia maggiore era passata da loro con i due nipoti prima di accompagnarli a scuola e aveva portato dei biscotti in regalo, quindi i Lowndes erano arrivati a Harold's Woods più o meno alle otto. Poi, all'imbocco del sentiero, Gina si era accorta di aver lasciato la borraccia in macchina, e lui era andato a prenderla. Al parcheggio, aveva visto due persone che litigavano gridando all'estremità della piazzola di ghiaia. Jackdorp ha fatto preparare una piantina del parcheggio e consegna a Lowndes un pennarello per tracciare una L dove si trovava lui e una A e una B sulla posizione degli individui in questione.

«Potrebbe descriverci le persone che urlavano?»

«Be', una era una ragazza bionda e alta. Sa, shorts di jeans e camicetta striminzita. Poteva forse avere vent'anni.»

«Una ragazza?»

«Sì, e l'altra era un ragazzo, più alto di lei.»

«Potrebbe descriverlo?»

«Piuttosto magro, pelle più scura, più o meno la stessa età di lei.»

«Afroamericano?»

«Se dovessi indovinare, forse pachistano o portoricano. Più scuro di lei, questo lo direi con certezza. Aveva i jeans e una maglia bianca a maniche lunghe.»

«E ha detto che stavano urlando?»

«Più che altro gridava lei. Lui aveva qualcosa in mano e lo teneva sopra la testa, e lei gli urlava di restituirglielo. Lui le rispondeva, ma non urlando quanto la ragazza. Lei saltava per prendere quell'oggetto. Poi c'è stata una specie di baruffa.»

«Mi descriva la baruffa, per favore.»

«Mi pare che lui più o meno le abbia dato uno spintone e lei sia caduta a terra sul sedere, poi lui se ne è andato.»

«È stata l'ultima volta che lo ha visto?»

«L'ultima volta che ho visto lei, non lui.»

«Quando lo ha rivisto?»

«Be', Gina e io abbiamo finito la nostra escursione, o se vuole la nostra camminata.»

«Quando, rispetto all'ora in cui siete partiti?»

«Diciamo dopo due ore. Mia moglie è tornata alla macchina e io ho deciso di cercare il bagno: alla mia età serve, se capisce cosa intendo.» Jackdorp gli fa disegnare un cerchio sulla piantina per indicare la posizione dei bagni. «Mentre tornavo, ho visto quella macchina andare a quasi cento all'ora nel parcheggio e puntare verso di me.»

«Può descrivere la macchina?»

«Un SUV argento. Ultimo modello.»

Jackdorp ha una foto del SUV di Mae e Lowndes dice che quella della foto sembra proprio la macchina che ha visto.

«Poi cos'è successo?»

«Be', come ho detto sembrava puntare verso di me. Quindi ho gridato, l'ho insultato, per essere sincero, e mi sono buttato da una parte, mentre lui ha sterzato senza rallentare e mi è passato accanto a tutta velocità.»

«Ha visto chi guidava?»

«Lo stesso ragazzo di prima, direi.»

«Come è giunto a questa conclusione?»

«Sa, aveva la pelle scura. Lo stesso ragazzo.»

Per un istante spero che Jackdorp chieda a Lowndes di identificare Aaron in aula, e che il testimone dica: "Sì, è lui", ma

Jackdorp è troppo smaliziato per farlo. Mi divertirei a prendere metaforicamente a sberle Lowndes nel controinterrogatorio se affermasse di poter identificare con certezza un uomo che ha visto per meno di un secondo mentre gli passava accanto a tutta velocità. Jackdorp, invece, mi consegna il testimone.

Mi sono già alzato quando Susan mi richiama per ricordarmi gli appunti dei colloqui della polizia. Poi chiedo di conferire con la giudice.

«Niente appunti» le dico.

«Arriveranno» risponde Jackdorp come se fossi un seccatore.

«Sta chiedendo una sospensione?» gli domando.

«Signor Sabich» dice la giudice «lei ha diritto a una sospensione, ma preferirei che cominciasse il controinterrogatorio. Non voglio che i giurati diventino irrequieti, anche perché non si può mai sapere a chi daranno la colpa. Poi possiamo interrompere per il pranzo mentre lei rivede gli appunti.»

Penso di fare ulteriormente obiezione, ma mi fa comodo recitare la parte del bravo ragazzo in quest'aula. Torno al banco, poi vado verso la piantina che Jackdorp ha messo su un cavalletto accanto a George Lowndes.

«Ora, signor Lowndes, voglio essere sicuro di visualizzare la situazione correttamente. In base alla sua testimonianza diretta, la sua macchina era posteggiata qui su questa piantina?» Indico la L che Jackdorp ha chiesto a Lowndes di disegnare sulla piantina, proprio accanto all'ingresso del parcheggio. «E quando è tornato a prendere la borraccia nel punto dove ha disegnato la L, ha visto la coppia all'estremità nord dello spiazzo accanto all'imbocco dell'altro sentiero. È giusto?»

Lui dice di sì.

«Quindi, in base a questo schema, lei era a circa trentacinque metri da loro in quel momento. Le suona corretto?»

«Immagino di sì.»

«Ora, signor Lowndes, la State Patrol l'ha interrogata per due volte: la prima il 26 settembre 2023, poi quasi due settimane più tardi, l'8 ottobre? E, nella prima occasione, lei aveva sentito o visto qualcosa su internet, o sui giornali o in televisione a proposito di una ragazza scomparsa?»

«Non posso dirlo per certo, ma so che le agenti hanno menzionato il fatto.»

«Be', signore, mi sto chiedendo se sia stato lei a chiamare le agenti o loro a trovarla.»

«No, mi hanno trovato loro. Ho anche chiesto come avessero fatto, e mi hanno risposto che avevano esaminato i dati dei ripetitori più vicini a Harold's Woods, identificando tutti i numeri di telefono che erano rimasti in zona più di un'ora in un paio di date. In quel modo sono risaliti al mio telefono e a quello di Gina. E così sono arrivati a noi. Devo ammettere che la cosa mi ha colpito: immagino che oggigiorno non ci sia niente di segreto.»

Questo particolare migliorerà senza dubbio le impressioni dei giurati sulle capacità investigative della State Patrol, il che va contro la mia teoria di un'indagine approssimativa. Per la millesima volta imparo la lezione che tutti conoscono: durante un controinterrogatorio, mai fare una domanda della quale non sai già la risposta. In aula, l'ignoranza non è una gioia, ma spesso rappresenta l'alternativa migliore.

«E durante questo primo interrogatorio lei ha detto loro di aver assistito a una lite dall'estremità opposta del parcheggio, corretto?»

«Sì, signore.»

«Ora, signor Lowndes, la sua memoria degli eventi è più accurata quando è passato poco tempo o quando ne è passato molto?»

«Eh?»

Devo ripetere la domanda più volte prima che alla fine risponda di ricordare eventi recenti meglio di cose accadute in un passato più lontano.

«Successivamente al suo primo incontro con le agenti, ha avuto la possibilità di rileggere i rapporti della State Patrol?»

«Il signor Jackdorp, laggiù, mi ha mostrato qualcosa.»

«Le ha chiesto se ci fossero errori in quegli scritti?»

«Immagino di sì. Io non ho notato niente.»

Gli passo il rapporto dell'interrogatorio del 26 settembre, redatto dalle due agenti che stavano setacciando gli intestatari dei telefoni rilevati in quella zona il 14 settembre.

«Concorderà con me che nel primo rapporto l'agente non dice nulla del fatto che, stando alle sue dichiarazioni, un ragazzo abbia spinto o colpito la giovane donna, o nemmeno che lei sia caduta a terra.»

«Uh» dice Lowndes. Questa volta solleva gli occhiali per leggere meglio il rapporto, poi risponde: «Okay».

«E ancora, lei stava osservando da una distanza di circa trentacinque metri, giusto? Ed è corretto affermare che c'erano mani e braccia alzate in aria mentre la coppia stava litigando?»

«Okay.»

«Ora, la seconda volta in cui ha parlato con le agenti, sono venute loro a casa sua non lontano da Egan, a nord della Skageon County, è corretto?»

«Corretto. Era una domenica.»

«L'8 ottobre?»

«Mi sembra di sì.»

«In effetti, la tenente Glowoski qui presente era una delle due agenti della State Patrol che sono venute a parlare con lei, non è vero?»

«Sì, una bella ragazza, me la ricordo.» Fa un sorriso a Glowoski, convinto che apprezzerà il complimento.

«In quel momento sapeva che un giovane afroamericano era stato arrestato con l'accusa di aver ucciso una ragazza alta e bionda?»

«Impossibile non saperlo, ne parlavano ovunque.»

«E, durante il secondo colloquio con la tenente, lei ha detto che il ragazzo "forse le ha messo le mani addosso"?»

George Lowndes, più cauto questa volta, solleva di nuovo gli occhiali ed esamina con calma il rapporto.

Proseguo. «E lei ha detto "forse" – il ragazzo *forse* ha messo le mani addosso alla ragazza – perché non ne era sicuro, non ne aveva un ricordo preciso?»

«Be' hanno scritto "forse" e per me significa questo, ma non ricordo quella parte o di averlo detto.»

«Bene. Ora, prima di testimoniare lei ha incontrato il signor Jackdorp?»

«Sì, sono venuto qui un paio di volte per incontrarlo.»

«Quando è stata l'occasione più recente?»

«Ieri sera.»

«E, a proposito, la mia investigatrice, la signora DeLeo qui presente, ha chiesto un paio di volte di parlarle, ma lei ha rifiutato. È vero?»

«Non vedo perché avrei dovuto farlo.»

«Il signor Jackdorp le aveva forse detto qualcosa riguardo al parlare con la difesa?»

«Non voleva che lo facessi. Non ricordo di preciso cosa abbia detto, ma non voleva.»

Lancio di proposito un'occhiata di sguincio a Jackdorp, che muove la bocca come se avesse fatto indigestione. Anche Lowndes, come me, lo nota, e continua a parlare.

«E comunque non avevo bisogno che me lo dicesse lui. Non lo avrei fatto in ogni caso. Un nostro nipote fa il poliziotto a Milwaukee e ci ha raccontato delle storie. Sappiamo come funzionano le cose qui dentro.» Lowndes fa un gesto circolare con la mano, come a intendere tutta l'aula.

Il mio primo impulso è di chiedere di cancellare questa osservazione, ma Susan mi lancia un'occhiata seguita da un sorriso e mi rendo conto che Lowndes, come si suol dire, si è tradito da solo.

«Be', grazie per averlo ammesso, signor Lowndes» rispondo a beneficio della giuria. «È stato mentre parlava con il signor Jackdorp che si è convinto che il ragazzo avesse spinto la ragazza?»

«Immagino di sì.»

«Grazie. Adesso passiamo a quando il SUV sta andando a tutta velocità nel parcheggio. Concordiamo sul fatto che lei non abbia detto nulla in proposito, sulla macchina che andava a tutta velocità o su chi la guidava, la prima volta che ha parlato con le agenti, ovvero il 26 settembre?»

«Non me lo hanno chiesto. Stavano cercando di capire se avessi visto la ragazza.»

«Quindi lei ha riferito per la prima volta alle agenti che il guidatore era lo stesso ragazzo nero notato in fondo al parcheggio solo dopo che erano uscite tutte quelle notizie a proposito di un giovane afroamericano accusato dell'omicidio di Mae Potter. È giusto?»

«Più o meno sì. Ma, come ho detto, nessuno me lo aveva chiesto fino a quel momento.»

«Bene. Allora torniamo al 14 settembre. Di ritorno dalla passeggiata per il compleanno di sua moglie, lei ha deciso di andare in bagno. Si ricorda dove si era fermata ad aspettarla la signora Lowndes?»

«Come ho detto, è una persona che ama l'aria aperta. Per

quanto mi riguarda, io lavoro all'aria aperta quindi... Se fa l'avvocato, lei non va in ufficio nel suo giorno libero, non è vero? Mia moglie vuole fare una passeggiata per il suo compleanno, ed è il suo compleanno. Comunque, cosa stavo dicendo?»

«Mi stava dicendo, credo, che la signora Lowndes era rimasta fuori.»

«Giusto, si era seduta sul paraurti posteriore della macchina e guardava il telefono.»

Scrivo una G dietro la L sulla piantina.

«Ora, credo che lei abbia detto di aver gridato quando ha visto il SUV arrivarle addosso a tutta velocità. È così?»

«L'ho insultato e mi sono spostato con un salto.»

«E la macchina ha sterzato?»

«Eccome!»

«Stando alla piantina, quel parcheggio non è poi molto largo, circa sei metri. Giusto?»

«Direi di sì.»

«Quindi lei è saltato di lato, ma si è voltato in tempo per vedere di sfuggita il guidatore?»

«Giusto.»

«E lo ha visto attraverso il finestrino del passeggero.»

«Okay.»

«Sarà d'accordo con me che i finestrini di quella macchina sono oscurati.»

«Davvero? Non ricordo.»

Chiedo a Jackdorp la foto del SUV di Mae e, facendo un po' di scena a beneficio dell'aula, chiedo anche di contrassegnarla come reperto della difesa prima ancora di mostrarla a Lowndes.

«Questa le rinfresca forse la memoria sul fatto che i finestrini della macchina fossero oscurati?»

Lowndes si stringe nelle spalle. «Le foto non mentono» commenta.

«Noto, signor Lowndes, che lei porta gli occhiali. E qual è la sua gradazione, se posso chiederlo?»

«Oh, ho più o meno sei problemi diversi. Un forte astigmatismo.»

«Miope?»

«Può dirlo, tre decimi.»

«Quando è andato a camminare indossava gli occhiali?»

«No, li avevo lasciati in macchina e avevo preso gli occhiali da sole.»

«Graduati?»

«No, ma polarizzati.»

«Lei era andato in bagno. Ha tenuto addosso gli occhiali anche lì?»

«Non credo.»

«Quindi, quando lei ha guardato attraverso il finestrino oscurato non indossava un paio di occhiali?»

«Be', non quelli graduati, probabilmente avevo rimesso quelli da sole.»

Ho fatto abbastanza. Un uomo con una forte miopia che guarda attraverso un finestrino oscurato con gli occhiali da sole racconta ciò che ha visto, in una frazione di secondo, mentre una macchina gli passa accanto a tutta velocità, e adesso dichiara di aver riconosciuto nel guidatore l'uomo che, in precedenza, aveva osservato da circa trentacinque metri di distanza, e solo dopo aver saputo che un giovane nero era accusato di un crimine. Il passaggio più delicato nell'arte del controinterrogatorio è sapere quando è il momento di fermarsi, il punto in cui la giuria ha sentito a sufficienza per farsi venire dei dubbi e dove le questioni sollevate possono essere ribadite con forza nell'arringa finale.

Resta solo un altro punto, che Susan mi ha fatto notare ieri sera quando le ho telefonato dopo l'uscita di scena di Bea, grato di avere un momento per pensare ad altro.

«Ora, signor Lowndes, quando la macchina ha sterzato, se non mi sbaglio è arrivata più vicina alla signora Lowndes, seduta sul paraurti, che a lei. È corretto?»

Non può smentire la piantina.

«E sua moglie avrebbe visto il lato guida, giusto?»

«Sì.»

Chiedo a Susan con un sussurro teatrale l'elenco dei testimoni dell'accusa.

«Signor Lowndes, sua moglie usa il suo stesso cognome?»

«Solo da quarantasei anni» risponde. Crede di essere stato spiritoso, ma nessuno coglie.

«Bene, glielo chiedo perché non vedo il nome di lei sull'elenco dei testimoni dell'accusa. Durante il primo interrogatorio, quello del 26 settembre, dal rapporto si direbbe che le agenti abbiano parlato con tutti e due insieme.»

«Giusto. Le due agenti hanno suonato il campanello ed erano sulla soglia: chiedevano se avessimo visto la ragazza. Gina era già lì, e tutti e due abbiamo spiegato che io avevo visto il ragazzo e lei quando ero tornato a prendere la borraccia.»

«E la signora Lowndes era in casa quando la tenente Glowoski e l'altra agente sono venute l'8 ottobre per il secondo interrogatorio?»

«È stata lei a farle entrare.»

«E hanno parlato con la signora Lowndes?»

«Ho detto loro di non prendersi quel disturbo.»

Indietreggio. «Potrebbe spiegare?»

«Sì, quando hanno finito con me, hanno chiesto di parlare con lei. Sono andato a cercarla, gliel'ho detto e sono tornato a riferire che lei non voleva parlare con loro, e a me stava bene.»

«Cosa intende con "a me stava bene"?»

«Be', senta, sono sotto giuramento, vero? Quella donna vive, e intendo proprio *vive*, per dire che mi sbaglio. Se sostengo che è giorno, lei va alla finestra a controllare.» Si sente uno scoppio di risate in aula. Parecchi giurati ridacchiano. «A me andava benissimo che non volesse parlare con loro.»

«E in che cosa pensava che avrebbe potuto dissentire dalla sua versione?»

Risponde scuotendo con vigore la testa.

«Niente di particolare, sto solo prendendola in giro bonariamente. Però non mi dispiaceva che non volesse fare la sua parte.»

«Le ha chiesto di non parlare con le agenti?»

«Se lo avessi fatto, sarebbe andata da loro di corsa.» Altre risate. Pensavo che questo mancato colloquio con le agenti potesse aiutarci, un piccolo e ulteriore esempio di un'indagine spinosa, ma con il suo candore, Lowndes accresce la sensazione di essere sostanzialmente una persona onesta.

Mi volto per vedere la reazione di Susan. Se n'è andata, quindi immagino siano arrivati gli appunti.

«Giudice, credo sia il momento della pausa che abbiamo concordato. Pranzo?»

Dopo la sospensione, chiedo a Aaron se sappia dov'è Susan, ma non ne ha idea.

La trovo mentre rientra in aula a passo svelto. Mi stringe un gomito e mi trascina nella stanza per avvocati e testimoni, quella dove ho parlato ieri con Cassity.

«Volevo provarci con Gina Lowndes al lavoro quando ho sentito il marito indicare qual era il negozio. Credevo che avrebbe accettato senza il marito accanto. Vuoi le buone o le cattive notizie?»

«Quali sono più numerose?»

«Difficile dirlo.»

«Sentiamo prima quelle cattive.»

«Non testimonierà. Potremmo procurarci dieci mandati di comparizione e una mandria di cavalli, dice, ma se la trasciniamo qui dirà che non ricorda niente.»

«Ci hai provato davvero, ne sono sicuro.»

«Certo, le ho detto che era in gioco la vita di una persona. E lei ha risposto: "Allora siamo in due. Non verrò in aula a dargli del bugiardo. Ho due figli e sei nipoti e devo vivere con quell'uomo fino a quando uno di noi finisce sottoterra. Quindi non ricordo. Cosa dicono? Questa è la mia posizione ufficiale: non ricordo". Poi ha chiuso la comunicazione.»

Ci metto un secondo a realizzare. «Lo definirebbe un bugiardo?»

«Parole sue.»

«A proposito di cosa?»

«E qui arrivano le buone notizie» risponde Susan. «Ho gli appunti.»

30
Gli appunti

Il nostro pranzo in anticipo diventa un pranzo in ritardo quando Jackdorp, senza dare spiegazioni, annuncia che Lowndes non sarà disponibile ancora per un'ora. Sono quasi le due, però, quando chiede a Moriah, la cancelliera, se possiamo parlare con la giudice per stabilire un calendario. Suppongo che gli piacerebbe tornare nell'ufficio, ma qualche istante più tardi la giudice è al suo seggio.

«Vostro onore» dice il procuratore. «C'è stato un malinteso.» È la prima volta che lo vedo impacciato. Ed è anche la prima volta che si rivolge alla giudice Carrington chiamandola "vostro onore", quindi è chiaro che ha dei problemi.

«Vostro onore, la tenente Glowoski non era in aula quando abbiamo conferito durante l'udienza e, sbagliando, al momento della sospensione ha creduto che il signor Lowndes fosse stato congedato. È andato a casa. Abbiamo cercato di farlo tornare, ma aveva un appuntamento con un medico a Milwaukee e non riesce a venire qui fino a domani.» E aggiunge: «È stato un errore in buona fede».

Dubito che Jackdorp fosse al corrente di quel piano. L'ho già visto mentire diverse volte e in quei casi assume un'espressione affettata e ipocrita. In questo momento il suo imbarazzo è palese.

Dopo aver visto gli appunti, però, dubito che Glowoski abbia agito in modo innocente. Ha congedato Lowndes nella speranza che la giudice, già preoccupata per l'insofferenza della giuria, avrebbe cassato l'idea di aspettare il testimone fino a domani. In realtà, temo che andrà così. La giudice Carrington dirà che, se è importante confrontarsi con Lowndes su qualcosa che c'è negli appunti, potrò richiamarlo nel momento in cui presenteremo la difesa.

Quello che pesa contro questa ipotesi è che la giudice è sempre più furiosa con Jackdorp e gli rammenta con durezza che è una sua responsabilità informare i testimoni degli orari delle udienze. Lui annuisce. Quando la giudice ha finito, le chiedo il permesso di conferire con Susan che ha già avuto la mia stessa idea.

«Vostro onore» dico «vorrei proporre quanto segue poiché comprendo la preoccupazione della corte che non vuole tenere in attesa i giurati. Anziché completare il controinterrogatorio del signor Lowndes, preferirei chiamare adesso al banco dei testimoni la tenente Glowoski.»

«*Che cosa?*» urla Jackdorp. «È ridicolo, siamo nel pieno della nostra esposizione e lui non deve chiamare un testimone. Quando avremo finito, sarà il suo turno.»

«Vostro onore, faccio presente alla corte che si è verificata una grave violazione della regola Brady a proposito della testimonianza del signor Lowndes. Esistono prove significative, favorevoli alla difesa, che lo Stato avrebbe dovuto svelare mesi fa. E il miglior rimedio, al momento, è chiamare brevemente sul banco dei testimoni la tenente Glowoski.»

«No» ribadisce Jackdorp.

Come sempre, usa un tono di voce perfetto per irritare la giudice.

«Signor Jackdorp» risponde «non è lei a prendere le decisioni. Va bene, signor Sabich, ascolterò. E, se non dovesse dimostrare che si è verificata una grave violazione della regola Brady come afferma, farò eliminare la testimonianza della tenente. Fate entrare la giuria» dice poi al suo assistente.

Chiaramente in agitazione, la tenente Glowoski pareggia i bordi dei fogli sul tavolo dell'accusa anziché affrontare la giudice. Dimentica di alzarsi in piedi all'ingresso dei giurati – una normale dimostrazione di rispetto – e questo, nelle presenti circostanze, non piace a Wendy Carrington.

«Venga al seggio per giurare, tenente» la esorta in tono acido.

Glowoski è impeccabile quando si avvia verso la giudice. A differenza di Jackdorp, trovo sia pressoché impossibile capirla. Ha un aspetto così ordinato che è difficile immaginare cosa ci sia dietro. Mi rammenta alcune atlete o allenatrici. Sembra gelida, scrupolosamente magra e con i capelli biondi laccati perché stiano sempre a posto. Ha un trucco leggero, anche quello perfetto, e giacca e pantaloni stirati ogni mattina, un'impresa che non sono ancora riuscito a padroneggiare con i miei completi. In giro per la città si vedono modelle o donne che indossano abiti di alta moda e sono altrettanto esigenti, ma in quei casi i loro sforzi sono al servizio del fascino. Glowoski, invece, sembra usarli come uno scudo.

Susan ha incontrato la tenente e la trova ben educata, ma prevedibilmente controllata sotto ogni aspetto. Nella tasca interna della giacca ha un minuscolo taccuino e, con le unghie lucide e cortissime, prende appunti con una costosa penna d'argento. Ha una scrittura minuscola e così precisa da sembrare calligrafia. Non sono sicuro che le crederei se dichiarasse una lieve manchevolezza come "Mi sono dimenticata". Vanda Glowoski non trascura alcun dovere.

Quando la giuria si è sistemata, la giudice Carrington spiega che ho avuto il permesso di fare qualche domanda alla tenente perché il signor Lowndes non ha capito la situazione ed è andato a casa.

Sono furioso ma controllato, e questo in genere è positivo per un difensore. Quanto a Glowoski, i suoi occhi sono dei raggi laser e non cerca nemmeno di nascondere la propria ostilità.

«Ora, tenente, lei è l'agente responsabile del caso, come viene definito di solito, è corretto? Lei è la principale investigatrice dello Stato per l'omicidio di Mae Potter. Ha la supervisione degli altri agenti e dei vicesceriffi della contea, ha dato loro indicazioni e letto i loro rapporti. È così?»

«Sì, è corretto.»

«Ora, l'8 ottobre 2023 lei ha fatto visita al signor Lowndes, che ha testimoniato questa mattina, a casa sua a Egan. Ed era accompagnata da un'altra agente speciale della State Patrol, Alpina Martinez?»

«Anche questo è corretto. Martinez era con me.»

«E l'agente speciale Martinez ha preso appunti di quanto è successo. Più volte la giudice Carrington le ha ordinato di consegnare quegli appunti alla signora DeLeo e a me, anche prima del processo, e lei non lo ha fatto, vero?»

«Non avevo inteso l'ordine in quel modo. Ma a quanto pare si è trattato di un errore mio.»

«Okay, e tornando al suo incontro a casa dei Lowndes appena fuori Egan, la signora Lowndes l'ha ricevuta in casa e ha finito per ascoltare parte della conversazione, è corretto? Alla fine, poi, se n'è andata dalla stanza.»

«Corretto, se n'è andata.»

«Quando è uscita dalla stanza, ha chiarito di non essere d'accordo con il resoconto di suo marito?»

«Non la metterei in questi termini.»

«Davvero? E come mai negli appunti dell'agente speciale Martinez c'è questa annotazione?»

Susan aveva fatto una foto con il telefono, poi l'aveva trasferita al computer, quindi appare sul monitor a destra di Glowoski. Tolgo la piantina del parcheggio dal cavalletto in modo che la giuria possa vedere lo schermo.

[mg se ne va – non è d'accordo???]

«E "mg" sta per "moglie", vero?»

«Dovrà chiederlo all'agente speciale Martinez. È lei che ha preso gli appunti.»

«Okay, lo faremo. Dove si trova adesso l'agente speciale Martinez?»

Dalla velocità con cui la tenente cambia atteggiamento, sospetto che Martinez non sia lontana.

«Martinez stava facendo un'ipotesi, signor Sabich. Per questo ci sono i punti interrogativi. La moglie se n'è andata dalla stanza. È tutto quello che si può dire per certo.»

«E nel modo in cui se n'è andata c'era qualcosa che faceva pensare che non concordasse con quello che stava dichiarando suo marito?»

Glowoski prende fiato.

«A quanto pare è quello che ha creduto Martinez, ma non so perché. E di certo non so se avesse ragione. La moglie, la signora Lowndes, non ha spiegato il motivo della sua uscita di scena e, come ha detto il signor Lowndes, non ha voluto parlare con noi.»

«Lei ricorda su cosa non sembrava essere d'accordo la moglie del signor Lowndes mentre lui vi stava parlando?»

«Non ne ho idea.»

«Bene, tenente, ha sentito il signor Lowndes testimoniare che la signora Lowndes in realtà era più vicina di lui al SUV argento che è passato accanto a loro al parcheggio di Harold's Woods il 14 settembre. E secondo la testimonianza di lui, la moglie, a differenza del marito che era saltato di lato, è rimasta seduta sul paraurti ed era in una posizione tale da vedere quella macchina passare a tutta velocità. È corretto?»

«Non so cos'abbia visto, avvocato.»

«Ma lei, tenente, con la sua esperienza nelle indagini criminali, concorda che le persone tendono ad alzare lo sguardo per capire cosa stia succedendo quando sentono il coniuge imprecare?»

«Okay» risponde, poi scrolla le spalle accettando questa lieve sconfitta.

«E vede che, negli appunti dell'agente speciale Martinez, la nota sulla moglie che non è d'accordo viene subito dopo la frase: "Ragazzo nero al volante"?» Susan carica un'altra foto sullo schermo rendendo visibili entrambe le annotazioni. «Quindi il signor Lowndes ha detto che il ragazzo nero era al volante e la signora Lowndes ha fatto qualcosa per palesare che non era d'accordo?»

«Gli appunti sono così» risponde Glowoski. «Per quanto mi riguarda, non si può aggiungere altro.»

«E se la signora Lowndes non credeva che il ragazzo nero fosse al volante – dato che il signor Lowndes aveva visto solo due persone nel parcheggio – questo vorrebbe dire che la signora Lowndes ha visto la ragazza al volante, attraverso il finestrino lato guida, e per questo non era della stessa opinione del marito?»

«La cosa certa è che non l'ha mai detto.»

«Ora, all'Accademia dove addestrano gli agenti della State Patrol su come interrogare i testimoni, insegnano anche a chiedere al marito di una potenziale testimone se lei è disposta a parlare con loro?»

«Non proprio.»

«Non proprio» ripeto. «Non vi insegnano a parlare direttamente con la testimone e a fare del vostro meglio per convincerla a parlare? Non è questa la procedura standard?»

«È il modo regolare per farlo. Ma questo non significa che non sia possibile chiedere al marito.»

«E il motivo per cui non ha fatto di più per avere una dichiarazione della signora Lowndes era proprio che si era resa conto di non essere d'accordo con il marito su chi fosse al volante, e lei in realtà non voleva parlare con la signora?»

«È stata lei a non parlare con noi. Lei può immaginare, come posso immaginare io, che cosa avrebbe detto, ma in fin dei conti non ha fatto dichiarazioni.»

«Però lei non ha più cercato di parlare con la signora, è vero?»

«Non proprio.»

«Non le ha telefonato, non le ha fatto un'altra visita, non l'ha cercata sul posto di lavoro, dove il marito non sarebbe stato presente, e non le ha notificato un mandato di comparizione davanti al gran giurì?»

«Non l'ho fatto. Col senno di poi può criticarmi fin che vuole, avvocato.»

«In Accademia vi insegnano cos'è il materiale Brady, tenente? Materiale favorevole alla difesa?»

«Certo.»

Ammette di sapere che la Corte Suprema degli Stati Uniti ha sentenziato più volte che la presentazione del materiale Brady è un aspetto importante di un processo equo.

«E secondo lei il fatto che la signora Lowndes abbia espresso in qualche maniera di non essere d'accordo quando suo marito ha detto che al volante c'era il ragazzo nero è favorevole alla difesa?»

«Non vedo come.»

«No?»

«No. E continuo a non sapere che cosa avrebbe detto la signora.»

«Lei era presente durante la dichiarazione iniziale del signor Jackdorp?»

«Sa che c'ero.»

«Be', non ha sentito il signor Jackdorp affermare che Mae Potter è stata uccisa mentre i Lowndes stavano facendo la loro passeggiata?»

«Sì, ho sentito.»

«Quindi se la donna, ovvero Mae, stava guidando a tutta velocità la macchina nel parcheggio, non era morta. Concorda?»

Si sentono grandi risate in aula e, con la coda dell'occhio, vedo che si sono uniti parecchi giurati. Glowoski non smette di fissarmi con astio.

«Be', adesso è morta, però» risponde infine mentre le risa si spengono.

«Purtroppo sì, ma non perché è stata uccisa dal mio cliente. Lei ha mostrato questi appunti, che a suo parere non sono materiale Brady, al signor Jackdorp e gli ha chiesto se, secondo lui, erano favorevoli alla difesa e dovevano essere resi noti?»

«Non l'ho mai fatto.»

Interviene la giudice. «Credo che abbiamo sentito a sufficienza, signor Sabich. Signore e signori della giuria, adesso vi comunico che gli appunti dell'interrogatorio al signor Lowndes, e soprattutto la parte dove indicano che la signora Lowndes forse non era d'accordo con quello che stava dichiarando il marito – in particolare perché potrebbero essere interpretati per indicare un disaccordo sull'identità di chi guidava –, ai sensi della legge sono materiali favorevoli alla difesa e che l'accusa aveva l'obbligo costituzionale di consegnarli. Alla fine del dibattimento vi sarà consentito trarre qualsiasi conclusione vi sembri adeguata.»

La giudice dice a Jackdorp di chiamare il suo prossimo testimone. Lui gira per un momento intorno al tavolo dell'accusa prima di rispondere che non ne ha di presenti in loco. Immaginava che ci avrei messo parecchio tempo a finire con Lowndes, e il suo prossimo testimone è il vicesceriffo della Marenago County, quello che ha arrestato Aaron a Ginawaban. All'ora di pranzo aveva saputo che il vice era stato chiamato nella parte nord della contea per un incidente mortale.

Tutto questo avviene davanti alla giuria. La giudice lancia un'occhiata fulminante al procuratore, poi si volta verso i giurati dicendo: «Avete sentito». Non ci sono dubbi sul colpevole. Scusandosi profusamente per un'altra sospensione così vicina a quella del pranzo, la giudice manda tutti a casa.

Mentre i giurati stanno ancora uscendo, Jackdorp si precipita verso il seggio.

«Vostro onore, posso?» chiede, cercando ancora una volta di essere insolitamente rispettoso. «Vostro onore, su quanto ha appena testimoniato la tenente, ovvero che non ho mai visto quegli appunti, vorrei far presente alla corte che è vero. E, giudice, vorrei inoltre far notare che, se il signor Sabich ha questo forte desiderio di interrogare la signora Lowndes, invece di mettere me in difficoltà può notificarle un mandato di comparizione a testimoniare per la difesa.»

Me lo aspettavo, e scatto subito in piedi.

«Adesso che le carte sono in tavola, vostro onore? Adesso che il marito ha testimoniato sotto giuramento, lei dovrebbe venire qui e dichiarare pubblicamente che lui si sbaglia di grosso su un particolare fondamentale? Il momento per consegnare quegli appunti è passato da mesi, e noi avremmo potuto parlare con la signora Lowndes con davanti quei fogli anziché chiederle di tendere un'imboscata al marito. Da quanto ha detto il signor Lowndes, avrà capito che c'è parecchia tensione in quella famiglia su chi ha ragione e chi ha torto.»

«Il momento per presentare gli appunti» risponde la giudice «era quando avevo ordinato di consegnarli, ed è questo il primo punto. Il secondo, tenente Glowoski, e lo dico per evitare ulteriori dissensi su quale sia o meno materiale Brady, è che voglio *tutti* gli appunti di ogni tutore della legge coinvolto nelle indagini di questo caso, voglio che ogni singolo appunto sia in mano alla difesa entro quarantotto ore. Questo è un ordine.» La giudice Carrington si allontana rapidamente dal seggio senza nemmeno preoccuparsi di aggiornare l'udienza.

Questa volta abbiamo ottenuto un grande successo. Un altro commesso arriva per accompagnare Aaron, che alza il pollice andandosene. Glowoski esce dall'aula palesemente stizzita, senza dire una parola a Jackdorp. Lui la segue quasi subito, con lo sguardo fisso davanti a sé come un soldato a un memoriale, e supera i tre giornalisti locali che aspettano di parlargli. Per la stampa il caso, con i suoi alti e bassi per l'accusa, finora è una storia di grande interesse.

Nonostante l'avversione che provo per Jackdorp, non riesco a credere che mi abbia nascosto gli appunti. Non per altro, ma ho letto la decisione della Corte Suprema dello Stato che mi aveva citato Mansy (e ho scoperto che era stato lui a scrivere il parere motivato), che ribaltava una condanna per rapina a mano armata accusando Jackdorp di non aver rivelato un rapporto che indicava come un testimone oculare, tra i molti, descriveva la persona con l'arma molto diversa dall'imputato. All'epoca

Wendy Carrington era l'avvocato d'ufficio dello Stato. Andando al punto, ci sono modi più sottili con i quali un procuratore avveduto può affrontare il problema pur consegnando gli appunti. Dalla conversazione di Susan con la signora Lowndes è chiaro che, se gli investigatori le avessero parlato, avrebbe detto che non ricordava niente.

Mi avvio verso i tre giornalisti, riuniti come un gruppo di scolaretti, e definisco il comportamento dell'accusa "scioccante e inquietante". Ogni sera la giuria riceve istruzioni di non guardare alla televisione o sui social le notizie che riguardano il processo o, per chi ancora li ricorda, nemmeno sui giornali, ma le ricerche in merito dicono che l'ottanta per cento di loro lo fa comunque, quindi per gestire bene un caso è una buona pratica comunicare ogni giorno le tue opinioni alla stampa.

Assolto questo compito, aspetto Susan che sta raccogliendo i nostri faldoni, poi le chiedo se possiamo parlare. Grazie alla sospensione anticipata, la stanza avvocati/testimoni è ancora aperta, quindi la accompagno lì e chiudo la porta.

«Qualcosa non va?» chiede lei. A quanto pare si vede che sono preoccupato ed è stupita dal mio cambiamento di umore, soprattutto dopo una giornata positiva per la difesa.

Le faccio i complimenti per la sua ostinazione sugli appunti, poi mi siedo con lei al tavolino consunto e le svelo cosa vorrebbe dichiarare Bea a proposito della corda. Susan è una partner alla pari nella difesa e ha il diritto di sapere queste cose. Ha il viso segnato, e per questo usa un trucco pesante che, a volte, mi sembra mascheri le sue espressioni. Non adesso, però. Alla fine dice: «Non la lascerai salire sul banco e dire queste cose, vero?».

Le spiego che Bea è irremovibile e, quel che è peggio, ieri è arrivata in prigione prima di me e ha parlato con Aaron, che adesso la sostiene in questo.

«Be', non è stata una mossa brillante» commenta. Susan è una persona che non giudica e cerca di attraversare la vita senza condannare nessuno. Tutti abbiamo i nostri problemi e le nostre ragioni. Per questo il succinto commento su Bea risulta ancor più pesante.

La prima volta in cui ho incontrato Susan per discutere con lei se volesse occuparsi di questo caso, la sua unica riserva era stata che io avrei rappresentato il figlio della donna che avrei dovuto sposare. Le avevo spiegato quanto fosse difficile trovare un altro avvocato, e proprio per questo alla fine lei ha accettato, ma continua a definire questa situazione come "fare il giocoliere con una bomba a mano innescata". E avrebbe tutto il diritto di commentare "Te l'avevo detto", ma non lo fa. Eppure, quando ci salutiamo, so che lo sta pensando.

Ora, però, dopo due notti di fila trascorse pressoché in bianco, sono troppo sfinito per preoccuparmi ulteriormente di questo problema. Torno alla macchina, posteggiata dietro il tribunale, grato per il freddo che mi rianima abbastanza da consentirmi di restare sveglio nei dieci minuti che mi separano da casa.

Il saggio dice che affrontare un processo in tribunale è per i giovani, e la mia stanchezza non fa che confermarlo. Certo, si potrebbe prendere a modello Jackdorp, che lo tratta come un normale lavoro dalle nove alle cinque, sapendo che in questa comunità i pronostici sono dalla tua non appena dici come ti chiami. Ma per occuparsi di un processo come sto facendo io per Aaron, con ogni singola cellula del mio essere dedicata a questa battaglia, con la mente che non riposa da intere settimane, senza mai dormire a sufficienza e con il corpo in un perenne stato di allerta come se ne andasse della mia vita – e di quella di Aaron – direi che è troppo tardi per ammettere che è un compito ai limiti delle capacità del mio fisico. Guidando verso casa, solo, sono sopraffatto da un accesso di risa. Tra tutte le motivazioni che ho indicato a Bea per spiegarle perché non avrei dovuto essere l'avvocato di Aaron, non ho mai addotto quella più ovvia e indiscutibile: ero – e sono – troppo vecchio per farlo.

Devo ammettere che non passo molto tempo a ponderare il triste fatto che, a questo punto, non mi manca poi molto a vedere l'altra sponda. Il mio fisico non mi concede illusioni: è come le strade della Kindle County, in uno stato di costante riparazione. Solo negli ultimi cinque anni mi hanno operato di cataratta a entrambi gli occhi, ho fatto due impianti per due molari e messo una protesi al ginocchio, mentre l'altro, assieme all'anca destra e alla parte bassa della schiena, anela a finire presto sotto i ferri. Ogni mattina, per prevenire quello che in realtà è impossibile tenere a bada, inghiotto almeno dodici pastiglie, un numero tale che, a volte, penso a me stesso come a una *maraca* umana. Qualche anno fa ho accettato di dover vivere secondo il motto: è sempre il momento di fare pipì. Trovo difficile, in particolare dopo un bicchiere di vino, ricordare i nomi di persone e luoghi che conosco da anni. E la legione di anime, un tempo parte della mia vita e spesso nei miei pensieri, che non sono più su questa terra è un esercito virtuale di spettri.

Eppure non ero pronto a dire a Bea: "Sono troppo vecchio per questo" più di quanto lo sarei stato a rispondere allo stesso modo quando lei mi prendeva per mano per portarmi a letto. Ho ventitré anni più di lei, e una volta che me ne sono innamorato non ho mai voluto confessare a me stesso che siamo tutto tranne che una coppia perfettamente assortita.

La vecchiaia mi ha portato una scoperta: non è come l'avrei immaginata. Quando ero più giovane, avrei creduto che, avviandomi a compiere settantasette anni, avrei sentito la vitalità scivolare via. La verità è che, anche adesso, percepisco la forza della vita irrompere in me senza equivoci come quando avevo sei anni. Di norma, se le cose in una famiglia vanno bene, ci saranno tre generazioni in vita. Se devo essere sincero, non ho mai goduto ogni fase senza riserve: l'inizio, la parte centrale o la fine. Ma fino a quando Bea, l'altra sera, mi ha metaforicamente ribaltato, avrei ancora giudicato questa la fase migliore. Quella che definiscono "saggezza", in molti casi è semplicemente aver già visto quel film, però a questo stadio della vita le molte somiglianze del presente con il passato mi danno un vero conforto. Non ha importanza quanto Bea mi abbia calpestato il cuore con le sue rivelazioni su Hardy, una parte di me sa che gli amanti lo fanno da eoni e non smetteranno finché esisterà la razza umana. E una grande tristezza, come quella per Mae, a prescindere dai particolari, è una nenia che ho sentito così spesso da conoscerla a memoria. Alla fine, immagino, la maggiore consolazione di avere familiarità con questi cicli è ammettere che, nella morte, non ti perderai poi molto che tu non abbia visto prima.

Arrivato a casa, tolgo le scarpe non appena entro e, fatto qualche passo, mi lancio a faccia in giù sul letto. Dormo per tutta la notte ancora vestito – e questo ha un che di positivo –, dato che ero troppo stanco anche per puntare una sveglia. Apro gli occhi pochi minuti prima dell'ora in cui dovrei essere in tribunale, e solo perché il telefono sta vibrando sul comodino con una chiamata di Susan, che sta cercando il suo completo in pelle.

Mi siedo sul letto e il pensiero va a Bea: lo shock riaffiora, poi, come ieri, metto da parte il dolore. Mi lavo la faccia, passo il rasoio elettrico e mi esamino allo specchio. Il sonno mi ha ristorato. A sufficienza.

«Forza, cowboy» dico ad alta voce «ancora qualche giorno.»

31
Il vicesceriffo Holloway

9 febbraio 2024

In base a quello che mi ha detto Jackdorp, oggi – venerdì, ovvero l'ultimo giorno di dibattimento per la settimana – l'accusa comincerà a spostarsi verso il grosso delle prove forensi. Prima salirà sul banco l'ultimo "testimone percettivo", come la legge definisce chi ha visto o ascoltato prove dirette del crimine. Si tratta di un vicesceriffo della Marenago County di nome Akira Holloway. Holloway ha prestato servizio nell'esercito per quattro anni, poi ha utilizzato il GI Bill, la legge che prevede tra l'altro programmi di sostegno allo studio per i veterani, per conseguire una laurea in scienze di polizia al Kindle County Community College. Ha distribuito candidature in tutto il Midwest per trovare una posizione tra i tutori della legge, e alla fine ha avuto un posto qui. È un tizio grande e grosso, alto più di un metro e novanta. Fa questo lavoro da cinque anni ed è stato promosso due volte. È attento, ma non pedante. Al dito ha un'enorme fede matrimoniale e dà la sensazione che, se gli chiedessi foto dei suoi figli, perderesti il resto della giornata.

Risponde alle domande di Jackdorp dicendo che stava facendo un pattugliamento di routine attraverso la riserva naturale di Ginawaban quando due gitanti gli avevano detto di aver notato un riflesso tra i fitti cespugli in fondo a una ripida scarpata. La scarpata, precisa Holloway, viene definita anche strada di servizio perché di tanto in tanto vi viene gettata della ghiaia per prevenire l'erosione, ma è un canale naturale in secca ripulito anni fa per servire da drenaggio nella parte più bassa della strada che conduce al vicino parcheggio di Ginawaban. Nella riserva naturale vera e propria si può entrare solo a piedi.

Dopo aver verificato dall'alto della "strada", Holloway era sceso verso il fitto sottobosco e gli alberi, dove aveva intravisto un SUV color argento. Quando poi aveva sollevato un ramo che copriva la parte posteriore, aveva riconosciuto la targa che, da due settimane, era segnalata ogni giorno dall'APB, l'avviso di ricerca generale. Si era fatto strada tra la sterpaglia e aveva guardato all'interno della macchina con la torcia. L'airbag si era aperto e poi sgonfiato, coprendo in parte quello che lui aveva notato solo a una seconda occhiata: un cadavere gonfio. Il corpo si era spostato oltre la console centrale, con il torso e la testa nello spazio sotto il cruscotto di fronte al sedile del passeggero. Il vicesceriffo aveva dedotto dagli abiti, una camicetta corta e degli shorts di jeans, che si trattasse di una donna, ma la decomposizione era avanzata al punto che gran parte dei capelli era caduta.

Aveva chiamato subito il suo tenente, che gli aveva chiesto di fare il possibile per ottenere un'identificazione dei resti senza alterare la posizione del cadavere: considerando da quanto tempo si stava cercando Mae Potter e il numero di agenzie coinvolte, il tenente non voleva dare falsi allarmi. Holloway aveva ipotizzato che la posizione del cadavere gli avrebbe forse consentito di arrivare alle tasche posteriori dei jeans, e il tenente gli aveva detto di procedere.

In macchina, Holloway aveva dei guanti e un piede di porco che usava per aiutare gli automobilisti che si erano chiusi fuori dalla propria auto, quindi il fatto che le portiere del SUV fossero chiuse non aveva rappresentato un problema.

«Ha aperto la portiera?»

«Sì.»

«E che cosa ha notato?»

«Tutto, signore?»

«Solo un breve riassunto»

«Be', per prima cosa l'odore mi ha quasi fatto svenire. Non ero mai stato vicino a un corpo rimasto al caldo così a lungo. Il cadavere era gonfio e coperto di larve.»

Dal banco della giuria arriva un gemito. La testimonianza della patologa della Kindle County sarà accompagnata da fotografie, ma Jackdorp ha deciso di non esagerare e, per il momento, di risparmiare a tutti quella visione.

«Poi cosa ha fatto?»

«Sono andato alla mia macchina per cercare una bandana che ho usato per coprirmi la faccia, sono tornato e ho teso la mano fino a raggiungere la tasca posteriore sinistra.»

«Ha trovato qualcosa, e nel caso che cosa?»

«La patente di Mae Potter e sei banconote da venti dollari. Quando le ho estratte, sono uscite anche cinque pasticche azzurre.»

«Le ha riconosciute?»

«Sembravano quelle di fentanyl che avevamo trovato durante recenti operazioni.»

«Ha cercato di esaminare ulteriormente i resti?»

«Non proprio. Il tenente aveva detto di non alterare la scena. Certo, ho passato sul corpo la luce della torcia, ma stavo cercando un portafoglio oppure il telefono.»

«Ha fatto un rapporto su ciò che ha trovato?»

«Ho chiamato il tenente e gli ho detto che si trattava della ragazza scomparsa e ho menzionato anche le pasticche. Abbiamo fatto alcune ipotesi su come si potessero essere svolti i fatti, in modo che lui avesse un'idea di cosa riferire agli altri. In base a quanto avevo rinvenuto, la teoria migliore era che la ragazza fosse in stato alterato e avesse scambiato il canale di drenaggio per la strada verso il parcheggio e poi avesse perso il controllo rimbalzando verso il basso senza cintura di sicurezza, fino a quando la macchina si era schiantata contro una grande quercia tra la boscaglia.»

«Quali altri ordini ha ricevuto?»

«Di restare sul posto. Mi hanno poi telefonato circa venti minuti dopo per dirmi che qualche pezzo grosso della State Patrol stava arrivando dalla Skageon County.»

«E per quanto tempo è rimasto lì?»

«Direi sei ore in tutto, signore. Ero arrivato all'ora di pranzo e me ne sono andato quasi al tramonto. La polizia dello Stato e altri erano arrivati e qualcuno della Scientifica aveva cominciato a esaminare la scena.»

«Con questo il suo coinvolgimento nelle indagini si è concluso in quella data?»

«Sì, in quella data.»

«Vorrei richiamare la sua attenzione sul 2 ottobre, tre giorni dopo: le è capitato di trovarsi di nuovo a Ginawaban?»

«Be', sì, signore. Faceva parte del mio normale pattugliamento, quindi sono passato di lì mentre tornavo alla stazione per il cambio di turno.»

«A che ora è arrivato lì?»

«Alle sette del mattino, più o meno. Appena dopo il sorgere del sole.»

«E a quell'ora ha incontrato qualcuno?»

«Be', c'era un vecchio pick-up Ford F-150, del 2013 o del 2014, il modello fuoristrada, parcheggiato sulla banchina, abbastanza vicino a dove c'erano i nastri di plastica gialla a impedire l'accesso al canale di drenaggio.»

«Si è avvicinato al pick-up?»

«Sì, signore.»

«E che cosa ha trovato nel pick-up?»

«Nel cassone sul retro c'era un ragazzo dentro un sacco a pelo, addormentato.»

«E ha riconosciuto il ragazzo? Lo vede oggi in aula?»

«Concordiamo sull'identificazione» intervengo.

Ai fini degli atti, la giudice osserva che Aaron è stato identificato.

«Dopo aver stabilito l'identità del ragazzo nel sacco a pelo, che cosa è successo?»

«Ho cercato le informazioni sulla sua patente e ho scoperto che c'era un mandato di arresto per lui per l'omicidio di Mae Cheryl Potter, quindi l'ho arrestato.»

«E quanto erano vicini al nastro giallo, lui e il pick-up?»

«Erano proprio lì, a un metro e mezzo.»

«Quando l'ha arrestato, ha notato altro nel cassone?»

«C'erano un carrello, sa, quelli che si usano per spostare le cose, e una pala, a quanto ricordo.»

Jackdorp annuisce e dice di non avere altre domande.

È il mio turno. Aaron dice che Holloway era a posto e che non ha mai fatto il duro con lui, anche dopo aver saputo del mandato di arresto. Non mi aspetto motivi di discussione nel controinterrogatorio.

«Grazie, vicesceriffo. Ha detto di lavorare qui, nella Marenago

County, da cinque anni. I suoi doveri l'hanno condotta nella zona sud della contea?»

«Sì.»

«E ha pattugliato il lato della Marenago County del grande parco statale chiamato Governor Harold State Park?»

«Sì.»

«Che supera il confine tra la Skageon County e la Marenago County, vero?»

«Corretto.»

«La parte che si trova nella Skageon County si chiama Harold's Woods, mentre quella della Marenago County è nota come Governor's Park, è giusto? Ma entrambe appartengono a un unico parco statale con la stessa foresta e le stesse flora e fauna?»

«Credo che sia così.»

«Ora, per la zona meridionale del Governor's Park ha mai ricevuto segnalazioni di avvistamenti di orsi neri?»

Jackdorp balza in piedi non appena termino la domanda.

«Santo cielo, giudice! Adesso abbiamo un'altra teoria della difesa secondo la quale un orso nero ha strangolato Mae Potter? E questo cosa ha a che vedere con il mio interrogatorio diretto?»

La giudice Carrington, che tiene il mento appoggiato sul palmo di una mano, alza l'altra nella mia direzione invitandomi a spiegare.

«Vostro onore, probabilmente il signor Jackdorp ha ragione a proposito del suo interrogatorio diretto, ma ho ancora poche domande e non vorrei allontanare di nuovo l'agente dai suoi doveri per riportarlo qui a testimoniare per la difesa.»

Lei sa che mantengo la parola se chiedo di portare un attimo di pazienza.

«Cinque minuti, signor Sabich.»

«Me ne bastano meno della metà.» Chiedo alla stenotipista di rileggere la mia domanda sugli orsi e Holloway risponde: «Parecchi».

«Esiste un periodo dell'anno con una maggiore frequenza?»

«Be', sono presenti tutto l'anno, ma in particolare in autunno.»

«Perché il letargo è imminente e gli orsi hanno fame?»

«Sì, hanno fame. Intendo dire che non ho mai visto un orso in libertà prima di arrivare qui. Ma, a quanto so, in autunno si possono trovare in tutta la foresta perché amano le ghiande.»

«Ghiande?» La risposta mi ha colto di sorpresa.

«Nemmeno io ci credevo, ma sa, immagino che le ghiande non siano poi così male per gli orsi. La madre le mastica e le sputa per i piccoli. E tutto Harold's Park è una foresta primaria formata per oltre la metà da querce. Quindi ci sono molti orsi neri.»

«E le segnalazioni che riceve in autunno vengono principalmente da campeggiatori?»

«Campeggiatori ed escursionisti. A volte, in primavera, gli escursionisti finiscono fra una madre e i cuccioli e allora... abbiamo persino avuto un paio di attacchi da parte di orsi neri. Ma in autunno, come dice lei, gran parte delle segnalazioni vengono dai campeggiatori.»

«E di che natura sono quelle che riceve?»

«Come le ho detto, gli orsi vanno lì per mangiare. E per un orso una scatola piena di cibo equivale a un Happy Meal.» Come spesso avviene, una battuta inaspettata suscita grande ilarità. In un'aula di tribunale c'è molto da imparare sugli aspetti sociali della risata, ma in questo caso tutti trovano molto buffo il paragone dell'agente: giurati, giudice e personale dell'aula. Persino Aaron, che non ha la risata facile, sta ridacchiando divertito.

«E le capita di dare consigli ai campeggiatori su come tenere lontani gli orsi dalle scorte di cibo?»

«Be', come le ho detto, io sono uno di città. Ma gli altri agenti mi hanno spiegato che è meglio mettere le scorte su un albero. Si potrebbero anche chiudere in macchina, ma gli orsi graffierebbero la carrozzeria.»

«E come si fa a metterle su un albero?»

«Il consiglio, in genere, è prendere una corda e appendere il pacco delle scorte a un ramo grosso, oppure a uno troppo sottile per reggere il peso dell'orso.»

Vado al tavolo dell'accusa, dove la matassa di corda del nostro garage è appoggiata in un angolo da quando Jackdorp ha fatto la dichiarazione iniziale. Gli ho chiesto più volte di metterla via: lui lo fa, ma poco dopo riappare. La corda, come si è resa conto Bea, è probabilmente la prova più compromettente contro Aaron, e per diversi motivi, compreso il fatto che, fino a questo momento, non sussisteva alcun motivo per il suo acquisto, a parte strangolare Mae Potter.

«Ha mai visto campeggiatori usare una corda come questa per sospendere le loro scorte di cibo?»

«Intende dire una corda bianca?»

«Una corda di queste dimensioni. Di plastica, di canapa, ma una corda altrettanto spessa.»

«Certo.»

«Certo» ripeto io.

Mi volto per guardare Bea tra il pubblico, anche se non so esattamente perché. Vorrei ancora essere il suo prode cavaliere, immagino, anche se non ho il diritto di attribuirmi il merito di questa spiegazione. È successo grazie a quello che Aaron ha detto la prima volta che Susan e io glielo abbiamo chiesto dopo aver visto il video del negozio dove aveva comprato la corda. Quando aveva parlato di orsi, io avevo guardato di traverso Susan, ma lei sapeva che la cosa aveva senso. Abbiamo cercato un naturalista come testimone per la difesa se Holloway ci avesse deluso. Ma ero riluttante ad anticiparlo a Bea senza essere sicuro di poterlo dimostrare, come ho fatto adesso.

«Bene, vicesceriffo, con questo si conclude la nostra digressione sugli orsi. Vorrei tornare agli eventi del 28 settembre, quando ha trovato il corpo di Mae. Ha esaminato la sua macchina prima di guardare dentro?»

«Non a lungo.»

«Bene, mi permetta di mostrarle una foto della scena, reperto della difesa 7. Lei vede danni al paraurti posteriore e alcuni segni sopra? A lei sembra che la Subaru possa essere stata spinta dall'alto da un altro veicolo con un paraurti più alto?»

«Non saprei dire né l'una né l'altra cosa.» Mi aspettavo questa risposta, ma è un altro tema che vale la pena di esplorare. Se la macchina di Mae è stata spinta fuori strada, non può essere stato Aaron perché, secondo l'accusa, lui stava guidando la Subaru.

«Vicesceriffo, passiamo all'arresto del mio cliente, il 2 ottobre. Lei ha detto di aver verificato la sua identità, il che significa che ha parlato con lui. È corretto?»

«Sì, signore. Abbastanza, a dire il vero.»

«Vorrei che spiegasse a tutti i presenti le sue interazioni con l'imputato.»

«Obiezione, testimonianza indiretta.»

Comincio a protestare adducendo la regola della completezza, ma la giudice interviene prima che abbia potuto dire tre parole e respinge l'obiezione di Jackdorp.

«È stato lei ad aprire il discorso, signor Jackdorp.»

Proseguo chiedendo: «Immagino che lo abbia svegliato».

«Sì, signore. Gli ho puntato la luce della torcia in faccia e ho dato dei colpetti alla sponda.»

«E quando era ormai sveglio gli ha fatto qualche domanda?»

«Gli ho chiesto cosa ci facesse lì.»

«E lui come ha risposto?»

«Ha detto di conoscere la ragazza che era morta in quel punto, che era la sua ragazza e, dopo aver saputo la notizia, si era messo in macchina a pensare a lei e aveva deciso di venire fino a lì in segno di rispetto. Una volta arrivato, aveva scoperto che la strada era bloccata, quindi si era girato per andarsene, ma il pick-up non ne voleva sapere di partire. Ha detto che gli aveva già dato dei problemi, ma che ormai non partiva più. Immaginava che fosse l'alternatore, quindi lo aveva smontato ed era andato in autostop in un negozio di autoricambi lungo l'interstatale. Hanno detto che l'alternatore andava bene, ma su un F-150 del 2014 era probabilmente il cablaggio, quindi ne aveva ordinato uno nuovo e lo aspettavano proprio quel giorno per ritirarlo.»

«Lei cosa gli ha detto?»

«Che mio padre ha un F-150 più o meno altrettanto vecchio e anche a lui l'alternatore ha dato diversi problemi. Dopo di che, gli ho chiesto un documento per poterlo identificare.»

«E ha trasmesso le informazioni al centralino?»

«Sì, signore.»

«E cosa le hanno detto?»

«Be', la prima cosa è stata: "Lo hai preso. C'è un mandato di arresto per l'omicidio di quella ragazza, Mae Potter".»

«Le chiamate al centralino sono su una linea che viene registrata, non è vero?»

«Di solito.»

«Ricorda come ha risposto quando le hanno detto che l'imputato era ricercato per omicidio?»

«Non esattamente, ma ero sorpreso.»

«Ha detto: "*Quel* ragazzo?". Vuole sentire la registrazione?»

«Ricordo la mia sorpresa. Avevo preso due giorni di ferie ed ero andato a St Louis da mia sorella. Non sapevo nemmeno che fosse stato dichiarato un omicidio e non una morte accidentale.»

«Lei però ha detto "*Quel* ragazzo?", ovvero l'imputato non le dava l'impressione di un ricercato per omicidio. È corretto?»

«Immagino di sì.»

«Allora come mai era sorpreso?»

«Be', nel mio lavoro impari a non essere mai sicuro sulle persone, eppure... Era stato molto spontaneo con me, e mi aveva raccontato tutte quelle cose appena sveglio. Non mi sembrava affatto un assassino ma, come ho detto, non si sa mai.»

«Che cosa ha fatto dopo aver saputo del mandato di arresto?»

«Sono tornato da lui e gli ho detto: "Sapevi che c'è un mandato d'arresto per te?".»

«Lui come ha risposto?»

«Mi ha chiesto se era per aver guidato fino a lì. E gli ho risposto: "Per la guida? È per aver ucciso quella ragazza".»

«E lui come ha reagito a questa informazione?»

«È rimasto con lo sguardo fisso per un momento, poi ha detto: "Per omicidio? Che stronzata. Credevo fosse morta in un incidente di macchina". Io gli ho detto: "Be', adesso non la pensano così". Gli ho chiesto di scendere dal pick-up, l'ho ammanettato e gli ho letto i suoi diritti.»

«Lui è stato collaborativo?»

«Assolutamente sì.»

«Educato?»

«Be', mentre lo ammanettavo non faceva che ripetere che era fottuto, e mia madre non la definirebbe un'espressione educata, ma non mi ha insultato e non ha opposto resistenza.»

«Ha estratto la pistola per effettuare l'arresto sapendo che era accusato di omicidio?»

«No, l'ho perquisito non appena è sceso dal pick-up. Comunque, no, non mi piace estrarre l'arma di servizio se non ci sono costretto. Facendo l'inventario abbiamo trovato un coltello da caccia di discrete dimensioni nel cassetto del cruscotto, ma lui non ci si è avvicinato.»

«Aveva la sensazione che non rappresentasse un rischio per la sua sicurezza?»

«Esatto, concordo.»

«E cosa è successo dopo che l'ha ammanettato?»

«L'ho messo sul sedile posteriore della mia macchina e ho chiamato la stazione. Il sergente mi ha detto di aspettare l'arrivo di un'altra unità, poi uno di noi lo avrebbe portato in carcere, l'imputato intendo dire. Ho riferito al sergente anche delle altre cose che c'erano nel cassone dell'F-150, il carrello, la pala e il resto, e lui mi ha risposto che chi di noi fosse rimasto lì avrebbe dovuto guardarsi in giro per vedere se qualcosa era stato alterato sulla scena.»

«Ha chiesto all'imputato degli oggetti nel cassone, il carrello e tutto il resto?»

«Sì, non appena li ho trovati gli ho domandato: "Cosa sono queste cose?" e lui ha risposto che suo nonno era anziano e malato di cancro e che usava il carrello per spostare in giro le cose. Balle di fieno e cose così.»

«E chi ha controllato la scena per cercare prove del fatto che fosse stata inquinata?»

«Io, perché ero stato già lì il 28 settembre. L'agente Rennert ha accompagnato l'imputato. Io ho preso i rapporti della Scientifica di tre giorni prima e ho controllato tutta l'area. A quanto ho visto non era cambiato nulla.»

«Impronte del carrello, per esempio?»

«Non che abbia visto.»

«E niente terra smossa con la pala?»

«No.»

«Quanto tempo ha passato alla ricerca di manomissioni del sito?»

«Un po'. Sono andato avanti e indietro sulla strada più volte, e ho osservato attentamente il punto in cui era la macchina.»

Sono pronto per il gran finale, ma Aaron e Susan mi fanno dei cenni. Hanno un'osservazione utile in merito al telefono di Aaron.

«Mi scusi, agente, ancora un paio di dettagli. Ha detto che l'imputato era sorpreso quando gli ha spiegato che il mandato d'arresto era per omicidio?»

«Non credo di averlo detto. Ho detto che lui sembrava sorpreso, però non so se lo fosse davvero.»

«Va bene. Ha parlato con lui del suo telefono?»

«Quando mi ha spiegato che avrebbe dovuto tornare indietro per il cablaggio, gli ho detto di chiamare prima il negozio, e lui mi ha fatto vedere che il suo telefono era scarico. Ha detto che la batteria era al tre per cento quando se n'era andato da casa, che aveva preso il cavo di carica, ma nella presa sul pick-up non c'era come al solito l'adattatore a dodici volt. Aveva cercato di prenderne uno all'autoricambi, ma li avevano finiti. Era un'altra cosa che sarebbe dovuta arrivare insieme al cablaggio.»

«E ha detto che la macchina non partiva?»

«Sì.»

«La radio funzionava?»

«Non ho mai controllato, ma sul pick-up di mio padre non va quando salta l'alternatore.»

«Quindi l'imputato non aveva modo di sapere che era stato emesso un mandato d'arresto nei suoi confronti.»

Jackdorp obietta che va oltre le informazioni note al testimone, e la giudice accoglie.

«Bene» continuo. «Ma svolgendo tutti i controlli del caso, ha scoperto se il pick-up funzionava?»

«Be', sì, è stato sequestrato e l'hanno dovuto rimorchiare, quindi non andava, come aveva detto l'imputato.»

«Grazie, agente.» Torno al tavolo della difesa e schiocco le dita, come se mi fossi ricordato qualcosa all'improvviso. Chiedo a Susan le copie di due fotografie che lei aveva messo da parte tempo fa. «Ora, vicesceriffo, lei mi dice che il 28 settembre il suo tenente le ha dato istruzioni di restare sulla scena e di aspettarsi l'arrivo dei colleghi di altri corpi di polizia. Ricorda alla fine chi si è presentato?»

«Molte persone. Il mio tenente e il mio sergente più due tecnici forensi del nostro ufficio. Un'esperta di ricostruzione degli incidenti e, alla fine, due dell'FBI. Poi molti agenti della State Patrol, probabilmente otto.»

«Nessuno della Skageon County?»

«Un certo numero.»

Gli mostro una delle foto, scattata dall'alto verso il basso nel canale di drenaggio. Due 4x4 sono posteggiati dietro il SUV di Mae e circa dieci persone stanno parlando tra loro accanto al paraurti posteriore della Subaru. Lui conferma tutto. Quando gli chiedo se ha sentito quei discorsi, risponde che, trattandosi di un incidente automobilistico, l'FBI era disposta a consegnare la scena alla State Patrol. In seguito avevano discusso di come esaminare il veicolo e il corpo.

«Alla fine» dice Holloway «si sono detti tutti d'accordo che la Scientifica avrebbe completato la documentazione fotografica, poi il SUV sarebbe stato rimorchiato fuori da lì in modo da poter esaminare veicolo e corpo dove c'erano spazio e una luce migliore. Poi avrebbero sepolto la ragazza non appena possibile.»

«Ora, osservando questa foto, si vede anche una Cadillac Escalade nera proprio dietro il SUV in cui si trovava Mae.»

«Sì, signore.»

«È stata quella la prima macchina delle forze dell'ordine arrivata fin laggiù?»

«Così ricordo.»

«E chi la guidava?»

«Il padre della ragazza.»

«Intende dire Harrison Potter, il procuratore della Skageon County?»

«Sì, signore.»

«E, guardando la foto, quella donna che si vede parlare laggiù è la tenente Glowoski, ora al tavolo dell'accusa?»

Holloway guarda la foto e Glowoski un paio di volte.

«Sono abbastanza sicuro che sia lei.»

«Ecco la mia domanda, vicesceriffo. Altri due veicoli sono scesi dal canale di drenaggio o dalla strada di servizio, come la vogliamo chiamare. E vedo almeno dieci persone camminare accanto al SUV. È così che vi hanno insegnato a esaminare una scena del crimine?»

Holloway arretra sulla sedia e mi lancia un'occhiata sospettosa.

«È una domanda trabocchetto» commenta.

«Mi scusi, non era mia intenzione. Ci vorrebbe spiegare perché secondo lei è una domanda trabocchetto?»

«Be', insomma, il padre è arrivato in macchina sul posto. Ma era molto provato, voleva vedere sua figlia e ben presto ha cominciato a parlare di riportare a casa il corpo per poter organizzare il funerale.»

«Senza un'autopsia?»

«Non credo che abbia discusso se farle o meno l'autopsia. Ma era un padre, e stava comportandosi da padre. Voleva che la figlia tornasse a casa in modo che la madre la potesse vedere un'ultima volta. E, sì, ripensandoci, c'erano molte persone che andavano avanti e indietro laggiù, però il motivo per cui l'ho definita una domanda trabocchetto è perché lei ha parlato di "scena del crimine", e nessuno dei presenti la considerava tale. Era la scena di un incidente, e su questo anche l'incaricata della ricostruzione era d'accordo. Non ha trovato segni di sbandata come la ghiaia fuori posto, ma non avendo la cintura di sicurezza la ragazza deve aver rimbalzato nell'abitacolo senza riuscire a frenare. E deve essere volata giù molto rapidamente.»

«Ma le impronte di scarpe e quelle di pneumatici che potevano trovarsi sulla scena... quel gruppo di persone ha guidato e camminato ovunque laggiù, vero?»

«A posteriori è sempre tutto chiaro, signore, e devo ammettere che c'era una gran confusione. La ragazza era scomparsa da un paio di settimane ed era morta.»

«Quello che intendevo dire, vicesceriffo, è: in quelle prime ore erano presenti almeno una dozzina di tutori della legge esperti, e nessuno di loro ha detto: "Questa è una scena del crimine", non è vero?»

«È vero. In mia presenza c'è stata qualche discussione perché l'esperta di ricostruzione degli incidenti ha notato che il cambio era in folle, ma ha detto chiaramente che a volte la marcia salta al momento dell'impatto. Quindi tutti stavano ancora parlando di un incidente, e io c'ero. Forse la colpa è mia, visto che sono stato il primo a dirlo.»

«Non voglio attribuirle colpe, vicesceriffo, per essere arrivato a una conclusione logica. Voglio dimostrare qualcosa di molto diverso. Chiunque abbia ucciso Mae Potter – se si è trattato di omicidio –, chiunque lo abbia fatto sapeva come ingannare i tutori della legge, giusto?»

Jackdorp fa obiezione evidenziando che la domanda è argomentativa – lo è – e la giudice accoglie.

Ci riprovo. «La prima persona che è scesa laggiù in macchina e ha calpestato la scena del crimine, e gli indizi che avrebbero potuto trovarsi laggiù... si trattava di Harrison Potter, non è vero?»

«Ha già risposto» puntualizza Jackdorp.

«Giusto» commento «era lui.» Poi mi siedo.

32
Prove accettate

Quando Holloway viene congedato, Jackdorp e io chiediamo alla giudice una sospensione anticipata per pranzo che ci consenta di chiarire gli ultimi particolari sulle prove concordate. Dopo aver passato anni sul lato opposto di questi negoziati, adesso so di essere in posizione di vantaggio perché Jackdorp non ha nemmeno cominciato a rintracciare e intervistare tutte le persone la cui testimonianza è riassunta nel nostro accordo. Torniamo al suo ufficio dove mi concede sgarbatamente tutti i punti sui quali non ho ceduto. Trascurando l'irritazione con Glowoski per il fiasco con gli appunti sui Lowndes e un aumento evidente dei suoi livelli di tensione, in genere ha mantenuto un atteggiamento impassibile. Già all'inizio sembrava un vecchio, ma lo stress del processo non si nota nel suo aspetto, e non è più collerico di quanto sia sempre stato con me. È concentrato solo sul lavoro, il lavoro per il popolo, direbbe lui. Non c'è nulla di piacevole in quello che sta cercando di fare: punire un uomo colpevole di un crimine orribile, quindi è inutile fingere.

Il processo riprende all'una e, prima che Jackdorp legga la stipulazione, la giudice spiega alla giuria di cosa si tratta, ovvero che le due parti sono d'accordo che gli aspetti citati sono fatti stabiliti, poi loda entrambi gli avvocati per aver trovato una soluzione e fatto risparmiare tempo ai giurati.

Per quanto ci riguarda, si tratta di questioni che non vale la pena contestare perché vogliamo evidenziare che non ci battiamo su tutto, ma anche perché non abbiamo grandi possibilità di far cambiare idea alla giuria su gran parte di questi punti. Per esempio, è impossibile aggirare il fatto che le impronte di Aaron sono sul telecomando della macchina, sul volante e sul telefono di Mae, o che il suo DNA si trova ovunque sul SUV. Come Jackdorp ha infine accettato di stipulare, l'analisi del DNA non è in grado di determinare da quale tipo di cellula proviene il materiale genetico identificato, quindi si potrebbe trattare, tra le altre fonti, di sudore, saliva, sperma o minuscoli frammenti di pelle, e non c'è dubbio che li abbia lasciati Aaron.

Non abbiamo niente da guadagnare nemmeno continuando a discutere sulla prova in base alla quale è stato Aaron ad acquistare la corda bianca. Allo stesso modo è innegabile che le fibre di nylon bianco siano state raccolte in diversi luoghi significativi, tra i quali il cadavere di Mae – in particolare sul collo, sulla camicetta e sotto le unghie – e l'armadio della camera di Aaron. Inoltre eravamo disposti ad accettare il contenuto della testimonianza di un esperto di fibre che avrebbe determinato la composizione chimica del nylon, ma dopo che avevo ridicolizzato Jackdorp per aver detto che tutti quei minuscoli fili "corrispondevano" alla corda del nostro garage, lui aveva scovato un altro perito – il migliore del suo campo – disposto a testimoniare e, probabilmente, a rimettermi al mio posto. È una prospettiva inquietante, però solo quando riceveremo il suo rapporto stasera scopriremo se e quale brutto errore ho commesso nella mia dichiarazione iniziale.

La stipulazione accetta inoltre la base probatoria di diverse altre prove: gli screenshot provenienti dagli account Instagram e TikTok di Mae, i tabulati telefonici dei cellulari di Mae e di Aaron, i documenti relativi a quando i telefoni si sono agganciati ai diversi ripetitori e il funzionamento della telecamera di un casello situato sull'interstatale circa trenta chilometri a est della riserva naturale di Ginawaban.

Jackdorp legge il lungo documento in tono lento e monocorde. È un compito più difficile di quanto si possa pensare perché è raro che un avvocato processualista legga qualcosa direttamente ai giurati e, quando è capitato a me, mi sono sempre trovato a fare altrettanto. Ai giurati non verrà consegnata una copia della stipulazione, per la logica secondo la quale non ricevono neppure la trascrizione delle testimonianze, quindi è sempre un esercizio da equilibrista per il procuratore, che scambia il beneficio di presentare una prova senza contraddittorio con lo svantaggio che i giurati ne perdono di vista il significato nel fluire confuso di parole.

Per diminuire questo rischio, la successiva testimone di Jackdorp è Vanda Glowoski. Il piano del procuratore è quello di spostare formalmente diversi atti fra le prove mentre Glowoski è sul banco dei testimoni e di sfruttarla per inquadrare la prova con la scusa che sta testimoniando come "esperta delle forze dell'ordine". L'incremento delle opinioni degli esperti come prove processuali ha avuto luogo quando stavo ancora praticando la professione e, a mio parere, non ha migliorato molto il procedimento. Quello che Jackdorp vuole fare con Glowoski è un buon esempio del perché detesto questo genere di testimonianza, visto che lui ricamerà sui sospetti di una funzionaria di polizia e li definirà conclusioni di un'esperta, sebbene spesso si tratti del genere di ipotesi che un testimone può avanzare e che le regole di ammissibilità delle prove proibiscono da secoli.

Jackdorp comincia facendo raccontare in ordine cronologico a Glowoski il suo ruolo nelle indagini, cominciando dal 19 settembre, quando le è stato assegnato il caso una settimana dopo la sparizione di Mae. La tenente testimonia di aver interrogato Cassity il 20 settembre e di aver saputo da lei che Aaron e Mae si erano recati a Harold's Woods. Il giorno successivo Glowoski ci era andata con un gruppo di agenti, compresi due della Scientifica, e, tra le altre cose, avevano trovato nel fango secco fibre di corda e le impronte delle scarpe di Mae e Aaron, probabilmente lasciate dopo il grosso temporale del 12 settembre. Inoltre, avevano rinvenuto gli oggetti di Mae che Charmaine aveva identificato.

«In base alla sua opinione di esperta e investigatrice» le chiede Jackdorp «che cosa indica la presenza di quegli oggetti, abiti e cosmetici, di Mae Potter?»

«Bene» risponde lei «a me suggerirebbe una sorta di partenza affrettata, o che qualcuno che non fosse Mae abbia raccolto gli effetti personali, trascurando quelli di cui ignorava la presenza.»

«Obiezione, vostro onore» esclamo alzandomi in piedi. «Com'è possibile che una vera e propria ipotesi come questa venga considerata l'opinione di un esperto? Forse l'agente speciale Glowoski potrebbe dirci quale genere di crimine indica il fatto che io lasci i miei occhiali da lettura dove non riesco più a trovarli.»

La giudice Carrington mi fissa con un misto di emozioni. Ha certamente capito il punto, ma sa che voglio anche fare colpo.

«Sarà la giuria a decidere quale importanza attribuire a questa testimonianza, così come a quelle di tutti gli altri testimoni. Respinta, avvocato.» Poi, con un deciso cenno del capo, mi fa capire di non riprovarci.

Jackdorp chiede poi a Glowoski di riassumere quali diversi documenti rivelino la posizione di Mae e Aaron. Il gruppo di reperti dell'accusa 6 sono le immagini di Mae postate sui suoi account Instagram e TikTok che cominciano il pomeriggio del 12 settembre e continuano fino alla prima mattina del 14: tutte rappresentano Mae con diversi sfondi di Harold's Woods. I post cessano la mattina del 14 settembre e coincidono con l'ora, le 9.06, in cui i tabulati indicano che il suo cellulare è stato spento, e così è rimasto fino a quando Aaron ha consegnato il telefono a Charmaine. Per contro, con poche e notevoli eccezioni indicate nella stipulazione, il telefono e la segreteria di Aaron sono rimasti spenti per gran parte del periodo dal 14 al 16 settembre.

«Ora, prima di parlare ulteriormente di dove si trovava il signor Housley, in particolare il 14 settembre, lei ricorda la testimonianza della signorina Benisch in base alla quale l'imputato l'aveva chiamata il 14 dicendole che aveva lasciato la signorina Potter e stava tornando a casa in autostop?»

«Sì» risponde Glowoski.

«E le prove, in base alla sua opinione di esperta delle forze dell'ordine, confermano la dichiarazione del signor Housley all'amica di essere tornato subito a casa in autostop a partire dal 14 settembre?»

Questa volta mi alzo in piedi urlando.

«Vostro onore, quella testimonianza non esiste. Nella sua dichiarazione iniziale, il signor Jackdorp ha detto alla giuria che la signorina Benisch avrebbe detto così, ma la stessa lo ha negato e ha affermato che il signor Housley le aveva riferito in una conversazione successiva che era talmente furioso con Mae – quando l'aveva lasciata il 14 settembre – che inizialmente aveva fatto l'autostop per una trentina di chilometri nella direzione sbagliata.»

«La giuria si potrà basare su quanto ricorda della testimonianza. Respinta.»

«Vostro onore» dico «mi scuso per l'insistenza, ma non è possibile avere la testimonianza di un'esperta su prove che semplicemente non esistono.»

Jackdorp prova a salvarsi.

«Bene, agente speciale, quando l'ha interrogata verso la fine di settembre, la signorina Benisch le ha riferito che il signor Housley le aveva detto di essere tornato direttamente a casa in autostop?»

Poiché Cassity non ha mai avuto la possibilità di confermare se avesse detto o meno queste cose all'agente, la sua dichiarazione a Glowoski adesso non è ammissibile e la giudice è d'accordo con me. Dopo questa decisione Jackdorp si riduce a farfugliare, ma va comunque avanti passando alla prova su dove si trovava Aaron il 14 settembre. Il suo telefono è stato riacceso quel giorno per circa dieci minuti a partire dalle 12.07. I dati memorizzati indicano che stava usando un'app di navigazione. Sette minuti più tardi, ha ricevuto una telefonata della durata di meno di un minuto dal numero intestato a una donna che vive in Missouri, Elaine Harop.

Jackdorp interrompe la testimonianza di Glowoski per leggere una parte della stipulazione alla quale non era arrivato prima. In genere le stipulazioni vengono lette tutte insieme, ma non riesco a immaginare una buona ragione per oppormi a una presentazione frammentata.

«"Elaine Harop"» legge Jackdorp «"se fosse chiamata al banco, testimonierebbe che il 14 settembre lei e suo marito stavano rientrando a casa da un viaggio in macchina sui Grandi Laghi. Non conosce e non ha mai incontrato Aaron Housley e non lo riconosce in fotografia. Non ricorda di aver mai parlato con lui, ma rammenta di aver digitato un paio di numeri sbagliati quando cercava di prenotare una stanza in un motel di Como Stop per quella sera."»

«Così stipulato?» mi chiede Jackdorp.

«Così stipulato» rispondo cupo.

Glowoski, poi, testimonia su alcuni tabulati. Quando il telefono di Aaron era stato acceso alle 12.07, si era agganciato al ripetitore 259, che si trova circa dodici chilometri a ovest e trenta a nord del parcheggio di Harold's Woods. Nel momento in cui aveva risposto alla telefonata di Elaine Harop, il suo telefono era passato a un ripetitore situato otto chilometri più a nord. Quanto alla signora Harop, la telefonata era stata completata attraverso un ripetitore a ottanta chilometri di distanza, vicino all'uscita dell'interstatale più vicina a Ginawaban.

Il telefono di Aaron si era poi agganciato a un ripetitore alle 20.17 del 14 settembre, quando aveva chiamato Cassity, poi alle 21.11 della stessa sera, quando aveva inviato un messaggio a Gert, poi a sua madre e a suo padre e a me (anche se vengo definito il fidanzato di Bea) dopo che avevo visto Joe alla VFW. Tutte queste comunicazioni erano state gestite dal ripetitore 291, che si trova circa trenta chilometri a sud e a est del parcheggio di Harold's Woods. È un posto vicino alla conduttura dove Aaron ha detto di aver passato la notte.

Aaron aveva acceso il telefono per la quarta volta la sera successiva, quella del 15 settembre, quando aveva telefonato a Cassity per dirle che sarebbe arrivato presto a casa. Il ripetitore che aveva registrato la chiamata era a soli cinquanta chilometri a sud del punto dove Aaron aveva trascorso la notte, il che conferma la lentezza con cui avanzava verso casa in autostop.

L'altra prova che Jackdorp presenterà riguardo alla posizione di Aaron è una foto scattata alle 11.48 del 14 settembre. Un'immagine del SUV di Mae ripresa a un casello della US 843 circa centodieci chilometri a nord di Harold's Woods e trenta chilometri a est di Ginawaban. In tutti gli altri casi, dato che i documenti cui si fa riferimento nella stipulazione sono stati ammessi tra le prove, Jackdorp li ha mostrati sul monitor. L'unico reperto che fa passare di mano in mano ai giurati per un esame diretto è la foto in bianco e nero, scattata dall'alto, del SUV di Mae al casello. L'immagine mette a fuoco la targa e nell'abitacolo si può vedere soltanto un adesivo bianco attaccato in alto sul parabrezza e una figura indistinta le cui mani sono sfocate sul volante. Anche così, lo sguardo di attesa con cui Jackdorp scruta i giurati mentre esaminano la foto mi spinge a scrivere un appunto per Susan: meglio guardare bene quella foto, perché credo che ci siamo lasciati sfuggire qualcosa.

Sono certo che tutte queste prove sull'ubicazione di Aaron il 14 settembre vengano percepite come confusionarie dalla giuria, e non è un caso. L'accusa ha grossi problemi a metterle in fila, e me ne occuperò nel controinterrogatorio di Glowoski. Invece gli argomenti che Jackdorp si è riservato per ultimi – le scarpe, la perquisizione di casa nostra e la corda – sono molto più coerenti.

Glowoski, che è arrivata sul banco dei testimoni come merce avariata dopo la strigliata di ieri della giudice in merito agli appunti dei Lowndes, sta facendo del suo meglio per presentarsi decisa e competente. All'ingresso della giuria ha fatto una sceneggiata consegnando a Susan una busta enorme contenente gli appunti presi dagli investigatori che hanno lavorato al caso di Mae.

Dopo l'aggiornamento anticipato di ieri, Susan ha avuto molte risposte alle telefonate che aveva fatto nelle ultime settimane per raccogliere informazioni su Glowoski. Tutte quelle persone, membri delle forze dell'ordine che ha conosciuto nel corso degli anni, hanno definito Glowoski una poliziotta e una persona eccellente. Questa mattina abbiamo ricevuto all'improvviso anche il "dossier" di Glowoski, il suo fascicolo personale della State Patrol che avevamo ordinato di produrre diverse settimane fa: non contiene provvedimenti disciplinari degni di nota e in compenso snocciola un elenco quasi senza fine di encomi.

Un agente della State Patrol che ieri sera ha chiacchierato a lungo con Susan (è un vicino di casa di lei e Al nella zona settentrionale della Skageon County) le ha raccontato che Glowoski, la più grande di sette figli, si era assunta la responsabilità di tutti i fratelli e le sorelle quando i genitori erano rimasti uccisi in un incidente automobilistico. All'epoca aveva quattordici anni, ma, con l'occasionale aiuto di una zia, aveva tenuto unita la famiglia. Tutti si erano diplomati alle superiori e si erano iscritti al college, e solo quando l'ultimo era entrato alla Wisconsin State Glowoski aveva realizzato il sogno di arruolarsi nell'esercito e aveva servito per due turni in Afghanistan. Adesso è vicina ai sessant'anni e bisogna ammettere che ne dimostra oltre dieci di meno.

Non ho motivi per mettere in dubbio la buona fede riguardo alla reputazione di Glowoski, ma la tempistica delle risposte induce ovviamente a sospettare. Il sottinteso di questa improvvisa trasparenza è che dovremmo andarci piano con lei e non presentare un reclamo al Merit Board della State Patrol, l'agenzia disciplinare civile, a proposito della violazione della regola Brady. Non sono tipo da vendette a posteriori, ma ho detto a Susan che non mi torna come una poliziotta che si presume eccellente – in particolare una supervisora – possa scegliere di nascondere gli appunti e non insistere per interrogare la moglie.

In questo momento Glowoski sta spiegando come la State Patrol abbia tracciato una transazione effettuata il 13 settembre con il bancomat di Aaron in un negozio di Home Warehouse, a circa quindici chilometri da Harold's Woods. Lo scontrino, del quale il team di Glowoski ha ottenuto una copia che adesso viene inserita tra le prove, riporta l'acquisto di quindici metri di corda di nylon bianco alle 14.12. Jackdorp presenta poi il video della telecamera di sorveglianza sopra la cassa e lo mostra sul monitor. Aaron, con i capelli verde chartreuse, sposta il peso da un piede all'altro mentre paga. Esce dal negozio con la matassa di corda bianca. Mentre il video scorre sul monitor, Jackdorp si posiziona accanto allo schermo con in mano la corda che si trovava sul tavolo dell'accusa. Il procuratore ha sfruttato in maniera molto efficace quella corda, forse la prova più convincente in suo possesso, e il video crea un'atmosfera cupa in aula.

«Ora vorrei richiamare la sua attenzione sulla sera del 30 settembre 2023. Lei ha partecipato all'esecuzione del mandato di perquisizione di un immobile situato fuori Mirror dove risiedeva Aaron Housley?»

«Sì.»

«E nel corso di quella perquisizione ha avuto modo di trovare una lunga corda di nylon bianco?»

«Sì.»

«E cos'è il reperto dell'accusa 1?» chiede, con ancora in mano il sacchetto di plastica che la contiene.

Glowoski lancia un'occhiata.

«Vedo le mie iniziali e la data sull'etichetta delle prove, quindi posso testimoniare che si tratta della corda che ho trovato nel garage della casa dove viveva l'imputato.»

«Potrebbe descrivere in quali circostanze ha rinvenuto la corda?»

«Sì. Il vicesceriffo della Skageon County a capo del gruppo di quel dipartimento era il sergente Dominic Filipini. Il sergente Filipini mi ha riferito di conoscere la madre dell'imputato, Beatrix Housley, da molti anni e di considerarla decisamente degna di fiducia. Ha riferito che, quando aveva chiesto se ci fosse una corda di nylon bianco, magari in garage, la donna si era detta sicura che non ce ne fosse perché pochi giorni prima aveva cercato proprio in garage un attrezzo da giardinaggio. Il fidanzato della madre, che viveva lì con lei, è stato testimone di quel dialogo e ha confermato.» Questa è la testimonianza che avevo promesso di non contestare quando avevo accettato il caso.

Glowoski prosegue. «Il sergente Filipini non era del tutto sicuro di quanta parte del garage avessero perquisito i suoi, quindi ho deciso di ricontrollarlo io. Dopo circa dieci minuti ho trovato il reperto dell'accusa 1 sul fondo di uno scatolone e coperto da vasi di ceramica e risme di carta colorata.»

«E dove si trovava lo scatolone?»

«Nel garage, in fondo a un ripiano di un armadietto di metallo.»

Glowoski ha scattato foto della corda nello scatolone, e vengono ammesse fra le prove e mostrate sul monitor.

«E qual era la sua opinione da tutore della legge dopo il rinvenimento della corda?»

«Be', dato che la madre e il suo fidanzato erano così sicuri che non ci fossero corde in garage, mi è sembrato abbastanza ovvio che l'imputato l'avesse nascosta lì poco tempo prima.»

Come il video di sorveglianza del negozio, la testimonianza di Glowoski, supportata dalle foto, produce un certo effetto.

Poi Jackdorp procede con le varie impronte di scarpe, la cui ammissibilità ho accettato. Le foto scattate dalla Scientifica nel fango di Harold's Woods, le immagini ultraviolette della camicetta di Mae e quella di un'impronta rinvenuta in fondo alla strada di servizio a Ginawaban vengono tutte ammesse fra le prove.

«Ora, quando avete perquisito la casa dove abitava Aaron, avete trovato le scarpe Nike Air Force 1 che, in base all'ammissione del signor Sabich, l'imputato indossava a Harold's Woods?»

«No.»

Per rispondere alle domande di Jackdorp, Glowoski elenca tutti i posti dove hanno cercato in casa nostra.

«E dopo l'arresto del signor Housley il 2 ottobre, lei ha esaminato gli abiti inventariati alla prigione della Marenago County per determinare se indossasse le scarpe Nike quando è stato preso in custodia?»

«Sì, e non c'erano. Aveva un paio di Adidas nuove.»

«E, quando dice nuove, intende rispetto a quando aveva visto il signor Housley circa una settimana prima, il 23 settembre?»

Si riferisce al breve incontro sul viale di casa nostra, in occasione del quale avevo mandato al diavolo Glowoski. Lei testimonia che Aaron aveva sottobraccio una scatola da scarpe Adidas.

«Ora mi consenta di parlare di ciò che non è stato rinvenuto durante la vostra perquisizione. Avete cercato attrezzature da campeggio che vi sareste aspettati di trovare dopo il ritorno del signor Housley da Harold's Woods? Uno zaino, per esempio?»

«Abbiamo trovato degli zaini che la madre del signor Housley e il suo fidanzato hanno dichiarato appartenere a loro. Non abbiamo trovato lo zaino dell'imputato.»

«Avete trovato il suo sacco a pelo?»

«No. Il nonno ha detto di averne regalato uno di ottima qualità al nipote, ma noi non l'abbiamo trovato né in casa né altrove.»

«Adesso mi permetta di chiederle della cabina armadio dell'imputato nella casa in cui risiedeva. Sotto la sua supervisione, i tecnici della Scientifica che l'hanno assistita hanno rinvenuto lì le fibre bianche, come stipulato nel gruppo di reperti dell'accusa 12-C.»

«Sì, le hanno raccolte con l'aspirapolvere dal fondo della cabina armadio.»

«E avete sequestrato gli abiti dell'imputato che avete trovato appesi nella cabina armadio?»

«Sì.»

«E sono stati esaminati alla ricerca di altre fibre di nylon bianco?»

«Sì, e non ce n'erano.»

«E cosa mi dice degli abiti che l'imputato indossava al momento dell'arresto il 2 ottobre? Sono stati esaminati alla ricerca di fibre di nylon?»

«Sì, e non ce n'erano.»

«Quindi, in base alla sua opinione di esperta delle forze dell'ordine, come giustifica le fibre sul fondo della cabina armadio?»

«A mio parere ci sono diverse possibilità. Alcune fibre potrebbero essere cadute dagli abiti che l'imputato aveva appeso nell'armadio al rientro da Harold's Woods. Oppure potrebbe aver riposto lì la corda prima di nasconderla in garage. Ma secondo me venivano da lui o da qualcosa di suo.»

«Ora, considerando l'assenza di abiti contenenti fibre di nylon, l'assenza delle scarpe Nike, l'assenza dello zaino e l'assenza del sacco a pelo, qual è la sua opinione di esperta delle forze dell'ordine?»

«Ho concluso che, tornato a casa dopo aver assassinato Mae Potter, l'imputato avesse nascosto o distrutto tutti gli oggetti che avrebbero costituito prove di quel crimine.»

«Non ho altre domande» dice Jackdorp. La sua strategia di mettere Glowoski sul banco dei testimoni prima dell'interruzione per il fine settimana è evidente, e solida: con davanti due giorni per rimuginare, il ricordo più fresco che porteranno a casa i giurati sarà quello delle prove svanite sotto il controllo di Aaron.

Non c'è dubbio: Jackdorp ci ha messi all'angolo, e forse nemmeno lui si rende conto della portata del risultato che ha ottenuto. Io so cosa è successo ai jeans, allo zaino e al sacco a pelo di Aaron e, se mai la giuria dovesse venirlo a scoprire, è improbabile che questo contribuisca alla sua difesa. Possiamo rendere conto di che fine hanno fatto le sue Nike, ma se dovessimo menzionare questo dettaglio, i giurati si chiederebbero che ne è stato degli altri oggetti mancanti.

Nel controinterrogatorio utilizzo quindi una classica strategia in caso di prove difficili: cambio argomento.

«Ora, tenente Glowoski, presumo che in qualità di esperta delle forze dell'ordine lei ritenga, come ha affermato il signor Jackdorp nella dichiarazione iniziale, che la mattina del 14 settembre Aaron Housley abbia strangolato Mae Potter nella Subaru di lei mentre era posteggiata a Harold's Woods e che poco dopo abbia guidato la macchina verso nord fino a Ginawaban, dove ha nascosto il veicolo con dentro il corpo di Mae in fondo a quella strada di servizio. Questa è la sua opinione di esperta delle forze dell'ordine, giusto?»

«Sì, signore, questa è la mia opinione.»

«Però, tenente, non è forse un fatto che le prove che ha appena presentato, in particolare i tabulati telefonici e quelli dei ripetitori, dimostrano l'opposto, ovvero dimostrano che la sua teoria è sbagliata?»

«No, signore.»

Una delle principali pecche nella tesi dell'accusa – che Susan mi ha fatto notare mesi fa – è che sussiste una netta contraddizione nelle loro prove sulla posizione di Aaron dopo che se n'era andato da Harold's Woods. Secondo Glowoski, Aaron aveva guidato la Subaru di Mae attraversando il casello alle 11.48 quando aveva imboccato l'uscita dell'interstatale per Ginawaban. Mezz'ora più tardi, Aaron aveva riacceso il telefono per usare l'app del navigatore, e questo era stato rilevato dai ripetitori ottanta chilometri più a sud.

Riesamino scrupolosamente questi dati con Glowoski, poi arrivo alla domanda chiave.

«Queste prove non dimostrano forse che il mio cliente non avrebbe mai potuto trovarsi vicino a quel casello o a Ginawaban a mezzogiorno del 14 settembre?»

«No, non credo che le prove lo dimostrino. Le spiego, se vuole.»

Potrei non farla parlare adesso e lasciare che presenti nella replica una qualsiasi storia improbabile per spiegare la discrepanza, ma Susan e io crediamo di aver intuito quello che Glowoski dirà. Quindi alzo la mano benevolo e lei continua a parlare.

«Bene, come prima cosa» dice «il fatto che stesse usando un'app di navigazione dimostra che stava guidando e non faceva l'autostop.»

«Esiste forse una legge che impedisce a una persona di controllare dove si trova mentre fa l'autostop?»

«Non che io sappia» risponde ignorando il sarcasmo. «E il fatto che il suo telefono si sia agganciato a ripetitori ottanta chilometri più a sud non significa che si trovasse lì. È documentato che ci sono telefoni che hanno completato chiamate passando da ripetitori distanti oltre settanta chilometri.»

È esattamente la risposta che Susan e io ci aspettavamo e, nei successivi cinque minuti, Glowoski deve incassare il colpo mentre le dimostro la totale improbabilità della sua teoria. Tanto per cominciare, anche se lei ha familiarità con i tabulati dei ripetitori grazie a casi precedenti di cui si è occupata, non è certo un'esperta, cosa che dichiara senza difficoltà. Non conosce bene i cosiddetti *drive test*, che dimostrerebbero in maniera irrefutabile quanto lontano viaggiano i segnali da un determinato ripetitore, e deve ammettere che, nel caso di Aaron, quel test non è stato eseguito. Riconosce inoltre che nella zona fra Ginawaban e Harold's Woods ci sono molte colline alte e, di conseguenza, valli profonde che, di norma, bloccano il segnale dei cellulari. E accetta che il collegamento a oltre settanta chilometri, che secondo lei era documentato, risaliva a circa cinque anni prima. Con i progressi della telefonia cellulare da 3G a 4G e adesso a 5G+, i segnali trasmettono sempre più informazioni, il che riduce la distanza che possono percorrere. Ecco perché gli operatori di telefonia mobile hanno dovuto costruire altri ripetitori più vicini tra loro. Alla fine, dopo qualche discussione, Glowoski concorda che le attuali pubblicazioni affermano che oltre il novantanove per cento dei cellulari si connette a ripetitori che si trovano entro circa cinque chilometri dal telefono.

«E infine, tenente, la sua opinione di esperta delle forze dell'ordine è che il mio cliente avrebbe guidato dall'interstatale a Ginawaban. È corretto? Questo significa che, quando Elaine Harop ha sbagliato numero chiamandolo alle 12.14, mezz'ora dopo che era passato dal casello, lui si sarebbe trovato a quasi cento chilometri dal ripetitore che aveva rilevato il suo telefono. Questo rappresenterebbe un nuovo record mondiale di connessione, non è vero?»

«Se avesse fatto ciò che lei ha detto e fosse andato verso Ginawaban. Ma forse è tornato verso sud quando è uscito dall'interstatale.»

«E quali sono le prove, tenente, a sostegno della tesi che sia andato verso sud?»

«Be', era ora di pranzo e circa tre chilometri più a sud c'è un McDonald's.»

«Quindi si è fermato per mangiare un hamburger? Ed è così che il suo telefono ha potuto connettersi a quei ripetitori lontani? Mi sta dicendo questo?»

«Non vedo perché non potrebbe essere successo.»

«Perché, secondo lei, a quel punto avrebbe avuto un cadavere appoggiato alla console centrale della Subaru, il che avrebbe creato un certo imbarazzo quando fosse passato al *drive-thru*, non crede?»

Questa affermazione provoca uno scoppio di risate. Glowoski non apprezza e arrossisce, ma si sforza di recuperare rapidamente.

«Sto solo dicendo che avrebbe potuto avere un motivo per invertire la marcia verso sud, anche se di poco» dice.

«Ma si tratta solo di una sua speranza, vero? Non ha prove di questo.»

«No.»

«Tenente Glowoski, in base alla sua opinione di esperta delle forze dell'ordine, mi conferma che i dati dei ripetitori dimostrano un paio di cose? Primo, comprovano la testimonianza di Cassity Benisch in base alla quale Aaron le aveva detto che, andandosene da Harold's Woods, era sconvolto al punto di fare l'autostop per oltre trenta chilometri nella direzione sbagliata. Perché è esattamente lì che si trovano quei ripetitori – il 259 e il 263 –, circa trenta chilometri a nord di Harold's Woods, non è vero?»

«Certo, si trovano lì, ma non concordo con le altre cose che lei ha detto.»

«E la seconda affermazione che possiamo fare in base ai dati dei ripetitori è che, proprio come sembra pensasse la signora Lowndes, era Mae a guidare la Subaru e non il mio cliente, il che spiegherebbe come la macchina si potesse trovare ottanta chilometri a nord del telefono di Aaron quando la signora del Missouri, Elaine Harop, ha chiamato per errore il suo numero.»

«Non farei questa affermazione. Non sono queste tutte le prove in proposito: c'è la foto al casello.»

«Mi sta dicendo di poter identificare in quella figura sfocata della fotografia Aaron Housley anziché Mae Potter?»

«Non sto dicendo questo, ma lei può anche parlare dei *drive test* che non abbiamo eseguito e della portata normale di quei ripetitori, però il fatto è che niente di tutto questo dimostra per certo dove si trovasse l'imputato. È questa la mia opinione di esperta.»

«Quindi, tenente, in altre parole ci sta dicendo che il governo ha presentato la prova dei ripetitori ai quali si è agganciato il telefono del mio cliente tra le 12.07 e le 12.14 del 14 settembre, il signor Jackdorp ha presentato quei tabulati e lei ha testimoniato in proposito, ma per quanto la riguarda non dimostrano assolutamente niente? È questa la sua opinione di esperta?»

Lei scrolla le spalle. «Praticamente sì» risponde. Ha fatto la figura della cretina, eppure c'è una leggerezza in lei, di solito intransigente, che mi allarma. La guardo dall'altra parte dell'aula e, troppo tardi, capisco di essere caduto in trappola.

33
La notte

"Dobbiamo parlare."

Aaron ha scritto un appunto sul mio taccuino giallo al tavolo della difesa: lo ha fatto solo un paio di volte in tutta questa settimana e lo vedo quando torno al tavolo alla fine del controinterrogatorio di Glowoski. Da un certo punto di vista, Aaron è il cliente ideale perché non è affatto esigente, quindi ritengo quell'appunto indice di qualcosa di importante.

Ora che i giurati sono usciti, gli agenti si stanno avvicinando per ammanettare Aaron e riportarlo in carcere e finalmente godersi il fine settimana. Il furgone arriverà fra poco e, con l'assenso delle guardie, seguo Aaron fino alla cella per fare due parole mentre sta aspettando.

«Una cosa veloce?» gli chiedo riferendomi al suo appunto. Su richiesta di Jackdorp, la giudice sta tornando al suo seggio, quindi ho solo un attimo. Ma mentre sono lì in piedi mi colpisce l'improvvisa speranza che voglia ritrattare ciò che ha detto l'altra sera a proposito della corda. Non so come potrebbe spiegare un simile cambiamento, ma se fa un'affermazione semplice – tipo "mi sono sbagliato" – l'accetterò e andrò avanti. Non ho bisogno di farlo diventare un testimone contro sua madre. Invece lui scuote lentamente la testa alla prospettiva di discutere in fretta. So che le guardie carcerarie non sarebbero contente se volessi fare una visita in prigione di venerdì sera.

«Posso venire a trovarti domani mattina come prima cosa?» Mi dice di sì e gli do una pacca sulla spalla. Direi che regge bene, e in circostanze terribili. Può sembrare sciocco, ma mi sento orgoglioso di lui.

La giudice Carrington è già tornata al seggio quando i commessi mi fanno rientrare in aula. Scopro che Jackdorp vuole mettere agli atti di aver finalmente consegnato gli appunti e ammettere che, in qualche caso, gli investigatori li hanno distrutti dopo aver concluso il loro rapporto. Si tratta di una procedura operativa standard con il chiaro obiettivo di vanificare gli effetti del controinterrogatorio, e proprio per questo Cap aveva iniziato presentando la mozione perché venissero conservati gli appunti.

«In violazione della mia ordinanza» sibila la giudice Carrington. A poco a poco mi sono reso conto che questo processo è un momento speciale anche per Wendy Carrington: è il caso più importante che abbia mai trattato sia per la posta in gioco, sia per la pubblicità che ha ricevuto. A mio parere è una giudice davvero straordinaria, intelligente, disciplinata e rapida nelle decisioni, ma il processo sta stancando anche lei. Io confermo la prima impressione che mi ha fatto, quasi vent'anni fa: è una di quelle persone con la quale, in altre circostanze, si sarebbe creata una solida amicizia. La ammiro e mi piace. Però un caso come questo, un picco professionale in un certo senso, la indurrà probabilmente a farsi ogni genere di domanda sul suo futuro, dato che non sta più aspettando l'occasione di presiedere un processo "caldo" in cui la posta in gioco è alta in un raggio di centinaia di chilometri. Per anzianità, dovrebbe essere in attesa di diventare presidente del tribunale di qui, ma Jackdorp, che propende decisamente per altri giudici, ha fermato tutto. Wendy ha due figlie: una è al college e una sta per finire le superiori. Il marito è un uomo d'affari che a quanto pare se la passa molto bene, quindi non hanno bisogno dello stipendio di lei. Probabilmente Wendy si sta chiedendo per quanto tempo ancora avrà voglia di avere a che fare con quella nemesi quotidiana che è Hiram Jackdorp.

La giudice, che ha entrambi gli avvocati a disposizione, chiede dei nostri programmi per la prossima settimana, quanto manca perché l'accusa concluda e quanto tempo dovrebbe prevedere per le prove della difesa.

Questo è uno dei tanti argomenti che Susan e io dovremo

esaminare a fondo nel fine settimana. Le rispondo: «Due giorni» solo per stare sul sicuro. La giudice esita, come se stesse per dire qualcosa, che sospetto sia la domanda se l'imputato testimonierà. Se sollecitato, esclamerei: "Oddio, no", ma questo potrebbe influenzare le decisioni di Jackdorp per il resto del processo, quindi la giudice ha come sempre il buon senso di non chiedere qualcosa che potrebbe mettermi in difficoltà.

Ho promesso a Susan che stasera potrà andare a casa, ma adesso abbiamo molte cose da discutere. Aspettiamo che l'aula sia vuota, poi ci sediamo nell'ultima fila. Moriah ci interrompe per mostrarci dove sono gli interruttori della luce e chiede di spegnerla quando avremo finito. È una strana presenza in aula: alta più di un metro e ottanta, ha i capelli dritti e grigi che le arrivano in vita. Ha la personalità di un automa, la voce sempre monocorde e i miei tentativi di scherzare con lei l'hanno lasciata indifferente. Porta sempre un'enorme croce di legno – che sospetto sia opera di qualche nipote, forse durante le lezioni di educazione tecnica –, ma quando glielo chiedo, lei si limita a stringerla tra le mani come se gliela volessi rubare. D'altra parte svolge molto bene il suo lavoro, una meraviglia di organizzazione, il che è quanto le è richiesto.

Quando restiamo soli, confesso a Susan la mia paura di aver fatto un errore ridicolizzando Glowoski sulle prove dei ripetitori.

«Ha comunque fatto la figura dell'idiota» risponde Susan «e questo è sempre positivo per noi.»

Ma, dopo un istante di riflessione, capisco cosa mi rodeva. Alla fine noi vogliamo affermare che i tabulati dei ripetitori dimostrano che Aaron non era nei pressi di Ginawaban verso mezzogiorno e, di conseguenza, non avrebbe potuto trovarsi sulla Subaru di Mae quando mezz'ora prima era passata al casello. Come fanno spesso gli avvocati processualisti con le prove sfavorevoli, Jackdorp ha presentato i tabulati in modo da creare l'illusione che quelle informazioni non sono poi così male per l'accusa. Però io mi sono fatto prendere dal primo istinto del difensore, ovvero rispondere colpo su colpo e contestare. Ma "costringendo" Glowoski a testimoniare che i tabulati non provano assolutamente niente ho fatto un enorme favore all'accusa, neutralizzando quella che noi vorremmo presentare come prova decisiva per la difesa. Avrò la possibilità di fare marcia indietro nell'arringa finale, ma i giurati potrebbero pensare che mi stia contraddicendo.

Valutando il mio errore, mi vengono un paio di idee. Una è che questa sia la prima volta in cui Jackdorp potrebbe aver avuto la meglio su di noi a livello tattico. Il suo stile diretto non lascia molto spazio all'immaginazione su quanto intende fare. Dovrò essere più cauto.

La seconda conclusione è ancora più importante. Poiché Jackdorp vuole ignorare i tabulati dei ripetitori, probabilmente ha intenzione di affidarsi a qualcosa di diverso per sostenere l'affermazione di George Lowndes, secondo il quale era Aaron a guidare il SUV. E può trattarsi soltanto della foto del casello. Glowoski, in effetti, ha richiamato l'attenzione su questo quando, nel controinterrogatorio, l'ho messa alle strette sulla mancanza di prove a sostegno della loro teoria. Non avevo capito appieno quello che stava dicendo in quel momento, ma avevo paura di chiedere altro. Eppure Jackdorp aveva scelto di far passare tra i giurati quella foto, quindi mi ero reso conto che dovesse avere un significato sfuggito a Susan e a me. Lei trova la nostra copia e la esaminiamo insieme.

«Oh, cazzo» esclama per prima, anche se entrambi notiamo la stessa cosa quasi contemporaneamente. Le mani sfocate sul volante sono molto più scure dell'adesivo bianco nell'angolo in alto a destra del parabrezza. Nell'arringa finale Jackdorp affermerà come quella foto indichi chiaramente che stava guidando una persona di carnagione scura, ovvero Aaron.

«È uno schifo» dice Susan. «Quelle telecamere non funzionano così, non sono fatte per cogliere i veri contrasti». Se le cose stanno così, lo dobbiamo dimostrare. Occorre individuare il produttore della telecamera, poi precipitarsi a trovare qualcuno della fabbrica disposto a testimoniare quello che speriamo. È un'impresa e, a pochi minuti dalle cinque, lei se ne vuole andare.

La verità è che entrambi abbiamo troppo da fare questo fine settimana. Lei deve esaminare gli appunti che finalmente Glowoski ha consegnato. Sono sicuro che comprendano una gran quantità di materiale irrilevante in modo da non farci notare i passaggi significativi, un tipico trucco da avvocato. Domani, dopo la mia visita in prigione, dovremo capire cosa potremmo presentare a difesa. Poi il mio compito più importante sarà quello di prepararmi per i periti forensi, gli specialisti delle fibre e delle impronte e la patologa, che concluderà le prove dell'accusa. È probabile che debba leggere un migliaio di pagine.

Saluto Susan e vado verso la mia macchina, gelida dopo una giornata in cui la temperatura massima è stata di -7°C. Il processo mi ha distratto dagli inevitabili disagi dell'inverno: il cielo cupo, come se il mondo fosse chiuso da un coperchio, la sensazione di confinamento tra quattro mura, il calore secco che mi rompe le cuticole e, quando infine ti avventuri fuori, i venti del Midwest, freddi e taglienti al punto che quasi ti impediscono di pensare. A Mirror il cambiamento climatico porta un po' di neve e, quando ce n'è un accumulo decente, Nat, Anna e le ragazze programmano un fine settimana da noi per un'uscita con le ciaspole o con lo slittino, anche se spesso la neve si è sciolta ancor prima che possano salire in macchina. A Portage la differenza di temperatura rispetto alla nostra zona della Skageon County è sufficiente perché la neve resista più a lungo: in questo momento è ridotta a cumuli gelati lungo i marciapiedi e a pericolose e scivolose strisce ghiacciate in mezzo alla strada, rimaste quando le macchine seguivano i solchi di quelle davanti a loro durante la nevicata.

Mentre mi allontano dal tribunale colgo lo sguardo di un tizio che mi fissa sospettoso dall'altro lato della strada: anziano, non rasato, indossa un cappotto di tweed consunto e pantaloni corti da trekking, e ha con sé un cane, o meglio un muso all'estremità di una corda. Stringe fra le labbra una sigaretta rollata di natura indecifrabile. È il classico personaggio che, in città, sarebbe soggetto a un'ordinanza che gli vieta di avvicinarsi alle scuole elementari, ma la sua assoluta stranezza fa scattare in me una scintilla di riconoscimento che non riesco a collocare.

Nel breve tragitto che mi separa dalla casa vuota mi rendo conto di avere davanti a me le ore che ho temuto per tutta la settimana, quando infine dovrò pensare a Bea. Mi fermo a comprare un'altra bottiglia di whisky, poi vado a un chiosco per prendere un gyro. Non è il momento di rinunciare ai generi di conforto e, quando entro in casa, mi sento profondamente a disagio, come se avessi il mal di mare, un'intensa sensazione sottopelle che dura ormai da molti giorni.

Nat mi ha telefonato a giorni alterni e, quando gli ho parlato mercoledì, mi ha chiesto come reggesse Bea. Ho fatto un profondo respiro e gli ho risposto: "Abbiamo qualche problema".

Mio figlio è rimasto parecchio in silenzio, tanto che ho guardato il telefono per capire se fosse caduta la linea.

Alla fine ha detto: "Gesù Cristo, papà".

"Già."

"Che tempismo di merda, per tutti e due." Era chiaro che si stava trattenendo dal chiedere di più, e io non ho aggiunto altro.

La mia prima reazione all'allontanamento di Bea, quando mi sono trovato a rifletterci mio malgrado, è stata al limite del ridicolo. "Sono troppo vecchio" ho pensato. "Cazzo, sono troppo vecchio per ricominciare. Il mese prossimo compirò settantasette anni. Per me è la fine. Morirò da solo, sarò un fardello imbarazzante per mio figlio, depresso e probabilmente sprofondato nell'alcolismo." Da quando ho mostrato la porta a Bea, l'ombra inquietante di quel futuro ha sempre aleggiato su di me.

Per due volte in altrettante notti mi sono svegliato dopo aver sognato mia madre. Figlia di un sindacalista ebreo e di una ragazza di Cork, mia madre era considerata una vecchia zitella eccentrica – a ventisei anni! – quando aveva accettato la proposta di matrimonio di mio padre, fatta quasi sicuramente perché gli servivano i risparmi della mamma per aprire la panetteria. Era timida, si lasciava spaventare facilmente, ed era la partner perfetta per un sadico come mio padre che amava tenere lei – e spesso me – in scacco con la paura. Mia madre, che in sostanza soffriva di agorafobia, contava su di me per fare la spesa, e mi mandava all'emporio all'angolo con la lista di cose da comprare, o si appoggiava alle sue sorelle – le mie amate zie Flo e Sarah – quando aveva bisogno di emissari adulti nel mondo. I suoi giorni di gloria erano arrivati piuttosto tardi nella vita. Ormai mio padre l'aveva lasciata per la signora Bova, una vedova le cui maniere frettolose ogni volta che entrava in panetteria avrebbero indicato a chiunque fosse meno ingenuo di un bambino la sua lunga relazione con mio padre. Per mia madre, però, questo compromesso nel quale mio padre pagava ancora l'affitto era diventato una sorta di liberazione. Il suo interesse per il mondo esterno si era improvvisamente acuito ed era diventata una delle prime persone a telefonare con regolarità a quei talk show radiofonici che prevedono le chiamate del pubblico: diteci cosa pensate dei rapporti interetnici, della legalizzazione della marijuana, di chi ha ucciso Kennedy. Impilava sul tavolo da pranzo vecchi giornali e periodici, taccuini e schede sui quali prendeva appunti per prepararsi al programma del giorno successivo. Era diventata una sorta di celebrità locale, apprezzata dai presentatori: "C'è Rosie! Sentiamo cos'ha da dire oggi Rosie!".

Ecco la familiarità che mi aveva suscitato il vecchio fuori dal tribunale. Nella sua stranezza mi aveva ricordato mia madre, alla quale penso spesso negli ultimi tempi. E lei, a sua volta, sembra presagire nei miei momenti peggiori il futuro al quale adesso sono condannato senza Bea, un vecchio introverso e misantropo chiuso nelle sue ossessioni.

Quando si esauriscono le riserve di autocommiserazione per Bea, prendono il sopravvento i pensieri conflittuali. Io per primo non sono nella posizione di giudicare l'infedeltà. E, a parere di Bea, il suo non era esattamente un tradimento. Non aveva fatto promesse. Sì, sapeva che io davo per scontato un rapporto monogamo. Sì, lei era stata disonesta. Però, dopo aver convissuto per decenni con questo segreto, lo aveva collocato nella categoria delle cose che immaginava nessuno avrebbe mai saputo, ovvero un piacere che non avrebbe dovuto abbandonare fino a quando non si fosse convinta che la sua vita aveva imboccato una strada diversa.

Per me è straziante la sola immagine di Hardy che le sta addosso, una scena che a volte non riesco a scacciare, ma quello che mi lascia più sconcertato, che mi provoca un senso di nausea e disorientamento, è il pensiero di quante cose non ho capito di lei. Sì, certo, mi manca. Sì, mi sembra di aver subito un'amputazione. Però la cosa stupefacente è che, dopo sette anni insieme, restava ancora una significativa parte di lei di cui non sapevo niente, e non parlo solo delle avventure sessuali, ma della sua segretezza e, in sostanza, del suo egoismo.

Dopo un po' di tempo, la persona che ami smette di esistere in sé e per sé e diventa un insieme composto, rivestito di tutte le porcherie che ti sei trascinato da una vita precedente, dei tuoi desideri e aspettative, in particolare le ferite che chiedono di essere guarite e si saldano a quell'essere nella tua mente e nella tua anima. Bea, per me, non è più la donna che si accaparrava per prima il giornale della domenica, ma la personificazione di un amore saldo, un'esperienza che sinora mancava nella mia vita e che è adatta alle mie necessità quanto la chiave giusta per una serratura.

Riconoscere quanti aspetti di lei non ho colto, però, rinfocola l'ansia che ho provato la notte scorsa. Se ci penso da sveglio, esiste davvero una possibilità che Beatrix Mena abbia ucciso Mae Potter? Mi sforzo di ricostruire i ricordi del 14 settembre e infine mi rammento che Bea non era ancora a casa quando ero uscito per cercare Joe alla VFW. Ha detto di aver partecipato a una tavola rotonda di presidi per parlare di nuovo – ancora una volta! – dei bagni per le persone transgender. Potrei telefonare a Daria – la vicepreside di Bea – che penso sia andata alla riunione con lei, ma come giustificare il motivo di una chiamata di venerdì sera, nel pieno del processo di Aaron?

Eppure, per quante cose io non abbia individuato nel carattere di Bea, è inimmaginabile che lasci processare suo figlio per un crimine commesso da lei. È vero: la prima volta che abbiamo fatto visita a Aaron nella prigione della Marenago County, ho spiegato con veemenza a lei e a Joe tutti i motivi per cui Jackdorp non avrebbe mai accettato la confessione di uno di loro nel tentativo di prendere il posto di Aaron, aggiungendo – e ne ero pienamente convinto – che un simile azzardo aveva ottime possibilità di peggiorare la situazione di Aaron. Oltre alle strategie legali c'è anche la realtà concreta e, come ho detto a lei e a suo padre, nessuno di loro, per età e corporatura, era abbastanza alto, abbastanza forte e abbastanza giovane per sopraffare e strangolare Mae Potter. Spararle? Certo. Avvelenarla? Immagino di sì. Sorprenderla con un coltello? Forse. Ma metterle una corda intorno al collo e soffocarla mentre si dibatteva? Le leggi della fisica affermano che sarebbe stato impossibile.

A meno che non mi sia perso qualcosa di essenziale, il che è possibile, ovviamente. Ma da sei mesi a questa parte ricostruisco questo crimine ogni giorno e ancora non riesco a visualizzare uno scenario credibile in cui Bea possa aver commesso l'omicidio.

Ormai ho bevuto un bicchiere di scotch e buona parte del secondo e sono sdraiato sul letto che fino a qualche giorno fa condividevamo ogni notte, un letto che era più affollato di quello che credevo. Posso pensare ciò che voglio, rielaborare, rimuginare, disperarmi, punirmi per essermi sentito vittima di un comportamento che è una versione annacquata di quello che io ho inflitto a Barbara, covare oscuri sospetti finché non cedono riluttanti alla ragione, ma nessuna di queste è davvero la domanda decisiva per me. Quello che ho realmente bisogno di stabilire – immaginando di accettare quel lato di Bea che non avevo riconosciuto – è se sia possibile ritrovare un po' della gioia che era così essenziale per la nostra vita insieme. E se la risposta fosse "in parte", dovrei forse accontentarmi?

In questo momento sta prendendo piede un'altra verità. Tra i bicchieri di whisky e le fatiche della settimana, il sonno arriva in fretta. Cerco di restare cosciente perché ho cose importanti a cui pensare e poi, beatamente, mi addormento.

34
Testimoniare

10 febbraio

«Voglio testimoniare» mi dice Aaron sabato mattina non appena siamo soli nella stanzetta per i colloqui con gli avvocati nella prigione della Marenago County.

Un'affermazione che mi coglie alla sprovvista. Ho ripetuto spesso che, prima di stabilire se debba salire sul banco dei testimoni, gli darò modo di dirmi tutto anche se di solito ho aggiunto che probabilmente non la riterremo una buona idea. Lui mi è sembrato sempre accettare la cosa con la stessa vaghezza con cui annuisce a gran parte delle affermazioni mie e di Susan.

«Da dove viene questa idea?» chiedo.

«Tutti qui mi chiedono se testimonierò.»

Con un certo sforzo trattengo un gemito.

«Aaron, quante volte ti ho chiesto di non parlare del tuo caso con nessuno qui dentro?»

«Non lo faccio, ma vedono i notiziari. Metà di questi tizi torna dalle visite con domande che gli fanno i parenti. Insomma, sono famoso.» Sorride con la sua abituale ironia. «Voglio dire, il mio caso è famoso.»

«Aaron, spero tu non prenda per buoni i consigli legali dagli altri detenuti. Ti rendi conto che, se ne capissero di legge, non sarebbero nemmeno qui?»

«Anche le guardie lo dicono. Bill Atkinson non fa che consigliarmi di testimoniare.»

Questa volta non riesco a trattenere un gemito.

«Aaron, Bill Atkinson è quello che ha un fratello vicesceriffo, vero? Hitch Atkinson?»
«Quindi?»
«Quindi Hitch lavora con Jackdorp. E Jackdorp apprezzerebbe molto se tu salissi sul banco dei testimoni.»
«Perché?»
«Perché quando l'imputato lo fa, il processo riguarda lui, che dica o meno la verità. Tutti i discorsi sull'onere della prova e la presunzione di innocenza vanno a farsi benedire. Quindi, se la tesi dell'accusa fa acqua da tutte le parti, il procuratore desidera che l'imputato testimoni perché, scusami se te lo dico, in genere gli imputati non se la cavano molto bene in quelle circostanze.»
«Pensi che io non andrei bene?»
«Aaron, la prima cosa che verrebbero a sapere i giurati è della tua condanna per possesso di stupefacenti ai fini di spaccio.»
«Ma dai» scuote la testa. «E secondo te non se lo sono già immaginato che quella faccenda dell'ordinanza sia per la droga?»
«A dire il vero, no. Magari hanno pensato alla guida in stato di ebbrezza. Aaron, l'esperienza, in particolare quella di giudice, mi ha insegnato che le giurie sono bravissime a obbedire agli ordini. Se viene detto loro che, in base alla legge, non dovrebbero saperne di più di una persona, non fanno supposizioni. Quindi no, non credo siano consapevoli del tuo problema con la droga. E questo significa che, se dovessi testimoniare, loro verrebbero a sapere di questo e di altre cose peggiori, ovvero della condanna che, vista dall'esterno, ti fa sembrare uno spacciatore e non solo un consumatore di droga.»
Le ricerche su quello che succede quando gli imputati testimoniano sono molto più rare di quanto avrei creduto, ma tendono a confermare quello che ho appena detto a Aaron: è una scommessa in cui ti giochi tutto. È vero che circa il settanta per cento delle assoluzioni avviene quando l'imputato sale sul banco dei testimoni. Le statistiche, tuttavia, non dicono in quanti casi le condanne sono molto più probabili dopo che l'imputato ha raccontato la sua storia. Le scarse ricerche tendono a suggerire che avviene anche questo. E, di sicuro, questo era il punto di vista di tutti i giudici con cui ho mai parlato dell'argomento. Uno degli aspetti studiati parecchie volte con risultati identici è che la percentuale di verdetti di colpevolezza aumenta in

maniera significativa quando i giurati vengono a sapere di una precedente condanna. A quel punto hanno la conferma che l'imputato è un cattivo soggetto.

«Aaron, se testimoniassi non faresti che rafforzare le argomentazioni dell'accusa. E la tua condanna non è l'unico problema; dovrai ammettere di aver bruciato il tuo zaino, tutti gli abiti che indossavi e il sacco a pelo. Non posso lasciarti mentire in proposito.»

«Non mentirei comunque. Lei ci aveva pisciato sopra. Lo ha già detto Cassity.»

«Ha riferito le tue parole. Ma Jackdorp la definirà una scusa intelligente che avevi ideato in previsione di quello che avresti fatto. Dire che hai bruciato lo zaino e tutto quello che conteneva è un'affermazione che non funzionerà bene nel controinterrogatorio.»

«Perché?»

«"Lei ci ha urinato sopra? Non ha mai sentito parlare delle lavatrici, signor Housley? O delle lavanderie? Lei era disoccupato e ha deciso di bruciare diverse centinaia di dollari di abiti e attrezzature?"»

Mi fissa per un istante.

«Mi sono fatto prendere dall'emozione, lo ammetto. Ma avevo bisogno di chiudere con lei. Non volevo dover guardare tutta quella roba e continuare a ricordarla.»

«"Mi sta dicendo che voleva liberarsi delle prove, signor Housley?"»

Aaron risponde alzando gli occhi al cielo e sbuffando. All'improvviso mi chino verso di lui puntandogli contro un dito e rimproverandolo come mi è capitato di rado.

«Non te lo puoi permettere. Un comportamento simile sul banco dei testimoni, e la giuria ti odierebbe. Testimoniare bene richiede un autocontrollo assoluto. Se lo perdessi anche solo per un istante, ti considererebbero un assassino, una testa calda.»

Siamo entrambi stupiti per la veemenza con cui gli ho appena parlato. Lui, ferito, dice: «È un mio diritto, non è vero? Quello di testimoniare. Non è scritto nella Costituzione?».

Mi prendo un istante. Devo convincerlo a rinunciare, ma conosco Aaron a sufficienza: puntargli il dito servirà solo a renderlo più determinato. Temporeggio.

«È un tuo diritto, Aaron, e la decisione è tua. Ma vediamo

come va il resto del processo. Pensiamo di avere del buon materiale per creare altre falle nell'accusa grazie ai loro esperti. Decidiamo dopo le testimonianze della patologa e degli esperti di impronte e di fibre.»

È chiaro che non sono ancora riuscito a convincerlo. Infatti scuote di nuovo la testa.

«È una settimana che ascolto queste stronzate, Rusty, e voglio che quella gente sappia la verità. Ricordi cosa significa stare a sentire certe idiozie?»

Strano eppure non è così, non proprio. Ricordo la mia profonda agitazione, ma sapevo di non dovermi avvicinare al banco dei testimoni. C'erano troppe domande alle quali non avevo alcuna voglia di rispondere.

«Lo capisco, Aaron. E mi rendo conto di quanto sia difficile stare a sentire cose orribili su di te senza poterti alzare e urlare che non è vero. Però stiamo facendo un buon lavoro dimostrando che l'accusa ha fatto diversi errori, e quindi non è degna di fiducia.»

«Immagino di sì.» Mi sembra un po' depresso. «Sai, a volte quello che succede là dentro non ha senso. Come la faccenda della stipulazione di ieri? Ci sono cose che abbiamo accettato ma che sono cazzate.»

Questo mi fa allarmare. «Quali?»

«Come la faccenda della tizia del Missouri che mi ha chiamato.»

«Oh.» Capisco. «Non abbiamo concordato sul fatto che tu abbia parlato con lei, Aaron, ma solo che, se avesse testimoniato, avrebbe detto di aver chiamato il numero sbagliato che, a quanto pare, era il tuo.»

Lui continua a scuotere la testa.

«N-n-no» dice. «Il mio telefono ha suonato una volta, e subito dopo l'ho spento perché era Mae. Se l'avessi lasciato acceso, mi avrebbe richiamato a raffica.»

«Mae?» chiedo. Sono di nuovo in allerta.

«Come sempre» dice Aaron con uno sguardo triste «nell'istante in cui ho risposto, le stesse stronzate. "Non posso vivere senza di te. Morirò. Mi ammazzo." Ho chiuso la telefonata: non sopportavo di doverle risentire perché alla fine desideravo che fosse vero. E quando Mae diceva quelle cose, probabilmente anche lei lo desiderava. Ma non sarebbe mai stata capace di farlo. È quello che ho visto a Harold's Woods. Quando mi ha chiamato, ero con un camionista nero che mi aveva fatto salire, ho premuto il tasto rosso e me ne sono stato seduto lì, su quel camion che andava a cento all'ora nella direzione sbagliata. Me n'ero appena accorto e cercavo di non scoppiare a piangere.»

Mentre ascolto le spiegazioni di Aaron, analizzo con cura le ragioni del panico che mi pervade. Non saprei come altro definirlo, dato che ritengo fin da subito improbabile quel racconto. Tanto per cominciare si tratta di una prova significativa per la difesa – se confermata, dimostra che Mae era viva quando Aaron se n'era andato da Harold's Woods –, talmente significativa che stento a credere che Aaron ne parli solo adesso, per quanto possa essere stato sconvolto o per quanto io abbia insistito nel voler fare le domande solo quando fosse arrivato il momento giusto per sentire le risposte. Oltre a questo, il rapporto della Missouri Highway Patrol sul colloquio con la signora che aveva sbagliato numero è sembrato del tutto convincente sia a Susan, sia a me. Il 14 settembre, lei e il marito erano usciti dall'interstatale per godersi il bel tempo e, mentre consumavano un pranzo al sacco in un'area di sosta, lei aveva chiamato diversi B&B a Como Stop cercando un posto per la notte. Ci era voluto un buon numero di telefonate perché alcuni erano già chiusi dopo la fine della stagione, ma ricordava di aver composto almeno un numero sbagliato e di aver parlato con un uomo che sembrava giovane e che aveva chiuso la comunicazione con impazienza. La donna, Elaine Harop, non aveva apparenti motivi per mentire e suo marito, come lei, ricordava le elaborate scuse al ragazzo scontroso. Se Aaron afferma che è stata Mae a telefonargli, Jackdorp farà testimoniare la signora del Missouri e le sue parole saranno confermate dai tabulati. Quello che mi sta dicendo non può essere vero.

«Aaron, ma avevi tu il cellulare di Mae.»

«E allora? Dico da sempre che aveva dei soldi. Non è quello che ha testimoniato ieri Holloway? Aveva un fascio di banconote nella tasca posteriore. Deve aver comprato un Tracfone con la scheda prepagata, è da settembre che lo ripeto.»

Questo, me ne rendo conto adesso, è il vero prezzo che paghiamo per l'interferenza di Bea: ha insinuato un dubbio reale nel mio rapporto con Aaron. È possibile che, da quando sua madre lo ha convinto a raccontare una favoletta, lui si senta libero di ricamarne altre.

La teoria di Jackdorp, che verrà presentata alla giuria, è che Aaron sia uno di quei ragazzi tranquilli e sfuggenti, un vero bugiardo, capace di pensare molto avanti, come quando ha detto a Cassity – e a me – che Mae aveva urinato sul suo zaino in modo da avere una scusa per bruciarlo. Non ho visto niente di tutto questo in Aaron da quando lo conosco, ma in sua madre c'è un lato calcolatore che mi era risultato invisibile. Forse è proprio come lei.

Mi alzo e spiego che, nel fine settimana, Susan e io dobbiamo fare l'equivalente del lavoro di diversi giorni. Busso per segnalare alla guardia di venire a prendere Aaron, ma prima che gli vengano messe le manette, mi guarda e dichiara: «Non credo proprio che cambierò idea». Davanti alla guardia non entra nei dettagli, ma so che si riferisce alla sua intenzione di testimoniare.

35

Troppo

Susan è già entrata in casa quando torno. Non vedo l'ora di condividere con lei quello che ho saputo in carcere, ma mi blocca mentre sto ancora togliendo il giaccone: «Dov'è Bea?».

Rifletto a lungo su diverse possibili risposte, compresa una versione educata di "Fatti gli affari tuoi". Il mio rapporto con Susan è molto piacevole e felicemente cordiale, con una buona dose di ammirazione, ma quasi mai vira sul personale. In genere lei rivela poco, come se tutto quello che è disposta a offrire di se stessa fosse riassunto nell'abbigliamento. Durante questa nostra recente frequentazione, ho saputo poche cose di Susan che già non conoscessi dai tempi in cui avevamo lavorato insieme dieci anni fa. Quindi adesso non sento molto l'obbligo di essere comunicativo, però decido per una piccola parte della verità.

«Si è spostata al motel con Joe.»

Questa novità lascia senza parole Susan, che continua a guardarmi mentre si passa la lingua all'interno della bocca.

«Mi dispiace molto» dice. Poi aggiunge: «Deve essere un momento terribile per lei». Sono blandamente divertito dal fatto che, oggigiorno, il primo istinto delle donne sia sostenersi a vicenda. Non che si sbagli a proposito di Bea. O che le donne in generale non abbiano il diritto di fare causa comune, unite come sono dalle vulnerabilità che condividono sia per i loro ruoli sociali, sia per il brutale fatto – e "brutale" è la parola giusta – che gli uomini sono spesso dei bulli.

Una delle cose più stupefacenti e sconvolgenti che ho imparato negli anni in cui uscivo con le donne dopo essermi trasferito nella Skageon County è che quasi tutte avevano da raccontare una storia di abusi sessuali. Quando Bea frequentava la scuola di specializzazione, un professore le aveva detto che l'avrebbe bocciata se non fosse andata a letto con lui. Lloyd, allora, era andato al campus e si era presentato: davanti a quella montagna d'uomo, il professore non aveva ammesso niente, a parte farfugliare qualcosa sul fatto di non essersi reso conto che Bea fosse sposata. E comunque le aveva dato una C per il suo corso, l'unico voto inferiore a una A- di Bea in vent'anni di studi.

Lorna Murphy era stata violentata al primo anno di college da un ragazzo dell'ultimo anno del suo dormitorio, una cosa che era troppo mortificata per ammettere con chiunque non fosse sua madre. E la madre, prigioniera della sua epoca, le aveva detto di non farne parola con nessuno, un'ingiunzione che aveva rispettato fino a quando aveva sentito il bisogno di dirlo a Matt la prima notte di nozze.

Non saprò mai se Susan abbia subito qualcosa di simile, anche se da tempo lo sospetto. La verità è che potremmo lavorare fianco a fianco ogni giorno per il resto della vita senza che lei si sbottoni, soprattutto a proposito del suo passato. Nel corso del tempo, ho stabilito che ha un animo particolarmente fragile. Dal poco che sono riuscito a mettere insieme, era scappata di casa ed era stata per conto suo fin dalla prima adolescenza, e ci sono buone probabilità che abbia subito parecchio sulla strada. Non parla mai della madre, del padre o di eventuali fratelli e sorelle, e credo che il suo perenne desiderio di fare da assistente alla difesa di giovani come Aaron – persone che altri potrebbero ritenere perdute o inutili – derivi dalle sue stesse esperienze.

So che, quando aveva circa diciotto anni, si era innamorata dei biker e aveva condotto una vita piuttosto sfrenata fino a quando aveva incontrato Al. Credo che, in quel momento, ci fosse un'altra signora Al, ma ritengo probabile che la separazione sia stata consensuale. Non hanno figli insieme, ma lui ne ha due dal primo matrimonio, e figlio, figlia e i cinque nipoti sono un perenne argomento di conversazione. Lei sembra molto legata ad Al, alla sua progenie e alla fattoria di cui si occupano insieme. Quanto agli abiti di pelle e ai turchesi, credo sia un modo per dire al mondo e a se stessa di non aver tradito la ragazza impavida che riteneva importante mandare quel tipo di messaggio. Inoltre, è perfetta per quando, nei fine settimana, lei e Al vanno in moto con un gruppo che si ritiene indomabile e libero.

Ho incontrato Al un paio di volte, quando è venuto in tribunale, ma è un uomo di poche parole. Quello che emerge dai pochi momenti che ho passato con loro due è una sensazione di pace assoluta che sostiene entrambi. Fino a pochi giorni fa, ero convinto che la condividessimo anche io e Bea.

«Stavo pensando alla faccenda della corda» dice Susan. È un'ottima investigatrice: certamente immagina che la nuova storiella di Bea su questo tema abbia causato una lite furiosa tra noi due, e abbia spinto lei ad andarsene da questa casa. «E se tornassi al negozio per vedere se riesco a cavarne altre informazioni? Se non c'è niente a sostegno dell'idea che la corda di Home Warehouse sia una corda diversa, per lo meno potremo dimostrare a lei e a Aaron che la State Patrol arriverà alla stessa conclusione. Ci penserebbero due volte prima di imboccare quella strada.»

«Accidenti, Susan. Hai già abbastanza da fare senza dover risolvere i miei problemi di coppia.»

Lei si acciglia e mi guarda di traverso.

«Non sto risolvendo i tuoi problemi di coppia, Rusty. So che ognuno al processo crede ciecamente alla propria versione dei fatti, ma è indubbio che la difesa stia facendo veri progressi, sempre se noi non incasiniamo la situazione con qualche errore stupido. Quindi, francamente, si tratta di Aaron, non di te.»

Incasso il colpo e la ringrazio. Poi dico: «Parliamo di cose davvero stupide» e le riferisco del desiderio di testimoniare espresso dal nostro cliente. Lei mi ascolta con un'espressione contratta, ma pensosa.

«Sai» dice «sulla carta, Aaron è il tipo che se la caverebbe bene come testimone. Indipendente, educato, e non dovresti insegnargli a non divagare. Esiste un modo per far sì che la giudice Carrington possa escludere le prove della condanna di Aaron durante il controinterrogatorio?»

«Possiamo chiederlo prima che salga sul banco dei testimoni. Ma è una regola praticamente incisa sulla pietra che, se un imputato sceglie di testimoniare, la giuria viene a sapere particolari significativi del suo passato in modo da poterne valutare la credibilità. E una condanna per un reato grave è piuttosto significativa, almeno dal punto di vista dei giurati.»

«In tal caso, una sua testimonianza finirebbe nella categoria delle cose davvero stupide» risponde Susan.

«E c'è di peggio.» Condivido con lei quello che Aaron mi ha detto stamattina, ovvero che la telefonata ricevuta nel lasso di tempo in cui ha viaggiato in autostop nella direzione sbagliata era di Mae e non della donna del Missouri. Le perplessità di Susan sono forti quanto le mie, lo vedo. A quanto pare, mentre in tribunale stanno nascendo dubbi sulla colpevolezza di Aaron, le sue nuove rivelazioni a proposito della corda e adesso della telefonata stanno erodendo la fiducia del team della difesa.

Susan commenta con le mie stesse parole: «Però il telefono di Mae lo aveva lui».

Le parlo della teoria di Aaron che Mae avesse comprato un Tracfone e una scheda prepagata.

«Be', che senso ha?» chiede Susan. «Tracfone o meno, quella chiamata sarebbe emersa dai tabulati del cellulare di Aaron.»

«I Tracfone hanno modo di impedirlo?»

«Non che io sappia, ma posso chiedere a una persona. Però rifletti: Aaron vuole dire che Mae ha chiamato solo lui? Non sua madre? Non sua sorella? Durante la prima settimana di ricerche, gli agenti devono aver parlato con una ventina di persone che la conoscevano, e nessuno l'aveva sentita. Abbiamo tutti quei rapporti.»

«Magari aveva comprato una scheda con i minuti limitati. Oppure è stata uccisa subito dopo aver parlato con Aaron.»

Susan continua a scuotere la testa al pensiero di questo nuovo pasticcio.

«Dunque noi staremmo dicendo che ci sono state due telefonate? Una di Mae e una della donna del Missouri?»

«Lui insiste che ce n'è stata solo una.» Me lo sono chiesto anch'io, ripensandoci mentre uscivo dalla prigione. Sconvolto e disorientato al punto di andare nella direzione sbagliata, poi ancor più scosso dopo essersi reso conto del suo errore, Aaron potrebbe aver dimenticato una telefonata di tre secondi.

«Non abbiamo mai parlato con la donna del Missouri, vero?» chiedo a Susan.

Non avevamo motivo per guardare in bocca a caval donato.

Considerando che il telefono di Aaron si era agganciato al ripetitore limitrofo, quella chiamata è stata una buona notizia per la difesa in quanto attestava in modo inequivocabile che Aaron non era affatto vicino a Ginawaban o al casello quando ci era passata la macchina di Mae.

Questo mi ricorda la foto scattata al casello. Su quel fronte, finalmente, una buona notizia. Ieri sera Susan si è messa in contatto con i dirigenti dell'interstatale e ha saputo che tutte le telecamere dei caselli sono fabbricate e installate da una società affiliata a un grosso contractor della difesa che si chiama Northern Direct. Sfruttando il fuso orario diverso, Susan si è messa in contatto con il servizio clienti del quartier generale in California. La giovane donna che le ha risposto sembra abbia confermato quello che Susan già pensava: la telecamera mette a fuoco la targa ed è studiata in modo da non cogliere particolari identificabili di chi guida, compreso il colore della pelle. Qualcuno dell'ufficio legale della Northern dovrebbe dar seguito alla telefonata con Susan oggi pomeriggio.

Siamo d'accordo che, se la telefonata arrivasse mentre siamo insieme, me ne occuperò io. Susan deve procedere per priorità: se il suo elenco di cose da fare si allungasse ulteriormente, si potrebbe candidare al Guinness dei primati. Deve ancora attaccare la montagna di appunti che Glowoski ha consegnato ieri e che noi speriamo contengano un'altra pepita d'oro come l'apparente dissenso della signora Lowndes con il marito, ma l'esame di tutti quei taccuini e fogli sparsi occuperà gran parte del fine settimana. La chiacchierata con la donna del Missouri dovrà attendere.

E lo stesso vale anche per la lunga discussione in merito al presentare o meno prove a difesa. Come procuratore, avevo sempre pensato che andasse a mio vantaggio se la difesa concludeva senza prove: la consideravo una tacita ammissione che l'imputato non avesse nulla da dire a proprio favore. Tra gli avvocati difensori, invece, la teoria è che alzarsi in piedi e dichiarare "La difesa ha finito" subito dopo le conclusioni dell'accusa sia una notevole dimostrazione che il procuratore ha sbagliato alla grande a dimostrare la propria versione dei fatti.

Quanto a noi, abbiamo svariate opzioni. Un'idea che sto prendendo in considerazione è chiamare Hardy come testimone avverso e costringerlo ad ammettere sotto giuramento tutti i modi in cui ha interferito nel potenziale caso di Aaron. Ma per quanto mi piacerebbe mettere Hardy in imbarazzo, considerando il mio attuale nervosismo, correrei un rischio. Potrebbe uscirne meglio di quanto creda, e la giuria concluderebbe che mi sto accanendo contro un padre in lutto. Per questo dilemma mi dovrò affidare al giudizio di Susan, che in questo momento è troppo impegnata per rifletterci bene. E la linea d'azione migliore, come ho detto a Aaron, è aspettare a decidere le mosse della difesa fino a quando vedremo i nostri progressi con gli esperti forensi dell'accusa. Per il momento, accetto di preparare qualche mandato di comparizione di cui potremmo aver bisogno e consegnarlo all'ufficio dello sceriffo di qui. Nessun testimone si lamenta quando lo chiami in seguito per dirgli: "Non c'è più bisogno di te".

Susan si accomoda sul divano e distribuisce tutti gli appunti degli investigatori in ordine per iniziare a esaminarli. Io mi concentro sul computer e diverse annotazioni che ho preso nel corso dei mesi a proposito delle prove delle impronte.

Stiamo lavorando da un paio d'ore quando sento una chiave nella porta. Entra Bea. Lei e Susan sono chiaramente stupite di vedersi.

«Mi servono altri abiti» dice Bea a entrambi. Non ha un bell'aspetto, anzi, per essere più precisi è pessimo. È tesa e pallida, e ha gli occhi infossati.

«Certo, certo» rispondo e le faccio cenno di avviarsi verso la camera da letto, poi riprendo a guardare il mio schermo. Capisco che non si è mossa.

«Rusty, possiamo parlare un attimo?»

Se Susan non fosse qui, probabilmente risponderei di no. Non sento il bisogno di essere freddo con Bea, ma davvero in questo momento non ho niente da dirle e non posso permettermi un ulteriore stress emotivo.

Usciamo dalla porta posteriore della cucina e ci troviamo di fronte a ettari di campi di fagioli a riposo. Ieri notte ha nevicato un po' e la sottile crosta di bianco è rimasta sul terreno rivoltato, dove qua e là sbucano le stoppie dell'ultimo raccolto, ormai diventate scure. Oggi c'è un vento teso e gelido e io esco senza cappotto per non dover parlare a lungo.

«Che c'è, Bea?»

«Ho bisogno di dirti alcune cose.»

«Okay.»

Scuote la testa, come se non avesse idea di cosa dire.

«Rusty, questa è stata la settimana peggiore della mia vita. Quando Willi è morta» dice riferendosi a sua madre «pensavo di non poter soffrire più di così. Ma adesso, dover stare a sentire Jackdorp e poi questa cosa con te... Non mi sopporto perché mi vergogno. Avrei voglia di strapparmi la pelle, davvero. Non mi capacito di quanto sia stata stupida o egoista. Non c'è stata una volta, dopo che io e te abbiamo cominciato a frequentarci non sono state molte, però in quelle poche occasioni non c'è stata una volta in cui non mi sia detta: "Cosa stai facendo? Perché sei qui se neanche ti piace più?". Non ho mai preferito lui a te, in qualsiasi senso e nemmeno per un istante, ho bisogno che tu lo sappia. Volevo disperatamente che funzionasse tra noi, e mi spaventava l'idea di non avere niente se le cose fossero andate male.»

A questo punto osa guardarmi. Una delle cose che mi è venuta in mente ieri sera nel dibattito con me stesso è che la rottura definitiva di Bea con Hardy sia stata determinata dalle circostanze più di quanto lei sia disposta ad ammettere adesso. La pandemia, che è il motivo per cui è venuta a vivere con me, aveva anche chiuso il sipario sui rapporti occasionali per molte persone. E in quel momento è probabile che lei e Hardy fossero ai ferri corti per Mae e Aaron, dato che si rimproveravano reciprocamente i problemi dei loro figli.

Ma non ho voglia di farle un controinterrogatorio. Con le mani nelle tasche dei jeans per il freddo, scrollo le spalle per farle capire che l'ho ascoltata. Lei resta lì, in piedi, con la bocca semiaperta, ed è chiaro che spera in qualcosa di più.

Scuote la testa. «Se Aaron venisse condannato e tu non mi perdonassi, Rusty, non riesco nemmeno a immaginare cosa resterebbe della mia vita.»

L'ultima dichiarazione apre le cateratte. Porta entrambe le mani al viso, coprendo bocca e naso, poi comincia a singhiozzare in maniera incontrollabile.

«Bea, stai cercando di manipolarmi.»

«Sono disperata» risponde. «Riesci a capire almeno questo?»

«Ma certo, perché anch'io provo lo stesso dolore. Sono sconcertato, perché ho capito chi sei realmente.»

«Sai chi sono. Ti prego, non dire così.»

«Bea, non sto cercando di litigare con te. O di farti sentire peggio. Però devi capire che non ho avuto tempo per elaborare tutto questo, e che non lo avrò fin quando non sarà finito il processo. Meglio va per noi, maggiore è la pressione che ho addosso. Non posso distrarmi o perdere tempo che non ho, perché potrebbe letteralmente costare a Aaron il resto della sua vita. Quindi, ti prego, lasciami un po' di spazio. Mancano solo pochi giorni.»

«Russ, ci proverò, ma devo essere certa che tu abbia capito quanto mi dispiace.»

«Ho capito, Bea, davvero.»

Mi guarda, il fiato che si condensa in nuvolette per il freddo.

«Ti prego, prova a perdonarmi.»

«Bea, credo sarebbe la cosa migliore per entrambi, lo credo davvero, ma devi darmi tempo per arrivarci. Non te lo posso dire solo perché è quello che tu vuoi sentire adesso.»

«Rusty.» La sua voce ha un tono mesto. Capisco il suo stato emotivo: vergogna e ansia hanno esaurito tutte le sue riserve. Vuole chiudere questo episodio, sapere che siamo sulla strada della riconciliazione. Quello che lei desidera, però, dimostra una scarsa considerazione per ciò che vorrei io il che, detto francamente, è il motivo per cui siamo al punto in cui siamo.

«Bea, dammi tempo.»

«Rusty, anche tu hai avuto delle relazioni» dichiara. «Mentre eri sposato, me l'hai detto tu. E questa cosa non era niente di simile.»

Mi rendo conto che il suo cambiamento di tattica è dovuto alla frustrazione, ma mi fa infuriare questo tentativo di ribaltare le carte in tavola.

«Non stiamo parlando dei miei sbagli, Bea. Quello è un lungo elenco e nessuno lo sa meglio di me, ma è una pessima linea di difesa da parte tua. Se io avessi ucciso qualcuno, saresti giustificata nell'averlo fatto anche tu?»

Non so come, ma al mio orecchio in questa osservazione c'è un sottotono di palese accusa che anche Bea sembra percepire. È chiaramente stupita, però non riesco a leggere altro nella sua reazione: è solo qualcosa di inaspettato, come un colpo di taglio alla nuca, oppure è l'ansia di essere stata scoperta che paralizza i suoi splendidi occhi?

Sia quel che sia, ne ho abbastanza. Rientro in casa e mi chiudo la porta alle spalle per sottrarmi al freddo. Nell'improvvisa semioscurità mi ricordo di colpo dell'ultima volta che abbiamo fatto dell'ottimo sesso. Dapprima mi sembra inappropriato, ma a turbarmi non è il pensiero di quell'estasi, quanto di ciò che era accaduto dopo.

È stato durante le vacanze del Ringraziamento, nel bel mezzo di una giornata languida del fine settimana. Eravamo appena tornati dalla Kindle County, dove avevamo festeggiato con Nat, Anna e le ragazze a casa loro, un'occasione allegra con molti loro amici e un gruppo di bambini vivaci, eccitati dall'atmosfera di festa. Bea e io eravamo rientrati di ottimo umore. Al processo mancavano ancora mesi e lo shock dell'arresto di Aaron si era ormai esaurito. Lloyd era andato con la famiglia a Portage e, per la prima volta, sua moglie e le figlie avevano fatto visita a Aaron in prigione. Bea aveva pensato che fosse meglio restare alla larga.

La nostra camera da letto, che affaccia sul lago, è spesso fredda in inverno per via della parete vetrata. Lorna aveva montato un climatizzatore controllato da un termostato sopra il letto, ma, una volta avviato, era lento a spegnersi e spesso rendeva l'aria soffocante. Dopo aver fatto l'amore, ero andato in bagno e, tornando in camera, avevo visto Bea nuda sul letto, immersa nei suoi pensieri, che fissava il climatizzatore. Per me – soprattutto adesso che si limita ai ricordi – Bea ha sempre avuto una bellezza abbagliante, e che coinvolge corpo e anima: ne godevo sempre, in qualsiasi circostanza. È come andare a un concerto e farsi trascinare dal potere della musica nonostante l'idiota alle tue spalle che non smette di tossire o scartare caramelle. In quel momento, però, la presenza fisica di Bea mi aveva colpito particolarmente: all'avvenenza si sommava la pura umanità che irradiava nel suo essere nuda e indifesa, quello che ogni artista cerca sempre di cogliere nei suoi quadri.

Quando si era accorta che ero tornato, aveva detto all'improvviso: "C'è tanto dolore nella vita".

Quell'osservazione mi aveva colpito nel profondo bloccandomi sui miei passi.

"Perché questa riflessione?" In fondo sembrava una reazione dissonante all'estasi che avevamo provato poco prima.

"Sto pensando a tutti noi: ai Potter e a Aaron. E a me. Mae ci ha uniti." Aveva sbuffato con amarezza. "Soffriamo tutti." Mi colpiva il fatto che, anche dopo la sua morte, Bea non smettesse di considerare Mae una perenne fonte di problemi.

"Ci siamo forse scambiati i ruoli?" avevo chiesto. "Ho sempre creduto di essere io la persona dei dolori, e che tu fossi quella della gioia."

"Sono la persona della gioia" aveva risposto "perché non ho mai voluto cedere al dolore. E la gioia è reale." In quel momento mi aveva guardato sorridendo dolcemente, come a voler riconoscere quello che avevamo appena fatto. "Ma lo è anche il dolore."

Aveva senso ma, dopo sette anni insieme, avevo l'impressione che riconoscesse qualcosa che non aveva mai ammesso prima. In quel momento, avevo inteso la sua risposta come riferita all'incriminazione di Aaron. E ora che i miei sospetti su di lei aumentano, ho ancora un desiderio di vendetta: vorrei scoprire che Bea ha commesso un grave crimine e non qualcosa di trascurabile, e mi chiedo se per caso allora parlasse del pesante fardello del male che ha fatto a Mae.

Ma in linea di massima, immobile in cucina, mi stupisco dell'accuratezza della sua valutazione. Mi sono unito al loro club. Aaron, i Potter e lei. C'è tanto dolore nella vita.

36
Impronte

12 febbraio

Questa mattina Susan è in ritardo, il che non era mai successo. Mi ha mandato un messaggio alle 8.30:

Partita da Home Warehouse. A Portage per le 9.15. Non aspettarmi, ti spiegherò.

La giudice Carrington nota subito l'assenza di Susan ed è visibilmente sollevata quando le dico che, ciononostante, siamo pronti a procedere.

Sale sul banco dei testimoni l'agente speciale Nancy Merado, la prima dei tre esperti che Jackdorp chiamerà per concludere la sua esposizione. Il suo settore è l'analisi delle impronte, ovvero l'esame delle tracce di scarpe e pneumatici. Lavora per la State Patrol da sedici anni, ma si è formata all'Accademia dell'FBI di Quantico, dove adesso insegna anche occasionalmente. Questo significa che sa il fatto suo.

Per loro natura, le testimonianze degli esperti risultano oscure a gran parte dei giurati che, nei processi basati su prove circostanziali, troppo spesso finiscono per presumere che i procuratori sappiano quel che stanno facendo. Ecco perché noi ci siamo accertati che tra le file della giuria ci fosse almeno una persona in grado di comprendere subito le pecche che volevamo far rilevare nell'impianto accusatorio circostanziale di Jackdorp. Archer Rideau, l'uomo che alla fine avevamo accettato, per quanto mi riguarda era la nostra scommessa più grande.

Rideau è un bianco grande e grosso, con una calvizie incipiente, che ogni giorno arriva in aula con un vecchio cappotto di velluto a coste e pantaloni color cachi. Commercialista per formazione, aveva lasciato quella professione per dedicarsi a non meglio identificate "iniziative imprenditoriali". Circa dieci anni fa, quando i figli avevano ormai trovato la loro strada, lui e sua moglie si erano trasferiti nella Marenago County perché lei potesse allevare cavalli. Rideau aveva deciso di "fare del bene" – parole sue – e aveva cominciato a insegnare contabilità al Marenago Community College. La cosa più inquietante emersa su di lui – a parte il fatto che non aveva mai mancato un'elezione primaria dei repubblicani – era che in un paio di occasioni aveva incontrato Jackdorp al Rotary di Portage, dove Rideau teneva conferenze per spiegare ai soci le modifiche a diverse leggi fiscali. Avevo una gran voglia di esonerarlo, ma – dopo altre domande della giudice Carrington – aveva rivelato di avere una vaga conoscenza anche con Susan. Lei ne era rimasta stupita, però alla fine si era ricordata che Rideau era il proprietario di una Harley e, anni prima, aveva scorrazzato con Al, lei e il gruppo per qualche domenica. Le sue impressioni su di lui erano limitate perché, aveva detto, era il tipo che prima o poi avrebbe girato la moto e se ne sarebbe andato per conto suo. A quanto pareva, era fatto così. Aveva risposto alle nostre domande con una sicurezza di sé che mi rendeva diffidente: temevo non avrebbe ascoltato nessuno durante le deliberazioni. Susan, però, mi aveva incoraggiato ad accettarlo. Lo ricordava come un convinto libertario, di quelli certi che un impiegato dello Stato, trovandosi a dover avvitare una lampadina, avrebbe trascorso due giorni a leggere un manuale di istruzioni per poi inserirla sul portalampada dal lato sbagliato. Ne deducevo che, per natura, avrebbe considerato con scetticismo l'accusa.

Accettandolo come giurato avevamo seguito anche l'ultimo consiglio di Damon, il consulente per la giuria. Tutto considerato, il suo parere era che "probabilmente ti conviene puntare su un giurato". Nel nostro Stato, come quasi ovunque, per raggiungere un verdetto di colpevolezza le giurie devono essere unanimi. Quindi un rifiuto deciso può creare un'impasse che provocherebbe l'annullamento del processo. Damon – su una scala di probabilità – lo considerava l'esito migliore che Aaron si potesse realisticamente aspettare. L'accusa di omicidio avrebbe probabilmente portato a un nuovo processo, ma Jackdorp avrebbe persino potuto offrire a Aaron un patteggiamento che, con la maggioranza della prima giuria pronta a giudicarlo colpevole, sarebbe apparso più vantaggioso agli occhi del mio assistito.

A mio parere, il rischio con Rideau è che la sua è una personalità forte, quella del portavoce per eccellenza: se si mettesse contro di noi, potrebbe convincere gli altri a emettere un verdetto di colpevolezza. Io ho cercato di tenerlo d'occhio senza essere invadente. Lui è stato molto attento, ha preso tanti appunti e ha mantenuto un'espressione impassibile, contenendosi persino quando i suoi colleghi avevano trovato occasioni per scoppiare a ridere. Anche se aveva conoscenze fra entrambe le parti, ha assicurato alla giudice Carrington che sarebbe stato corretto, e sembra intenzionato a comportarsi di conseguenza.

Quanto all'agente speciale Merado, l'esperta di impronte, è stata la sola dipendente dello Stato – e tra questi comprendo anche la patologa che sarà l'ultima testimone di Jackdorp – disposta a incontrare Susan per qualche minuto e a rispondere alle nostre domande. Secondo Susan, per Merado il suo lavoro è una scienza che, per natura, non favorisce alcuna delle parti. Susan l'ha descritta come una vera nerd che quando si sono viste indossava una T-shirt con la scritta: "E tu che impronta lascerai nel mondo?".

Sul banco dei testimoni si prende il suo tempo, anche per le domande che probabilmente sa che arriveranno da Jackdorp. È fra i quaranta e i cinquanta, con capelli castani e ricci, e non particolarmente interessata ad apparire alla moda. Niente trucco – o almeno non lo noto – e niente gioielli a parte la fede matrimoniale su una mano sottile, poco in linea con il suo fisico robusto. Indossa occhiali dalla pesante montatura nera con lenti spesse.

Per questa indagine, Merado dice di aver fatto analisi delle impronte sia delle scarpe, sia degli pneumatici. Identificare le une o le altre dipende sempre dagli stessi fattori. In primo luogo, ci sono quelle che vengono definite "caratteristiche di classe", e in genere riguardano disegni particolari che si trovano su specifici pneumatici o scarpe. Poi ci sono le "caratteristiche dello stampo", che nascono da microscopiche variazioni degli stampi specifici utilizzati in ogni fabbrica per realizzare quei prodotti. Per esempio, Nike ha centotrentadue stabilimenti in tutto il mondo. I particolari per identificare un'impronta in via definitiva sono i segni unici dell'usura che appaiono su uno pneumatico e su una suola nel corso del tempo, dovuti alla camminata o alle abitudini di guida.

Merado testimonia di essere stata chiamata la prima volta per questo caso il 21 settembre 2023, quando si era unita alla squadra forense che aveva esaminato il sito di un campeggio a Harold's Woods. In una zona bassa, aveva trovato impronte di scarpe chiaramente visibili là dove l'acqua piovana si era probabilmente raccolta durante il temporale più recente – quello della notte del 12 settembre – per poi indurirsi in fango. Diverse impronte corrispondevano agli scarponcini da trekking Timberland che Mae indossava quando era stato rinvenuto il suo corpo. Le altre impronte identificabili a Harold's Woods sembravano essere state lasciate dalle Nike Air Force 1, sneaker molto popolari con un disegno della suola ben distinguibile per la serie di spirali che si irradiano verso l'esterno da un cerchio sotto l'avampiede.

Merado sta mostrando immagini dei calchi tridimensionali di quelle impronte nel momento in cui arriva Susan. Entra di fretta in aula con indosso ancora la tuta di pelle da moto e il casco sottobraccio, e mi fa il gesto del pollice alzato sotto il tavolo in modo che i giurati non possano vedere. Considerando la breve distrazione che ha provocato, decido di alzarmi per fare obiezione e ricordare a tutti che abbiamo già accettato che le impronte di Nike trovate a Harold's Woods sono di Aaron, che indossava le scarpe regalategli dal nonno.

Jackdorp mi osserva da sopra la spalla con espressione irritata. «Giudice» risponde poi «a meno che il signor Sabich non stipuli che l'imputato Housley abbia nascosto o distrutto quelle sneaker, vorrei proseguire con il mio interrogatorio in modo che i giurati possano comprendere appieno.»

«Di sicuro non stipuleremo su questo, vostro onore. Mi aspetto che le prove dimostrino che il signor Jackdorp si sbaglia di grosso.»

«Giudice» ribatte seccamente Jackdorp «gli vorrebbe dire di sedersi e lasciarmi proseguire?»

La giudice Carrington fa un lieve sorriso. Si rende conto che sto cercando di smorzare l'impatto del grande spettacolo di Jackdorp e ci sto riuscendo piuttosto bene.

«Date le circostanze, signor Sabich, lo ritengo un suggerimento corretto. Ma, signor Jackdorp, la difesa ha ragione quando afferma che non abbiamo bisogno di un'esposizione complessa tesa a dimostrare che si trattava delle scarpe del signor Housley, dato che questo è già stato acclarato nella stipulazione.»

Credo di aver fatto abbastanza: Jackdorp ha perso il ritmo e cerca di capire come procedere adesso. Nel frattempo, mi volto verso Susan per sapere cosa abbia fatto, ma lei risponde con un labiale: "A pranzo".

Un attimo dopo, scrive sul mio taccuino: "Bea aveva ragione". Il mio cuore ha un sobbalzo e devo contenermi per seguire la testimonianza. Adesso Jackdorp sta elencando i tentativi compiuti per rintracciare le scarpe di Aaron.

«È mai entrata in possesso delle scarpe che cercava per questo caso, ovvero le Nike Air Force 1 Low che il nonno dell'imputato gli aveva regalato?»

«No» risponde Merado. Una risposta blanda, considerando che ho appena detto alla giuria che c'è dell'altro. Sul momento, mi era sembrato efficace, ma mi rendo conto che, in sostanza, mi sono impegnato a presentare prove a difesa.

Poi Jackdorp chiede a Merado se abbia avuto occasione di esaminare la strada di servizio di Ginawaban, e lei risponde di essere stata chiamata là per la prima volta il 3 ottobre, dopo l'arresto di Aaron.

«C'erano impronte interessanti per lei su quella strada di servizio?»

«Sì» replica infine. «Se dovessi dire cosa si è rivelato interessante, parlerei di tre impronte che le foto scattate dalla Scientifica hanno dimostrato essere presenti il 28 settembre quando è stato rinvenuto il corpo.»

Adiacente alla zona alberata dove era finita la Subaru dopo essersi schiantata contro una grossa quercia, c'era una sorta di avvallamento dove finiva la ghiaia: probabilmente, dopo il temporale del 12 settembre, si era riempito di fango che, in seguito, si era seccato. Questo avvallamento attraversava la parte meridionale della strada, e lì dentro c'era un'impronta che, alla fine, si era rivelata quella dello pneumatico posteriore destro della Subaru. E in quel punto in basso, subito dietro la macchina di Mae, aveva trovato anche una seconda impronta che Jackdorp le chiede di descrivere.

«Inizialmente l'area non era stata trattata come la scena di un crimine, quindi tutte e tre le impronte in quella zona fangosa erano state parzialmente calpestate da pneumatici o persone e i particolari significativi erano spesso appiattiti o cancellati. Restava una porzione sufficiente dell'impronta dello pneumatico della Subaru, che ha permesso l'identificazione. Nella seconda impronta che ho trovato sul bordo settentrionale di quell'avvallamento ho osservato dettagli residui, tra cui due piccoli punti a motivi concentrici.» Mostra una fotografia.

«E lei è giunta a qualche prima conclusione sull'impronta a motivi concentrici?» chiede Jackdorp.

«Sì. I pochi dettagli restanti erano coerenti con una Nike Air Force 1.»

Come Jackdorp aveva previsto fin dall'inizio del processo, quel fatto sembra fare grande effetto sulla giuria.

«È stato questo l'ultimo esame che ha condotto per questo caso?»

«No, il giorno successivo, il 4 ottobre, sono andata nella Kindle County, dove la Subaru era in rimessaggio dopo il recupero.»

Nella Subaru aveva trovato due impronte ben chiare, una sulla console centrale subito sopra il cambio e un'altra sul cruscotto a sinistra. Merado aveva identificato entrambe come provenienti dalle Timberland di Mae. In macchina c'erano molti altri punti sporchi di terra che sembravano impronte di Nike Air Force 1, ma, considerando che erano state identificate le impronte digitali di Aaron Housley, non aveva fatto ulteriori raffronti.

«Con questo è terminato il suo lavoro nella Kindle County?»

«No, il giorno prima mi era stato comunicato al telefono che, nel corso dell'autopsia, prima di togliere gli abiti alla vittima, avevano eseguito un esame con la luce ultravioletta e osservato che ci poteva essere un'impronta sulla spalla della camicetta.» L'esame agli ultravioletti era stato ripetuto in presenza di Merado e lei aveva fotografato e ingrandito gli esiti. La foto viene mostrata alla giuria.

«Si tratta dell'impronta di una scarpa?» chiede Jackdorp.

«È questa la mia opinione.»

«E quell'impronta sulla spalla della vittima potrebbe essere stata lasciata dalla stessa scarpa, la Nike Air Force 1, che era stata regalata all'imputato dal nonno?»

«Sì, certo» risponde Merado. «Sicuramente potrebbe essere stata lasciata da quel modello di scarpa.»

«Per tornare all'impronta nel fango secco a Ginawaban, vicino alla Subaru, quella potrebbe essere delle Nike Air Force 1 dell'imputato?»

«Decisamente sì» risponde di nuovo Merado.

Nonostante l'avvertimento nella mia dichiarazione iniziale, Jackdorp ha scelto di concludere la testimonianza di Merado con un tocco d'enfasi. Scommette che, di tutti quei tecnicismi sulle caratteristiche degli stampi e sui modelli di usura, la giuria ricorderà solo i colpi di teatro.

Considerando questo, mi muovo rapido verso il leggio e cerco di arrivarci ancor prima che Jackdorp si sia seduto.

«Agente speciale Merado, considerando le ultime domande del signor Jackdorp voglio essere chiaro fin dall'inizio. Lei sta dicendo a questa giuria che, in base alla sua opinione di esperta, sono state le scarpe che il nonno ha regalato all'imputato a lasciare l'impronta sulla spalla di Mae?»

«No, non ho detto questo.»

«Non si tratta della sua opinione di esperta, giusto? Sì o no?»

Lei si ferma e spinge gli occhiali più in alto sul naso. «No, non è la mia opinione.»

«E l'impronta parziale con i cerchi concentrici che ha trovato nel fango secco a Ginawaban vicino al SUV di Mae: ha detto alla giuria che, in base alla sua opinione di esperta quell'impronta è stata lasciata dalle scarpe che il nonno ha acquistato per l'imputato?»

«No, non è la mia opinione.»

«In realtà è corretto affermare che milioni, letteralmente milioni, di altre scarpe potrebbero aver lasciato quelle due impronte – sulla camicetta di Mae e nel fango a Ginawaban – anziché le scarpe dell'imputato?»

«Non conosco i numeri, ma molte, molte altre scarpe avrebbero potuto lasciare le due impronte di cui mi ha chiesto.»

Guardo verso la giuria. Una donna, che negli ultimi giorni è venuta nell'aula surriscaldata con una camicetta senza maniche, si è portata una mano alla bocca. Il signor Gomes tiene gli occhi chiusi mentre cerca di capire. Diversi altri giurati stanno prendendo appunti e vedo il signor Rideau scuotere inconsciamente la testa.

«Grazie, tornerò fra un attimo alle due impronte – quella sulla camicetta di Mae e quella nel fango di Ginawaban –, ma mi permetta di porle una domanda che il signor Jackdorp ha saltato.»

Lui fa obiezione riguardo al "ha saltato" e correggo in "su un argomento che il signor Jackdorp non ha trattato".

«Lei è andata per la prima volta sulla strada di servizio di Ginawaban dopo l'arresto dell'imputato, vero?»

«Sì, il lunedì successivo. Il quartier generale non mi permette di fare straordinari, quindi è stato il primo momento in cui ho potuto recarmi là dopo aver saputo gli esiti dell'autopsia.»

«E con quale scopo era andata lì il 3 ottobre?»

«Me lo aveva chiesto la tenente.» Fa un gesto in direzione di Glowoski. «Tanto per cominciare, volevano guardare le foto del 28 settembre, poi andare sulla scena per esaminare tutte le impronte che sembravano interessanti. In secondo luogo, l'imputato ha detto all'agente che lo ha arrestato di non aver proceduto quando aveva trovato la strada sbarrata dal nastro che delimita la scena del crimine. Il tenente voleva che conducessi un esame per vedere se riuscivo a trovare impronte delle nuove sneaker che indossava l'imputato o degli pneumatici del veicolo che stava guidando, l'F-150, la versione fuoristrada.»

«E lei ha trovato prove che l'imputato, o il pick-up, fossero scesi lungo la strada quando era arrivato sul posto dopo il recupero del corpo di Mae?»

«No.»

«Nessuna prova che avesse manomesso qualcosa sulla scena del crimine?»

«Non nella parte che ho esaminato. Come ho detto durante l'interrogatorio del procuratore, c'era una terza impronta nel fango secco, che poteva essere di un certo numero di fuoristrada, compreso l'F-150, ma quando ho controllato le foto del 28 settembre – il giorno in cui erano stati trovati i resti della signorina Potter – era già presente. E comunque non ne restava molto.»

Passo poi alle impronte delle scarpe di Mae sul cruscotto della Subaru. Anche se ci vuole un po' di tempo, Merado arriva a concordare che le impronte non hanno data e che potrebbero essere state lasciate quando Mae aveva tirato indietro il sedile a macchina ferma e ci aveva appoggiato i piedi.

«Ora, torniamo all'impronta identificata sulla spalla di Mae con la luce ultravioletta. Abbiamo già stabilito che, secondo lei, non era stata necessariamente lasciata dalle sneaker dell'imputato. Ma, per essere chiari, è sicura che sia di una Nike Air Force 1?»

«No, non ne sono sicura. È molto lieve ed è impossibile vederla senza la luce ultravioletta. Quello che resta sono alcune righe lasciate dalla suola. Dato che sono circolari, si direbbero di un'Air Force 1, ma esistono altri modelli di Nike, come le Air Jordan, e anche alcune imitazioni, che potrebbero aver lasciato quell'impronta.»

«Grazie. Può stabilire di che numero era la scarpa?»

«No, perché non so quale parte della scarpa abbia lasciato gli anelli esterni.»

«Ci potrebbe dire se si tratta di un modello da uomo o da donna?»

«Be', posso escludere alcuni dei modelli più piccoli da donna. Ma, no, non saprei dire se da uomo o da donna.»

La ringrazio di nuovo.

«Ci potrebbe dire se si tratta di una scarpa destra o sinistra?»

Questa volta Merado si appoggia indietro sulla sedia: è una domanda che non aveva preso in considerazione. Controlla per un momento la foto che ha in mano. Nel bene e nel male, i giurati sono costretti a considerare Merado una persona che si sforza di essere corretta.

«Immagino di no, perché non so quale parte della scarpa stiamo guardando.»

«In altre parole, per fare un esempio, l'impronta potrebbe essere stata lasciata dagli anelli a sinistra dell'avampiede di una scarpa destra con la punta in avanti, oppure da una scarpa sinistra con la punta rivolta alle spalle di Mae considerando gli anelli più vicini al bordo della suola? Le impronte che vediamo sarebbero uguali in entrambi i casi?» Susan aveva preparato uno schema da sovrapporre, che uso per mostrare quanto ho descritto.

Osservandomi attentamente, Merado annuisce e la giudice le ricorda che deve rispondere ad alta voce. Merado si scusa e dice di sì.

«Adesso parliamo di come possa essere stata lasciata quell'impronta sulla spalla della camicetta di Mae, di come ci sia finita, di qualsiasi scarpa. Non è visibile a occhio nudo sulla spalla della camicetta, vero?»

«No.»

«Quindi Mae non avrebbe saputo di avere la camicetta sporca, o almeno non per via dell'impronta?»

«No.»

Un po' in ritardo, Jackdorp obietta che adesso stiamo chiedendo a Merado di testimoniare su quello che pensava Mae. La giudice dice che mi sto spingendo molto avanti, anche per la testimonianza di un'esperta, però non fa cancellare la risposta dalla trascrizione del procedimento.

«E non ci sono date sulle impronte come su tutto il resto?»

«No, certo che no.»

«Quindi avrebbe potuto essere stata lasciata in un qualsiasi momento precedente la morte di Mae?»

«Anche questo è vero.»

«Ora, pensando all'impronta di scarpa sulla camicetta di Mae, mi consenta di chiederle se lei ha mai campeggiato.»

«Oddio» geme Jackdorp. «Dobbiamo andare ancora molto oltre l'ambito del mio interrogatorio?»

«Se si tratta di un'obiezione sulla rilevanza, signor Jackdorp» dichiara la giudice Carrington «la respingo. Credo di capire dove il signor Sabich voglia arrivare.»

«Dunque, agente speciale Merado, ha mai fatto campeggio? Dormito in tenda?»

«Piace alla figlia di mia moglie, quindi di tanto in tanto andiamo.»

Non so come verrà accolta nella Marenago County la parola "moglie" detta da una donna. Con la coda dell'occhio mi sembra di vedere la più acida delle due signore dei bigodini fare una smorfia. Ma il mio comportamento con Merado – che, dal canto suo, è di gran lunga meno oppositiva di altri dipendenti statali sul banco dei testimoni – è stato cordiale e, in alcuni momenti, amichevole. Non ho cercato di nascondere il sorriso che faccio a chiunque menzioni la famiglia, che ad alcuni giurati piaccia o meno.

«Lo spazio dentro una tenda è ristretto, non è vero?»
«Certo.»
«Le è mai capitato di doversi alzare e uscire dalla tenda in piena notte?»
«Purtroppo sì» risponde. «A quanto pare, deve succedermi proprio quando fa molto freddo o piove.»
Lieve risata in aula. Io continuo a sorriderle.
«Prima di uscire, cerca a tentoni le scarpe al buio?»
«Vero.»
«Ha mai calpestato gli abiti di qualcuno uscendo o rientrando?»
«Non ricordo.»
«Ma può affermare di non averlo fatto?»
«Sicuramente no.»
«E questa manovra potrebbe lasciare un'impronta su un capo d'abbigliamento?»
Jackdorp fa obiezione e la giudice respinge. Merado annuisce a lungo prima di rispondere: «Sì».
«Ora passiamo all'impronta di scarpa frammentaria che ha trovato nel fango secco subito dietro la Subaru incidentata. Può affermare che sia stata lasciata da una Nike Air Force 1 Low?»
«Low, High, Mid, hanno tutte la stessa suola. Ma sono certa che sia stata una di queste.»
Alla mia domanda successiva concorda sul fatto che, proprio come l'impronta sulla spalla di Mae, è impossibile determinare il numero della scarpa o se si trattava di un modello da donna o da uomo. La cosa più importante, però, è che, a differenza del calco di impronta più completa che ha realizzato a Harold's Woods, non è in grado di identificare sufficienti caratteristiche dello stampo per poter affermare che si tratti della scarpa di Aaron.
«In effetti» commento «il suo rapporto dice, e cito, "l'esame microscopico e la sovrapposizione non hanno permesso di trarre conclusioni". E con "sovrapposizione" lei intende prendere un'immagine dell'impronta di Ginawaban e sovrapporla a quella di Harold's Woods?»
«Sì.»
«La signora DeLeo ha realizzato una breve animazione per rappresentare quel procedimento. La pregherei di dirmi se illustra correttamente il suo test.»

La faccio proiettare e, sullo schermo, il profilo positivo dell'impronta parziale, quella di Ginawaban, si sovrappone a quello completo di Harold's Woods, ma in nessun punto le linee coincidono completamente.

«È questa l'idea» dice l'agente speciale Merado.

«E non dimostra forse che quelle due impronte sono state lasciate da persone diverse che indossavano scarpe diverse?»

«È possibile, però non lo dimostra.» A questo punto esce tutta la nerd che c'è in lei, e chiarisce nei particolari i fattori che potrebbero far lasciare alla stessa scarpa impronte non del tutto uguali: l'angolazione con cui il piede appoggia sul terreno, la natura dello stesso e anche l'elasticità della "gomma Grind" con cui sono realizzate le suole delle Nike Air Force 1. Persino indossando la stessa scarpa, una persona che corre lascia impronte lievemente diverse rispetto a quando cammina. A Merado piace sfoggiare le sue competenze, ma non la interrompo perché è stata molto collaborativa. Inoltre, alla fine della testimonianza, persino Archer Rideau ha perso il filo.

«Appurato tutto questo» chiedo «un'altra spiegazione molto ragionevole del perché le impronte di Harold's Woods e quella parziale di Ginawaban non si allineano nell'animazione è perché sono state lasciate da due persone diverse?»

«Corretto» risponde Merado. «È decisamente ragionevole.»

«Quindi adesso mi chiedo: quanto è probabile che sia l'imputato, sia un'altra persona presente a Ginawaban indossassero Nike Air Force 1?»

Lei non capisce la domanda, quindi provo un approccio diverso.

«In quanto esperta di prove, se qualcuno le dicesse che Aaron Housley indossava i jeans a Harold's Woods, e un altro testimone affermasse di aver visto una persona in jeans a Ginawaban accanto alla Subaru, questo non le farebbe concludere che quella persona fosse l'imputato, giusto? Soprattutto tenendo conto dell'enorme prevalenza dei jeans nell'abbigliamento in America, giusto?»

Risponde dicendo di non essere un'esperta di jeans, ma io insisto e chiedo la sua opinione in quanto persona che ha familiarità con le deduzioni logiche. Jackdorp fa obiezione, che viene prontamente respinta. Oggigiorno tutti i testimoni possono esprimere opinioni su ciò che pensano.

«È vero. Se i jeans fossero l'unico elemento a mia disposizione, non mi direbbero molto. Non dimostrerebbero che lui era a Ginawaban.»

Nell'insieme, l'agente speciale Merado è stata piuttosto collaborativa e ho un chiaro sospetto del motivo, che va fatto risalire all'enfasi con cui aveva risposto alle ultime domande di Jackdorp. Immagino che il procuratore fosse furioso dopo la mia dichiarazione iniziale, forse perché avevo ragione nel dire che lui non aveva colto quanto fossero popolari le Air Force 1. E non mi stupirei se avesse incolpato Merado per non averlo informato. Per trarre il meglio dalla situazione, ero partito dall'idea che, insieme a Glowoski, Jackdorp avesse minacciato Merado fino a quando lei non avesse accettato di rispondere "Sì, certo" e "Decisamente sì" quando le aveva chiesto se le scarpe di Aaron avrebbero potuto lasciare le impronte sulla camicetta di Mae e nel fango di Ginawaban. Però lei sa che, prese fuori contesto, quelle risposte sono fuorvianti e così, che piaccia o meno a Glowoski e a Jackdorp – che al momento sono seduti al tavolo dell'accusa immobili come statue –, ha fatto del suo meglio per aiutarmi a chiarire il problema.

«Ora voglio ribadire con lei che l'imputato indossava Nike Air Force 1 a Harold's Woods e anche la persona accanto alla Subaru di Mae aveva scarpe di quel modello. E voglio ribadire che questo non è più significativo delle due persone con i jeans nell'esempio che le ho portato.»

Lei scrolla le spalle, e io procedo rapido. Le analisi di mercato fanno eccezione alla regola contro la testimonianza indiretta, quindi per qualche minuto mostro a Merado diversi articoli sulle vendite delle Nike Air Force 1. Lei concorda prontamente che, considerando i diversi modelli, le Nike Air Force 1 sono le scarpe più popolari mai realizzate e, di questi tempi, potrebbero vendere anche dieci milioni di paia all'anno. Negli oltre quarantacinque anni da quando sono state messe sul mercato, probabilmente ne sono state acquistate duecento milioni di paia, più o meno il numero degli adulti americani. E, pur ammettendo che le scarpe si usurano con il passare del tempo, Merado accetta la mia valutazione che almeno un americano su sette potrebbe avere nell'armadio un paio di Nike Air Force 1.

«Quindi» concludo «tenendo a mente tutto questo, la coincidenza che l'imputato indossasse Nike Air Force 1 e le avesse anche chiunque si trovava sulla strada di servizio non le dice molto più del mio esempio dei jeans. È corretto?»

Lei assume una posa meditativa, con il mento abbassato mentre riflette.

«Non credo che sia esattamente come per i jeans. In fondo tutti usano i jeans. Ma se chiede la mia opinione come ha fatto per le prove, concorderei sul fatto che l'impronta sulla strada di servizio non contribuisce molto a identificare l'imputato. La mia opinione è che non le attribuirei troppa importanza.»

Sento un rumore alle mie spalle che, ne sono quasi certo, è quello della penna che Jackdorp ha lanciato sul tavolo.

«Ora, vorrei concludere tornando all'inizio della sua testimonianza, ovvero quando ha affermato che il 21 settembre la tenente Glowoski le ha chiesto di recarsi a Harold's Woods. E la tenente ha fatto riferimento a chi si trovava con la vittima come, cito, "indiziato". È giusto?»

«È quello che ha detto.»

«E "indiziato" le suggerisce che quel certo soggetto potrebbe aver commesso un crimine?»

«Sì, potrebbe.»

«Ma si trattava di un'indagine su una persona scomparsa, non è vero?»

«Vero.»

«Il corpo della vittima non era ancora stato trovato?»

«Corretto.»

«E lei sa chi – anche in quel momento, prima che venisse scoperto il corpo della vittima – aveva definito l'imputato un indiziato, un possibile criminale?»

«So solo che l'ha detto la tenente. Per protocollo nessuno viene definito "indiziato" fino a quando un procuratore non ha dato la sua autorizzazione in tal senso.»

«E lei sa quale procuratore ha dato l'autorizzazione?»

«La tenente faceva riferimento all'ufficio del procuratore della Skageon County, credo.»

«Ha menzionato Harrison Potter, il procuratore della Skageon County, a proposito della designazione dell'imputato come indiziato?»

«Sinceramente non ricordo.»

«Ora, lei ha detto, credo, che nelle foto dell'impronta nel fango di Ginawaban si può notare che è stata in gran parte cancellata da uno pneumatico che ci è passato sopra. Ma è stata anche calpestata?»

«Giusto» risponde. «Quando sono arrivata lì, mi è stato subito chiaro che veicoli e persone erano andati avanti e indietro nei pressi della Subaru. Sa, inizialmente era stata considerata la scena di un incidente e, quando hanno trovato la vittima, tutti erano molto emozionati e tristi.»

«Lei ha effettuato dei rilievi e delle misurazioni per determinare quale veicolo fosse passato sopra l'impronta?»

«No, non sarebbe stato possibile. Il tempo era stato asciutto e ventoso e non c'erano sufficienti tracce di battistrada per identificare lo pneumatico.»

«Lo stesso vale per le scarpe che avevano calpestato l'impronta?»

«Sinceramente, i segni erano molto deboli, ma mi è sembrato che più di una persona lo avesse fatto, anche se la mia è poco più di una supposizione.»

Annuisco, e Susan mostra sul monitor una delle foto scattate il giorno in cui è stato trovato il corpo di Mae.

«Vorrei chiederle se quella Cadillac Escalade è posteggiata esattamente dove lei ha trovato l'impronta parzialmente cancellata.»

Risponde dopo un momento.

«È vicina.»

«E vede il procuratore della Skageon County, Harrison Potter, in piedi accanto a quella che una precedente testimonianza ha identificato come la sua Escalade?»

«Sì.»

«E che tipo di scarpa indossa in quella foto?»

«Una calzatura sportiva.»

«Potrebbe trattarsi di una Nike Air Force 1?»

«Non so che scarpa sia.»

«La mia domanda è proprio come quelle che le ha fatto il signor Jackdorp al termine del suo interrogatorio diretto. Le scarpe che indossa il signor Potter *potrebbero* essere Nike Air Force 1?»

«Potrebbero, non posso rispondere né sì né no.»

Ho appena detto «Non ho altre domande» quando sento Susan alle mie spalle dirmi «Aspetta». Torno al nostro tavolo. Susan ha ragione, e Aaron è d'accordo con lei. Con Merado è andata così bene che mi faccio scrupolo a fare di più, ma mi considero sconfitto ai voti. Chiedo alla giudice il permesso di porre poche altre domande all'agente speciale.

«Dunque» dico ancora in piedi tra Aaron e Susan. «Lei ci ha detto di aver trovato tre impronte di interesse in quel punto fangoso dietro la Subaru. Una era della Subaru stessa, una delle Nike Air Force 1 di qualcuno, poi c'era l'impronta di uno pneumatico sulla strada di servizio di Ginawaban che inizialmente ha creduto potesse essere dell'F-150 che l'imputato guidava al momento dell'arresto, ma che, esaminando le prime foto della scena, ha visto essere già presente il 28 settembre, quando il vicesceriffo è arrivato sul posto.»

«Esatto, circa un metro a nord dell'impronta di scarpa avrebbe potuto esserci l'impronta di uno pneumatico, ma tutti i dettagli significativi erano stati cancellati per via del passaggio di persone o auto.»

«Ma l'impronta di pneumatico aveva l'aria di essere stata lasciata quando la Subaru ha avuto l'incidente?»

«Be', signore, è lei che continua a dire che le impronte non hanno una data.»

«Per trovarsi in quell'avvallamento fangoso, però, doveva essere stata lasciata dopo il temporale del 12 settembre, ma prima che il terreno si asciugasse? Entro un giorno o due dopo la forte pioggia?»

«Immaginando che la pioggia avrebbe cancellato qualsiasi impronta presente in quel punto, direi che sono d'accordo.»

«Questo vorrebbe dire che probabilmente la terza impronta è stata lasciata nello stesso periodo di tempo di quella della Air Force 1 di cui abbiamo parlato. È corretto?»

«Sembra logico, ma la scienza delle impronte non può mai dare una data precisa.»

«Lei ha scattato foto di quella possibile impronta di pneumatico?»

«Soltanto per mostrare la zona. Quando l'ho esaminata il 3 ottobre, ho stabilito che non sarei mai stata in grado di identificarla.»

«Però ritiene che sia stata lasciata dall'auto di Mae?»

«I margini esterni di quell'impronta mi hanno indotta a credere che sia stata lasciata da pneumatici più ampi di quelli della Subaru.»

Adesso sono entusiasta. Come sempre, Susan aveva ragione.

«Lei capisce, agente speciale, che secondo il governo Aaron Housley ha guidato la Subaru fino a Ginawaban? Quindi, se al momento dell'incidente laggiù c'era un altro veicolo, Aaron non poteva essere alla guida, non è vero?»

Sorride. «Io sono esperta di pneumatici e scarpe, non di autisti.»

«Ma, secondo la sua valutazione di esperta, l'ampiezza dell'impronta poteva ricondurre a quella di un veicolo fuoristrada più grande?»

«Sembrava, sì. Tuttavia non ce n'era a sufficienza perché io sia disposta a testimoniarlo.»

Dato che in realtà sta testimoniando, l'incongruità del suo commento provoca qualche risata in aula. Merado capisce e sorride.

«Ma per guidare fino a laggiù e lasciare quell'impronta, chiaramente il veicolo doveva essere un fuoristrada, è corretto?»

«Direi di sì.»

«Come quella Cadillac Escalade?»

«Oh, Gesù!» esclama Jackdorp esasperato.

«Non tenetene conto» dice la giudice Carrington. «La giuria non deve considerare l'ultima espressione del signor Jackdorp.» Poi gli lancia un'altra occhiata di fuoco che lui, come sempre, finge di ignorare.

«Come una Jeep Wrangler» risponde Merado. «Come, non saprei, decine di modelli di automobili e pick-up. I fuoristrada più grandi tendono ad avere pneumatici grossi e larghi.»

Merado sta cominciando a oppormi resistenza perché pensa che stia facendo come Jackdorp, ovvero che cerchi di farle dire più di quello che mostrano le prove.

«Mi sembra corretto, agente speciale. La ringrazio per la sua competenza e la sua testimonianza. Non ho altre domande.» Sorrido alla giudice, e lei ricambia quando aggiungo: «Davvero, questa volta».

37

Fibre, nel bene e nel male

La giudice dichiara la sospensione per il pranzo. Non vedo l'ora di sentire cosa ha scoperto Susan da Home Warehouse, ma lei ha bisogno di un momento per cambiarsi e indossare il suo solito completo che le ho lasciato in un portabiti su un attaccapanni in fondo all'aula. Ha anche una gran fame e chiamerà The Lamp, la tavola calda sull'altro lato della strada, perché portino dei panini, che sono stati così gentili da consegnarci per tutto il periodo del processo. Ci vedremo fra dieci minuti nella stanza per avvocati e testimoni. Lei mi anticipa soltanto: «Ti farà molto piacere».

Sfrutto la sospensione per andare in bagno. Joe sta uscendo pian piano con il bastone e le scarpe grosse. Nel confronto fra gli ottuagenari di famiglie che questo caso ha messo le une contro le altre, devo ammettere che Joe, prosciugato da tempo dalla malattia, sembra messo persino peggio di come ho visto Mansy in aula. Tanto per cominciare, so che praticamente non dorme. Per oltre cinquant'anni non ha mai passato una notte lontano da casa – a parte quando anni fa era svenuto per il troppo bere – e per lui quello del motel potrebbe anche essere un letto di chiodi. Come sua figlia, ha smesso di mangiare, e il viso, già scavato dai cicli di chemioterapia, comincia ad assomigliare a un teschio. Mi pare persino più curvo di quando è iniziato tutto. Oggi ha cambiato la camicia – adesso ha una button-down blu –, ma non l'abito e la cravatta. Lo prendo da parte con la scusa di chiedergli che ne pensa della testimonianza di Merado, ma è solo un pretesto per accertarmi che sopravvivrà.

«Non sapeva un cazzo» dichiara. «Ma non pensa che Aaron fosse lì con la macchina di Mae. Io ho capito così. Come ti avevo sempre detto.»

Faccio un lieve sorriso. Dubito esista un argomento che Joe non riesca a manipolare per esaltare la propria opinione di sé. Per lo meno la sua combattività sembra intatta. Lo ringrazio ed entro in bagno.

Spingo le porte a battente e mi trovo davanti a Hardy Potter che sta per andarsene. Visto così da vicino, mi colpiscono le sue dimensioni e il senso di esagerata virilità. È più alto di me di almeno otto centimetri e non si sposta quando realizza chi ha di fronte. È chiaro quanto lo soddisfi lanciarmi un'occhiata minacciosa.

«Bello spettacolo» dice. «Hai messo in scena un bello spettacolo.»

«Che ha l'ulteriore vantaggio di essere la verità» rispondo. Cerco di scansarlo, ma mi prende per un braccio. Per un istante, temo che sia una mossa che si concluderà con un pugno, e mi impongo di non arretrare.

«Ti devo dire che non ho ucciso mia figlia?» Parla con voce intenzionalmente più alta del necessario. Anche alcuni giurati usano quel bagno e immagino abbia notato che ce ne sono un paio dentro. In sostanza è come se testimoniasse e, proprio per questo, so come gli devo rispondere.

«Ti devo dire che nemmeno Aaron l'ha uccisa?»

«Stronzate» risponde. Io faccio per andarmene, però non arrivo lontano. «Credi che non sappia perché lo stai facendo?» chiede, e io mi volto. «E credi che non sappia perché vuoi calpestarmi? Non ha niente a che vedere con Aaron, e non devi dare la colpa a me. Ho solo risposto di sì quando sono stato invitato.»

So esattamente a cosa si riferisce – a Bea, è ovvio –, ma evoco l'attore che è in me, un candidato agli Oscar, e assumo una maschera di totale incomprensione.

«Di che cazzo stai parlando adesso, Hardy?»

Il trucco funziona. L'espressione furiosa svanisce, sostituita dallo sguardo incerto del vero Hardy, convinto di aver sbagliato. Muove le labbra ma non parla, poi si dirige all'uscita e mi sembra un po' abbattuto.

Eppure mi sorprende l'effetto che produce su di me questa

nuova espressione di emotività. Qui, in mezzo a suoni e odori sgradevoli, vengo pervaso all'improvviso da ciò che ho represso in aula: la sensazione del dolore che il processo sta provocando a tutti loro, Charmaine, Mansy e persino Hardy. Per me l'aspetto peggiore dei casi di omicidio è sempre stato che per la famiglia della vittima l'orologio si ferma. Il passare del tempo non dà loro distanza e sollievo mentre rivivono gli orribili particolari del crimine e devono tollerare l'oltraggio delle negazioni dell'imputato. Il loro dolore, il loro lutto sembrano eterni quanto quelli di Prometeo, incatenato alla roccia con il corpo becchettato e consumato ogni giorno dagli uccelli saprofagi.

In quel momento vorrei tanto uscire e dire a Hardy, a tutti, quanto mi dispiace, che so quanto sia brutale questo processo e come vorrei che fosse diverso. Poi chiudo di nuovo la porta del cuore e vado da Susan, verso quello che deve arrivare.

Il dottor Leland Shapera era in testa all'elenco dei tre o quattro nomi di esperti di fibre che io e Susan ci eravamo fatti dare da amici nelle forze dell'ordine. La sua parcella oraria era la più alta di tutti quelli che avevamo preso in considerazione, e alla fine avevo deciso che fosse troppo caro anche solo per un colloquio preliminare. Jackdorp non era del mio stesso avviso.

Il procuratore, che di rado viene sfidato nel suo regno, sembrava ferito dai molti errori di cui l'avevo accusato nella mia dichiarazione iniziale e ha deciso di spendere liberamente nella speranza di supportare la propria credibilità con la giuria. Come ho appena saputo da Susan, la sua strategia non funzionerà. In ogni caso, probabilmente non è corretta.

Per me la scelta migliore, anche quando commetto un grave errore, è quella di non badarci e dire alla giuria: "Sì, sono umano, forse non in gamba quanto credevo e di certo meno intelligente di voi tutti messi insieme. Ma visto che siete così brillanti, vi renderete conto che il punto del processo non è se io sia o meno duro di comprendonio, ma se ci sono prove che l'imputato sia colpevole".

Shapera ha un dottorato in chimica e ha lavorato vent'anni per la DuPont prima di tornare all'università per occupare una cattedra alla Carnegie Mellon con un finanziamento multimilionario. Occupa quella posizione insieme alla moglie, anche lei dottoressa di ricerca, che è altrettanto quotata ma non si avvicina mai a un banco dei testimoni. Adesso sono entrambi leader mondiali nello sviluppo delle tecniche per riciclare il nylon.

Senza dubbio il dottor Shapera sa tutto quello che si deve sapere sul nylon 6, ma purtroppo vorrebbe che tutti i presenti lo riconoscessero. Trovo la sua esposizione – durante la quale Jackdorp quasi non riesce a porre una domanda – davvero soporifera. Dilungandosi troppo, spiega le caratteristiche che ha la fibra della corda rinvenuta nel nostro garage e in quali – e molti – modi corrisponda ai diversi filamenti che erano nella macchina di Mae, sui suoi abiti e sul corpo, oltre che a Harold's Woods e nella cabina armadio di Aaron.

«Ed è corretto dire» chiede Jackdorp con la sua chiusa a effetto «che questi molti filamenti di nylon 6, che lei ha identificato nel gruppo di reperti dell'accusa 1-A, "corrispondono" a questa corda, il reperto dell'accusa 1?»

Shapera fa un sorriso condiscendente.

«Detta nei termini in cui parlano i profani, è assolutamente corretto. È ovvio che, da esperto, io userei un termine diverso, ma, sì, "corrispondono" si può considerare accurato.»

«E la corda, il reperto 1 dell'accusa, rinvenuta nel garage della casa dove viveva Aaron Housley è l'origine delle fibre del gruppo di reperti dell'accusa 1-A?»

«Basandomi sulle prove nel loro complesso, direi che si tratta di una concreta probabilità.»

A quel punto, come è ovvio, Jackdorp si siede. Di nuovo, mi dirigo al leggio quasi correndo.

«Ora, dottor Shapera, mi pare lei ci abbia detto che a pagare la sua parcella da esperto è il popolo della Marenago County.»

Jackdorp si alza fingendo indignazione. «Obiezione a "il popolo della Marenago County".»

Rispondo come farebbe Jackdorp se fosse al mio posto.

«Davvero, giudice?» dico. «Da più di una settimana ho sentito il signor Jackdorp menzionare il "popolo della Marenago County" ogni volta che ne ha l'occasione. Se preferisce, posso dire che la parcella del dottor Shapera viene pagata dai "contribuenti della Marenago County".»

«Adesso basta, tutti e due» risponde la giudice Carrington.

«L'obiezione è respinta e il commento del signor Sabich va espunto. Signor Sabich, lei sa fare di meglio.» Ogni riferimento ai "contribuenti" è bandito da tempo perché inteso come un appello agli interessi economici dei giurati che li potrebbe condizionare.

«Mi scusi, vostro onore» dico.

«La prego di rispondere, dottor Shapera» lo invita poi la giudice.

«La mia parcella» dichiara lui «viene pagata con il budget dell'ufficio del procuratore della Marenago County, approvato molti mesi fa.»

«Durante il suo interrogatorio, i numeri sono passati molto rapidamente, ma se ho ben inteso la sua parcella oraria per apparire in tribunale, che di certo comprende la sua testimonianza, è di millequattrocento dollari.»

«È corretto.»

«Quindi, facendo il conto della serva, se comprendiamo il tempo per la preparazione, lei viene retribuito con più di venticinquemila dollari per la sua testimonianza odierna, è corretto?»

«Vengo retribuito per il mio tempo, non per la mia testimonianza. Ho giurato di dire la verità ed è questo, non un assegno, a guidare le mie parole.»

Senza dubbio ha un modo di fare condiscendente. È il tipico bianco che sembra più vecchio della sua età, con capelli ricci e grigi, un po' corpulento, e sbatte le palpebre con una tale frequenza che sono certo abbia messo le lenti a contatto per la sua apparizione in aula. Indossa un completo blu con cravatta. E ha un aspetto decisamente professionale.

«L'importo è corretto?»

«Non le so rispondere. È il mio ufficio che si occupa della fatturazione e io non la seguo attentamente.»

Mi limito a restare dove sono sorridendo e guardandolo di traverso. Poi osservo la giuria. Il signor Rideau, il commercialista, sono certo che non gli creda.

«Dottore, lei ha testimoniato che esiste una "concreta probabilità" che la corda, il reperto dell'accusa 1, sia l'origine delle fibre del gruppo di reperti dell'accusa 1-A. È corretto?»

«È questa la mia opinione.»

Mi avvicino a lui.

«Ma non esiste una base scientifica per affermare che il reperto dell'accusa 1, la corda del garage, sia l'origine di quelle fibre, non è vero?»

«Come ho testimoniato, avvocato, le mie opinioni si basano sulle prove nel loro complesso.»

«Chiedo che la risposta venga esclusa perché non pertinente.»

«Accolta» decide la giudice Carrington. «La prego di rispondere alla domanda, dottore.»

Lui chiede che venga riletta.

«Direi perché le fibre sono tutte di nylon 6, e il reperto dell'accusa 1 è dello stesso materiale. È questa la base scientifica della mia risposta.»

«Lei mi sta dicendo, dottore, di avere la certezza scientifica che quelle fibre provengono dal reperto dell'accusa 1?»

«Non ho detto questo.»

«In realtà, in un caso come il nostro, la scienza delle fibre non è in grado di identificare con sicurezza l'origine di una qualsiasi fibra di nylon. È corretto?»

«Potrebbe esserlo, ma ci dovrei pensare.»

«Ribadisco, dottore, la scienza delle fibre non è come quella del DNA. Non è possibile identificare l'origine di una fibra qualsiasi con un ragionevole grado di certezza scientifica.»

«Credo di aver risposto a questa domanda.»

«Io credo di no. Mi dica sì o no: è in grado di identificare con un ragionevole grado di certezza scientifica l'origine delle fibre del reperto dell'accusa 1-A, l'insieme delle fibre raccolte?»

«Come le ho detto, ho già risposto.» Lancia uno sguardo a Jackdorp, un chiaro invito a opporsi su questa base, e il procuratore si alza lentamente in piedi per farlo. La giudice Carrington ordina alla stenotipista di rileggere le ultime domande. Poi annuisce: ha capito.

«Sì o no, dottore?» chiede lei. «È in grado di identificare con un ragionevole grado di certezza scientifica l'origine delle fibre del reperto dell'accusa 1-A?»

«No, non senza prendere in considerazione le altre prove.»

Imitando la giudice, annuisco più volte per essere sicuro che i giurati colgano il punto.

«Non è forse vero che il nylon 6 è un materiale che si trova ovunque, e con questo intendo che è dappertutto?»

«Sono d'accordo.»
«Ed è d'accordo anche se le dico che le corde di nylon sono un articolo molto comune in tutte le case?»
«Immagino che dipenda dalla famiglia, ma poiché il nylon è resistente all'acqua e insolitamente robusto, sì, viene usato di frequente, soprattutto in esterni.»
«E il nylon 6 è più o meno lo standard nella fabbricazione delle corde di nylon?»
«È sicuramente il polimero più comune utilizzato per le corde di nylon.»
«Ma viene usato, diciamo, anche per le fodere dei sacchi a pelo o per le moquette?»
«Può essere.»
«Dunque esiste un numero quasi illimitato di potenziali origini delle fibre introdotte fra le prove?»
«Non stando alle prove di questo caso. Esiste un solo oggetto tra le prove che potrebbe aver lasciato quelle fibre.»
«Quando parla di quello che c'è tra le prove, a cosa si riferisce precisamente?»
«La corda. Il video della telecamera di sorveglianza del negozio.»
«Il reperto dell'accusa 2?»
«Credo di sì.»
«E lo scontrino di quell'acquisto? Il reperto dell'accusa 2-A?»
«Sì, ho preso in considerazione anche quello.»
«Ma non è forse un fatto, dottore, che il reperto dell'accusa 1 *non* è la corda che ha acquistato Aaron Housley?»
Dopo un istante di assoluto silenzio, Jackdorp si alza per fare obiezione.
«Il signor Sabich sa bene che non è il caso di formulare una domanda come questa senza una base probatoria.»
«Ho una chiara base probatoria, vostro onore, e a breve lo dimostrerò.»
La giudice Carrington appoggia il mento alla mano: sa che ho in mente qualcosa.
«Può procedere, signor Sabich, fatta salva una successiva richiesta di cancellazione.»
Prendo la corda del nostro garage nella sua spessa busta di plastica e la appoggio sulla balaustra del banco dei testimoni.

«È corretto descrivere il reperto dell'accusa 1 come una corda doppia intrecciata?»

«Sì, è quello che ho testimoniato.»

«E ha testimoniato, non è forse vero, che una corda doppia intrecciata è particolarmente robusta? Più di una semplice corda a trefoli ritorti?»

«In una corda a trefoli ritorti, i due trefoli principali sono semplicemente avvolti uno intorno all'altro. Nel caso di una corda doppia intrecciata, una guaina esterna intrecciata viene avvolta intorno a un'anima interna intrecciata. Quindi sì, è più robusta.»

«E per arrivare a ciò che sottintendeva nell'interrogatorio del signor Jackdorp, dottore, se una persona pensa di strangolare la sua ragazza preferirebbe la più robusta corda doppia intrecciata, giusto?»

Un po' sorpreso dalla mia audacia, lui sorride e dice: «Sarebbe una scelta migliore, se dovesse avere in mente quello».

«Mentre una semplice corda a trefoli ritorti sarebbe adeguata, diciamo, per appendere un oggetto come uno zaino a un albero, magari per tenerlo lontano dagli orsi?»

«Certo, a meno che lo zaino non pesi diverse decine di chili.»

«E qual è il diametro del reperto dell'accusa 1?»

«Potrei misurarlo, ma sono sicuro che sia circa 9,5 millimetri.»

«Ora vorrei portare la sua attenzione sul reperto dell'accusa 2-A, lo scontrino di acquisto della corda che Aaron Housley viene visto comprare nel reperto dell'accusa 2. Sul documento di vendita il prodotto viene descritto, cito: "Quindici metri di corda di nylon bianco". È giusto?»

«Concordo.»

«Ora, a sinistra di quella scritta c'è un codice alfanumerico di otto cifre preceduto dall'acronimo SKU? Lo vede?»

Risponde di sì. Adesso Susan gli mette accanto il monitor.

«E SKU è l'acronimo di "Stock Keeping Unit", che rappresenta il codice dell'articolo. Lo sapeva, dottore?»

«Mi sembra corretto.»

«E si mette sullo scontrino in modo che in negozio possano identificare con precisione la merce venduta a un cliente. Le sembra corretto anche questo?»

«Sì.»

«Ora, vostro onore, con il permesso della corte chiederò alla signora DeLeo di avvicinarsi al testimone con il suo portatile, che è aperto sul sito di Home Warehouse. Chiederò al dottor Shapera di digitare il numero SKU per i quindici metri di corda di nylon bianco nella barra di ricerca del sito.»

Susan si collega in wireless al monitor. Shapera chiede circospetto il permesso alla giudice, poi digita continuando a guardare lo scontrino. Sullo schermo appare l'immagine di una bobina di corda bianca, come ci si aspettava. Fabbricata dalla Reliant, viene descritta con un diametro di 12,7 millimetri, a trefoli ritorti, il che è evidente anche nella foto. Gli faccio leggere la descrizione ad alta voce.

«12,7 millimetri equivalgono a 9,5 millimetri?»

«No, certo che no.»

«E lei ha già spiegato come una corda a trefoli ritorti sia diversa da quella intrecciata, è esatto?»

«Sì, ma evidentemente c'è stato un errore.»

«Siamo d'accordo, dottore.»

«Intendo nel sistema di inventario del negozio.»

«Al contrario, dottore, mi crederà se le dico che la signora DeLeo ha parlato stamattina con la responsabile merci del negozio identificato nell'angolo superiore destro dello scontrino, il reperto dell'accusa 2-A, come Negozio 83, State Route 47 nella Skageon County, che si trova a circa quindici chilometri da Harold's Woods? E che la responsabile, la signora Heidi Klonek» sillabo il nome per la stenotipista, poi lo scrivo in modo teatrale sul mio taccuino, stacco il foglio e lo consegno con un gesto melodrammatico a Glowoski «la signora Klonek, dicevo, dopo aver controllato presso il centro nazionale di distribuzione in Ohio, è dell'opinione che non ci sia mai stata un'eccezione loro riferita a proposito di questo codice articolo: non è mai stata restituita merce perché il numero era sbagliato, non ci sono state lamentele da parte dei responsabili merci in nessuno dei milleottocento negozi Home Warehouse sul territorio nazionale perché quel particolare prodotto aveva un numero sbagliato. Accetta la mia affermazione, oppure preferirebbe tornare qui per ascoltare la signora Klonek, chiamata come testimone per la difesa?»

Jackdorp si alza con una raffica di obiezioni, compresa quella che la mia esposizione puzza di testimonianza indiretta, ma la giudice Carrington le respinge tutte. Anche se la mia domanda è considerata ipotetica, si tratta del corretto controinterrogatorio di un esperto.

«Sono sicuro che lei non mente in proposito» dice Shapera «però davvero non capisco.»

«Mi scusi, dottor Shapera, ma credo che quanto accaduto qui sia ovvio. Dato che il codice articolo di questo prodotto non è mai stato identificato come erroneo in quasi duemila negozi, non le è chiaro, signore, che questa corda, il reperto dell'accusa 1, la corda del garage, *non* sia la grande matassa che il reperto dell'accusa 2 mostra Aaron Housley acquistare nel video?»

Lui studia ancora per un istante il portatile di Susan. È tanto pieno di sé che non ha capito quello che ho appena detto chiaramente.

«Immagino sia possibile» risponde. «Ma mi permetta di dire che conosco bene Reliant, il fabbricante, e so che utilizza nylon 6 in tutte le sue corde. Quindi non mi sono sbagliato sulle fibre del reperto dell'accusa 1-A.»

«Però si è sbagliato, dottore, quando ha testimoniato che c'era una concreta probabilità che il reperto dell'accusa 1, la corda del garage dell'imputato, fosse l'origine di quelle fibre? Non è così?»

Ancora una volta lui guarda il portatile prima di rispondere. «Potrebbe non esserlo.»

«Dottore, questa corda, il reperto dell'accusa 1, trovata nel garage dell'imputato, a suo parere ha collegamenti con il presunto crimine di questo processo?»

«Be', ci può essere qualcosa che non so.»

«Lei ci ha detto di conoscere le prove. Hanno qualche collegamento con il presunto crimine?»

Sposta lo sguardo di lato, come se cercasse di trovare una via d'uscita, poi dice: «Non riesco a trovarne. E ribadisco, ammesso che tutta quella faccenda dello SKU di cui ha parlato sia vera».

«Vostro onore, chiedo di eliminare dalle prove il reperto dell'accusa 1.»

È un altro momento in cui si sentirebbe volare una mosca.

«Signor Jackdorp?» chiede infine la giudice.

«Giudice, non sapevo niente di tutto questo. Devo riesaminare le carte.»

«Vostro onore, credo che il procuratore abbia appena espresso il mio punto di vista» dico.

La giudice non riesce a trattenere un lieve sorriso. «Il reperto dell'accusa 1 verrà eliminato, ma lo Stato avrà il diritto di ripresentarlo se avesse qualche collegamento con il crimine che viene giudicato.»

Con la corda in mano mi dirigo verso un cestino della spazzatura accanto alla scrivania di Moriah e la lascio cadere all'interno. Jackdorp si precipita a riprenderla e la mette di nuovo sull'angolo del tavolo dell'accusa. Il che mi fornisce un'ulteriore opportunità per metterlo in imbarazzo.

«Vostro onore» protesto «quella corda non è più una prova e non ha senso che venga mostrata a questa giuria.»

«Qui» ribatte lei. «Datela a me.» Per un istante sembra che Jackdorp debba separarsi da un figlio. Porge il sacchetto di plastica alla cancelliera, che lo passa alla giudice. Poi Wendy Carrington lo lascia cadere sotto il seggio, completamente nascosto alla vista.

Dico di non avere altre domande e mi siedo. Alla faccia del reperto dell'accusa 1.

La giudice Carrington ha un'udienza su un ordine restrittivo temporaneo, quindi annuncia di aggiornare per la giornata di oggi. È chiaro che l'interruzione è gradita a entrambe le parti. Jackdorp non vuole interrogare la patologa e darmi poi tempo fino a domani per affilare le mie armi. E Susan e io abbiamo bisogno di tempo per finire i compiti a casa che ci hanno occupato per tutto il fine settimana.

Mentre escono i giurati, faccio del mio meglio per mostrarmi soddisfatto per quello che abbiamo ottenuto con Shapera. Mi chino per sussurrare un altro complimento a Susan in modo che alcuni giurati mi possano vedere. Eppure la verità è che questi nuovi sviluppi, che inizialmente mi avevano fatto impazzire di gioia, hanno finito per mettere il mio cuore su un'altalena.

Per Aaron e la sua difesa è un'ottima notizia, dato che il procuratore e il suo esperto sembrano aver commesso un errore catastrofico. Ma alla fine Jackdorp si riprenderà e, quando passerà all'arringa finale, ricorderà alla giuria che, nonostante le acrobazie della difesa, le prove continuano a dimostrare che Aaron ha acquistato una corda di nylon, e Mae aveva intorno al collo una corda di nylon quando è morta. Poi la corda comprata da Aaron è fatta dello stesso materiale di tutte le fibre rivelatrici trovate sul corpo e sulla macchina di Mae. E questa è una cattiva notizia.

Sì, questo sviluppo ha ripristinato la mia fiducia nel ragazzo: quando ha detto di non aver mai portato la corda nel nostro garage, non mentiva. La cattiva notizia, però, è che non abbiamo modo di verificare dove si trovi quella corda, a meno che io non ceda e faccia testimoniare Aaron. Immaginando di evitarlo, la corda finirà nel lungo elenco di oggetti di Aaron che, in maniera molto conveniente, sono spariti.

E, sì, un'altra buona notizia è che Bea mi ha detto la verità sulla corda. Ma quella cattiva è che la corda nel nostro garage era di Bea, pessima considerando i molti motivi che aveva per liberarsi di Mae. Seduto tutto solo nella stanza per avvocati e testimoni dopo aver finito di ascoltare Susan, devo constatare con amara ironia che Jackdorp forse aveva ragione fin dall'inizio: è probabile che la corda del nostro garage abbia ucciso Mae Potter.

Una possibilità che sembra acquistare un peso notevole pensando a quello che Bea ha detto a Dom Filipini. Al momento mi era sembrato strano che lei insistesse tanto nel dire che non c'erano corde in garage. Bea ci va di rado, tranne che per posteggiare. Ma se è stata lei a nasconderla nell'armadietto subito dopo aver ucciso Mae, questo spiegherebbe molto tristemente perché volesse sviare la polizia. Per me il piccolo trionfo di oggi potrebbe finire per essere la notizia peggiore in assoluto.

38
La patologa

13 febbraio

Al mio arrivo, Moriah mi informa che stamattina cominceremo mezz'ora più tardi, perché la giudice deve concludere l'udienza per l'ordine restrittivo iniziata ieri. Decido quindi di andare nella stanza per avvocati e testimoni per dare un'ultima occhiata alla montagna di carta che mi servirà per l'eventuale controinterrogatorio della patologa. Susan mi trova lì quando apre la porta.

«È un brutto momento?» chiede.

«Non perfetto.» Sono in ansia perché temo che tutta la patologia che mi sono ficcato in testa svanirà se mi concedo una distrazione. A livello tecnico, questo sarà il controinterrogatorio più difficile del processo, anche perché dovrò restare il più terra terra possibile perché i giurati capiscano.

«Okay» risponde lei, poi esita. È chiaro che vuole riferirmi qualcosa. «Mi vedi mai entusiasta?»

La risposta è no. Susan è la classica professionista che non si scompone mai.

«Be' sono entusiasta» dice. «Dopo l'udienza di ieri ho avuto ottime notizie. Stasera parlerò di nuovo con Lainie Harrup, la signora del Missouri. E ho trovato qualcosa negli appunti degli agenti che potrebbe cambiare le carte in tavola. Però devo ancora tirare le fila di tutto.»

La interrompo. «Se non sei sicura, riparliamone più avanti. Incasso male le delusioni.»

Lei sorride alla mia ammissione. «Certo, certo.»

Venti minuti dopo, la corte si riunisce per l'udienza di oggi. Entra la giuria, e viene chiamata come ultima testimone per l'accusa la dottoressa Bonita Rogers, la patologa della Kindle County che ha eseguito l'autopsia su Mae. Jackdorp ha tenuto per ultime quelle che ritiene le sue carte migliori. E questo non perché le opinioni della dottoressa Rogers siano inattaccabili – a mio giudizio noi abbiamo parecchie buone domande –, ma perché saranno accompagnate da macabre foto del corpo irriconoscibile di Mae che turberanno i giurati quanto hanno turbato me. Nelle immagini Mae è gonfia e la pelle è un cupo mosaico verde, marrone e nero. Ha perso praticamente tutti i capelli – restano solo pochi ciuffi spettrali e rinsecchiti – e tutte le unghie tranne due. Ma la cosa più terribile da vedere è il corpo coperto di mosche e larve che hanno scavato minuscoli fori nella carne.

Jackdorp esordisce solenne, mostrando ai giurati le foto sul monitor accanto al banco dei testimoni non appena ha qualificato la dottoressa come esperta di patologia forense. È interessante notare come si riferisca più volte al fatto che Rogers lavora ormai da dieci anni come patologa del Kindle County Unified Police Department e, di conseguenza, ben conosce le procedure dei tutori della legge. Ciò significa che Jackdorp ha tutte le intenzioni di provarci di nuovo con le assurdità, come ha fatto con Glowoski, cercando di spacciare per esperienza quello che in realtà è il modo di ragionare della polizia, ed è probabile che la giudice Carrington glielo permetta.

Jackdorp non affronta in maniera approfondita le prove concrete ed entra nei complessi dettagli scientifici solo se necessario. Il corpo di Mae, quando è stato rinvenuto, era in piena putrefazione, uno stadio avanzato della decomposizione che, come ammette Rogers, rende più impegnativi gli esami post mortem. In questo caso, tuttavia, la causa della morte è chiara: strangolamento, che ha provocato l'occlusione della carotide e delle vene giugulari. Anticipando una possibile domanda del controinterrogatorio, la dottoressa afferma che la droga presente nel sangue di Mae può averne affrettato la morte, ma di non avere dubbi che sia stata uccisa dalla corda stretta intorno al collo.

Durante l'autopsia, Rogers non ha trovato ossa rotte – né lo ioide né le vertebre cervicali e neppure lesioni della trachea –, ma diversi fattori avallano la sua conclusione sulla causa di morte. Come prima cosa testimonia, praticamente leggendo dal suo rapporto: "Una linea nera rinsecchita rimasta ampiamente visibile sul collo appare come un segno orizzontale sopra la cartilagine tiroidea, copre la glottide e poi sale in obliquo ai lati del collo fino a diventare impercettibile sulla nuca quando si avvicina alle sporgenze delle vertebre cervicali". All'esame microscopico, quella linea – detta "segno dello strangolamento" – presenta, nonostante la decomposizione, un motivo regolare di lesioni cutanee che suggerisce un rigonfiamento al momento della morte, a sua volta caratteristico dell'uso di una corda di plastica. Infine, sempre nonostante la decomposizione, il corpo presentava ancora segni di quello che viene definito spasmo cadaverico che in genere si accompagna a una morte violenta. Mani e avambracci sono inizialmente bloccati nella postura di una disperata resistenza, ovvero erano sollevati quando la vittima è morta. La testa di Mae, appoggiata sul pianale interno sotto il cruscotto sul lato del passeggero, alla fine si era piegata verso sinistra. Il braccio destro si era lievemente rilassato ed era appoggiato sul viso, ma la mano sinistra era bloccata sotto una guancia, lasciando avambraccio, mano e dita nella posizione rattrappita in cui si erano irrigiditi al momento della morte.

«Esistono inoltre prove che suggeriscono una lotta fisica precedente allo strangolamento» dice Rogers, che riprende dove aveva finito Lowndes. Poiché sulla camicetta di Mae ci sono alcune lunghe strisciate di terra e il torace presenta segni putrefatti di abrasioni, la patologa ritiene che alla fine Mae sia stata sopraffatta e trascinata sulla pancia per un certo tratto. La presenza di fibre di nylon nel fango secco in alcuni punti prossimi al luogo del presunto campeggio suggerisce che possa essere stata trascinata facendole passare la corda sotto le ascelle o intorno al torso. Poi, a parere di Rogers, Mae deve essere scappata correndo verso la macchina, ma, prima di poter chiudere le portiere, l'assassino è riuscito a salire sul sedile posteriore e a passarle la corda intorno al collo.

«Le prove concrete» dichiara Rogers «indicano con certezza che Mae deve aver lottato. In tutta la parte anteriore dell'abitacolo della Subaru ci sono fibre di nylon, ma sono concentrate sul lato guida. Le stesse fibre sono state trovate sotto le due unghie restanti della vittima e, sullo schermo del display centrale, così come sul cruscotto, ci sono impronte di scarponcini a suggerire che Mae abbia cercato di far leva per resistere al suo aggressore. A quanto pare l'assassino doveva essere molto più forte di lei e l'ha sopraffatta spostandosi lungo il sedile posteriore. L'ha trascinata verso la console centrale poi, probabilmente appoggiandole un piede sulla spalla, ha tirato la corda. Basandosi sull'angolazione del segno dello strangolamento, l'assassino potrebbe aver usato il poggiatesta sul lato passeggero come un verricello, avvolgendo la corda intorno a quello mentre torreggiava su Mae e tirava con tutte le sue forze.»

In un momento entro la prima ora dalla morte di Mae, afferma Rogers, l'assassino ha spinto il torso in giù sotto il cruscotto, probabilmente per riuscire a guidare la Subaru. Considerando la posizione delle mani della vittima e il fatto che il segno dello strangolamento è molto meno marcato sulla nuca, i primi agenti giunti sulla scena, attenti a non alterare il corpo, probabilmente non hanno notato la linea nera intorno al collo.

L'orrore di questa descrizione si accresce perché Jackdorp ha preparato una semplice animazione che ricrea alla lettera quanto sta dicendo Rogers. Le figure generate al computer si muovono come robot e somigliano a quelle di un cartone animato, ma questo non inficia l'effetto solenne che la ricostruzione ha sulla giuria. Quando Jackdorp mi cede la testimone, la prima cosa che faccio è spegnere il monitor.

L'esperto che noi avevamo pensato di convocare era un nostro patologo. Su consiglio di Sandy Stern avevamo parlato con il dottor Malcolm Daner, famoso per essere apparso in diverse trasmissioni televisive su crimini realmente accaduti. Per rivedere la documentazione, avevamo pagato a Daner la tariffa scontata di mille dollari l'ora, poi ero andato a Minneapolis a parlare con lui. Adesso ha ottantadue anni e ho capito subito come mai aveva tanto successo in tribunale: amichevole e cordiale, è una persona anziana che scoppia di voglia di vivere. Tempo fa avevo fantasticato sull'essere così quando fossi arrivato alla sua età, ma negli ultimi anni mi sono reso conto di essere troppo acido per poter avere quei modi gentili e quell'atteggiamento accogliente. Lui è paziente e ha l'aria di una persona saggia, con folti baffi bianchi e capelli canuti ai lati delle orecchie, ma per il resto è calvo. E ha un cervello lucidissimo.

All'inizio del nostro incontro, Daner ha detto la cosa che più mi ha stupito: "Non trovo del tutto evidente che questa giovane sia stata strangolata".

Prima di spiegarsi, ha aggiunto: "Provo grande rispetto per Bonita, e sicuramente non testimonierei che considero sbagliata la sua opinione, però dovrebbe essere un po' più motivata. Come tutti noi, anche lei ha i suoi limiti".

Mi avevano riferito che Rogers è arrogante e testarda, e gliel'ho detto, ma lui si è limitato a un sorriso gentile.

"Be', direi che al suo vocabolario mancano tre parole."

"Quali sarebbero?"

"'Non lo so.'"

Sandy mi ha parlato di Bonita Rogers in modo meno diplomatico di Daner. L'aveva controinterrogata cinque o sei volte e la considera una testimone formidabile: molto in gamba, preparatissima e con ampie credenziali. Poi è una bella donna, il che è sempre un vantaggio per mantenere l'attenzione dei giurati. Adesso che si avvicina ai cinquant'anni, non ha perso la sua avvenenza, con i capelli del rosso aranciato di un orangotango e grandi occhi verdi che risaltano sulla pelle chiarissima.

Eppure, nel corso degli anni, ho notato che i patologi – i cui "pazienti", per essere schietti, sono tutti morti – mancano spesso di abilità sociali. Secondo Stern, Rogers è suscettibile, altezzosa e fin troppo battagliera e, di conseguenza, riesce a infastidire alcuni giurati. Oltre a questo, Stern ritiene che, dopo dieci anni di lavoro per il dipartimento di polizia, e in virtù del secondo matrimonio con un agente – un tenente della TAC, la Squadra tattica di arresto e confronto –, Rogers sembra sempre molto attiva nella difesa dei tutori della legge.

Detto questo, sia Daner sia Stern mi hanno assicurato che, dopo qualche battaglia iniziale, Rogers ha sempre finito per ammettere fatti ben documentati nella letteratura medica. In altre parole, qualsiasi cosa Daner avesse affermato al banco dei testimoni, Rogers, sia pure a malincuore, l'avrebbe ammessa nel controinterrogatorio. Quando mi alzo per affrontarla, continuo a rimpiangere le limitazioni economiche degli Housley che ci hanno fatto rinunciare alla presenza di Daner in aula perché, nella guerra delle impressioni, avrebbe quasi sicuramente sconfitto Rogers. E, nel concreto, avrebbe allentato la pressione che sento in questo momento.

Comincio con umiltà.

«Dottoressa Rogers, come sappiamo entrambi non sono un patologo, quindi si senta libera di correggere i miei errori.»

Lei abbassa lo sguardo e sorride in modo da farmi capire che non crede alla mia sceneggiata.

«Certo...» esita. «Mi dispiace, avvocato... Come la chiamano adesso?» È una frecciata, però la giuria non lo capirà. Rogers lavorava già nella Kindle County quando mi avevano processato per l'omicidio di Barbara e mi è chiaro che è una dei molti appartenenti alle forze dell'ordine che non ha mai accettato la mia innocenza. Non so se la giudice Carrington percepisca lo stesso sottinteso, o se sia solo innervosita dal fatto che Rogers non segua il protocollo che lei ha stabilito per come rivolgersi a me, ma noto che si acciglia e si inserisce rapidamente.

«In questa sede va bene signor Sabich» dice sferzante.

Anche se la correzione è di scarsa importanza, Rogers si rivela subito all'altezza della sua reputazione lanciando un'occhiata di fuoco alla giudice. Per un istante c'è un duello di sguardi. Pessima partenza per loro due.

«Dottoressa Rogers» dico «vorrei esaminare solo un paio di cose con lei. La prima è dove è morta Mae Potter. Dalla sua testimonianza deduco che lei abbia sposato la teoria del governo secondo la quale la vittima sia stata uccisa a Harold's Woods e il suo corpo sia poi stato portato a Ginawaban sulla Subaru che, in seguito, è stata nascosta in fondo al canale in secca che tutti abbiamo definito strada di servizio.»

«A mio parere tutte le prove, compresi i reperti anatomopatologici, supportano la conclusione che la signorina Potter sia stata uccisa a Harold's Woods.»

«Dottoressa, le chiederò di considerare una seconda possibilità, ovvero che la vittima sia morta a Ginawaban.»

«Non è così» risponde Rogers sollevando leggermente il mento per dare maggiore enfasi alla risposta.

Uno degli imperativi di un controinterrogatorio, in particolare con un personaggio forte come Rogers, è "controllare il testimone", vale a dire fargli rispondere alle tue domande e non a quelle che vorrebbe tu gli facessi.

«Lei era presente in quel momento, dottoressa?»

«Ovviamente no.»

«E sta esprimendo soltanto la sua opinione, giusto?»

«Corretto.»

«La giuria ha il diritto di sapere se le sue opinioni sono fondate.»

«Certo.»

«Ora, consideriamo Ginawaban come luogo della morte. Immagino che lei abbia letto i rapporti e le testimonianze di questo caso per formarsi un'opinione sulle circostanze del crimine.»

«Sì.»

«E poiché la morte di Mae Potter è stata inizialmente considerata un incidente, è corretto dire, stando alle informazioni in suo possesso, che nessun'altra area di Ginawaban è stata esaminata alla ricerca di tracce? Non ha visto, per esempio, rapporti di tecnici che cercavano fibre di corda di plastica nelle zone limitrofe?»

«Non ricordo di aver letto rapporti su ricerche in altre aree a Ginawaban. Ma non si deve sorprendere, è un'area enorme. E i resti di Mae Potter sono stati scoperti oltre due settimane dopo il suo omicidio, quindi prove come le fibre di corda sarebbero, come si dice, volate via col vento.» Poi, in maniera ostentata, aggiunge un breve sorriso di trionfo, divertita che la sua battuta mi abbia rimesso al mio posto.

«Mi scusi, dottoressa, ha sentito la mia domanda sul perché non siano state esaminate altre aree di Ginawaban?»

«Se mi pone la domanda, sono certa che i giurati vorranno sapere il perché.»

Mi limito a guardare la giudice Carrington.

«Dottoressa Rogers» dice la giudice. «Non so come funzionino le cose nella Kindle County, ma qui preferiamo che i testimoni rispondano alle domande senza offrire volontariamente ulteriori informazioni.»

Rogers ha capito che, davanti a una giuria della Marenago County, non è un complimento essere accusati di comportarsi come nella Kindle County, quindi fissa la giudice con palese irritazione. E ancora una volta Wendy Carrington ricambia l'occhiataccia. Comincio a sospettare che Rogers abbia testimoniato nel caso di omicidio per il quale Wendy Carrington era difensora d'ufficio. Le due donne sembrano avere una storia sgradevole alle spalle e sarebbe decisamente nello stile di Jackdorp affidarsi alla stessa patologa per mostrare alla giudice di essere ancora convinto di aver avuto ragione allora.

«E quando ha esaminato il corpo della vittima per l'autopsia e ha trovato quelle strisciate di terra sulla camicetta, ha forse suggerito un'analisi forense del suolo per confermare che provenissero da Harold's Woods?» continuo.

«L'ho suggerito.»

«E il risultato non ha permesso di trarre conclusioni, è esatto?»

«Vero.»

«In particolare, nelle strisciate sulla camicetta c'era una quantità di ferro più elevata rispetto a tutti i campioni presi a Harold's Woods?»

«È corretto. Potrebbe tuttavia significare che hanno preso i campioni nei posti sbagliati. Indovinare il punto esatto su cui è stata trascinata è come cercare un ago in un pagliaio.»

«E sono stati presi e testati campioni del terreno di Ginawaban?»

«Non che io sappia.»

«Sarebbe d'accordo con me se le dicessi che, in questo Stato, più si va verso nord, più ferro c'è nel terreno?»

«Non lo so.»

«Dottoressa, non è mai andata verso nord in questo Stato?»

Dalla sua espressione astiosa capisco che è sul punto di ribattere che non c'è molto di interessante a nord della Kindle County, ma sarebbe un errore.

«Qualche volta.»

«Non ha mai notato che il terreno diventa sempre più rosso?»

«Immagino di sì, ma ignoro se sia dovuto alla presenza di ferro. E non sono certa di averlo notato tanto a sud come a Ginawaban.» Si sbaglia in entrambi i casi, e i giurati lo sanno.

«A proposito, se diciamo che Mae Potter è stata trascinata, non è forse normale, quando una persona sostiene una lotta fisica, che la pelle dell'aggressore rimanga sotto le unghie della vittima?»

«Sì, è comune.»

«E lei ha trovato un DNA estraneo, ovvero di qualcun altro, sotto le unghie di Mae Potter?»

«No, ma non credo abbia grande significato dopo due settimane di decomposizione.»

«Però non c'era, è corretto?»

«Non è stato identificato, no.»

«Ora, lei ci ha parlato per un po' della posizione del corpo di Mae Potter nella macchina. In quella posizione, e nei relativi reperti anatomopatologici, c'è qualcosa che le dice che potrebbe non essere morta a Ginawaban?»

Per la prima volta, Rogers si ferma a riflettere.

«Non l'avevo considerato prima, ma così su due piedi direi di no, valutando le sole evidenze anatomopatologiche.»

«D'altra parte, la posizione del corpo non rende meno probabile che sia morta a Harold's Woods?»

«Di sicuro non farei una simile dichiarazione.»

«Tuttavia nel corso dell'interrogatorio diretto lei ha testimoniato che il corpo di Mae Potter è stato spostato dopo la morte.»

«Ho detto che pensavo che l'assassino avesse spinto il torso in giù sotto il cruscotto del lato passeggero.»

«Però le ha sistemato anche le gambe, non è vero?»

Mostro una foto del corpo di Mae come è stato trovato una volta tolto l'airbag sgonfio.

«È d'accordo con me che nessuno potrebbe guidare per due ore con le gambe di Mae tra sé e il volante?»

«Immagino che le abbia allontanate, ma la testimonianza diceva che è fuggito dalla scena del crimine, quindi chi lo sa?»

«Ma se le avesse allontanato le gambe per poter guidare, questo significa che, arrivato a Ginawaban, le ha rimesse dov'erano prima?»

«A quanto pare.»

Non le chiedo come mai l'avrebbe fatto perché sono sicuro che Rogers risponderebbe che voleva dare l'impressione che Mae fosse morta in un incidente.

«Ora, quanto tempo ci vuole perché si instauri il rigor mortis, ovvero il processo naturale per il quale un corpo si irrigidisce dopo la morte?»

«In media da due a quattro ore, ma è estremamente variabile.»

«E lei, da patologa, ha una stima dell'ora della morte di Mae Potter?»

«Approssimativa, ma sì.»

Per rispondere alle mie domande esamina le prove. Lowndes ha visto Mae e Aaron litigare intorno alle otto. Rogers suppone che l'omicidio di Mae sia avvenuto non molto tempo dopo che la lite era passata dalle parole alle mani. Il telefono di Mae era stato spento alle 9.06 – nascondendo quindi la sua posizione –, il che indica probabilmente che a quell'ora era già morta.

«8.45 quindi come ora della morte?» chiedo.

«Forse.»

«La Subaru è passata al casello alle 11.48, e ci vogliono ancora trenta minuti per arrivare a Ginawaban, giusto? Dunque, in base alla sua teoria, quando i resti di Mae Potter sono arrivati a Ginawaban, il rigor mortis doveva già essersi instaurato, ovvero il suo corpo si sarebbe potuto spostare solo come se fosse un pezzo intero. Quindi, quando le hanno nuovamente trascinato le gambe sul sedile, il corpo si sarebbe rovesciato sulla schiena?»

Sorride come se fossi un bambino.

«Troppe ipotesi, signor Sabich. In una persona giovane e in forma come la vittima, che quindi ha grosse riserve di glicogeno nei muscoli, il rigor può impiegare fino a sei ore per cominciare a instaurarsi.»

Rogers e io proseguiamo per qualche minuto sulle minuzie – quanto rapidamente si esaurisce il glicogeno in caso di morte violenta, e il fatto che le droghe che Mae aveva in circolo avrebbero potuto accelerare il rigor mortis –, però lei non cede di un millimetro.

«Ma concorda con me, dottoressa, che il rigor non si sarebbe instaurato se Mae Potter fosse morta a Ginawaban e l'assassino si fosse disfatto del suo corpo poco dopo.»

«Sarebbe corretto.»

«Quindi se Mae Potter fosse stata messa sul sedile della Subaru poco dopo la morte a Ginawaban, senza allacciarle la cintura di sicurezza, e la sua macchina fosse stata spinta giù per la strada di servizio sul fondo della quale si è schiantata, il corpo non sarebbe forse finito nell'esatta posizione in cui è stata trovata? Non era forse questa l'opinione degli esperti di ricostruzione degli incidenti giunti sulla scena il 28 settembre quando era stato scoperto il corpo di Mae Potter? E tutto questo non rende più probabile che sia morta a Ginawaban?»

«Mi sono già detta d'accordo, signor Sabich, che le risultanze anatomopatologiche da sole non stabiliscono il luogo della morte, quindi lei può raccontare le favole che preferisce per rendere plausibile che sia stata uccisa a Ginawaban. Ma esistono molte altre prove coerenti con il fatto che sia morta a Harold's Woods: le fibre di nylon nel fango, la testimonianza del signor Lowndes su chi guidava e la foto del casello che la avvalorano.»

Mi fermo per lanciare un'occhiata a Susan. Su questo ci abbiamo preso.

«Con questo intende dire la foto in bianco e nero della targa della Subaru scattata dalla telecamera del casello?»

«Sì.»

«E che cosa di quella foto le fa dire che avvalora la testimonianza del signor Lowndes?»

«Be', sul volante vedo mani che sono chiaramente di una persona con la pelle scura.»

«Capisco.» Proietto la foto sul monitor. «E nel suo ruolo di patologa, le è capitato di esaminare spesso fotografie di targhe scattate a un casello?»

Scrolla le spalle. «Forse una o due volte.»

«È un'esperta sul funzionamento delle telecamere dei caselli?»

«No, non direi. Ma ho gli occhi, signor Sabich, e so quello che vedo.»

Taccio e chiedo alla stenotipista di contrassegnare l'ultima risposta di Rogers.

«Le telecamere dei caselli sono prodotte da un'azienda che si chiama Northern Direct. Lo sapeva?»

«Non ne ho alcun motivo» risponde.

«Bene, dottoressa, la sorprenderebbe se le dicessi che un testimone di Northern Direct, un vicepresidente senior per la progettazione, ha testimoniato davanti al parlamento dello Stato nel 2012, quando quelle telecamere stavano per essere installate sulle nostre strade a pedaggio? E questo, dottoressa, perché i sostenitori delle libertà civili – persone di tutto l'arco politico – erano preoccupati che le telecamere potessero spiare i cittadini. Il dottor Dalbert Fornier è stato dunque chiamato a testimoniare davanti al Comitato strade e trasporti e, sotto giuramento, ha fatto queste affermazioni su ciò che le telecamere vedono e registrano.» Le porgo una copia della trascrizione che Susan ha ottenuto e ne consegno una seconda a Jackdorp, che ci mette un solo istante a balzare in piedi.

«Giudice, non ne sapevo niente.»

La giudice Carrington guarda Jackdorp, irritata come sempre, ma anche stupefatta. Torniamo al punto di ieri con l'esperto di fibre, quando il procuratore ha cercato di usare le carenze della sua preparazione come argomento contro l'ammissione della prova.

«Signor Jackdorp» gli risponde «si tratta di un'obiezione o di una confessione?»

L'ultima parola, "confessione", è molto più pungente di quanto la giudice Carrington si sia mai permessa con Jackdorp. Senza aspettare una risposta, fa il mio lavoro spiegando alla giuria che una precedente testimonianza sotto giuramento non è considerata indiretta e la difesa non ha l'obbligo di condividere in anticipo con l'accusa il proprio controinterrogatorio. «Proceda» mi dice.

Chiedo di mostrare sul monitor la trascrizione Fornier alla giuria.

«"La G-42" – che, dottoressa Rogers, era il modello di telecamera presente al casello nei pressi di Ginawaban nel settembre 2023 – "la G-42 si concentra sulla targa. Le immagini che scatta non riproducono alcun particolare dell'interno del veicolo. Grazie alla lunghezza focale della telecamera, tutte le persone nell'abitacolo appaiono indistinte e scure, senza alcuna marcata differenza tra loro. Qualsiasi variazione delle immagini di una determinata telecamera è il risultato dell'ora in cui sono state riprese e di altre variabili che riguardano la luce." Poi alla domanda di un deputato, Lemeke Brooker, Fornier ha risposto come segue: "Sì, deputato Brooker, è corretto. La telecamera funziona in modo che chiunque si trovi sul sedile anteriore di un veicolo abbia più o meno lo stesso aspetto. Non sarà in grado di determinare l'etnia di chi è alla guida, il colore dei capelli e degli occhi o altro. Sarebbe decisamente scorretto per qualsiasi tutore della legge o per chiunque altro pensare che l'immagine della targa fornisca tracce sull'identità di chi si trova a bordo". Le sembra che abbia letto in maniera corretta la testimonianza sotto giuramento del dottor Fornier?»

Rogers, che deve ancora riprendersi del tutto, impiega un momento per dirsi d'accordo.

«E la sua opinione che la foto del casello mostri un guidatore di carnagione scura perché ha gli occhi e sa quello che vede... si sbagliava, vero?»

«Io stavo solo osservando la foto» risponde.

La giudice, molto irritata, interviene immediatamente.

«La prego di rispondere alla domanda, dottoressa Rogers. Si sbagliava, non è vero, dicendo che la foto mostra un guidatore di carnagione scura?»

La patologa riguarda la foto che ha in mano, in quello che potrebbe essere l'ultimo tentativo per evitare di ammettere il suo errore.

«Ebbene?» chiede la giudice.

«Sì, mi sbagliavo» dice infine Rogers. La giudice Carrington freme per la frustrazione. Adesso sono convinto che le due abbiano già avuto qualche scontro in precedenza. Sospetto inoltre che la giudice Carrington si senta offesa dal sottotesto razziale, dal desiderio di incolpare un uomo nero senza ulteriori indagini. Ho già notato da lievi accenni che la giudice ritiene Jackdorp un fanatico. D'altro canto, però, so qualcosa di cui forse Carrington non è a conoscenza, ovvero che il secondo marito di Rogers, Hugh Maxfield, il tenente di polizia, è afroamericano. Per questo devo ringraziare le mie letture domenicali del "Tribune" della Kindle County, dove viene spesso citato come potenziale candidato a capo della polizia. A mio parere, lo scivolone della foto – che in realtà è di Glowoski – non riguarda tanto il razzismo, quanto il bias di conferma, la prontezza con la quale i tutori della legge considerano le prove sotto una luce che permette di adattarle all'ipotesi accusatoria che hanno costruito.

«Questo le fa rivedere la sua opinione sul luogo dove è morta Mae Potter?»

«Resta la testimonianza oculare a Harold's Woods a proposito di chi era alla guida.»

«Resa da un uomo che non indossava gli occhiali da vista e guardava l'altro lato della strada attraverso il vetro oscurato della macchina che gli passava accanto a tutta velocità mentre lui si scansava. Inoltre sua moglie potrebbe non essere d'accordo con lui su chi era al volante. Lei non vede potenziali errori in questa testimonianza, dottoressa Rogers?»

«Li vedo, ma credo che le conclusioni sul signor Lowndes spettino alla giuria.» La sua improvvisa deferenza per i giurati sarà ben accolta da questi, però è chiaramente una marcia indietro.

«Considerando, cito, la "totalità delle prove", dottoressa, è possibile che la signorina Potter sia morta a Ginawaban e non a Harold's Woods, non è vero?»

«È possibile, sì.»

«E lei si sbagliava quando ha inequivocabilmente dichiarato che non era così?»

Si prende un momento. «Credo ancora ci siano buone possibilità che sia morta a Harold's Woods. Non c'è nulla che dimostri il contrario, ma non avrei dovuto essere così enfatica. Potrebbe anche essere stata uccisa a Ginawaban.»

Potrei fermarmi qui, dato che i dati dei ripetitori dimostrano che Aaron non è mai stato nei pressi di Ginawaban. Però qui entra in gioco il dottor Daner.

«Non ho detto che sia stata uccisa là, dottoressa, ho detto che è morta. Non è forse vero, dottoressa, che anche in assenza di putrefazione, e persino molto prima di quando il corpo di Mae Potter è stato trovato, i patologi hanno difficoltà a distinguere uno strangolamento da un'impiccagione?»

L'ho colta con la guardia del tutto abbassata e risponde con lentezza.

«Può essere» dice.

«E nei vari studi scritti al riguardo i patologi, osservando il segno dello strangolamento, che chiamerò per comodità ustione da corda, hanno suggerito che ci sono tre modi per distinguere un'impiccagione da uno strangolamento. Il segno sotto il pomo d'Adamo suggerisce uno strangolamento perché, nell'impiccagione, il peso del corpo fa salire la corda più in alto sul collo. È giusto?»

«Sì.»

«E sul corpo di Mae Potter dove si trova il segno, l'ustione da corda?»

«Sopra la cartilagine tiroidea.»

«Il che significa che sarebbe coerente con un'impiccagione?»

Si acciglia e non si prende il disturbo di rispondere.

«Il secondo fattore descritto dalla letteratura medica è che l'ustione da corda che sale con una certa angolazione, ovvero in obliquo, suggerisce un'impiccagione perché, di norma, uno strangolatore si troverebbe subito alle spalle della vittima. Lei ci ha già detto che l'ustione da corda nel nostro caso è obliqua.»

«Sì, per i motivi che ho suggerito. Lui l'ha spinta in basso verso il pianale interno e ha avvolto la corda intorno al poggiatesta come fosse un verricello tenendole un piede sulla spalla.»

«Ma l'angolazione obliqua dell'ustione da corda in genere non si ritiene indichi un'impiccagione?»

«È coerente con l'impiccagione.»

«E il terzo modo in cui un'ustione da corda può distinguere un'impiccagione da uno strangolamento è se il segno è "discontinuo", ovvero non circonda completamente il collo. Nell'impiccagione, infatti, il peso del corpo tira la corda allontanandola leggermente dal nodo scorsoio. Il segno sul corpo di Mae Potter è discontinuo?»

«Si direbbe, ma potrebbe essere dovuto allo stato di decomposizione.»

«Oppure perché si è impiccata?»

Rogers valuta le cose per un momento, tenendosi ben eretta sulla sedia.

«Concordo che, in questo caso, il segno dello strangolamento è coerente sia con l'impiccagione, sia con lo strangolamento. Ma esistono altre prove che mi portano a concludere che sia stata strangolata. L'impronta dello scarponcino sul cruscotto, i segni sul corpo di una lotta fisica, comprese le abrasioni sul torace e le fibre di corda sotto le unghie.»

Me ne occupo rapidamente. Ieri Merado aveva riconosciuto che Mae avrebbe potuto lasciare impronte di scarponcini sulla console centrale quando aveva tirato indietro il sedile, forse per chiacchierare, magari in un'area di servizio. E Rogers concorda che le persone che si impiccano non riescono a impedire una reazione istintiva, e spesso si aggrappano alla corda, il che giustificherebbe le fibre rinvenute sotto le unghie di Mae. In realtà, in funzione del luogo dove Mae potrebbe essersi impiccata, il suo corpo avrebbe potuto andare a sbattere contro qualcosa, diciamo un albero, mentre stava morendo e si dibatteva istintivamente, provocando quelle abrasioni. Sull'ultimo punto Rogers è più scettica.

«Credo che sia molto meno probabile, signor Sabich, ma per essere sincera è una discussione sciocca. Apprezzo che lei abbia letto la letteratura medica, e che si stia divertendo a mie spese, ma la signorina Potter non ha nascosto la sua macchina in fondo a una strada di servizio dopo essere morta.»

Questa sua affermazione suscita grandi risate. Io resto impassibile in attesa che si plachino.

«È vero, dottoressa, ma esiste qualcosa tra i reperti anatomopatologici che smentisca la possibilità che, subito dopo l'impiccagione, una persona che Mae Potter conosceva si sia imbattuta in lei e abbia nascosto il corpo in modo che la madre, per esempio, non sapesse che sua figlia si era tolta la vita? Dopo aver rimosso la corda da dove era stata fissata, quella persona l'ha trasportata sul sedile anteriore della Subaru, ha tagliato il cappio e poi ha spinto la macchina lungo la strada per poter ritardare il più possibile la scoperta del cadavere e farlo sembrare un incidente, se mai fosse stata trovata. È possibile?»

«Non conosco alcuna prova a sostegno dell'idea che una terza parte benintenzionata abbia nascosto il suicidio di Mae Potter. Mi sembra una teoria concepita per adattarsi in maniera conveniente alle prove.»

«Lei sa che la madre della vittima ha testimoniato che sua figlia soffriva di un disturbo borderline della personalità e a volte minacciava di uccidersi?»

«Io intendevo prove della presenza di questa immaginaria terza persona. Potrebbe anche affermare che il corpo è stato nascosto dal coniglietto pasquale.» Qualcuno alle mie spalle scoppia di nuovo a ridere, ma non saprei dire se lo fa per la supponenza di Rogers. Lei si è girata di lato in modo da non dover guardare in faccia me e la mia stupidità, la bocca carnosa immobile in una smorfia sprezzante.

«Al contrario, dottoressa, lei potrebbe citarmi una qualsiasi prova concreta che smentisca questa teoria?»

Si guarda in giro mentre pensa.

«Senza commentarne la plausibilità, direi che la mia risposta è no.»

«Dato che ha parlato di prove concrete, esiste un altro reperto anatomopatologico più o meno determinante nel distinguere un'impiccagione da uno strangolamento, non è vero?»

«È evidente che lei ha in mente qualcosa, signor Sabich, quindi vada avanti.»

«Ma a lei non sovviene.»

«Non nel pieno di un controinterrogatorio.» Le risponde una risata comprensiva da qualche punto del banco dei giurati, credo del signor Rideau.

«Bene, le vittime di impiccagione, a differenza di quelle di strangolamento, spesso presentano emorragie nelle gambe, vero? Dato che il cuore non può più pompare sangue alla testa, la pressione aumenta esponenzialmente nelle basse estremità provocando la rottura dei vasi sanguigni delle gambe. Non è così?»

«Sì, è giusto, e capita di frequente nei casi di impiccagione.»

Susan mostra le foto successive sul monitor.

«Ora vorrei richiamare la sua attenzione sulle sue stesse foto dell'autopsia: le due aree nere su entrambi i polpacci della vittima potrebbero essere emorragie?»

«Potrebbe trattarsi di punti dove il sangue emorragico si è putrefatto, o semplice putrefazione durante la decomposizione. Come le ho detto prima, nessuno può propendere con certezza per l'una o l'altra ipotesi.»

«Anche se si trovano nello stesso punto di entrambi i polpacci?»

«Stessa risposta, signor Sabich.»

«Se si trattasse di emorragie, sarebbe una prova convincente che la vittima sia morta per impiccagione?»

«Non si è impiccata.» A differenza di prima, quando aveva dichiarato sprezzante che Mae non era morta a Ginawaban, Rogers adesso sembra una guastafeste scontrosa. Ancora una volta, si è voltata di lato.

«Al contrario, dottoressa Rogers, i reperti anatomopatologici, compresa la posizione del corpo, il segno dello strangolamento, le emorragie, non sono forse coerenti con il fatto che la vittima sia morta per impiccagione a Ginawaban?»

«Lascerò che siano i giurati, signor Sabich, a decidere se ritengono la sua teoria improbabile quanto la trovo io.»

«Chiedo che la risposta della teste venga cancellata» dico, e la giudice ordina a Rogers di rispondere alla mia domanda.

Lei è di nuovo eretta e cerca di assumere una posa molto dignitosa.

«Ammetterò che i reperti anatomopatologici non smentiscono

il fatto che la vittima sia morta per impiccagione a Ginawaban: il buon senso potrebbe suggerire altrimenti, ma non la patologia.»

L'affermazione sul buon senso suscita una smorfia di rabbia sul viso della giudice Carrington, però ne ho abbastanza della dottoressa Rogers e dichiaro di aver concluso.

39
La partita

La replica da parte di Jackdorp è esitante. Cerca ripetutamente di far usare a Rogers la parola "ipotesi" per descrivere le mie domande, ma è chiaro che la teste è arrabbiata con lui – probabilmente per la foto del casello – e risponde piccata, spesso con una sola parola. Evito di farle altre domande e lei esce dall'aula come un soldato in marcia, a testa alta, senza guardarsi intorno e con una postura che sembra voler sminuire chiunque si trovi qui.

Jackdorp si alza in piedi e comunica, nel suo solito tono funebre: «L'accusa ha concluso». Questo significa che non può presentare ulteriori prove se non in risposta a quelle dalla difesa. La cosa molto più importante, tuttavia, è che lui e Glowoski stanno affermando che il governo ha adempiuto al proprio dovere di dimostrare la colpevolezza dell'imputato al di là di ogni ragionevole dubbio.

La giudice Carrington lascia libera la giuria, poi dice che nel pomeriggio ascolterà gli avvocati discutere le mozioni che, di norma, vengono presentate quando l'accusa conclude la propria esposizione. Domani mattina dobbiamo cominciare a presentare le prove della difesa, ammesso che ce ne siano. Negli ultimi giorni ho fatto alcune domande e commenti che equivalevano più o meno a un impegno a chiamare un paio di testimoni, ma presto la giudice mi chiederà se farò testimoniare l'imputato.

Si prospetta una scelta molto importante. Prima della sessione di oggi pomeriggio ho bisogno di parlare con Aaron, che ha il diritto di prendere una cruciale decisione tattica. Comunico alla corte che il mio cliente ha scelto di essere presente per la discussione odierna e la giudice indica agli addetti alla sicurezza di non riportare Aaron in carcere. Dopo l'aggiornamento, Susan mi sferra un pugno scherzoso e mi loda per il controinterrogatorio di Rogers, uno dei pochi sviluppi positivi per il quale ho più meriti di lei. Susan non sarà presente alla discussione pomeridiana – tutto si svolge sempre allo stesso modo ed entrambi ne conosciamo l'esito – perché ha bisogno di tempo per poter seguire le due questioni aperte delle quali mi ha parlato stamattina.

Prende le sue cose e se ne va, mentre io busso alla porta che conduce alle celle. Quando entro, vedo Aaron di schiena, in piedi davanti alla turca d'acciaio mentre fa pipì. Il dover espletare le proprie funzioni corporali in pubblico è una delle tante privazioni a cui non mi sono mai abituato, e mi volto a guardare la porta fino a quando sento scorrere l'acqua. Dopo essersi lavato le mani, Aaron prende il panino alla mortadella e la Coca-Cola che gli danno ogni giorno per pranzo. Con il sandwich in mano, si avvicina a me al di là delle sbarre.

«Posso chiederti della faccenda con il medico della polizia?»

«Certo.»

«Credi che sia vero? Che Hardy l'abbia trovata impiccata e abbia deciso di farlo sembrare un incidente?»

Tempo fa avevo parlato a Aaron del mio colloquio con il dottor Daner, ma in quel momento lui era sopraffatto dalla situazione e non elaborava tutte le informazioni.

«Tu cosa pensi, Aaron?» chiedo. «Credi che Mae avrebbe potuto uccidersi?» Anche se, come è ovvio, nelle celle ho evitato conversazioni approfondite con lui nel timore che gli addetti alla sicurezza ci potessero sentire riferendo poi a Jackdorp, questa volta li ho visti uscire per pranzo.

«Sono andato in panico quando ne hai parlato con Charmaine perché, sai, più o meno sarebbe stata colpa mia.»

«Come mai?»

«Perché le ho chiuso il telefono in faccia, e lei mi stava dicendo esattamente questo: "Mi ammazzerò, non posso vivere senza di te".»

Il riferimento alla telefonata che dice di aver ricevuto da Mae il 14 settembre mentre stava viaggiando in autostop nella direzione sbagliata ha su di me un effetto del tutto diverso rispetto a sabato, perché adesso so che stava dicendo la verità a proposito della corda. Il fatto che lui si concentri sulla parte della conversazione che, a suo parere, lo renderebbe in parte responsabile della morte di Mae mi convince che quella telefonata sia davvero avvenuta, anche se mi sfugge come farla quadrare con i tabulati telefonici. Poi, ancora una volta, il poco che Susan mi ha riferito stamattina sulla signora del Missouri mi fa sperare che quella storia abbia altro da dire.

«Sai» prosegue Aaron «Mae le sparava sempre grosse e tu ti dicevi che non l'avrebbe mai fatto. Poi, invece, è andata così. Quindi, anche se non mi piace pensare che l'avrei dovuta prendere sul serio, questa cosa, ovvero che si è impiccata, ha più senso di tutte le altre.»

Come mi aveva fatto notare per la prima volta il dottor Daner, le prove anatomopatologiche di un'impiccagione sono significative. Ma anche accettando questa possibilità, le mie ipotesi su come il suo corpo e la Subaru siano finiti in fondo alla strada di servizio mi sembrano improbabili. Rogers aveva ragione nel dire che la mia teoria di un estraneo benintenzionato deciso a nascondere i resti di Mae non ha alcun supporto probatorio, a parte tutte le ombre che ho cercato di gettare su Hardy.

In questo momento, però, ho bisogno di riportare Aaron ai punti che verranno affrontati questo pomeriggio perché voglio dargli un momento per riflettere su quella che potrebbe essere una decisione fatidica. Le due mozioni che ho nella valigetta – entrambe di una sola pagina – sono quelle che la difesa presenta tradizionalmente quando l'esposizione dell'accusa si è conclusa, e servono a riservarsi alcuni argomenti per l'appello. Nella prima, affermiamo che le prove dello Stato sono così deboli da richiedere alla giudice di archiviare il caso. È un'impresa quasi disperata. Nel considerare quella mozione, un giudice deve concedere all'accusa il beneficio del dubbio. Ai fini della mozione odierna, George Lowndes avrà una vista d'aquila, i ripetitori dei cellulari potranno ricevere segnali da ottanta e più chilometri di distanza ed entrambe le impronte sospette – sulla camicetta di Mae e nel fango a Ginawaban – sono state lasciate da Aaron. Persino il giudice Rusty Sabich della Corte superiore, l'uomo che sono stato per quasi dieci anni, respingerebbe quella mozione dopo aver applicato gli standard legali vigenti. «La domanda più difficile, Aaron, è se dobbiamo insistere con la giudice perché dichiari l'annullamento del processo.»

«Cosa significa? Continuo a sentire questa parola, ma forse sono io che non capisco.»

«Significa che mandiamo a monte questo processo e cominciamo daccapo, immaginando che Jackdorp sia disposto a rimetterlo di nuovo in piedi.»

«Lo farà» commenta Aaron.

Sono d'accordo. Hardy, se non altri, non accetterebbe mai di lasciar cadere il caso. Poi è difficile per qualsiasi procuratore dire agli elettori che ha scarcerato una persona da lui stesso definita un assassino dal cuore di pietra.

Un annullamento basato sugli errori dell'accusa, perché questo sarebbe, concede alla difesa qualche vantaggio non applicabile se fosse la giuria a non raggiungere un verdetto unanime. Se poi volessimo guadagnare tempo, potremmo ricorrere in appello affermando che gli errori di Jackdorp erano intenzionali, quindi che dovrebbe essere vietato riprocessare Aaron perché si tratterebbe dello stesso reato. Dal punto di vista legale sarebbe arduo e, mentre lavoravo alla Corte d'appello, non abbiamo mai deliberato in questo senso, nonostante alcuni casi ben argomentati. Ancora una volta, Jackdorp potrebbe offrire un patteggiamento, ma credo che Aaron non accetterebbe mai senza lo stimolo della certezza di avere una forte maggioranza della giuria contraria a lui.

«Non so se alla fine la giudice accetterà l'annullamento» dico. «In questo caso, dovrebbe rifare tutto il lavoro e questo complicherebbe la sua agenda. Ma abbiamo argomenti a sufficienza, tutte le acrobazie di Jackdorp e gli appunti sulla signora Lowndes, perché possa farlo, se riesco a essere abbastanza convincente in proposito. Quindi la domanda è se tu abbia migliori possibilità di essere dichiarato innocente in questo processo o nel successivo.»

Susan ha già dato il suo parere. È una veterana delle guerre della difesa e sposa il secolare buon senso in base al quale è un trionfo per la difesa ogni volta che impedisci all'accusa di ottenere una condanna. Per la procura è ogni volta più difficile, soprattutto sapendo che il primo processo non è andato a buon fine. È possibile che testimoni come Lowndes non desiderino ripresentarsi, oppure la signora Lowndes potrebbe cedere e parlare con noi. In un secondo processo, poi, la difesa ha alcuni vantaggi intrinseci. Nessuno ripete una storia esattamente allo stesso modo, quindi ci saranno incoerenze che noi potremmo far rilevare.

«Ma, Aaron, li abbiamo colti di sorpresa più volte, e saranno preparati meglio. Oggi io potrei aver scoperto troppe carte e magari, nel prossimo processo, partiranno dal presupposto che Mae sia morta a Ginawaban. La dottoressa Rogers, poi, potrebbe dare risposte migliori sul perché Mae non si sarebbe impiccata. Magari chiameranno lo psichiatra che curava Mae a testimoniare di non aver mai visto indizi di un'ideazione suicidaria. E forse potrebbero documentare dove si trovava Hardy in ogni momento del 14 settembre per dimostrare che non si è mai avvicinato a Ginawaban.

«E dovremmo essere molto fortunati, Aaron, ad avere una giuria così valida la prossima volta. In base alla legge delle probabilità, non avremo più tre persone non bianche, né qualcuno che conosce Susan. Perché tu lo sappia, il problema di presentare una mozione di annullamento è: attento a ciò che desideri.»

«Quindi evitiamo?»

«No, è questo il problema. Devo presentare la mozione per conservare la questione per l'appello. Devo solo capire quanto essere enfatico. Sono decenni che la giudice Carrington gioca a questo gioco e sa leggere i segnali. Se dico che sto ripresentando la mozione di annullamento del processo, ma resto sulle argomentazioni precedenti, ci sono ben poche possibilità che lei accetti.»

«Senti» risponde Aaron «non mi va affatto di rivivere tutto questo, proprio per niente, lo odio. Ma non si avvicina neppure all'odio che proverei se mi condannassero, quindi devo seguire i consigli tuoi e di Susan. Dimmi che ne pensi.»

Gli spiego l'opinione di Susan.

«E tu?» mi chiede.

Ed è qui che essere un avvocato difensore – un'esperienza che non ho quasi mai fatto prima – diventa davvero difficile, perché lanci i dadi giocando sulla vita di un altro. Se Aaron venisse condannato, mi prenderei a calci fino alla morte per non aver insistito per un annullamento.

«Credo che dovremmo arrivare al verdetto con questa giuria. Ma, se non sei d'accordo, sarò felice di seguire le tue istruzioni. Francamente, potrei anche cambiare idea a seconda di come reagirà la giudice Carrington durante la discussione della prima mozione. Se ritenessi davvero possibile che lei vieti un secondo processo, spingerei per l'annullamento. In base a quanto so adesso, però, io dico di andare avanti.»

«Andiamo avanti» dice Aaron, poi aggiunge: «Comunque io voglio ancora testimoniare.»

Sapevo che quasi di sicuro saremmo tornati su questo.

«Non ci siamo ancora arrivati» gli dico.

«Perché no?»

«Susan mi dice che sta lavorando a roba grossa per la difesa.»

«Di che tipo?»

Gli spiego che non abbiamo avuto il tempo di parlarne stamattina, ma lei mi ha detto di essere entusiasta.

«Ha detto che è roba che potrebbe cambiare le carte in tavola. Domani mattina, quando arriveremo in tribunale, ci potrà spiegare meglio.»

«Io non mi faccio indietro.»

«Capisco, Aaron, però dobbiamo vedere come si evolve la situazione. Se avesse trovato qualcuno disposto a confessare l'omicidio di Mae, vorresti ancora testimoniare?»

Scoppia a ridere. «Touché.»

Non so perché, ma il mio esempio mi scatena una paura improvvisa, e lo capisco non appena torno in aula. È un'altra fantasia oscura. Cosa farei se Bea venisse da me stasera dicendo che vuole fare proprio questo, ovvero confessare? Immagino che glielo lascerei fare. Ma penso davvero che sia possibile? Oscillo fra seri dubbi su Bea e momenti in cui mi detesto per averci pensato.

Torno verso l'ufficio della giudice per depositare da Moriah le semplici mozioni che presenterò oggi. Lei c'è, ma mi dà una brutta notizia. La giudice non prevede che l'udienza sulle mie mozioni occupi tutto il pomeriggio, quindi ha deciso di dare la precedenza alle arringhe finali degli avvocati dell'ordine restrittivo temporaneo, che mira a fermare la costruzione di un edificio commerciale e residenziale di sette piani nel centro di Portage. Ho almeno un'altra ora a disposizione.

Attraverso la strada verso la tavola calda e pranzo tranquillamente invece di ingozzarmi con un panino, come ho sempre fatto dalla selezione della giuria in poi. Ovviamente non riesco a resistere a hamburger e patatine perché, in questo campo, la disciplina sembra andare oltre le mie capacità, specie se considero l'autocontrollo che mi serve in aula. Spazzolo tutte le patatine, ben consapevole che, di questo passo, non riuscirò ad allacciare i pantaloni per l'arringa finale.

Quando torno in aula, gli avvocati non hanno ancora finito la loro esposizione alla giudice e lei delibera quasi alle quattro. Mi sono alzato per tornare al tavolo della difesa quando il telefono mi vibra in tasca. Ho assegnato a Susan una suoneria – e relativa vibrazione – personalizzata: sento due pulsazioni rapide. Dato che la giudice è tornata nel suo ufficio a firmare gli ordini che consentiranno alla costruzione di procedere, esco in corridoio per scoprire cosa c'è.

Chiama al più presto, mi ha scritto, ma quando lo faccio il suo telefono è occupato. Quasi immediatamente mi manda un altro messaggio:

Scusa, sono al telefono. Roba grossa. Vacci piano con l'annullamento. Vorrai il verdetto.

Perplesso dal suo cambiamento d'opinione, le rispondo con una serie di punti di domanda.

Ha il tempo per digitare due sole parole di risposta.

È innocente.

III

LA DIFESA

40
Brice

14 febbraio

Brice Flynn, il padre del figlio di Cassity, è il primo testimone per la difesa quando cominciamo il mercoledì mattina. Non avevamo altra scelta che chiamarlo se volevamo spiegare perché le Nike di Aaron sono introvabili. Susan aveva detto che Brice sarebbe stato disponibile solo in un periodo di tempo limitato, ma io sulle prime ero riluttante a iniziare con lui perché temevo non avrebbe fatto una buona impressione. Il ragazzo che avevo visto con Aaron in settembre sembrava uno sfaticato, con i capelli in disordine, corti sulla testa e lunghi sulla nuca, e lo sguardo distratto e perso. Un po' flaccido intorno alla vita, indossava sempre T-shirt scolorite e dava l'impressione di essere il tipo cresciuto molto più di quanto si aspettasse e ancora incerto delle proprie dimensioni.

Oggi Brice entra in aula con l'uniforme blu dei marinai della Guardia costiera, con cravatta blu e la lunga giacca con i bottoni d'oro e i pantaloni abbinati. Gli hanno insegnato a tenersi eretto e a guardare le persone negli occhi, e fa così durante il giuramento. È un marinaio da quando, una settimana fa, ha terminato l'addestramento di base. I capelli adesso hanno un taglio cortissimo e il suo breve periodo di disponibilità per noi è dovuto al fatto che deve cominciare la cosiddetta A School, un corso di tre mesi. Poi entrerà nella riserva della Guardia costiera e passerà una settimana al mese assegnato alla sicurezza portuale di Chicago, della Kindle County o di Milwaukee.

«Marinaio Flynn» esordisco «la ringrazio per il suo servizio. Lei si trova qui in seguito a un mandato di comparizione?»

Risponde di sì e spiega che il mandato era necessario per poter avere un giorno in più di licenza.

«Lei conosce l'imputato, Aaron Housley?»

«Sì, signore.»

«Da quanto tempo?»

«Da tutta la vita, signore.»

«Siete andati a scuola insieme?»

«Siamo andati alla stessa scuola, signore. E a lui piaceva più che a me, quindi era quasi sempre in classi più avanzate, ma sì, per dodici anni siamo entrati e usciti ogni giorno dalla stessa scuola.»

«Vorrei portare la sua attenzione sulla seconda metà di settembre 2023: ha lavorato con l'imputato?»

«Sì, signore.»

«Ci potrebbe spiegare?»

«Sì, signore. Aaron aveva un lavoro che gli piaceva davvero, faceva progetti grafici per un organizzatore di eventi a Como Stop, ma come sa è un impiego stagionale e lo avevano licenziato dopo il Labor Day. Un paio di estati fa io avevo cominciato a imbiancare case come secondo lavoro e, arrivati a metà settembre, avevo più commesse di quante ne avrei potute finire prima che il tempo cambiasse. Quando la temperatura scende sotto i 10°C alcune vernici possono dare problemi. Quindi avevo chiesto a Aaron di aiutarmi per un paio di settimane.»

«Ha lavorato per lei?»

«Sì, signore, più o meno.»

«Lei ha parlato di metà settembre. Riuscirebbe a collegare il periodo in cui l'imputato ha lavorato per lei con qualsiasi viaggio lui abbia fatto con Mae Potter?»

«Sì, signore. Era appena tornato.»

«E lei come lo sapeva?»

«Be', mi aveva detto che sarebbe andato via con Mae, e ci eravamo messi d'accordo che avrebbe cominciato a imbiancare con me al suo ritorno.»

«Le ha raccontato cosa era successo con la vittima?»

«Non ne voleva parlare, era piuttosto abbacchiato. Ha detto soltanto...»

Jackdorp lo interrompe con un'obiezione sulla testimonianza indiretta, che la giudice Carrington accoglie. Le dichiarazioni fatte da Aaron fuori dal tribunale non possono entrare fra le prove, a meno che l'accusa non si occupi prima di una particolare conversazione, cosa che ha fatto con un buon numero dei suoi testimoni.

«A proposito, quando avete cominciato a lavorare insieme, subito dopo il rientro dell'imputato dal viaggio con Mae Potter, ha notato tagli, lividi o altri segni che lasciassero pensare a uno scontro fisico?»

«Non credo che si sia mai azzuffato. Lui è una persona che ama, non un combattente.»

Nel banco della giuria qualcuno ridacchia, e lancio una rapida occhiata per vedere se è il signor Smith, l'agricoltore afroamericano.

«Ma non ha visto su di lui segni di una lotta recente?»

«No, signore. Mi avrebbe sorpreso, quindi è probabile che li avrei notati.»

«Ora, lei sa che tipo di scarpe indossasse l'imputato quando avete cominciato a lavorare insieme?»

«Sì, signore. Aveva un paio di Nike Air Force 1 bianche.»

«E come mai lo sa?»

«Be', a dire il vero, facendo il mio lavoro un sacco di vernice cade sulle scarpe. Ero al compleanno di Aaron quando suo nonno gliele aveva regalate, e sapevo che gli piacevano. Gli avevo detto di mettersi i copriscarpe di plastica, ma tanto per cominciare già non apprezzava l'idea di salire così in alto su una scala e con i copriscarpe si scivola un po', quindi aveva paura di muoversi. Allora ha imbiancato tenendo addosso le sue scarpe e io gli avevo promesso di dargli i soldi per un altro paio.»

«Che ne è stato delle Nike?»

«Be', signore, le metteva ogni giorno. Abbiamo lavorato per tredici giorni di fila fino a quando sono stato sicuro di poter finire da solo le case che restavano. A quel punto le scarpe erano in pessime condizioni.»

«Cosa intende con "pessime"?»

«Erano coperte di vernice di tutti i colori, signore, persino le suole. E, quando la vernice si era asciugata, aveva indurito un po' le scarpe. C'era anche un sacco di vernice al lattice che si era seccata sui lacci, e sui buchi per i lacci, quindi alla fine non riusciva nemmeno a slacciarle. Ha detto che era così difficile indossarle e sfilarle che, per le ultime due notti, non le aveva tolte nemmeno per dormire.»

«E l'imputato quando ha smesso di lavorare per lei?»

«Dalla casa dei Kitnik, ed era un giovedì. Inizialmente mi aveva garantito che avrebbe lavorato con me per due settimane ma... sa è un grande artista, ama dipingere su tela o su carta, ma imbiancare non credo sarà mai un lavoro che gli piace. Ha sempre detestato la scala. Quindi, quando sono stato sicuro di poter finire da solo, gli ho detto: "Se sei stufo, puoi andare". Non gliel'ho dovuto ripetere due volte.»

Quando lo guardo, Aaron sta sorridendo, divertito dalla descrizione di Brice. In effetti, mi aveva raccontato di come avesse passato quasi due settimane in preda al terrore per dieci ore al giorno.

«E che ne ha fatto delle scarpe?»

«Mentre stavo smontando le scale e raccogliendo le coperture dei pavimenti, ha preso un cutter e le ha tagliate per toglierle. Quando l'ho accompagnato a casa, era a piedi nudi.»

«E che ne è stato delle scarpe?»

«Sono finite direttamente nella spazzatura. C'era un bidone proprio sul vialetto d'accesso della casa dei Kitnik perché avevamo dovuto rimuovere alcune tavole marce della fascia del sottotetto. E lui ci ha buttato dentro le scarpe.»

«Lo ha visto farlo?»

«Sì, signore.»

«E ricorda quando è successo rispetto al momento in cui lei ha saputo che era stato scoperto il corpo di Mae Potter?»

«Qualche ora prima che Aaron venisse a sapere di Mae.»

Jackdorp si oppone, testimonianza indiretta, e l'obiezione viene accolta.

«E lei come ha saputo della morte di Mae Potter?»

«Quando sono arrivato a casa, mi ha telefonato Cassity dicendomi di leggere l'articolo su internet.»

Gli mostro la pagina di "The Patch" con il banner "Ultim'ora. Esclusiva". Indica l'orario, le 18.32.

«Ed è sicuro che le scarpe siano state buttate via prima?»

«Certo. Avevamo lavorato sodo per essere sicuri di finire. E si deve chiudere parecchio prima del tramonto: quando la luce si attenua, è difficile vedere come vanno le cose. Quindi abbiamo smesso non più tardi delle sei. E avevamo concluso prima, più o meno alle cinque e mezza di quel giorno.»

Spesso i procuratori sono scarsi nei controinterrogatori perché hanno opportunità limitate. Gran parte dei difensori conclude senza presentare prove e, anche il quel caso, in genere non chiama più di due o tre testimoni. E gli stessi imputati testimoniano sempre meno perché molte giurisdizioni, compresa quella del nostro Stato, hanno emanato leggi sull'irrogazione della pena che richiedono condanne più severe per chi viene riconosciuto colpevole dopo essere salito sul banco dei testimoni: la pena più lunga non è una punizione per aver esercitato il diritto costituzionale di testimoniare a proprio favore, ma per spergiuro. Non ho ancora spiegato questa parte a Aaron, ma è un motivo in più perché non salga su quel banco.

Jackdorp, comunque, nel controinterrogatorio va molto meglio di quanto mi sarei aspettato, anche se dubito si avvicinerà mai a un testimone della difesa senza un'aria accusatoria.

«Quindi lei è amico da tutta la vita dell'imputato?» chiede a Brice.

«Sì, signore.»

«E gli ha fatto visita prima del processo?» Jackdorp ha in mano dei fogli, con ogni probabilità il registro dei visitatori del carcere. Su disposizione della giudice Carrington, i giurati non sanno ancora che Aaron è già stato in prigione, il che va bene a entrambe le parti. Io non voglio che si chiedano cosa possa aver impedito la sua libertà su cauzione, mentre Jackdorp se ne infischia se un membro della giuria, in dubbio se condannare Aaron, si pone ulteriori dilemmi venendo a conoscenza dei suoi precedenti.

«Sì, signore, molte volte. Prima che partissi per il corso di base.»

«Gli ha parlato, vero?»

«Certo.»

«Avete parlato di quelle scarpe?»

«Più o meno.»

«Più o meno? Avete parlato di un'eventuale testimonianza su quelle scarpe?»

«Mi ha detto che erano importanti per il caso e che il signor Sabich mi avrebbe chiamato a testimoniare.»

«Importanti in che modo? Le ha detto che avrebbe dovuto spiegare che ne era stato delle scarpe?»

«Credo di sì. Forse.»

Jackdorp increspa le labbra e si concede il tempo di annuire in modo eloquente.

«Ora lei è qui, e ha giurato davanti a Dio di dire la verità, non è vero?»

«Sì, signore.»

«Conosce Cassity Benisch?»

«Sì, signore, è la mia ragazza.» Mi siedo più eretto e lancio un'occhiata a Susan. Come me, non ha idea di dove Jackdorp stia andando a parare.

«È qualcosa di più della sua ragazza, vero? Non è forse la madre di suo figlio?»

«Sì, signore. Stavo solo cercando di dare una risposta semplice.»

«E le ha chiesto di sposarla quando ha saputo che era incinta di suo figlio?»

«Sì, signore.»

«Ed era pronto a promettere davanti a Dio, a lei e alla sua comunità di onorarla ed esserle fedele, è giusto?»

«Sì, signore.»

«E aveva capito che quella promessa davanti a Dio e a tutti gli altri era importante quanto il giuramento che ha prestato oggi?»

«Più importante, a dire il vero.»

«E si considerava legato a quella promessa anche prima della cerimonia di nozze?»

«Immagino di sì.»

«E ha onorato quella promessa di onorarla ed esserle fedele?»

Colpito da quelle parole, Brice mi guarda. Avrei dovuto prevederlo, e mi dispiace per l'umiliazione che ha subito. Penso di fare obiezione, ma Jackdorp è stato molto in gamba presentando a Brice l'equivalenza tra il suo impegno con Cassity e il giuramento di oggi. La mia obiezione verrebbe respinta e il tentativo farebbe una brutta impressione ai giurati.

«No» risponde infine Brice a occhi bassi.

«E Cassity Benisch ha rifiutato la proposta di matrimonio,

non è vero, perché lei era il tipo d'uomo che non mantiene la parola in queste circostanze solenni?»

«Non so perché. Era arrabbiata e si sentiva ferita. Ormai sono tre anni che cerco di farle cambiare idea, e credo di esserci riuscito. Voglio dire, è per questo che sono in uniforme: per dimostrarle che non sono più un ragazzino.»

Jackdorp lancia una lunga occhiata carica di disprezzo a Brice e si volta per scendere dal leggio. Sta per dire di non avere altre domande, quando Glowoski gli fa un cenno e gli sussurra qualcosa.

«Oh, sì» esclama Jackdorp in piedi davanti al tavolo dell'accusa. «Per essere chiari, l'imputato possedeva ancora quelle Nike 1 quando è andato via con Mae?»

«Sì, signore.»

«E lei non ha conoscenza diretta di cosa ne sia stato di tutti gli altri effetti personali che l'imputato ha portato con sé partendo con la vittima: gli abiti, lo zaino, il sacco a pelo?»

«So quello che mi ha detto lui.»

«No, no, no» ribatte subito Jackdorp. Troppo tardi capisce di aver fatto il classico errore di chi controinterroga, ovvero ha fatto una domanda di cui non conosce la risposta. Io chiederei subito che venga permesso a Brice di concludere la risposta, ma sono apprensivo quanto Jackdorp, anche se per motivi diversi. Non voglio che la giuria venga a sapere del falò. «Niente testimonianze indirette. Le sto chiedendo se è stato testimone di qualsiasi cosa possa spiegare che ne è stato di quegli oggetti.»

«Ho annusato i suoi jeans» risponde Brice.

«Non ho altre domande» ribatte Jackdorp. Un finale non positivo per lui dopo un buon controinterrogatorio, perché sa che sarò io a fare la prossima domanda. E così è. Mi alzo.

«Ha detto di aver annusato i jeans dell'imputato?»

«Sì, signore, il primo giorno che abbiamo imbiancato aveva addosso dei jeans che puzzavano di fumo. Immagino che, la prima sera lassù con Mae Potter, ci sia stato un temporale che continuava a spegnere il fuoco. Lui ha detto che non gli interessava se i jeans si sporcavano di vernice perché li avrebbe buttati via comunque.»

Jackdorp interrompe con un'altra obiezione per testimonianza indiretta, ma la giudice Carrington ammette la parte della risposta sull'intenzione di Aaron di buttare via i jeans. Le dichiarazioni su ciò che intendi fare non sono testimonianze indirette, dato che le parole dette fuori dall'aula non svelano cosa sia successo davvero. È una delle sottili distinzioni della legge che mi è sempre sembrata un po' troppo sottile. Ma oggi, per noi, funziona.

«E ha detto di essersi unito alla Guardia costiera e di indossare l'uniforme per dimostrare a Cassity Benisch di essere una persona migliore?»

«Esattamente, signore.»

«Quell'uniforme è importante per lei?»

«Molto importante.»

«E la disonorerebbe se entrasse in tribunale e mentisse sotto giuramento?»

«Non mentirei sotto giuramento, indossando o meno l'uniforme. Per via di quello che è successo con Cassity, ho imparato molto sul rispettare la propria parola.»

Susan, accanto a me, annuisce. Va bene così. Ringrazio Brice e riprendo il mio posto al tavolo.

41
Di nuovo Glowoski

Quando Brice se n'è andato, dico: «La difesa richiama la tenente Vanda Glowoski».

«Come mai?» chiede Jackdorp. «La tenente non è sul loro elenco di testimoni.»

Gli rammento che è già stata chiamata dalla difesa e che lui non ha il diritto a ulteriori comunicazioni.

«Non ripeteremo quella testimonianza» commenta la giudice Carrington.

«No, vostro onore, ma presenteremo prove di un'ulteriore violazione della regola Brady.»

«Quale violazione della regola Brady?» chiede ancora Jackdorp. «Non ne sappiamo niente.»

La giudice lancia a Jackdorp uno sguardo che sembra unire lo sdegno al divertimento. Se l'accusa ha nascosto prove favorevoli alla difesa, è evidente che sa di che si tratta.

Glowoski torna al banco dei testimoni con la sua postura militare. La giudice le ricorda che è ancora sotto giuramento e io spiego il fondamento: lo Stato ci ha fornito venerdì tutti gli appunti che gli agenti della State Patrol e i vicesceriffi coinvolti nel caso sono stati in grado di trovare.

Ho in mano un blocco da stenografo con la spirale metallica in alto. Lo contrassegno come reperto della difesa 6 prima di mostrarlo alla tenente.

«Tenente, conosce il succo di questo appunto datato 5 ottobre 2023?»

Lei legge e risponde di sì. Noi lo sappiamo già, perché ieri

Susan ha parlato con la giovane agente che l'ha scritto. Ha detto che aveva ordine di informare Glowoski di qualsiasi telefonata sul caso Potter.

«E di chi è questo appunto?»

«Di un'agente dell'ufficio di Portage dello sceriffo della Skageon County che si occupava delle segnalazioni telefoniche in quella data.»

«La data è successiva all'arresto dell'imputato e all'udienza preliminare? C'era stata parecchia pubblicità in zona alle accuse che gli venivano contestate?»

«Così ricordo.»

«Vorrebbe per favore leggere questo appunto ai giurati?»

Jackdorp si alza per fare obiezione sulla base del fatto che non ha ancora visto l'appunto. Poi va al banco per leggere da sopra la spalla di Glowoski. Appena terminato, alza gli occhi al soffitto, poi resta lì, come a voler sussurrare le risposte all'orecchio della tenente, come sicuramente vorrebbe poter fare. Alla fine, la giudice gli dice di tornare al suo posto e lui annuisce come un sonnambulo che è stato svegliato.

Appena giunto al suo tavolo, però, commenta: «Quell'appunto è una testimonianza indiretta, giudice».

«Vostro onore» rispondo «vorrei dimostrare una violazione della regola Brady, il che necessariamente comporta illustrare ciò che la State Patrol, e il governo dello Stato di cui fa parte, sapevano».

La giudice è d'accordo con me. «Legga l'appunto, tenente.»

«Akylles Parrish.» Poi detta nome e cognome per la stenotipista. «262-444-1440. Camionista sulle tratte interstatali. Ha dato un passaggio a un uomo che era sui giornali e faceva l'autostop nei pressi di Alderville il 14 settembre.»

«Quanto dista Alderville da Harold's Woods?»

«Qualche chilometro.»

«E lei ha telefonato al signor Parrish o gli ha fatto visita, oppure ha chiesto a un altro agente di farlo?»

«No.»

«Come mai?»

«Perché ero sicura che fosse una sciocchezza.»

«E che cosa di questa segnalazione le ha dato la certezza che non fosse vera?»

«Be', tanto per cominciare arrivano molte telefonate come questa nei casi che hanno una certa notorietà, e nove volte su dieci si tratta di aria fritta. Le persone si autoconvincono di qualcosa oppure desiderano finire sotto la luce dei riflettori. E molte sono matte da legare. Poi avevo controllato Parrish e aveva precedenti penali.»

«Di che genere?»

«Era stato in carcere per rapina a mano armata.»

«Quando?»

«Un po' di tempo fa.»

«Trentadue anni or sono le sembra corretto?»

«Non ricordo esattamente. Come ho detto era passato un po' di tempo.»

«Negli ultimi trentadue anni ha altri arresti per reati?»

«No.»

«Nemmeno reati minori?»

«Non credo. C'erano un paio di violazioni del codice della strada.»

«E che altro ha scoperto sul signor Parrish che le ha fatto scartare questa segnalazione?»

«Cosa intende dire?»

«Ha scoperto la sua etnia?»

«Era indicata sui precedenti.»

«E quale sarebbe?»

«Afroamericano.»

«Ora, nella sua veste di agente della State Patrol, ho ragione se dico che lei conosce l'ELD?»

«Sì.»

«Cos'è l'ELD?»

«È l'acronimo di Electronic Logging Device, un tachigrafo digitale. Dal 2019 tutti i camion che percorrono tratte interstatali devono avere a bordo uno di questi dispositivi che registra molti dati ogni ora.»

«I dati registrati comprendono data, ora e posizione del veicolo?»

«La posizione è approssimativa. L'accuratezza è di circa due chilometri.»

«E i camion che percorrono tratte interstatali devono conservare questi dati?»

«Sì.»

«Quindi, quando ha visto l'appunto che diceva che il signor Parrish, il camionista, aveva fatto salire a bordo nei pressi di Alderville l'uomo di cui parlavano i giornali, lei sapeva che ci sarebbe stata una documentazione a sostegno di quanto affermava o, al contrario, per smentirlo?»

«Come le ho detto, non sono arrivata a quel punto perché ero convinta che fosse una sciocchezza.»

«Senza nemmeno parlare con lui?»

«Sì.»

«Perché non aveva la fedina penale immacolata ed era nero, e i neri si sostengono tra loro?»

«Non ho detto questo.»

«Ma lo ha pensato?»

«Come le ho detto, in quei momenti arrivano molte segnalazioni che sono fesserie, e quel tizio era un delinquente.»

«Quindi ha deciso di non fare ulteriori indagini?»

«Esatto.»

«Lei era presente quando Aaron Housley è comparso per la prima volta in aula il 2 ottobre 2023?»

«Sì.»

«E ha sentito la giudice Carrington chiedere di rivelare tutte le prove materiali favorevoli alla difesa, il cosiddetto materiale Brady?»

«Ci dovevo essere.»

«Ma quando, tre giorni dopo, è arrivata questa segnalazione, ha deciso di non informare la difesa. È giusto?»

«In realtà non l'ho deciso. Era solo una segnalazione cui non valeva la pena dare seguito. Questo era un caso importante e, come si suol dire, lei lo sa, arrivava una quantità esagerata di informazioni. Avevamo troppo da fare.»

«Aveva già interrogato George Lowndes?»

«No. Credo che altri agenti gli avessero parlato per breve tempo. In seguito lo abbiamo interrogato più a lungo a casa sua.»

«Ma in un modo o nell'altro, tenente, sarà d'accordo con me che, se Aaron Housley fosse stato con quel camionista, Lowndes sbagliava a credere di aver visto l'imputato guidare la Subaru?»

«Capisco il suo punto di vista» risponde. «Però non credo sapessimo ancora che avrebbe parlato di chi guidava la Subaru.

Questa informazione ci è stata comunicata quando, nel fine settimana successivo, abbiamo interrogato il signor Lowndes.»

«Ma la sua teoria operativa è sempre stata che Mae Potter è stata uccisa a Harold's Woods, non è vero? Perché là avevate trovato le fibre della corda e Lowndes aveva già detto agli altri agenti di aver visto una coppia litigare? E dato che aveva trovato indizi di una partenza affrettata, ha immaginato che l'imputato avesse trasportato il corpo verso nord per liberarsene a Ginawaban? È questo che pensava?»

A Glowoski ci vuole un momento per ricordare. «Direi che è quello che sospettavamo. Non lo abbiamo dato per certo fino a quando abbiamo parlato con il signor Lowndes e abbiamo ricevuto la foto del casello.»

«E quello che affermava il camionista contraddiceva tutto questo, non è vero?»

«Se fosse vero. Ma qui, avvocato, lei non ha capito la sequenza. Arriva la segnalazione di quel delinquente. Ed è un'assurdità. Poi Lowndes dice che il ragazzo era al volante e vediamo la foto del casello.»

«E lei ha preso da sola la decisione di non parlare con il signor Parrish e di non informare la difesa, oppure si è consultata con qualcun altro in proposito?»

«Si dà il caso che l'abbia fatto.»

«Un altro agente?»

«No.»

«Chi?»

«Un procuratore.»

«Il signor Jackdorp?» Jackdorp si alza come un cane che ha sentito chiamare il suo nome. Da come lo vedo teso, credo che il suo istinto sia quello di fare obiezione fino al momento in cui Glowoski risponde di no.

«Qualcuno dell'ufficio del signor Jackdorp?»

«No.»

Sono perplesso. «Di chi si trattava?»

«Qualcuno dell'ufficio del procuratore della Skageon County.»

«E potremmo conoscere il nome di quel procuratore?»

Tace per un secondo prima di rispondere: «Harrison Potter».

Emetto un suono, un grugnito come se mi avessero dato un pugno. Faccio un po' di teatro voltandomi lentamente per indicare Hardy, che è accanto alla moglie e a suo padre in prima fila dietro il tavolo dell'accusa. Si sta guardando le mani, ma Mansy gli sferra un colpetto e lui si raddrizza per affrontarci. Ha un'espressione incerta, come a dire: "Oh, no".

«Quell'uomo? Il padre della vittima?»

«Sì.»

«Lei gli ha detto della segnalazione e lui cosa ha risposto?»

«Gli ho riferito cosa aveva detto quel tizio e cosa avevo scoperto. Lui ha risposto: "Sono assurdità, dimenticatene", ovvero la stessa cosa che pensavo io.»

Il cuore comincia a battermi più forte: avrei dovuto capirlo molto tempo fa.

«Lei già conosceva il signor Potter prima di questo caso?»

«Sì.»

«Aveva lavorato a indagini con lui e il suo ufficio?»

«Certo.»

«E ha conferito con lui a proposito delle indagini sulla sparizione, e in seguito sulla morte, di sua figlia?»

«Così come con qualsiasi altro genitore.»

«Davvero? Quanti altri genitori le hanno detto di dimenticare il materiale Brady, le prove che potrebbero aiutare la difesa?»

Lei non risponde.

«La posizione ufficiale del signor Potter non era forse che aveva affidato le indagini alla sua vice?»

«Ed era vero.»

«E lei ha chiesto alla viceprocuratrice come procedere in merito all'appunto su Akylles Parrish?»

«Probabilmente no.»

Adesso ho capito, ho capito. Forse ci ho messo più del dovuto, però ho capito.

«E, al di fuori del lavoro, aveva altri rapporti con il signor Potter?»

«Che significa?»

«Esattamente ciò che ho detto.» Sto cercando di immaginare che ruolo possa aver avuto Glowoski nel Club della scopata di Hardy. Non avevo considerato che le potessero interessare gli uomini, ma è impossibile sapere esattamente che cosa sia successo nella vita mutevole di Hardy. Provo l'istinto – quasi primordiale e tendente alla cattiveria – di umiliare anche Bea con le prossime domande.

Sto ancora facendo i miei conti quando qualcosa mi colpisce la spalla. Allarmato, mi volto verso il tavolo della difesa e mi rendo conto che Susan mi ha lanciato una penna. Mi fa cenno di andare da lei, e chiedo un momento alla giudice.

«Hai letto l'e-mail che ti ho mandato domenica sera tardi?» sussurra.

Le dico la verità: da giorni non leggo le e-mail. Tanto per cominciare, mi sono stancato delle tante persone spregevoli che seguono il caso online e hanno capito come raggiungermi con messaggi che includono sempre un uso creativo della parola con la N. In secondo luogo, domenica ero immerso nella patologia e nelle impronte di pneumatici.

Dopo aver digitato qualcosa sul computer, Susan lo sposta verso di me in modo che possa chinarmi a leggere.

«Rusty, altre informazioni su Glowoski. Ha servito con Mark Potter in Afghanistan. Lui era nel JAG Corps, l'avvocatura militare, e lei un'investigatrice dell'esercito. Era con lui sulla Jeep che è passata su un ordigno esplosivo improvvisato e ha riaccompagnato il cadavere negli Stati Uniti. A quanto pare ha traslocato in questa parte del paese dopo il turno in Afghanistan per aiutare la vedova di Mark e i suoi figli. È considerata persona di famiglia.»

«Grazie» mormoro a Susan. Stavo per precipitare in un buco profondo e la metà dei giurati non mi avrebbe mai perdonato.

Mi giro verso Glowoski.

«Va bene così, tenente. Lei il signor Potter siete amici personali da qualche tempo, non è vero?»

«In questo caso risponderei di sì.»

«Ed è stato il signor Potter, Harrison Potter, a chiedere che lei venisse assegnata a questa indagine?»

«Non so se lo abbia suggerito. Credo di essere stata io a chiederlo.»

«Un'indagine che riguardava la figlia del suo amico?»

«Sì, volevo essere sicura che fosse gestita bene.»

«E gestirla bene comporta nascondere prove alla difesa?» Mi aspetto che Jackdorp si opponga, ma se ne sta seduto al tavolo come se non avesse più una parte in questo dramma.

Glowoski ripete di non aver mai collegato la segnalazione del camionista con ciò che alla fine aveva detto Lowndes.

«A proposito. Aveva discusso con Hardy Potter anche la decisione di non parlare con la signora Lowndes?»

«La signora Lowndes non voleva parlare con noi. Lei, avvocato, ha sentito cosa ha detto suo marito.»

«Ha discusso con il signor Potter la decisione di non tentare ulteriormente di interrogarla?»

«Non lo so. Gli parlavo spesso, soprattutto quando c'erano sviluppi significativi. Potrei averlo fatto o non averlo fatto.»

Resto un momento a fissare Glowoski dall'alto al basso, poi torno da Susan per sapere se ho dimenticato di dire qualcos'altro.

Glowoski, chiaramente snervata dallo sviluppo della testimonianza, coglie l'occasione per prendere la parola.

«Sa, questa faccenda del camionista è proprio come quella della signora Lowndes. Lei, avvocato, vuole dare l'impressione che avesse qualcosa di fantastico da dire a vostro favore, ma non lo sa, come non lo so io. Lo stesso vale per il camionista. Lei crede che io abbia passato i limiti perché sono amica dei Potter, però scommetto che le cose stanno come pensavamo noi e, se si dovesse arrivare al dunque, quel camionista non mostrerà mai la sua faccia qui dentro né dirà sotto giuramento quello che ha segnalato.»

La giudice si sta irritando. «Vuole far eliminare tutto questo, signor Sabich?»

«Niente affatto, vostro onore, vorrei chiedere alla stenotipista di evidenziarlo per poterlo rileggere alla giuria nell'arringa finale.»

Jackdorp adesso ha appoggiato la fronte sul palmo della mano. Nell'altra ha l'elenco dei testimoni riveduto che gli ho consegnato stamattina. Abbiamo usato il suo stesso trucco, ovvero abbiamo inserito i nomi di tutte le persone citate nei rapporti e di tutti gli agenti. Ogni mattina deve esaminare riga per riga cosa c'è di diverso, ma, dalla sua postura, sospetto che ormai l'abbia fatto.

Dico di non avere altre domande e Jackdorp scuote lievemente la testa a indicare che non controinterrogherà.

Ancor prima che Glowoski lasci il banco, pronuncio la frase che Jackdorp ormai si aspettava.

«La difesa chiama Akylles Parrish.»

42
Akylles

Akylles Parrish fa il suo ingresso con aria flemmatica. Sembra il tipo di uomo che ha deciso di non farsi spaventare da niente. È grande e grosso, supera di parecchio il metro e ottanta, e indossa jeans e un giubbotto di jeans sopra la camicia di flanella. Ha baffi folti e i capelli un po' lanuginosi, come se negli ultimi tempi non avesse avuto tempo per il barbiere. Ha superato da poco i cinquant'anni. Jackdorp, come è ovvio, ha obiettato di non essere stato avvertito ventiquattro ore prima della testimonianza di Akylles ma, date le circostanze – praticamente il governo ha tenuto nascosto Akylles per mesi –, la giudice concorda con me che non ascolterà le rimostranze del procuratore. Lui torna a sedersi con aria rassegnata.

«Ora, signor Parrish, vorrei cominciare» esordisco dopo aver espletato le formalità della sua identificazione «con una domanda su una cosa già menzionata: è mai stato condannato per un reato grave?»

«Sì, signore. Sono cresciuto nella Kindle County e uscivo con dei ragazzi, alcuni brave persone, altri no, e una sera ero piuttosto ubriaco e ho pensato di farmi due risate e rapinare le persone con una pistola giocattolo.»

«Una pistola giocattolo?»

«Sì, un giocattolo: avevo tolto io il tappo e la cordicella. Ma al buio sembrava vera a chi la puntavo addosso per prendere un paio di centinaia di dollari e due orologi. Quei soldi erano veri, non fasulli.»

«E l'hanno arrestata?»

«Certo. Quella sera stessa, la polizia aveva preso uno dei miei cosiddetti amici, e lui aveva fatto il mio nome.»

«Dopo l'arresto come si è risolto il suo caso?»

«Mi sono dichiarato colpevole. Era una disposizione per i giovani, e io avevo diciannove anni. In sostanza la condanna poteva essere cancellata se non avessi commesso un altro crimine per dieci anni.»

«Ed è stata cancellata?»

«Sì, signore. Qualche anno fa ho preso un avvocato. Se qualcuno come lei mi chiede se sono stato condannato per un reato grave, dovrei rispondere: "Sì, ma la condanna è stata...» tace per un istante «"espulsa"?»

«Espunta?»

«Sì, ecco.»

«E lei è stato condannato al carcere a seguito della condanna oggi espunta?»

«Sì, signore, cinque anni nell'istituto di detenzione giovanile di Rudyard e ne ho scontati due. Dico sempre che quel posto mi ha dato due lezioni. La prima è che ho deciso che non avrei mai fatto niente che mi potesse riportare lì dentro, la seconda è che ho imparato a guidare macchinari pesanti. Nell'istituto c'era una fattoria di cui ci occupavamo, e mi hanno insegnato a guidare gli autocarri con cassone ribaltabile e altri macchinari e a lavorare sui motori. È così che sono arrivato a guidare i camion quando sono uscito da lì.»

«Da quanto guida i camion?»

«Quelli grossi? Da più di venticinque anni. Adesso ho una società mia e abbiamo tre cabine di guida. Mia moglie e il figlio maggiore ne guidano uno, un altro lo noleggiamo e il terzo lo guido io.»

Chiedo a Aaron di alzarsi in piedi, poi dico: «Signor Parrish, vorrei portare la sua attenzione sul 14 settembre 2023: ha avuto occasione di incontrare questo ragazzo, Aaron Housley, l'imputato?».

«Sì, signore. Allora aveva i capelli verdi e qualcosa nel naso, ma è lui.»

«Come lo ha incontrato?»

«Stavo trasportando un carico di trasformatori da Milwaukee a Duluth. Lui era lì, in piedi a lato della State Route 47 con il pollice alzato. Io mi sono fermato.»

«Verso quale direzione stava andando?»
«Verso nord.»
«E quanto dista da Harold's Woods il punto in cui si è fermato?»
«Poco più di sei chilometri, direi.»
«E che ora era quando si è fermato?»
«Mezzogiorno, direi.»
«Poi cosa è successo?»
«Lui stava per salire, ma mi ha avvisato che puzzava abbastanza. Mi ha fatto ridere e gli ho risposto: "Dai, sali, per strada può passare qualche giorno fra una doccia e l'altra", ma quando l'ho avuto vicino – lui e il suo zaino –, in effetti mi aveva detto la verità.»
«Mi scusi se glielo chiedo, ma potrebbe descrivere l'odore o gli odori?»
«Quello che aveva addosso puzzava di fumo. E gli ho chiesto di mettere lo zaino dietro perché aveva un odore sgradevole.»
«Gli ha domandato qualcosa in proposito?»
«Sì, e ha risposto che la sua ragazza aveva... fatto pipì su tutto lo zaino perché era furiosa con lui che la voleva lasciare là, a Harold's Woods.»
«E lei cosa ha detto?»
«Che doveva starci attento con una donna come quella. E lui ha risposto che lo sapeva. Ha detto di essere innamorato di quella ragazza da quando aveva dodici anni, ma quel giorno aveva deciso di chiudere. Che lei era molto intelligente e bellissima, però avrebbe dovuto affrontare il fatto che non sarebbe mai stata la persona giusta, per quanto lui lo sperasse.»
«Lei come ha risposto?»
«Gli ho detto: "Se fa pipì sul tuo zaino... capisco il tuo punto di vista".»
Risate in aula. Tutto ciò che Aaron ha detto ad Akylles è una testimonianza indiretta, ed ero pronto ad affermare che si trattava di dichiarazioni spontanee, che fanno eccezione alla regola, ma alla fine Jackdorp è troppo scosso dall'ultima mezz'ora per opporsi.
«E di che umore era a suo parere?»
«Direi un ragazzo tranquillo. Era un po' triste e sembrava avere tanti pensieri. Abbiamo parlato poco. Mi ha detto che voleva

fare una scuola d'arte, magari al museo della Kindle County se fosse riuscito a guadagnare abbastanza soldi. Ma per quasi tutto il tempo se ne è stato sulle sue.»

«E quanto a lungo è rimasto con lei?»

«Mezz'ora o quaranta minuti.»

«Poi che è successo?»

«Non lo so, verso la fine ha preso il telefono. Ho visto la mela comparire sullo schermo, quindi direi che lo ha acceso in quel momento. Lo ha toccato per un po' e alla fine mi ha chiesto: "Ma stiamo andando verso nord o verso sud?". Gli ho risposto verso nord, lui ha grugnito e ha detto che quella ragazza gli aveva incasinato la testa e stava andando nella direzione sbagliata. Gli ho detto che lo avrei fatto scendere al primo incrocio dove avrebbe potuto passare sul lato sud.»

«E il telefono? È successo altro?»

«Ha ronzato pochi minuti dopo. Lui l'ha fissato per un momento, poi ha risposto. Era una voce di donna, però lui è stato a sentire solo per un secondo. Ha chiuso subito la telefonata e ha spento di nuovo il cellulare. Gli ho chiesto: "Era la tua ragazza?", ha risposto di sì, ma nient'altro. Siamo arrivati all'incrocio con Baldwin Road qualche minuto dopo e io ho accostato allo stop.»

«È sceso come previsto?»

«Sì, signore. Io sono rimasto fermo perché potesse attraversare davanti a me. Nell'ultima parte ha fatto una corsa perché stava arrivando una macchina da nord, lui ha alzato il pollice, ma non si è fermata. Ho abbassato il finestrino e gli ho detto: "Resterai qui per un po', ragazzo" e lui ha gridato che lo sapeva, mi ha ringraziato di nuovo e me ne sono andato.»

«Che cosa intendeva dicendogli che sarebbe rimasto lì per un po'?»

«Be', tanto per cominciare ci sono molti film dell'orrore sugli autostoppisti, quindi quasi nessuno si ferma, poi un ragazzo nero che non ha un odore meraviglioso... nel nord della Marenago County quelli che si fermerebbero si contano sulle dita di una mano.»

Cerco di restare impassibile. Akylles non era stato un testimone facile da preparare. Gli avevo parlato soltanto per circa mezz'ora al telefono, e lui mi aveva interrotto spesso per dirmi che avrebbe detto la verità, punto, che non aveva bisogno di rifinire niente. Con l'ultima domanda, mi aspettavo rispondesse che il traffico su quel tratto della 47 era scarso, soprattutto a quell'ora. Volevo rendere conto del tempo che ci era voluto a Aaron per arrivare a casa.

Ci riprovo.

«Nella sua esperienza, da persona che percorre spesso quelle strade, il viaggio dell'imputato fino alle vicinanze di Como Stop sarebbe stato lento?»

«Di norma sì. Impossibile dire chi sarebbe passato di lì: avrebbe potuto essere una persona come me, ma sarebbe stato un colpo di fortuna. Se ci fossi stato io al suo posto e avessi voluto tornare in quella zona, credo che mi sarebbe andata bene riuscirci in un paio di giorni.»

«Ora, potrebbe spiegare ai giurati che cos'è il tachigrafo?»

«Il governo federale di Washington dice che i camionisti delle tratte interstatali come me devono aver a bordo questa apparecchiatura, il tachigrafo. È una scatolina blu attaccata all'USB del mio camion e collegata al modulo elettronico di controllo del motore: rileva in automatico certi dati e li trasferisce all'Agenzia per la sicurezza dei trasporti commerciali.»

«E che genere di dati rileva?»

«Data, orario, posizione, ore di funzionamento del motore, chilometri percorsi e identità di chi guida. C'è anche altro, ma questi sono i fondamentali. Serve per assicurarsi che tu non guidi più a lungo di quello che permettono i regolamenti e che il tuo camion funzioni in sicurezza. Non direi che è apprezzato, ma lo richiede la legge. E, come ho già detto, io non voglio problemi.»

«E con quale frequenza vengono registrati i dati?»

«Il regolamento dice almeno una volta all'ora.»

«Per quanto tempo li deve conservare?»

«Almeno una settimana. Ma visto che non voglio problemi, tengo sempre sul nostro server in ufficio il backup dell'ultimo mese di ogni camion.»

Susan mi consegna un foglio.

«E questa è la copia del suo tachigrafo del 14 settembre 2023?»

«Sì, signore.»

«E indica la sua posizione alle 11.15?»

«Be', è in termini geografici, longitudine e latitudine, ma ero nella Skageon County sulla State Route 47.»

«E alle 12.15?»

«Circa settantacinque chilometri più a nord, sulla stessa strada, vicino ad Alderville.»

«E alle 12.15 quanto era lontano dai ripetitori indicati in testimonianza come 259 e 263?» Faccio illuminare da Susan la mappa che ha usato Jackdorp.

«Poco più di tre chilometri.»

«E alle 12.15 l'imputato era con lei?»

«Sì, signore, come ho detto.»

«E in quel momento a che distanza eravate dal casello sulla US 843 vicino all'uscita per Ginawaban?»

«Direi un'ora e mezza.»

«E dalla riserva naturale che c'è là?»

«Almeno un'altra mezz'ora. La strada per Ginawaban è piuttosto tortuosa.»

Faccio segnare ad Akylles sulla mappa la posizione di Aaron alle 12.15 del 14 settembre, poi faccio mettere la copia tra le prove come reperto della difesa. Jackdorp si oppone di nuovo e la giudice accetta di riservare la decisione a dopo il controinterrogatorio.

«Ora, lei ha detto di conservare i dati del suo tachigrafo per trenta giorni. Come mai oggi ha ancora questa copia?»

«Be', diciamo che circa tre settimane più tardi mi ero fermato a mangiare in un posto nella Skageon County e sul tavolo c'era un giornale dove ho visto la foto segnaletica di quel ragazzo e letto la storia.»

«Gli atti indicheranno, vostro onore, che il testimone ha indicato l'imputato, Aaron Housley. Che cosa ha saputo dall'articolo?»

«L'articolo diceva che era stato arrestato per aver ucciso la sua ragazza, e che i documenti presentati contro di lui dichiaravano che era sospettato di averla uccisa a Harold's Woods e che poi aveva trasportato il suo corpo in macchina fino a Ginawaban e l'aveva scaricato lì. L'ho studiato per un po' pensando: "Com'è possibile se il ragazzo era seduto vicino a me sul camion?". Quindi ho conservato l'articolo, sono tornato e ho controllato il mio tachigrafo. Poi ho telefonato alla State Patrol. L'agente con cui ho parlato mi ha ringraziato più volte per aver chiamato e mi ha detto di conservare le registrazioni, ma poi non ho più saputo nient'altro. Quindi ho creduto di aver capito male, che magari fosse un altro giorno. Oppure che la polizia non avesse avuto tempo di richiamarmi. Quindi ho messo tutto in una cartellina e non ci ho più pensato. Forse avrei dovuto insistere, ma ho da fare come chiunque altro. Ho sentito Susan, laggiù, un paio di giorni fa e le ho detto subito che ero felice che mi avesse trovato.»

«Lo è anche Aaron» dico.

Con una smorfia, la giudice Carrington fa espungere il mio commento.

Jackdorp si alza, è il suo turno.

«Dunque, lei sa che in questa parte del mondo non molte persone darebbero un passaggio all'imputato, è giusto?»

«È quello che ho detto.»

«E lo ha detto perché la gente di qui non caricherebbe un giovane autostoppista nero?»

«Lo so per esperienza. Un sacco di volte ho visto un autostoppista sull'altro lato della strada, il giorno dopo sono passato di nuovo e il ragazzo era ancora lì con il pollice alzato e, quasi sempre, l'autostoppista è nero.»

«Quindi è dell'opinione che qui nella Marenago County siamo un branco di razzisti. È ciò che pensa?»

Susan mi stringe il braccio per incoraggiarmi a fare obiezione, ma sono stato io ad aprire quella porta, conosco molto poco Akylles e credo che Jackdorp stia esagerando.

«No, signore, non penso che siate un branco di razzisti, *lo so*. Vengo quassù da quasi trent'anni. Però questo non significa che sono tutti così: ci sono anche diverse persone che vanno oltre le apparenze. Vede, il punto è che non molti qui conoscono bene i neri, e non ce ne sono tanti che hanno voglia di imparare dando un passaggio a un autostoppista. È questo che sto dicendo.»

«E che mi dice della State Patrol che, come aveva letto, ha arrestato l'imputato? Anche loro sono un branco di razzisti?»

«Gli agenti? Sono meglio di un tempo. Quando avevo cominciato con i camion, mi fermavano tre volte alla settimana: un nero su un camion. Però adesso la situazione è migliorata.»

«E quanto spesso raccoglie autostoppisti?»

«Non tutti i giorni. Di tanto in tanto.»

«Ma se ho ben capito, ha dato un passaggio all'imputato perché lei è nero, e lui è nero, e ha pensato che sarebbe rimasto lì per molto tempo se non si fosse fermato?»

«Direi che è corretto. Spero tuttavia che un bianco si comporti allo stesso modo. Io lavoro con molte persone che potrebbero farlo, però sì, lui è nero, io sono nero, è vero.»

«E ha usato il suo tempo per venire qui a testimoniare per lo stesso motivo? Perché un tempo era un giovane nero nei guai con la giustizia?»

«Ero un giovane nero colpevole.»

«Ma un giovane nero... potrebbe essere condannato ingiustamente quassù, nella Marenago County?»

«Potrebbe. Io so quello che so: era sul mio camion a mezzogiorno del 14 settembre 2023 e ho la ragionevole certezza che non avesse un cadavere nello zaino.»

L'aula esplode in una fragorosa risata. Il signor Alvin Smith, l'agricoltore nero nel banco della giuria, annuisce. Akylles – gran lavoratore, sano e tosto – è un tipo che gli piace.

«Ora passiamo alla registrazione del tachigrafo che ha presentato. Indica dove si trovava con l'imputato?»

«Non indica il suo nome.»

«Grazie» commenta Jackdorp. «E quelle registrazioni del tachigrafo possono essere alterate?»

«Pare di sì. Ma non saprei nemmeno da dove cominciare. Alcuni sono finiti sotto processo per averlo fatto e, come ho detto, io ne ho avuto abbastanza trent'anni fa.»

«Tuttavia lei è un delinquente condannato. Su questo siamo d'accordo?»

«Ho spiegato.»

«La risposta è sì? Lei è un delinquente condannato?»

«Come ho detto, sono stato condannato, ma la condanna è stata... come si dice?»

«E lei sa, non è vero, che secondo la legge la sua testimonianza potrebbe essere ignorata per questo solo motivo?»

Faccio obiezione affermando che Jackdorp sta cercando di enunciare principi del diritto e, cosa ancora più importante, una condanna espunta non comporta la presunzione relativa alla credibilità. Qui sto inventando e non sono sicuro di avere ragione, e non lo è nemmeno la giudice Carrington. Lei ricorda ai giurati che riassumerà le regole del diritto al termine e cancella la domanda.

Akylles non capisce e risponde comunque.

«Direi che dovrebbe giudicare ciascuno per come è oggi, non per il ragazzo stupido di trent'anni fa. A ogni modo» dice «ho fatto la mia parte.» Poi si volta verso la giudice Carrington e chiede: «Posso andare, signora?».

Lei guarda Jackdorp e me, poi dichiara: «È libero di andare, signor Parrish, con i ringraziamenti della corte».

Uscendo, lui si ferma davanti a Aaron che si alza per salutarlo. Per un istante si fissano negli occhi, poi si stringono la mano. Akylles Parrish gli dà una pacca sulla spalla e se ne va.

43
Lainie

È già ora di pranzo, ma chiedo alla giudice se possiamo convocare un altro testimone, che ha davanti un lungo viaggio verso casa.

«E chi sarebbe?» chiede Jackdorp.

«Si chiama Lainie Harrup.»

«Per favore, mi faccia lo spelling» chiede Jackdorp. Obbedisco.

«Sa se si tratta del suo ultimo testimone?» La giudice fa la domanda in modo indiretto, così come ieri sera – in assenza della giuria – aveva chiesto in maniera più diretta se Aaron avrebbe testimoniato. Io rimando, dicendo che ci riserviamo la decisione per quando capiremo che risultati avrà ottenuto la difesa. Testimoniare o meno è un diritto costituzionale, quindi lei non può essere troppo insistente. D'altra parte, chiarisce che non ci permetterà di prendere in giro Jackdorp annunciando all'ultimo momento la nostra scelta e cercando di passare direttamente alle arringhe finali. Qualsiasi sarà il prossimo passo, dice che Jackdorp merita di avere tempo per prepararsi. Le rispondo che risolveremo presto la questione.

«Okay» dice. «Faremo programmi quando la prossima testimone avrà concluso.»

«Aspetti, aspetti, aspetti» esclama Jackdorp. «Non trovo nessuna Lainie qualcosa sull'elenco dei testimoni.»

«C'è» rispondo. Abbiamo beffato Jackdorp anche su questo. Il nostro elenco dei testimoni comprende una "Elaine Harop", il modo in cui la Missouri State Police ha frainteso nome e cognome.

«Ma per questa persona non abbiamo ricevuto un preavviso di ventiquattro ore.»

«In senso stretto, vostro onore, la stiamo richiamando.» Faccio il furbo, ma sono preciso, dato che la testimonianza di Lainie è stata riassunta nella parte della stipulazione che Jackdorp ha letto mentre Glowoski era sul banco dei testimoni.

«Richiamata?» chiede Jackdorp.

«Ci prenderemo cinque minuti per sgranchirci le gambe» dice la giudice «così voi due potrete parlare ancora un po'.»

Non appena giudice e giuria sono usciti, Jackdorp mi chiede: «Chi è Lainie Harrup e su cosa testimonierà?».

«Jackdorp, ha mai risposto a questa domanda quando l'ho fatta io?»

«Aveva i rapporti. E gli appunti. Le ho fatto avere gli appunti degli investigatori» dice, a dimostrazione che sono gli storici a fare la storia. Non mi spreco a rispondere a quest'ultima affermazione. «Susan ha stilato dei rapporti?» chiede.

Susan è troppo in gamba anche per mettere per iscritto dichiarazioni alla lettera che dovrebbero essere consegnate. Sospetto che Glowoski potrebbe riconoscere il cognome di Lainie, anche scritto sbagliato, ma non sono sicuro che in questo momento lei e Jackdorp si parlino. Alla fine, tuttavia, cedo un minimo.

«Jackdorp, guardi la stipulazione. Un rapporto lo ha già.»

Ieri sera, al termine dell'udienza, sono andato a Milwaukee, dove ho dovuto aspettare per quasi un'ora. Il collegamento di Lainie dall'aeroporto – la cosa più simile al purgatorio in terra – era in ritardo, ma dubito che quella donna si sia mai lamentata in vita sua di comuni frustrazioni come un autobus o un aereo in ritardo.

Scopro che il suo superpotere è essere gentile. Non di una gentilezza ordinaria, ma è così simpatica e cortese, così fedele a quegli aspetti di se stessa, da emanare una sorta di aura. Non potevamo in alcun modo costringerla a venire fino a qui, dato che l'autorità del tribunale della Marenago County non travalica i confini dello Stato, ma è bastato dirle che era più o meno nella posizione di salvare la vita di un ragazzo. Persino Bea – una delle persone più positive che abbia mai conosciuto – non sempre è altrettanto solare. Non so se Lainie stia cercando di essere come Gesù, cosa che in effetti sospetto, ma qualsiasi sia la sua motivazione è del tutto sincera: una persona eccezionale.

Era una compagnia gradevole, una donna poco più che cinquantenne ancora graziosa, bionda, curata, ma non maniaca della moda. Abbiamo esaminato per un po' di volte la sua testimonianza, poi siamo passati ad altri argomenti. Ha studiato da infermiera e sta pensando di riprendere il lavoro adesso che i figli hanno trovato la loro strada. Ha molto da fare, però sa anche che l'ospedale nella vicina Jefferson City, in Missouri, è a corto di personale qualificato.

"E come ha reagito suo marito quando gli ha detto che sarebbe venuta a Portage?" le ho chiesto.

"Oh" ha risposto "come sempre: scuote la testa e sorride. Lui e i miei ragazzi mi chiamano la Santa."

Adesso vado a prenderla nella stanza per avvocati e testimoni, ma Jackdorp è stato abbastanza in gamba da seguirmi e corre a chiederle se può parlarle. Lei, naturalmente, è troppo gentile per rifiutare. Se Jackdorp sente di persona le sue parole, è meglio di qualsiasi rapporto che avrei potuto consegnargli. Circa a metà della loro conversazione, lui smette di annuire.

Qualche minuto dopo, Lainie è sul banco dei testimoni.

«Signora Harrup, abbiamo già sentito il suo nome nelle prove di questo processo. È stato stabilito che, nel dicembre 2023, lei ha parlato con la Missouri State Police su richiesta della tenente Glowoski qui presente.»

«Giusto» risponde.

«Ora, quando ha parlato con la Missouri State Police, le hanno detto niente del caso per il quale la stavano interrogando?»

«Hanno detto che non ne sapevano molto nemmeno loro, ma che avevano una richiesta scritta della State Patrol di qui.»

«A Jefferson, in Missouri, ha letto o sentito qualcosa sulla morte di Mae Potter?»

«No. Da quando Susan mi ha telefonato lo scorso fine settimana, sono andata su Google, però prima non ne sapevo niente. Non voglio mettere la testa sotto la sabbia, ma non sono interessata alle cose orribili che succedono nel mondo. Ce ne sono troppe.»

«Ci parli del suo incontro dello scorso dicembre con la Missouri State Police per come lo ricorda.»

«Be', sono stati molto gentili, ma io ero agitata. Non credo che un poliziotto abbia mai bussato alla nostra porta per fare indagini. Mi hanno detto che in settembre avevo fatto una telefonata a un ragazzo e volevano sapere perché.»

«Le hanno indicato il nome del ragazzo?»

«Sì.»

«E lei lo ha riconosciuto?»

«Nient'affatto.»

«Le hanno mostrato una foto del ragazzo?»

«Sì.»

«E lei lo conosceva?»

«No.»

«Potrebbe descriverci la persona che ha visto nella foto?»

«Sono abbastanza sicura che si tratti del ragazzo seduto al tavolo laggiù.»

Chiedo a Aaron di alzarsi in piedi.

«Ha mai visto prima questo ragazzo tranne che nella fotografia?»

«No.»

«Ed è questo che ha detto alla Missouri State Police?»

«Esattamente. E loro hanno ribattuto: "Be', signora, lei gli ha telefonato, è tutto registrato". Francamente, per come lo hanno detto, ho creduto avessero una registrazione audio. Quindi ho iniziato a mettere insieme gli eventi dello scorso autunno. Phil e io stavamo andando verso sud dopo un viaggio in macchina per vedere il foliage e fare il giro del Lago Superiore. Splendido! Ma ormai stavamo tornando a casa. Quel giorno, quando ci siamo fermati per il pranzo, era il...» Tace.

«Quattordici?»

«Giusto, il 14 settembre, avevo fatto parecchie telefonate ai B&B di Como Stop perché eravamo diretti lì. Volevamo vedere il Como Lake, in tanti ci hanno detto che è bellissimo. E continuavo a passare da una schermata all'altra: quella dei risultati della ricerca e quella del telefono: non riuscivo a copiare i numeri, ma non li ricordo mai interamente. Quindi ho digitato un paio di numeri sbagliati, e immagino che uno fosse quello del ragazzo qui presente. Ricordo di aver parlato con un uomo giovane, a giudicare dalla voce, che era piuttosto seccato e ha chiuso molto rapidamente. È quello che ho detto agli agenti.»

«Gli agenti le hanno chiesto la bolletta del telefono per verificare la sua affermazione di aver chiamato diversi B&B?»

«Sì, ma noi le riceviamo online. Hanno chiesto di vedere l'elenco delle telefonate sul mio cellulare, che però memorizza solo i numeri delle ultime cinquanta, ovvero nel mio caso circa una settimana. E tutto era successo da oltre due mesi. Uno di loro mi ha detto che online il mio operatore avrebbe avuto un tabulato che risaliva fino a un anno prima. Mi ha spiegato come fare ed è rimasto alle mie spalle mentre usavo il computer nel nostro salotto. Noi, però, alla fine di ottobre avevamo cambiato operatore, quindi mi è arrivato un messaggio che non c'erano tabulati disponibili per il mio numero. Abbiamo lasciato perdere, ma non credo dubitassero della mia parola.»

«Ne sono abbastanza certo» commento.

Lainie sorride. Jackdorp potrebbe obiettare a quella battuta, però i giurati hanno capito perfettamente che tipo è Lainie, che ha il superpotere della gentilezza, e molti di loro le sorridono mentre parla.

«Susan» aggiunge Lainie.

«Questa Susan?» chiedo mentre sono in piedi alle sue spalle.

«Sì. Ieri, quando abbiamo parlato, mi ha detto che, anche se non sono più cliente, l'operatore dovrebbe avere i tabulati degli ultimi dodici mesi. Ho chiamato il servizio clienti e mi hanno risposto di sì, ma dato che non sono più una cliente qualcuno dovrebbe esaminare i back-up e ci vorrà almeno un mese. Gli ho spiegato che servivano in tribunale e mi hanno risposto che, anche con un'ordinanza del tribunale, quello è il tempo che serve.»

La ringrazio per quel tentativo e torno a parlare dell'ora di pranzo del 14 settembre.

«Sì, ci siamo fermati in un'area di sosta appena fuori dall'interstatale. Prima eravamo andati in un supermercato e avevo preparato dei panini. Phil ama la salsiccia di fegato, che ci creda o meno. Io la detesto, ma non è facile trovarla in Missouri, poi qui sono decisamente migliori, almeno così dice Phil.»

«Rammenta dove si trovava l'area di sosta rispetto a un posto che si chiama Ginawaban?»

«A quanto mi ricordo eravamo vicini a quell'uscita.»

Le indico le coordinate che facevano parte della stipulazione, latitudine e longitudine del ripetitore che aveva connesso la sua chiamata al telefono di Aaron. Utilizzando le mappe, concordiamo che era adiacente all'area di sosta dove si erano fermati lei e suo marito Phil.

«Mentre era nell'area di sosta all'uscita 73, ha interagito con una giovane donna?»

«Sì.»

«Ce la potrebbe descrivere?»

«Una bellissima ragazza, francamente. Alta, capelli biondi, molto bella, magra, shorts di jeans, una camicetta con le maniche che non le arrivava in vita e scarponcini da trekking.»

Carico sul monitor diverse foto di Mae.

«La giovane donna con cui ha parlato somigliava a questa ragazza?»

«Credo sia lei» dice Lainie Harrup.

«Quando ha parlato con la Missouri State Police, le hanno mostrato foto di questa ragazza?»

«No, non mi hanno mai chiesto di una ragazza. Volevano solo sapere come fossi finita a parlare con il ragazzo laggiù.»

«Ci descriva, per favore, le sue interazioni con la ragazza.»

«Be', ha visto me e Phil fare tutte quelle telefonate ai B&B di Como Stop e ha chiesto se poteva prendere in prestito il mio telefono per un istante. Mi ha offerto dieci dollari.»

«E, a suo parere, in quale stato emotivo si trovava?»

«Francamente pareva molto su di giri, aveva gli occhi spiritati e parlava troppo in fretta. In seguito Phil ha detto che gli sembrava sballata...»

Jackdorp fa obiezione e la giudice Carrington accoglie perché si tratta di testimonianza indiretta di quanto ha detto il signor Harrup. Io chiedo se, da infermiera, Lainie aveva avuto l'impressione che Mae fosse drogata, e lei risponde di sì, considerando ciò che aveva visto anni prima in pronto soccorso.

«Qualcosa non andava» prosegue Lainie. «Intendo dire che era sconvolta.»

«Lei cosa ha fatto?»

«Le ho dato il mio telefono per un minuto. Lei lo ha preso e si è allontanata di una decina di metri. La potevamo vedere, ma Phil era seccato con me. Dice sempre che mi fido troppo delle persone. Secondo lui, quella ragazza avrebbe potuto telefonare in Mongolia oppure mi avrebbe rubato il telefono. Quindi l'abbiamo tenuta d'occhio.»

«Che cosa ha visto?»

«Be', era abbastanza vicina, ha fatto una telefonata e ha cominciato a parlare.»

«Ha sentito cosa diceva?»

«Non con il rumore dell'autostrada, no. Però ha iniziato a parlare, poi si è fermata, ha allontanato il telefono dall'orecchio e lo ha fissato. Era molto frustrata.»

«Le sue impressioni?»

«Ho pensato che la persona all'altro capo della linea avesse chiuso la comunicazione.»

«Poi che è successo?»

«Lei si è allontanata. Ci voltava le spalle e ha digitato molte altre volte un numero. A un certo punto mi è sembrato che parlasse brevemente.»

«E a quel punto qual era la sua impressione?»

«Magari ha lasciato un messaggio in segreteria. In quel momento era la cosa che mi sembrava più probabile. Oppure ha parlato con qualcuno forse per trenta secondi. Avrebbe anche potuto parlare tra sé e sé, sembrava distrutta.»

«Poi cosa è successo?»

«È saltata in macchina ed è sfrecciata via.»

«Si è ricordata di dare i dieci dollari a Phil?»

«No, no, e comunque non li avremmo accettati. Era stressata, fuori di sé in apparenza. Molto sconvolta.»

«E ricorda qualcosa della macchina che guidava?»

«Sono passati sei mesi e ne ho un ricordo vago. Era alta.»

«Quindi non si trattava di una berlina.»

«No.»

«Il colore?»

«Chiaro.»

«Ricorda qualcosa della marca o del modello?»

«In questo sono terribile. Guido una Camry, ma non conosco la marca. È una Toyota?»

Le mostro immagini della Subaru di Mae.

«È questa la macchina che guidava la ragazza?»

«Vorrei dire di sì, però è passato un po' di tempo e non presto attenzione alle automobili. Non posso esserne sicura.»

Cedo la testimone.

Jackdorp ha avuto qualche minuto per pensare a come impostare il controinterrogatorio e sta parlando fitto fitto con Glowoski.

Alla fine si alza e chiede a Lainie di ammettere che non vedeva la vittima da sei mesi quando Susan le ha mandato via e-mail la foto di Mae. Ma Susan era stata previdente, e le aveva spedito le foto di tre ragazze diverse. Lainie dice a Jackdorp di aver individuato subito Mae.

«Ma dopo sei mesi è assolutamente sicura che non avrebbe potuto essere un'altra ragazza ad avvicinarvi nell'area di sosta?»

«Be'» risponde Lainie «un'altra ragazza che aveva esattamente lo stesso aspetto di Mae Potter. Come ho detto, era molto bella, e le foto corrispondono al mio ricordo.»

La strategia di Jackdorp è comunque assurda. Chi altro, se non Mae, avrebbe potuto chiamare il numero di Aaron? Persino lui sembra ammetterlo. Si ferma a metà della domanda successiva, ringrazia Lainie e riprende il suo posto.

44
Jack

Quando Lainie è scesa dal banco dei testimoni, la giudice lascia libera la giuria per la giornata, ma fa fermare Jackdorp e me per discutere il programma.

«Ebbene, signor Sabich?» Mi sta chiedendo se l'imputato testimonierà.

Le dico che ci incontreremo in carcere tra mezz'ora e arriveremo alla decisione, e prometto che sarà mia priorità comunicarlo a Jackdorp. Lei è irritata con me, ma chiede a Moriah di chiamare i giurati per dire loro di venire domani per le 14. Questo darà a Jackdorp il tempo di prepararsi per il controinterrogatorio di Aaron, ammesso che lui testimoni. In alternativa, discuteremo i dettagli delle istruzioni alla giuria e passeremo alle arringhe finali. La giudice Carrington fa domande sulle istruzioni, il riassunto degli elementi di diritto rilevanti per il caso che lei leggerà ai giurati. Nel nostro Stato ci sono modelli prestabiliti per gran parte delle questioni comuni, quindi il procuratore prepara una prima bozza, il difensore suggerisce cambiamenti e la giudice risolve eventuali controversie. Jackdorp dice che il suo ufficio ne sta terminando una in questo momento e che posso andarla a prendere non appena abbiamo finito. Un assistente ne consegnerà una copia alla giudice.

Non appena terminato al seggio, Susan viene a dirmi che Lainie sta ancora aspettando di partire. Abbiamo chiesto alla giudice di chiamarla al banco prima della sospensione per il pranzo perché le ci vorrà una buona dose di fortuna con le coincidenze per riuscire ad arrivare stasera a Jefferson City. Il primo aereo parte da Milwaukee – a due ore di macchina da qui – alle 17.30. Al, il marito di Susan, è stato così gentile da offrirsi come autista, anche se con la mia macchina: loro due usano solo le Harley. Mi sono però dimenticato di consegnare le chiavi ad Al.

Mi precipito nel parcheggio dietro il tribunale per un mea culpa con Lainie e Al. Mentre sta salendo sulla Tundra, Lainie ripete che le dispiace molto non essere riuscita a ottenere i tabulati telefonici che Susan le aveva chiesto. Sdrammatizzo con una risata e le dico che ha fatto ben più di quanto avessimo diritto di sperare e, ancora una volta, la ringrazio con calore. Lainie scende un istante dal SUV per abbracciare Susan e me, come se ci conoscessimo da anni.

Considerando le testimonianze di stamattina, mi ritrovo felicemente nella situazione in cui volevo essere fin dall'inizio, convinto che Aaron non abbia avuto parte nella morte di Mae. Ma allora chi è stato? Il motivo per cui Susan voleva i tabulati telefonici di Lainie del 14 settembre era scoprire se Mae potesse aver parlato, seppur per qualche istante, con qualcun altro dopo che Aaron aveva chiuso la comunicazione. I tabulati del gestore telefonico di Aaron mostrano che, spegnendo il telefono, aveva disattivato anche la segreteria telefonica, quindi Mae non avrebbe potuto lasciargli un messaggio. Se lei avesse contattato qualcun altro, è naturale chiedersi se quella chiamata fosse collegata alla fine della sua vita. Mae aveva forse raggiunto Hardy, che era arrivato in aiuto alla figlia e, ben presto, come spesso gli capitava, si era infuriato con lei? Oppure, ed è il sospetto che mi perseguita come fosse uno spiritello maligno, Mae aveva chiamato Bea, nella speranza che avesse sentito Aaron e potesse convincerlo ad andare a Ginawaban? In tal caso, Bea avrebbe saputo dove si trovava Mae, il che non depone a suo favore nella mia ricostruzione mentale della sua innocenza.

La verità, tuttavia, è che è improbabile che verremo a sapere qualcosa di più di ciò che Lainie ha detto sul banco dei testimoni. Mentre Mae digitava numeri sul telefono di Lainie dopo che Aaron aveva riattaccato, gli Harrup erano ad almeno una decina di metri di distanza, lei era di schiena e non si poteva sentire la sua voce al di sopra del rumore dell'autostrada. L'ipotesi che ritengo più probabile è che Mae stesse semplicemente richiamando Aaron in maniera ossessiva, e rimproverandolo per sfogarsi quando lui non rispondeva.

Ieri sera, alla fine, la mia testa ha di nuovo accettato la possibilità, che avevo ammesso tempo fa, ovvero che la morte di Mae possa essere il risultato di un incontro casuale. Magari si era fermata a bere qualcosa. Oppure aveva chiesto in prestito un altro telefono. Ma di sicuro non è impossibile che la bellissima Mae, per natura incline a flirtare, abbia attratto e poi respinto le attenzioni dell'uomo sbagliato. O, forse, a Ginawaban c'era qualche farabutto schifoso in attesa di una donna sola? Una cosa che ho imparato facendo il procuratore è che, quando alla fine emerge la verità di un crimine, è raro scoprire di averlo immaginato correttamente in tutti i particolari. I delinquenti sono inventivi, e la vita imprevedibile. In effetti potremmo non sapere mai la verità sulla morte di Mae.

Questo rende ancora più terrificante il fatto che Aaron sia ancora sotto processo per il suo omicidio. E gli avvertimenti iniziali di Damon sui probabili esiti di questo processo mi sembrano ancor più carichi di presagi. So che a volte le giurie raggiungono un verdetto comprensibile solo a loro. Salgo con passo pesante verso l'ufficio del procuratore, dove mi aspetta il pacchetto delle istruzioni per la giuria, poi, d'impulso, chiedo alla gentile segretaria se il signor Jackdorp ha un minuto per me. Lui mi sorprende uscendo dal suo ufficio per accompagnarmi dentro.

«Dovrei offrirle il pranzo?» chiede quando ci siamo seduti uno di fronte all'altro alla sua scrivania. Questo umorismo, molto alla Jackdorp, mi fa sorridere. Indossa ancora la giacca anche se non è più in aula: non l'ho mai visto senza. Uno strano formalismo di questi tempi, ma immagino si senta fuori posto a lavorare in maniche di camicia.

«Volevo che prendesse in considerazione una cosa» dico.

«Spari.»

«Credo dovrebbe chiedere un non luogo a procedere per questa causa.»

«Chiedere l'archiviazione?» Arretra, sempre con la sua espressione impassibile, ma sembra ancora che abbia sopportato lo stress del processo meglio di me. «Crede che abbia paura di un'assoluzione? Mi è già successo, e a quanto sembra, sono ancora vivo.»

«Di tanto in tanto anche i bravi procuratori perdono, Jack, lo sappiamo entrambi. Se non le fosse mai successo, non avrebbe portato avanti i casi giusti. A volte, se ha la granitica certezza che sia stato l'imputato, deve correre il rischio.»

«Sono d'accordo.»

«E adesso ha la granitica certezza che Aaron sia colpevole?»

Fa una smorfia. «Non esprimo queste opinioni nel bel mezzo di un processo. Vuole sapere se ha fatto un ottimo lavoro? Questo glielo concedo.»

«Jack, delle sue tesi non resta niente.»

«In realtà non ho ancora avuto l'occasione di pensarci, Rusty. Posso?» chiede riferendosi al fatto di avermi chiamato per nome.

«Ma certo.»

«Grazie. La ragazza è stata uccisa. Il suo cliente era sconvolto per lei e ha acquistato il tipo di corda con cui la vittima è stata strangolata. Direi che è un buon inizio.»

«Non si trovava nelle vicinanze del posto in cui è morta, che è Ginawaban. Le prove dimostrano che è morta per impiccagione, non strangolamento. E non serve nemmeno che ne discutiamo: nel profondo del cuore, può dirsi convinto di aver dimostrato le sue accuse al di là di ogni ragionevole dubbio?»

Mi sta davvero ascoltando. Noto al di sopra della sua spalla una vecchia foto di lui e sua moglie nel giorno del matrimonio: la prima volta non l'avevo vista, occupato com'ero a osservare tutte le foto di lui con persone importanti. Lei indossa un abito di seta che arriva a terra, una bella donna con i capelli scuri e il viso dolce. Oggi osservo anche le foto di bambini, che immagino siano pronipoti, sistemate su una credenza. In un'immagine lui ride come un matto mentre prende in braccio un bambino da un'altalena.

Quando guardo di nuovo Jackdorp, sta ancora pensando. Dietro ogni caso di innocenza, per il quale un accusato ha trascorso ingiustamente anni dietro le sbarre, c'è un procuratore che è rimasto prigioniero di se stesso e non è riuscito ad accettare il fatto che a commettere il crimine non era stato il presunto colpevole. E pensare che abbiano fatto condannare e incarcerare un innocente è incompatibile in maniera catastrofica con l'eroica immagine che i procuratori hanno di sé: persone dedicate anima e corpo al bene e alla giustizia.

L'atmosfera improvvisamente amichevole che si è creata fra me e Jackdorp negli ultimi minuti rappresenta un notevole cambiamento, ma mi rendo conto a cosa sia dovuta. A Hardy. È stato lui a dirigere indagini rivelatesi un disastro, e ha persino dato consigli a Glowoski su alcune decisioni sciocche e illegali. Jackdorp si ritiene assolto da ogni colpa: quale che sia l'esito, lui ha vinto. E il resto ricadrà sulle spalle di Hardy.

«Rusty, siamo pratici, non posso far archiviare il caso. Vanda Glowoski è già in pessime acque. Non sto dicendo in maniera del tutto immeritata, però se faccio archiviare la situazione peggiorerà di sicuro per lei e, proprio per questo, indisporrà i tutori della legge ai quali mi affido per il mio lavoro. Quello che davvero importa è la famiglia Potter: ha il diritto di vedere il processo arrivare al verdetto. A meno che non abbia cambiato idea, il che è abbastanza improbabile considerando lo stato in cui Vanda ha testimoniato stamattina. Potrei dover mettere Hardy sul banco dei testimoni per la replica.»

«Non arriverebbe a farmi questa gentilezza» rispondo.

«È quello che lui vuole.»

«Una cosa dimostrata al di là di ogni ragionevole dubbio è che Hardy non è lucido nei suoi giudizi. Vive in preda alle proprie emozioni. E le posso garantire che esploderà sul banco dei testimoni.»

Jackdorp fa qualche smorfia per impedirsi di sorridere.

«Rusty, non posso chiedere l'archiviazione. Sappia che, se fossi al suo posto, se avessi fatto il tipo di lavoro che ha fatto lei, mi comporterei alla stessa maniera.»

«Gli avvocati non cambiano i fatti, Jack, lo sappiamo entrambi. E i fatti sono molto diversi da quello che pensava quando Hardy l'ha convinta a tenere il processo qui» gli dico facendo del mio meglio per trarre vantaggio da quello che credo essere il suo stato mentale. «L'ha convinta che sarebbe stata una passeggiata, ma senza dirle che aveva incasinato tutto. Hardy non merita di prendere altre decisioni adesso.»

Jackdorp fa un lieve sorriso e scuote la testa grigia.

«Come ha detto, è inutile perdere tempo a discutere. Non potrei mai abbandonare la famiglia di una vittima. Non fa parte del mio carattere. Loro meritano un verdetto da parte di dodici onesti cittadini. Ammetterò di aver avuto molte più certezze di arrivare a un verdetto di colpevolezza di quante ne abbia in questo caso. Ma è il mio lavoro. D'altra parte, se lei chiedesse un annullamento, probabilmente potrei trovare il modo di acconsentire.»

È impassibile, ma io scoppio comunque in una grande risata. E, miracolo, ride anche lui.

«Non pensavo che avrebbe abboccato su questo» commenta.

«Jack» gli dico «non l'avrò mai in pugno una seconda volta come adesso».

«Eh» risponde, e fa una risatina, anche se è felice di sentirsi adulato.

Annuisco e lo ringrazio per essermi stato a sentire. Si alza di nuovo in piedi per accompagnarmi alla porta.

«Allora, lui testimonierà o no?» chiede.

«Come ho detto alla giudice, lo saprà pochi minuti dopo di me.»

«Se davvero volesse salire sul banco dei testimoni, faccia di tutto per impedirglielo.»

«Io do consigli, non decido.»

«Capisco. In attesa della sua chiamata, mi dedicherò all'arringa finale.» Sorride di nuovo. «Ed è meglio che trovi qualcosa di buono, non pensa?» mi chiede.

Anche se non più tardi di ieri non me lo sarei mai aspettato, io e Hiram Jackdorp ci congediamo ridendo.

45
Dio mi salvi dal cliente innocente

"Dio mi salvi dal cliente innocente" è il motto degli avvocati difensori. Quando ero procuratore non ho mai davvero capito questa frase e l'ho sempre considerata solo un'espressione saccente che ho sentito spesso pronunciare da quelli sul fronte opposto, in genere seguita da un "Ma Dio, in questo caso, è stato buono con me". Eppure è una massima che presenta una verità sgradevole. Negli ultimi giorni, il fardello di questo processo si è molto appesantito, e non basta più impegnare ogni fibra del mio essere per dare il meglio. Devo – *devo* – vincere. A prescindere da come andranno le cose tra me e Bea, la condanna di Aaron toglierebbe il valore che do al tempo che mi resta su questo pianeta.

Inoltre rappresentare i clienti innocenti è più difficile, e per un motivo fondamentale: sono imprevedibili. I colpevoli mentiranno, negheranno, daranno la colpa ad altri, e avranno sempre le stesse reazioni. Gli innocenti, invece, immersi come sono in un terribile incubo, smettono di essere razionali perché, ed è comprensibile, hanno perso la fede nella ragione come principio fondante della società.

Quindi sarà difficile averla vinta su Aaron e dimostrargli l'avventatezza di voler testimoniare. A mio sostegno, ho chiesto il permesso di invitare a questo incontro sua madre e suo padre, e anche Susan sarà presente. Per amore di Aaron, mi sono offerto con riluttanza di includere anche Joe, ma persino Aaron non crede che i consigli del nonno siano affidabili: nello stesso discorso direbbe di sì e di no, poi a cose fatte insisterebbe di aver avuto ragione.

Quando arrivo, Bea aspetta da sola nella minuscola e spoglia area di ricevimento della prigione. Appena la vedo, il cuore mi batte più forte. Resto stordito dall'amore che provo per questa donna, qualcosa che mi è sempre più chiaro man mano che la rabbia comincia a placarsi. Il solo ostacolo che non riesco a superare è la morte di Mae, per quanto sappia benissimo che è improbabile che Bea abbia avuto un ruolo. Sì, mi sono accorto che sospettare di lei mi offre una comoda scappatoia dal compito più difficile di perdonarla e impegnarmi nella riconciliazione. Se me lo avessero chiesto, avrei scommesso qualsiasi cosa che, durante la nostra relazione, non fosse andata a letto con Hardy né con nessun altro, e questo – l'omicidio di Mae – è il punto più basso dove si è raccolta la mia sfiducia in lei. A poco a poco mi sono anche reso conto che la mia storia con Barbara ha un ruolo importante. Gli psicologi dicono che un secondo matrimonio fallito significa aver fatto due volte lo stesso errore. E ci sarebbe una circolarità perversa nel vivere ancora una volta con una persona dotata delle stesse abilità oscure. Io non posso.

Bea si alza, fa un passo avanti, poi sopprime il riflesso di avvicinarsi.

«Ti posso dire quanto sei stato brillante?» chiede.

«Non sono stato brillante, ho letto il copione scritto da Susan. Lei è stata brillante.»

Mentre lo sto dicendo, entra proprio lei con la sua cresta multicolore e accenna un sorriso.

«Dai, sorridi» le dico. «Te lo meriti.»

Chiedo di Lloyd, ma le ondate di freddo come quella appena passata creano sempre emergenze e una grande richiesta di nuovi impianti di riscaldamento. Per tutta la settimana non è riuscito a venire in tribunale e si è appoggiato a Bea – e talvolta a Joe – per sapere come andava.

Anche se viene inserita nella visita di un avvocato, Bea non è formalmente un membro della difesa, e quindi la sottopongono a una perquisizione completa. L'agente Crawford, che adesso chiamo per nome, Serena, emerge da dietro la partizione di vetro antiproiettile e indica a Bea di andare in una stanzetta che si direbbe essere stata uno sgabuzzino. Restano dietro la porta chiusa per parecchi minuti. Alla fine Bea torna con una battuta strana: dice che da settimane nessuno la toccava in quel modo. Susan evita di ridere di quelli che, chiaramente, sono i nostri panni sporchi, io invece sorrido, riconoscendo l'umorismo macabro di Bea che cerca di alleggerire una brutta situazione. Deve essersi sentita completamente sopraffatta, persa come gli astronauti dei film a cui tagliano il cavo di recupero e scivolano via per morire in un'eterna orbita nello spazio.

Quando arriviamo alla stanza degli avvocati, informo Bea. Sto attento a non tradire il privilegio di Aaron e non ripeto le nostre precedenti conversazioni, chiarisco semplicemente i motivi per non testimoniare: la precedente condanna, il fuoco nel braciere di pietra – alla notizia, Bea alza un sopracciglio –, il rischio di una lunga condanna. E il problema più grosso: l'eventualità che la discussione si sposti all'improvviso sulla credibilità di Aaron, facendo perdere di vista il totale fallimento dell'accusa. Testimoniare significherebbe dare corrente alle sbarre di ferro sulle tempie del Frankenstein di Jackdorp.

Bea metabolizza tutto questo con calma, poi chiede a Susan se è d'accordo. Sono felice che lei non senta il bisogno di passare la palla a me.

«Rusty e io non ne abbiamo ancora discusso a fondo, ma la mia è un'opinione più sfumata della sua. Un imputato che sale sul banco e fa un buon lavoro a proprio vantaggio è il meglio che possa capitare a qualsiasi difensore. È così che si ottiene gran parte delle assoluzioni. E credo che Aaron, pacato e serio com'è, probabilmente riuscirebbe. Ma la sua condanna precedente? Quella farebbe gravi danni. E a mio parere, considerando la nostra posizione attuale, non ha senso correre il rischio. Quando hai una coppia d'assi in mano, punti tutto e prendi il piatto.

Aaron arriva in quel momento. Per Bea è la ricompensa per l'umiliante perquisizione che ha dovuto subire: per la prima volta dopo mesi può abbracciare suo figlio. Come è ovvio, scoppia a piangere: se Aaron fosse condannato, potrebbe essere letteralmente l'ultima volta nella vita in cui può tenere il figlio tra le braccia, e questa paura non le ha dato tregua in queste settimane.

Quattro persone riempiono questa minuscola stanza e, nonostante il solito freddo, sentiamo il calore dei corpi altrui. Le guardie non riescono a trovare un'altra sedia e io rimango in piedi. Parliamo a turno. Aaron, sempre bravo ad ascoltare, si volta per guardarci tutti con un'espressione decisa negli occhi grigi. Gli spiego le falle che abbiamo praticato nella chiglia della nave di

Jackdorp. E i pericoli di una sua testimonianza. Susan ripete quanto ha appena detto a Bea, compreso il paragone con il poker, che Aaron capisce. Poi tocca a Bea: «Aaron, noi due abbiamo chiesto a Rusty di fare tutto questo. So che la pensi come me, ovvero che lui e Susan hanno fatto un lavoro incredibile. Persino io avevo cominciato a perdere la fiducia dopo la dichiarazione iniziale di Jackdorp e adesso, per quanto mi riguarda, hanno dimostrato la tua innocenza. Spero che tu provi la mia stessa gratitudine».

«Certo» risponde lui.

«Capisco che solo tu possa decidere, e spero di dire queste parole avendo a cuore ciò che è meglio per te, e non perché voglio far sapere a Rusty quanto lo amo e lo apprezzo.» Tace e guarda in basso, poi prosegue: «Spero di riuscire a separare le cose il più possibile, ma credo che, dopo essere arrivati a questo punto con Rusty e Susan a guidarti, adesso tu debba starli a sentire. Si direbbe che siano sul punto di salvarti».

Aaron valuta per un momento le sue parole con il viso inespressivo, poi dice: «Testimonierò. Ho capito davvero quello che tutti mi avete detto. So che lo hai fatto con amore, mamma. E, Rusty, mi sembra assurdo dirti che so più di te cosa è meglio, ma permettimi di farti una domanda: se non dovessi testimoniare e venissi comunque condannato, tu cosa penserai?».

Una prospettiva di quel tipo è talmente lontana dai miei pensieri in questo momento che la domanda mi fa trasalire.

«Aaron, vorrei poterti dare delle garanzie, però a volte le giurie si riuniscono e si crea una sorta di psicosi di gruppo. Alcuni avvocati non parlano mai ai giurati dopo un processo perché le motivazioni del verdetto sembrano arrivate da un altro pianeta. Ma, per rispondere alla tua domanda: se anche venissi condannato, non avrei il rimpianto di non averti fatto testimoniare.»

«Ma cosa *penseresti*? Cosa diresti dopo a te stesso? "Com'è potuto succedere?"»

Medito. «Probabilmente direi che la gente di qui è più piena di pregiudizi di quanto mi fosse sembrato.»

«Giusto, è quello che penserei anch'io. Quindi per me testimoniare è una specie di faccenda da neri. Mamma, ricordo sempre cosa mi dicevi quando ero piccolo, e credo tu l'abbia ripetuto almeno mille volte. La prima è stata a proposito di Evangeline, una bambina dell'asilo. Mi piaceva tanto, mi sembrava fantastica, e aveva una vocina da cartone animato e i capelli biondissimi come Mae. Immagino che Mae fosse così a quell'età. Ma sua madre... te la ricordi?»

«Morris» risponde Bea chiudendo gli occhi, angosciata al ricordo. «Hilda Morris, che donna orribile.»

«Vero» commenta Aaron. «Non lasciava venire Evangeline a casa nostra a giocare e non voleva che andassi io da loro, e a me piaceva tanto quella bambina. Ti avevo fatto telefonare decine di volte, e alla fine tu mi hai detto: "Aaron, Dio non pensa che tu sia diverso, però lo pensano alcune persone stupide. Lo devi accettare e devi fare la tua strada". E avevi assolutamente ragione, è quello che ho dovuto fare.

«Non prendiamoci in giro, non sempre è stato facile. Ho provato rabbia, tristezza e solitudine. Ci sono stati momenti in cui odiavo uscire di casa perché sapevo che là fuori c'era qualcosa, come la forza maligna di un film dell'orrore, e la dovevo affrontare ogni giorno. E non è mai facile per un nero, non in questo paese. Poi essere un ragazzo nero in una famiglia bianca è un fardello speciale, una cosa a sé. Non avete idea di quanto abbia odiato il messaggio che mi arrivava sempre, ovvero che ero diverso da voi che mi amavate e che io amavo. Lo odiavo, fino a quando ho capito la verità. E ormai sapete che penso che l'essere nero sia stato un dono di Dio. "Orgoglioso" non è la parola giusta. È un *onore* poter rivendicare il retaggio di ciò che la popolazione nera americana ha sopportato e sopporta ancora. E da quando sono pulito e ho cominciato a parlare con il reverendo Spruce, è il motivo per cui restare pulito ed è importante per me, perché devo sfruttare la possibilità che mi è data, e che tanti neri non hanno mai avuto, e tanti non hanno ancora.

«Ma quella *cosa* è là fuori. E, sapete, i bianchi, sono ben pochi a non *gridare* quando gli dite che sono razzisti. Rispondono che vanno in chiesa e prendono a cuore le parole del ministro quando dice che siamo tutti uguali e tutti figli di Dio. Ma continuano a pensare che preferirebbero una figlia morta a una sposata con un nero. E, se devono assumere qualcuno, preferiscono un bianco a un nero. E, Rusty, tu e Susan mi avete difeso contro *tutto*: impronte di scarpe, foto del casello e persino la corda. Ma non mi avete difeso contro questo, contro quella cosa.»

Ci metto un istante: ho qualche problema a reagire a quanto

sta dicendo Aaron perché, senza dubbio, è il discorso più lungo che gli abbia mai sentito fare. La sua voce è un po' cantilenante e l'enfasi cade stranamente a metà delle frasi, poi ha la caratteristica tipica dell'ultima generazione, con la voce che si alza a sottolineare un concetto come se stesse facendo una domanda.

Ho sempre pensato che Bea avesse ragione quando affermava che suo figlio è una persona pensante, ma non l'avevo mai sentito parlare di etnia e certo mai con questa forza. Se questa persona, il ragazzo che ha parlato adesso, salisse sul banco dei testimoni, potrebbe funzionare, però non sono ancora disposto a dirlo chiaramente.

«Aaron, vorrei poterti difendere anche contro questo, questa cosa come la chiami tu. Vorrei che qualcuno di qui riuscisse a capire come. Ti posso dire che se ti potessi portare indietro nel tempo nel quartiere in cui sono cresciuto, la vedresti molto meglio. Ma la situazione non va ancora bene, e lo sapevo già prima di cominciare. Che lo ammettano o meno, forse molti giurati sono entrati in aula con l'intento di alzare l'asticella della tua assoluzione più di quanto avrebbero fatto se tu fossi stato bianco? Probabilmente. Credo che sarebbe stato meglio se ti fossi potuto sedere in aula dietro un paravento in modo che non sapessero niente di te e avessero a disposizione solo le prove che hanno sentito? Sì. E io sono un vecchio bianco che non è mai stato oggetto dei pregiudizi che hanno colpito te, quindi perdonami per ciò che non ho capito. A mio parere hai ragione tu: quasi tutti i bianchi, in particolare quelli dell'età di gran parte dei nostri giurati, sono razzisti, anche a un livello quasi inconscio.

«Però mi sono reso conto di una cosa: non tutti i bianchi sono razzisti allo stesso modo e nella stessa misura. In un processo combattuto fino all'ultimo, mi preoccuperebbe ciò che tu definisci "quella cosa". Ma l'accusa di Jackdorp è finita nella spazzatura e non credo che ci siano molti giurati convinti di condannare un innocente *solo* perché è nero. Un paio di convinti razzisti potrebbero portare la giuria a non raggiungere un verdetto unanime? Sì, questo lo so, ma è più probabile che cedano alla maggioranza pur di uscire da quella sala e tornare alla loro vita.»

«No, Rusty, non mi sono spiegato bene. Hai in mente Akylles, che è un tipo fantastico, è una roccia, proprio come Lainie. Voglio dire che è bellissimo che persone come loro escano dal seminato per dire la verità, e Akylles l'ha detta. Quassù la gente non conosce molti neri, e la cosa vale per entrambe le parti. Nemmeno Akylles conosce tanti bianchi. I neri conoscono i bianchi meglio di quanto i bianchi conoscano i neri perché, a volte, hanno meno scelta, ma probabilmente una parte di Akylles crede che tutti i bianchi che incontra siano razzisti, non ha importanza quello che dicono, perché è la cosa più sicura da pensare e così non viene colto alla sprovvista. Ed è ancora il problema più grosso di questo maledetto paese diviso, dove bianchi e neri è raro che vivano gli uni accanto agli altri. Non ci conosciamo.

«Ma io sì, ho avuto questo vantaggio. Sono cresciuto *amando* i bianchi. E *so* che Akylles si sbaglia: non sono tutti razzisti, ci sono tanti bianchi come Mae. Per lei, in questo senso, non sono mai stato diverso: ero sempre e solo Aaron. Mi conosceva per quello che sono.» Abbassa lo sguardo sul tavolo e ci mette un momento a controllare le proprie emozioni. Mi colpisce quanto la reazione istintiva di Aaron – la sua postura, gli occhi immobili – sia simile a quella di Bea quando parlava di me. Quanto ai suoi commenti su Mae, sono stati coerenti. Per lei, e lo ha detto più di una volta, il fatto che lui fosse nero contava quanto il suo essere bionda. A volte, altre persone hanno avuto una reazione strana a queste caratteristiche puramente fisiche, però non avevano niente a che vedere con l'essenza delle persone che loro due erano in sé e uno per l'altra.

«E anche quassù, so che ci sono persone, non saprei proprio dire quante, ma probabilmente in quella giuria ci sono persone come Mae. In gran parte non sono così, hanno pregiudizi, come dici, che lo sappiano o meno. Ma non è tutta colpa loro. Perché, come spiegava Akylles, non conoscono molti neri. Ed è questo il punto. Non posso pensare il peggio di tutti loro, *devo* dare alla giuria la possibilità di *conoscermi*. Da tutta la vita parlo con bianchi come quelli della giuria, come ogni volta che sono andato da Joe. E penso di riuscire a farmi ascoltare, per diventare una persona proprio come lo sono loro e non un tizio dalla pelle scura dall'altra parte dell'aula di cui tendevano a pensare il peggio la prima volta che l'hanno visto. Io – *io* – sono la difesa contro quella *cosa*, Rusty, quindi testimonierò.»

Guarda ognuno di noi per un istante. Ma davvero non c'è altro da dire.

46
Un tentativo disperato

Susan, Bea e io usciamo insieme dalla prigione. Io tornerò alla tavola calda per mangiare qualcosa mentre aspetto che Al arrivi con la mia macchina; stando al suo ultimo messaggio, ci vorrà meno di un'ora. Immaginando che Aaron alla fine avrebbe ceduto, e che io probabilmente avrei passato la notte preparando l'arringa finale, inizialmente Susan aveva intenzione di raggiungermi alla tavola calda, dove avremmo aspettato Al, quindi lei sarebbe tornata a casa con il marito. Adesso, invece, passerà la notte nella seconda stanza da letto di casa nostra in modo da potermi accompagnare in prigione domattina alle sette per preparare Aaron alla testimonianza. Dice di essere troppo stanca per mangiare – la capisco – e che preferisce esaminare i nostri elementi probatori per assicurarsi che io abbia inserito tutto ciò che, a nostro parere, la giuria dovrebbe vedere. Poi andrà a letto.

Bea è rimasta sul marciapiede per tutta questa discussione e si offre di accompagnarmi alla tavola calda. A piedi ci vogliono dieci minuti, e oggi la temperatura è stata clemente, adesso siamo a poco meno di 2°C. Mi sembra troppo ostile dirle di no, quindi mi accomodo sul sedile del passeggero del suo 4x4 Wrangler.

«Cosa ne pensi?» chiede con la chiave della macchina in mano. Ovvio che sta parlando di Aaron.

«Direi che è una decisione ragionevole di un uomo adulto, che sa quel che sta facendo. Ma io non soppeserei le cose come ha fatto lui. È anche vero che non ho vissuto quello che ha vissuto lui. Tu cosa ne pensi?»

«Da tempo ho smesso di credere di poter pensare in maniera logica a tutto questo, ma accetto la sua decisione. E farò quello che ormai faccio da settimane, pregando che sia la scelta giusta.» Avvia la macchina, poi mi guarda. «È stato davvero bello vedere il rapporto che si è creato tra voi due.»

«È un bravo ragazzo, Bea. Tu, Lloyd e Joe avete fatto un ottimo lavoro. Ci sono state delle cadute, ma Aaron merita la possibilità che spero otterrà.»

«Grazie» risponde a bassa voce. Superato in silenzio un isolato, mi guarda di nuovo. «Oggi è San Valentino.»

Non riesco a trattenermi dal ridere di me stesso.

«Oddio! Non so vedere oltre la punta del mio naso. Ho notato del rosso sulle scrivanie di tutti, oggi, ma non ho fatto il collegamento. Durante i processi si vive in uno stato di alterazione.»

«Ho pensato che non fosse una buona idea portarti un biglietto» dice con un sorriso gentile distogliendo un attimo lo sguardo dalla strada tranquilla. Decido che è meglio non rispondere.

Arriviamo in centro. A parte la luce fioca dei lampioni di ghisa, a forma di regina degli scacchi, la sola illuminazione – se si esclude un bar a due isolati di distanza – viene dal The Lamp.

«Rusty, ho cercato di lasciarti lo spazio che hai chiesto per gli ultimi giorni di processo.»

«Me ne sono accorto, Bea, e ho apprezzato.»

«Ma ammetto che speravo mi dicessi qualcosa a proposito della corda. Non mi avevi creduto, però io ti avevo detto la verità.»

«È vero» le dico. Accetto la sua osservazione, ma la cosa potrebbe prendere presto una brutta piega se le ricordassi perché al momento questo non aiuta a ridarmi la fiducia nella sua sincerità. Tuttavia, le rispondo come crede di meritare e dico: «Mi dispiace».

«Credevo di aver fatto una cosa terribile a Aaron, ma sbaglio se penso che alla fine sia andata bene? La giudice ha persino portato via a Jackdorp la corda del garage perché non ha collegamenti con il caso. Ed è la verità, non è così? Quella corda, la mia corda, non ha niente a che fare con la morte di Mae, è giusto?»

Il mio cuore risponde con un sobbalzo improvviso e una voce dentro di me grida: "Dillo!". Lo faccio.

«A meno che non sia stata tu a ucciderla.» Resto scioccato sentendo quelle parole, un pensiero così assurdo e privato che potrebbe appartenere alle strane fantasie sessuali che, di tanto in tanto, alzano la testa e vengono presto dimenticate, o a qualcuno dei segreti più profondi del mio passato che, da anni, non sono mai stati espressi a parole. Il mio tono, però, non è né accusatorio né amaro. Al mio orecchio sembra persino lieve, come se quell'idea mi prendesse in giro, come probabilmente fa.

Non è difficile, invece, leggere la risposta di Bea. È impossibile fingere lo shock, la costernazione, comunque li si voglia chiamare, che leggo sul suo viso. Per un istante resta del tutto immobile. La macchina è ancora fredda e per breve tempo spariscono anche le nuvolette del suo respiro.

«Sei davvero furioso con me» commenta infine «per osare dirlo.»

C'è qualcosa di stranamente rassicurante nel fatto che, anche adesso, lei sia così rapida e precisa nel capirmi.

«Lo ammetto.»

Non mi sorprende vedere che non si è ancora ripresa. Si fissa le mani guantate nel tentativo di riprendere il controllo di sé.

«Credevo che esagerassi quando mi hai chiesto di andarmene, Russ. Ma avevi ragione, perché sentirti dire cose come questa avrebbe soltanto peggiorato tutto. Da pazzi, e compromettenti. E tu sei una persona gentile, Rusty, so che è così. Ti prego, dimmi che non ci credi davvero.»

«Non ci credo» rispondo, e sento che è la verità.

«Grazie.»

Una macchina modificata, con la marmitta aperta, ci supera a razzo seguita da un'altra. Stanno facendo una gara lungo Main Street, e non credo siano dei ragazzini. Adulti, immagino e, peggio di tutto, probabilmente molto ubriachi. I divertimenti di una piccola città.

«Bea, venerdì questo caso passerà alla giuria e noi avremo modo di parlare oppure cominciare a parlare. Io voglio farlo, davvero. Sono ancora molto sconvolto, ma non voglio rinunciare.»

«Grazie anche per aver detto questo.»

Siamo sul punto di riavvicinarci, però non è il momento giusto. Lei solleva una mano guantata e mi dà la buonanotte. Scendo e osservo la Jeep svanire in fondo alla strada.

Dentro la tavola calda, telefono come prima cosa a Jackdorp.

«Testimonierà.»

Jackdorp rimane in silenzio e, prima di chiudere, mi ringrazia per averlo chiamato. Considerato quanto spesso gli abbiamo ribaltato la situazione, sono certo che sospetti un altro trucco.

Poi chiamo Cap Sabonjian. L'ho tenuto informato dell'andamento del processo, e sapeva che Aaron avrebbe potuto testimoniare, quindi accetta di venire alla prigione domani a mezzogiorno per interpretare la parte di Jackdorp nel controinterrogatorio, in modo che Aaron possa capire in anticipo che cosa probabilmente dovrà affrontare.

Ho ordinato insalata e pollo alla griglia, come a voler ammettere che ho un futuro oltre questo processo. Ma non ho molto appetito. Una nube cupa aleggia dopo il discorso con Bea: mi sento colpevole e mi vergogno di averle detto ciò che pensavo, però, d'altra parte, sono anche sollevato. Se avessi voluto, non mi sarei lasciato convincere dai suoi dinieghi, ma sono quasi pronto a mettere da parte la questione.

Se Bea mi perdonerà per quei pensieri è un'altra faccenda, ma credo di potermi spiegare, soprattutto se sono disposto ad attraversare alcuni limiti che da tempo mi ero costretto a osservare. Ora che finalmente ho dato voce a ciò che ho dentro, ammetto fino a che punto il fantasma di Barbara e delle sue azioni abbia modificato il mio modo di pensare, come l'invisibile attrazione della Luna sulle maree. Credo che, una volta superato lo shock che le hanno provocato i miei sospetti, Bea capirà.

Il futuro della nostra coppia richiederà però una certa forza da entrambe le parti, e non posso negare che gli scenari che mi sono figurato sui nostri futuri alternativi restano validi. Se, Dio non voglia, la decisione che Aaron ha appena preso porterà alla sua condanna, se fosse giudicato colpevole, probabilmente tra me e Bea sarà finita. Il processo diventerà il punto di rottura definitivo, in cui quello che le ho appena detto sarà il punto più basso, non solo perché dimostra quanto si sia sgretolata la mia fiducia in lei, ma forse – nella sua mente – perché dimostra quanto fosse fragile fin dall'inizio. E, nella devastazione di una condanna, perderemmo entrambi la capacità di ricongiungerci. Entrambi vorremmo voltare pagina. Contemplando il peggio, con il centro della mia vita nella Skageon County strappato via, vedo davanti a me un futuro molto diverso. Tornerò nella Kindle County per essere vicino a mio figlio e alle nipoti, le persone che difficilmente mi abbandoneranno.

Ammettendo l'enormità della posta in gioco sull'esito del processo, non solo per Aaron, non posso semplicemente commentare "*Que sera sera*". C'è ancora una cosa che devo fare, anche se è un tentativo disperato. Prendo il telefono e mando un messaggio a Mansy:

Scusami, ti sarebbe possibile dedicarmi dieci minuti per parlare? È molto importante. Ovunque tu voglia.

Risponde proprio mentre Al – giacca di pelle nera e chiavi della mia macchina in mano – fa il suo ingresso nel locale. Leggo la risposta di Mansy: *The Clay Pigeon alle 20.* Ha aggiunto l'indirizzo. Devo andare, ma chiacchiero per un momento con Al.

Al è più vecchio di Susan – credo abbia quindici anni più di lei –, però è in forma perfetta, almeno a un primo sguardo. È un bodybuilder ancora ben scolpito, con il collo taurino e bicipiti che minacciano di far esplodere le maniche della T-shirt. Ma ha il viso segnato di un settantenne e baffoni sale e pepe. Insomma, è come avere il fisico di Ben Grimm, la Cosa dei Fantastici Quattro, con il viso del protagonista del vecchio spot pubblicitario dei Dunkin' Donuts.

Gli consegno il menu e lo prego di ordinare la cena a mie spese, anche per Susan se dovesse cambiare idea. Poi gli spiego come arrivare alla casa per far visita alla moglie quando avrà recuperato la sua Harley nel parcheggio del tribunale. Lo incoraggio a restare a dormire se volesse, persino offrendomi di scambiare le stanze perché loro due siano più comodi.

«In fondo sono un casalingo» risponde «e mi piace dare gas di notte su queste strade di campagna. Susu dice che venerdì potrebbe essere tutto finito comunque. Ogni tanto fa bene alla coppia stare lontani, non è vero?»

Lo ringrazio di nuovo, poi vado all'appuntamento con Mansy.

Tutto il clan Potter si è sistemato in un country club con un celebre percorso di golf a una quarantina di chilometri dal tribunale.

Il club, il Miller's Glen, dispone di suite per ospitare in estate i ricchi di Milwaukee e della Kindle County che scelgono di trascorrere lì il fine settimana, o fermarsi per soggiorni più lunghi. Grazie alla loro rete di conoscenze snob – e alla loro enorme ricchezza –, i Potter sono riusciti a convincere il club ad aprire quelle suite per la durata del processo. A volte la famiglia arriva in tribunale sul famigerato SUV nero di Hardy, ma spesso c'è una seconda macchina, la Lincoln di Mansy, che viene guidata avanti e indietro da Ben, una specie di maggiordomo di Mansy. L'ho salutato con un cenno ogni volta che l'ho visto appoggiato alla macchina fuori dal tribunale, e almeno lui ha risposto con un lieve sorriso saggio.

Il Clay Pigeon è vicino al tiro al piattello del country club e, a differenza delle altre strutture, resta aperto tutto l'anno. È molto più elegante della classica trattoria di campagna e somiglia ai vecchi club del Midwest con le tovaglie bianche e i grandi séparé di cuoio con scene inglesi di caccia alle pareti. La locanda è sulle rive del Lago Pitsky, uno specchio d'acqua di grandi dimensioni che fa parte di una serie di laghi connessi tra loro da piccoli canali. Sono certo che, d'estate, qui ci sia lo stesso trambusto che ho visto spesso nei bar di due hotel di lusso, il Morevant e il Billingsley's, che si affacciano l'uno accanto all'altro sulle rive del Como Lake. Molti barcaioli scottati dal sole, che hanno ormeggiato al molo appena sotto, risalgono la collina anelando un drink, tizi in shorts sartoriali e polo firmate, accompagnati da mogli e ragazze bionde, tutti ormai sul punto di ubriacarsi e parlare a voce troppo alta. Ma adesso, nei mesi invernali, ci sono solo pochi clienti. Mansy è uno di loro.

È seduto dietro un alto séparé dal quale fa un gesto elegante, alla Mansy, sollevando un solo dito per indicarmi dov'è. Non mi crederebbe se gli dicessi che ha un bell'aspetto: quando previeni l'invecchiamento, può verificarsi un effetto improvviso e crudele nel momento in cui le difese si infrangono. Ora due solchi gli attraversano lo spazio tra le labbra e il mento, come fossero cesellati, e gli occhi sembrano essersi infossati nel cranio di un altro mezzo centimetro abbondante. Di nuovo, mi rendo conto che non si riprenderà mai dalla morte di Mae.

Mi siedo di fronte a lui e esordisco: «Ti sono grato per avermi dedicato del tempo».

«Ti prendo ancora in parola, Rusty, se dici che è importante. Ma evitiamo le chiacchiere.»

«Certo. Questa settimana sei venuto in tribunale?»

A parte rari momenti, ho conservato l'abitudine di non guardare i Potter in prima fila dietro Jackdorp. Ho cercato di non farli entrare nel mio radar come avevo fatto con il biglietto di San Valentino sulla scrivania di Moriah, anche se mi ero accorto che, dopo la testimonianza di Charmaine, la sorella maggiore di Mae, Harriet, era sparita, quasi sicuramente per tornare dalla sua famiglia a Denver.

«C'ero» risponde. «Mi ha ricordato uno di quei trucchi di magia, quando il tizio con la cappa tira indietro una tenda e la ragazza carina è scomparsa. Prima la vedi, poi non c'è più. Dove si è cacciata quella furfantella?»

«Lui è sparito perché non è mai stato lì, Mansy.»

Arriva la cameriera, una donna alta di mezza età con l'uniforme bianca e nera, una professionista in grado di prendere l'ordine senza doverlo scrivere. Chiedo lo stesso scotch che sta bevendo Mansy.

«Paga lui» aggiunge Mansy. Lei annuisce cercando di non reagire a quel commento e porta via dal tavolo i due menu. «Hai dato parecchio filo da torcere a Hiram Jackdorp, lo hai stracciato» continua. «L'errore più stupido che ha commesso quell'uomo è stato non opporsi al fatto che tu rappresentassi Aaron. Persino Hardy aveva capito che sarebbe stato un problema.»

«E proprio per questo hai cercato di dissuadermi.»

Qui ho colto Mansy in fallo. Sul suo viso passa un guizzo di qualcosa, forse imbarazzo, e lo fa desistere per un attimo dall'approccio aggressivo che ha stabilito di adottare con me. Gli ho fatto fare un passo indietro, quindi è il momento giusto per parlare.

«Oggi pomeriggio ho visto Jackdorp. Credo che, se la famiglia Potter dicesse di aver visto abbastanza, accetterebbe il fatto che non è stato Aaron e archivierebbe il caso. Quindi, che sia o meno un tentativo disperato, vorrei chiederti umilmente di prendere in considerazione la cosa.»

Nel suo intimo, Mansy è un duro. È stato ufficiale in Vietnam nei primi giorni della guerra e ha visto molte atrocità di cui non desidera parlare. Ed è quel duro incallito che mi lancia un'occhiataccia.

«So che non stai scherzando» risponde «ma non succederà mai.»

«Perché?»
«Perché penso ancora che quell'idiota del tuo cliente l'abbia uccisa.»
«Mansy, sei un avvocato troppo bravo per crederci. Le accuse contro Aaron sono crollate, non restano prove convincenti.»
Si limita a scuotere la testa.
«Non direi.» Ricorre alla stessa litania snocciolata da Jackdorp oggi pomeriggio: Aaron era arrabbiato, ha comprato una corda ed è quasi sicuramente quella che ha usato per uccidere Mae.
«Mansy, non sono venuto qui per discutere, ma se davvero ritieni che Aaron sia colpevole, potresti dirmi la prima cosa che ti viene in mente per spiegare come sarebbe avvenuto l'omicidio?»
«Non conosco le prove come te, Russ.»
«Dai, Mansy, dopo quasi sessant'anni di processi sei in grado di analizzare istintivamente le prove di un caso: sono come i codici di un microchip. Potresti almeno dirmi dove si sarebbe consumato il delitto?»
Mi guarda avvilito.
«Magari è come hai detto: Aaron l'ha uccisa a Ginawaban.»
Sempre pronto d'intelletto, Mansy ha scelto la sola possibilità realistica offerta dalle prove. Ma è un'alternativa che ho valutato a lungo e scartato.
«Okay, prendiamola in considerazione» rispondo. «Come avrebbe potuto sapere di trovarla là? I due testimoni, Akylles e Lainie, hanno detto che la telefonata di Mae è durata pochi secondi prima che Aaron la troncasse.»
«Be', forse prima che lui riattaccasse gli ha detto: "Ci vediamo a Ginawaban"?»
«Pensa alla tempistica, Mansy. Aaron non ha la macchina, sta facendo l'autostop in una zona dove a un nero danno pochi passaggi e a distanza di tante ore. È sceso dal camion di Akylles circa alle 12.30. Il sole tramonta intorno alle 19, ed è quando lui si è fermato perché era lontano da casa e doveva trovare un posto dove dormire. I ripetitori indicano che ha trascorso la notte sulla Route 47 o lì vicino, circa cinquanta chilometri a sud di Harold's Woods.
«Quindi ha sei ore e mezza per andare a Ginawaban, uccidere Mae, nascondere il corpo e la macchina, poi tornare dove ha dormito. Il giorno dopo ha percorso i centotrenta chilometri

fino a Mirror in circa diciotto ore. E tu vorresti dire che il giorno prima è riuscito a percorrere due volte quella distanza in autostop in un terzo del tempo, per di più uccidendo una persona e, già che c'era, a nascondere le prove.»

«Non è impossibile.»

«È molto improbabile. E avrei qualche domanda sul tuo scenario immaginario. Come avrebbe potuto trovare Mae una volta arrivato a Ginawaban? I tabulati mostrano che non ha riacceso il telefono fino alle 20 di quella sera quando ha trovato quel posto per dormire lungo la 47.»

«Okay, quindi forse glielo ha detto Mae prima che lui riattaccasse. "Ci vediamo a Ginawaban al parcheggio."»

«E l'ha uccisa lì?»

«Ci sono fibre di nylon in tutta la macchina.»

«Ma ci sono strisciate di terra sulla sua camicetta, Mansy, e il genere di abrasioni che sarebbero assenti se fosse stata trascinata su un parcheggio asfaltato. Si trovava su un terreno aperto quando pare abbiano avuto quella lite che, stando a tutti i testimoni, stranamente sembra non aver lasciato segni su di lui. Poi tu vuoi dire che decide di ucciderla in macchina, sapendo che il parcheggio è l'unico posto di una riserva naturale dove è più probabile che altre persone li vedano.

«Ed ecco la domanda più importante, Mansy. Risolvimi questa. Se Aaron ha sentito la voce di Mae e ha deciso di incontrarla a Ginawaban, spiegami come mai è sceso dal camion di Akylles per tornare verso sud, se Akylles stava andando a nord verso Ginawaban?»

Questa lo blocca. Si sistema sulla sedia.

«Non lo so, non so rispondere a tutte queste domande così su due piedi. Forse ha cambiato idea dopo un po' e ha deciso di andare lassù.»

«Bene, ecco un'altra domanda alla quale non saprai rispondere. Se ha ucciso Mae e poi si è diretto verso casa, il percorso più logico, perché è il più veloce, è restare sulla interstatale fino a Como Stop. Ma non si sa come finisce di nuovo sulla 47. La spiegazione più ragionevole non è forse che Akylles lo ha lasciato sulla 47 e lui ha trovato un paio di passaggi verso sud lungo quella strada prima di fermarsi per la notte?»

«Forse è tornato a Harold's Woods per liberarsi delle prove.»

«Davvero? E ha fatto un pessimo lavoro. La State Patrol ha trovato impronte di scarpe, fibre e gli abiti di Mae nel posto dove hanno campeggiato. Poi metti in conto il tempo che la ripulitura aggiunge al tuo scenario. *Tic, tic, tic*» dico. «Ogni passo in più lo rende ulteriormente impossibile. Avevi ragione: conosco le prove. E le prove dicono che non l'ha uccisa, né a Ginawaban né in un altro posto.»

Gli occhi azzurro pallido di Mansy restano fermi e pensosi per un secondo. Lascio che il silenzio si prolunghi prima di parlare di nuovo.

«Ma il vero punto è proprio questo, Mansy. Qualunque sia il folle immaginario a cui vuoi credere, è troppo inverosimile per costituire una prova al di là di ogni ragionevole dubbio.»

«Rusty, per essere volgare, non me ne frega un cazzo del ragionevole dubbio, non con quello che mi stai chiedendo. Dovrei essere convinto al mille per cento, e non lo sono.»

Questo, ovviamente, è un altro motivo per cui gli innocenti finiscono a languire in prigione: le famiglie delle vittime, di fronte alla spiegazione di una tragedia devastante, non riescono a cambiare idea. Certo, le scusanti che adducono sono migliori di quelle dei procuratori, spesso spinti dalle famiglie stesse a non mollare. Perché alle persone vicine alle vittime è stata promessa la sola ricompensa possibile – giustizia e punizione – e scoprono che anche quella sta per svanire. Per loro significa subire una perdita dopo l'altra in un mondo che ha sempre meno senso.

«Mansy, qui parliamo di diritto. Aggrappati pure alla rabbia e al sospetto se vuoi, ma la mia richiesta di accettare che Aaron non è colpevole è una questione legale. Tu e io abbiamo puntato la nostra vita sul diritto. Non è perfetto, però cerca di disciplinare la vita con la ragione anziché sottomettersi al caos di impulsi e passioni stupide che, altrimenti, potrebbero motivarci. Ed entrambi crediamo profondamente in questo.»

«Per me la famiglia è ancora più importante. Ti ho detto la verità, Rusty, quando ti avevo chiesto di non occuparti della difesa di Aaron. Pensavo che avresti fatto un ottimo lavoro come suo avvocato, lo ammetto, ma sapevo anche che sarebbe stata la fine della nostra amicizia. E così è stato. Hai usato mio figlio come capro espiatorio. E già questo è pessimo, dato che l'insinuazione che abbia ucciso sua figlia è una porcheria, e tu lo sai.

Ma, peggio ancora, lo hai fatto in pubblico, nonostante questo processo gli abbia fatto rivivere tutto il suo dolore nel profondo. Ti auguro di non perdere mai un figlio o un nipote, Rusty, non c'è niente di peggio. E, invece di esitare davanti ai limiti della decenza, tu hai esposto in pubblico i panni sporchi di Hardy e gettato un'ombra sul suo matrimonio. Così facendo, poi, hai rovinato anche la sua carriera. Entro la fine dell'anno non sarà più in carica. Lui non se ne rende ancora conto, ma io sì. Perderà le primarie contro Madison, che anche tu arriverai a considerare una procuratrice decisamente peggiore di lui. Ecco un altro servizio che hai fatto alla giustizia.»

Dopo il nostro incontro in bagno, di tanto in tanto ho pensato a Hardy. Strano, ma sono arrivato alle stesse conclusioni di Bea, ovvero che mi dispiace per lui. Bea ha detto che tutti i comportamenti di Hardy discendono dal senso di impotenza che spesso lo fa infuriare. E questo spiegherebbe le sue pessime mosse in combutta con Glowoski. Credo che l'impossibilità di proteggere tua figlia rappresenti l'apice dell'impotenza.

«Hardy è stato preso di mira perché si è reso lui stesso un bersaglio» rispondo. «Persino tu devi rendertene conto.»

Beve un sorso del suo scotch e fa tintinnare il ghiaccio nel bicchiere.

«Pensa che tu voglia pareggiare i conti con lui» dice Mansy. «Hardy, intendo.»

«Per cosa?»

«Non lo dice, ma sospetto che abbia a che vedere con Bea. Ho sempre avuto la sensazione che quei due non avessero chiuso del tutto.»

Potrei difendermi in parte con i fatti, dire che avevo cominciato a demolire Hardy ancor prima di sapere perché avrei dovuto vendicarmi. Se però Hardy si sente troppo in imbarazzo a dire la verità a suo padre – forse perché sembrerebbe uno sciocco a sbavare per decenni dietro a una donna che in sostanza lo ha usato come un sex toy e alla fine lo ha mollato –, non lo farò nemmeno io.

«Ti prego di pensarci» gli rispondo alla fine.

«Neanche per sogno. Qui stiamo parlando di cosa è meglio per i Potter, per tutti noi, di cosa renderà più facile affrontare la morte di Mae. E avere dodici bifolchi che applaudono la tua sceneggiata e lasciano libero Aaron è molto meglio che dichiarare che il processo non avrebbe mai dovuto svolgersi, perché sarebbe come dire che tutto quello che Hardy e Charmaine e io abbiamo patito durante le udienze è stato inutile.»

Non ho ancora toccato il mio scotch e non lo farò. Ma dirò la verità a Mansy. La diplomazia non è necessaria.

«Hai ragione, riguarda i Potter. Perché se fai un passo indietro e osservi tutto questo, l'unico motivo per cui Aaron è sotto processo sono loro. Anche prima che ritrovassero Mae, Hardy aveva deciso che voleva vedere Aaron in carcere. "Un indiziato"» dico sprezzante.

«Questo perché lui e Charmaine erano terrorizzati per la figlia e il tuo cliente ha deciso di non rispondere alle domande.»

«Sarebbe stato felice di farlo, Mansy, ma con qualche tutela legale. Era in libertà vigilata, il che gli vietava le attività che avrebbe dovuto ammettere, come guidare o uscire con una persona che si drogava, ovvero tua nipote. Cap, a giusta ragione, temeva che, anche quando Mae fosse tornata, Hardy avrebbe manipolato gli eventi e dato addosso a Aaron in modo da tenerlo per anni lontano da Mae. Definirei quella di Cap una saggia consulenza legale, se consideriamo tutti i limiti che Hardy ha superato.

«Poi, siamo onesti, Mansy. Non è tutta colpa di Hardy. Per anni gli hai insegnato a distinguere il bene dal male, però hai deciso di tapparti la bocca dopo la morte di Mae. Conosci da molto tempo Vanda Glowoski e sai quanto è legata alla vostra famiglia. Quindi dovevi prevedere che, per quanto competente, in questo caso non avrebbe condotto un'indagine obiettiva. Per lealtà nei confronti della famiglia, si sarebbe sentita obbligata a lasciare a Hardy tutte le decisioni. Tu sei intervenuto e gli hai spiegato che era una mossa pericolosa e idiota?»

«È mio figlio, era impazzito di dolore, come tutti noi.»

«Mansy, ti concedo che, se avessi lo stesso potere della tua famiglia e fossero morti mio figlio o mia nipote, probabilmente non mi sarei comportato meglio. Ma avere Hardy e Vanda al comando era la ricetta giusta per un disastro. Quindi non ti lamentare se, guarda un po', è esattamente quello che è successo, un disastro, un'indagine catastrofica condotta con il paraocchi.

«E quando Aaron è stato arrestato, la famiglia Potter – e so benissimo che c'entri anche tu – ha deciso che il processo di Aaron si doveva svolgere nella Marenago County, dove Aaron aveva probabilità molto minori di cavarsela perché nella Skageon County un paio di giurati magari conoscevano Bea, Lloyd o lui. Quindi non ti lamentare di Hiram Jackdorp, perché lo hai scelto tu.

«Dunque sì, alla fine hai ragione, tutto ruota intorno ai Potter. E come rispondi a questa domanda: quella famiglia, che si è sempre comportata con grande correttezza, lascerà che gli strascichi di questa tragedia siano tutti i loro vergognosi giochi di potere? Oppure i Potter possono comportarsi come le persone nobili e corrette che sono sempre state, guardarsi dentro e dire: "Ci siamo sbagliati, abbiamo permesso al dolore di offuscare il nostro giudizio, e adesso faremo ammenda non costringendo un ragazzo a rischiare un verdetto in una contea di bianchi dove la sua etnia è l'unica, vera prova rimasta contro di lui"?»

«Queste sono cazzate, Rusty. La verità è che Aaron se la caverà perché Hardy e Vanda hanno commesso una serie di errori. E anch'io, se hai tanta voglia di biasimare pure me. Questa è la verità. Almeno se Aaron non darà nuova linfa all'accusa salendo sul banco dei testimoni.» Nell'esatto istante in cui Mansy si sente dire quelle parole, si blocca e si appoggia lento sullo schienale. Poi, con un suono gutturale, solleva il viso per guardarmi di lato. «Oh» prosegue «oh, allora si tratta di questo, ecco perché ti stai battendo il petto e mi fai tutti quei bei discorsi sul bene e la verità. Perché quell'idiota del tuo cliente salirà sul banco dei testimoni. A lui non basta cavarsela per un omicidio, ha anche bisogno di mentirgli in faccia. È questo il tuo problema, vero?» Sbuffa. «Vuoi che salvi quel piccolo demonio scellerato da se stesso, visto che tu non puoi.»

Lancia sul tavolo il tovagliolo che aveva in grembo mentre si lascia scivolare goffamente sulla panca dove è seduto.

«E lascia che ti dica un'altra cosa» sbotta Mansy. «Il tuo è stato un viaggio sprecato perché, anche se mi convincessi con tutte le tue ciance, c'è una persona che non accetterebbe mai.»

Già so il nome che dirà.

«Charmaine?»

«Hai ragione, proprio Charmaine. Non ho nemmeno accennato a quello che le hai fatto: umiliare pubblicamente una madre in lutto e disperata, affetta da una grave malattia. Hai distrutto anche la sua vita, Rusty. Hai lasciato macerie ovunque.»

«Lo chiamano il sistema della giustizia penale, Mansy. È un mattatoio, e più o meno tutti quelli che si avvicinano si sporcano di sangue. La gente crede che sia fantastico punire i cattivi fino al momento in cui resta coinvolta nell'orribile lavoro di farlo davvero. E sì, ho pensato spesso – *spesso* – a quanto sia costato a tutti voi, a come siete rimasti immersi nel dolore in ogni istante. Ma la risposta corretta deve provocare ulteriori sofferenze? Rischiare di mettere in prigione un ragazzo innocente pur di salvare l'orgoglio della famiglia?»

Mansy beve quel che resta del suo bicchiere e si alza senza neppure salutarmi. Se ne va con il suo passo da vecchio, la zoppia lievemente più pronunciata sulla gamba destra. Noto ancora una volta che il dietro dei suoi pantaloni sembra un sacchetto di carta vuoto.

La verità è che non ho mai creduto che avrei perso l'amicizia di Mansy. Nel futuro che avevo previsto, io avrei incasinato tutto nella Marenago County e Mansy avrebbe finito per consolarmi.

Ma le cose stanno come dice lui: macerie ovunque. Mi rendo conto solo adesso che se Aaron – prego Dio per questo – dovesse tornare presto a casa, non esulterò. Sarò là con i Potter, ancora barcollante, a leccarmi le ferite e a rimuginare sul costo che questo caso ha avuto per me.

47
Testimonianza

15 febbraio

«Aaron» esordisco. «Lei ha ucciso Mae Potter?»

È un po' più alto di molti altri testimoni e deve chinarsi sull'asta del microfono per essere sicuro che si senta la sua risposta, data a bassa voce.

«No.»

«Ha *mai* deliberatamente fatto del male a Mae Potter?»

«No, mai.»

Fin qui tutto bene, penso: è tranquillo e non vedo segni di nervosismo. Bea gli ha comprato una camicia nuova – bianca candida questa volta – e una cravatta rossa, e sembra aver dormito bene visto che ha un aspetto molto più fresco del suo avvocato.

È il secondo testimone del pomeriggio. Il primo era stato il suo sponsor della Narcotic Anonymous, il reverendo Donall Spruce. Il dottor Spruce è un uomo enorme – supera di qualche centimetro i due metri e probabilmente pesa intorno ai centotrentacinque chili – e si è presentato con il collare bianco e un completo nero. Ha molti fili grigi nei capelli e nei baffi sottili ed è del tutto imperturbabile. La sua voce profonda e sonora si direbbe quella di Dio, se Dio avesse un genere.

Susan e io abbiamo pensato che il reverendo Spruce sarebbe stato un buon modo per presentare alla giuria la precedente condanna di Aaron e per dimostrare che il ragazzo è riuscito a trasformare un'apparente situazione negativa – il periodo trascorso in carcere – in qualcosa di positivo dopo essersi iscritto al programma di Spruce ed essersi attenuto a questo. Il dottor Spruce afferma anche che, di tanto in tanto, vede Aaron per un aiuto psicologico personale e un supporto pastorale, e che Aaron segue regolarmente la messa domenicale nonostante la distanza tra Mirror e Kweagon.

Per essere precisi, non ci è consentito chiedere al reverendo se crede che la sobrietà di Aaron sia permanente, ma riguarda la sincerità di Aaron, ed è proprio su questo che si dovrebbe esprimere chi, come il reverendo Spruce, testimonia sul suo carattere.

"Ho grande fiducia nella persona che è oggi Aaron, così come nella persona che sarà, e piena certezza che sia sincero" ha detto.

Durante il controinterrogatorio Jackdorp ha fatto una buona domanda, ovvero se, nei diversi programmi che guida in quattro istituti penali nella zona centrale dello Stato, il reverendo Spruce non abbia di tanto in tanto commesso errori di giudizio nella valutazione del carattere degli iscritti.

"Bene, signore, le risponderei così: sì, ma..."

Jackdorp lo ha interrotto subito con un severo "Grazie", al che io ho obiettato che avrebbe dovuto permettere al testimone di concludere la frase. Considerando che ho cercato di mantenere un rigido controllo durante i controinterrogatori dei testimoni dell'accusa, la giudice Carrington ha respinto l'obiezione. Ho commentato che lo avrei chiesto io nella replica e Jackdorp, ben sapendo che a quello mancavano solo pochi minuti, ha sospirato dicendo: "Va bene, reverendo, sentiamo".

"Come stavo dicendo, signore, di errori ne commetto. Di tanto in tanto mi hanno spezzato il cuore, anche se mi dico sempre che la vita è nelle loro mani e in quelle di Dio. Ma, nel corso degli anni, ci sono alcune persone che sai per certo che sono cambiate, e Aaron è una di queste. Non lo dico per vantarmi, però in quei casi credo davvero di non essermi mai sbagliato."

È chiaro che la giuria ha apprezzato, ma il problema è sempre quanto contino alla fine le testimonianze sul carattere.

Non appena Spruce ha finito, abbiamo presentato l'esito negativo del test antidroga cui Aaron si era sottoposto il lunedì successivo al ritorno dal viaggio con Mae. Ne avevamo fatto copie per ogni giurato e chiesto il permesso di distribuire quelle due pagine. Alcuni hanno studiato il documento, altri no. La signora Liu, che gestisce con il marito l'unico ristorante cinese di Portage, mi è sembrato lo leggesse due volte. Magra come un chiodo, con i capelli drittissimi, neri e lucidi come ossidiana, e la frangetta, nel corso del processo mi ha colpito per la profonda attenzione che rivolgeva al dibattimento. Considerando il suo accento e il modo esitante con cui parlava alla giudice e a noi avvocati, inizialmente temevamo che potesse avere problemi con il lessico legale, ma a quanto pare non ha perso un colpo.

Sono di nuovo di fronte a Aaron.

«E come ha conosciuto la vittima?»

«L'ho vista la prima volta a un ballo parrocchiale alle medie.»

«Lei frequenta la chiesa?»

«Non quanto dovrei, credo. Ma accolgo Gesù nel mio cuore.»

Il tatuaggio della croce sul collo è parzialmente nascosto dal colletto della camicia, ma gli abbiamo spiegato di toccarlo con rispetto quando risponde a questa domanda, in modo che i giurati si rendano conto di cosa si tratta. Lui lo tocca delicatamente con due dita. «Ho sempre saputo che Lui c'era, da quando avevo quattro o cinque anni. E ha avuto un ruolo importante nella mia disintossicazione. All'epoca, quando ero alle medie, andavo in chiesa ogni domenica con mio padre, la mia matrigna e le mie sorellastre. La Lakeside United Congregation of God sulla 75, fra Mirror, dove sono cresciuto, e Como Stop.»

«E ha visto la vittima a quel ballo parrocchiale?»

«Era una cosa di Young Life. E accidenti, quando l'ho vista, mi ha *steso*.»

«Le ha parlato?»

«Insomma, avevo dodici anni e lei era decisamente uno schianto, anche a quell'età. Tutti ne parlavano, non solo del suo aspetto, ma anche della sua famiglia, i Potter. Erano il massimo, gestivano tutto, e io ero troppo intimidito per rivolgerle la parola, a parte un "ciao" sussurrato.»

«E com'è progredito il vostro rapporto?»

«Be', l'anno successivo, in terza media, eravamo nella stessa classe domenicale, avevo meno paura di lei e a volte parlavamo, di tanto in tanto anche al telefono. Quando Charmaine, la signora Potter, ha testimoniato, ha detto che Mae e io uscivamo insieme da allora, ma questo alle medie non significa granché. Forse è quello che aveva detto Mae, però io ero immaturo e non capivo esattamente cosa stesse succedendo.»

In aula si sente qualche risatina, anche di tre delle donne della giuria. L'altra signora dei bigodini – mi sembra si chiami Ellmendorf –, che non ha un gran senso dell'umorismo, si concede un sorriso materno.

«La prego di continuare a descrivere la vostra relazione.»

«Be', l'anno successivo eravamo entrambi in prima alla Skageon Consolidated e la vedevo più spesso. Le solite cose: cercavo di imbattermi in lei andando in giro tra una lezione e l'altra, ma stava succedendo qualcosa. Le sue amiche mi riferivano che le piacevo e lei ha cominciato a dire che avrei dovuto andare alle feste. Per come lo ricordo io, è successo molto in fretta. La conoscevo appena ed eravamo già una coppia. Poi eravamo innamorati.

«Conosco i sorrisi di circostanza degli adulti quando si parla di adolescenti, giovani e innamorati, ma onestamente non credo che gli adulti si possano innamorare così, non come ci siamo innamorati io e Mae. Sei giovane, un ragazzo, ami i tuoi genitori e gli amici, però sei ancora solo. E io mi sentivo davvero solo: ero adottato, ero nero e non c'erano altri come me. Poi è arrivata quella persona che *era* me, la mia anima. Era un'esistenza del tutto diversa. Quando hai quattordici anni e sei innamorato, tutto il resto svanisce, tutto il resto è normale a parte quella persona. Eravamo il nostro mondo. Se decidevamo che la gravità non esisteva, non aveva importanza cosa vedevano gli altri, nella nostra mente potevamo volare. Fino al terzo anno è stato il periodo migliore della mia vita perché ero innamorato di Mae. E lei era davvero straordinaria. È una delle persone più intelligenti che abbia mai conosciuto, e buffa. Io ero sempre imbambolato. Ero innamorato, e credo che anche lei lo fosse quanto me. E se devo dire il vero, con nessun'altra ho avuto qualcosa di simile, di tanto intenso, che mi consumasse altrettanto. Qualcuno che è sempre dentro di me senza pagare l'affitto? Amerò sempre Mae, sempre.»

«E quanto è durato questo stato d'estasi, per quanto è proseguito?»

«Fino al terzo anno, poi Mae ha cominciato a cambiare. Voglio dire, a casa era sempre infelice e litigava con i suoi. All'improvviso tutto con lei è diventato cupo. Malumori, alti e bassi. A volte, nel pieno della notte, voleva andare alle Cliffs, sul Como

Lake, e saltare a culo nudo nell'acqua quindici metri più sotto, poi si abbacchiava, diventava triste e se ne stava al buio in taverna a casa dei suoi. E si sballava. Non so esattamente come spiegarlo, ma c'era la Mae di quando era con me, e la Mae di quando non era con me, e della seconda non mi importava molto. Era piuttosto volubile e spesso si comportava da sciocca. Faceva cose meschine, come la storia che ha raccontato Cassity sulle decorazioni natalizie. Era come chi si trova in acque profonde e crede di saper nuotare, ma non è esattamente così, e si dibatte per riuscire a stare a galla.

«All'epoca ha cominciato a drogarsi, e intendo dire più di prima. Entrambi abbiamo provato di tutto, però poi è passata alla cocaina. Mi facevo anch'io con lei, e mi piaceva, devo dire. Non le sto dando la colpa.

«Ripensandoci, direi che quando ci siamo diplomati eravamo entrambi dipendenti, o molto vicini a esserlo, davvero. Mae diceva: "Non sei nei guai se hai i soldi", il che, per quanto sballato potessi essere, mi sembrava ridicolo. Non penso però che la cocaina ti faccia sentire strafatto come mi è capitato con la metanfetamina. Mi piaceva molto la spinta che mi dava.

«Avevamo deciso di lasciarci quando eravamo partiti per il college dicendoci che avremmo frequentato anche altre persone. Mae si era iscritta in un bellissimo, piccolo college dello Iowa dove quelli della sua famiglia studiavano più o meno da un secolo, io ero andato alla Wisconsin State ed ero tristissimo. Ero infelice senza Mae, anche se litigavamo parecchio persino quando non stavamo insieme. Io ero sempre fatto e sulla buona strada per farmi bocciare quando l'università aveva chiuso per la pandemia. E sono stato beccato per la prima volta allora...»

«Arrestato?»

«Sì, signore. Anche il piccolo college di Mae in Iowa aveva chiuso e lei era venuta un fine settimana a Glenville: io ero uscito a comprare roba da questo tizio che credevo uno del college e invece era un poliziotto sotto copertura. Avevo addosso più o meno cinquecento dollari e la polizia ha pensato che spacciassi. Però quei soldi me li aveva dati Mae. Per un po' hanno detto che mi avrebbero processato come un adulto, ma alla fine ho ottenuto la rieducazione per minorenni e la libertà vigilata. Quando sono tornato a Mirror, però, i poliziotti, i vicesceriffi della Skageon County mi tenevano d'occhio. Hardy, il padre di Mae, credeva che il problema della figlia con la droga fosse dovuto a me.

«Non so nemmeno dire cosa ho fatto per il successivo anno e mezzo perché, per gran parte del tempo, ero completamente fatto. Ero solo un tossico schifoso. Ho finito per andare a vivere in un brutto posto con persone losche che andavano e venivano, sempre alla ricerca di droga.»

«E Mae?»

«In autunno ha detto ai suoi genitori che il college aveva riaperto, anche se non era vero. Quando i suoi l'hanno trovata, passava semplicemente il suo tempo in Iowa e loro hanno dato la colpa a me anche di questo. A quel punto è tornata a casa. Più o meno per tutto l'anno che è seguito ci siamo incontrati per drogarci. Per gran parte del tempo eravamo troppo fatti anche per il sesso. Una sera, poi, stavo guidando la mia macchina, una vecchia auto che mi aveva regalato il nonno, e i poliziotti mi stavano aspettando e ci hanno fermati, dicendo che guidavo in maniera pericolosa, e di sicuro era così, ma comunque aspettavano me.

«E avevo una bustina piena di pasticche che Mae aveva comprato. L'avevo addosso perché lei voleva sembrare sempre pulita e a posto, e teneva in tasca solo il telefono. Questa volta mi hanno trattenuto allo Skageon County Correctional Center mentre il mio caso veniva discusso in tribunale.» Mi volto verso i giurati per valutare le loro reazioni a questa parte inquietante della biografia di Aaron. E devo dire sinceramente che sembrano turbati. Ho notato che il signor Alvin Smith, che aveva apprezzato Akylles, ha l'abitudine di muovere tutte le dita sulla balaustra quando sta riflettendo e in questo momento le sue mani sembrano quelle di un pianista che si esercita, a indicare che è molto concentrato. Persino la bonaria signora dei bigodini stringe gli occhi mentre valuta Aaron.

«Quali erano le accuse?»

«Possesso a scopo di spaccio.»

«Ha pensato di dire che la droga che aveva addosso era di Mae?»

«A che scopo? La usavo anch'io e stavo guidando sballato. Quindi perché fare la spia? I poliziotti lo sapevano comunque.

Lei, però, era la figlia del procuratore. A un certo punto è venuta a farmi visita in prigione e mi ha detto che avrebbe riferito al padre che la droga era sua. Io le ho risposto: "Tesoro, se anche tu finisci nei guai, tuo padre e tua madre mi odieranno ancora di più".»

«E che ne è stato del suo caso?»

«Be', i quattro mesi passati in carcere non sono stati un granché, ma ero come Akylles. Mi sono ripromesso di non farlo più. Mi sono disintossicato. Il reverendo Spruce veniva lì una volta alla settimana per il programma, io ci sono entrato e mi sono affidato alla guida del Signore. Ho partecipato ogni giorno agli incontri virtuali con il reverendo e andavo alle riunioni del gruppo in carcere. Adesso sono pulito da due anni.»

«Congratulazioni» commento. «E come è stato risolto il suo caso?»

«Il mio avvocato ha preparato un accordo: pena scontata se mi dichiaravo colpevole. E così ho fatto. Ero colpevole, che altro si poteva dire?»

«Era un reato grave quello di cui si è dichiarato colpevole?»

«Sì: possesso a scopo di spaccio. Mi hanno messo in libertà vigilata per altri due anni con tutte quelle condizioni: non potevo guidare, consumare droga, uscire dalla contea. Non potevo vedermi con le persone sbagliate. È questa l'ordinanza del tribunale di cui si è parlato in precedenza, faceva parte della mia sentenza.»

«E cosa è successo a Mae?»

«Quando sono uscito se n'era andata. Cassity l'ha raccontato. I suoi genitori erano disperati perché volevano che tornasse al college, ma lei voleva fare la modella a New York.»

«Siete rimasti in contatto mentre era a New York?»

«Messaggi, però lei si drogava ancora e non poco, e non era quello di cui avevo bisogno.»

Anche se non mi era venuto in mente prima, tra i giurati ci sono due persone, la seconda signora dei bigodini e l'uomo più giovane, che adesso annuiscono. Non conosco le loro storie, ma dalle reazioni si potrebbe pensare che abbiano figli, mogli o parenti che usavano droga, o forse loro stessi sono in un programma di disintossicazione. Non ci siamo neppure avvicinati all'argomento durante l'esame preliminare dei giurati, perché l'idea che Aaron testimoniasse non era stata seriamente presa in considerazione e non volevamo instillare l'idea che la dipendenza avesse un ruolo in questo caso.

«Ho dovuto andare a vivere con mia madre e il suo fidanzato – questa era un'altra parte dell'ordinanza del tribunale – in modo che mi potessero tenere d'occhio. Credevo sarebbe stato peggio. Ho trovato un gran bel lavoro – ne ha parlato Brice – e ho avuto davvero la sensazione di essere finalmente arrivato da qualche parte. Alla fine avevo una vita regolare e mi piaceva. Ho cominciato a pensare alla scuola d'arte.»

«E Mae?»

«Dopo un po' è tornata da New York. Altra grossa lite con i suoi. Ho saputo dalle voci che correvano cos'era successo, ma non ho mai voluto metterla in imbarazzo, quindi non gliel'ho chiesto direttamente. Una delle cose buone di New York è che ha scoperto gli allenamenti di arti marziali miste, in particolare la kickboxing, e ha voluto aprire una palestra a Como Stop: per un po' è andata avanti. Quindi quelle voci che avevo messo le mani addosso a Mae e le avevo fatto male? È davvero ridicolo. Quella ragazza conosceva mosse infallibili. Mi avrebbe riempito di botte se avessi allungato le mani, mi creda. Sarebbe stato come lottare contro un canguro. Quattro arti di rabbia, diceva lei. Le guardavi le mani e ti arrivava un calcio dal nulla.»

Sento parecchie risate, anche dal banco della giuria. Per un istante osservo il pubblico. Nat e sua moglie Anna con le ragazze sono accanto a Bea, Lloyd e Joe. Nat sa che io e Bea non ci siamo ancora riconciliati, ma ha detto che comunque lui e tutta la sua famiglia volevano essere presenti per Aaron e per lei.

La testimonianza di Aaron assume la forma della cosiddetta "narrazione modificata", ovvero lui racconta la sua storia secondo l'ordine degli eventi e degli argomenti che ritiene più opportuno. Voleva che i giurati la sentissero, e Susan e io abbiamo concordato che questa fosse la soluzione migliore. Fino a ora, Jackdorp ha lasciato parlare Aaron. In un caso penale, i giurati vogliono sempre sentire la versione dell'imputato, per quanto spesso finiscano per dubitarne. Jackdorp è abbastanza saggio da rendersi conto che troppe interruzioni darebbero fastidio anche a loro.

«Ha visto Mae nel periodo in cui era in libertà vigilata?»

«Ho cercato di non farlo, ma a volte ci mandavamo messaggi. Insomma, lei era ancora mia amica, e lo sarebbe sempre stata. Poi era divertente.»

«Vedeva altre ragazze?»

«Certo, però non era come con Mae, nessuna sarebbe stata come Mae. Non altrettanto intelligente e non così divertente, e non mi hanno mai preso allo stesso modo. Insomma, parlavo di lei a persone come Cassity. Dicevo che mi mancava e loro mi rispondevano che ero matto.»

«Quindi come è tornato con Mae?»

«A fine agosto dello scorso anno un nostro amico ha dato una festa, una di quelle di fine estate per i ragazzi che rientrano al college. Mae era lì e, in un certo senso, era l'anima della festa. Era la prima volta dopo non so quanto tempo che parlavamo di persona. E per me parlare con Mae era diverso da parlare con chiunque altro. Insomma, lei mi *conosceva* e io conoscevo lei, era qualcosa di speciale. Poi ero felice di essere con lei, davvero felice.

«Sapeva che non potevo guidare e mi ha dato un passaggio a casa, ma tutti e due volevamo parlare ancora... era passato tanto tempo. Quindi abbiamo fatto il giro del lago e ci siamo fermati nel parcheggio pubblico vicino allo scivolo per le barche. Insomma, per farla breve, siamo finiti sui sedili posteriori del suo SUV. Quella parte è stata fantastica per entrambi, come succedeva sempre se non eravamo troppo fatti. In quel momento lei ha detto: "Dobbiamo smetterla di lottare contro questa cosa, siamo io e te e sarà sempre così". Poi ha aggiunto che gli unici momenti della sua vita in cui sapeva chi era erano quelli che passava con me. E alla fine ha dichiarato: "Sai, ci dovremmo sposare". Io ero basito, ma non gliel'ho detto.»

«E lei si voleva sposare?»

«Non in quel momento. Ho sempre pensato di sposarmi un giorno o l'altro, ma avevo ancora molte cose da capire. Però non la volevo respingere. E per me aveva senso sentirle dire che nessuno dei due avrebbe mai potuto rinunciare all'altro. Le ho risposto che ci avrei pensato, e l'ho fatto.»

«Un momento fa ci ha detto che le persone di cui si fidava l'avevano messa in guardia dal riprendere la storia con Mae.»

«Il reverendo Spruce e mia madre pensavano che Mae fosse

parte della dipendenza, come se fossi drogato di lei. E che, quando ero con lei, facessi tutto quello che voleva, proprio come era successo per la droga. Mia madre era convinta che Mae si divertisse a prendermi in giro, perché voleva che fossi infelice quanto lei. E nemmeno il dottor Spruce voleva che tornassimo insieme. La sua posizione era: "Sì, ma in questa vita non si deve tornare indietro. Non hai quattordici anni, ne hai ventidue. Hai visto, e fatto, cose brutte. Non ti innamorerai di nuovo allo stesso modo: è triste, ma il primo amore arriva una volta sola".

«E io ci avevo davvero pensato, però non volevo tornare ai miei quattordici anni. Volevo Mae, perché Mae era straordinaria quando riusciva a essere se stessa.

«Mae e io allora parlavamo molto, a volte stavamo al telefono per ore e le avevo detto: "Se eri seria su questo, il matrimonio e lo stare insieme, abbiamo molta strada da fare". Pensavo che, se mi avesse sentito davvero con lei, dedicato a lei, avrebbe potuto essere di nuovo se stessa, la persona che sapevo poteva essere. "Ma ne dobbiamo parlare a fondo" le avevo detto. "Dobbiamo andare via e concentrarci solo su di noi. Niente telefoni, li spegniamo."»

«E come mai voleva spegnere i telefoni?»

«Be', ovviamente, da quando sono in carcere...» Jackdorp fa obiezione all'istante e la giudice accoglie. Il fatto che Aaron sia rinchiuso nella Marenago County è irrilevante ai fini della colpevolezza o dell'innocenza, ma il riferimento che ha fatto adesso, con aria ingenua, lo ha inserito su mie istruzioni in modo che i giurati sapessero che è già sottoposto a una punizione, anche se uno o due di loro, pur dubitando che sia un assassino, la potrebbero ritenere meritata per reati come aver violato la libertà vigilata.

«Voglio dire che adesso non ho un telefono» prosegue. «Ma da quando ho avuto il primo, l'ho sempre spento quando volevo stare per conto mio. E di solito disattivo anche la segreteria telefonica.»

«Come mai?»

«Se non ricevevo messaggi, non mi dovevo preoccupare di ascoltarli. Qualcuno può non essere d'accordo, ma credo che dipenda da me decidere quando voglio restare in contatto. Se ho bisogno di rimanere da solo, senza che altri mi cerchino, devo poterlo fare. Il tempo per me: come ho detto, è come sono cresciuto, sentendomi molto solo, e a volte provo la necessità di tornare a esserlo. Come dire, tornare al centro di chi sono.»

«Mae era d'accordo quando le ha detto che avreste spento i telefoni?»

«Certo, e avevo chiesto anche niente droga. "Non giudico" avevo detto "ma niente droga. Dobbiamo essere tutti e due al cento per cento." Lei aveva risposto: "Sì, sì, certo".»

«Cosa è successo?»

«Siamo partiti nel pomeriggio del 12 settembre. Per via della libertà vigilata, io dovevo restare nella contea, quindi siamo andati a Harold's Woods. All'inizio lei sembrava entusiasta di trovarsi lì, ma solo perché poteva andare in giro e scattare selfie con uno sfondo meraviglioso. Io non avevo capito cosa stesse facendo, credevo che avesse bisogno di un po' di tempo per rilassarsi prima di parlare seriamente, e mi stava bene, visto che dovevamo parlare di cose importanti. Al tramonto ci siamo accampati e ha cominciato a piovere. Una pioggia pesante, con le gocce che rimbalzavano a terra. Abbiamo montato la tenda mentre diluviava e ci siamo infradiciati. Non eravamo in un campeggio vero e proprio, ma abbiamo comunque fatto un falò perché eravamo gelati. Solo che non siamo riusciti ad avviare il fuoco e il fumo ci stava soffocando, soprattutto me, che ho continuato a provarci visto che riesco ad accenderne uno nel pieno di un uragano. Onestamente, dopo puzzavo come l'interno di un camino. Abbiamo dovuto rinunciare e siamo tornati al parcheggio. Siamo rimasti seduti in macchina fino a quando la pioggia è diminuita e sono stati bei momenti, eravamo in sintonia. Mae e io non eravamo mai a corto di argomenti di conversazione. Qualcuno diceva che eravamo una coppia splendida, perché lei amava parlare ed essere al centro dell'attenzione, mentre io ero sostanzialmente tranquillo. Con me, però, lei ascoltava, e parecchio. Davvero.»

«Mae ha appoggiato gli scarponcini sul cruscotto e sulla console centrale mentre eravate in macchina?»

«Sì, a volte, quando era inserito il controllo automatico della velocità, guidava per un momento con il piede destro sul cruscotto. Non sto scherzando. Comunque, alla fine la pioggia era diminuita e tutti e due avevamo fame. Ho acceso il fuoco e abbiamo arrostito delle salsicce vegetali sullo spiedo. Mae era più o meno vegetariana. Si faceva di cocaina e fentanyl, ma non mangiava carne.» Scuote appena la testa per dire che per lui era un mistero. «So che cucinare lì non era un'idea brillante, ma ci avevo messo cinque minuti. Il naso di un orso, però, è otto volte più sensibile di quello di un cane. Riescono a sentire gli odori a chilometri di distanza.

«Ho immaginato che, nel caso, li avremmo sentiti arrivare, e invece no. Aveva finalmente smesso di piovere ed eravamo nella tenda. Avevamo finito di cucinare da più di un'ora, quando abbiamo sentito l'orso frugare nella nostra spazzatura. In quel momento eravamo nudi e, come dire, nel bel mezzo delle nostre cose, e non è così che hai voglia di incontrare un orso.» Altre risate in aula. Ancora una volta sbircio e vedo diversi giurati sorridere. Mi accorgo che sono con lui. Hanno superato la faccenda della droga e della condanna, e le donne in particolare lo *apprezzano*. Aaron si è fermato per sorridere, come è raro che faccia. Sui denti ha una patina marroncina che ho sempre notato, ma non mi era mai venuto in mente che potesse essere dovuta all'uso della metanfetamina. Forse resta sempre così impassibile per nasconderla.

«Non volevo fare rumore, ma dovevamo comunque cercare a tentoni i nostri abiti se avessimo dovuto scappare. Avevamo uno zainetto con il cibo, io ho aperto la tenda e l'ho lanciato fuori. L'orso lo ha rincorso e al mattino lo abbiamo trovato a pezzi. Dico sul serio, solo strisce di tessuto.»

«È stato in quel momento che ha calpestato la camicetta di Mae, intendo quando si stava vestendo di fretta?»

«Potrebbe essere. A dire il vero non ricordo di averla calpestata. E, in quel caso, Mae non se n'era accorta perché era molto esigente per le sue cose, la taglia, gli abiti. Se la sarebbe presa con me. Ma con un orso fuori dalla tenda, ci muovevamo rapidamente in uno spazio molto ristretto, in maniera davvero disordinata, quindi sì, potrei aver calpestato la sua camicetta per sbaglio. Insomma, tutti e due eravamo spaventati.

«Poi lei ha detto che doveva prendere qualcosa per calmarsi – aveva sempre bisogno di pasticche per dormire – e inizialmente sembrava a posto, però deve averne prese altre in piena notte perché al mattino non riusciva ad alzarsi. A mezzogiorno russava ancora. Dopo un po' ho preso la sua macchina e sono andato a comprare una corda e qualcos'altro da mangiare. Ne avevamo bisogno e non avevo idea di quando si sarebbe svegliata. Al ritorno, ho messo la spesa nel mio zaino, ho fatto passare la corda su un ramo vicino alla tenda e l'ho appeso.

«Mae si è alzata più o meno in quel momento. Abbiamo fatto una passeggiata, però lei era così sballata che avevo paura cadesse giù dal sentiero, e non smetteva di farsi selfie. E intendo proprio che faceva due passi e alzava il telefono sorridendo. Alla fine sono sbottato: "Ma che cazzo?". E ho scoperto che aveva questo progetto direi folle di diventare un'influencer per poter guadagnare soldi suoi e perché i suoi genitori non la potessero tenere al guinzaglio. Non me ne aveva mai parlato. Con la testa era altrove. Era una brutta giornata.

«Dopo cena, quando credevo che stesse tornando normale, le ho parlato di quello che intendevo dirle.»

«Ovvero?»

«Be', avevo programmato questo grande discorso e più o meno gliel'ho fatto. Per prima cosa volevo sapesse che era fantastica, che nessuno se ne rendeva conto meglio di me. E intendevo dirle anche che sentivo ciò che provava, il dolore per essersi allontanata dalla persona che era, e quanto desiderasse tornare a esserla. Ovvio che sapevo che voleva stare con me, perché aveva *amato* se stessa da quando avevamo cominciato a stare insieme. E meritava di sentirsi così perché Mae, la vera Mae, era una diva assoluta, insomma una vera stella.»

Mentre Aaron parla, cerco di non passeggiare troppo avanti e indietro perché non voglio distrarre la giuria da lui, ma scocco qualche occhiata al pubblico per misurarne la reazione e farmi un'idea di come potrebbero pensarla i giurati, che invece evito il più possibile di guardare. Il mio sguardo passa su Mansy, che si è coperto il viso con entrambe le mani quando Aaron ha parlato della luce interiore di Mae. Charmaine sta piangendo in silenzio e io mi concedo quella che spero sia un'occhiata affettuosa per lei.

«E io la volevo aiutare. Ero disposto a impegnarmi, non a sposarla subito, ma a dirle che ci avremmo lavorato, a dichiarare a tutti – i suoi genitori, i miei, i nostri amici – che volevamo stare insieme nella buona e nella cattiva sorte. Per me, però, c'erano un paio di cose imprescindibili.

«Per cominciare, tutto considerato mi piaceva essere pulito. E avevo bisogno di stare con qualcuno che lo rispettasse, visto che essere puliti non è sempre facile. Non intendevo giudicare, e se lei voleva bere qualcosa di tanto in tanto mi stava bene, ma far festa ogni giorno e vivere sballati, no: sarebbe stata una mancanza di rispetto per me e per quello di cui avevo bisogno.

«Inoltre, per il suo bene, c'erano cose che avrebbe dovuto lasciarsi alle spalle, specie con i suoi genitori, in particolare con suo padre. Aveva ottime ragioni per essere furiosa con lui, molte, ma non spettava a lei farlo crescere: era stato lui a crescerla. Siccome non avrebbe mai rinunciato a suo padre, avrebbe dovuto mettere fine a tutte le liti e cercare di trarne il meglio.

«L'ultima cosa, forse la più importante, avrebbe dovuto accettare un aiuto se voleva essere se stessa. Mi aveva già detto che non le piacevano i farmaci prescritti dallo psichiatra, perché le sembrava togliessero colore alla vita. Se, farmaci a parte, esisteva un altro modo per ritrovare se stessa, bene, ma se non avesse funzionato avrebbe dovuto considerare seriamente di prenderli.»

«Come ha reagito?»

«In gran parte si è limitata ad ascoltare, ma non ero nemmeno sicuro che quei concetti le entrassero in testa. Quando ho menzionato i farmaci, si è infiammata: "Quindi vorresti che prendessi un qualche tipo di droga, però non altre?". Questa era Mae, acuta e perspicace. Le ho risposto che dipendeva tutto da lei, non da me. Ma se avesse trovato il modo di essere di nuovo se stessa, entrambi saremmo stati molto felici.

«Poi abbiamo fatto di nuovo l'amore, qualcosa di vero e tenero, e lei ha promesso che il giorno dopo sarebbe stato migliore. Ha detto che ci saremmo alzati per vedere l'alba ma è stato come... diciamo il Giorno della Marmotta. Appena arrivati sul sentiero mi sono reso conto che era già sballata e ogni due passi si scattava una foto. Il cielo era pieno di straordinari colori, ma per lei era solo uno sfondo per posare e guardare nell'obiettivo. Ero arrabbiato con lei, ma ancor più con me stesso. Insomma, la sera prima le avevo aperto il mio cuore e questa era la sua risposta: farsi video per quel maledetto TikTok. Continuo a pensare al versetto biblico della Lettera ai Corinzi: "Quand'ero bambino, parlavo da bambino, pensavo da bambino, ragionavo da bambino. Ma, divenuto uomo, ciò che era da bambino l'ho abbandonato". Il reverendo Spruce me l'aveva citato.

«Quella mattina, durante la passeggiata, mi sono reso conto che avrei dovuto abbandonare Mae, e questo mi ha ucciso. Per anni avevo pensato che senza Mae non avrei mai potuto essere chi avrei voluto, e in quel momento ho capito che era il contrario: non avrei mai potuto essere quella persona *con* lei. Chiunque o qualsiasi cosa fosse stata anni fa, ormai non importava: evidentemente si era rotto un meccanismo fondamentale dentro di lei. Non poteva farsi amare da qualcuno, non più, e avrebbe punito chiunque ci avesse provato.»

A quelle parole, all'improvviso un unico singhiozzo acuto risuona in aula. Non mi devo voltare per sapere che è di Charmaine. Il suo gemito lascia Aaron senza parole per un istante, raggelando tutti i presenti. Lui guarda verso il pubblico e la madre di Mae, poi infila due dita sotto la giacca, sul cuore, e le lascia lì per un momento. Quel gesto impietrisce tutti mentre i due, Aaron e Charmaine, da tanto tempo in conflitto, riconoscono un legame tra loro: entrambi hanno amato intensamente la stessa ragazza, entrambi hanno sofferto la sua perdita da molto prima dello scorso settembre, quando lei ha ceduto ai propri, invincibili demoni. È uno di quei momenti che si presentano di tanto in tanto, quelli in cui decidi che il processo si è concluso. Alla fine mi volto a osservare Charmaine. È nel posto per le sedie a rotelle all'estremità della prima fila. Piccola e smunta, è praticamente sovrastata dal marito, molto più grosso di lei, che le ha passato un braccio attorno alle spalle e l'ha attratta a sé. Sono certo che condivida l'angoscia della moglie, ma Hardy è anche un avvocato processualista ed è chiaro che vuole interrompere la sintonia che sembrava essersi creata tra Aaron e lei.

«Gliel'ho detto appena tornati alla tenda. Ho cercato di essere gentile per quanto è possibile in circostanze come quella: "Grazie per averci provato, ti amerò sempre ma fra noi non può funzionare". E lei è esplosa: non era giusto, si sarebbe ripresa, aveva bisogno di me, l'avrebbe fatta finita senza di me, io ero la chiave di tutta la sua vita. Mi sono limitato a scuotere la testa, ho tirato giù lo zaino dall'albero e ho cominciato a metterci le mie cose.

«Un attimo dopo la sento parlare: ovvio, ha preso il telefono e mi rendo conto che sta registrando un video. Lei fa la voce fuori campo. "Ecco Aaron, che dice di amarmi e mi abbandona nel mezzo del nulla." Quella è stata la fine, proprio la fine. Subito dopo aver detto di aver tanto bisogno di me, e che avrebbe ripreso in mano la sua vita, voleva sfottermi su TikTok davanti a migliaia di follower. Ero davvero infuriato. Sono balzato in piedi, le ho strappato di mano il telefono prima che potesse reagire e ho cominciato a scendere lungo il sentiero verso il parcheggio. Non mi sono nemmeno voltato a prendere il mio zaino. Per un attimo è rimasta stupefatta, poi ha cominciato a gridare, mi ha superato e ha cercato di bloccarmi e di riprendersi il telefono, ma io l'ho scansata tenendo il cellulare in alto sopra la testa.»

«Dove eravate in quel momento?»

«Nel parcheggio.»

«E ha visto George Lowndes?»

«No, però Mae stava facendo abbastanza casino e attirava l'attenzione.»

«L'ha colpita o le ha messo le mani addosso in qualche modo?»

«No, lei saltava cercando di riprendersi il telefono e a un certo punto è inciampata. Ma si è ripresa subito. Non l'ho mai colpita né spintonata, non facevamo mai così, non era mai successo. Di sicuro gridavamo. A un certo punto ha provato a darmi un calcio, ma era talmente sballata che lo ha fatto come al rallentatore e non mi ha nemmeno sfiorato. Anche questo non era mai successo. Era come se quello che ci legava fosse svanito all'improvviso. In ogni modo me ne sono andato con lei che mi urlava dietro. "Dove vai?" e io: "Da qualche parte dove posso stare da solo". Lei ha gridato: "Non hai una macchina", come se fossi fatto quanto lei e non me ne rendessi conto. Mi sono limitato ad alzare una mano con il pollice fuori continuando a camminare senza voltarmi indietro.»

«Faceva spesso l'autostop?»

«Parecchio, da quando ero in libertà vigilata. Usavo la bicicletta per i posti vicini, diciamo entro i venticinque chilometri, quando non era troppo freddo. Se non potevo usare la bici, a volte mi accompagnava mio nonno Joe. Ma facevo molto spesso l'autostop.»

«Aveva detto a Mae che sarebbe andato a Ginawaban?»

«Non che ricordi. Lei sapeva che era il mio posto preferito, quindi avrà immaginato che mi sarei diretto là.»

«E cosa ha fatto quando è uscito dal parcheggio?»

«A dire il vero, quando sono stato sicuro di essermi allontanato da lei, mi sono seduto su un masso e... be', ho pianto un po'. Provavo mille emozioni: rabbia, turbamento, tristezza. E il vuoto dentro di me, come se ci fosse sempre stato uno spazio per Mae. Negli ultimi due anni avevo dovuto affrontare parecchie situazioni, e questa sarebbe stata un'altra: niente Mae. Sapevo di potercela fare, un giorno per volta.»

«Che cosa ha fatto poi?»

«Ho trafficato per un po' con il suo telefono, poi l'ho spento.»

«Come mai?»

«Pensavo che sarebbe andata da qualche parte a comprare un usa e getta e che avrebbe chiamato il suo numero un migliaio di volte, o cercato di tracciarmi, o entrambe le cose. Ne avevo abbastanza.»

«Questo sarebbe avvenuto alle 9.06 del 14 settembre?»

«Direi di sì.»

«E poi cosa ha fatto?»

«Ho cominciato a camminare. Praticamente non c'era traffico in uscita dal parco, perché era un giorno infrasettimanale dopo il Labor Day. Ho pensato di dover arrivare alla strada principale, la State 47.»

«Quanto era distante?»

«Poco più di sei chilometri all'incirca.»

«E ha incontrato di nuovo Mae mentre camminava?»

«Non faccia a faccia. Ma dopo circa un'ora ho sentito il rombo di una macchina alle mie spalle. Quando mi sono voltato, mi è sembrato di vedere una Subaru e sono corso nei cespugli ai lati della strada. Ma lei mi aveva visto.»

Racconta poi la storia di Mae che si ferma, urla e, quando lui non esce dal nascondiglio per renderle il telefono, lancia il suo zaino sulla strada, ci urina sopra e infine schizza via in macchina. La giuria ha già ascoltato un paio di volte frammenti di questo racconto, da Cassity e Akylles, ma in aula si sentono ancora risatine e qualcuno scuote la testa per il comportamento estremo di Mae.

«Sul momento l'ho presa sul ridere, poi però mi sono reso conto che non sarei mai riuscito a tornare in giornata a Mirror e che avrei dovuto passare la notte in un sacco a pelo bagnato e puzzolente. Avevo i nervi a pezzi: ero deluso da Mae e deluso da me stesso. Sono arrivato alla Route 47 con il cervello sottosopra e sul lato sbagliato della strada quando Akylles si è fermato.

«Una volta sul camion, mi stavo guardando in giro e ho pensato che non ricordavo quel paesaggio, poi ho visto il sole e ho pensato: "Oh, merda"... Scusate» mormora e guarda la giudice Carrington che alza la mano con un sorriso come a dire che non si deve scusare.

«Giusto per avere conferma ho acceso il telefono per guardare il GPS, mi sono maledetto da solo e ho informato Akylles che stavo andando nella direzione sbagliata. Lui mi ha preso bonariamente in giro: "Quella tizia ti ha sconvolto, ragazzo mio", ma sapete, io non avrei dovuto uscire dalla Skageon County, e ormai eravamo nella Marenago County, e il mio ufficiale di sorveglianza poteva controllare in ogni istante dove mi trovavo. Stavo pensando come risolvere la situazione, quando il mio telefono ha cominciato a vibrare. L'ho guardato per un attimo prima di rispondere, ma era un numero che non conoscevo. Dato che avevo mandato curriculum in tutto il Midwest per trovare lavoro, ho pensato che qualcuno mi chiamasse per un colloquio. Invece era Mae. Ha detto solo: "Aaron, non posso vivere senza di te. Mi ammazzo, davvero". Mae sapeva essere molto manipolatrice, ho sentito tutta la sua disperazione, però ho chiuso la comunicazione e ho spento di nuovo il telefono.»

Poi racconta la storia del suo ritorno a casa dopo aver lasciato Akylles: ha camminato verso sud lungo la 47 con lo zaino che puzzava, voltandosi con il pollice alzato ogni volta che sentiva arrivare una macchina. Quel giorno gli avevano dato tre passaggi: altre due persone si erano fermate, ma non l'avevano fatto salire per l'odore che emanava. Al tramonto del 14 settembre aveva coperto appena cinquanta chilometri a sud di Harold's Woods e aveva camminato a lato della strada fino a trovare una zona alberata. Lì vicino c'era una conduttura asciutta e aveva provato a dormirci. All'incirca alle 20.25 aveva acceso il telefono per chiamare Cassity poi, alla fine, aveva guardato i messaggi. Aveva risposto al suo ufficiale di sorveglianza e ai suoi genitori, perché sapessero che stava tornando, quindi aveva spento di nuovo per risparmiare batteria.

Il giorno dopo era andata un po' meglio con i passaggi, ma si trovava ancora a una cinquantina di chilometri da Mirror quando si era imbattuto in un compagno delle superiori in un'area di servizio vicina a un campeggio in cui si era intrufolato. Era arrivato a Mirror intorno alle due di notte del 16 settembre. Aveva parlato per un po' con la madre e il fidanzato di lei, poi aveva cercato di dormire, mettendo lo zaino nella cabina armadio.

«È in questo modo che le fibre di nylon sono finite nel suo armadio?»

«Probabilmente. Lo zaino era salito e sceso dall'albero parecchie volte appeso a quella corda. E le fibre avrebbero potuto essere sui miei abiti, visto che avevo lanciato anche quelli in un angolo dell'armadio fino a quando li avessi potuti lavare. Che comunque non è servito.»

«E dov'era la corda che aveva comprato?»

«L'ultima volta che l'ho vista era a terra sotto l'albero a Harold's Woods. A quel punto non mi serviva più. Immagino che Mae l'abbia portata con sé quando ha fatto i bagagli.»

Jackdorp sottolinea che l'ultima frase è un'ipotesi, e la giudice accoglie la sua obiezione.

«E che ne è stato del suo zaino?»

«La notte che sono tornato da Mirror non riuscivo a dormire. Sentivo in tutta la stanza la puzza dello zaino e non la sopportavo. L'ho portato fuori, al braciere, ho acceso un fuoco e l'ho buttato dentro. Il sacco a pelo era legato in basso. Pensavo di salvare almeno quello, ma mi avrebbe sempre ricordato Mae, gli ultimi momenti insieme, e quando ci avevo dormito dentro puzzava quanto lo zaino. Quindi ho lasciato bruciare anche quello.»

«E i suoi jeans e la camicia?»

«Li ho lavati, ma la puzza di fumo non veniva via. Li ho messi il primo giorno che ho imbiancato, poi Brice mi ha procurato delle tute, quindi li ho buttati nella spazzatura.»

«Ha sentito la testimonianza della signora Potter, della signora Charmaine Potter, sulla restituzione del telefono di Mae?»

«Sì.»

«Per quanto la riguarda, era corretta?»

«Certamente. Insomma, era il telefono di Mae, quindi l'ho riportato quando Brice e io abbiamo finito di imbiancare il primo giorno. Non era un furto, semplicemente non volevo apparire in altri video.»

«Si è reso conto quel giorno, il 16 settembre, quando è andato a casa dei Potter, che Mae non era tornata?»

«No, immaginavo fosse fuori perché non avevo visto la sua macchina parcheggiata lì davanti. Credo di averlo saputo quella sera da mia madre, quando sono rientrato a casa, e la cosa mi ha molto sorpreso.»

«Che cosa ha pensato nei giorni seguenti sul fatto che Mae non fosse riapparsa?»

«A dire il vero, stavo facendo del mio meglio per non pensare a Mae, poi su quella scala dovevo stare molto attento, quindi cercavo di lasciarla fuori dalla mia mente. Ma non sempre funzionava. Nei primi giorni ho creduto che fosse rimasta nei boschi a sballarsi, e che sarebbe tornata quando avesse finito tutte le pasticche che aveva con sé. Poi ho cominciato a pensare che volesse darmi una lezione, dimostrarmi quanto mi sarebbe mancata. Ma, sa, non mi servivano lezioni per rendermene conto. Ho immaginato che volesse farsi cercare da me, e ci è mancato poco che lo facessi.»

«Vorrei richiamare la sua attenzione sul 28 settembre: quando ha saputo che il corpo di Mae era stato trovato a Ginawaban?»

«Era il mio ultimo giorno di lavoro per Brice e mia madre e il suo fidanzato mi stavano aspettando per dirmelo. Non posso descrivere quella sensazione: ero frastornato. Non riuscivo a pensare, mi sembrava di non sentire nemmeno più il mio corpo, non riuscivo a dormire. Quindi, intorno alle quattro, mi sono alzato, sono andato da mio nonno e ho chiesto in prestito il suo pick-up.»

«Ma guidare era una violazione della sua libertà vigilata, vero?»

«Non sono nemmeno sicuro di essermene ricordato in quei momenti. Ero molto confuso. Avevo solo bisogno di andare via da solo.»

«E cosa le aveva detto sua madre della morte di Mae?»

«Be', avevamo letto tutti l'articolo che lei ha mostrato a Brice. E io ho sentito il notiziario locale alla radio del pick-up. Addosso a Mae avevano trovato le pasticche e ho immaginato che fosse completamente fatta e si fosse schiantata prendendo male una curva. La Subaru era sul fondo di una strada in mezzo ai boschi.»

«E qual era il suo scopo andando via?»

«Stare da solo da qualche parte dove potessi sentirmi me stesso e pensare. Quasi subito, però, ho deciso di andare a Ginawaban dove lei era morta.»

«Come mai voleva andare là?»

«Per gli stessi motivi di suo padre. L'amavo e volevo essere nel posto in cui il suo spirito se n'era andato, percepire quello che potevo di qualsiasi cosa di lei fosse rimasta attaccata alla vita laggiù.»

«Quando ha spento il telefono?»

«Non l'ho spento. Ho ricevuto una telefonata del fidanzato di mia madre quando me ne sono andato da casa, ma sapevo cosa mi avrebbe detto, quindi non ho risposto, anche perché avevo circa il tre per cento di batteria e non avevo voglia di sprecarla per sentirmene dire di tutti i colori. Avevo preso il cavo di ricarica, e mio nonno teneva un caricatore a 12 volt nel pick-up, ma mi sono accorto che non c'era quando ormai ero in viaggio. A quel punto il mio telefono era scarico.»

«Quando è arrivato a Ginawaban?»

«Venerdì sul tardi.»

«Quanto tardi?»

«Il sole era ancora alto. C'era il nastro giallo, ma l'ho aggirato e sono sceso lungo la strada. Ho visto che avevano portato via la Subaru, ma me l'aspettavo, perché l'avevano detto al notiziario. Poi, come ho spiegato al vicesceriffo Holloway, la macchina di mio nonno non partiva. Sapevo perché: quel maledetto alternatore. Ho dormito nel cassone del pick-up e, quando mi sono alzato il sabato, ho smontato l'alternatore e sono andato in autostop alla città più vicina, Armont, dove ho trovato un negozio di ricambi auto. Hanno testato l'alternatore e mi hanno detto che il problema era il cablaggio, e l'hanno ordinato. Pensavano che potesse arrivare il lunedì. Ho preso qualcosa da mangiare e sono tornato in autostop al pick-up per restarci fino al lunedì, ovvero quando il vicesceriffo Holloway mi ha trovato.»

«Quando ha saputo che le autorità pensavano che Mae fosse stata uccisa?»

«Quando il vicesceriffo Holloway mi ha detto del mandato d'arresto. È andata proprio come ha raccontato lui.»

«Prima di quel momento sapeva che c'era un mandato d'arresto per lei?»

«Non ne avevo idea. Senza corrente la radio del pick-up non funzionava. Il mio telefono era scarico il che, come ho spiegato, non mi dava problemi. Quindi no, non ne avevo idea fino a quando me l'ha riferito il vicesceriffo Holloway.»

«Stava scappando dall'arresto?»

«Come ho appena detto, non sapevo niente del mandato o che fosse stata uccisa. E, anche se avessi saputo che era un omicidio, non avrei mai immaginato che qualcuno potesse sospettare di me.»

«E ha idea di chi abbia ucciso Mae Potter?»

Non so per che motivo, la domanda sembra coglierlo alla sprovvista. L'avevamo provata molte volte, ma io l'ho leggermente modificata e adesso lo vedo esitare.

«Non l'ho uccisa. Lei mi chiede se ho un'idea: ho sentito qualcosa tra le prove.»

«Mi scusi, lei *sa* chi ha ucciso Mae Potter?»

«No, non sono stato io. È tutto quello che so.»

Torno da Susan e cedo il testimone a Jackdorp.

48
Controinterrogatorio

Considerando la generale inesperienza dei procuratori nei controinterrogatori, alcuni di loro ricorrono a qualche trito espediente teatrale per affrontare l'imputato. John Walsh, il mio mentore quando ero agli inizi come viceprocuratore, spesso rifiutava di controinterrogare: faceva un gesto con la mano verso l'imputato e, quando arrivava il suo turno per fare domande, si tirava indietro. Poi, nell'arringa finale, diceva: "È l'imputato, ovvio che sostiene che non è stato lui". Alexander Demetrieff, un altro di grande esperienza, in sostanza faceva una sfuriata: andava verso l'imputato al banco dei testimoni con i passi misurati di uno schermidore, agitava un dito e urlava qualcosa come: "È stato lei, è stato lei, lo ammetta!". Non lo ammettevano mai.

A meno che Jackdorp non abbia interpretato l'atmosfera in aula in modo molto diverso da me, dovrà mettere in discussione il punto focale della storia di Aaron. Nel poco tempo a disposizione, Cap Sabonjian e io abbiamo cercato di insegnare a Aaron che, durante il controinterrogatorio, avrebbe dovuto dare risposte brevi, fidandosi di me che avrei potuto elaborare nella replica se fossero servite spiegazioni più lunghe. La parte più difficile del trovarsi nel "secchio", come a volte viene chiamato il banco dei testimoni, è che serve un po' di giudizio per risultare efficaci. Ogni tanto, quando sarebbe naturale per Aaron spiegarsi, dovrebbe farlo, a patto che riesca a non risultare sciocco o sulla difensiva. Parco di parole per carattere, Aaron potrebbe andare benissimo nel controinterrogatorio, oppure restare invischiato e apparire colpevole il che, ovviamente, è il grosso rischio che corre.

Dopo le mie domande, Jackdorp avrebbe potuto chiedere una breve sospensione per riordinare le idee, ma a quanto pare non desidera lasciar sedimentare la buona impressione che Aaron ha fatto alla giuria. Il procuratore, che indossa un altro completo di lana scura, avanza e si posiziona a circa un metro da Aaron a braccia conserte, restando in silenzio per un momento a fissare il mio assistito dall'alto al basso, ma il trucco non sembra funzionare. Aaron, inespressivo, si rifiuta di distogliere lo sguardo.

«Ha tutte le risposte, non è vero?» chiede Jackdorp.

Aaron ci pensa, poi risponde: «Non capisco la domanda».

«È stato seduto qui e ha ascoltato le prove, e *adesso* ha tutte le risposte.»

Preferirei non fare obiezioni. Jackdorp ha lasciato che Aaron raccontasse tutta la sua storia senza molte interruzioni, e i giurati si aspetteranno che io faccia altrettanto durante il controinterrogatorio. Inoltre è fondamentale che io non dia la sensazione di dare l'imbeccata a Aaron, eppure non ho altra scelta che alzarmi in piedi. Non devo dire niente perché interviene la giudice Carrington.

«Signor Jackdorp, ho sentito abbastanza. È su un terreno molto pericoloso. Rammento ai giurati che l'imputato ha il diritto costituzionale di ascoltare le prove contro di lui e di testimoniare solo in quel momento, se sceglie di farlo. Proceda, signor Jackdorp.»

«Ma lei ha una spiegazione per tutto, signor Housley» riprende il procuratore. «Tutte le prove?»

Aaron si passa la lingua in bocca.

«Perché sono innocente. Tutto quello che lei crede dimostri che sono stato io, non lo dimostra affatto. Ed è questo il punto della mia testimonianza, signor Jackdorp. Quindi spero di aver spiegato tutto.»

Susan mi lancia uno sguardo fuggevole. È troppo disciplinata per sorridere apertamente davanti ai giurati o ricordarmi ad alta voce: "Te l'avevo detto", ma devo ammettere che aveva previsto che Aaron se la sarebbe cavata bene.

«Ora, è proprio vero, signor Housley, che laggiù, a Harold's Woods è stata la prima volta che ha capito di dover chiudere con Mae Potter?»

«Scusi?»

«Sua madre, il reverendo Spruce, la signorina Benisch, tutti le hanno detto di stare alla larga da lei?»

«Questo è corretto.»

«Aveva già tentato di lasciarla?»

«Sì.»

«Però aveva comunque deciso di riprovarci?»

«Sì.»

«Mae Potter la teneva in pugno, una presa dalla quale non riusciva a liberarsi?»

«Non mi direi d'accordo. Pensavo che, se avesse funzionato con Mae, sarei stato più felice che con qualsiasi altra persona. Ma non mi sentivo fra le grinfie di una tentatrice che mi controllava come una marionetta.»

«Ma si trovava laggiù con lei contro il parere di tutte le persone di cui si fidava?»

«Più o meno sì.»

«E laggiù si è reso conto, signor Housley, che l'unico modo di staccarsi da lei per sempre era ucciderla, non è così?»

Dopo un secondo, Aaron si avvicina al microfono e risponde con calma: «No».

«Ma lei era "infuriato", la parola che ha usato lei stesso, non è vero? Molto arrabbiato perché la ragazza non faceva quello che lei voleva, non spegneva il telefono e non le prestava attenzione? Questo l'ha fatta arrabbiare parecchio?»

«Ero arrabbiato perché stava infrangendo la promessa.»

«E ha detto di non averle mai messo le mani addosso, ma per prendere quel telefono, gliel'ha dovuto strappare di mano, non è vero?»

«L'ho preso mentre ci stava armeggiando.»

«Ha usato la forza.»

«Non direi, l'ho colta di sorpresa. E mi sono allontanato con il telefono.»

«Ed era infuriato, signor Housley, perché Mae Potter aveva girato un video di lei che stava facendo i bagagli per andarsene?»

«Sì, mi sembrava mi stesse sfottendo. Mi stava spezzando il cuore e poi postava video per avere dei follower.»

«La stava umiliando?»

«Non credo se ne sia resa conto. Era completamente chiusa in se stessa.»

«Ma lei era infuriato e deluso?»
«Sì, decisamente sì.»
«Perché con Mae lei aveva trovato la vera felicità ed era costretto ad affrontare l'idea che quella relazione era impossibile?»
«Sì.»
«E voleva dimenticare tutto di Mae.»
«Lo avrei dovuto fare.»
«Collocarla nel passato?»
«Sì.»
«Quindi l'ha uccisa.»
«No, signore.»
«Dice che a un certo punto Mae ha provato a sferrarle un calcio?»
«Era tutta scena, per dimostrare che era frustrata.»
«Ma lei ha avuto paura che le facesse male?»
«Avrebbe potuto, però, come ho detto, alla fine non ci ha nemmeno provato.»
«Per questo lei l'ha colpita per primo, signor Housley? Prima che potesse mettere a frutto la sua abilità nella kickboxing?»
«Non l'ho mai colpita, signor Jackdorp. Per via di quello che ha passato da bambina, mia madre mi ha sempre insegnato che un uomo non picchia mai una donna. Punto. Ha detto che, se mai avesse saputo che avevo picchiato una donna, le sarebbe crollato il mondo addosso.»
Cap gli ha fatto una domanda molto simile per un paio di volte e, stranamente, Aaron non ha addotto questo motivo. Ma sono certo che sia la verità, ben sapendo cosa pensa Bea del comportamento di Joe con Willi.
«Però la faccenda del video che Mae ha fatto è una buona storia, non è vero? Spiega perché lei ha preso il suo telefono.»
«Non è una storia, signor Jackdorp.»
«Ma non è vera, signor Housley. È così?»
«È verissima.»
Jackdorp va da Glowoski e torna con la busta di plastica sigillata con lo scotch arancione delle prove che contiene il telefono di Mae.
«Ma è un dato di fatto, signor Housley, che quella del video è una storia inventata in seguito, non è vero? Mae non ha mai postato alcun video, giusto?»

Jackdorp pensa di aver fatto bingo, ma Aaron rimane tranquillo.

«In primo luogo, signor Jackdorp, io gliel'ho strappato prima che potesse farlo. E adesso non è nel telefono, signor Jackdorp, perché l'ho cancellato io. Come ho detto durante l'interrogatorio, mentre ero seduto su quel masso, ho pasticciato con il telefono di Mae. Ho trovato il video e l'ho buttato nel cestino. È il motivo per cui avevo preso il telefono: sarebbe stato un insulto se l'avesse postato.»

«Conosceva la sua password?»

Gli investigatori forensi della procura non sono mai riusciti a entrare nel telefono di Mae, ma Aaron alza le spalle davanti allo sbalordimento di Jackdorp.

«Lei conosceva la mia password, io la sua. Se il telefono non è senza batteria, glielo posso mostrare anche adesso.»

Ho un sussulto. Siamo al primo vero punto di crisi del controinterrogatorio di Aaron: dando per scontato che il telefono fosse impossibile da sbloccare, noi – Cap, Susan e io – non avevamo mai chiesto a Aaron che ne fosse stato del video, e non gli avevamo nemmeno fatto la domanda più ovvia, ovvero se conoscesse la password di Mae.

Di primo acchito, è uno sviluppo positivo. Aaron sembra sincero e senza timori quando si offre di sbloccare il telefono di Mae, ma è un momento pericoloso per tutti noi: nessuno ha idea di cosa ci sia lì dentro. Gli screenshot dei messaggi di Hardy – compresi, forse, alcuni per Bea – potrebbero essere rimasti. E il caso potrebbe capovolgersi se, per esempio, Mae avesse mandato a qualcuno un messaggio in cui diceva di aver paura di Aaron.

La mia preoccupazione più immediata è che Jackdorp, rendendosi conto che a questo punto la procura non ha molto da perdere, accetti la sfida ed esamini adesso il telefono, oppure chieda tempo alla giudice perché i suoi periti possano analizzarlo. Nella preparazione dei testimoni non ho mai creduto efficace mettere trappole per il controinterrogatorio: troppo spesso nel buco finisci tu. Dalla pausa carica di significato di Jackdorp, lui però sembra credere che lo abbiamo fatto, sicuri che avrebbe rinfacciato a Aaron la mancanza di prove esterne a conferma della sua testimonianza sul video. Non riesco davvero a immaginare che cosa Jackdorp abbia paura di trovare in quel telefono, e sospetto che non abbia nemmeno le idee chiare in proposito, ma non riesce a rinunciare alle abitudini di una vita. Per definizione, i procuratori dovrebbero costruire l'accusa con metodo, non rischiare il tutto e per tutto. In linea di massima, tende a rispettare la regola aurea di non fare mai nel controinterrogatorio una domanda di cui non sa la risposta. Replica all'offerta di Aaron con un debole sorriso – "Non mi freghi!" – e muove il dorso della mano verso il banco dei testimoni.

Devia quindi su un terreno più sicuro.

«Ma non ha reso il telefono a Mae quando lei l'ha seguita con il suo zaino?»

«Non glielo volevo lanciare perché avrebbe potuto rompersi. E non avevo intenzione di ritrovarmi faccia a faccia con lei. Non mi era mai importato che fosse più scaltra di me, signor Jackdorp, perché era più scaltra di tutti. Ma, trattandosi di Mae, avrebbe tirato fuori cento nuovi motivi per convincermi che sarebbe cambiata, e io non avevo voglia di ascoltarli ancora: era frustrante e doloroso.»

«Quindi ha lasciato una giovane donna sola, nel mezzo del nulla, senza mezzi di comunicazione?»

«Mae teneva sempre dei contanti nella tasca posteriore dei pantaloni, insieme alla patente. I soldi sono sull'inventario di quello che hanno trovato sul corpo. Come ho detto, mi aspettavo che comprasse un telefono usa e getta e una ricarica.»

Dato che Aaron l'ha colto spesso di sorpresa, direi che il procuratore sta controllando male il testimone, interrompendolo e chiedendogli come risposta un sì o un no. Ma l'attimo di panico che ho vissuto poco fa mi ha convinto che, prima o poi, Jackdorp segnerà un punto, troverà un appiglio per praticare uno strappo nella trama della storia di Aaron. Ed è probabile che abbia riservato il meglio per ultimo.

Prova con un paio di altri sgambetti con minore successo. Aaron ammette che il telefono spento mentre andava verso Ginawaban ha impedito di tracciarlo, ma ripete di non aver avuto motivo di pensare che i tutori della legge lo stessero cercando.

Glowoski e i suoi colleghi della State Patrol hanno esaminato gli estratti conto del suo bancomat e hanno scoperto che era stato al supermercato pochi minuti dopo la notizia che la dottoressa Rogers aveva dichiarato la morte di Mae un omicidio. Eppure Jackdorp non ha modo di smentire Aaron quando afferma in tono calmo di non averlo saputo mentre era in città.

Alla fine Jackdorp arriva dove avrei cominciato io, al falò in cui Aaron ha bruciato zaino e sacco a pelo, e fa le domande che avevo previsto. Aaron, però, è preparato. Dice di aver provato a lavare uno zaino, ma che aveva perso la forma in lavatrice, e gli sarebbe costato una fortuna portare in lavanderia zaino e sacco a pelo, e non aveva intenzione di spendere tutti quei soldi perché era senza lavoro. La cosa più importante è che ripete quanto mi aveva detto quella notte: non riusciva a immaginare di dormire ancora in quel sacco a pelo senza pensare a Mae, ed era deciso a non farlo più.

Quando però Jackdorp affronta il tema della tossicodipendenza, è davvero efficace.

«Rubava a quell'epoca?»

Mi oppongo, ma la giudice Carrington si limita a scuotere la testa rivolta a me. Chi controinterroga ha il diritto di porre domande su precedenti azioni disoneste, e noi avevamo preparato Aaron di conseguenza.

«Sì.»

«A chi?»

«Ho rubato in diversi centri commerciali.»

«E alla sua famiglia? Ha rubato anche a loro?»

«Sì, signore.»

«A chi della sua famiglia ha rubato?»

«A mia madre?»

«A nessun altro?»

«Mio nonno mi dava dei soldi. E non potevo rubare a casa di mio padre perché ha un valido sistema di sicurezza.»

«Ma ha rubato alla sua stessa madre?»

«Sì, signore.»

«Che cosa ha preso?»

«Ho rubato l'anello di fidanzamento che le aveva dato mio padre perché non lo indossava più.»

«Tutto qui?»

«Ho rubato il loro televisore e qualche pezzo d'argenteria che il fidanzato di mia madre aveva ereditato dalla moglie quando era morta.»

«Ha mentito quando loro le hanno chiesto se era stato lei?»

«Sì.»

«Dunque sappiamo che lei è il tipo di persona che ruba e mente, non è vero, signor Housley?»

«Sappiamo com'ero quando ero un tossicodipendente, sì. Però non sono mai stato violento, signor Jackdorp. Più di una volta sono stato strafatto e disperato, ma fisicamente non ho mai fatto del male a nessuno.»

Cap e io avevamo preparato Aaron a dare questa risposta adesso, oppure durante la replica.

Eppure, come si è appena dimostrato con la password del telefono di Mae, non abbiamo pensato a tutto. Avvicinandosi al termine, Jackdorp trova infine un tema produttivo, che rende chiari tutti i rischi che corre Aaron con la sua scelta di testimoniare. Fa ammettere a Aaron che aveva promesso al giudice Sams che avrebbe rispettato le condizioni della libertà vigilata ma, nonostante questo, si vedeva con una drogata, guidava senza una patente valida ed era persino uscito dalla contea.

«E ha fatto la sua promessa al giudice Sams in tribunale, proprio come adesso ha promesso alle persone presenti in aula di dire la verità.»

«Non credo che andare per un paio d'ore dov'era morta Mae, mentre in precedenza avevo davvero rispettato le condizioni della mia libertà vigilata, sia la stessa cosa che mentire sotto giuramento.»

«Quindi sarebbe lei a decidere se mantenere o meno la parola data in tribunale?»

Aaron sa di aver commesso un errore, quindi si prende un momento, e questo ritardo nella risposta non fa buona impressione.

«Sono entrambe cose sbagliate, e lei lo sa, ma una è molto peggio dell'altra, almeno per me. Qui ho prestato un giuramento davanti a Dio.»

È una buona risposta, ma Jackdorp, alla fine, è riuscito a nuocere un po' a Aaron.

«Ora, signor Housley, sappiamo che lei mente per evitare di finire nei guai, non è vero?»

«Mi dispiace, signor Jackdorp, ma dovrà dirmi di cosa sta parlando nello specifico.»

«Per esempio, ai sensi delle condizioni per la libertà vigilata, lei sapeva di dover restare in contatto con sua madre e il fidanzato di lei, non è vero?»

«Sì, lo sapevo.»

«E il 29 settembre, quando è scappato a Ginawaban, non era la prima volta che violava quelle condizioni, giusto?»

«Se intende quando sono andato a Harold's Woods con Mae, è vero che anche in quel caso non ero in contatto.»

«Suo padre, sua madre e il fidanzato di lei si sono arrabbiati per questo?»

«Sì.»

«E, nonostante si fossero arrabbiati, lei ha deciso di rifarlo quando è fuggito a Ginawaban, è corretto?»

«Sì.»

«E quando è andato con l'alternatore al negozio di autoricambi, non ha cercato di ricaricare il suo telefono?»

«No, avevo dimenticato il caricatore.»

«Quindi non ha creduto fosse importante onorare la sua libertà vigilata e mettersi in contatto con sua madre e il fidanzato di lei?»

«Ero troppo sconvolto per aver voglia di parlare con qualcuno.»

«Ed è per questo motivo che non ha contattato nessuno? Non perché aveva dimenticato il caricatore?»

«Signor Jackdorp, lei mi ha chiesto perché non avevo ricaricato il telefono.»

«Ma la verità è che non voleva farlo.»

«Non volevo.»

«Perché la polizia avrebbe potuto rintracciarla se lo avesse riacceso.»

«Non era quello il motivo. Volevo stare per conto mio.»

«E, di fatto, ha mentito a suo padre, a sua madre e al fidanzato di lei dopo essersene andato da Harold's Woods il 14 settembre, non è vero?»

«No.»

«Non ha mandato loro un messaggio il 14 settembre dicendo che il telefono si era scaricato e per questo non era rimasto in contatto?»

Non riesco a sopprimere una smorfia, e anche la testa di Susan si china per un istante. Questa l'avevamo dimenticata.

«Mi scusi, sì, non era vero. Non ero pronto a dire a mia madre che ero stato via con Mae e che, diciamo, avevo spento il telefono perché ci eravamo messi d'accordo per farlo.»

«Ma il fidanzato di sua madre le aveva mandato un messaggio qualche ora prima, nello stesso giorno, per dirle che avrebbe dovuto informare il giudice se lei non si fosse fatto sentire, non è vero? Ha visto quel messaggio quando ha riacceso il telefono la sera del 14 settembre?»

«Mi sono arrivati molti messaggi quando ho riacceso il telefono, in particolare da mia madre.»

«Però lei non voleva che il fidanzato di sua madre informasse il giudice che lei aveva violato le condizioni della libertà vigilata, giusto?»

«Non sono sicuro di aver visto quel messaggio, signor Jackdorp, ma no, sicuramente non volevo che dicesse al giudice Sams che lo avevo fatto.»

«E sapeva che non essere in contatto rappresentava un rischio, vero?»

«Immagino di sì.»

«Quindi ha mentito dicendo che non aveva potuto ricaricare il telefono, in modo che non sapessero che aveva *deliberatamente* evitato qualsiasi comunicazione.»

«Ho già spiegato perché l'ho detto.»

«Perché non voleva che sua madre sapesse che era stato con Mae?»

«Esatto.»

«E non voleva dire di aver violato la libertà vigilata non tenendosi volutamente in contatto?»

Con il cuore pesante, perché ci è sfuggito questo particolare, provo con la telepatia, pregando Aaron di non contestare oltre, ma di concedere il punto a Jackdorp.

«Penso che lei abbia ragione. Non volevo dire che non li avevo contattati apposta. Mi preoccupava di più aver mancato di rispetto a loro che avere problemi con la libertà vigilata. Però è vero, dire che ero appena riuscito a ricaricare il telefono era una bugia.»

Bene, penso, meglio di altri dinieghi.

«Quindi sappiamo che lei mente per evitare di finire nei guai, non è vero?»

«Quello che ho detto del telefono non era vero.»

«Ma non è stata l'unica volta che ha mentito per evitare problemi, vero?»

«A quanto capisco, lei ha qualcosa in mente, signor Jackdorp.»

Il procuratore, che finalmente sente di avere in pugno la situazione, non riesce a sopprimere un sorrisetto.

«Non ha forse detto al vicesceriffo Holloway di non essere sceso lungo la strada di servizio quando era arrivato a Ginawaban?»

Prima di cominciare a preparare la testimonianza di Aaron, ignoravo che si fosse avventurato in fondo alla strada di servizio. Inizialmente Susan, Cap e io non eravamo d'accordo sul fatto che Aaron lo ammettesse nella sua testimonianza diretta. Io pensavo che, saltando questo particolare, ci fossero buone possibilità che Jackdorp non venisse a saperlo. Ma il mio cliente non aveva accettato, deciso a onorare appieno il giuramento che avrebbe fatto davanti a Dio.

"La verità è importante" ci aveva detto. "Se dici la verità, sai chi sei." Immaginando di riuscire a portare il discorso su questo, penso di chiedergli di ripetere questo concetto alla fine della replica.

«Ho sentito la testimonianza del vicesceriffo Holloway» risponde Aaron. «A lui non avevo detto di essere sceso lungo la strada il venerdì, ma in realtà non ho mai affermato di non averlo fatto.»

«Ma aveva intenzione di fuorviarlo, non è vero, sull'essere sceso fino al punto dello schianto?»

«Non volevo che lo sapesse.»

«Per via di quello che aveva fatto laggiù?»

«Perché c'era il nastro, che equivaleva a un divieto di accesso.»

«Però lei ci è andato comunque?»

«Avevo bisogno di trovarmi nel punto in cui Mae era morta. Ero andato lassù proprio per quello.»

«E, al termine della sua passeggiata, cosa ha portato via con sé?»

«Signor Jackdorp, la Scientifica aveva esaminato il posto quando era stato scoperto il corpo di Mae e quella era la prima volta in cui andavo a Ginawaban da anni. Poi il vicesceriffo Holloway ha testimoniato che niente era stato rimosso o alterato. A proposito, dato che sembra che io mi stia difendendo, l'unico motivo per cui lei sa che sono stato laggiù è perché ho prestato un giuramento di dire tutta la verità, quindi l'ho ammesso io. Se dunque sono un vero e proprio bugiardo, mi deve spiegare perché mai lo avrei detto quando non ero tenuto a farlo.»

Jackdorp chiede di cancellare quest'ultima osservazione e la giudice accetta. Aaron sa che era mia intenzione battere sullo stesso punto durante la replica, e alla fine sembra essersi innervosito e aver perso il controllo. Esattamente come Jackdorp desidera che la giuria lo veda. Se Jack è in gamba, concluderà presto, prima che lui si riprenda.

«Mi scusi, vostro onore» dice Aaron. Lei annuisce poco convinta, e anche il suo linguaggio del corpo mi dice che il procuratore sta segnando punti.

«Ma lei aveva intenzione di mentire o fuorviare il vicesceriffo Holloway, è vero?» chiede Jackdorp.

«Fuorviare, sì.»

«Perché non voleva finire nei guai, è giusto?»

«Quando l'ho visto, sapevo che probabilmente sarei finito nei guai per via della libertà vigilata, per aver guidato ed essere uscito dalla contea, quindi, sì, non volevo peggiorare la situazione.»

«Lei mente per tirarsi fuori dai guai, non è vero? Ha mentito a sua madre e al fidanzato di lei a proposito del telefono? Al vicesceriffo Holloway a proposito della strada di servizio?»

«Non ho detto tutta la verità. Quelle due volte.»

«Adesso è nei guai?» chiede Jackdorp e, senza aspettare la risposta, va a sedersi.

IV

GIUDIZIO

49
Verdetto

Nella vita non esiste un momento simile a quello in cui una giuria emette un verdetto. Certo, la nostra esistenza cambia sostanzialmente per eventi inattesi come un incidente d'auto fatale o una diagnosi di cancro, ma il verdetto di una giuria è uno dei rari istanti in cui noi, come società, accettiamo i cambiamenti fondamentali che avverranno in seguito. Certo, la posta in gioco più alta è quella dell'imputato: carcere per anni o libertà. Ma per molti di noi la puntata è comunque altissima: Bea, Joe, Lloyd, me e i Potter. Anche nel caso della giudice Carrington e di Hiram Jackdorp, il verdetto di questo processo cambierà l'interpretazione di come svolgono il loro importante ruolo pubblico. Stiamo facendo la storia, ho pensato più volte mentre ero in piedi in attesa della decisione della giuria.

Per quanto possa essere drammatico il momento in cui la giuria si esprime, l'attesa è per me la cosa più simile all'animazione sospesa. Anche paragonata alle molte serate che ho trascorso nel quartier generale di un candidato – me compreso – la notte delle elezioni, fingendo allegria mentre venivano contati i voti, oppure come membro di una giuria quando viene chiamata, è un tipo particolare di indeterminatezza. Non ci sono stati sondaggi o previsioni professionali dell'esito di qualcosa come quando un chirurgo, dopo che Nat era stato operato per un'appendicite perforata al primo anno delle superiori, aveva detto: "È giovane, penso che se la caverà". Inoltre, una giuria lavora senza limiti di tempo: potrebbe rientrare in aula tra un'ora o una settimana. Forse per la sensazione di vuoto che segue a mesi adrenalinici, ho sempre provato una cronica mancanza di concentrazione che trasforma la mia mente in un poligono di pensieri casuali e sconnessi. Ho un lungo elenco di cose che trascuro da mesi, ma non ho la forza, per esempio, di rispondere al messaggio del ferramenta di Como Stop sul montaggio di un supporto che ho ordinato per il televisore del salotto. E invece, non appena la giudice Carrington ha terminato di dare istruzioni alla giuria e l'ha congedata, ho abbracciato Aaron con ottimismo e sono andato a pranzo al The Lamp con Nat. In tutto il tempo che sono stato qui, non ho ancora trovato un altro posto dove mangiare. Dalla mia parte del séparé un grosso strappo è stato riparato con il nastro adesivo.

«Posso chiederti che sta succedendo con Bea?» domanda Nat.

«Dobbiamo risolvere una cosa emersa durante il processo. Ma non ho avuto l'energia per affrontarla prima.»

«Serve che ti dica che spero tu lo faccia? Intendo dire risolverla.»

Io mi limito a fare un gesto con la mano. In questo momento la mia mente si rifiuta di pensare a quello, così come a tutte le cose importanti. Infatti, non appena ci siamo seduti, ho ordinato un whisky. Le attese di un verdetto sono gli unici casi che ricordo in cui ho bevuto un superalcolico durante il giorno.

Diversi anni fa, quando avevo appena cominciato a lavorare nell'ufficio del procuratore della Kindle County, ero entrato nell'ufficio di due colleghi molto più anziani, Harry Dunham e Gretl Shortsch, che erano in attesa del verdetto di un processo per associazione per delinquere finalizzata all'omicidio durato tre settimane. Avevano affrontato insieme una dozzina di casi e passavano ridendo tutto il tempo fuori dal tribunale. Quando la moglie di lui era morta, si erano sposati, il che aveva sorpreso tutti. Lei aveva qualche anno di più, lui era decisamente più basso, ma ormai sono in pensione da parecchio e ancora adesso si divertono un mondo. Prima del processo avevo pensato molto a loro, ricollegandoli a Bea e a me, persone che hanno trovato un appagamento inatteso ormai avanti nella vita.

Nel momento in cui ero entrato, loro due aspettavano di essere richiamati in aula e stavano giocando a carte su un angolo della scrivania di lui.

"Gin rummy?" avevo chiesto.

"No" aveva risposto lei. "Go Fish."

L'ho sempre ritenuta l'espressione perfetta di come operano le menti degli avvocati processualisti quando sono in attesa di un verdetto.

«La tua arringa finale era ottima» commenta Nat, e non per la prima volta. Mi fa piacere sentirglielo dire, visto che non ho ancora rinunciato alla classica autoflagellazione per quello che ho omesso o avrei potuto esprimere meglio. Contraddizioni e fiaschi nel caso dell'accusa erano di tale portata che mi sembrava quasi di leggere la lista della spesa. "È triste rilevare come questo processo si concluderà senza sapere come sia morta Mae Potter, se si sia impiccata o sia stata uccisa, e in tal caso da chi. Tutto quello che sapete per certo è che il governo non si è nemmeno lontanamente avvicinato a dimostrare oltre ogni ragionevole dubbio che sia stato il signor Housley. Quale ruolo, ammesso che ne abbia avuto uno, ha giocato Hardy Potter nella morte di sua figlia? Non lo sappiamo. Possiamo solo affermare con certezza che il suo comportamento è stato sbagliato e bizzarro, e che lui, Hardy Potter, è il principale motivo per cui il signor Housley si trova qui come imputato."

Il maggiore problema che avevo dovuto affrontare era stato anticipare quello che avrebbe detto Jackdorp, dato che la sua arringa seguiva alla mia, e avrebbe avuto l'ultima parola, senza alcuna possibilità di replica per la difesa. Non sapevo come avrebbe cercato di rimettere insieme i pezzi della sua accusa ormai compromessa, ma non volevo trattare argomenti ai quali, forse, non sarebbe arrivato da solo e che avrebbe potuto sfruttare. In generale, mi ero affidato al tropo collaudato di un processo con giuria, dicendo loro che, tutti e dodici insieme, erano più in gamba di uno qualsiasi dei presenti. Poi li avevo implorati di immaginare cosa avrei detto per rispondere a qualsiasi nuova argomentazione di Jackdorp se ne avessi avuto la possibilità. Eppure, ritenevo probabile che andasse nella stessa direzione di Mansy e ammettesse che Mae era morta a Ginawaban. Se ci avesse provato, avevo detto alla giuria, forse avrebbero voluto tenere a mente qualche domanda, e avevo elencato molti dei punti che avevo presentato a Mansy.

E Jackdorp aveva fatto proprio questo. Non aveva mai pronunciato il nome di George Lowndes. "Abbiamo fatto un errore" aveva detto con nonchalance "ed è stato dimostrato, ma questo non significa che l'imputato sia innocente." Eppure non si era preoccupato di rispondere alle domande che avevo posto in anticipo, a cominciare dal perché Aaron fosse sceso dal camion di Akylles se, dopo la telefonata di Mae, aveva deciso di seguirla a Ginawaban.

Adesso Nat e io finiamo per parlare delle sue figlie. Minnie, la maggiore, sta cominciando a interessarsi ai ragazzi, e Nat è scioccato dalle proprie reazioni. È un po' come il padre di una sitcom che si piazza con un'ascia davanti alla porta.

«Staremmo meglio» gli dico «se gli umani trascorressero l'adolescenza in un bozzolo come le farfalle. Ne uscirebbero belli, completi e in grado di volare da soli.»

Gli piace, ma gli piacciono molte cose che dico. Il miracolo di essere trattato con amore e rispetto da mio figlio, che per tanti anni è stato una spina nel fianco, è un altro aspetto gratificante di questa fase della mia vita. Ho fatto cose stupide e crudeli alla madre di Nat, e lui lo sa. Ma le reazioni di lei erano state inaccettabili. Quindi Nat, ormai da tempo, aveva deciso che, nel bene e nel male, i suoi genitori erano così e, cosa più importante, che entrambi lo avevamo trattato con inesauribile amore.

Torniamo verso il tribunale e io mi avvio all'ufficio della giudice Carrington per dire a Moriah che vado a casa e lasciarle il mio numero di cellulare perché mi possa avvertire di eventuali comunicazioni della giuria. Invece vedo la giudice entrare di fretta dalla porta posteriore, quella che usa per andare dal tribunale al parcheggio. Indossa uno chemisier color lavanda ed è probabile che anche lei stia tornando dal pranzo. Mi vede in fondo al corridoio e si ferma di colpo.

«Non se ne vada» dice. «Ho appena ricevuto una telefonata.» Non spiega altro, e Nat e io restiamo nel corridoio fuori dal suo ufficio per circa cinque minuti. Alla fine busso e sbircio dentro. La giudice si dev'essere dimenticata della nostra presenza, e la sua segretaria copre con una mano il ricevitore del telefono: «Sto cercando di contattare il signor Jackdorp. Hanno raggiunto il verdetto». Guardo l'orologio: in tutto devono aver deliberato in poco più di un'ora.

In genere si dice che un verdetto rapido significa assoluzione. Chiamo Susan, che sta facendo commissioni qui vicino, poi

Bea, Lloyd e Joe. Sono tornati al motel, ma avranno il tempo di arrivare perché la giudice Carrington ha detto che riceverà il verdetto alle due, fra circa tre quarti d'ora. Nel frattempo i giurati pranzeranno.

«Cinese» ci dice Rolly, il commesso di turno oggi. Non avrei mai pensato che i contribuenti offrissero cucina cinese ai giurati.

Nat e io andiamo a sederci in aula.

«Te l'avevo detto» commenta mio figlio.

«Non facciamo previsioni» rispondo. Intanto, nel mio intimo, mi dico che non è possibile condannare quel ragazzo e mandarlo in carcere per decenni, se non per tutta la vita, in una sola ora di deliberazioni.

Poi arriva Susan, che intuisce subito: «Sai cosa dicono dei verdetti rapidi».

Ripeto anche a lei che non voglio fare previsioni.

Alle 13.45 Rolly ci riferisce che Aaron è arrivato dal carcere. Vado alle celle per vederlo nella speranza che sia l'ultima volta dietro le sbarre.

«Verdetto?» chiede.

Dice che si era appena messo la divisa da carcerato e aveva dovuto aspettare che recuperassero il suo vestito.

«Pensi che sia un problema se non ho la cravatta?» chiede.

«Mettila, per favore» rispondo. «A questo punto sono molto superstizioso, ma ti prometto che domani non la dovrai indossare.»

Questo è il genere di umorismo di bassa lega da Aaron, e lui sorride.

Quando esco dalle celle, Bea, Lloyd e Joe sono arrivati.

«Come sta?» chiede Bea.

«Più calmo del suo avvocato. Io sono terrorizzato.»

«Anch'io.» Bea mi prende la mano ghiacciata e restiamo così per un istante.

Jackdorp entra dalla porta laterale. I Potter non ci saranno, dice. Nella foga del momento, non avevo notato che erano assenti anche in occasione delle arringhe finali.

«Ne hanno avuto abbastanza» aggiunge Jackdorp, e non servono altre spiegazioni.

Immagino che anche Glowoski eviterà, ma si precipita dentro all'ultimo momento. Ha con sé una borsetta di cuoio lucido color caramello, un oggetto costoso che ha avuto il buon senso di non portare prima in aula, quando avrebbe potuto modificare l'impressione che faceva ai giurati. Susan e io riceviamo ancora telefonate di conoscenti che vogliono farci sapere che è una poliziotta brava e onesta. Non ne dubito. Se dovrà affrontare una commissione disciplinare, non sarà certo perché ho presentato un reclamo al Merit Board della State Patrol: si è comportata in maniera stupida per fare un favore a Hardy, ma in questo momento sono troppo sfinito per provare indignazione.

Moriah sbircia in aula per assicurarsi che gli avvocati siano presenti, e Rolly accompagna Aaron al mio fianco. Un attimo dopo, la giudice Carrington raggiunge il seggio. Qualcosa del suo aspetto mi ha colpito le molte volte che l'ho vista salire quei gradini, e riesco solo ora a definirlo. È di bassa statura, e le sue scarpe, squadrate e con i tacchi bassi, sembrano un paio di numeri troppo grandi per lei. Mentre sale un po' goffa, mi ricorda Minnie.

Dice a Rolly: «Faccia entrare la giuria».

Metto un braccio intorno alle spalle di Aaron: «Ci siamo» gli dico. «Tua madre, tuo padre, Joe e io saremo qui qualunque sia l'esito.»

I giurati entrano solennemente, ma le due signore dei bigodini guardano subito verso Aaron e sorridono. A quel punto lo so per certo.

«Signora portavoce» dice la giudice Carrington e la signora Liu, la padrona del ristorante, si alza in piedi. Ha dei fogli in mano. «Mi hanno informata che avete raggiunto un verdetto» prosegue.

«Sì, vostro onore» risponde la signora Liu e, senza attendere istruzioni, consegna i fogli a Moriah che li passa alla giudice. Wendy Carrington, con una studiata assenza di espressione, apre i documenti e li esamina per accertarsi della presenza delle dodici firme richieste.

«Ho esaminato i moduli del verdetto e li ritengo in regola. Adesso la cancelliera li renderà pubblici.» Moriah, che con il suo metro e ottantadue sembra più alta che mai, si alza per farsi restituire i fogli e, ancora in piedi, legge con quel tono monocorde che ormai mi aspetto da lei, come se ciascuna parola avesse la stessa importanza di quella successiva.

«Primo capo d'imputazione. Noi giurati riteniamo l'imputato Aaron Housley non colpevole di omicidio premeditato di primo grado.»

Aaron si affloscia accanto a me sulla sedia con il viso fra le mani e piange, mentre Moriah legge altri due verdetti di non colpevolezza. All'ultimo momento, per creare un ulteriore ostacolo, Jackdorp aveva chiesto alla giudice di istruire l'accusa meno pesante di aggressione aggravata nella speranza che la giuria, nonostante i dubbi, potesse condannare Aaron in un modo o nell'altro. Io li avevo pregati di non scendere a compromessi, e di non lasciare che Jackdorp riorganizzasse l'impianto accusatorio, e a quanto pare mi hanno ascoltato. La non colpevolezza per l'intralcio alla giustizia è l'ultima che viene letta.

La giudice, con espressione gentile, sta aspettando che Aaron si riprenda. Gli cingo di nuovo le spalle e lo invito ad alzarsi in piedi in modo da poter concludere. Gli ho dato il mio fazzoletto e lui si asciuga il viso mentre si alza.

«Signor Jackdorp, devo interpellare la giuria?» chiede la giudice Carrington. In questo caso viene chiesto a ciascun giurato "Questo era ed è il suo verdetto?", che significa: "Non ha cambiato idea?".

«Non è necessario» risponde Jackdorp. Non avrei mai previsto tanta benevolenza.

La giudice chiede ai giurati di aspettarla nel suo ufficio per poterli ringraziare personalmente.

«Ho osservato ammirata la grande attenzione che avete dimostrato nel corso del dibattimento. Potete tornare a casa e alle vostre vite sapendo che avete reso un vero servizio ai vostri concittadini e al sistema della nostra giustizia.»

Escono tutti per l'ultima volta dalla porta verso la stanza della giuria che si trova accanto al seggio.

«Signor Housley» dice poi la giudice «lei è stato assolto ed è libero di andare. Le auguro buona fortuna nella vita. È tutto.»

Moriah batte il martelletto e la giudice esce. Alle nostre spalle sono tutti accalcati in una confusione di abbracci. Aaron ha abbracciato Susan e Bea si aggrappa a loro e poi a me.

«Oddio, oddio» ripete. Joe ci osserva piangendo, poi Lloyd stringe suo figlio fra le braccia.

Con mia grande sorpresa, Jackdorp ha atteso la fine di questa dimostrazione d'affetto per stringermi la mano.

«Ben fatto, Rusty» dice, poi tende la mano a Aaron e, per un istante, temo che lui non accetti. «Buona fortuna» gli dice, mentre a me fa cenno di seguirlo a qualche passo di distanza.

«Lei lo sa, è stato nei miei panni. *Sapevo* che era stato lui, poi, verso la fine della mia dichiarazione iniziale, sono venuto qui e l'ho indicato. Il modo in cui mi ha guardato... Sono stato faccia a faccia con molti imputati e non ho mai visto prima niente di simile: fiducioso e non arrabbiato. Mi si è stretto il cuore per un momento e ho pensato: "Forse no. Oddio, forse no".» Scuote la testa, mi dà una pacca sulla spalla e se ne va.

Quando arriviamo a Mirror la festa è già cominciata grazie a Cassity e Brice che, inaspettatamente, ha ottenuto un altro fine settimana di congedo prima di cominciare l'addestramento. Sono arrivati molti amici di Aaron dei tempi delle superiori e scorre tanta birra. Ancora con la camicia bianca con il colletto aperto e la cravatta allentata, Aaron è in cucina, un po' impacciato mentre saluta gli ospiti che arrivano per congratularsi: una reazione prevedibile da parte di chi, nel giro di poche ore, è passato da mesi di reclusione a questa baraonda. Ci sono molte colleghe di Bea, anche Daria, la sua amica e vice. A poco a poco arriva anche una numerosa delegazione della chiesa di Lloyd. Camille si fa vedere più tardi con le tre figlie.

«Caspiterina, Rusty» mi saluta Joe dandomi una pacca troppo forte su una spalla. Ha in mano una birra, nonostante dichiari di essere diventato astemio. Ma è Joe, che altro si può pretendere? «Dal primo giorno, il primo, sapevo che saresti riuscito a fargli vedere la verità. Lo *sapevo*» mi dice.

Intorno a Daria si è formata una cerchia di ex studenti. Anche tra i bambini delle elementari Daria è famosa per il suo senso dell'umorismo, ma i ragazzi rimangono inevitabilmente affascinati quando scoprono che ha il vocabolario di una rapper. Si allontana da loro per abbracciarmi.

«Sai» mi dice «hai quasi avuto la peggior cazzo di testimone al mondo.»

«Chi era?»

«Io. Bea mi ha telefonato al secondo giorno del processo. Sono stata io a comprare la corda che abbiamo usato per montare lo sfondo del concerto di seconda. Voleva sapere se me ne ricordavo e come mai aveva finito per portarla lei a casa. Ed è stato perché Mister Tutto in Ordine» intende suo marito «comincerebbe a cercare in rete un divorzista se arrivassi a casa anche solo con uno stuzzicadenti in più. Quando Bea mi ha spiegato, le ho detto di contare su di me. La scorsa settimana ho parlato al telefono con la tua investigatrice, che mi ha richiamato lunedì mattina per dirmi che non c'era bisogno. Una vera fortuna per te: prova a farmi star zitta!»

Annuisco. Non mi sorprende sapere che ci siano state interazioni tra Susan e Bea dalle quali ero stato escluso. Le spiego l'errore dell'accusa. Tra i loro tanti sbagli, so che è probabile che questo lo avrei fatto anch'io.

«Poi ieri sera» prosegue Daria sull'onda dello slancio «Bea mi ha telefonato a mezzanotte per chiedermi se fossi andata con lei a quella riunione per i maledetti bagni.» Parla dell'interminabile tavola rotonda dei presidi sui bagni per le persone transgender che si era tenuta il giorno in cui Mae era stata uccisa.

«E c'eri?» chiedo a Daria con apparente indifferenza.

«Diavolo, sì. Bea mi ha tenuto per ore la mano su un ginocchio per impedirmi di esplodere. Adesso mi spieghi come cazzo siamo arrivati al punto che usare il cesso in questo paese è una questione politica. Costruisci quel dannato aggeggio, metti un cartello con la scritta "Bagno" e non c'è bisogno di aggiungere "Enclave queer". Piacerebbe solo ad alcune delle insegnanti più anziane che hanno bisogno di un po' di privacy extra. Ho chiesto a Bea perché diavolo mi avesse svegliata e mi ha risposto che avrebbe potuto essere importante per te, ma era troppo complicato da spiegare.»

Per quanto Bea voglia bene a Daria, non la tratta da confidente. Mi stringe il cuore sapere che ha ritenuto urgente dimostrarmi che non era coinvolta nell'omicidio di Mae, però sono felice di aver sentito anche la campana di Daria. Immagino che avrei potuto chiamarla io giorni fa, se fosse stato facile addurre la stessa scusa che mi viene in mente adesso.

«Seguire un processo ti fa diventare paranoico, Dar. A volte un procuratore che sta perdendo è come un toro ferito. Temevo che fosse furioso con me e Aaron al punto di accusare poi Bea.»

«Ma per piacere!» esclama Daria.

«A dire il vero non credo gli sia mai venuto in mente: ero solo io che ci pensavo. Durante un processo ragioni come il pilota di un caccia, e vai alla ricerca dei colpi che possono arrivare da ogni parte.»

Ringrazio Daria per la sua disponibilità ad aiutarci e vado a salutare altri ospiti. Suona il campanello, e sento Bea lanciare un gridolino di gioia mentre apre le braccia al nuovo arrivato, ovvero al reverendo Spruce. Si ferma solo pochi minuti: trova Aaron in cucina, gli appoggia le mani sulle spalle e gli parla sottovoce guardandolo negli occhi.

Durante la serata, ho lanciato qualche occhiata a Aaron. A un certo punto qualcuno gli ha messo in mano una birra. Ha dato una lunga sorsata, ha guardato la lattina e l'ha appoggiata sul bancone. A quanto ho visto non l'ha più ripresa. La gente continua a fargli capannello intorno in cucina e in salotto. Lui accetta volentieri le congratulazioni, annuisce diverse volte con un sorriso stampato in faccia, ma spesso sembra che stia cercando la possibilità di sottrarsi. Un paio di volte lo vedo ritirarsi in cucina, nell'angolo accanto al frigorifero, con gli occhi bassi, e cercare di dare un senso alla giornata di oggi e agli ultimi cinque mesi della sua vita. Non mi sorprenderebbe sapere che sta pensando soprattutto a Mae.

Quando Susan e Al arrivano sulle loro moto, Bea riunisce tutti in salotto e brinda a Susan, Aaron e me. «Sono stati tutti magnifici. Sono stati momenti difficili, ma ricordate che "processo" deriva dal latino "*processus*", cioè "procedere, avanzare". » I presenti non sono del tutto sicuri che sia una battuta e ridacchiano. «E siamo andati avanti. Ringrazio Susan e Rusty per il loro lavoro incredibilmente duro, le loro menti brillanti e la loro dedizione nel dimostrare l'innocenza di Aaron. E ringrazio Dio. Anche lui era con noi.»

Il suo brindisi viene salutato dagli applausi.

Verso le dieci, Aaron comunica che va da Cassity a giocare con la sua nuova console. Strano ma vero, quando Aaron è stato incriminato, il giudice Sams ha messo fine di propria iniziativa alla libertà vigilata, immaginando che non fosse necessario controllare una persona in custodia. Questo, a sua volta, annulla la sospensione della patente e lui è libero di guidare: gli do le chiavi della mia macchina.

«Sicuro di non volere il mio pick-up?» chiede Joe. «Ho sistemato il cablaggio e funziona alla grande.»

Per chi capisce la battuta – più persone di quante avrei immaginato –, la domanda di Joe suscita risatine affettuose, in particolare quando Aaron, stando allo scherzo, arretra fingendosi inorridito.

Una volta uscito Aaron, casa nostra si svuota rapidamente. Alla fine, Bea e io siamo soli in cucina. Lei si appoggia a me con tutto il corpo e la stringo fra le braccia. Sono distrutto dal desiderio e dalla sensazione di quanto mi sentissi incompleto senza di lei.

Bea arretra per guardarmi, versando altre lacrime oltre a quelle che sono scese per tutta la sera facendo brillare il suo viso meraviglioso.

«Ti prego» dice «ti prego, stai con me, amami, perdonami, perdonami, te ne prego. Per favore. Hai restituito a Aaron la sua vita. Può sembrare che ti chieda molto, ma ti prego, ti prego, ridammi indietro anche la mia.»

50
La malattia di Joe

Febbraio-marzo 2024

Nei giorni immediatamente successivi al verdetto, Aaron si dedica alla canoa. Il recente disgelo ha portato le temperature sopra gli 8°C, ma blocchi di ghiaccio galleggiano ancora nel Mirror Lake. Aaron indossa la mia muta sotto al parka e si muove senza una meta precisa. Il suo ex capo lo ha chiamato offrendogli il suo vecchio lavoro a partire da metà aprile: probabilmente accetterà, ma ha anche in programma di andare la prossima settimana nella Kindle County per stare con Nat, Anna e le ragazze. Inoltre vuole visitare l'Institute of Art and Design – dove avrebbe tempo di iscriversi prima del semestre autunnale –, che è associato al museo d'arte della contea. Ieri ha ricevuto una lettera che lo informava del suo terzo posto nel concorso d'arte del carcere, ma non ha la minima intenzione di andare a ritirare il premio.

Parlando in modo ipotetico, Bea mi chiede cosa penso dell'idea di tornare nella Kindle County, qualsiasi sia la decisione di Aaron. Al momento ne ha abbastanza della Skageon County e ha la possibilità di andare in pensione in anticipo grazie a un programma vantaggioso per gli insegnanti con un salario più alto: così potrebbe finalmente realizzare il desiderio a lungo soppresso di essere una ragazza di città. Il progetto mi vede più disponibile di quanto avrei creduto. Potrei vedere molto più spesso Minnie e Brie, se necessario, essere per loro una guida, un ruolo che gli adolescenti spesso trovano più facile accettare da una persona diversa dai genitori. Bea e io potremmo comunque tornare a Mirror per il fine settimana o anche per periodi più lunghi, volendo.

Più spesso di quanto mi sarei aspettato, quando sono tra una telefonata e l'altra nel tentativo di riprendere il mio lavoro di arbitrato, scendo in riva al lago per osservare Aaron sull'acqua. Non lo spio, ma sono felice di vederlo là fuori, mentre si lascia trasportare o usa la pagaia, muovendosi con l'apparente imprevedibilità di una bacchetta da rabdomante.

Il mercoledì successivo al verdetto, mentre sono nel pieno di una delle mie visite sulla riva, suona il cellulare. Leggo l'identità del chiamante: "Carrington, Gwendolyn".

«Spero di non interromperla» dice.

«Certo che no, giudice. La vita è migliorata adesso che non le siamo più in mezzo ai piedi?»

«Immagino di sì. È stato un processo difficile» commenta. «Difficile per tutti noi.»

Le dico che, a mio parere, ha fatto un ottimo lavoro e lei mormora un "grazie": è troppo professionale per crogiolarsi in quel complimento. Sa benissimo, però, che sono stato un giudice per molti anni, quindi spero che le mie lodi la gratifichino di più di quelle che sente sempre dagli avvocati che hanno vinto.

«In ogni caso» dice troncando ogni chiacchiera «l'ho chiamata perché ho parlato con i giurati dopo il verdetto. Vuole sapere cosa mi hanno detto? Erano d'accordo che glielo riferissi.»

«In genere si tratta di parole senza senso, a dire il vero. Dodici persone che, all'improvviso, fanno finta di pensare la stessa cosa e cercano di attribuire motivazioni a quello che, per alcuni di loro, è stato puro istinto.»

«È vero» risponde lei. «Ma in questo gruppo sembravano tutti della stessa idea. Hanno detto di aver parlato delle prove per circa un'ora e poi di aver votato un'unica volta. A quanto pare, uno di loro inizialmente era favorevole alla condanna, ma aveva già cambiato idea al momento della votazione.»

Il pensiero che qualcuno avrebbe potuto trovare inconfutabili le prove del traballante impianto accusatorio di Jackdorp è una dimostrazione agghiacciante dei pericoli del sistema della giuria. Se la giudice sa chi sia stato favorevole alla colpevolezza, è chiaro che non me lo dirà.

«Hanno detto che, appena hanno cominciato a parlare, non

riuscivano a dare un senso alle tesi dell'accusa, come un puzzle che, comunque girassi le tessere, non tornava. E tutti erano felici che Aaron avesse testimoniato. Sapevano che non era obbligato, ma li ha colpiti il fatto che solo un innocente avrebbe accettato di salire sul banco e raccontare la sua storia a dispetto delle evidenti carenze nell'esposizione dello Stato. Un punto per lei» aggiunge. Si dice che a volte le giurie sono come bambini, nel senso che osservano cose che sfuggono agli avvocati, proprio come i bambini talvolta vedono quello che di norma sfugge agli adulti. Io ho passato cinquant'anni praticando il diritto penale, con il principio scolpito nella pietra che i giurati non possono usare il silenzio dell'imputato contro di lui. Ma non è scritto da nessuna parte che non possano trattare la disponibilità a parlare come una prova a favore dell'imputato.

«Penso che abbiano fatto un buon lavoro» risponde lei, ma evita di dire che era d'accordo con loro perché va oltre la sfera di competenza di un giudice.

«Lo ha detto anche a Jackdorp?»

«Gli ho telefonato, ma non mi ha ancora richiamata. Non parliamo mai molto fuori dal tribunale, e immagino che non lo faremo più. Ha deciso di non presentarsi per la rielezione in novembre, e non so se la notizia sia arrivata fino alla Skageon County. È un uomo umorale, ma immagino che lei lo sappia. Lunedì ho sentito dei pettegolezzi e ho pensato che avrebbe cambiato idea, ma lo ha annunciato ieri al viceprocuratore. A quanto pare, dice di averne avuto abbastanza.»

Sono sicuro che il nostro caso abbia avuto un certo peso nella sua decisione, ma non saprei dire se motivato dall'insuccesso o dalla stanchezza. In questo processo ci sono state molte cose che farebbero dubitare di sé qualunque procuratore.

«Chi gli succederà?»

«In sole sei settimane è troppo tardi per chiunque per presentare una candidatura alle primarie, quindi saranno soltanto aggiunti nomi alla lista. Jack ha detto che non sosterrà un candidato e sto pensando di lanciarmi. A quanto pare dovrei avere buone possibilità e sono l'unica giudice interessata. E l'unica donna. È probabile che gli altri tre o quattro che ci stanno pensando si divideranno i voti più "tradizionalisti"» dice evitando termini più carichi di significato. Sono sicuro che il nostro processo le abbia fatto parecchia pubblicità favorevole e accresciuto la riconoscibilità del suo nome.

«Sarebbe un grande servizio al paese, giudice. Seguirò la cosa.» Con questo commento, la nostra conversazione si conclude. Mi colpisce come, anche adesso, Wendy Carrington e io restiamo legati alle formalità dei rispettivi ruoli. Lei non ha fatto la bacchettona, ma non vuole dare l'impressione che il nostro reciproco rispetto, quale che sia la sua natura, abbia avuto un impatto in aula, e non vuole gettare ombre sull'assoluzione di Aaron. Per questo motivo non le dico quello che sarebbe naturale nella Kindle County, ovvero che contribuirò alla sua campagna o che mi offro di sostenerla. Per il bene di Aaron, io e lei dobbiamo tenere le distanze in via permanente.

Il giorno successivo Joe entra in ospedale per esami e cure. Le notizie non sono buone. Bea, mai molto incline all'autocommiserazione, è abbattuta dalla realtà di un'altra crisi. Al termine della telefonata con il medico, si affloscia e temo che cada a terra.

«Lo so» le dico e la abbraccio. Dopo il verdetto sembra che abbiamo passato tutto il tempo l'uno fra le braccia dell'altra.

Joe è in ospedale a Milwaukee e il lunedì seguente Bea deve chiedere un altro permesso al lavoro per incontrare l'oncologa prima che lo dimettano. L'accompagno per sostenerla e, all'ultimo momento, Aaron decide di venire con noi. Quando vediamo la dottoressa, non in presenza di Joe, dice che circa un mese prima del processo, l'esito di una TAC era stato preoccupante, ma lui aveva rifiutato un nuovo ciclo di chemioterapia fino al verdetto. Non c'erano grandi possibilità di ottenere un effetto apprezzabile sulle metastasi, ammette, ma avrebbero voluto provare con un farmaco più vecchio che, a volte, rallenta la crescita del tumore e avrebbe potuto dare a Joe qualche mese in più di vita. Rifiutando, lui non ha contribuito a questa possibilità.

Il cancro, adesso, è nelle ossa, e Joe rischia seriamente una frattura spontanea, in particolare delle costole. C'è un tumore in un dotto biliare e varie lesioni al cervello hanno avuto una crescita importante. La dottoressa, una donna minuta originaria dell'Est asiatico che non dà affatto la sensazione di un'impresaria di pompe funebri che mi potrei aspettare da qualcuno che perde con tanta regolarità i propri pazienti, aggiunge che le lesioni nel cranio sono presenti da più di un anno. Ci comunica di prepararci a cambiamenti della personalità, in particolare a un'estrema irritabilità o a comportamenti impulsivi. Per tutta risposta, Bea scoppia in una sonora risata.

«Dottoressa, probabilmente ha un cancro al cervello da quando ero bambina. C'è qualche possibilità che diventi più gentile?» chiede.

La dottoressa, che sembra condividere il senso dell'umorismo di Bea, alza un sopracciglio commentando: «A volte capita».

Aaron ascolta tutto questo con espressione seria. Mi sembra, anche se forse è solo la mia immaginazione, che si chieda se sia questo il prezzo da pagare a Dio: la sua libertà in cambio della perdita del nonno.

Da parte sua, Joe è meno scontroso di quanto sia stato quando, in precedenza, ha ricevuto brutte notizie. Lo raggiungiamo nella sua stanza ed è pronto ad andarsene. Si è vestito e le sue cose sono in un borsone di plastica che tiene in grembo, seduto sulla sedia a rotelle con la quale un infermiere lo accompagnerà all'uscita.

«Bene, già mi avevano dato un paio di mesi di vita, non è vero?» chiede.

È vero, anche se in quel caso la prognosi non era stata altrettanto categorica. Ma ha ragione: ormai da anni vive sotto una spada di Damocle ed è ancora qui. Una volta il mio vecchio internista della Kindle County aveva constatato quasi con stupore che le persone sgradevoli sono le più dure a morire.

Joe sembra ancor più rigido e immobile quando lo mettiamo sul sedile del passeggero per accompagnarlo a casa, ma forse è dovuto al riposo forzato a letto durante la prima, massiccia dose di chemioterapia. È del solito umore logorroico: riferisce le ipotesi che un altro fiume atmosferico possa colpire la California, e si lamenta in particolare del suo compagno di stanza – una camera semi-privata – che, a quanto pare, aveva una flatulenza quasi costante. Non appena arrivati in autostrada, Joe ha un attacco di vomito esplosivo che macchia il finestrino, il cruscotto e, naturalmente se stesso. Mentre sto guidando, mi sfilo il parka e lascio che Aaron e Bea gli diano una mano a ripulirsi. Come sempre non si scusa e impreca contro medici e infermieri che, dice, non avrebbero dovuto farlo mangiare.

Rassicurato che la dipartita di Joe non è imminente, Aaron decide di andare nella Kindle County e, la sera prima della sua partenza, ceniamo insieme. Il processo e Mae non sono stati praticamente nominati perché Bea ha pregato di non parlarne, in particolare a tavola. Eppure stasera lei stessa ci riferisce un episodio con il sovrintendente dello Stato, che era in città. Anche Aaron lo aveva conosciuto quando lui usciva con Bea. Ci racconta che era rimasto defilato durante tutto il processo, senza neppure preoccuparsi di mandare un messaggio di congratulazioni dopo il verdetto, ma che oggi l'aveva presa da parte mentre se ne stava andando. Si aspettava qualche parola di conforto, ma lui le aveva chiesto chi pensava fosse l'assassino.

«Se qualcun altro mi fa questa domanda...» commenta Bea.

«È naturale» le dico.

«Tutti in città si aspettano da me che io lo scarichi su Hardy.» All'improvviso mi lancia un'occhiata, come se solo sentire il suo nome mi potesse sconvolgere. Ha ragione: provo una sensazione di nausea, ma faccio del mio meglio per sopprimerla.

«Hardy è un idiota» interviene Aaron «e lo odierò per il resto della vita, ma non ha ucciso Mae.» Il suo commento è tanto enfatico che Bea e io abbiamo la stessa reazione e condividiamo uno sguardo spaventato, come se suo figlio fosse sul punto di dire qualcosa di terribile su se stesso. «Che c'è?» chiede accorgendosi che lo fissiamo. «Sto solo dicendo che non è stato Hardy, tutto qui. Non ci credo.»

Se non Hardy, chi? Io ho cominciato a mettermi nello stato d'animo che avevo dovuto adottare nel corso della mia carriera nell'ufficio del procuratore nei pochi casi di assoluzioni piene. In genere, come è ovvio, restavo convinto della colpa dell'imputato e attribuivo il verdetto a una pessima decisione del giudice o alla natura del tutto irrazionale delle giurie. Ma in un paio di esempi avevo dovuto accettare proprio quello che avevo detto alla giuria di Aaron nell'arringa finale: non lo sapevamo. "Nessuno vi chiede di emettere un verdetto di innocenza, anche se sarebbe giustificato" avevo suggerito loro. "La formulazione sui moduli che riceverete è 'Non colpevole', e questo significa semplicemente che il governo non ha dimostrato la colpevolezza dell'imputato, che non sappiamo per certo come sia morta Mae o chi possa essere il responsabile."

All'inizio della terza settimana successiva al verdetto, vado a Como Stop per ritirare il supporto per il televisore che avevo ordinato, e Mansy Potter sta uscendo dal negozio mentre io entro. Noto che è più curvo. Vedo le narici allargarsi e gli occhi farsi duri quando si accorge della mia presenza, ma poi supera quella reazione, viene avanti e mi stringe la mano. Oggi è una giornata ventosa, con temperature poco sotto i 4°C, e fa abbastanza freddo perché nessuno dei due abbia voglia di trattenersi a lungo all'esterno.

«Non è finita bene l'ultima volta che ti ho visto» dice. «Ma hai detto alcune cose su cui sto rimuginando da allora.»

«Ormai appartengono al passato, Mansy» rispondo con l'intento di confortarlo.

«Non avere idea di quello che è successo davvero?» Scuote la testa addolorato. «La mente anela a una spiegazione, lo sai? È un buco nel cuore.»

«Capisco» gli dico.

Fa un passo indietro e dichiara: «Russ, mi è mancata la tua compagnia, lo ammetto».

«Anche a me la tua» rispondo.

Annuisce. Magari, quando il bubbone si sgonfierà... se mai dovesse succedere.

«E di' a Aaron che gli auguro ogni bene» aggiunge Mansy. «Sentire la sua storia ha aiutato tutti noi. Non potevo credere che l'avresti lasciato testimoniare, ma ha fatto un ottimo lavoro.»

«Perché ha detto la verità, Mansy.»

Scrolla le spalle. Non lo contesterà, e il modo in cui scuote la testa mi fa pensare che potrebbe cominciare ad accettarlo.

«Quanto di quello che ha detto avevi sentito fin dall'inizio?» chiede mentre sta per andarsene.

«Pressoché tutto» rispondo. Ovviamente non è vero, ma sarò sempre l'avvocato di Aaron. Credo però che, se avessi permesso a Aaron di fornirci in precedenza la sua versione completa, ci avrebbe detto quello che ha affermato sul banco dei testimoni.

Due giorni dopo, ricevo un messaggio da Lainie Harrup: mi chiede se ho un momento per parlare. Le telefono immediatamente. Il sabato successivo al verdetto, non riuscivo ancora a staccarmi del tutto dal processo e ho avuto bisogno di scrivere, quindi ho mandato biglietti a lei, Akylles e Susan, brevi parole di encomio che, a mio parere, ciascuno di loro meritava di tutto cuore. Avevo scritto a Lainie che speravo fosse consapevole di quante poche persone si sarebbero sottratte alla loro vita quotidiana e si sarebbero sobbarcate due giorni di coincidenze aeree per assumersi l'onere di testimoniare in un processo per omicidio, seppur con la speranza di salvare una giovane vita. Per me, era una vera e propria eroina. Più o meno avevo espresso gli stessi concetti con Akylles.

«Oh, Rusty!» mi dice quando risponde, felice di sentirmi.

Mi ringrazia per il biglietto e chiede: «La prego, mi dica come sta Aaron».

È sinceramente interessata, quasi si trattasse di suo nipote, e mi chiede anche dei Potter, alle cui traversie dice di aver pensato spesso. Sono felice di poterle raccontare il mio incontro con Mansy.

Alla fine spiega perché mi ha voluto parlare.

«Non indovinerà mai che cosa mi è arrivato via e-mail stamattina: i tabulati telefonici che l'operatore aveva detto che sarebbero stati pronti fra un altro mese. So che il processo è finito, ma mi chiedevo se li volesse ancora vedere.»

Lo voglio? Mi piacerebbe ancora sapere se Mae aveva fatto una seconda telefonata con il cellulare di Lainie dopo che Aaron aveva chiuso la comunicazione. Come prima cosa, mi ricordo che, se così fosse, Mae non aveva parlato con Bea – come inizialmente temevo – perché Bea era con Daria e gli altri presidi. Mi colpisce però il mio ritrarmi quasi automaticamente, anche solo per un secondo, di fronte alla paura atavica che certi fatti della mia vita si stiano ripetendo.

Non ho ancora risposto a Lainie perché sto esaminando tutte le altre possibilità. Dovendo scommettere, punterei grosso sul fatto che Mae abbia continuato a digitare numeri senza parlare con nessuno, ma risparmierei qualche spicciolo per metterlo su Hardy.

«Sì, vorrei vedere i tabulati.»

«Oggi pomeriggio faccio la scansione e glieli mando via e-mail. Mia figlia mi ha scaricato un'app sul telefono e mi piacerebbe provare a usarla.»

Quando Aaron è ormai partito per la Kindle County, Bea e io facciamo a turno per controllare Joe, in genere un paio di volte al giorno. La Medicare gli manda un'infermiera, che resta con lui per circa un'ora, gli preleva il sangue, controlla i parametri vitali e gli somministra la dose quotidiana di chemioterapia. Eppure, considerando gli effetti collaterali dei farmaci, sarebbe meglio che fosse assistito di continuo. Non senza esitazioni, Bea si era offerta di far venire Joe a casa nostra ma lui aveva rifiutato, come sempre in precedenza, forse consapevole che una simile vicinanza alla figlia avrebbe reso i suoi ultimi giorni un tormento per entrambi. In più, non avrebbe mai ammesso di aver bisogno di aiuto. Abbiamo litigato sia con l'associazione dei veterani che con la Medicare chiedendo che pagassero un'assistenza infermieristica più prolungata, ma nel frattempo Fritz, il fratello di Bea, si è offerto di anticipare i costi di una badante: lo fa sentire meno colpevole per il categorico rifiuto di tornare. A breve un aiuto-infermiera comincerà con Joe. Anche senza dover pagare un avvocato, i costi di Susan e le brevi consulenze con i periti, più i viaggi e i costi degli alberghi per Akylles e Lainie, oltre al suo stesso soggiorno in albergo, hanno lasciato a Bea un debito enorme verso il suo piano pensionistico che non mi permette di saldare al suo posto.

Busso ed entro nella "casa grande", come viene chiamata la modesta fattoria dove abita Joe. Non ha cambiato nemmeno un elemento dell'arredo voluto da Willi: ingombranti mobili tedeschi di legno scuro con molti intagli, il divano e le poltroncine rivestiti di broccato cremisi. Gli abbiamo procurato un pesante letto da ospedale, ma è troppo grande per la sua camera da letto considerando la presenza di quello vecchio, a baldacchino, dove dormiva con la moglie. Quindi si è attrezzato in salotto, non lontano dal grande televisore sempre sintonizzato su Weather Channel. I farmaci lo fanno dormire per gran parte del tempo. Accanto al letto, un catino di plastica per il vomito e, dopo nemmeno un passo, mi accorgo che è stato usato. Metto i guanti e vado in bagno a vuotarlo. Poi guardo dentro la piccola stanza da letto di Joe. È una persona straordinariamente ordinata e, quando apro l'anta dell'armadio, le sue scarpe sono allineate in una fila perfetta sul fondo. Ne prendo una e mi siedo su una sedia di quercia con lo schienale intagliato messa accanto al letto. Ho stampato la pagina di tabulati telefonici che Lainie mi ha spedito la scorsa settimana e l'ho piegata nella tasca posteriore.

Aspetto per una ventina di minuti che Joe si svegli e nel frattempo decido per la centesima volta di lasciar perdere, ma, come mi aspettavo, non riesco a risolvermi ad andarmene.

Alla fine, Joe apre gli occhi e percepisce la mia presenza. Sdraiato lì sotto le coperte, mentre la malattia lo sta consumando, mi ricorda un'arachide nel guscio, in particolare per il viso avvizzito.

Non lo saluto, ma aspetto fino a quando sono sicuro che sia sveglio e mi abbia messo a fuoco. Poi sollevo la sneaker che tenevo in mano.

«Nike Air Force 1» gli dico.

«Sì» risponde. «Scarpe davvero buone. Ecco perché gliele avevo comprate.» Mi rendo conto che si aggirava per il tribunale con quelle scarpe grosse con le stringhe per motivi ben diversi dallo sfoggiare un abbigliamento rispettoso.

«Quindi, Joe, mi hai detto la verità» dico.

«In che senso?»

«Il primo giorno, nella prigione della Marenago County, mi avevi detto di aver ucciso Mae. Quando ti avevo chiesto come l'avessi trovata, mi avevi risposto che ti aveva telefonato. E adesso scopro che era vero.» Prendo dalla tasca la stampata dei tabulati telefonici e gliela mostro. Fa correre lo sguardo su tutto, anche se dubito che ormai ci veda molto. «Ha chiamato te dopo Aaron, pensando che tu fossi la persona più probabile con cui tuo nipote si sarebbe fatto sentire e che forse saresti riuscito a convincerlo a richiamarla o persino a incontrarla a Ginawaban.»

Gli occhietti scuri sono fermi e duri come biglie, ma scuote la testa.

«Ti ho detto che avrei dichiarato di essere stato io per salvare Aaron, e tu mi hai risposto: "Niente da fare, il procuratore non ci crederà mai".»

«Ma l'hai uccisa, vero? Mae ti ha chiamato, ti ha detto dove sarebbe andata e ti ha pregato di riferirlo a Aaron, giusto?»

Non risponde.

«Sei a prova di bomba, Joe. Non ti possono perseguire. I medici direbbero che te ne andresti ancor prima che sia possibile approntare le accuse.»

«Al diavolo, non me ne devo andare con tutti intorno al mio letto che mi chiamano assassino. Se posso avere un po' di pace, me la prendo.»

«E cosa avresti fatto se Aaron fosse stato condannato?»

«Be', questo non lo avevo nemmeno preso in considerazione, ma avrei dovuto fare qualcosa, non credi? Sei stato tu, però, a fermarmi in prigione con tutte quelle domande. Aaron aveva il telefono di lei, quindi perché Mae ha chiamato me? Non ne ho idea.»

«Per la miseria, Joe, non devi la verità a qualcuno? L'omicidio di Mae ha sconvolto le nostre vite, e il minimo che tu potessi fare per rimediare era dirci cos'era successo realmente.»

«Adesso non servirebbe a nessuno.»

Forse non ha tutti i torti. Bea non ha bisogno di un altro motivo per essere arrabbiata con suo padre. Non riuscirà mai a risolvere il ciclone emotivo scatenato da Joe, quindi questa rivelazione sarebbe crudele. E Aaron. Tanto per cominciare, sapeva delle scarpe e ha scelto di non dire niente. So di avergli detto, durante una delle prime visite, che Joe e sua madre si erano offerti di confessare. Volevo che sentisse la profondità del loro amore, ma gli avevo anche spiegato che le loro storie non sarebbero state credibili. Tuttavia è anche difficile dire quanto Aaron, a quel punto, riuscisse a ragionare in maniera logica. Forse, in qualche angolo remoto di sé, stava pensando a Joe quando, prima dell'inizio del processo, si era detto certo di un'assoluzione.

Aaron, però, aveva appena ricominciato a rimettere insieme i pezzi della sua vita e, in questo momento, avrei provocato un danno enorme se avessi abbattuto uno dei suoi pilastri. Ne sa abbastanza per fare domande negli anni che verranno, se mai sarà pronto per la risposta. Quanto ai Potter, potrebbero consolarsi sapendo quello che è realmente accaduto, ma mi serve tempo per placare la mia rabbia nei loro confronti o per convincermi che abbiano diritto alla verità quando l'hanno alterata senza ritegno per adattarla a Aaron.

«Be', e se tu la dicessi a me e io non la riferissi a nessun altro? Fingiamo che tu sia venuto da me per un consiglio legale adesso che non rappresento più Aaron, quindi sarebbe un segreto che non posso condividere, almeno fino a dopo che te ne sarai andato.»

Scuote la testa. È veramente messo male: non so per che motivo, ma gli occhi sembrano voler uscire dalle orbite e i problemi al fegato stanno cominciando a ingiallirli.

«Non vedo perché.»

«Forza, Joe, basta stronzate. Lei è morta e tu te la sei cavata.»

«E vedere il ragazzo subire un processo? Non lo definirei cavarmela. È stato straziante, ogni giorno, e in qualunque caso non è andata come stai pensando. Non sono corso lassù per ucciderla, la sua morte è stata più o meno un incidente, ed era comunque colpa sua.»

«Bene» riprendo «quindi è stato un incidente. Che male c'era nel dirlo, soprattutto se non dovrai mai affrontare le conseguenze se si venisse a sapere mentre sei ancora vivo? Su, dai. Lei ti ha chiamato e ha detto: "Per favore, per favore, dica a Aaron di venire a incontrarmi a Ginawaban". È giusto? E hai risposto che lo avresti fatto, le hai detto di restare lì, e invece ci sei andato tu, vero? Sei andato a dirle di lasciarlo in pace, giusto?»

Accenna un sorriso. Come tanti – Mae compresa – che fanno di tutto per allontanare gli altri, Joe apprezza ancora quando scopre che le persone intorno a lui lo capiscono almeno un po'.

«È giusto. Quando ha telefonato ha detto: "Mi ha piantata, Joe, e gli devo dire di cambiare idea o mi ammazzerò, lo farò davvero. Lo chiami, gli dica di raggiungermi". Poi aggiunge che forse lo troverà lungo la strada mentre fa l'autostop e lo caricherà. Insomma, un'arroganza senza limiti.»

«Quindi ti sei precipitato lassù?»

«Giusto. Ha detto che sarebbe stata sul primo sentiero che va a nordest dal parcheggio. E l'ho trovata non lontano da lì. Quando mi ha sentito arrivare si era messa in posa. C'è un enorme masso marrone, sai, di granito, alto circa un metro e venti, proprio sotto una grande quercia. Lei ci era seduta sopra come Humpty Dumpty, ma con un cappio intorno al collo. Deve essere stata quella maledetta corda che ha comprato Aaron, che lei aveva fatto girare più volte intorno a un ramo basso sopra la testa. In modo che lui potesse vedere, come aveva detto, che era pronta ad ammazzarsi. Mi sono limitato a una grassa risata per lo spettacolo che aveva messo in piedi.

«Ovviamente mi vede e come prima cosa, senza nemmeno salutarmi, mi chiede: "Dov'è Aaron? Le avevo detto di chiamare Aaron, di portarlo qui".

«"Aaron" le rispondo "non viene. Hai detto che Aaron ha chiuso con te, e ha fatto bene, ragazza mia." Mi ha lanciato ogni insulto possibile, piangeva ed era furiosa. Le ho risposto per le rime, dicendole cosa pensavo di lei e come aveva usato la sua vita per rendere un inferno quella degli altri, e godendone anche. Sono in piedi proprio sotto di lei e all'improvviso si muove verso di me, e penso che stia per darmi un pugno o un calcio. Solo che è troppo drogata per ricordarsi di avere una corda intorno al collo, come un cane alla catena. Quando la corda la tira indietro con uno strattone, cade dal masso e comincia a oscillare, impiccata per davvero, cercando di respirare, afferrando la corda e sbattendo le gambe come un frullino. Era probabilmente a sessanta centimetri da terra, ma bastavano. Io mi sono limitato a osservarla mentre penzolava avanti e indietro.»

«Ma in qualsiasi momento avresti potuto afferrarla e rimetterla sul masso, giusto?»

«Avrei potuto» risponde. «Ma ha fatto tutto da sola, non spettava a me salvarla, no?»

«Non se ignori la legge.»

«'fanculo» borbotta. «La gente ha salvato quella ragazza da se stessa per troppo tempo. Non volevo essere l'ennesimo.»

Da quanto ho letto per prepararmi al controinterrogatorio della dottoressa Rogers, le persone come Mae, il cui collo non si spezza nella caduta iniziale, sopravvivono più o meno per sette minuti prima di morire perché il sangue non affluisce più al cervello. Forse, con tutti gli oppioidi che aveva in circolo, Mae sarebbe morta più rapidamente, ma avrebbe dondolato in fondo alla corda per qualche minuto, una vista raccapricciante.

«E tu sei rimasto lì a guardare?»

«Più o meno. Odiavo quella maledetta ragazza da anni.»

«E per tutto il tempo in cui lei ha oscillato cercando di strappare la corda e di respirare, non è mai riuscita a rimettere i piedi sul masso?»

«No.» Joe mi fissa con gli occhi scuri completamente immobili. «Forse le ho dato un paio di spintarelle per essere sicuro che non ci riuscisse. Forse» conclude. Emily Dickinson aveva scritto: "E un gelo nella schiena". È quello che provo io ascoltando Joe.

«Come hai sempre detto» prosegue «se mai fosse riuscita a estrarre il collo da quel cappio, mi avrebbe fatto saltare tutti i denti prima ancora di capire cosa stava facendo, mi avrebbe picchiato a sangue. Un uomo nelle mie condizioni? Mi avrebbe ucciso. Quindi direi che si è trattato di autodifesa.»

È abbastanza compiaciuto da credersi intelligente.

«Bene, ti dirò la parte che non capisco di questo incidente, Joe. Com'è arrivata l'impronta della scarpa sulla sua spalla? O la terra e le abrasioni sul torace?»

«Ah» risponde. Un sorriso fugace va e viene con i ricordi. «Quella ragazza, per quanto fosse intelligente, non era dotata del minimo senso pratico: aveva scelto un ramo troppo fragile. Infatti, dopo un po' di oscillazioni, mentre lei faceva quelle specie di gargarismi, ormai quasi andata, il legno ha ceduto. Come ho detto la sua impiccagione era tutta una scena. Il ramo si è spezzato e lei è caduta come un sacco con la corda sopra. Non si muoveva, quindi non sapevo se fosse viva o morta, ma non avevo motivo di correre rischi, non per Aaron, non per me.»

«Per te?»

«Come sarebbe finita per me se lei si fosse rimessa in piedi e avesse raccontato la storia che ogni tanto le davo una spintarella? Ormai, per quanto mi riguardava, era fatta. Quindi ho preso la corda e l'ho trascinata via da sotto il ramo, più o meno per tre metri, poi le ho messo un piede sulla spalla per tenerla ferma e ho tirato la corda per un po' con tutte le forze, fino a quando sono stato sicuro di aver concluso il lavoro. Probabilmente era morta quando è arrivata a terra, ma, come ho detto, ormai non volevo più correre rischi.»

Come sempre, Joe ha costruito la storia per minimizzare le proprie responsabilità. Una delle domande ipotetiche preferite nelle facoltà di giurisprudenza è chiedere agli studenti se sei colpevole di omicidio quando spari a un uomo morto, e in quasi tutti gli Stati la risposta corretta è no, non si tratta nemmeno di tentato omicidio. Ma quelle abrasioni sul torace di Mae avrebbero potuto essere inflitte solo con il sangue ancora in circolo. Senza dubbio Joe l'ha uccisa.

«Quindi, sai, adesso ho un problema» continua lui preso dallo slancio del racconto. «Il fatto è che lei mi ha chiamato. Non avevo idea che non avesse usato il suo telefono, quindi ho immaginato che, quando l'avessero trovata morta, la polizia sarebbe venuta a farmi delle domande. Mi ha sempre sorpreso che non si siano presentati, ma ero deciso a dir loro che parlava come una pazza e avevo chiuso.

«Comunque mi avrebbero fatto vedere i sorci verdi. Se fosse

rimasta appesa lì, ce l'avrei lasciata. Un evidente suicidio. Ma a terra con una corda intorno al collo? Forse si era soffocata, avrebbero detto gli agenti. Il primo pensiero era stato di riappenderla, francamente, ma far passare la corda su un ramo abbastanza alto sarebbe stato un inferno, e non ero sicuro, con la mia gamba e tutto, di riuscire a tirarla su. Poi mi sono ricordato della strada di servizio. Se l'avessero trovata uno o due mesi dopo, non ne sarebbe rimasto abbastanza per dire che era qualcosa di diverso da un incidente.

«Quindi ho messo i guanti da lavoro, ho preso il carrello dal cassone, l'ho riportata al parcheggio e l'ho rimessa al volante della sua macchina che era lì, con le chiavi nel portabicchiere, perché tanto che gliene frega a una ragazza ricca? Ci puoi credere o meno, ma mi sono seduto in braccio a lei per guidare. Poi ho guardato in basso, e mi sono accorto che mi sarei potuto fare molto male se fossi precipitato giù con lei. Sono sceso e ho cercato di spingere, ma la macchina era su una lieve salita. Quindi sono andato a prendere il mio pick-up.

«Stavo per spingere la sua macchina oltre il bordo della strada quando mi è venuto in mente che sarebbe stato meglio toglierle il cappio. Avevo il coltello nel cassetto del cruscotto. Più o meno ho dovuto segare il nodo scorsoio tanto era stretto, e le fibre bianche sono volate ovunque. Quando la macchina si è fermata giù, però, la si vedeva ancora benissimo. Quindi sono sceso con il pick-up e ho preso dei rami rotti per coprirla. Speravo che il mio mezzo riuscisse a risalire: si è piantato un paio di volte, ma ce l'ho fatta. Prima che finisse la serata stavo bevendo con te alla VFW.»

«Quando mi hai ammannito il tuo alibi dicendo che eri nell'Harvestore?»

«'fanculo l'alibi. È stata una liberazione. Non è stata lei la prima persona che ho visto morire sotto le mie mani. Erano passati circa sessant'anni, ma più o meno ho provato le stesse cose. In un certo senso ero grato: tu o loro, e finisce che sono loro? Ti riporta le cose all'essenziale. Ovviamente si è incasinato tutto quando Aaron è stato accusato e tu non mi hai permesso di dirti cos'era successo.»

È diventato un classico racconto alla Joe, pezzi sconnessi e tutti colpevoli tranne lui.

«Felice di sapere che ora è colpa mia.»

«È colpa di lei, semplice. Sei tu che vuoi parlare di colpa. Per come la vedo io, ho fatto quello che dovevo fare. Per quello che è successo a Aaron, assistere a quel processo era come morire da vivo. Ma riguardo a lei non ho avuto ripensamenti. Mi dispiace. Adesso lo sai e non lo puoi riferire a nessuno, proprio come hai detto, Rusty.»

Come sempre, crede di avere la meglio su tutti. Medito se sia il caso di fare qualche commento, però non cambierebbe le cose, tranne che per me.

«Joe, manterrò la parola, nessuno lo saprà. Ma ti rendi conto di chi sarebbe in testa all'elenco di persone che non ti perdonerebbero mai? Tuo nipote.»

«Nooo» risponde. «Saprebbe che l'ho fatto per amore, che si è trattato di un incidente e che è stato comunque il meglio per lui.»

Se Joe fosse mai stato un vero genitore, avrebbe potuto imparare che significa cercare di decidere per i figli adulti. Ma, al momento, l'elenco dei suoi fallimenti è la preoccupazione minore.

«Joe, lascia che ti inquadri la situazione dal punto di vista professionale. Gratis. Quando metti le mani addosso a un'altra persona vivente per provocarne la morte, la legge ha una sola parola per definire quel comportamento: omicidio. Quindi evita almeno con me la stronzata dell'incidente, sei solo un assassino. E, potrei aggiungere a mio beneficio, un essere umano di merda e di bassa lega.»

Vedo subito, come mi aspettavo, che se ne frega delle mie parole. Usa le forze che gli rimangono per opporre una feroce resistenza, esattamente come ha sempre rifiutato di inchinarsi all'opinione degli altri su di lui.

«Oh, certo» commenta. «I tipi come te, Rusty... Hai mai riflettuto su cosa hai fatto della tua vita? Se osservi davvero le persone come te, siete solo chiacchiere e pensieri gentili. Ma chi chiamate per tutte le cose difficili da fare nel nome della legge? A chi chiedi di premere il pulsante della stanza della morte, o di sbattere la porta della cella in faccia a un ragazzino terrorizzato, o di buttare in strada un povero cristo e la sua famiglia perché non si può permettere di pagare l'affitto? In quei casi avete bisogno di merde come me. Quella ragazza sarebbe stata una croce perenne per chiunque fosse stato tanto sfortunato da amarla. Per colpa sua, Aaron si è già fatto due soggiorni in carcere e quel cretino musone di suo padre a breve cercherà un nuovo lavoro. A soli ventidue anni, aveva appena cominciato, ma avrebbe diffuso dolore come fosse pioggia.» Aveva già condiviso quella similitudine subito dopo la morte di Mae, ma non mi ero reso conto che la disapprovava per scusare se stesso.

«Quindi se il tuo prezioso diritto dice che io potevo strisciare dentro qualche buco del terreno per soffocare, picchiare e pugnalare qualche poveretto che era là dentro a combattere per la propria vita, perché i Vietcong procurassero alla famiglia qualche chicco di riso in più, se questo era il mio dovere patriottico, allora come definiresti uno che protegge un ragazzo, la sola anima che ti abbia mai voluto bene davvero? Questo è un dovere. Quindi va' pure avanti adesso» conclude. Si gira su un fianco per non dovermi più vedere. «Ho chiuso con te e tu hai chiuso con me. Bene per entrambi. Vai.»

Resto in piedi accanto al letto, lo guardo, ma lui non si gira. Dopo un istante, prende il telecomando per alzare il volume e guarda un programma su una bufera di neve tardiva che sta passando sulle pianure.

Mi siedo in macchina davanti ai campi di Joe ammorbiditi dalle piogge dopo il recente disgelo. Lui usa i suoi quattro lotti a rotazione fra soia ed erba medica un anno dopo l'altro, e io ho di fronte gli spuntoni marroni dell'ultimo raccolto che, ben presto, verranno arati e spariranno.

Il racconto di Joe è difficile da digerire, certo. Mae Potter era una persona giovane che conoscevo abbastanza bene, profondamente disturbata, ma, come credevano Aaron e Mansy, aveva ancora la possibilità di raggiungere il suo potenziale. I particolari di come è morta fanno apparire il fatto ancora più triste, anche se negli ultimi sei mesi l'ho pianta a fasi alterne. Adesso so per certo che Bea ha avuto l'idea giusta. Quando avremo sepolto Joe, ci trasferiremo in città: è quello che ci serve per vari motivi. Stare vicino alle mie nipoti e al mio retaggio sono in cima alla lista. Ma, nel profondo, sento che una parte di me anela a tornare dove ho cominciato, ovvero il posto giusto per fare finalmente pace con tutto ciò che è successo prima. E insieme Bea e io condividiamo l'idea che ci resti un periodo da vivere troppo bello per trascorrerlo all'ombra di tutto ciò che è accaduto qui.

Quanto a Joe, è strano, ma quello che mi colpisce adesso è il duro giudizio sulla mia vita lavorativa. "Solo chiacchiere e pensieri gentili" ha detto. Avendola fatta franca per un omicidio, probabilmente crede di avere il diritto di disprezzare la legge. Le sue categorie e le sue astrazioni non sembrano gran cosa sullo sfondo della crudele semplicità della campagna, dove la vita e la morte, l'ordito e la trama dell'esistenza sembrano più a portata di mano con la nascita e il macello delle greggi, i raccolti che crescono, cadono e ricrescono. L'assassinio di Mae Potter, credo, è un altro fatto nudo e crudo, una parte di questo ciclo sgradevole in cui tutto viene inghiottito dal silenzio degli spazi aperti, un silenzio che consuma, dove spesso non riesci a sentire il vento.

Non rimpiango però la mia carriera. A mio parere, il processo di Aaron è stato una bella cosa, un balsamo sulle ferite rimaste dalla mia esperienza di imputato. Certo, a volte la legge commette errori come un elefante cieco. Anche quando ero procuratore, mi ero accorto che acciuffavamo solo una minima parte dei cattivi. Quasi tutti se la cavavano. Joe continua a far parte dell'infinita falange di chi non è stato punito.

Ma i valori hanno importanza. Le idee hanno importanza. Distinguere ciò che è giusto da ciò che è sbagliato, il compito basilare del diritto, conferisce dignità alla nostra vita, traccia un percorso per quelli di noi che aspirano a considerarsi brave persone, sebbene qualcuno – come Joe – si sia visto strappato quel desiderio dalla vita e abbia finito per convincersi che il crimine e il bando sociale siano il suo destino.

Quindi sì, Bea e io andremo avanti, io senza rimpianti o ripensamenti sui quindici anni che ho trascorso nella Skageon County. Nel profondo silenzio della campagna, come Aaron, sono arrivato a sentire di più me stesso. Sono guarito. Ho amato e sono stato amato. Ho conosciuto i rimpianti, alcuni profondi. Ma la cosa migliore è che ho imparato a vivere come vivrò nel tempo che mi resta. Con gratitudine.

Naples
Salem
Evanston

Ringraziamenti

Un enorme ringraziamento va ai tanti soliti sospetti, a partire dai pilastri della mia vita personale e professionale: la mia amata – mia moglie – Adriane Glazier Turow; la mia agente da quasi quattro decenni, Gail Hochman; il garbato e astuto editor, Ben Sevier. Sono grato per i suggerimenti alla mia squadra di *beta readers*: Adriane, sempre la prima di tutti; il mio amico di sempre Julian Solotorovsky; il mio amato cugino Dan Pastern; le mie figlie Rachel Turow e Eve Turow-Paul. I membri della squadra della Grand Central sono sempre miei accaniti sostenitori. Sarebbero troppi per nominarli tutti, ma devo molto a Kirsiah Depp, per l'attenta revisione e altri contributi editoriali, al mio scrupoloso copy editor, Rick Ball, e alla sua boss, Mari C. Okuda, e alla mia storica addetta stampa Staci Burt. A casa, le mie due eccezionali collaboratrici, Kinga Luczkiewicz e Kelley Genne, sono guide sempre affidabili nei meandri della mia vita.

Un ringraziamento speciale va al dottor Michael W. Kaufman, patologo, che nel corso di diversi libri ha fatto del suo meglio per impedirmi di commettere errori grossolani nel suo campo di specializzazione. Gli sono profondamente debitore.

Ai lettori, permettetemi di offrirvi la mia perpetua gratitudine e una nota per evitare confusione. Come la Kindle County, anche lo Stato senza nome del Midwest in cui è ambientato questo romanzo è a sua volta fittizio, e comprende aspetti del Wisconsin, dell'Illinois, dell'Iowa e del Minnesota. Sebbene sia sempre felice di leggere i vostri messaggi su scottturow.com, non c'è bisogno che vi prendiate la briga di dirmi che non riuscite a capire la presunta ubicazione della Skageon o della Marenago County. Questi luoghi si trovano solidamente – ma unicamente – nei pacifici confini della mia immaginazione.

S.T.

Certificato PEFC
Questo prodotto è realizzato con materia prima da foreste gestite in maniera sostenibile e da fonti controllate
www.pefc.it

PEFC
PEFC/18-32-03

Mondadori Libri S.p.A.

Questo volume è stato stampato
su carta HOLMEN
con fibra vergine proveniente da foreste sostenibili holmen.com/paper
presso ELCOGRAF S.p.A.
Stabilimento - Cles (TN)

Stampato in Italia - Printed in Italy